Carlos Fuentes:
Landschaft in klarem Licht
Roman

Deutsch von Maria Bamberg

Deutscher
Taschenbuch
Verlag

dtv

Für Rita

Ungekürzte Ausgabe
Januar 1981
Deutscher Taschenbuch Verlag GmbH & Co. KG, München
Lizenzausgabe mit freundlicher Genehmigung der Deutschen Verlags-Anstalt, Stuttgart

Titel der spanischen Originalausgabe:
›La región más transparente‹

ISBN 3-421-01669-0
Umschlaggestaltung: Celestino Piatti
Gesamtherstellung: C.H. Beck'sche Buchdruckerei, Nördlingen
Printed in Germany · ISBN 3-423-01611-6

Das Buch

Als im Jahre 1911 die Landarbeiter den Diktator Porfirio Díaz davonjagten, begann für Mexiko eine soziale Revolution, die ihre Versprechen nicht hielt. Bis zum heutigen Tage lastet auf dem Land das ungelöste soziale Problem: Einer Oberschicht von reichen Industriellen, Großgrundbesitzern, adeligen Schmarotzern und Partylöwen steht die Masse der Kleinbauern, Arbeiter und Intellektuellen gegenüber, die immer noch vergeblich auf eine Veränderung ihrer Lebensbedingungen warten. Viele sind in die Prostitution und Kriminalität abgedrängt worden. Der Zorn über den Verrat an der Revolution, die ironische Analyse des gesellschaftlichen Verfalls und die Trauer über verlorene Illusionen prägen diesen frühen Roman von Carlos Fuentes. »Dieses Buch war ein Vulkan, der die ganzen formlosen Lasten einer weder durch die Revolution noch durch die kapitalistische Industrialisierung bewältigten Lavamasse aus Blut, Tränen, Sperma und Geld vorerst nur ausspeien konnte.« (Bremer Nachrichten)

Der Autor

Carlos Fuentes wurde am 11. November 1928 in Mexico City geboren. Er studierte Jura und bekleidete später hohe diplomatische Ämter. Fuentes war Begründer und Herausgeber mehrerer Literaturzeitschriften. 1969 ging er nach Paris ins Exil. Viele Werke des mexikanischen Romanciers gehören heute schon zur Weltliteratur. In deutscher Sprache erschienen: ›Hautwechsel‹, Roman; ›Chac Mool‹, Erzählungen; ›Nichts als das Leben‹, Roman; ›Terra Nostra‹, Romantrilogie.

Inhalt

1

Ich heiße Ixca Cienfuegos 7
Gladys García (1951) 9
Die Stelle, wo der Nabel des Mondes 14
Gervasio Pola (1913) 58
Die Ovandos (1910–1951) 69
Federico Robles (1907–1951) 77
Norma Larragoiti (1920–1940) 96
Rodrigo Pola (1914–1932) 103

2

Der Greis mit vergilbtem Schnurrbart 126
Stadt der Paläste 127
Librado Ibarra (1923–1951) 145
Maceualli (Die Ärmsten der Armen) 153
Rosenda (1911–1935) 183
Mexiko in einer Lagune 195
Der Adler als Tier 221
Pimpinela de Ovando (1912–1951) 237
Und wenn ich mich am Dorn steche 250
Tropenparadies 259
Die Wasserscheide 277
Hortensia Chacón (1918–1951) 285
Um auf den Kaktus zu klettern 294
Feliciano Sánchez (1938) 315
Totenkopf am Feiertag 319
Mercedes Zamacona (1914–1915) 340
Kriechender Adler 357

3

Betina Régules (1954) 364
Rodrigo Pola (1954) 371
Landschaft in klarem Licht 380

I

Ich heiße Ixca Cienfuegos. Geboren und wohnhaft in Mexiko-Stadt. Das ist nicht schlimm. In Mexiko ist nichts Tragödie, nur Makel. Makel, dieses Blut, das in mir sticht wie Kaktusdorn. Makel, meine ungebändigte Ohnmacht, die jede Morgenröte blutig färbt. Und der ewige Salto mortale ins Morgen. Spiel, Tun, Glaube – jeden Tag, nicht nur, wenn der Preis winkt oder die Strafe: Ich sehe meine dunklen Poren und weiß, das wurde mir versagt, dort unten, tief unten auf dem Grunde der Talsohle. Dämon Anáhuac, der nicht Trauben preßt, sondern Herzen; der nicht gekelterten Balsam der Erde trinkt – Knochenleim ist sein Wein; nicht um die fröhliche Hülle geht es ihm: Sich selbst jagt er nach, in einer schwarzen Schmelze von gemarterten Steinen und Augen von stumpfem Jade. Auf Knien, gekrönt mit Nopaldornen, gegeißelt von den eigenen (unseren) Händen. Sein Reigen (unser Tanz), abgebrochen von einer gefiederten Lanze oder der Stoßstange eines Omnibusses; umgebracht im Blumenkrieg, bei einer Kneipenschlägerei, in der Stunde der Wahrheit: der einzig pünktlichen Stunde. Erbarmungsloser Dichter, Künstler der Folter, umgänglicher Schurke, einfältiger Schlaukopf – meine stammelnde Beschwörung verstummt – Ansatz-Erlahmen. Mir schaden, immer mir selbst mehr als anderen – oh, mein Scheitern, mein Scheitern, das ich niemandem mitteilen kann, das mich den erbarmungslosen Göttern gegenüberstellt: Sie haben mich gezwungen, es bis zur Neige zu leeren, um mich und meinesgleichen zu erkennen! O Fratze meines Mißlingens, unerträgliches Antlitz aus blutendem Gold und dürrer Erde, Antlitz aus abgerissener Musik und trüben Farben! Krieger im leeren Raum – ich kleide mich in den Panzer des Prahlers, aber meine Stirn weint und läßt nicht ab, das Sanfte zu suchen: die Heimat, den Schoß, die Süße der Gebeine, den seidigen Gesang, Gehabe des wilden Tiers im Käfig. Leben hinterm Rücken, aus Angst, ihm den Rücken zu kehren; zerstückelter Leib, zerstiebende Splitter, vor Entfremdung wimmernd, blind gegen Eindringlinge. Zur Freiheit berufen, die sich verflüchtigt im Netz der Entscheidungen ohne Rückgrat. Und in die Reste tauchen wir unsere Pinsel, setzen uns an den Wegrand und spie-

len mit den Farben ... Als du – tot – geboren wurdest, verbranntest du deine Schiffe, und andere schmieden das Epos aus deinen verfaulten Knochen; als du – lebend – starbst, verwarfst du das Wort, das unsere Zungen im Gleichklang vereint hätte. Bei der letzten Sonne hieltest du an; danach überschwemmte der unverhoffte Sieg deinen leeren Leib mit toter Materie, mit Titeln, mit Szenerie. Ich höre Echos von Kampftrommeln hinter dem Lärm von Motoren und Musikboxen, aus dem Sumpf edelsteinfunkelnder Reptile. Schlangen, die Tiere mit Geschichte, schlummern in deinen Urnen. In deinen Augen blinkt die Meute der Tropensonnen. In deinem Leib ein Stacheldrahtverhau. Drück dich nicht, Geselle. Zeig deine Stacheln, schärf deine Messer, leugne nicht, hab kein Mitleid, sieh nicht hin. Laß all deine Sehnsucht fahren, mach alle Leinen los; fang jeden Tag aufs neue an, bei der Geburt. Und gewinne aufs neue die Flamme zurück – wenn du die Saiten zupfst, verhalten, unmerklich, wenn der Leierkasten dudelt und es scheint, daß die Erinnerungen deutlicher werden, dichter. Gewinne sie allein. Deine Helden kommen nicht wieder, dir zu helfen. Du hast mich getroffen, ahnungslos, hier auf dem Hochland des Totenschmucks. Hier leben wir, auf den Straßen kreuzen sich unsere Dünste, von Schweiß und Patschuli, von frischen Ziegeln und Erdgas, von unsern müßigen und gestrafften Leibern – niemals unsere Blicke. Nie haben wir zusammen gekniet, du und ich, um dieselbe Hostie zu empfangen; zusammen in die Welt geschleudert, zusammen geschaffen, sterben wir jeder für sich. Hierher hat's uns verschlagen. Was sollen wir tun? Durchhalten, Geselle. Wollen sehen, ob eines Tages meine Finger die deinen fassen. Komm, laß dich mit mir fallen, in unsere mondzerklüftete Stadt, Stadt aus Kanälen, kristallischem Dunst und steinernem Rauhreif, Stadt, wo all unser Vergessen gegenwärtig ist, Stadt der menschenfressenden Klippen, des unbeweglichen Schmerzes, der unermeßlichen Kürze, der stehengebliebenen Sonne, des langsamen Röstens, Stadt, wo auf kleiner Flamme gekocht wird, Stadt, der das Wasser bis an den Hals steht, Stadt der hinterhältigen Stumpfheit, des bösen Gewissens, der drei Nabel, des gelben Lachens, Stadt des üblen Gestanks, Stadt, starr zwischen Äther und Würmern, alte Stadt im Licht, alte Stadt in der Wiege von Totenvögeln, neue Stadt neben dem gemeißelten Staub, Stadt unter dem ungeheuren Himmel, Stadt voll dunklem Firnis und Steinwerk, Stadt unter dem schimmernden Schlamm, Stadt aus Sehnen und Gedärm, Stadt der verdrängten Niederlage (die wir nicht bei Licht hätscheln durften, unsere heimliche Niederlage), Stadt der ärmlichen Märkte, Fleisch in Trögen, Stadt, die Wut spiegelt, ersehntes Mißlingen, Stadt im Sturm der Kuppeln, Stadt, die den erstarrten Mund des durstigen, grindigen Bruders labt, Stadt, aus Vergessen gewebt, wiedererstandene Kindheit, Federbusch, Stadt, Hundestadt, Hungerstadt, Prachtstadt, Stadt des Aussatzes und des verbissenen Zorns. Weißglühender Kaktus. Flügelloser Adler. Schlange aus Sternen. Hierher hat's uns verschlagen. Was sollen wir machen – hier, wo das Licht am klarsten ist.

Gladys García

»Mor'n!«

Der Straßenkehrer gab ihr einen Klaps auf den Hintern, und Gladys atmete die eisige Frühe. Warf einen letzten Blick auf den grauen Spiegel des Bordells, auf die Gläser voller Kippen. Chupamixto gähnte über seiner Bongótrommel. Die zitronengelben Lichter verloschen, und die Palmenpfeiler standen wieder rindenzerfetzt, undurchsichtig. Eine Katze huschte zwischen den Straßenpfützen dahin, ihre Pupillen – Stecknadelspitzen der vergangenen Nacht. Gladys zog sich die Schuhe aus, stand still, zündete sich (rundes Mäulchen, Goldrandzähnchen) die letzte an, die Viertelstundenzigarette. Guerrero war nicht mehr überschwemmt, und sie konnte die Schuhe wieder anziehen. Durch Bucareli begannen kreischend, schattenlos die Fahrräder zu flitzen; auch schon ein paar Straßenbahnen. Die Allee sah aus wie ein Abfallfüllhorn: Rollen alter Zeitungen, die Abfälle aus den chinesischen Cafés, tote Hunde, die Alte, die unentwegt in einem Kanister stocherte, die Kinder, die sich im Schlaf in ihrem Nest aus Zeitungen und Plakaten bewegten. Licht wie das trübste Totenkerzchen. Von Caballito bis Doctores zog sich ein Katafalk aus Asphalt, trist wie eine leere Bettlerhand. Nur die Auferstehung könnte diesem Kollier Blut und Herzschlag verleihen. Aber lebte es bei Sonnenlicht? Aus der Sicht Karls IV. und seines Hofstaats von Neonzwergen

LOTONAL WIR SIND VERANTWORTLICH FÜR VIER FÜNFTEL IHRES

HIGHBALL GOODRICH

IHRES HIGHBALL GOODRICH

Gladys konnte nichts von den Anzüglichkeiten, den Papiermützen und den schlottrigen Jacken der Ausrufer erzählen; sie kannte nicht das Tagleben, die verbrauchte staubige Luft, die die Umrisse der modernen Ruinen in dem gigantischen Dorf zermahlt. Sie ging allein, ihr Kuchenfigürchen in leuchtendlila Satin gewickelt, auf zwei pitschnasse Stöckchen mit Korksohle gespießt: Kuhblick aus Äugelchen, schwarz wie Kirschen. War das langweilig, ein Viertel nach sechs Uhr allein durch Bucareli zu gehen! Sie trällerte den albernen Schlager, den ihr Abend für Abend der dicke Pianist im »Bali-Hai« beigebracht hatte. *Göttliches, göttliches Weib – das hat mir Beto immer vorgesungen; der sprang mit mir um, Taxifahrer, holte mich in seinem Wagen ab; was für 'n Kerl, und nicht lange gefackelt: »Die bei mir einsteigt, reiß ich mir unter'n Nagel«, sagte er*

»Bist du allein, Stupsnase?«

»Bin bei dir. Soll ich mich setzen?«

Chupamixto kannte ihn schon, sang seine Mambos für ihn, durchs Mikrofon, *»ich bin der Taxifahrer, jaja, neinnein, der Taxifahrer«*

»Bist gut, Stupsnase, eieiei. Hoch das Bein, das Vaterland soll leben ...«

»Immer sachte, Halunke.«

»Auf die ...«

»Ach, wie wird mir, wie wird mir ...«

»jaja, neinnein, der Taxifahrer, der nimmt, was er kriegt, der gefällt mir, in seinem knallgelben Pullover«

»Dir hat man's wohl schon in der Schule beigebracht, Stupsnase?«

»In der Schule? Du spinnst wohl?«

»Mich hat 'n Typ angehaun, soo 'n Kerl, Mayeya nannten sie ihn, und der hat mich fertiggemacht. Ich 'n spackes Bürschchen damals, und er so 'n Schrank, blies mir die Ohren voll. Bis ich einen umlegte und für zwei Jahre in 'n Knast wanderte. Den sollste mal jetzt sehn. Wenn ich den treff, macht er 'n Gesicht wie Frankenstein. Aber ich leg mich auch mit keinem an. Siehste, was einem beim Taxifahren passieren kann: 's gibt welche, die steigen aus und bescheißen dich. Na, sollen sie mich bescheißen. Was ist schlimmer – im Bett sterben? Oder daß einer kommt und dich ins Jenseits befördert? Wozu soll man jemandem einen Gefallen tun? Ehrlich.« Aber er hatte auch zu ihr gesagt und sich nicht über sie lustig gemacht: »Hätte 'ne Menge Moos heute, wenn's nicht der Weiber wegen wäre, und wegen Tanzen. Jeden

Tag muß ich hin, tanzen, chánchararancha, chancharará ... Was willst du. So bin ich gebaut, 'n halber Drakula ...«

So sind wir gebaut. Wie bei ihm war es nie wieder gewesen. Aber die Braunen mögen die Blonden, und so eine nahm ihn mit. Beto. Und nun war's der Olle, Magere, der aus dem Mund roch, der holte sie jeden Freitag, behauptete, er sei irgendwas Hohes in irgendeinem Ministerium. Der einzige, der Geld daließ. Betrank sich sinnlos, quetschte ihre Taille und schrie: »Bronzerasse, tolle Bronzerasse!«, und dann erzählte er als großen Witz, wieso er immer freitags kam: Weil er an dem Tag seiner Frau vorschwindeln konnte, daß er die Wochenbilanz machen müßte. Aber wie mit Beto war's nicht.

»Gefällt dir die Schau im ›Bali-Hai‹?«

»Gefällt mir, verdammt, du gefällst mir ...«

»Dann komm doch öfter. Wieso bloß freitags. Muß ja nicht sein.«

»Hab dir schon gesagt, am Freitag versetz ich die Alte, an dem Tag geht's.«

Hier war Gladys geboren, in den hohlen Palästen der Hochebene, in der großen, platten, stickigen Stadt, die sich wie eine respektlose Räude immer weiterfraß. Einmal wollten ein paar Händler sie im Auto nach Cuernavaca mitnehmen, und in Tlálpam brach der Wagen zusammen. Sie kannte keine Berge und kein Meer, nicht die Halme des Jaramago, nicht Sand und Sonne, die harte Mispel, die urwüchsige Schönheit ... *irre schön muß das Meer sein* ... an Zement und Rauch gekettet, an den Haufen glitzernden Abfalls. Augen zu, immer die Augen zu. Endlich war sie in Doctores, todmüde. Sie zündete das Votivlämpchen an – *Du bist reich, und wir sind arm. Du hast alles, und wir haben nichts; bist du nicht die Mutter der Barmherzigkeit? Die Schildkröte hat keine Taille* – und legte sich schlafen. Schafsköpfe? Zahlmarken, Zahlmarken, die klanglos auf den Tisch fielen. Zehn Pesos. Sie machte nicht mehr so viel Geld. Die Kunden ließen nichts mehr springen. *Alt? Dreißig Jahre. Abserviert? Das müßte Beto sagen.* Zum erstenmal fragte sie sich, was aus ihr werden sollte, wenn sie nicht mehr im »Bali-Hai« arbeiten könnte. Wie verdient man sich sein Leben? *Morgen geh ich in einen Laden. Mal sehen, was eine Verkäuferin kriegt.* Eindruck mußte sie dazu machen. Liliana würde ihr den Fuchs leihen, und wenn nicht, dann täte es das eigene Kanin. *Wo is 'n das Parfüm, das mir mal einer vor einem Kino geschenkt hat?* Rímmel, in Mengen. *Gibt nichts Schlimmeres als 'n*

Gesicht wie 'ne fade Gringa ... Marken, Marken, *la cucaracha, no pué caminar ...* kauert sich an die kalte Wand, von dem Lämpchen beleuchtet, spürt, daß die Beine nachgeben und der Bauch groß wird, groß *möge dein jungfräulicher Mantel immer deine Kinder bedecken, bewahre sie, sie sind dein für immer, o himmlische Hüterin des Herzens Jesu! Für deine Kinder*

Aus dem Modegeschäft trat sie auf die Avenida hinaus. Der Regen brach los, verschleierte die grauen Gebäude. Stadtregen. Mit Gerüchen geschwängert. Macht die Mauern fleckig. Dringt nicht ein in die Erde. Steinerner Regen, Verwirrung geduckter Köpfe, unter dem fahlen Paukenschlag des Himmels, hängende Köpfe, naß von Regen und Pomade. Schleusen des mexikanischen Himmels: verzweifelt stummes Warten, an die Mauern gedrängt, wie die Todeskandidaten an der Hinrichtungsmauer: Salve, die nicht kommt, Leiber eingeschrumpft und schmierig, in den Regen gedrückt, aufgelöst im Dunst von Benzin und Asphalt, Mumien für eine Minute, in den Regen gedrückt. Unterm Regen: zerlaufene Plakate, das Gähnen der Steine, die Stadt wie eine gelähmte Wolke, alte Gerüche nach Haut und Haaren, Talaren und grünen Markisen, winziges Gemurmel von Rädern, Gewisper von Liedern; der Himmel öffnete sich, ohne zu schenken, der Zement und die Mexikaner forderten nichts: Laßt Regen und Staub miteinander kämpfen, Wind und Gesichter sich beißen, man wartet eben, an die Mauern gedrückt, durchweicht, mit hängendem Schnurrbart, glasigem Blick, nassen Füßen, in sein dichtes Fleisch zusammengekrochen, übelriechend und ungesund, vom Star geplagt und von Furunkeln, wie ewige Götzenbilder in den Winkeln schlafend, an einsamkeitdurchlöcherten Mauern hockend, im Müll stochernd nach etwas zum Abknabbern, man wartet eben, Fledermausvolk. Dort laßt es warten: näher dem feuchten Urgrund, dichter bei den Schlupfwinkeln: Regen in den Winkeln, kleines hohles Husten, sollten sie sich umarmen, allein, gemeinsam unterm Regen? Umarmung aller, wenn die Silhouetten am schwarzen Firmament sagen: Du hier, sie dort? Gladys wischte sich die Tropfen von der Nase, Rímmel strömte ihr übers Gesicht wie Tränen der Nacht. Der Kaninpelz stank, Gladys zögerte und hielt die Hand hinaus.

(Schön dumm, was? Nun aber aufpassen. Das hat man davon, wenn man sich mit feinen Leuten einläßt. Verdammt noch mal.

Was ist die Uhr? Sechs. Um neun machen sie auf. Und es regnet Bindfäden.)

Nu gehste baden, Puppe! – vorbei das Fahrrad, bremste mal eben. Die Nacht begann, ihre Nacht, die Nacht, die die Engel und das Nichts ihr schenkten. Die Stadt roch nach Gas, während Gladys die Avenida Juárez entlangschlenderte. Wo waren die andern, die Leute, die man lieben konnte? Gab's nicht irgendwo ein warmes Haus, in dem man sich verstecken, einen Ort, an dem man dazugehören konnte? Ihre Leute ...

der Vater war Vogelfänger; ganz früh am Morgen zog er los, um sie zu fangen, die Mutter kochte ihm Kaffee, und wir machten die Käfige zurecht. An der Brücke von Nonoalco. Mich haben sie Gaudencia genannt. Weshalb bin ich auch an einem 22. Januar geboren. Das Wellblech glühte im Sommer, und uns allen kochte das Blut. Auf einem Bettgestell schliefen die Eltern und das Kleinste, auf dem andern ich mit meinen Brüdern. Hab gar nichts gemerkt, wußte gar nicht, welcher von ihnen mir die Suppe einbrockte. Ich war dreizehn. So fängt man an. Und später sieht man sie nie wieder.

Vor dem Hotel del Prado traf sie auf eine Gesellschaft von großen Männern und schmuckbehängten blonden Frauen, die rauchten, mit Zigarettenspitzen. Waren nicht mal Gringos, sprachen spanisch ...

»Los, Pichi, nehmen wir ein Taxi.«

»Ich komm schon, chéri. Muß mir nur noch den Schleier zurechtstecken.«

»Wir sehen uns bei Bobó, Norma. Komm nicht zu spät: bei Gelagen preußische Pünktlichkeit ...«

»Außerdem nimmt der Schurke Bobó Rum Negrita statt Veuve Cliquot, sobald sich die Bacchantenchöre erheben.«

»Chao, Kleine!«

»Tut-tut.«

und sahen aus wie Götter, überragten wie Bildsäulen hier auf dem Gehsteig die schwarzen Raupen der andern, ach was, der andern, sie, die pleite war, gewissenlos, Schwester der Trödler – hafprais, weritschiep –, der Losverkäufer, der Ausrufer, der Bettler und der Taxifahrer, des Stroms von ölverschmierten Hemden, Umhängen, billigen Tuchhosen, zerschlissenen Sandalen, der durch die Avenida floß. Aber am nächsten Stand, zwischen einem mit Krokodilledertaschen und einem mit kandierten Erdnüssen, leistete sie sich eine Zigarettenspitze aus Aluminium zu zwei Pesos.

Die Stelle, wo der Nabel des Mondes ...

Junior schwatzte unaufhörlich und kraulte dabei gewissenhaft Pichis rechte Brust. An dem Regenabend waren Schlaglöcher unvermeidlich, und bei jedem Hopser drückte sich Junior näher an Pichi heran; sie sah nach links und zog ihre Uhr zu Rate.

»Wirst sehen, was für tolle Feten Bobó aufzieht. Es werden dasein der Dichter Manuel Zamacona, Estévez, der existentialistische Philosoph, Fürst Vampa – doller Hecht – und Charlotte García, berühmte Weltdame, und Hunderte von Blaublütigen und Malern und Schwulen: ganz Mexiko. Und Bobó macht irrsinnige Beleuchtungsgags und findet nichts dabei, wenn einer oder mehrere sich mal für eine halbe Stunde in seinem Schlafzimmer einschließen. Alles Lebenskünstler! Papa ist phantastisch: Wenn ich von Bobó nach Hause komme, macht er jedesmal soo 'n Gesicht und brummt über seinen Cornflakes: ›Lotterbuben, Saufbolde, Tagediebe ...‹ Zum Schießen, nicht? Der gute Alte kann bloß per Inventar reden. Jargon des Selfmademan. Aber solange er mir meinen Monatswechsel gibt – zum einen Ohr rein, zum andern raus.«

Pichi kuschelte ihr Pudelköpfchen an Juniors Hals.

»Wie aufregend, Junior! So viele Geistesgrößen kennenzulernen. La crème de la crème, sozusagen. Mich hat's auch Arbeit gekostet, mich unabhängig zu machen, kannst du mir glauben, und wenn ich nicht diese Psychologiestunden genommen hätte, Gott weiß, was ich jetzt für Komplexe hätte. Hm, schönes Yardley benutzt du ...«

Das Taxi hielt vor dem Appartementhaus – Balkons mit buntem Mosaik, großer Block aus Glas –, von dessen Penthouse Gläserklingen in die Nacht hinausflog.

»Hör mal«, sagte Junior zu dem Fahrer, »du fährst nach Monte Ararat 3094 und holst eine Dame ab. Los, hau ab.«

»Kann nicht, Boss«, wand sich der Fahrer und kratzte sich an einer roten Narbe auf der Stirn, »heute kann ich wirklich nicht, sonst gerne.«

»Was heißt, kann nicht? Seit wann gibt's denn so was?« widersprach Junior, in Gedanken schon in Bobós Salon, während er sich bemühte, die Manschetten seines Seidenhemdes hervorzuziehen.

»Nein, wirklich«, beteuerte der Fahrer, »an jedem andern Tag. Barrilaco ist mächtig weit.«

Junior ließ das Feuerzeug aufflammen und leuchtete das Wageninnere aus.

»Also Don Juan Morales, Nummer 3724 – da werden wir mal mit dem Chef sprechen ...«

Über Juan Morales' Gesicht huschte ein Lächeln. »Na, denn viel Glück.« Und er startete den Motor. Er unterdrückte das Verlangen, sich an der Hupe abzureagieren, kratzte sich die Narbe, legte den zweiten Gang ein und begann zu pfeifen.

»Unverschämt, jeden Tag unverschämter.« Junior seufzte, nahm Pichi am Arm und stieg in den Aufzug.

»Küßchen, Dicke, so, sieh mal ... Na, nu hab dich nicht so.«

»Nachher, Junior, ruinier mir den Schleier nicht. Erzähl weiter. Wer kommt noch?«

»Also vom Jet-set die Pimpinela und das goldene Mädchen – ›Pierrot ist der Gipfel‹, sagen sie, ›böses Mädchen aus guter Familie!‹ Wirst schon sehn – ah, und der Cienfuegos. Aber Vorsicht, von dem hältst du dich fern.«

Die lackierte Tür öffnete sich in eine Atmosphäre dichten Zigarettenrauchs, gegen den die eleganten Rauchverzehrer und die verschiedenen Parfüms machtlos waren. Pichi und Junior traten ein und grüßten lärmend und lustig.

»Bobó, Bobó!«

»Tretet ein, Teuerste, die ewigen Wahrheiten zu begreifen. Irgendwo da hinten wandelt ein Eingeborener mit Tablett und Trinkbarem. Voici, oh Rimbaud!, le temps des assassins.«

Bobó hüpfte umher – seine geblümte Weste strahlte Leutseligkeit aus – und versuchte, die Gesellschaft zum Schweigen zu bringen. Auf einer kleinen Estrade neben der Treppe hatte sich die Vortragskünstlerin (natürlich aus dem karibischen Raum) postiert und starrte intensiv auf den Boden, als wollte sie dort ein literarisches Menetekel entziffern. Still wurde es, und mit einer abrupten Drehung des Rumpfes, mit ausgestreckten Händen, das neugriechische Gewand um die Taille gegürtet, mit gerafftem Busen, hob die Hehre die Augen zur Zimmerdecke

»Nach euch meine Seele schmachtet,
ihr, der alten Heimat Götter.
Und mein Wollen und Denken trachtet
nach Rubén Darío, dem Retter ...«

Die Gäste stimmten in die Melodie ein. Manuel Zamacona hielt Hof, umringt von einem Dutzend junger Leute und alter Damen. Estévez unterhielt sich in einem Winkel mit zwei bebrillten Mädchen. Pierrot Caseaux flüsterte diskret und schwenkte dabei anmutig ein großes Kognakglas. Charlotte García fuchtelte unehrerbietig mit ihrem Lorgnon über die Köpfe der Menge, und Gus, in Begleitung des Fürsten Vampa, zeigte sich ungehalten, daß kein Fotograf anwesend war. Silvia und Roberto Régules hatten ihr Lieblingslächeln aufgesetzt und saßen eisig auf dem Sofa, wie in einer Pause zwischen zwei Bummelzügen, die man dann doch nicht nimmt. Der argentinische Humanist Dardo Moratto besichtigte die spärlichen Bücher auf dem Regal. Die Künstlerin lieferte die Hintergrundmusik, gerade so laut, wie ein guter Klavierspieler die Stimmen der Gästeschar leise hält. Pichi und Junior wanderten zur Tränke, nicht ohne wechselseitiges »Hmmm« und Nasenreiben.

»Das Beste kommt noch«, versicherte Bobó. »Wartet mal, wenn Lally mit den Bongótrommlern erscheint.«

Ixca Cienfuegos kam herein, blieb stehen, zog eine Grimasse und zündete sich eine Zigarette an.

sich vor allem treiben lassen, keine Fragen stellen, keine Gesichter sehen; sich von Geräuschen und Schatten treiben lassen, von den Klecksen. Lichtwechsel. Gelb. Steht ihnen gut. Bobó sollte mal Röntgenapparate installieren. Brauchen wir die? Spiegel. Die Kleckse vervielfachen sich ins Endlose. Lichter, Rücken, Taillen – immer wieder ausrasierte Achselhöhlen, bewußt getragene Busen, mechanisch ausgestoßener Rauch, sich treiben lassen, Dünste ...

Fleisch und Geruch, man kann sie nicht ausschalten, aber man kann sie elegant machen. Dieses Fleisch ist nicht elegant – jenes raffiniert; dieser Geruch ist aufdringlich, jener aristokratisch. Gesichter noch und noch. Und jetzt – sich treiben lassen. Sich selbst vergessen. Schlüssel zum Glücklichsein – was bedeutet, die anderen zu vergessen; nicht sich zu befreien: die andern zu unterwerfen

Fotografierte Kopien in Relief an die scharlachroten, braunen, blauen Wände des zweistöckigen Appartements gespießt: Chagall, Boccioni, Miró und ein einziges Original: Blaue Büffel, in einer ichthyolfarbenen Arena, von Juan Soriano. Auf dem Fußboden die Götzen: unter einem Radfahrer im Verewigungsprozeß die offene Wunde einer Zwergausgabe der Göttin Coatlicué. Kletterpflanzen und Flaschenbaum wucherten vor dem großen Fenster, und zwischen den Flaschen in der rustikal gekachelten Bar telefonierte eine nylonhäutige Gringa wie aus dem ›Esquire‹ mit einem Ausdruck süßester Geilheit. Manuel Zamacona, halb auf der Couch ausgestreckt, strich sich das wirre Haar glatt. Für ein griechisches Profil hatte er zwei kräftige Kinnbacken zuviel, und über seine Lippen floß mit sakraler Bedächtigkeit ohne Unterbrechung eine Rauchwolke und bannte die Aufmerksamkeit der Jünger – junger Schriftsteller, die Bobó in seinem potpourristischen Delirium eingeladen hatte, und angemalter Greisinnen, die sich irgendwann von einem Blaubart hatten verführen lassen – auf jenen Zug seines Gesichts, der, wie er wußte, der attraktivste war.

»Worauf nun der Dichter auf keinen Fall verzichten kann, ist der zentrale Auftrag, das Brot und den Wein anders zu benennen. Dies setzt natürlich voraus, daß er einen klaren Begriff davon hat, was Brot und Wein eigentlich ist. Dann kann er weitergehen, ins Herz der Dinge: sie beherrschen, nicht mehr ihr Sklave sein ...«

»Aber der Dichter ist vor allem ein Mensch, der Dinge benennt«, sagte ein schielender Jüngling.

»Jawohl, aber einer, der seinen ›Benennungen‹ nicht die Abkürzung U. P. voranstellt. Oder soll die Dichtkunst, nur weil die von ihr bisher erreichte Ebene des Verständnisses, historisch gesehen, kümmerlich ist, soll sie nur deshalb hinabsteigen und sich der Zeit anpassen, angeblich um ›verständlicher‹ zu werden, und damit untergehen?«

»Ach, wie schön ...«

»Stolz, Herr Zamacona, würde ich sagen ...«

»Jawohl – hätte ihn doch nur jemand. Sie reden viel vom amerikanischen Imperialismus. Ich frage mich, ob wir ihm nicht in die Hand arbeiten, wenn wir unsere Worte, das heißt unsere Phantasie abwerten, und ob wir auf der andern Seite bei dem Versuch, mit diesem so demütigen Stolz unsere Sprache und unsere Phantasie zum höchsten Ausdruck zu bringen, nicht vielleicht männlicher, mexikanischer würden ...«

»Der Kampf gegen den Imperialismus muß unmittelbar sein, muß bis ins Volk reichen.«

»Verachten Sie mir nicht dieses arme Volk. Was, glauben Sie – Hand aufs Herz –, versteht unser Volk letztlich am besten? ›Zu dir wende ich mich zurück, o Einsamkeit, leeres Gewässer, totes Gewässer meiner Phantasie‹ oder ›Großer Vater Stalin, Bollwerk des Arbeiters‹? Sie sollten übrigens die Dinge nicht durcheinanderbringen. Willkommen sei der Kampf gegen den Imperialismus, aber effektiv muß er sein: Gegen den Imperialismus kämpft man auf dem Gebiet seiner Interessen, nicht indem man sozialistisch-realistische Couplets schreibt. Woran liegt Ihnen aber wirklich: effektiv gegen den Imperialismus zu kämpfen oder sich als Gerechter zu fühlen, der auf der Seite des Guten steht und würdig ist, auf die Schlechten zu weisen und sie zu verdammen?«

Der schielende Jüngling stand auf, und ein Aschenregen ergoß sich über die alten Damen.

»Dekadent sind Sie, käuflich, konformistisch! Wieviel zahlt Ihnen das State Department?«

Manuel Zamacona inhalierte unbewegt seinen Rauch.

»Sogar zum Clown braucht man Redlichkeit und Phantasie.«

Federico Robles drückte auf einen Knopf.

»Señor?« hauchte die heisere Stimme seiner Sekretärin.

Robles senkte den Kopf, hielt den Mund dicht ans Mikrofon, strich mit dem Daumen über die seidene Krawatte.

»Zitieren Sie die GmbH für Sonnabend um zehn her. Geschäftsordnung: Auszahlung des Anteils von Librado Ibarra. Pünktlich. Wenn Ibarra nochmals anruft, geben Sie ihn mir. Das ist alles.«

»Jawohl, Señor.«

Der Apparat klickte, und Robles erhob sich aus dem Ledersessel. Die Uhr in seinem mit Teppichen ausgelegten Büro tickte zwischen Mahagoniwänden Erinnerungen. Neun Uhr abends. Federico Robles betrachtete sein geisterhaftes Spiegelbild im Fenster. Er war heller geworden, wie General Díaz. Fast distinguiert. Er strich mit den Fingernägeln den Aufschlag seines Jacketts entlang, der den Bauch verdecken sollte. Zufrieden besah er seine gepflegten Finger. Das Telefon klingelte.

»Stellen Sie um.«

Robles schloß die Augen. Stellen Sie um. Librado Ibarra. Librado Ibarra. Er sah ihn plötzlich vor sich: dreitausend Pesos Einlage. Verschlissener Anzug. Ewiger Geruch nach billigem Essen. Kahl. Die letzten Haare mit Pomade über den Schädel gekämmt. Unterwürfige Glotzäuglein. *»Noch mehr? Ja ... nein, mehr nicht, mehr nicht.«*

»Stellen Sie um ... Was ist, Ibarra? Was macht das Bein? Na, sehen Sie. Nein, ich war nicht im Büro. Hat man es Ihnen nicht gesagt? Was kann ich für Sie tun?«

ein Fuß von der Maschine zerquetscht; die Maschine läuft weiter, beginnt zu knurren, gierig die ungewohnte Materie zu kauen: das Fleisch eines Alten, der sich von Stahl und Schraubenmuttern zerkauen läßt

»Ja, natürlich. Leider konnte ich Sie nicht im Krankenhaus besuchen. Sie wissen, außer dieser kleinen Gesellschaft leite ich noch andere, größere ... Nein, hier ist keine Nachricht eingetroffen ... Klar, was soll man machen ...«

dreitausend Pesos Einlage, gemeinsames Unternehmen, dreiundzwanzig Gesellschafter, ein Alter in stinkenden Kleidern, um die Maschine zu warten und aufzupassen, daß die Arbeiter keinen Unsinn machen

»Wieso, Ibarra? Arbeitsunfall? Wovon reden Sie? Was glauben Sie, mit wem Sie sprechen? Was?«

Gesellschaft mit beschränkter Haftung, GmbH

»Nein, mein Lieber. Da irren Sie aber gewaltig. Sie haben zusätzliche Arbeitsleistung als Gesellschafter versprochen. Nehmen Sie Ihre Arbeitsunfälle ... genau so ... nehmen Sie ... beschränkte Haftung? Seien Sie nicht naiv. Mit wem, glauben Sie, haben Sie es zu tun? Meinen Sie, ein seriöses Kreditinstitut würde mit uns Geschäfte machen, wenn ich nicht unbeschränkt haftete? Nun machen Sie mal ...«

dreitausend Pesos Einlage: alle Ersparnisse; die alte Leier: alle meine Ersparnisse, und jetzt Krüppel ...

Robles hieb mit der Faust, auf den Tisch: Eine grüne Ader lief durch das Glas. »Schlichtungsausschuß? Begreifen Sie doch, Sie Hartschädel: Sie sind kein Arbeiter, sondern Gesellschafter! Sie kommen her, um das festzustellen? Na, gehen Sie doch zu Ihrem Schlichtungsausschuß. Wissen Sie, was das heißt, auf den Index kommen? Na bitte. Ihr was? Sonnabend ist Versammlung. Wollen mal sehen, ob Ihr Gesuch einstimmig angenommen wird, was? Mal sehen, ob Ihre Mäuse da so einfach rausspringen.«

macht Arbeit, ein Unternehmen aufzubauen, ob's groß oder klein ist, was wissen denn die. Ein Hinkebein und dreitausend Pesos werden es nicht zu Fall bringen; aber alles ist gegen einen hierzulande ... Fängt man an, in Kleinigkeiten nachzugeben ...

»Wiedersehn, Ibarra. Halten Sie sich gut.«

Robles legte den Hörer auf. Der Brief über die AG. »*Verehrter Freund, Sie wissen, daß voraussichtlich im laufenden Jahr mehr als 50% der Neugründungen Aktiengesellschaften sein werden. Scheint es Ihnen nicht bedeutsam, daß ...*«

Robles drückte auf einen Knopf.

Was ist von Bobós Möbeln zu sagen? Sie erforderten Empirestellungen, und die niedrigen Tischchen voller Keramik mit Trauben aus blauem Glas luden dazu ein. Eine unaufgeschnittene Ausgabe der philosophischen Ästhetik von Malraux neben den gesammelten Werken von Mickey Spillane und Rimbauds ›Erleuchtungen‹ auf dem kleinen gläsernen Bücherbord. Auf einem hölzernen Lesepult die ›Chants de Maldoror‹ und zwei peruanische Aschenbecher. Und auf jeder Treppenstufe ein Kübel mit Nopalkaktus. Pierrot Caseaux schwenkte noch immer seinen Kognak. Neben ihm Pichi und Junior, die sich bei jeder Bemerkung des Bonvivants par excellence pflichtschuldigst vor Lachen ausschütteten.

»Pierre ist eben aus England zurückgekommen, Pichi.«

»Das heißt, aus Saville Row, meine Lieben. Es gibt kein Land, das derart auf eine Straße beschränkt ist. Doch steht, von diesem letzten Ausflug bringe ich eine befriedigende Entdeckung mit: die kulinarische Askese scheint die andere traditionelle positiv beeinflußt zu haben, wißt ihr das schon? Man genießt nun das Leben vis-à-viscera. Wer ist das augenblickliche Glamour girl, Junior?« Roberto Régules mußte sein Lächeln beibehalten. Roberto Régules beobachtete scharf das Profil seiner Frau. Sie hatte schon ein bißchen Doppelkinn. Als er sie heiratete, hatte er nicht geglaubt, daß er je ein Alterszeichen an Silvia entdecken könnte – oder empfinden würde, daß es ihn so beunruhigte. Leidenschaft, Liebe. Partnerschaft. So war es vorgesehen. Er mußte sein Lächeln beibehalten.

»Los, geh zu ihm. Worauf wartest du? Alle wissen es, oder etwa nicht? Welchen Schein willst du wahren?«

Silvia bewegte keinen Muskel, mit lächelnden Augen prüfte sie von weitem jeden einzelnen Gast.

»Ach, sei still, wäre es nicht der Kinder wegen ...«

Bernardito Supratous und Amadeo Tortosa setzten sich neben Manuel Zamacona. Er zog ein Gesicht, weil er seine Lieblingshaltung, die der Rècamier, zu ändern gezwungen war.

»Wir müssen«, fuhr er fort und strich sich mit der Hand über die Stirn, »auf die wegweisenden Männer zurückkommen, auf Pascal, auf Goethe, wieder Ehrfurcht vor dem Leben haben, um mit Keats zu sprechen: ›Ich weiß, ich schaffe einfach aus dem Wunsch und der Freude heraus, das Schöne zu vollbringen, selbst wenn jeden Morgen meine Arbeit vom Abend vorher verbrannt würde.‹ Gibt es heute keinen Quevedo mehr, der den einfachen, heiligen, vollkommenen Beruf des Menschen und Schöpfers ausübt?«

Tortosa hustete und streckte die Arme vor. »Mein lieber Manuel, Ihnen entgeht der Sinn der gesellschaftlichen Fluktuation. Sie leben zu sehr von Sehnsucht, Sie hängen sich an abgetakelte Ideale. Leider kommt die Theorie vor der Praxis. Aber Theorie heißt Vision, also letztlich Aktion. Man muß die Qual der Armut spüren, das dringliche Gebot zur Solidarität ...«

»Natürlich muß man gegen diese ungeheuerliche Welt kämpfen! Man kann nicht mit einer Kultur weitermachen, die sich schamhaft gegen das Bürgertum abschließt. Die Kultur ist bloße Dekoration geworden, besteht nur noch aus Konsumgütern. Sie muß neu geschaffen werden, unverwechselbar, geheiligt! Man muß erreichen, daß alle Menschen potentielle Leonardos sind! Das ist die Mission des Dichters: die Mission der tiefen, heiligen Kommunikation, die der Liebe.«

Supratous sprach: »Gewiß – l'amour est une réalité dans le domaine de l'imagination.« –

Mit strahlenden Augen, stolzgeschwellt, öffnete Juan Morales weit die Tür der Gaststätte.

»Hinein, Alte, kommt, Kinder.«

Rosa zog ihr Baumwollkleid über der Brust glatt. Die Kinder stürzten zu einem leeren Tisch hin. Mit wiegenden Hüften folgte Juan zwischen den Gästen hindurch. Er zupfte an seinem bleistiftgeraden Schnurrbärtchen.

Ein Kellner verneigte sich. »Bitte sehr, die Herrschaften. Hier.« Pepe, Juanito und Jorge reichten mit dem Kinn über den Tisch, lasen die schmierige Speisekarte, und ihre Mutter zog sich noch immer das Kleid zurecht. Juan nahm Platz und spielte mit einem Zahnstocher.

»Juan, die Gören müßten im Bett sein. Morgen ist Schule, und ...«

»Heute ist ein besonderer Tag, Alte. Na, Jungs, was wollt ihr haben?«

Juan Morales kratzte sich die rötliche Narbe auf der Stirn.

ist nicht leicht, zwanzig Jahre lang Nachttaxifahrer – mir kann keiner was erzählen. Da trage ich meine Fahne auf der Stirn, wie man so sagt. So viele Besoffene, so viele Verrückte, mal nach Azcapotzalco, mal zur Buenos Aires, drei, vier Uhr morgens. Und ehe man's versieht, haut einer einem übern Schädel, oder man muß aussteigen und den Kunden rausholen, und dabei bricht man sich die Rippen. Alles für zwanzig Pesos am Tag. Aber das ist nun zu Ende.

»Na, habt ihr euch entschlossen?«

»Guck mal, Papa, die Kinder da kriegen Torte. Die.«

»Juan ...«

»Reg dich nicht auf, Alte. Heute ist ein besonderer Tag.«

na, und dann die, die den Wagen mieteten, in eine abgelegene Gegend fuhren und ihn dann stahlen. Da haben sie mich aber fertiggemacht, da war's fast aus mit mir. Rosita. Und wovor hab ich sonst Angst? Hat mein Vater immer zu mir gesagt: ›Ach, Juan, du bist zum Packesel für die andern geboren, um dich abzurackern und für andere den Rücken krumm zu machen. Vergiß nicht, ab und zu mal nein zu sagen. Tu, was du magst, aber sei nicht dumm; niemand zieht uns für unser Leben zur Rechenschaft, und man vergißt uns sehr rasch. Aber das war in der Provinz; hier in der Hauptstadt, da muß man sich was gefallen lassen, oder man wird abgehängt.‹

»Also, Ober, ein ganzes Hähnchen, schön braun, für die Familie, und Törtchen, so mit Erdbeeren und 'n bißchen Sahne. Und 'n bißchen Musik.«

Rosa, immer allein, die Arme. Nicht mal, wenn die Kinder kamen, war ich bei ihr. Immer da, Kaffee um sieben Uhr abends, Rasierwasser um sieben Uhr morgens (und immer kalte Laken, wenn ich morgens zum Schlafen kam. Immer eiskalt. Als hätten bloß die Nacht und der Reif da geschlafen, anstatt 'n Mensch. Als hätte Rosa nicht auch ihr schweres Fleisch, und ihr Blut, und den Bauch voll Mensch. Hab sie nie gesehn. Jetzt, ja, jetzt wird's anders.

»Was sollen sie für uns spielen, Rosa?«

»Laß die Kinder aussuchen.«

»Juan Charrasqueado, Juan Charrasqueado!«

Durch den Raum zog ein feiner Geruch von Chilpotles, eben aufgewärmten Tortillas, altem Fett und frischem Wasser. Juan strich sich den Bauch. Er sah um sich – Tische mit geblümten Tischtüchern, Korbstühle, braunhäutige Männer in Kammgarn- und olivgrünen Gabardineanzügen, die von Weibern und Stieren sprachen, und Frauen mit krausen schwarzen Mähnen, gerade aus dem Kino gekommen, mit lila Lippen und künstlichen Wimpern. Wer sah sie nicht an, ihn und seine Familie?

von jenen Wiesen blieb nicht eine Blume

»Juan, wir können nicht ...«

»Wieso nicht? Das hab ich mir immer gewünscht. Ein Fläschchen Wein, so eins mit goldenem Etikett, Sie wissen schon ...«

Was wär gewesen, wenn ich heut nicht mit dem Gringo gefahren wäre? Wenn ich nicht zur Stelle gewesen wäre, als sie mich vom Hotel für den ganzen Tag anforderten? Wenn der Gringo mich nicht mit auf die Rennbahn genommen und mir nicht die vierzig Pesos Wettscheine geschenkt hätte?

»Hör mal, du da, hast gewonnen, geh zur Kasse!«

»Wieso hab ich gewonnen? Was ist passiert? Hör mal, wo?«

»Anfängerglück!«

»Du hast in deinem Leben wohl noch nie soviel Geld gesehen.«

»Prost, Alte!«

Mit der Pistole in der Hand fielen sie über ihn her ...

Rosa lächelte ihr breites Mestizenlächeln und leckte sich das Erdbeerkompott von den Fingern.

Achthundert Pesos. »Sie hatten Anfängerglück. Aber lassen Sie sich nicht wieder hier sehen, oder die ziehen Sie bis aufs Hemd aus.« Warum sollte er auch wiederkommen? Aber nun würde er Tagfahrer werden, sich um elf schlafen legen und um sechs aufstehen, wie normale Menschen. Nun hatte er achthundert Pesos, um mit Glück neu anzufangen, um die Mariachis für sich spielen zu lassen, um Rosa das Bett anzuwärmen.

Rodrigo Pola stieg mit hängendem Kopf und gerunzelter Stirn aus dem Aufzug. Sein Gabardineanzug stach von den dunkleren Tönen

»Siehst du: Anthrazit, das ist Mode in London«

der andern ab. Er trat zu dem Kreis um Manuel.

»L'amour est une réalité dans le domaine de l'imagination.«

Cienfuegos lehnte sich mit beiden Händen gegen die Wand, überlegte es sich aber und begann, eine schwarze Cocktailolive zu lutschen. *Supratous. L'Amour Est Une Réalité* ... Phrasen dieser Art und ein sonst undurchdringliches Schweigen hatten seinen Ruf als Orakel begründet. Er las ausschließlich Biographien (geborgtes Leben, hat jemand das gesagt?): ein fleißiges Produkt des eigenen Piedestals. Augenblicklich war er wohl bei Talleyrand; schon bei anderen Gelegenheiten hatte er Fünkchen seines Genies der allgemeinen Bewunderung zugänglich gemacht – dank Machiavelli, Napoleon, Shaw, Wilde und Guillermo Prieto – und so seinen Weitblick, seinen Wagemut, seine

Geistesschärfe, seinen Zynismus und seine Erdverbundenheit dokumentiert. Und da war López Wilson, der schielende Jüngling: Er will den Feind aus der Nähe kennenlernen, sein Terrain sondieren, Augenzeuge des Verfalls der Kapitalistenklasse sein und inzwischen an ihren Annehmlichkeiten teilhaben. Alle sind sie da, der Provinzdichter, der sich bewußt ist, seine ersten Lektionen in frivoler Lebensart zu empfangen; das Ehepaar aus dem Modejournal, Boten der Eleganz: Die Welt ist der – beneidenswerte! – Spiegel ihrer Reize wie ihrer Launen; der Romancier mit dem ausdruckslosen Kartoffelgesicht, emporgetaucht aus wer weiß welchem Schoß verfallener Scholle: Wie ein schlummernder Vulkan bezieht er sein Talent aus dem Unerfindlichen, und seine eintönige Stimme zählt Dörfer und Weiler auf, Dorfpfarrer und Kaziken und sitzengebliebene Dorfschönheiten. Dort brüstet sich der bücherlose Autor mit der zwanzigsten Auflage seiner ersten zwanzig Seiten – was tut's, er ist ein Genie, ist einer von uns, er gefällt uns, er hat Witz, darauf kommt es an in Mexiko. Der bürokratische Intellektuelle: im Besitz jeglicher Einsicht und Vernunft; die sozialpoetische Jugend, die in Marx ihr Vorbild gefunden hat; die Glücksjäger, die Cocktailmäzene, auch der Journalist, der mit seinen Sonntagsnotizen einen Leumund schafft oder zerstört. Und die anderen, die von der Gegenpartei: die Sicheren, die Herablassenden (wird der mexikanische Intellektuelle je begreifen, mit welchem Abscheu, welcher Verachtung er von den Neureichs angesehen wird?), das Mädchen, das der internationale Vamp werden will – sie hat alles perfekt geplant: zwei Kinostars, ein Baseballspieler, ein Versuch in Hollywood, drei Saisons an der Riviera, ein Millionär –; und der letzte Sproß der alten Familie: für sich selbst auch der letzte Grandseigneur, der Unwiderstehliche, geboren, in den Salons mit seiner elfenbeinernen Zigarettenspitze zu brillieren, Frauen zu verführen, die nur ab und zu eine Abwechslung brauchen, Jungfrauen zu schockieren. Und all die kleinen blonden eleganten Mexikanerinnen in schwarzem Kleid, überzeugt, daß sie in dem tristen verkommenen Land den internationalen Ton angeben. Und ihre Männer: erfolgreiche Anwälte, aufstrebende Industrielle – sie glauben, hier (auf allen Parties aller Bobós) öffnet sich ihnen die Welt, für die es sich gelohnt hat, die Welt der großen Lust, des tollen Erfolgs. Und die Schmarotzer der Größe: unbedarfte Jünglinge, Söhne kleiner Bürokraten und Volksschullehrer, unversehens verwandelt durch den Anschluß an den derzeitigen Gesellschaftslöwen: Sie alle tragen das gemeinsame Siegel der Feinheit, mit Spucke aufgeklebt: karierte Weste, Haarschnitt wie Marcus Iunius Brutus. Die Flut entthronter Marquis, durch den Krieg auf den Altiplano geschwemmt, samt Zeremonienmeister: Charlotte García.

Und Bobó, unentwegt bemüht, einen Wirbel aus Frohsinn und Spaß in Gang zu halten: eine Gruppe, *die Gruppe*. Und dann die Wichtigen, die vielleicht Scheiternden: Rodrigo Pola, den jede Zurückweisung den Gegnern jener zutreibt, die ihn zurückgewiesen haben; Manuel Zamacona, der nie das Heiligste berühren, nie die letzte Erklärung finden wird ... und Norma ... und Federico. Wer hat die Kraft und die Geduld, sie alle aufzuzählen?

Ein fernes Murmeln vermittelte zählebige Wahrheiten:

»Denn ich fühle, daß ich nicht fühle ...
Und wenn mein Blut schon spürt,
daß fern von dir kein Leben ist,
dann kommt die Parze und stürzt uns
in ein Wiedersehn, das Abschied ist.«

Der Kreis um Manuel nickte, zwinkerte, murmelte; Tortosa schwenkte seine Windmühlenarme.

»Ich glaube, ich habe diese Bewußtseinskommunikation mit den Armen erreicht. Schauen Sie mich nicht so an, man braucht kein Koch zu sein, um ein Omelett beurteilen zu können. Sie sehen mich hier, ich sitze und trinke auf einer Fete bei Bobó, aber ich vergesse nie, nicht einen Augenblick, die Sorge um die Bedürftigen. Ja, wir täten gut daran, uns zu fragen: Habe ich ein Recht auf meine Bibliothek, darauf, am Sonntagmorgen T. S. Eliot zu lesen, das Recht auf meine bequeme kleine Kultur, das Recht, mich bei Bobó hinzusetzen und Phrasen zu dreschen, wenn ich bei mir zu Hause die Tragödie der Tagelöhner und des Vale del Mezquital sehe?«

»Ich möchte nicht an eine gewisse bornierte Literatur erinnern«, unterbrach Zamacona, »aber auch Sie halten sicherlich die Luft an, wenn Sie neben einem Hungerleider im Omnibus sitzen.«

Pola hob den Finger. »Wir müssen ja nicht alle entweder Dreckskerle von der Straße sein oder des hommes révoltés ...«

»Erst zielen, dann schießen, Freundchen«, brummte Zamacona ...

»Camus, der bekanntlich Franzose ist ...«

Bernardito sah seine glückliche Gelegenheit. »Verzeihung ... Ce n'est pas français, parce que c'est idiot.«

Alle sahen ihn erstaunt an, und Supratous antwortete mit einem Blick, der besagen sollte: Keiner versteht meine Anspielungen. Rodrigo Pola hob die Stimme, »Einigen wir uns. Ich mag die Poesie ...«

»Aber mag die Poesie auch dich?« fragte einer mit belegter Stimme hinter ihm. Es war Ixca Cienfuegos.

»Ist das Ixca Cienfuegos?«

»Kein anderer, teurer Fürst. Wie Gott: allgegenwärtig, doch niemand kann ihn sehen. Hat freien Zutritt zu allen Salons, den offiziellen, des High life, der Finanzgewaltigen. Ob er nun das Zaubergehirn eines Bankiers ist, ein Gigolo oder nur ein Marihuano – er kommt, er geht, eben eine der Figuren in unserer unharmonischen Welt.«

Gus zog seine rote Samtjacke zurecht.

»Harmonie, Harmonie, princeps meus! Die Griechen haben begriffen, daß Harmonie das Höchste ist. In der Harmonie lösen sich die Gegensätze. Wenn Harmonie das Wichtigste ist, dann kannst du lieben, wen du willst, nur Banausen verlangen, daß du dich mit stinkenden Weibern ins Bett legst. Ein Mann riecht nie schlecht.«

Fürst Vampa nickte zustimmend aus seiner Rauchwolke heraus. Charlotte García, die sich wieder zu der Gruppe gesellte, lachte Martini-glucksend.

»Das Schamgefühl ist eine Angelegenheit der Beleuchtung, sagt man. Wißt ihr, was für eine Mutprobe es für mich ist, zu Bobó zu kommen? Es geht nicht gut mit Lally. Aber wenn sie erscheint, dann werde ich ihr die Wahrheit sagen: daß sie pervers ist, daß sie mir weh getan hat, aber daß ich sie anbete. Oh, letzter der Vampas! Ich bin so müde, hab es so satt!« Charlotte streichelte ihren Hals wie eine Schlangenbeschwörerin. »Ich brenne darauf, jemandes Eheglück zu ruinieren. Bobó hat sich wahnsinnig blamiert mit diesen jungen Literaten, die er eingeladen hat und die gar nichts hermachen. Schau sie dir an. Keine Sicherheit, keine wirkliche sans-façon. Klein-Afrika! Ist ja sehr hübsch, la joie de vivre und so weiter, aber ein Cocktail ist ein Cocktail und muß praktische Konsequenzen haben. Bobó hat noch immer nicht begriffen, daß die Neureichs von heute der Adel von morgen sind, so wie der Adel von heute die Neureichs von gestern.«

»Und der Adel von vorgestern?« fragte Fürst Vampa gekränkt.

»Ach, Liebling«, erwiderte Charlotte und kniff den entkräfteten Edelmann in die Wange, »der einzige, der nicht zählt – zumindest hier in Mexiko stellt er heute nur die unteren Beamten. Ausgenommen natürlich solche, die, wie du, allzu beschäftigt sind, um zu arbeiten, und dazu das kleine Detail des ›Gotha‹ ... Aber seht nur, wer da kommt! Das war einmal eine Schönheit ... Schaut nur diese Krähenfüße an, oh, lala!«

Natascha, bis an die Ohren in grünen Samt gewickelt, weißgekalkt wie der Mond, die »Kissmequick«–Löckchen mit einem winzigen Goldturban aus der Shimmy-Ära gekrönt, betrat den Raum mit der Sicherheit einer, die seit 1935 dem Jet-set von San Fermín, dem internationalen Seebad von Mexiko, vorstand. Einige junge Schriftsteller machten ihr unwillkürlich den weichsten Diwan frei. Natascha ließ sich nieder und wartete.

der Ritus versagt nie: gelbes Licht, Manieren und Zurückhaltung; jetzt blau: Vorwände, Vertraulichkeiten, die Berührungselemente des Abends werden vorbereitet. Wie die Draufgänger werden sich alle vorkommen. Da ist Pola. Er schlürft seinen fünften Daiquirí, denkt: Ich bin mehr als sie, ich kann mir den Luxus leisten, von ihnen gelangweilt zu werden ... Ihn nicht aus den Augen verlieren. Es fängt wieder an zu regnen. Als erste des Abends steht Silvia auf und sucht Pierrot ...

Ixca Cienfuegos lächelte.

Silvia näherte sich im Dunkeln Pedro Caseaux. Nervös fingerte sie an der brillantenbesetzten Puderdose. »Pierrot, einen Augenblick ...«

Caseaux streichelte ihr Ohr. »Schon wieder einen Augenblick, Liebste? Unsere Freundschaft setzt sich aus Augenblikken zusammen. Avancen mag ich nicht, weißt du? Sieh mal Régules an. Wütend wie ein alter Nibelung. Erspare mir häusliche Szenen. Adieu, adieu.« Natascha lächelte auf ihrem Diwan. Sie ahnte die Technik. Das hatte sie ihm beigebracht. Armer Pierre. Er bekam schon eine Glatze.

Norma Larragoiti de Robles kam in der Sekunde herein, als Bobó das Licht von Blau auf Grün schaltete. Ihr Schmuck blitzte heller, der Coup de soleil im Haar, die goldenen Ohrgehänge, die violetten Lider. Rodrigo Pola trennte sich eilig von der Gruppe. »Pichi«, raunte Caseaux, hinter einer Wolke Cravenrauch verborgen, »unser lieber Junior bedarf einer Tasse Kaffee und vielleicht noch anderer Handreichungen. Hilf mir, ihn ins Schlafzimmer zu tragen. Schscht, langsam.« Junior schrie in einem geschwätzigen Falsett jedem, der sich der Bar näherte, entgegen: »Oh, wie surrealistisch, oh, wie heideggerisch ...«, und mit weit ausholenden Bewegungen sang er Calypsos »Lemmi go, Emelda dahling, you'r baiting mai fingah ...«

»Scheußlich«, kommentierte Pichi, »was glauben Sie, woher kommt diese mangelnde Selbstkontrolle? Adler meint ...« Junior wurde aufs Bett gelegt und war ausgeschaltet.

»Gut, der richtet keinen Schaden mehr an. Setzen wir uns und beobachten wir ihn im Schlaf. Armer Junior! Es gibt einen Snobismus, der sich auf die Entdeckung gründet, daß es keinen Weihnachtsmann gibt. Wie kann so ein boshaftes kleines Mädchen wie du ...«

»Warum sagen Sie das, Señor Caseaux? Junior hat mir beigebracht ...«

»Señor Caseaux, Señor Caseaux! Nenn mich Pierrot, wie alle, du hast wohl Angst vor mir?«

»Höflichkeit schließt ...«

»... Hitze nicht aus.« Pierrot faßte Pichi um die Hüften und küßte sie sanft auf den Nacken.

»Hm ...«

»Meine Königin, bist du noch Jungfrau?«

»Pierrot!! Flirten ist ja ganz schön ... hm ..., aber erst muß man sich intellektuell weiterbilden und dann ... hm ... das Leben genießen ...«

Pichis Stimme verlor sich wie das Tröpfeln aus einem vollgesogenen Filter.

»Mens sana in corpore insano.«

»Und wenn jemand reinkommt? Pierre, Pierrot, der Schleier ... und die Knöpfe!«

»Hab die Tür verriegelt.« Pierrot suchte im Dunkeln nach dem Kabel und zog es aus der Steckdose.

»Pierrot! Und Junior? Hier?«

»Das wird ihm den Eindruck vermitteln, weiterzuschwelgen ... Komm, Schatz.«

»Ah, Pierre, Pierrot!«

»Madonne, ma maîtresse – und so weiter, und so weiter – au fond de ma détresse ...«

»Hm ...«

Natascha strich mit den blaugeäderten Händen über ihre harten weißen Backenknochen. Unter dem bis an die Ohren geschneiderten Samtkragen fühlte sie die Sehnen an ihrem Hals: wie die Saiten eines morschen Cellos. Als sie die beiden ins Schlafzimmer hinaufgehen sah, stellte sie sich Pierrot vor und diese Kleine, die so aussah wie die Natascha aus einer anderen Zeit – und den Rest. Sie dachte an den Pierrot von 1935, den verführerischen Byron, an die reife Frau in der Gloriole von europäischen Hauptstädten, Badeorten, Geliebten. Unwillkürlich entfuhr ihr ein hörbarer dumpfer Seufzer. Samtverpackt stand sie auf und verließ mit strahlenden Augen den halbdunklen Raum voller Geräusche.

Leises Gläserklirren übertönte kaum das Wispern in der Bar »Montenegro«. Duft von weichen Teppichen, Kosmetika und Gin legte sich auf die klimabelüftete Einrichtung. Ein Telefon in der Hand eines Kellners kam nicht zur Ruhe, verabredete Rendezvous, formulierte Entschuldigungen, arrangierte Ausflüge über »Cook's«. Cuquita zuckte, schon gewohnheitsmäßig, mit den Schultern, und die Pelzstola glitt auf die Stuhllehne.

»Und wo wohnst du jetzt, Gloria?«

»In Chile. Weißt du, dear, dort ist das Leben noch wie hier unter Don Porfirio. Exklusive Zirkel, erstklassig! Fabelhafte Empfänge, im Reitklub, im Unión, in Viña del Mar, eisgekühlter Sekt, des choses flambées, weißt du ... und natürlich nicht diese greuliche Invasion von Krämern aus Tennessee. Sieh dich doch mal um.«

Gloria schürzte die Lippen vor ihrem Taschenspiegel und puderte sich sorgfältig.

Sure, sure, they're gay and colorful, but look here, I dont't get the impression they're active, business-like people ...

»Hat auch seine Schattenseiten, mit einem Berufsdiplomaten verheiratet zu sein. Jemand hat mal gesagt, es gibt vier Berufe, aus denen man nie aussteigen kann: Diplomat, Journalist, Komiker und Hure. Na, und du, Paradiesvogel?«

Cuquis wiegte das gelockte Köpfchen und zeigte die Zähne. »Klein-Mexiko, immer das gleiche, weißt schon ...«

Pooh, the most beautiful old ruins you can imagine; quite a trip, and cheap too ...

»Die Mädchen der Gesellschaft kriegen immer noch ihre Babys fünf Monate nach der Hochzeit – richtige Schnellkochtöpfchen!«

»Und was macht das Herz?«

»Hör zu. Ich hab jemanden kennengelernt, wenn ich Leib und Seele für den verkaufen müßte, ich tät's. Da muß ein Funke übergesprungen sein.«

Eine Gruppe Nordamerikaner mit Strohhüten kam herein und schrie: »Viva Mexiko!« Gloria schüttelte sich. Der Fremdenführer, dunkelhäutig, klein, mit einem zu langen hellgrauen Jackett, ging auf den Leiter des Musikquartetts zu und sprach mit ihm.

»Hör mal, bei dem Bankier Robles wird ein Wohltätigkeitsball veranstaltet. Versäum ihn ja nicht. Es kostet Eintritt, und da ich mit diesem Traummenschen hingehe, ist es für mich eine Gelegenheit, das Haus zu betreten, ohne die Hausfrau begrüßen zu müssen. Du müßtest ihn sehen! Ich trenne mich ja sofort von dem Kummerbrocken, den ich zum Mann habe. Dieser ist himmlisch. Hat mich schon auf seine Besitzung und nach Acapulco mitgenommen. Große Romanze unter Palmen, wollte schon mit mir schlafen, kannst dir vorstellen?«

happy birthday to you, happy birthday, dear Larry, happy ...

»Trink aus, bei Bobó warten sie auf uns.«

Cuquita zuckte mit den Schultern. »Bis dann.«

Rosenda stand mit großer Mühe auf; sie mußte sich gleich wieder am Kopfende des eisernen Bettgestells festhalten, als sie merkte, daß ihre Beine unter dem weiten gelblichen Nachthemd nachgaben, und ihre Augen starrten auf die Spiegelscherbe an der Wand. Eine Haut wie dürre Zwiebelschalen sah ihr entgegen; wieder aufrecht, ging Rosenda an den Schrank, holte aus dem bekannten Versteck die fleckig gewordenen Fotos und nahm sie mit ins Bett. »Rosenda Zubarán, 1910« stand auf dem einen: das kleine Mädchen mit Löckchen, die für sein Alter ein bißchen lächerlich wirkten, lehnte an einer Säule in einem Fotoatelier, eine Wange in die Hand gestützt, den Körper wie ein S gebogen. »Rosenda Z. de Pola« war in steifer Schönschrift auf dem nächsten zu lesen; nun war es eine sitzende Frau, aber in derselben Haltung, den Kopf ebenso geneigt, neben ihr ein großäugiger magerer Junge. Und bei dem Bild eines strammen Soldaten mit glänzendem Haar, der martialisch lächelnd einen Helm mit Federbusch steif im Arm hielt, begann Rosenda zu stammeln, die Adern am Hals gerieten aus dem Takt, und atemlos ließ sie die Fotos zu Boden fallen, schloß die Augen und dachte an eine Speisekammer voller Karamelcreme, Quittengelee und Honigtöpfe; an ein Haus, verschlossen wie ein Etui, an eine riesige, endlose Mauer, an der sie mit aufgerissenen Augen entlanglief und die in einem grauenvollen Moment, einem Aufbäumen des ganzen Körpers, in einer Flut blitzenden Feuerwerks aufflammte: jede Kugel eine Sonne, die in rasendem Flug auf der Hornhaut der wehrlosen Frau zerschellte, die erschöpft dalag und den Speichel, ohne darauf zu achten, die Brust hinunterrinnen ließ.

Eine Scheidewand aus Rauch hielt den Raum aufrecht. Bobó hatte sich allein mit einem Glas auf eine Stufe gesetzt, um in vollen Zügen das Schauspiel seiner gelungenen Party zu genießen. Süße Entrückung schwamm in seinen blauen Augen. Bobó ex machina! Klasse! Und soeben trat die Contessa Aspacúccoli herein! Einfach Klasse! Die Contessa steuerte gradenwegs auf die Gruppe um Vampa, Gus und Charlotte zu. »Ihr Lieben«, knurrte sie ohne Umschweife mit ihrem montenegrinischen Akzent, »zu Hause habe ich außer Rice-crispies nichts zu essen. Geleitet mich baldigst zu den Fleischtöpfen.« In einer Ecke stimmten die bebrillten Mädchen dem nervösen Gerede von Estévez eifrig zu. »Der Mexikaner ist so ein namenloses, sprachloses Geschöpf, das seine Umwelt bestenfalls mit Angst oder Neugier aufnimmt. Das Dasein hingegen ist sich der Endlichkeit des Menschen bewußt geworden; es umfaßt eine Reihe von Möglichkeiten, deren letzte der Tod ist, und den erfährt man immer nur an Dritten, nie an sich selbst. Wie projiziert sich das Dasein auf den Tod?« Die bebrillten Mädchen zupften glücklich schwitzend an ihren Pullis.

»... ist ein todgeweihtes Wesen; eine Verbindung zwischen dem reinen Sein und dem vernichteten Nichts ... Oje, der Argentinier! Pardon, man kann nicht mit der abstrakten Spitze des Kontinents philosophieren ...«

Dardo Morattos Keksgesicht, aufmerksam und parfümduftend: »Weiter, Estévez, ich bin ja hier, um zu erfahren, was man in Mexiko denkt. Hochinteressant, hochinteressant, die Dinge sozusagen im Keim zu beobachten. Sind auf dem rechten Weg, Sie. Werden es zu etwas bringen. Stellen Sie mich mal den Mädels vor. Was machen Sie denn?«

»Ich muß auf die Toilette.« Estévez schoß davon.

»Ach, kennen Sie die Geschichte von dem Erfinder des Klosetts?«

Verwirrt lächelnd bekannten die bebrillten Mädchen ihre Unwissenheit. Moratto rückte die Krawatte und den breiten Pikeekragen zurecht. »Aber, aber – welche Lücke in Ihrer Bildung. Sir John Wotton, Höfling Elisabeths I., Latinist und Übersetzer. Wie es so geht, trotzdem fällt er bei Hofe in Ungnade. Elisabeth verbannt ihn auf eins dieser kalten, ungemütlichen Schlösser. Wie kann man die wertvollen Momente geistiger Erleuchtung nach erfolgter Entleerung zur Übersetzung der Äneis verwerten, wenn man über eisige Felder laufen muß?«

Mit einer beredten Handbewegung stieß Moratto sein volles Glas um. »Oh, pardon, gnädige Frau, habe ich Sie bespritzt?«

»Macht nichts«, schwang sich Norma Robles auf, »fast dreizehn Jahre, mein Roderico. Aber du siehst, der Vorteil Mexikos liegt darin, daß niemand nach einem sucht, und da es außerdem keine Jahreszeiten gibt, vergeht die Zeit, ohne daß man es merkt. Weißt du ja selbst.«

»Dreizehn Jahre, Norma.«

»Na und?«

»Wartest du auf deinen Mann?«

»Meinen was?« Sie kaute an einer Olive und riß die Augen auf. Und lachte, wie sie ehemals, so sagte sich »mein Roderico«, nie gelacht hatte.

»Auf irgendwas ...«

»Norma.« Rodrigo wollte die kühle, ringgeschmückte Hand der Frau ergreifen.

»Ach, laß. Bist du noch immer im Garten unserer sehnsuchtsvollen Jugendzeit?« Sie ertränkte einen neuen Lachanfall in ihrem Glas. »In dir, stürmischer Gin, werde ich Schiffbruch erleiden!«

Er hatte sie nie so schön gesehen: mit zwei Schleiern im Haar, die von einem funkelnden Clip gehalten wurden. Und sie war verändert.

»Du gehst ganz schön drauflos, Rodrigo. Ich sehe, die Zeiten haben sich zum Besseren gewendet.«

»Das hängt von der Betrachtungsweise ab«, erwiderte Rodrigo und ging mit ausgestreckter Hand auf sie zu.

»Nein, nein, nein, nun fang bloß nicht mit diesen endlosen Parteireden an. Was hast du mich gelangweilt: erstens so, zweitens hattest du unrecht, oder nicht? Nein, mein Kleiner, nur wir Reichen wissen, welcher Abgrund uns von den Armen trennt, die Armen wissen das nie, und solange ihnen das nicht irgendein ketzerischer Gutsherr unter die Nase reibt, sind wir sicher. Aber comes the revolution, dann sind die ersten, die erschossen werden, die Ketzer oder die unbequemen Intellektuellen.«

Rodrigo betrachtete ein Streichholz. Dardo Morattos Stimme leierte weiter: »Sir John erfindet das Klosett, und auf ihm hokkend, übersetzt er Vergil. Das große Werk kann beendet werden. Und zu denken, daß heutzutage die britischen Edlen, wenn sie kacken, dem Andenken Sir John Wottons, des Latinisten, Höflings und Vergilübersetzers, nicht eine fromme Erinnerung weihen!«

»Ach, Rodriguito, sag bloß nicht, du bist einer von denen geworden, über die man sich ewig lustig machen muß. Schscht! Ober, einen Daiquirí für den Herrn ...«

Fidelio ließ die Gläser fast überlaufen. (»Hol mich ab ... schon beinah elf, gleich kommt Gabriel, und ich noch hier. Hol mich ab ...«)

»Paß auf, wo du hinguckst«, zischte Bobó. »Was ist denn heute los mit dir? Tolpatsch!«

Norma nahm die Gläser und reckte die Arme wie schläfrige Schlangen. »Ach, tut das gut, einen dicken Ehemann zu haben, einen Finanzzauberer mit eisernem – aber nur eisernem – Pflichtgefühl. Wenn er nicht einmal in der Woche zu mir käme, würde ich glauben, er hätte eine andere, ich würde von Eifersucht geplagt, dieses Gegenstück der Liebe, das ich mir nicht wünsche. Ich wäre verloren, bedrückt, tragisch, abwesend, auf einer so netten Party, wo ich alte Freunde wiedertreffe, die ich längst verschollen geglaubt hatte. Was machst du denn jetzt, Alterchen?«

»Nichts, ich schreibe ein bißchen, und ...«

Normas behandschuhte Hände klatschten lautlos Beifall. »Das ist gut, die Literatur gehört ebenso dazu wie Zigaretten oder guter Kognak.«

»Norma ... ich weiß nicht, ich liebe dich noch immer ...«

»Bravo, einmalig! Das Übel scheint um sich zu greifen.«

Normas Augen hinter dem Schleier wurden klein und schräg –

»Was bildest du dir ein, Dummkopf!« – und wieder groß und klar –

»Ach, du spinnst! Bobó, macht's dir was aus, das Fenster zu schließen? Was sollen wir mit einer erkälteten Dichterin?«

O du, die du niemals schwanktest
und hast auch ein »je ne sais quoi«,
bring wieder mir jene Momente,
da ich, ohne zu wollen, war schwach!

»Na schön, und nun? Sollen wir vielleicht in den Traumgarten zurückkehren, Küßchen-Küßchen geben, oder lieber im Kino sitzen und Händchen halten? Damit warst du ja immer zufrieden, und wenn du neunzig bist, dann küßt du dich noch immer im Dunkeln mit den Omas aus dem Altersheim. Denn da wirst du enden, ist dir das klar? Tschüs, tschüs!«

Norma drehte ihm den Rücken zu und winkte. Eben war Pimpinela de Ovando eingetreten. Groß, Adlernase, eiskaltes Brennen in den metallischen Augen. Ixca Cienfuegos lächelte. *Norma und Pimpinela Arm in Arm. Gib du mir Klasse, ich geb dir Kies. Gib du mir Kies, ich geb dir Klasse. Keiner verliert. Hast dich zu früh davongemacht. Porfirio.*

»Siehst du deinen Mann morgen?« fragte Pimpinela und lächelte über die Party hin.

»Hélas! oui«, seufzte Norma, die unbewußt Pimpinelas Bewegungen nachahmte.

»Vergiß nicht, Liebling, ihn zu bitten, daß er an meine dreihundert Aktien denkt. Dreihundert. Du hast es versprochen, weißt du noch?«

»Ich weiß nicht, Pimpinela, ich versuche nie ...«

Pimpinela lächelte noch breiter. »Ach, bevor ich es vergesse: Meine Tante möchte dich nächsten Donnerstag zum Abendessen einladen ...«

Norma konnte das Glitzern ihrer Augen nicht verbergen. »Doña Lorenza Ortiz Ovando?«

Der Geruch nach Erbrochenem, dicker Luft, Schlaf verflog für einen Augenblick, als der Omnibus hielt: »Meee-iko!« rülpste der Fahrer und schob die Mütze in den Nacken. Verschmierter Vogelkot an den Fenstern, langsames Geschiebe von Fahrgästen, Hühnern in Verschlägen, übel zugerichteten Bündeln und abgelegten Schuhen. Gabriel versuchte, das Fenster abzuwischen, um sich zu kämmen, zog die Baseballmütze zurecht und langte seine Lederjacke vom Haken. Mexiko! Nun aber los, ein paar Pesos für ein Taxi und schnell nach Hause. Die Hand fest auf der Brieftasche, wand er sich durch den Bus zur Tür. Ein paar Strichmädchen mit verbundenen Knien und lehmverschmutzten Absätzen flanierten über den Netzahualcóyotl-Platz. »Komm, Kleiner, oder du siehst mich nie wieder.« – »Sind wir nicht zusammen aufgewachsen, Pappi?« – »Ich bring genug für euch alle mit, und ich zahl in Dollarchen.« »Yes, yes, mach's gut, Oberwichser.« – »Wir dachten ja bloß.« Gabriel ging die Straße entlang, atmete den beißenden Geruch braunen Fleisches ein, hörte seine Absätze auf den alten Steinfliesen, sah sich selbst, neu und wohlhabend, in den verdunkelten Schaufenstern der Schuhgeschäfte. Die Stadt fiel ihm auf den Kopf, zerbrach über ihm. Als gäbe es keinen Himmel. Aber er würde schon wieder aufs Land in Kalifornien zurückkehren, jedes Jahr, Tomatenschalen riechen. »Frei!« Gerade Straßen, Müllhaufen wie Meilensteine, niedrige Häuser mit abgeblättertem Putz. Er las mit Vergnügen die Schilder der Kneipen, der vielen Bestattungsgesellschaften in der Tránsito und der Colonia Obrera: weißgekalkte Fassaden, und immer standen davor zur Ansicht die kleinen Kindersärge aus hellem Fichtenholz. Er meinte, das geronnene Blut eines Kindes hinter jeder Tür zu riechen: Allein bei ihm zu Hause waren vier gestorben, ganz klein, bevor sie etwas tun konnten, arbeiten, bumsen ... all die wichtigen Dinge. Gabriel schnalzte ungeduldig mit den Fingern. Nun war er wer, mit einem Haufen Dollars in der Tasche und den funkelnagelneuen Geschenken, mit denen es allen besser gehen sollte. Es war sein erstes Jahr, und er würde immer wieder herkommen, wie es sich gerade ergab, legal oder nicht, unter dem Geschoßhagel, sogar nackt durch den Fluß schwimmen. Das – oder Eisverkäufer am Stadtrand von Mexiko. Schon zu Tuno hatte er gesagt, als sie zusammen bei der Ernte in Texas waren: »Na, und wenn sie dich nicht in ihre schnieken Restorangs reinlassen? Kommste vielleicht ins ›Ambassador‹ in Mexiko rein?« – »Hier, Mann, nehmen Sie.« Gabriel klopfte an die Holztür Nummer 28 B. »Da bin ich mit meinen Goldmäusen.« Die Mama mit den gelben Zähnen und der Vater, der immer aussah, als träumte er, und die große Schwester, die schon ganz knusprig wurde, und die beiden Kleinen in Overall und löcherigen Unterhemdchen. »Gabriel, Gabriel, du bist ja noch stärker, bist ja 'n richtiger Mann geworden!« – »Hier bring ich für alle was mit, los, Jungens, macht mal die Tasche auf.« Das Zimmer kerzenerleuchtet, die Heiligenbilder neben dem Eisenbett. »Für dich, Pepa, weil du schon Busen kriegst, das nehmen die Gringas, um ihn zu halten. Veri fain.« – »Ach, ist das ein Gabriel«, sagte die Mutter immer wieder. »Und hier eine Mütze wie meine, für dich, Vater, von den Cleveland Indians. Davon setzt sich Beto Ávila, wenn er hingeht, vier übereinander auf.« – »Und für dich, Muttchen, guck mal, damit du nicht mehr so arbeiten mußt.« – »Was ist denn das für 'n Dingsbums?« – »Das zeig ich Dir gleich; wo ist denn Fidelio?« – »Hat 'n Job bei irgendwelchen reichen Leuten. Aber erklär doch mal.« – »Schau mal, das Gefäß setzt du auf das weiße Dings, dann tust du da Bohnen rein oder Möhren oder was du willst, und im Nu ist alles fein gemahlen, ganz von allein, statt daß du das machen mußt.« – »Laß mal sehn.« – »Nein, Mutter, das muß man doch einstöpseln, ans Netz anschließen.« – »Aber wir haben hier doch kein elektrisches Licht, Junge!« – »Ach, verdammt. Na, denn geht's nicht, Mutter, dann stell es bloß hin. Benutz es so. Was soll man machen. Kinder, hab ich einen Hunger! Her mit den Tortillas!« Nichts gegen das mexikanische Essen, *aber nächstes Jahr, da geht's wieder in den Norden, wo das Geld ist und die Arbeit auf der Straße liegt. Five and ten, und elektrisches Licht.*

Rodrigo Pola leerte seinen siebten Daiquirí und ließ seinen Blick durch den Raum wandern; soweit er noch denken konnte, fühlte er sich eingewiegt von Wohlstand, Vornehmheit, brillanten Worten, einem Rhythmus, der in jedem hellen Rauchring, den aschfarbenen Aureolen über allen Köpfen schwang. Sein Blut klopfte im Takt sechs Buchstaben: Erfolg. Jeder Buchstabe glänzte für sich: E-R-F-O-L-G. Er nahm noch einen Daiquirí. Er mußte dieses Wort festhalten. Und da war noch mehr: Seine gereizten, schlaftrunkenen Augen wollten nach innen sehen, mit sich selbst sprechen; da war doch noch etwas – nicht nur die handgreifliche Lösung des Problems, aus nichts etwas zu machen. Polas Augen unterhielten sich mit seinem Hinterkopf, und er wiederholte die Erkenntnis: Das flotte Leben war: etwas in nichts verwandeln. Er warf das Glas auf den Teppich und ging zu Bobó. »Hier muß es lustiger werden. Ich werde etwas vorführen.«

»Schschsch.« Bobó lief umher, den Finger auf den feuchten Lippen, öffnete einen Kreis, in dessen Mittelpunkt er sich stellte, und stieß in eine imaginäre Trompete.

Rodrigo sah keine Gesichter; unbekümmert legte er los. Das Volk verließ Sofas und Kissen und drängte sich um den Komödianten; die Nummer hatte vor Jahren bei seinen Schulkameraden immer großen Anklang gefunden, sogar noch vor kurzem in einer Kneipe. Es war eine Parodie der Reiseerzählungen von Fitzpatrick: »Und nun gelangen wir in das mexikanische Venedig, die wundervollen schwimmenden Gärten von Chuchemirco! Ei der Daus! Ist das ein blondes Mägdlein, das dort in jenem trefflichen blumengeschmückten Boot dahingleitet?

Hallo, Schöne, wirst du uns wohl erlauben, dir unsere Begleitung anzutragen?«

Alles kehrte zu den Sitzgelegenheiten zurück; die Gruppen flüsterten wieder und zündeten Zigaretten an.

»Und hier ist auch der berühmte Musiker, Dichter und Narr, der uns berichten wird, wie seine Lieder entstanden sind.«

Pola schnitt eine Grimasse und zog die Wangen ein, um nun Agustín Lara nachzuahmen. Da bemerkte er die Gesichter der wenigen, die ihm noch zuhörten, interesselos wie einer, der in den Regen schaut, Zigarettenrauch ausbläst, unbestimmt auf ihn konzentriert – und nur ein Lächeln, bei dem er bezahlt hätte, um es nicht sehen zu müssen, Normas Lächeln. Pimpinela flüsterte etwas, und die beiden zogen sich zurück. Rodrigo stand da mit seinem verzerrten Gesicht und den eingezogenen Wangen und bekam den Mund nicht auf. Der Rest der Gruppe zerstreute sich, und mitten im Zimmer, wohin die Kellner ihn mit Bobós Hilfe geschoben hatten, um wieder etwas Leben in die Unterhaltung zu bringen, stand er und begann wie im Traum zu singen, die Augen starr auf den Teppich gerichtet:

»Santa, santa mía ...«

Paco Delquinto kam betrunken herein. Unordentliches graues Haar, kariertes Hemd, gelbe Schuhe. Geborener Bohemien, Journalist, Maler und ständiger Zwanzigster im Radrennen um den Bajío, war er diesmal in Begleitung einer Frau mit stierem, unbekümmertem Blick, mit einer dieser Mähnen, die nach dem Modell Juliette Grécos »existentialistisch« genannt wurden.

»Avanti, Delquinto«, brüllte Bobó und flatterte von seinem Belvedere auf der Treppe herunter, »jetzt wird's lebendig! Der einzige Mexikaner, der die Notwendigkeit begreift, uns einen komödienhaften Hintergrund zu schaffen. Platz für den einzig authentischen Narren des berühmten Mexiko!«

»Literatur, Talente, mehrere Handfertigkeiten, Geschenke, erfreuliche Gelegenheiten, ewiger Frühling und seine Anzeichen«, verkündete Delquinto mit grotesker Gebärde.

»... ruhmreiche Regierung, Staat und Religion ...«, fuhr Bobó begeistert fort.

»... und zum Teufel mit den Ölquellen ...«, versuchte die Contessa hinter einem Mundvoll Kaviar hinzuzufügen.

Juliette machte den Mund nicht auf und sah die drei mit tiefer Verachtung an.

»Nieder mit der Gemeinschaft!« schrie Delquinto und kletterte auf ein Sofa. »Wenn jemand über uns schreiben wollte, müßte er uns woanders kopieren. Wir sind die Kopie einer Kopie, der Zusammenbruch der Schreibmaschinentechnik: Auf der zwanzigsten Kopie ist nichts mehr drauf! Das ist der schöpferische, originelle, funkelnde Mexikaner. Gaaanichts – alle kleben wie die Kletten an ihren Jobs und ihren kleinen Ticks, die nie große Laster werden ... Künstler der ganzen Welt, vereinigt euch! Ihr habt nicht mehr zu verlieren als euer Talent! O Barbara, quelle connerie la guerre ... Dulce Filis, woran denkst du?«

Die Angeredete hob die buschigen Brauen über den schabenfarbenen Augen und hüllte sich weiter in mürrisches Schweigen. Die weißen Söckchen standen ihr an dem Abend. Bernardito Supratous glaubte einen Augenblick, die Gefährtin seines Lebens gefunden zu haben. Die Contessa saß wieder bei ihrer Gruppe, ließ sich noch einen Teller Kaviar und Salzgebäck reichen. »Evarista hat ein fürstliches Einkommen: sechshundert Pesos im Monat. Satt essen tue ich mich bei solchen Einladungen. Aber eines schönen Tages werde ich meine Wechsel verpfänden müssen, um mich über Wasser zu halten.«

»Wie geschmacklos, Delquinto einzuladen!« bemerkte Gus nebenbei.

»Was meint ihr, wollen wir am Sonnabend bei mir einen Cocktail organisieren?« fragte Charlotte. Vampa, der wohl die Samstage als Badetage für Kleinbürger ablehnte, warf ihr einen entsprechenden Blick zu, und sie verbesserte sich: »Na gut, nächsten Dienstag. Du, Gus, siehst die Passagierlisten von New York und Los Angeles durch, vielleicht kommt eine Berühmtheit. Du, Fürst, leihst mir dein Familienwappen für die Einladungen. Frisch ans Werk! Wir könnten die Leute schon jetzt mal anrufen, dann ist es nicht so langweilig. Wenn ich daran denke, daß ich heute nicht geweint habe, um *hier* hübsch auszusehen!«

Juliette setzte sich auf den Boden und verdrehte die Augen, während Delquinto Submarines mixte. Schüchtern näherte sich Supratous der Dame mit den Wadenstrümpfen und der nachtschwarzen Mähne. »Ah, que vous êtes jeune, et que vous êtes femme ...«

»Sie können mich am Arsch lecken.«

Behutsam umkreiste der alte Maler eins der bebrillten Mädchen. »Man sieht, Sie sind in den Konventionen der bürgerlichen Familie gefangen. Es wäre unrecht, wenn Ihr großes Talent in Vulgarität erstickte, zugrunde ginge. Sie sind für die Kunst geboren. Besuchen Sie mich; hier ist meine Karte.«

Unterdessen flüsterte Estévez Tortosa fragend ins Ohr: »Warum ist der Mexikaner traurig?« Und Manuel Zamacona wollte retten, was zu retten war, und packte Bobó an den Schultern: »Eine Gesellschaft, in der man statt Poesie Anzeigen liest, die zum Gebrauch irgendwelcher Cremes für die Achselhöhlen verpflichten, wenn man nicht seinen Freund verlieren will, oder mit Chlorophyll zu gurgeln, wenn man kein Mauerblümchen sein will, muß untergehen. Wie kann man so die Urangst spüren? Wie kann so der Überdruß an der kollektiven Sicherheit vermieden werden? Paradoxon, Metapher, Bild, in welche Gefahren bringt ihr uns!« Der Heimatdichter erklärte der Contessa, die nun gierig Pommes frites verschlang: »Hinter Apatitlán kommt eine trockene Ebene, und dann geht es aufwärts nach San Tancredo de los Reyes. Weil dort die Wolken tief hängen und die Menschen traurig sind, trägt die Erde nichts, nur Kaktus und Öde. Man sieht die Indianer von den Bergen steigen, sie schwingen ihre Machetes wie Fahnen. Das hat man mir nicht erzählt, das habe ich gesehen. Und weiter geht es talwärts, man spürt schon die Hitze. Denn nun gelangen wir nach Chimalpapán, wo bereits hartes Gras wächst und die Regierung einen Staudamm bauen läßt. Dort leben die Atolotes, eine Bande von Kaziken, die die ganze Gegend in Schrecken versetzen und sich die besten Weiber rauben. Daran erinnere ich mich noch ...« Und López Wilson nahm die Dialektik zu Hilfe, ausschließlich für den Gebrauch des ungläubigen Fürsten Vampa: »Ihnen könnte der Marxismus allerlei Interessantes sagen.« Lally, Bobós Geliebte, brach mit fünf Bongóspielern in den Salon ein.

»Suivez-moi«, schrie sie, »je suis le péché!«

Das wundervolle, das erstaunliche Stück Fleisch Lally, in ihr ewiges schwarzes Leichentuch gehüllt, das mit dem weißen Haar und der einem schrumpligen Apfel ähnlichen Haut kontrastierte, küßte Bobó schallend, verdrängte die Hehre vom Piedestal und setzte ihre Bongótrommler an die Stelle. »Triumph Pérez Prados über die Musen! Los, Jungs, ich will einen drehen!«

Es ist auch die Nacht (sagte Hortensia Chacón ohne Worte), *und ich wünschte, ich könnte sie an mehr als nur an der Vor-*

freude merken. Sie fehlt mir am wenigsten – sie lächelte –, *und gerade darum möchte ich sie am ehesten wieder herbeirufen, nicht als Elementarkraft in mir, sondern als besondere Stunde.* Sie tastete mit den Händen über die zerwühlten Bettlaken, um mit den Fingerspitzen den noch lauen, kaum feuchten Umriß zu spüren, den Federico Robles eingedrückt hatte. So tat sie Minuten hindurch, Minuten, die zu Stunden anschwollen, während sie daran dachte, daß nur ihre Müdigkeit ihr die Zeit zum Schlafen, die Zeit zum Aufwachen anzeigte und danach das Beste, die Zeit zum Warten: Sie roch den Abend, der Geruch nach Benzin wurde beißend, ebenso wie der Geruch der Kinder aus der Schule gegenüber, wenn sie herauskamen und alle ihre Geräusche, ihre offenbare Freude, sich in Hortensias Ohr in einzelne Worte zerlegten; auch wenn sie sie nicht hörte, wußte sie, was für Worte es waren, sie setzte sie zusammen; in ihre Nase stieg die Zartheit der süßen Zuckerwatte, die die Kinder kauften, und der angenehme Duft der Seife und der Lebensmittel aus dem kleinen Krämerladen im Erdgeschoß. Danach versuchte sie mit dem Geruch den Körper Federicos in den Laken zu rekonstruieren. Mit einem Finger zeichnete sie auf dem zerdrückten Leinen Augen, Mund, Hals, Bauch, Arme, Beine und legte sich wieder auf den weißen Schatten, umarmte ihn und sagte, ohne je zu sprechen: *Auf dich warte ich, denn das hast du von mir verlangt, und das habe ich immer gewollt, nur warten: Die Dunkelheit krönt meine Sehnsucht, und bei dir fühle ich meinen Leib nicht mehr geschändet, ausgeliefert, sondern nur dunkel, wieder dunkel, wie am Anfang.*

»Du machst mich wahnsinnig, Pierrot, hmmm!«

Alle waren schon da, als Federico Robles in dem Haus in der Colonia Narvarte mit den Stierkampfbildern von Ruano Llopis an den Wänden und einer Maniladecke auf dem Konzertflügel eintraf. Er kam wie üblich herein, wie ein Stier, der in die Arena tritt; den an den Schläfen kurzgeschorenen Indiokopf vorstoßend, die Grüße mit einer kurzen Handbewegung erwidernd, steuerte er auf den Highball zu. Dann erst richtete er sich auf und wartete.

»Glauben Sie ja nicht, daß man ohne Drumherum einen greifbaren Eindruck von Fortschritt vermitteln kann, und ohne diesen Eindruck gibt es keine ausländischen Investitionen. Was zeigt eine nordamerikanische Zeitschrift mit großer Auflage?

Weder Abwässerkanäle noch Pflaster noch Straßenbeleuchtung, sondern riesige Gebäude, Autobahnen mit Szenerie, Hotels, eine Krankenhausfassade, auch wenn drinnen nicht ein Bett steht. Was nach Eleganz und Fortschritt aussieht. Was sich bunt hübsch macht, oder etwa nicht? Genau das sieht der nordamerikanische Geldanleger ...«

»Schau mal, Pepe, das hängt alles zusammen. Du kaufst die Grundstücke zu einem Spottpreis, allesamt. Dann wartest du mucksmäuschenstill ein oder zwei Jahre, und auf einmal entdeckt die Regierung, daß da ein Paradies auf Erden liegt, redet von den Naturschönheiten Mexikos, und nun geht es los: Straßen, Stadtplanung, öffentliche Arbeiten, Förderung des Tourismus, was du willst. Wir sind vorbereitet. Du bekommst wenigstens das Zehnfache ...«

»... und der Idiot geht doch tatsächlich hin und will feststellen, ob die Straße auf der Karte, die dreißig Millionen gekostet hat, wirklich vorhanden ist. Natürlich hat er bloß Maisfelder gefunden.«

»Wodurch ist Rio de Janeiro ruiniert worden? Dadurch, daß man das Kasino von Urca geschlossen und aus Quitandinha einen weißen Elefanten gemacht hat. Dasselbe wird mit Acapulco geschehen, wenn man keine Lizenz für Kasinos gibt. Diese Schiffsspielbanken bringen nicht viel ein.«

»Tun wir doch nicht so: Die einzig organisierte Macht ist die Kirche, und die macht mit.«

Chicho ging von Gruppe zu Gruppe, zeigte Pornobilder herum und flötete: »Wir importieren hundert spanische Puppen, Sonnabend morgen sind sie da, ihr wißt also, abends in Acapulco.«

Und Lopitos fügte hinzu: »Soso, aus Spanien. Keine Gringas mehr aus Beverly Hills, mit dreißig Jahren abgetakelt. Jetzt heißt es la pura importazione, carissimi!«

»Was machen die Kinder?« fragte Robles.

»Wieder in Kanada bei den Dominikanern«, antwortete Pepe.

»Sara ist ziemlich niedergeschlagen. Interessiert Norma sich nicht für Canasta?«

Und dann erschien Chicho, einen Büstenhalter um, den er mit Apfelsinen ausgestopft hatte, und einer Obstschale auf dem Kopf, und Robles trat bedächtig zu der Hauptgruppe.

»Régules ist der Richtige, die Sache einzufädeln. Wir andern, wie gesagt, Hände weg. Régules ist bereit, den Kopf hinzuhalten, sollten wir die Operation öffentlich verurteilen müssen. Er will sogar für ein paar Jahre nach Europa in Urlaub fahren. Mit der Gattin geht es nicht so ganz ...«

»Hallo, Robles?«

Robles neigte den vierkantigen Kopf.

»Sehen Sie mal, Robles, es handelt sich einfach darum, den Eindruck zu erwecken, daß sich die Investition – Sie wissen schon, welche – für die Öffentlichkeit günstig auswirkt. Es wäre gut, wenn die Nachricht von einer privaten Institution käme.«

Wieder nickte Robles, dann traf er in der Tür mit Roberto Régules zusammen.

»Wiedersehn, mein Bankier! Auf Ihre Frau hab ich bei Bobó aufgepaßt! Sehen wir uns morgen beim Golf?«

Robles nickte zustimmend und winkte nervös mit dem ausgestreckten Finger seinem Fahrer.

Jetzt ballen sich Leiber, Gedanken, Geräusche insgesamt zu einer talgigen Kugel; jetzt kreist der gleiche Alkohol, das gleiche verwässerte Blut, das gleiche Vergessen durch alle Gehirne; jetzt wird der Narr König, ausgetüftelte Details, vom Kleiderausschnitt über Rendezvous, Taschentuchzipfel, Parfüms und Manieren, alles geht unter in dem allgemeinen Brei: sich aneinanderklammern, Gütemarke mexikanischer Vornehmheit; sich aneinanderklammern in allem, was konsumierbare Äußerlichkeit ist; sich aneinanderklammern in demselben Badeort, demselben Cap d'Antibes, demselben San Sebastián, demselben Mexiko: Die Szene wechselt, die Welt bleibt. Wir kennen alle Geheimrezepte, wir wissen alles, unsere Maßstäbe gelten. Nicht vergebens. Wir dürfen uns über alles hinwegsetzen. Urwaldrhythmen überschwemmten Bobós Appartement *píntame de colores pa' que me llamen Superman, ay Superman, pa'que me digan ahhmi Tarzan, nené* Delquinto goß sich mit einer steifen Drehung den Submarine in die Kehle, Juliette desgleichen, mit gehobenen Armen, ohne zu zwinkern *me llamen loco porque soy un poco, y tambien borracho porque tomo ron* Cuquita ließ ihren Nerz fallen und zuckte mit den Schultern *eepa pa'que me llamen Superman, caaballero* Silvia Régules ging, ohne sich zu verabschieden, Gloria Balceta kam herein, mit halboffenem Mund und hocherhobenem Kopf, Charlotte trennte sich vom Telefon und umarmte Lally. »Vor aller Welt muß ich es sagen, diese Frau ist pervers und hat mir wehgetan, aber ich bete sie an, *así, así a ver gózala cabaallero, ay tu verá, nené* Cuquita tanzte wie ein Pinguin *baila baila como el pingüino baila*

»Lizentiat Tortosa«, fragte Gus, eine Hand auf der Hüfte, »fühlen Sie sich als christlicher Marxist in diesem Armageddon nicht eingeschüchtert?«

Ay minué minué la bailaba el siglo quince y ahora en el cincuenta y uno

»Homo homini lupus«, rief Tortosa ekstatisch aus.

»Oh, immer diese Anspielungen. Die Griechen waren der Meinung, daß die Harmonie ...«

quién es quién es? yo les voy a decir, Pachito 'e Ché, le dicen al señor

»Inderweltsein ...«

la televisión, pronto llegará, aay, no, no, no, no

»Der Intellektuelle gehört aufs Land ...«

pabarabatibi cuncuá, neegro, pabarabatibi cuncué ...

»Will mich zwingen, mit Strumpfhalter und Strümpfen ins Bett zu gehen, kannst du dir das vorstellen?«

Delquinto versuchte, den Krach von Rasseln, Trommeln und Negerschweiß zu übertönen: »Snobismus, reinster Snobismus! Seht meine Juliette an! Glaubt ihr, sie ist ein rätselhaftes Weib mit Vergangenheit? Ein Spatzenhirn ist sie, ordinär, ungebildet, von meiner weisen Hand in der Fakultät für Zahnmedizin aufgelesen und halbtot vor Angst in dieser Umgebung, grrr!« Er quetschte Juliette in seine Arme, während die Contessa Aspacúccoli das allgemeine Durcheinander nutzte, sich in die Küche zu schleichen. *ay superman ay superman*

»Mexiko ist Nietzschescher Tropismus!«

Bobó weinte vor Lachen, ließ wie verrückt die Farben kreisen, Lichter zerschnitten alle Profile, lila, rot, indigo, Cuquita stelzte im Parademarsch, und Supratous rutschte auf den Knien hinter ihr her, Rauch umschlängelte sie, Gläser klirrten, Arme zuckten in der Luft wie bloßgelegte Nervenstränge.

cuando se murió Dolores, murió siendo señorita: cero hit, cero carrera, cero error

»Da gibt's nichts, Mexiko ist ein vitales Land. Stellen Sie sich das in Mar del Plata vor!«

Delquinto tatschte die Frau ab, küßte sie auf den Nacken, entblößte ihre Brüste, drückte ihren Bauch, und Bobó und Charlotte und die bebrillten Mädchen und der Philosoph Estévez grölten: »Infame Metze! Möge die Erde dein Grab mit Pestbeulen bedecken und dein Schatten die entsetzlichsten Durstqualen erleiden!«

»Properz!« jubelte Dardo Moratto. »Properz! Terra tuum spinis!« *va se va, la clave azul, se va al son del marabú*

In einen Pyjama aus schlankeren Zeiten gezwängt, die totale Melancholie eines geschlagenen Westgoten in seinen Zügen, trank Bobó den letzten Rest der letzten Flasche Kognak. Er atmete den schalen Geruch von Kippen und klebrigen Glastrümmern und brummte: »Fürchte die Griechen, Bobó, fürchte die Griechen.«

Und dann fing er an, auf allen vieren die Streichhölzer einzusammeln, mit denen der Teppich übersät war. Elf Uhr morgens. Motoren heulten durch die Insurgentes, durch die Niza, wo die Prachtvillen aus Don Porfirios Zeiten schon allmählich zur Boutique, zum Restaurant, zum Kosmetiksalon herabsanken. Die Mittagssonne brannte wie eine Wunde. Nicht die kleinste Brise strich über die schlanken Baumkronen auf dem Paeso de la Reforma. Im neunten Stock eines rosa Steinklotzes, der sich zwischen zwei düsteren Mansarden hochreckte, richtete Federico Robles den Blick auf die regellose Collage der Stadt. Duftige, durchsichtige Fassaden verbargen nicht ihre schwachen Seiten aus bunten Ziegeln und Bierreklamen. In der Ferne, am Fuß der Berge, sammelte ein Staubwirbel deren braune Atome. In der Nähe das Hämmern von Arbeitern, die eine Straße aufrissen. Ein Reigen von Stenotypistinnen und drallen Verkäuferinnen, Komplimente, wiegende Hüften, verflocht sich mit dem der Müßiggänger, alten Gringos mit offenem Hemd und Witzen aus Kansas City, die sie anderen alten Gringos erzählten, die ihrerseits voll von Witzen aus Peoria steckten. Glatzköpfige Männer eilten vorbei, während sie nach der Uhr sahen, in grauen Anzügen, aufgeplatzte Aktentaschen unter dem Arm.

Eins-eins sprangen die Zeiger auf den Taxiuhren. Im Zickzack, tatütata, rasten dicht an dicht die Autos dahin. Die Hupen weckten Rodrigo Pola; der unbarmherzige Lärm der Stadt kroch durch die Ritzen bis in sein Hinterzimmer in der Calle de Rosales. Auf der Dachterrasse ihres Hauses, um das die Lomas de Chapultepec wie Mauern standen, legte Norma Larragoiti de Robles Kissen zurecht und zog ihren seidenen Morgenrock aus. Sorgfältig auf den Glanz jeder Pore bedacht, rieb sie das mattschimmernde Öl ein. Sun Tan. In ihrer Finsternis wartete Hortensia Chacón auf das Getöse der Calle de Tonalá, auf den zweiten Schulschluß am Nachmittag, auf das Geräusch des Schlüssels in der Tür. Die Avenida Mixcoac fraß sich platt und langsam, von Lebensmittelgeschäften, Gemischtwarenläden und billigen Kinos gesäumt, unter dem ohrenbetäubenden Krach von Straßenwalzen, Preßlufthämmern und Teermaschinen weiter; nichts drang in die stumme Kammer Rosenda Polas, die immer in einem wachen Delirium dahindämmerte, gefangen in einer letzten entsetzlichen Klarheit, die sie nicht mehr in Worte zu fassen vermochte, Worte, die sich in ihrer zuckenden schlaffen Kehle stauten. Charlotte, Pierrot, Silvia Régules, Gus, Fürst Vampa, Pichi, Junior, alle schliefen – nur Pimpinela de Ovando schritt aufrecht und duftend hinter ihrer schwarzen Sonnenbrille durch die Madero dem Büro Roberto Régules zu. Vor Robles' Blick entfaltete sich Mexiko wie ein Kartenspiel – Kreuz-König auf Santo Domingo, Herz-Drei in Polanco –, der dunkle Tunnel von Mina, Canal del Norte und Argentina, offener Rachen, der nach Licht und Luft schnappte, Lotterielose und Flugblätter gegen Gonorrhoe verschluckte, bis er auf der Reforma den geraden Weg fand, gleichgültig gegen die kleinen Laster, die mit ihren bröckelnden Fassaden und nachgebenden Fundamenten in Roma und Cuauhtémoc zusammengepfercht waren. Von seinem Büro aus sah Robles die häßlichen Dächer, die unschönen Dachterrassen. Er stellte sich ein Erwachen ohne Hoffnung vor: lecke Tröge, verkümmerte Topfpflanzen. Robles genoß es, sich gleichmütig aus dem Fenster beugen und sich ungestört von den Hungerleidern da unten an dem Gewimmel vergnügen zu können, all den Fäden, die sich durch die Stadt zogen, ohne von Wolkenkratzern und Federico Robles zu wissen. Zwei Welten – Wolken und Dreck. Ein völlig abgeschlossenes, individuelles Kommunikationssystem brachte ihn von seinem eingezäunten Bungalow mit dem Tor aus steinerner Schlagsahne zum Auto, vom Auto zum stahl- und chromblitzenden Aufzug, vom Aufzug zum Panoramafenster und zu den Ledersesseln, und auf nur einen Knopfdruck hin vollzog sich der umgekehrte Weg. »Wohlverdient.« Robles rieb sich den Jackettaufschlag. »Kein leichtes Unterfangen, sich von diesem Volk abzusondern. Lumpenpack, nichts als Lumpenpack.« Er betrachtete seine rosa Fingernägel: Sie hatten in Michoacán Erde gekratzt, mit der Zähigkeit ihres unabänderlichen Schicksals. Wieder schaute er in die Ferne: dorthin, wo der Kopfbahnhof von Buenavista qualmte, und jenseits der Brücke bis zum Stadtteil Guadaloupe. Auf der Brücke stand Gladys García, rauchte eine übelriechende Zigarette und ließ den Rest auf das Dach einer Hütte aus Blech und Pappe fallen. In Richtung Balbuena – am anderen Ende des Staubes – spielte Gabriel Rayuela, während er auf seine Kumpel Beto, Tuno und Fifo wartete, mit denen er seine Heimkehr feiern wollte. Rosa Morales suchte bei den Bestattungsunternehmern ihres Bezirks einen billigen Sarg aus, und Juan lag mit blut- und weinverschmierten Lippen auf einer Trage des Roten Kreuzes.

Eine Hand hämmerte gegen die Tür und riß Rodrigo aus lähmendem Schlaf. Stöhnend und protestierend warf er die schweren Laken von sich und setzte langsam die Füße auf den rissigen Fußboden. Bleischwer ließ er die Augen auf seine Handflächen fallen. Das Hämmern gegen die Tür hörte nicht auf, dazu eine gräßliche Stimme, dringlich und ratlos. Endlich raffte er die nötige Willenskraft zusammen, stand auf und öffnete.

Ixca Cienfuegos' Augen, die glühenden Kohlen glichen, grüßten ihn mit dem zugleich finsteren und lustigen, persönlichen Umständen gegenüber völlig gleichgültigen Blick, der Rodrigo so ärgerte. Cienfuegos trat ein, hielt sich die Nase zu und riß die Fensterläden auf, die in der Sonnenhitze des feuchten Innenhofes schmorten, wo es durchdringend nach Essen roch.

»Gas?« stellte Cienfuegos in fragendem Ton fest. »Aber das paßt doch nicht zu dir. Merkst du es immer noch nicht? Das paßt nicht zu dir.« Lachend warf Ixca Rodrigo die Mittagszeitung an den Kopf. Der ließ sich bäuchlings aufs Bett fallen. Cienfuegos schien die kleine Welt der Schlafkammer in seine Hände zu nehmen, sie zu kneten, der Wand ihr unschönes Aussehen zurückzugeben, die Dinge wieder dahin zu stellen, wohin sie gehörten, das Gold wieder in abgegriffenes Kupfer umzumünzen. Er würde den großen Traum morden, mit einem Lachen die Hexenbrut verscheuchen.

»Rede schon, rede«, drängte Cienfuegos und spielte mit einem Stuhl. »Laß deiner Beredsamkeit die Zügel schießen. Wolltest du nicht das? Einen Augenzeugen? Drück dich nicht. Sprich!«

»Nun mach mir nicht schon wieder Vorwürfe«, murmelte Rodrigo und wandte, noch immer auf dem Bauch liegend, seinen Blick der Zeitung zu, die Ixca ihm zugeworfen hatte und die allmählich eine kleine Pfütze aufsaugte, die die Tropfen von der Decke dort gebildet hatten: Drei Magnaten schlemmen in einem Restaurant; Pockenliese gefaßt; Verbrechen aus Leidenschaft, in Balkenschrift: Drei Magnaten betrügen einen armen Teufel ... Pockenliese ... zum Helm gefaltet Schutz vorm Regen ... *(Hart, harte Schale und zähe Eingeweide. Gestern noch hilflos zwischen vier Wänden, heute hier, trotz allem, ich kratz mich und seh die Gesichter von drei dicken Bankiers – nein, das ist doch die Höhe)* Rodrigo sprang lachend aus dem Bett: Einer von ihnen, Krawatte mit Perle, den Highball in der schwammigen Hand, war er, war Robles.

Norma schlug die Augen auf, sah in die Sonne und ließ sich von ihren Strahlen die Pupillen rösten. Dann schloß sie sie wieder und genoß das Vorbeiflitzen von blauen Punkten und gelben Funken, die sich wie die Wellen auf einem Teich nach dem ersten Steinwurf ausbreiteten. Aber die Sonne konzentrierte sich auf ihre Lippen. Die Sonne küßte sie.

Norma wollte sich erinnern, sich an die Küste erinnern. Wieder öffnete sie die Augen und setzte sich rasch auf. Immer hatte sie darum gefleht, man möge an sie denken, und nie hatte sie jemanden im Gedächtnis behalten wollen. Jetzt empfand sie nicht so sehr Schrecken als vielmehr ein unbestimmtes Gefühl von Hohn, Verachtung, als sie daran dachte, daß sie nun anfangen müßte, sich zu erinnern, und die anderen sie vergaßen. Sie blähte die Nüstern und sog den Ginsterduft ein, der vom Garten heraufstieg. Es war der gleiche wie damals, in dem kleinen Garten bei dem kleinen Haus, in dem sie ihren siebzehnten Geburtstag feierte. Dachte jemand außer ihr noch daran? Erinnerte sich jemand jetzt – immer – an Normas ganzes Leben? Sie griff nach der Ölflasche, und das geballte Sonnenlicht zerschellte auf ihrem glitzernden Körper, wurde zurückgeworfen von den braunlila Brustspitzen.

Manuel Zamacona öffnete die Fenster seiner kleinen Wohnung in der Calle de Guadalquivir und kniff stöhnend die Augen zu. Er hielt sich den Kopf mit beiden Händen, atmete stockend und setzte sich auf einen ledergeflochtenen Stuhl. Er versuchte, seine Phrasen der letzten Nacht zu rekonstruieren, doch in seinem Gehirn tanzten nur Bilder von schielenden Augen, glatter schwarzer Haut, Tabaksgeruch, Duft nach Miss Dior und Deodorant. »Paradoxon, Metapher, Bild – zu welchen Abgründen führt ihr uns«, murmelte er, trat vor den Spiegel in gezacktem Blechrahmen hin und sah, daß seine Ohren rot anliefen. Lächelnd ging er wieder an seinen Arbeitstisch, nahm Papier und Feder, blickte auf die Avenida de la Reforma und suchte dem wohlbekannten Ort eine neue Tönung, einen neuen Aspekt abzugewinnen. Er schrieb »Mexiko«, fröhlich, »Mexiko«, wütend, »Mexiko«, voll Haß und Mitleid, die ihm in der Magengrube kochten, und wieder »Mexiko«, bis die Seite voll war, und dann fing er noch eine an und schrieb sie voll, und dann ging er auf den Balkon, starrte in die Sonne, knüllte die Seiten zusammen und schleuderte sie mit aller Kraft der Mitte des Gestirnes zu, überzeugt, daß sie dort anlangen und verglühen würden, und dann packte er einen Blumentopf und warf ihn ebenfalls in die Sonne. Er wünschte sich einen Stein, tausend Steine, und hörte nur, daß der Blumentopf auf dem Pflaster in Stücke sprang, und sah eine Geranie liegen, von einem Autoreifen plattgedrückt. Zamacona setzte sich an seinen Arbeitstisch. Er dachte daran, daß diese prächtige weite Ecke des Paeso de la Reforma nach dem Vorbild der Avenue Louise in Brüssel auf Anordnung der Kaiserin Carlota angelegt worden war. Und er sah flüchtig eine Indianerfamilie mit geduckten Köpfen vorbeigehen, vorbeihuschen. Er hörte das schrille Schreien eines kleinen Mädchens, roch grüne Maiskolben mit rotem Pfeffer, Jícamas mit Zitronensaft: alles, was zum offenen Fenster hereinwehte. In Augenhöhe ein fünfzehnstöckiges Mietshaus auf Betonpfeilern, luftig und vielfarbig mit seinem Glas und seinen Mosaiken. Gegensatz? Nein. Zamacona nahm die Feder.

»Andersartigkeit eher als Gegensatz. Das mag unser Wort sein: Anderssein. Uns nicht als Teil eines rationalen Räderwerks empfinden, das wir zu erhalten bereit wären, oder gestatten, daß es uns erhält. Verrammelter Käfig, mit dem Rücken gegen die Welt. Nicht das Gefühl haben, daß unsere Werke, unser Geist in eine logische Ordnung vorstoßen, die für andere und für uns begreiflich ist. Spanien: anders, ja, aber anders innerhalb Europas. Sein Anderssein ist die Sehnsucht nach dem, was ihm verwehrt blieb, obwohl es ihm von Rechts wegen zustand: dem Abenteuer des modernen Menschen. Das Zeug zum Modernen war da. Was vereitelte die Verwirklichung?

Was versperrte einer Nation, die heute ohne jede Ausdrucksmöglichkeit der Intelligenz lebt, den Weg zur Teilnahme an Europa? Das ist der Schmerz, die Sehnsucht, das Anderssein Spaniens. Und Rußland ist das Anderssein gegenüber Europa, der Anspruch auf eine Überlegenheit, die sich auf die Behauptung gründet, Rußland unterscheide sich von Europa. Aber schon dies macht Rußland andersartig; wenn es behauptet, durch die Abweisung Europas von eigener Art zu sein, dann muß es das ganz und gar sein, muß eine europäische Herausforderung annehmen und den Wettlauf beginnen, der es Europa ebenbürtig macht. Wettlauf um die Suche nach der verlorenen Zeit! Nur Mexiko ist eine von Europa gänzlich verschiedene Welt, die sich ihrem Schicksal der völligen europäischen Durchdringung beugen, die europäischen Worte und Lebensformen, seinen Glauben nachbeten muß, obwohl die Substanz seines Lebens und sein Glaube anderen Zeichens sind. Mehr als Tod – eine natürliche, annehmbare Tatsache – wurde es so Mord, brutale Folter, Ausrottung der Formen, die der Substanz entsprachen. Seither ist alles die engstirnige, blinde, oberflächliche Suche nach einer Übereinstimmung zwischen dem, was wir wirklich sind, und den Formen, die eine an sich stumme Substanz auszudrücken haben.«

Er sah sein Spiegelbild im Fenster, das feingeschwungene Profil, die schmale, aggressive Nase, die fast strichförmigen Lippen: die äußerliche Silhouette, die seinem Gesicht aus breiten Backenknochen und grobem dunklem Fleisch aufgesetzt war.

»Nichts vom Ursprung wissen. Dem Ursprung des Blutes. Aber gibt es ursprüngliches Blut? Nein, jedes reine Element erfüllt sich und vergeht in sich selbst, es gelingt ihm nicht, Wurzeln zu schlagen. Ursprünglich ist das Unreine, die Mischung. Wie wir, wie ich, wie Mexiko – das Ursprüngliche bedeutet also eine Mischung, eine Schöpfung, nicht etwas Unvermischtes, was vor unserer Erfahrung liegt. Wir werden nicht ursprünglich geboren, wir entwickeln uns zu Originalen: Ursprung ist Schöpfung. Mexiko muß seine Originalität erreichen, wenn es voranschreitet; in der Vergangenheit wird es sie nicht finden. Cienfuegos glaubt, daß wir uns zurückwenden, in den Urgrund fallen lassen müssen, damit wir diese Übereinstimmung finden, das Erkennen dessen, was wir sind. Nein, wir müssen uns einen Ursprung und eine Originalität schaffen. Ich selbst weiß nicht, woher mein Blut kommt; ich kenne meinen Vater nicht, nur meine Mutter. Mexikaner wissen nie, wer ihr Vater war; sie wollen ihre Mutter kennen, sie verteidigen, sie erlösen. Der Vater bleibt in einer nebelhaften Vergangenheit, ein Ärgernis, Vergewaltiger unserer Mutter. Der Vater hat vollbracht, was wir selbst nie vollbringen können: die Eroberung der Mutter. Er ist der wahre Mann, und das nehmen wir ihm übel.«

Er zerlegte wieder sein Spiegelbild. Ja, dort in seinem Gesicht war seine Mutter ganz und gar: Kreolin, sorgfältig gebildete

Züge, in Voraussicht der Kreuzung. Und dahinter, im Kern, die formlose braune, dunkle, eingeborne Substanz des Vaters.

»Das dunkle Fleisch in der Tiefe, das sich selbst schafft, ohne Vereinigung. Wann werden wir es erlösen? Wann ihm einen Namen geben? Damit es nicht mehr namenlos sein muß.«

Er stand auf und zündete sich eine Zigarette an. Er ließ seinen Blick durch das Zimmer schweifen: Lederstühle, unordentliche Fächer, Wandborde voller Reproduktionen indianischer Kunst: das geballte Sein im Schlund olmekischer Votiväxte, die abstrakte Zeremonie der Gestirnformen von Oxkintok, die sinnliche Fröhlichkeit der Primitiven, das kalte Feuer der aztekischen Totalität. Der Gipfel der Barbarei, dachte Manuel, Barbarei nicht als Fehler oder fehlerhaft, sondern in ihrer Art vollkommen, vor dem Gedanken der Persönlichkeit und ihm ganz fremd. Leben für den Jahreskreis, das Gestirn ernähren, unter dem Zeichen der noch nicht geschaffenen Natur leben. Nein, man hat nicht recht, all das erklärt uns nur teilweise. Und das kann man nicht wiederaufleben lassen. Ob zum Guten oder zum Bösen, Mexiko ist nun schon etwas Neues. Es gilt, dieses Andersartige, radikal Unterschiedliche in seiner Gesamtheit zu erklären und es auf die Zukunft, auf die Eingliederung auszurichten, nicht auf einem Massenmord aufzubauen.

Er kehrte zu Tisch und Feder zurück. »Konstanten: allmähliches, intuitives Werden des mexikanischen Volkes, ohne Berührung mit fremden Gesellschaftsformen. Suche nach einer äußerlichen, rechtlich-politischen Deutung, gegenüber der Suche nach einer greifbaren, historisch-kulturellen Herkunft. Festhalten an formalen Definitionen bei Vorhaben, die die Geschichte negieren, die importiert werden, unlogische berühmte Modelle imitieren. Verneinung der Vergangenheit als Anfang jedes angeblich rettenden Vorhabens.«

Aber wo ist das Vorbild, das richtige, wirklich rettende Vorbild, an das Mexiko sich halten muß? überlegte er dann. An welches würde er zum Beispiel sich halten? Nicht ohne Humor dachte er daran, daß er selber religiöse, jawohl, und künstlerische und animalische Möglichkeiten in sich trüge. Er kaute am Federhalter und nahm ein neues Blatt Papier.

»Welche Skala lebendiger Werte gibt es? Wäre sie objektiv, so entstünden wohl keine Schwierigkeiten. Aber sie ist es nicht, und jeder ist sich selbst überlassen. Nehmen wir einmal an, unsere Skala ist objektiv, und den höchsten Grad menschlicher Vollkommenheit erreicht, sagen wir, Leonardo da Vinci. Die

Tatsache wäre ermutigend, aber zweifellos besteht zwischen Leonardo und einem Durchschnittsmenschen ein geringerer Unterschied als zwischen einem Durchschnittsmenschen und einem Schimpansen. Für den Durchschnittsmenschen wäre es einfacher, sich einem großen Künstler anzunähern als einem Affen. Aber nun kommt ein guter Christ und behauptet, der Unterschied zwischen dem Durchschnittsmenschen und Jesus sei geringer als zwischen Jesus und Leonardo. Ist es also leichter, sich dem Modell Jesus anzunähern als dem Modell Leonardo? Oder handelt es sich eigentlich um zwei Wertskalen, die einander ausschließen? Es ist doch so, daß als Grundlage für beide der Durchschnittsmensch genommen wird, und manchmal möchte man sich der Jesusmöglichkeit und manchmal der Leonardomöglichkeit annähern. Die eigene Wertskala wird fragwürdig: fünf Tage Leonardo gegen drei Jesustage. Könnte ich doch alle meine Kräfte, ohne zu schwanken, auf das eine oder das andere Ziel ausrichten! Und warum nicht alle auf das Ziel Schimpanse? wird ein ironischer Freund mir raten. Es ist leichter, ab- als aufzusteigen, und wenn auch zwischen dir und Jesus und Leonardo weniger Unterschiede bestehen als zwischen dir und einem Schimpansen, so wirst du doch diesem rascher ähnlich als jenen. Solche Gedanken drückt man natürlich nicht so brutal aus. Wir sagen lieber: ›Die Zeit reicht nicht aus, Vollkommenheit zu erlangen. In Wirklichkeit entfernt uns die Zeit nur von der ursprünglichen Vollkommenheit.‹ So wird Cienfuegos denken. Also, lassen wir uns zum Schimpansen zurückfallen, angeblich, um im Urgrund unser vergessenes, ursprüngliches Supersein zu finden. Das nennt man ja wohl im allgemeinen ›Fortschritt‹ – ich meine, geistigen Fortschritt, nicht materiellen, der begnügt sich mit sehr einfachen, von ihrer Vortrefflichkeit so überzeugten Zielen, daß sie keine Rechtfertigung für nötig halten –: die Suche nach einem Ziel, das nur, wenn es weder Jesus noch Leonardo ist, der Schimpanse sein kann, aber der Schimpanse als edler Wilder verkleidet, als Siegfried, Scipio Africanus oder Josua mit einem Staubsauger. Den Fortschritt müssen wir finden in einem Gleichgewicht zwischen dem, was wir sind und nie ablegen können, und dem, was wir, ohne unser Sein aufzugeben, werden könnten: Jesus, Leonardo oder Schimpanse.«

Ein Geräusch lenkte ihn ab. Er steckte die Nase aus dem Fenster und sah einen Lastträger mit abstoßenden Gesichtszügen – niedrige Stirn, Borstenhaar, platte Nase und wulstige Lippen – mühsam einen großen Wasserkrug schleppen, der ihm entglitt und zerschellte. Der Träger bekreuzigte sich, setzte sich auf die Stoßstange des Wasserwagens, wischte sich den Schweiß von der niedrigen Stirn und sang:

»Was für ein niedlich Weibchen,
's war besser, daß sie starb ...«

Manuel runzelte die Stirn und schrieb weiter: »Dies ist nun ein Land, das seine Erlöser, seine Gesalbten und seine großen Männer gehabt hat. Aber vielleicht waren sie das wegen der Unzahl Schimpansen, mit denen sie zu tun hatten. Und sie gingen ebenfalls unter, weil alle Schimpansen sich zusammentaten. In Mexiko hat es nicht einen erfolgreichen Helden gegeben. Um Helden zu werden, mußten sie untergehen: Cuauhtémoc, Hidalgo, Madero, Zapata. Der siegreiche Held wird nicht als solcher akzeptiert: Cortés. Diesen Gedanken könnte man auf das Land übertragen. Würde Mexiko im Triumph sich selbst akzeptieren? Wir kosten unsere Niederlagen aus und nehmen sie ernst. Die Erfolge neigen dazu, hohle Gedenktage zu werden: der 5. Mai. Aber die Conquista, der Krieg mit den Vereinigten Staaten ... wer hat den Krieg von 1847 wirklich gewonnen? Der scheinbare Sieg der USA – das denken die Mexikaner im stillen – war der Triumph der Akromegalie, des Machtrausches, des Materialistischen, des übergroßen Wachstums und des Niedergangs menschlicher Werte. Automobile vom Band gegen Tonkrüge von Hand. Und so weiter. Mexikos Niederlage aber führt uns zur Wahrheit, zum Wert, zur natürlichen Beschränkung des Menschen, der gebildet und guten Willens ist. Was Erfolg hat, ist nicht immer wertvoll, im Gegenteil. Also ist das, was Erfolg hat, nicht das Gute und das, was scheitert, nicht das Schlechte. Man kann nicht den Erfolg mit dem Guten, den Mißerfolg mit dem Schlechten identifizieren, denn dann wären die USA gut und Mexiko wäre schlecht. Und weil wir wissen, daß das nicht stimmt, fühlen wir uns berechtigt zu denken, daß es nicht darauf ankommt, gut oder böse, sondern menschlich wichtig zu sein, das heißt, intensiv gehaßt oder geliebt zu werden. Was gilt, das ist die Kraft und die Tiefe der Empfindung, nicht der praktischen Erfolge. Wenn aber die Empfindung Haß schlecht und die Empfindung Liebe gut ist, fallen wir dann nicht in einen Manichäismus zurück, zwar nicht faktisch, aber gefühlsmäßig? Alles Mexikanische ist daher gefühlsmäßig ausgezeichnet, wenn es auch praktisch unnütz ist. Und alles Ausländische, wenn auch praktisch nützlich, ist gefühlsmäßig schlecht.«

Er kaute am Federhalter und dachte: Minderwertigkeitskomplex? Und schrieb lächelnd: »Was ist eigentlich der Minderwertigkeitskomplex anderes als der Komplex einer verkappten Überwertigkeit? Bei voller ungebrochener Überlegenheit gibt es keinen Drang nach Rechtfertigung. Unsere Minderwertigkeit ist das verdrängte Gefühl von Vollkommenheit, das die anderen nicht erkennen können, ein Gefüge erhabener Regeln, die nur leider nicht richtig funktionieren, nicht zum Zuge kommen oder die Achtung der anderen nicht verdienen. Solange – so denken die Mexikaner im Grunde – diese überlegene Realität des Mexikanischen nicht sichtbar wird, müssen wir uns verstellen und so tun, als machten wir uns andere, allgemein anerkannte Werte zu eigen: von der Kleidung über die Architektur bis zur Wirtschaftspolitik. Der letzte Meilenstein europäischen Ansehens, die Industrierevolution, wird täglich in Mexiko aufgestellt. Unsere Überlegenheit durch Dekret. Und doch, in einem hat man recht: Wir müssen nach vorn schauen. Nur daß ›nach vorn‹ nicht ›europäische und nordamerikanische Lebensformen‹ bedeuten, die zwar noch gelten, aber nur das Ende einer Epoche anzeigen. Leider sieht die neue mexikanische Bourgeoisie nicht darüber hinaus; im Augenblick ist es ihr einziger Wunsch, sich die klassischen Modelle des bürgerlichen Kapitalismus anzueignen. Immer kommen wir zu spät zu den Banketten. Während wir noch glauben, die Suppe zu löffeln, verwandelt sie sich für uns in Krumen eines hart gewordenen Brotes, an dem schon die Mäuse nagen. Und doch ... heute könnten wir die Augen offenhalten und uns daranmachen, uns ohne andere Kraft und Orientierung als die der eigenen Erfahrung, von Grund auf neu zu schaffen in einer wirklich neuen gesellschaftlichen und philosophischen Struktur. Hat uns die Revolution nicht dieser Wirklichkeit näher gebracht? Aber was sollen wir tun, wenn die ganze tatsächliche Macht, die die Revolution gebracht hat, wollüstig den Kitzeln einer in Mexiko beispiellosen Genußsucht und Jagd nach Geld verfallen ist? Die tatsächliche Macht, das ist das Problem. Denn niemals war diese tatsächliche Macht des Menschen so groß und zugleich so ohne Wert für ihn. Was bedeutet die tatsächliche Macht eines Mannes wie zum Beispiel dieses Bankiers Robles, von dem man so viel redet, mehr als ein reines Anwachsen der Macht an sich, ohne dazugehörige Werte? Wir stecken da wirklich in einer ungeheuerlichen Zwangslage, denn wenn es einen menschlichen Wert gibt, dann ist es gerade die Macht in ihrer umfassendsten Bedeutung. Wenn Macht nicht länger ein Wert ist, dann wird es sehr schlimm: Ihre Anwendung wird allenthalben verantwortungslos. Wert – Macht – Verantwortung bilden die große Einheit, die uns untereinander, mit der Natur und mit Gott verbindet. Macht ohne Wert und ohne Verantwortung mündet in Verwahrlosung, in kleine Untergangsgötter oder in die Gottidee einer säkularen Abstraktion: die Geschichte, die blinden Schicksalsmächte, das auserwählte Volk oder die unkontrollierbare Technik. Wir stehen am Kreuzweg. Welchen Weg werden wir wählen? Vor allem Mexiko, das so von wirren Erfahrungen, widersprüchlichem Leben belastet ist? Wird es einen eigenen Weg wählen können, oder wird es sich von der verbrecherischen Blindheit der Auserwählten mitreißen lassen?«

Er mochte nicht weiterschreiben. Wieder starrte er in die Sonne. Er kam sich klein und albern vor; klein und albern mußte sich jeder vorkommen, der etwas von diesem Land erklären wollte. Erklären? Nein – glauben, mehr nicht. Mexiko erklärt man nicht, an Mexiko glaubt man, wild, leidenschaftlich, entmutigt. Er faltete die Blätter zusammen und stand auf.

»Ich wollte eben von mir aus etwas gelten«, sagte Rodrigo zerstreut und suchte nach einem Schuh unter dem Bett.

»Wozu?« fragte Cienfuegos, leicht lächelnd, und setzte den Teekessel auf eine Kochplatte. »Hier werden nicht die Menschen, sondern die Briefköpfe respektiert: Herr Präsident, Herr Direktor, Herr Etikett. Hat dein Selbstmord andererseits Sinn? In Mexiko, meine ich. Außer als Schnippchen für die mörderischen Mächte.«

Mit verschränkten Armen wartete er, daß das Wasser kochte. »Du hättest sterben können und damit ein allgemeines Bedürfnis befriedigt: Nicht mehr mitmachen, womit du allen einen Gefallen getan hättest.«

Rodrigo zog sich langsam den Schuh an und zwinkerte, denn die Zigarette zwischen den Lippen störte ihn, der Rauch klebte an seiner Haut. »Worte helfen nicht, Ixca. Jetzt kommt wieder die Versuchung von gestern abend. Aber es ist nur noch eine Versuchung – zwei. Die von gestern abend und die andere: weiterzuleben. Ich weiß nicht, aber ich sehe alles, das Suchen nach dem kleinen Anknüpfungspunkt, dem plötzlichen, ersehnten Treffen, der Person X, der einzigen – in unzähligen gedankenlosen Tagen. Alles so kleinlich, so niedrig ... ich hab versagt, Ixca.«

»Nein. Aber du hast bloß kleine Erfolge gehabt.«

Rodrigos müder Blick überflog weiter die Druckerschwärze *UNÜBERTREFFLICHE SITUATION UNSERER VIEHZUCHT, versehen mit allen geistlichen Tröstungen der Kirche, unserer heiligen Mutter.*

Gestern mit zwei jungen Herren
wäre sie gestolpert fast,
und bis sich die Dinge klären,
ging sie schmollend in den Knast.

Leichtsinniger Chauffeur fährt sich zu Tode. Juan Morales, Fahrer des Taxis Nr. ... stieß gestern abend mit einem Omnibus der Linie ... zusammen seine Frau und drei Kinder leicht verletzt der Stümper hatte bei der Autopsie einen Blutalkoholgehalt von ... eine Familie in größter Not Ergebnis dieses neuerlichen Beispiels von Verantwortungslosigkeit ... Barbarei der Taxifahrer KÖNIGIN DER BAUMWOLLE wurde reizendes Mädchen aus Torréon. Er zerriß die Zeitung. Aber die Musikbox aus der Kneipe begann zu quäken, und jemand fegte lautstark die Korridore. Rodrigo langte nach einer offenen Flasche Bier, goß sie sich senkrecht in den Mund und spuckte aus. Er hatte eine Zigarette hineinfallen lassen.

»Nein, ich hab versagt. Erinnerst du dich unserer Zeiten in der Preparatoria, als ich ›Blütenlese‹ veröffentlichte ...?« Er konnte nicht weiterreden; er merkte, wie seine Selbstrechtfertigung zusammenbrach. Er hatte sie aufgebaut, so lange bewahrt – und beschworen –, und nun auf einmal zerstörte dieses Wort »Blütenlese« alles. Er ließ sich auf das Bett fallen, schnellte wieder hoch und schrie mit Tränen in den Augen den gleichmütigen Cienfuegos an: »›Blütenlese‹! Ist das nicht zum Totlachen? Und was noch, sag mir, was noch?«

»Wenn du möchtest, bis hin zum Scheitern.«

»Noch mehr? Weißt du, daß ich mich nicht zum Schreiben hinsetzen kann, ohne eine Sammlung von Phrasen aus dem letzten Dutzend Essays und schlecht übersetzten Romanen vor Augen? Und wissen nicht alle, daß es das ist, was Rodrigo Pola schreibt: Aufguß, in einer schlecht abgewaschenen Kanne serviert?«

Er verbarg das Gesicht in dem gelben Kissen, und Cienfuegos schenkte zwei Tassen dampfenden Tees ein.

»Und hättest du Erfolg gehabt, was weiß ich, mit Norma, mit dem Beifall der Literaten, mit Geld?«

»Nein.« Rodrigo hob den Kopf. »Nein, den hätte ich mit aller Kraft zerstört. Das ist die Kraft meiner Schwäche. Bei allem. Selbstmord! Wirklich ein Witz. Selbstmord, weil ich auf der Party eines gewissen Bobó, eines Eunuchen mit wasserstoffblondem Haar, abgelehnt wurde, abgelehnt. Ixca, du hast es gesehen, ich lüge nicht!«

»Eine weitere Ablehnung, Rodrigo. Nicht die erste.«

»Und du weißt es. Was weißt du nicht! Lachhaft! Der jugendliche Barde, die große Hoffnung!«

Cienfuegos stellte die Tassen auf den einzigen Stuhl und packte Rodrigo an den Schultern. »Und heute mußt du wählen, verstehst du? Zwischen dem einen und dem andern. Mußt eins oder das andere ganz annehmen, nie wieder halb.«

»Und wennschon! Wen geht das was an?«

»Es geht uns alle an. Uns, die nie davon erfahren werden. Jene, zu denen du mit deinem Schweigen ja oder nein sagen kannst. Jene, denen du selber die Verzeihung versagst oder das versöhnende Lächeln schenkst. Es sind so viele, Rodrigo, die nie von deiner Entscheidung erfahren werden. Aber die eine wird dich auf unsere Seite bringen, wird dir die Augen öffnen für Tränen, die ernster und unmittelbarer sind als deine, wird dir ein Messer mitten in die Brust stoßen. Und die andere wird dich uns gegenüberstellen, klar und glänzend, einzig und einsam, mitten in der Gemeinschaft und der Gleichheit und der Zugehörigkeit. Hier wirst du namenlos sein, Bruder aller in der Einsamkeit. Dort wirst du deinen Namen haben, und in der Menge wird niemand dich anrühren, niemanden wirst du anrühren. Wähle.«

Rodrigo preßte die Hände zusammen und rief: »Du verstehst nicht, Ixca; ich glaube nicht, ich glaube nicht ...«

Mit Macht riß Cienfuegos Rodrigos Hände auseinander.

»Wähle ... und erinnere dich!«

»Erinnerungen ... *Ich bin Rodrigo Pola.«*

»Weiter, weiter ...«

»Und der Ort der Zeugung«

»Weiter.«

»Und den Erfolg vor Augen, immer für die anderen, nie für mich, ist es nicht so, Ixca? Norma und Federico, sogar Bobó und Caseaux,

warum sie?«

»Und die, die niemals das Ziel erreicht haben? Die für Mexiko mehr als ihr Leben, ihr Nichtleben, ihre Nichtworte geben mußten? Die keine Zeit hatten, auch nur der Luft ihren Namen aufzuprägen? Die auf nichts zu verzichten hatten?
Zwei Gestade,
die sich nicht berühren,
schimmerndes Gestade voll Federn und Messer und goldener Keulen; und strenges Gestade, des Gesetzes und der Geißel;
Gestade aller Mexikaner hier,
der toten,
und Gestade aller Mexikaner dort,
der lebenden,
Gestade des ewigen Traums, Traum vom Reigen der Sonnen, leuchtendem Flügel, blitzendem Schwert, und Gestade voll verschimmelten Maises, verdorrter Leiber, versiegten Wassers.
Und mitten darin die Stadt
Wasserkopf, Schatzkammer für Reichtümer und Gebeine und Titel, auf verkrüppelte Glieder gebaut. Hier leben die, die etwas sind, die etwas haben, worauf sie verzichten können,
aber dort, auf dem anderen Gestade,
dort sind die, die Arme ausstrecken, die nie ankamen.
Mein Vater
Gervasio Pola. Werdet ihr, Rodrigo und Federico Robles und Norma und alle, sterben, ohne zu wissen, wer die waren?
Ohne zu wissen, daß die uns ernährt haben, mein Vater.
Das Gedächtnis ... Rodrigo ... wird gezeugt und vergeht zwischen zwei Monden, und der verschreckte Blick sucht
den Nagel, woran er sich kreuzigen kann: Der Nagel ist immer ein Mensch, mein Vater.
Und das Land hat keinen Namen: Wo finden wir einen Namen, der auf einen Führer weist, einen Führer?
Mein Vater,
der für uns lebt, alle die Augenblicke, die uns trennten, die uns unter den Händen zerrannen, die wir verbargen in einem kleinlichen Streit, einem winzigen Neid, einer Feigheit, die als Vernunft sich maskierte? Mein Vater!
Erinnerst du dich?
Mein Vater *mein Vater mein Vater.«*

Gervasio Pola

Eine Märznacht des Jahres 1913. Die Luft schmeckte nach Staub, und der Mond riß harte Schatten ins Tal, als Enrique Cepeda, Gouverneur des Bundesdistrikts, im Gefängnis von Belén eintraf. Dreißig Bewaffnete stiegen aus den Autos, wischten sich die Nase am Ärmel ab, zündeten ihre zerfaserten kleinen Zigaretten an und putzten die Lederstiefel an den Schenkeln blank. Der Glatzkopf Islas schrie die Gefängniswachen an: »Der Gouverneur des Distrikts ist da!« Und Cepeda schritt mit wiegendem Gang auf den ersten Offizier zu und bellte: »Gouverneur des Distrikts!«

Gabriel Hernández schlief auf einer Pritsche. Seine ölig schwimmenden Augen, die Obsidianmaske zerbarsten unter dem Tritt eines schwarzen Stiefels. »Los, anziehen!« Hernández reckte seine kleine Mongolengestalt und erkannte mit einem Seitenblick die Eskorte, die vor der Zelle angetreten war. »Auf den Hof!« befahl der Unterpräfekt.

Violette Luft, graue Mauern von Belén. Die lange Mauer voller Einschußlöcher, noch mit den Pulvermarken. Cepeda, Islas, Casa Eguía boten einander Zigaretten an, lachten brüllend, während die Eskorte mit General Gabriel Hernández in der Mitte auf die Mauer zumarschierte.

Hätte ich eine Waffe, dann würden Sie mich nicht umbringen.

Cepedas fette Hand schlug Hernández ins Gesicht.

Fünf Schützen verwundeten ihn nur unter dem Lachen des Gouverneurs. Beim letzten Schuß verstummte das Lachen. Cepeda strich mit der Hand über den Boden, sagte: »Baut hier einen Scheiterhaufen« und lehnte sich an die Mauer.

Das Feuer verzehrte Hernández' Leichnam, und der Qualm des versengten Fleisches schwärzte Cepedas Züge. Unterdessen flüchteten Gervasio Pola und drei weitere Häftlinge, im Abfallkarren versteckt, aus Belén.

Auf der Fahrt von Belén zur Abfallstätte dachte Pola, daß die Toten sich wohl so fühlten: schreien wollen und den Totengräbern sagen, daß man eigentlich lebt, daß man noch gar nicht tot ist, daß nur ein schweigender Gestank einem den Atem benimmt, eine vorübergehende Starre, sie möchten den Sarg nicht zunageln, keine Erde daraufwerfen. Die vier Männer lagen auf dem Bauch, unter Abfällen begraben, und konzentrierten ihr ganzes ängstliches Bemühen aufs Atmen. Sie preßten die Nase an die Ritzen zwischen den Holzbohlen auf dem Boden des

Karrens und atmeten den Straßenstaub. Einer der Flüchtlinge keuchte und schluchzte abwechselnd; Pola hätte ihm am liebsten die Luft genommen, die er damit verschwendete. Ihre Lungen waren von verfaultem Gras und Exkrementen verstopft, als der Karren anhielt. Gervasio Pola stieß den Kameraden neben sich an, und alle warteten auf den Augenblick, da die Türen sich öffnen, die Nacht hereinbrechen, der Wind das enge Totenlaken wegziehen und die Abfalleute mit ihren Schaufeln den Unrat auf dem Platz verteilen würden.

Sie waren im Flachland, in Richtung San Bartolo. Die beiden Abfalleute hatten keinen Widerstand geleistet: Sie wurden an die Räder ihres Karrens gekettet. Die grauen, weichen, von Fliegen wimmelnden Unrathaufen erstreckten sich vom Wege bis an den Fuß des nächsten Berges. Gervasio verlor den Mut, als er die verschmierten Gesichter, die durchnäßten Gestalten seiner drei Kameraden erkennen konnte.

»Bis morgen müssen wir das erste Lager von Zapataleuten erreicht haben«, sagte einer.

Pola sah noch immer seine bloßen Füße an. Dann lief sein Blick von den nackten krummen Beinen des zweiten zu den vom Fußeisen wundgescheuerten, eiternden Waden des dritten. Der Mond blinkte auf ihren Zehennägeln wie auf Brillanten im Staub. Der Wind von den Bergen blies die Abfallhaufen auseinander. Sie mußten sich entschließen aufzubrechen – ihre Flucht würde aus Felsen und Dornen bestehen. Gervasio führte sie an, dem Gebirge zu. Im Gänsemarsch, als wären sie es gewohnt, folgten die anderen. Hier in der Ebene sanken die Beine in den Pflanzenteppich ein; sowie die Steigung begann, würde ihr Fleisch aufgerissen, würden die Dolche des Waldes sie blutig stechen. Am Fuß des Gebirges entspannte Gervasio seine Muskeln. Der trockene Wind ächzte im Gestrüpp.

»Es hilft nichts, wir müssen uns trennen«, murmelte er, ohne den Blick zu heben. »Wir bleiben zusammen bis vor Tres Marías. Dort werden Pedro und ich den einfacheren Weg einschlagen, auf dem man jedoch den Vorposten der Federales umgehen muß. Du kennst den Weg nach Morelos besser und nimmst mit Sindulfo die Abzweigung links. Wenn wir vor Einbruch der Nacht nicht auf den Vorposten gestoßen sind, trennen wir uns wieder, dann geht jeder für sich allein, und wir verstecken uns bis zum Morgengrauen, oder wir warten, bis eine Abteilung von Zapataleuten vorbeikommt, denen wir uns anschließen können. Und wenn alles nicht klappt, sehen wir uns in Belén wieder.«

»Aber Sindulfo wird mit dem lahmen Bein nicht durchhalten«, wandte Froilán Reyero ein. »Und der linke Weg ist der schwierigere. Es ist besser, Sindulfo geht mit dir, Gervasio, und Pedro mit mir.«

»Besser ist es, zusammenzubleiben, wenn was passiert«, unterbrach Sindulfo, der mit der eiternden Wade.

Pola hob den Kopf. »Ihr habt gehört, was ich gesagt habe. Wenigstens einer muß durchkommen. Es ist besser, daß einer allein am Leben bleibt, als daß vier zusammen krepieren. Der erste Plan wird ausgeführt.«

Und dann wurde ihnen die Brust von der Kälte gepeitscht, die das Ende der Nacht und den Beginn der frühen Morgenstunden ankündigt, und Gervasio schlug den Pfad ein, der sich um den steilen Grillenberg wand.

Manchmal macht die Unendlichkeit den Menschen nicht klein. Gervasio fühlte sich mit seinen paar Mann als heroischer Stoßtrupp, und ihre Füße, die sich die Bergpfade entlangschleppten, schienen wie metallene Hufe zu trappeln, die das gewaltige Gebirge überwinden, es durch ihren Marsch unterjochen könnten. Die aufgehende Sonne rückte die Pinien auseinander, während die vier Männer weiter aufstiegen. Pola wollte in das trockene Tal schauen: Weite umgab ihn. Die Männer sprachen nicht; sie kamen nur langsam höher.

Sieh mal an, Froilán, wer hätte gedacht, daß du dich im Gebirge mehr gefangen, einsamer fühlen würdest als im Gefängnis. Was haben sie dort in mir gebrochen? Jetzt erinnere ich mich der Nacht, in der ich das erste Schreien hörte. So viele erste Nächte, erste Morgen. Alle gleich, alle neu. Die erste Nacht mit Schreien. Der erste Morgen mit Trommeln und Salven auf dem Hof. Nur die Geräusche drangen zu mir, eintönig. Aber ich wußte, daß jedes anders war. Alles war gleich und immer anders. Ich war nie der erste, nie der nächste, nie der folgende. Nie die Stunde, da ich aufstehen und ihnen sagen durfte, ich sei bereit, ich hätte keine Angst mehr, es sei nicht nötig, mir die Augen zu verbinden. Immer wartete ich darauf, ich wünschte schon, daß sie mich mit dem Brenneisen sengten, um ihnen zu zeigen, wer ich war. Niemals glaubten sie es mir. Andere starben weinend, mit den Füßen um sich tretend und um Gnade bettelnd. Sie wußten nicht, daß ich dort war, in der Einzelzelle, und auf die Stunde wartete, da ich ihnen ihre Gnade ins Gesicht spucken wollte. Jeder einzelne, der an die Wand gestellt wurde, ließ mich wartend zurück, ich wünschte so sehr, an seiner Stelle zu gehen, mit erhobenem Kopf, und immer wieder brachten sie mich in die Zelle zurück. Ich schenkte ihnen den Tod; jeder einzelne hätte ich sein können auf dem Weg von der Pritsche in den Hof. Nie haben sie mir das gestattet. Sie haben mich gebrochen.

Pedro riß sich die Fußsohle an einer Glasscherbe auf und preßte die Lippen zusammen.

Soll mir alles zerreißen. Soll mir das Blut auf dem Berg zu Staub werden. Aber sie sollen mich nicht allein lassen. Zusammen halten wir durch. Zusammen haben sie uns geschnappt und werden uns wieder schnappen. Am Ende werden sie uns alle vier erschießen. Aber allein lassen werden sie mich nicht auf dem Berg.

Sindulfo dachte gar nichts, reckte nur die Arme und versuchte, sich beim Gehen an die Waden zu fassen.

Gegen Mittag machten sie halt, schon in der Nähe des höchsten Gipfels, wo sie sich trennen sollten. Aber sie waren noch nicht in der Nebelzone; sie setzten sich in den Schatten einer Pinie.

»Hier gibt es kein Wasser, um Sindulfos Wunden zu waschen«, sagte Froilán Reyero.

»Denkt nicht an Wasser«, erwiderte Sindulfo und ließ den Kopf hängen.

»Denkt nicht an Essen«, sagte Gervasio und lachte.

Pedro murmelte: »Essen ...«

»Wir sind bald in Tres Marías.«

»Ja, und dort trennen wir uns.«

»Mich haben sie gebrochen, Gervasio, mich haben sie gebrochen.«

»Du kennst die Gegend um Morelos besser als jeder andere; beklag dich nicht. Wer es schwer haben wird, das bin ich.«

»Einer muß es schwer haben, damit wir vier rauskommen.« Froilán kaute an seinem herabhängenden Schnurrbart.

»Wenn nur einer durchkommt«, sagte Gervasio mit einem harten Blick auf die Steine.

»Da unten im Dorf wollte ein alter Mann allein sterben, man erzählt, daß er das immer gewollt hätte. Er stellte sich den Tod schon lange vorher vor, der sollte ihn nicht überrumpeln. Und als er merkte, daß der Tod nahte, warf er alle aus seinem Haus hinaus, um ihn nicht in Gesellschaft zu empfangen, als wollte er allein das genießen, worauf er so lange gewartet hatte. Und in der Nacht, als der Tod schon um ihn herumstrich und seine Stimme wie Salzerde zerbröckelte, kroch er mit herausquellenden Augen an die Tür und wollte den andern Leuten erzählen, wie der Tod sei. Das hab ich gesehen, denn ich hatte mich in seinen Garten geschlichen, um ihm Apfelsinen zu stehlen. Er dankte mir, daß ich ihn sterben sah, die Stirn auf die Erde gepreßt.« Pedro schwieg.

»Muß jemand dasein, dem man was erzählen kann ... vorher, einen Augenblick vorher.«

»Kannst es ja einem Federal erzählen.«

»Die lassen dir keine Zeit. Treffen sie dich allein, dann ist's aus, treffen sie dich in Begleitung, dann tauschst du einen Blick mit dem Kameraden, bevor du fällst.«

»Einer muß dir vergeben«, sagte Pedro.

Und Gervasio dachte, daß die Aasgeier vergeben, daß die Erde vergibt, wenn sie sich verwandelt in das einzige, was von uns bleibt; sogar der Wurm vergibt uns die Schweinerei, wenn er sein Festmahl beendet hat. Aufrecht stand er unter einer Pinie und streckte die Hand über das Tal aus; in diesem Augenblick spürte er, daß ein Mann wie er Rettung finden könnte – fern von den verwundeten Kameraden, dem traurigen Bild der gefesselten Erde, der staubigen Lunge, tiefer als der ausgetrocknete Wasserspiegel, verdorrt unter blutigen Helmbüschen und dem Raunen sinnloser Opfer oder höher als die aufgetürmten dürren Gipfel –, am anderen Gestade des unergründlichen, gestaltlosen Mexiko war es denkbar, daß ein Mann wie er, schwarz von Dreck und Erschöpfung, in keines Mexikaners Gedächtnis vorhanden, aber treu, ihnen treu, wenn er sich selber treu war, Rettung fände. *Mich, meine Haut muß ich heute retten, um morgen die andern zu retten. Sie wollen, daß ich mit ihnen sterbe; dieser unpersönliche Tod von uns allen wäre ein Trost für meine Leute. Sie glauben, daß ich meine Pflicht tue, wenn ich mit ihnen untergehe. Sie würden sogar lieber sehen, daß ich vorher sterbe und so ihren Tod leichter mache. Ich bin bereit, sie zu retten, wenn sie sich retten lassen. Aber nur wenn ich mich rette, kann ich heute sie und morgen andere retten.*

»Ihr habt es vom Turm aus gesehen«, sagte Froilán. »Es war General Hernández, den sie da erschossen und ins Feuer geworfen haben. Ihn ganz allein haben sie geholt. Das erwartet uns, wenn sie uns wieder fangen. Lieber hier im Gebirge, alle vier zusammen.«

»Ich will nicht allein im Gebirge oder im Gefängnis sterben, von Feinden umgeben«, jammerte Sindulfo.

Pola drehte sich um und schlug Sindulfo mit einem dürren

Stock auf den Rücken; das Licht aus dem Tal dämpfte den Zorn in seinen Augen.

»Feigling! Warum mußt du das Maul aufreißen? Siehst du nicht, daß wir schon genug getan haben, dich so, wie du bist, mit deinem verdammten schlimmen Fuß mitzuschleppen? Warum mußt du noch jammern, uns kaputtmachen? Los!«

»Ja, ja, Oberst, gleich.«

»Schlag ihn nicht, Gervasio.« Froilán fiel ihm in den Arm. Feine Rauchschwaden stiegen aus dem Wald auf und verbreiteten den Geruch von verbrannten Blättern und trockenem Tannenholz.

»Los, wir wollen machen, daß wir wegkommen. In den Lagern kochen sie schon, seht nur den Rauch. Jede Rauchsäule kann einen Freund, einen Feind bedeuten. Aber wer nur Hunger hat, der soll gehen, wohin er will ...«

Kurz vor Tres Marías trennten sie sich. Froilán stützte Sindulfo, legte ihm einen Arm um die Hüfte. Und Gervasio und hinter ihm Pedro, der den Kopf hängenließ und sich die Arme rieb in dem eisigen Bergnebel.

Unter ihren Füßen spürten Pedro und Gervasio die Erde kalt, wie in ein Leichentuch gehüllt; ihr feuchtes graues Antlitz aus Felsen und Bergtannen schien sich bei jedem Schritt höher aufzutürmen. Sie mußten an dem Vorposten der Federales vorbei, an steifgefrorenen Soldaten und Hütten, aus denen der Geruch von aufgewärmten Bohnen wehte, der zwischen ihnen und dem ersten Lager der Zapataleute stand. Als es dämmerig wurde, hielt Pedro sich mit beiden Händen den Leib und fiel auf die Knie, dann übergab er sich. Lange Abendschatten legten sich durch das Waldesdickicht, und Pedro flehte stumm, mit verdrehten Augen und verzerrten Lippen, um ein kurzes Ausruhen, Atemholen.

»Gleich ist es dunkel, Pedro. Wir müssen noch ein Stück zusammen weitergehen, dann trennen wir uns. Los, auf.«

»Wie General Hernández«, sagte Froilán. »Erst erschossen, dann verbrannt. Das erwartet uns, Gervasio. Wir wollen lieber hier im Wald bleiben und allein sterben, nur mit Gott. Wohin gehen wir? Sag mir, Gervasio, wohin gehen wir?«

»Red nicht weiter. Gib mir die Hand und stell dich auf die Beine.«

»Ja, du bist der Anführer, der Starke, du weißt, daß wir weiter, immer weiter gehen müssen. Bloß du weißt nicht, wohin. Uns mit Zapata vereinigen? Und dann?«

»Wir sind im Kampf, Pedro. Wir dürfen jetzt nicht denken, wir müssen kämpfen.«

»Kämpfen, ohne nachzudenken – als hätte man kein Gedächtnis und keine Gedanken. Was, glaubst du, wird bei alldem herausspringen? Glaubst du, es nützt was, daß du und ich kämpfen? Jetzt, wo wir hier allein sind, halb verirrt im Wald, ich mit meinem Fieber, das ich kommen fühle – überleg doch mal. Was vermögen wir, du und ich, hier allein? Was nützt das, was wir tun oder sagen? Wird nicht alles seinen Gang gehen, ist unser Opfer nicht auch vergebens? Laß uns fortgehen, Gervasio, weit fort von hier, fort aus dem Durcheinander. Laß den Wind über unsere Köpfe wehen. Es wird keinen Unterschied machen.«

»Was schlägst du vor?«

»Gehen wir nach Cuautla, einer von uns kann Kleidung besorgen oder Geld ... Und dann kehrt jeder in seine Heimat zurück.«

»Sie werden dich suchen und werden dich finden, Pedro. Du kannst hier nicht mehr raus. Du willst nicht, daß man dich zieht, ich kann mich nur noch ziehen lassen. Nichts zu machen. In Mexiko gibt es übrigens kein Versteck mehr, keinen Ort, der sicher ist. Es wird uns alle gleichermaßen treffen.«

»Und danach?«

»Danach geht jeder dorthin, wo er hingehört.«

»Genau wie früher?«

»Frag nicht. Man darf keine Fragen stellen, wenn man Revolution macht. Wir müssen unsere Pflicht tun, das ist alles.«

»Wer wird denn wirklich gewinnen? Hast du dich das je gefragt?«

»Wir wissen nicht, wer gewinnen wird. Alles gewinnt, Pedro, alles ist lebendig. Gewinnen wird das, was überlebt. Hier überlebt alles. Los, auf.«

»Ich hab schon wieder Fieber, Gervasio. Als ob Fledermäuse in meinem Bauch rumoren.«

»Los, gleich wird es dunkel.«

Pedro richtete sich auf den Knien auf. »Wir müssen hier übernachten. Ich kann nicht mehr.«

Als die Luft von Grillen schwirrte und es kalt von den Hängen herunterwehte, rieb Pedro sich die Arme, und seine Zähne klapperten. Die Nacht fiel aus dem Weltraum und hüllte sie ein.

»Laß mich nicht allein, Gervasio, geh nicht weg ... Nur du

kannst mich dorthin bringen, wo wir hinmüssen ... Geh nicht weg, um der Barmherzigkeit willen ...«

Pedro streckte den Arm aus und krallte die Finger in die Erde. »Leg dich dicht an mich, bitte, ich friere ... So wärmen wir uns beide.«

Er streckte den Arm noch weiter aus und rollte aufs Gesicht. »Gervasio, sprich zu mir, rede, du wirst mich doch nicht hier begraben ...«

Er wollte seine Hände ansehen, um festzustellen, ob er noch lebte; dichte Finsternis lag über dem Berg. Mit aufgerissenen Augen rannte er durch den schwarzen Wald und schrie: »Es ist zuviel Erde hier für das bißchen Staub, das von mir bleibt, schlepp mich weit fort von hier, Gervasio, laß uns ins Gefängnis zurückkehren. Ich hab Angst vor diesem Gespensterwald, Angst, frei zu sein, ohne Ketten ... Sollen sie sie mir wieder anlegen, rasch, Gervasio, Gervasio ...«

Pedro preßte die Hände um die Waden, und einen Augenblick lang fühlte er sich wieder als freier Gefangener. *Ich will von den Menschen gefangen sein, nicht von Kälte und Schmerz und Nacht. Legt mir die Ketten an, bitte, damit ich nicht stolpere. Ich will festgehalten werden. Ich bin angekettet geboren. Das ist das Schlimme.* »Gervasio, laß mich nicht allein, um der Barmherzigkeit willen ... Du bist der Führer, nimm mich mit, Gervasio.«

Pedros Monolog pfiff zwischen den Felsen. Gervasio Pola rannte schon bergab, dem gelben Feuer im Tal von Morelos zu.

General Inés Llanos wischte sich die Finger auf dem Bauch ab und setzte sich neben sein Zelt. Die ockerfarbenen Riesenhüte und die Indioaugen der Truppe blinkten hinter ihm in der Nacht. »Bedienen Sie sich, genieren Sie sich nicht. Also Sie sind aus Belén ausgerückt?«

»Jawohl, Herr General. Ich bin allein geflüchtet und in einem Tag über das Gebirge gekommen«, antwortete Gervasio Pola und blies in seine erstarrten Hände. »Ganz allein bin ich durchgekommen. Und jetzt stehe ich zu Ihren Diensten, um mich dem General Zapata anzuschließen und den Kampf gegen den Usurpator fortzusetzen.«

»Ach, sind Sie ein Hornochse«, brüllte General Llanos vor Lachen und nahm sich noch eine Tortilla vom Glutbecken. »Können Sie nicht lesen? Was steht in dem richtigen Plan von Ayala? Da wird Madero der Kopf gewaschen wegen seiner unglaublichen Dummheit und Schwäche. So steht's geschrieben. Und wer hat ihn abgeschossen? Na, General Victoriano Huerta, und der ist jetzt unser Anführer.«

»Und Zapata?«

»Was heißt Zapata. Hier stehen Sie vor Inés Llanos, Ihr Diener, der rechtmäßigen Regierung treu ergeben, und morgen geht's zurück nach Belén. Nun schlagen Sie sich den Bauch voll, denn die Reise ist lang, und es wird heiß.«

Gervasio Pola verschwand wieder hinter den grauen Mauern von Belén. Die verkohlte Erde im Hof zeigte die Stelle an, wo Hernández verbrannt worden war. Pola ging über die Asche, und da fingen ihm die Beine an zu zittern. In der Einzelzelle wollte er schlafen; seine Lider waren noch schwer, als zwei Offiziere eintraten.

Hauptmann Zamacona, blond und schlank, mit sorgfältig gezwirbeltem Schnurrbart, sagte: »Ich brauche Sie wohl nicht darauf hinzuweisen, daß Sie auf der Stelle erschossen werden.« Er sah ständig an die Decke. »Aber vorher werden Sie uns sagen, welche Richtung die entwichenen Gefangenen Pedro Ríos, Froilán Reyero und Sindulfo Mazotl eingeschlagen haben.«

»Wenn Sie sie schließlich doch fangen – wozu?«

»Wir wollen euch vier aber zusammen hinrichten, als abschreckendes Beispiel. Entscheiden Sie sich, oder Sie sterben morgen früh allein vor dem Erschießungskommando.«

Die Zellentür schloß sich mit stählernem Klang, und Gervasio hörte das Klappen der Hacken auf den Steinfliesen der langen Galerie von Belén. Eine gefangene Windbö wirbelte zwischen den Gitterstäben. Gervasio warf sich zu Boden.

Morgen stehe ich allein vor dem Erschießungskommando; morgen, an der Wende eines jeden Morgens, verbirgt sich ein Totenkopf. Die Beine haben mir schon gezittert, als ich über die Asche des Generals Hernández geschritten bin; wir werden eine Aschenbrücke sein für die Stiefel der Verurteilten; nach mir geht Pedro über meine Asche, dann Sindulfo über Pedros und Froilán über Sindulfos Asche. Wir können uns nur mit den Stiefeln verabschieden. Allein vor dem Kommando; da gehe ich durch den Gang in der kleinen schwachen Stunde, versuche zu vergessen, was ich gewußt, und mich dessen zu erinnern, was ich vergessen habe ... Wird Zeit sein zur Reue? Nicht geschenkt möchte ich das Leben noch einmal bekommen, um alles zu bereuen; aber wie rächst du dich, Gevatter Tod, dafür, daß wir meinen, du bist anders als das Leben! Du bist alles, das Leben bricht in dich ein, verwundet dich, ist nur ein Ausnahmezustand mitten im Tod. Da drehen wir uns und spreizen uns, als wären wir Helden, und am Ende denken wir: Was fühlt man, wenn eine Bleikugel, und noch eine, und eine dritte sich dir in den Bauch und in die Brust bohren, was, Scheiße, fühlt man da? Wird man das eigene Blut fließen sehen, spüren, daß die Augen wie Zwiebeln aus den Höhlen treten? Wird man merken, daß einer kommt und einem den Gnadenschuß gibt, einfach so, in den Nacken, und man kann nicht mehr reden und ihn um Barmherzigkeit bitten? Damit sind wir fertig, mit der Barmherzigkeit, du lieber Gott, damit haben wir Schluß gemacht, wie sollten wir sie von dir erbitten? Ich habe Angst, heiliger Gott, habe nur Angst, und du wirst nicht mit mir zusammen sterben; ich will nicht vom Tod reden mit denen, die nicht mit mir zusammen sterben werden! Ich will es meinen Kameraden erzählen, damit wir miteinander schweigen und miteinander sterben, miteinander, miteinander! Man läßt Dinge zurück, Dinge, die man nicht getan hat ... das ist der Tod!

Gervasio stand auf und schrie den Wachtposten an: »Holen Sie mal diesen kleinen Hauptmann her!«

(Pedro ist im Dickicht rechts von Tres Marías geblieben, genau hinter dem Vorposten der Federales. Hatte Fieber. Muß noch dort sein. Froilán und Sindulfo sind über den schwierigen Teil, nach links, weitergegangen. Schlechtes Terrain, Sindulfo hat einen schlimmen Fuß, können nicht weit sein. Und wir hatten auch lange nichts gegessen, dazu diese Kälte ...)

An einem Sonntag im Morgengrauen, bevor die Kirchenglocken zu läuten begannen, wankte Gervasio schlaftrunken durch den hallenden Gang in Belén. Er betastete Schultern, Gesicht, Leib, Hoden: All das hatte mehr Recht auf Leben als er, und das mußte sterben. Sein Blick sah nur sein Fleisch. Dann versuchte er, sich an alles zu erinnern, an sein ganzes Leben. Seine Erinnerung blieb an einem Vogel hängen, der seine Flügel in einem Fluß im Heißen Land netzte. Er wollte zu anderen Dingen überwechseln, zu Frauen, zu seinen Eltern, seiner Frau, seinem Sohn, den er nicht kannte, und er sah immer nur den triefenden Vogel. Das Kommando hielt an, und aus einer anderen Zelle kamen Froilán, Pedro und Sindulfo. Er erkannte ihre Gesichter nicht, aber er wußte, daß sie es waren, denn er hörte auf, sich zu erinnern, und merkte, daß sie an der Spitze der Verurteilten gingen. Sie vier würden zusammen sterben. Die Morgensonne badete sein Gesicht. Er dachte dasselbe wie im Gebirge: Er fühlte sich groß. Sie gingen bis an die Mauer, drehten sich halb um und wandten sich den Gewehren zu.

»Wir sind zusammen davongekommen«, murmelte Gervasio Pola seinen Gefährten zu.

»Ach, ist der Tod ein Mist«, seufzte neben ihm Sindulfo. »Nur dazu da, uns für eine Weile auseinanderzureißen.«

»Um zusammen zu fallen«, sagte Gervasio und atmete tief. »Gib mir die Hand. Sag den andern, sie sollen sich auch die Hand geben.«

Und dann sah er die Augen seiner Kameraden und merkte, daß der Tod zuerst dort erschien, und er schloß die seinen, damit sein Leben nicht vor der Zeit entwiche.

»Viva Madero!« schrie Froilán, als die Salve krachte.

Der Vogel fiel zerschmettert in den Fluß im Heißen Land, und der Hauptmann trat heran und gab den vier Männern, die sich im Staub von Belén wanden, den Gnadenschuß.

»Wann lernt ihr endlich, sie mit der ersten Salve fertigzumachen?« sagte er und entfernte sich, wobei er die Linien in seiner Hand betrachtete.

Mein Vater, mein Vater, mein Vater

Dunst von brutzelndem Fett drang aus dem Innenhof und stieg bis in Rodrigo Polas Zimmer, auf die Dachterrasse, mitten in die Luft und vermengte sich mit allen Gerüchen der Stadt. Durch Madero schritt Pimpinela de Ovando, kerzengerade und Wohlgeruch verbreitend, die Augen hinter der dunklen Brille verborgen, dem Büro von Roberto Régules zu. Wie auf einer unsichtbaren Tafel standen konkrete Zahlen in ihrem Kopf. Dreihundert Aktien. Fünfundvierzigtausend Hektar. Eine Stellung für Benjamín in Robles' Bank. Das Essen in Tante Lorenzas Haus war verabredet. Régules war der Weg, der zur Rückgabe wenigstens einiger Ländereien führte. Die Zahlen verschwammen, und Tante Lorenzas Bild erschien, von Jahren und Erinnerungen gedunkelt, und dahinter viele andere Bilder, Porfirio Díaz – ein Landauer vor »Porter's Hotel« – der Zócalo im Schatten der Bäume – Markisen und Dächer mit Türmchen – viele Worte – *viele Jahre lang habe ich geduldig gewartet, bis das Volk der Republik soweit sein würde, in jeder Wahlperiode seine Staatsdiener zu wählen und zu wechseln, ohne Gefahr oder Furcht vor einer bewaffneten Revolution, und heute, glaube ich, ist der Tag gekommen* ... und ein schweres altmodisches Parfüm.

Die Ovandos

Vorauszusehen? ... An einem Tag großer Empfang im großen Haus mit Mansarden, die wie ein Wappen von Rang, Geschmack und Reichtum zeugten – in der Calle de Hamburgo, zu Ehren des Marquis de Polavieja (die langen Jahre angenehmen Lebens überstürzten und verdichteten sich in Doña Lorenzas nie angezweifeltem Gedächtnis auf genau diese Minute); am nächsten Tag Exil, von der Treue gefordert. Es wäre ein Zeichen von Ehrlosigkeit gewesen, Don Porfirio nicht nach Paris zu begleiten und dort zu leben, fand Doña Lorenza; Joaquinito meinte, soviel Loyalität wäre übertrieben, und Don Francisco zitierte etwas über die Tugend des Mittelweges, auf dem er die Familie in New York etablieren wolle: So würden Pflicht und Klugheit gleichermaßen befriedigt. Um die Güter kümmerte sich niemand; *die Verbannung, sagen wir es leise, ist eher die Regel denn die Ausnahme, und nur die Pflicht, bei der Hundertjahrfeier zugegen zu sein, konnte mich von den Krönungsfeierlichkeiten Georgs V. fernhalten und meinen entzückenden Aufenthalt in England unterbrechen lassen. In New York habe ich schon ein bequemes Appartement in der Park Avenue im Auge. Lorenza wird bald Freunde gewinnen. Joaquinito – ein etwas überspannter Junge – wird die Reitausflüge der Vanderbilts genießen und die Sommer in Newport. Kühle Überlegung sagt uns, daß das Gewitter sich auf jeden Fall bald verziehen wird. Wenn Madero an der Macht bleiben will, muß er das Werk des Friedens, der Konsolidierung und der Ordnung des Generals Díaz fortführen; und wenn ihm das nicht gelingt, dann ist Don Porfirios Rückkehr wohl unvermeidlich. Sagen das nicht sogar seine Feinde?* »Sein Privatleben ist untadelig. Als Familienvater hat er die Erziehung seiner Kinder klug geleitet, wie die hohen Tugenden seiner Töchter und die Korrektheit, Bescheidenheit und Tatkraft seines Sohnes zeigen; als Gatte ist er vorbildlich, denn er behandelt seine verehrte Gefährtin mit der Zärtlichkeit und Zuvorkommenheit, die sie verdient.« *Ist das nicht die Grundhaltung des neuen Mexiko? Kann so etwas von heute auf morgen ersetzt werden? Das großartige Gebäude des Friedens und des Fortschritts ist nicht so leicht zu zerstören; die Revolu-*

tion wird nur ein Strohfeuer sein. Die Beamten wissen, daß sie besser als je bezahlt werden, und die Mittelstandsfamilien, daß sie besser wohnen, besser essen und sich besser kleiden können als je zuvor. Keinesfalls kann das Land ohne seine Führerschicht vorankommen. Wer auch immer an der Spitze der Regierung stehen mag, nach und nach werden die Bürger zurückkehren, die die Nation nicht vergebens auf dem Pfad materiellen Wohlstands und untadeliger Verwaltung geführt haben. Don Francisco stellte in Gedanken Namenlisten auf und meinte befriedigt, außer ihnen gebe es in Mexiko keine Männer. Und hinter den Männern standen die Namen, die Firmen, die das Niveau der Nation bezeugten: Don Francisco schmeckte sie geradezu, sie waren wie das greifbare Zeichen, daß Mexiko sich der Welt anglich, daß es mit ihr auf du und du stand: Doheny, Pearson,
C. P. Huntington,
Moctezuma Copper Co.,
Palmer-Sullivan, Batopilas, Nelson and Weller,
Creston-Colorado Gold-Mining …

Sie konnten nur die wesentlichsten Andenken mitnehmen, die die Vitrinen in dem Haus an der Calle de Hamburgo geschmückt hatten, die Bilder von Félix Parra und Alberto Feuster.

Sie verließen die gemächliche rosa Stadt, die nach Staub und allabendlichem Regen roch.

Als die Nachricht von den Zehn Tragischen Tagen in die Park Avenue drang, wies Don Francisco seine Familie an, die Koffer zu packen. Als sich Huertas Position festigte, wiederholte er seinen Befehl, diesmal etwas zurückhaltender. Aber Joaquinito war immer irgendwo auf dem Lande, oder Don Francisco mußte zu einer Versammlung der Sonora Land and Cattle nach Chicago, und als sie nach New York zurückkehrten, war es zu spät, und Don Francisco hatte schon andere Nachrichten: In Morelos war eine Zuckerfabrik in Brand gesteckt, in Zacatecas ein Zug in die Luft gesprengt worden. Und dann starb Don Francisco an Lungenentzündung, und weder Doña Lorenza noch Joaquinito wußten recht, was man mit den Wertpapieren und den Aktien anfangen sollte, die der Vater alle nur im Kopf gehabt hatte, und noch weniger konnten sie mit dem Bezahlen ihrer Miete zurechtkommen, denn solches Englisch hatte Joaquinito in England auf der Schule nicht gelernt. In der Nähe von Paris, in Neuilly, besaßen sie ein Haus, und dorthin zogen Doña Lorenza und ihr Sohn im Herbst 1915.

»Welche Wonne, französisch zu sprechen!« seufzte Doña Lorenza, und tatsächlich war nach einem Jahr Spanisch von dem Besitztum in Neuilly verbannt. Hier konnte man, o ja, bemerkte Doña Lorenza, während sie ihren Dienern Anweisungen gab, hier konnte man ein Haus führen, Tees geben, wieder jemand sein. *Hier weiß man jedenfalls, wo alles hingehört. New York! Suffragetten und Protestanten! Und Präsidenten, die auf Tigerjagd gehen! Es gibt so etwas wie Schliff, ich werde nicht müde werden, das meinem Jungen zu predigen, etwas, was man Schliff nennt und was nur wenige Menschen erkennen und zu würdigen wissen. Die Staaten ... toujours quantité, jamais qualité. Unser geistiges Vaterland ist hier, in Europa. Das sage ich immer wieder.*

Neuilly wurde ein Treffpunkt für die aus dem Chaos geflohenen Mexikaner, die nun die nationale Würde wahrten, indem sie ihren europäischen Freunden bewiesen, daß sie sehr wohl den Jahrgang eines Burgunders zu beurteilen wußten. *Gewiß, Frankreich befindet sich im Krieg – aber was für ein Unterschied zwischen einem Krieg von feinen Leuten und einem, den wildmähnige Strohsandalenträger führen!*

Auf einem der Tees seiner Mutter lernte Joaquinito ein mexikanisches Mädchen kennen, das nicht spanisch sprach. Das bewog Doña Lorenza, eine Heirat zustande zu bringen, und bald fand die Trauung in der Kirche St. Roche statt. Die alten Zeiten waren wieder da! Wie viele bekannte Gesichter! Während Doña Lorenza die Liste der Eingeladenen durchging, war ihr jeder der Namen, die hier in der bitteren Verbannung den Wert dauerhafter Prinzipien und Kategorien wahrten, eine Augenweide. Manchmal glaubte sie, den Stadtteil Juárez nie verlassen zu haben. Wo immer sie waren, dort war Mexiko.

Fernanda, Joaquíns Frau, war ein blasses Mädchen, ernst und streng, in einer Schweizer Klosterschule erzogen, und das unaufhörliche Geschwätz Doña Lorenzas und das Heimweh ihrer häufigen Gäste langweilte sie bald. »Je ne peux pas supporter tes mexicains folkloriques et leur pitoyable sens d'épave«, sagte sie verbissen zu ihrem Mann. 1924 wurde Benjamín geboren, und von der ersten Woche an mußte er bei seiner Großmutter unter den Familienbildern schlafen. »Er soll Französisch lernen, aber auch nicht vergessen, was es heißt, ein Ortiz de Ovando zu sein. Dein Vater, Joaquín, hätte etwas Kluges gesagt, zum Beispiel, daß es unerträglich ist, wenn Banditen mit Riesenhüten Mexiko in Stücke schlagen – hier, sieh diesen Brief von deiner Tante:

Jetzt sollen die Güter uns niemals gehört haben –, oder daß diese Herren Carranza und Obregón keine anständigen Leute sind, aber jedenfalls werden sie uns bald rufen, uns alle, sobald sie das alles überhaben, und wir müssen bereit sein, wieder unseren Platz einzunehmen.«

Benjamín spielte im Park von Neuilly, und als er zwei Jahre alt war, bekam er eine belgische Gouvernante; aber jeden Abend holte Doña Lorenza ihn in ihr Zimmer, zeigte ihm die Fotos, erzählte ihm von dem Encomendero in Neu-Galizien, *schau mal, Liebling, dies ist das Bild Don Álvaros, des Capitán General des Corregimiento. Um 1620 ließ er sich in Neuspanien nieder. Und hier dein Urgroßvater, Präfekt des Kaisers. Dies ist eine Fotografie unseres Hauses in der Calle de Hamburgo, da ist dein Vater aufgewachsen. Sieh mal, dein Onkel, als er zur Thronbesteigung Alfons' XIII. entsandt wurde. Und diese hier, gefällt sie dir? Das ist die »Pro Ecclesia Pontifica«, die hat uns Seine Heiligkeit überreicht* ..., von den Gütern, den anderen alten Familien, mit denen er eines Tages verkehren würde. Benjamín wuchs heran, spielte Reifen, hatte keine Freunde, und wenn er sich einen Brustpanzer und einen Degen umhängte und schrie: »Aux aztèques, aux aztèques«, dann platzte Doña Lorenza fast vor Stolz und Befriedigung.

Als der Junge fünf Jahre alt war, starb seine Mutter, und Joaquinito kehrte in das Haus in Neuilly zurück. Zur selben Zeit starb, sehr gelegen, auch der bevollmächtigte Anwalt der Familie, und Joaquinito richtete sich in der Bibliothek ein, um von nun an das Vermögen der Ortiz de Ovando zu verwalten. Überrascht stellte er fest, daß dieses, weit davon entfernt, sich aufzuzehren, von dem alten Anwalt Lesselles vermehrt worden war. Und Joaquín, Witwer in den Vierzigern, in einem Paris voller avantgardistischer Dichter, Gelegenheiten und Mätressen, die, wenn auch nicht so prächtig wie 1915, doch amüsanter und nicht so teuer waren, war der Meinung, daß die Zeit gekommen sei, das umfangreiche Vermögen auf neuartige Weise anzulegen. Gesegnet sei Lesselles, gesegnet Don Francisco, und Güter und Aktien! Zwei Tage dauerte der verwalterische Elan Joaquíns, und schon bald war der südamerikanische Millionär mit dem grauen Hut berühmt, der imstande war, »Le Sphynx« für eine Nacht zu mieten und Victor Hugo mit einer »épatant« Aussprache zu rezitieren.

Das Jahr 1935 brach an, als die Familie das Haus in Neuilly verkaufen und sich nach Mexiko einschiffen mußte. Ein paar

Wochen lang beweinte Montparnasse die Abreise Joaquinitos, der alsbald – und nun ohne Unterbrechung – kein anderes Vergnügen mehr kannte als das weiche Sofa im Haus an der Calle de Hamburgo.

Das Haus in der Calle de Hamburgo! An dem Abend, an dem Doña Lorenza es wieder betrat, setzte sie sich auf die Treppe und weinte.

Derselbe Spiegel im goldenen Rahmen grüßte sie, vor dem sie sich – wie lange war das her! – verabschiedet, den Schleier gerichtet, ein sanft resignierendes Lächeln aufgesetzt hatte; nun schimmerte etwas Unwirkliches in dem Glas oder um ihren Mund, etwas, woran Doña Lorenza nicht denken mochte, was ihre ganze Gestalt geprägt hatte: die Gewißheit endgültiger Entlastung, einer Entlastung ohne Zugang zum Leben, endgültig wie eine gefundene Erinnerung, bei deren Suche man immer glaubte, man existiere, und die man nun beiseite legen konnte. Doña Lorenza starrte ihre Hände an und entschloß sich, zu vergessen. Zu vergessen, daß sie eine Erinnerung gehabt hatte. Und weiter eine große Dame zu sein.

»Hast du gesehen, Joaquín? Gestern habe ich Genovevas Haus gesucht: Es ist jetzt eine Konditorei, die Stallungen sind verfallen; und Rodolfos Haus ist ein spanischer Klub. Man erzählt, in der Regierung sind nur Freimaurer. Und das ist noch nicht alles. Es gibt keinen Religionsunterricht in den Schulen. Kein Geld für Empfänge. Alle unsere Freunde sind Steuerbeamte und Kaufleute, Vertreter und viertklassige Büroangestellte oder, wenn es hochkommt, Geschichtslehrer.« In einem Haus nach dem anderen waren noch die Flecken an den Wänden zu sehen, wo ehemals die jahrhundertealten Bilder gehangen hatten, die nun beim Trödler gelandet waren. Billige Blümchenstoffe verdeckten die zerschlissenen Seidenbezüge der Möbel, Linoleum anstelle von Teppichen. Und niemand rechnete mehr mit ihnen.

Francisco hätte gesagt: Wie kann man schwerwiegende Entscheidungen treffen, ohne die alteingesessene Oberschicht zu befragen? Und wenn die Töchter meiner Schwester einen Blusenladen betreiben und den ganzen Tag hinter dem Ladentisch stehen – und wenn die Enkelin eines Staatsministers einen Zettel ins Fenster hängt »Pullover, handgestrickt«? Das wird Benjamín nicht passieren. Dafür werde ich sorgen, daß er sich hält, seiner Herkunft bewußt; durch ihn, durch den Namen Ortiz de Ovando, werden wir alle an den Platz zurückkehren, der uns ge-

bührt. Und Joaquinito: Ich bin nicht schuld an dem Debakel; genug habe ich euch in den Ohren gelegen, ihr solltet vom Land weggehen, euch Grundstücke in der Stadt kaufen, wie die Vettern, die sich gesundgestoßen haben. Jedenfalls finde ich, es ist besser, meine Tage auf einem Sofa mit einem Kognak zu verbringen, als Schlipse zu verkaufen wie meine Schulkameraden vom College, mit fester Arbeitszeit, wie die Sklaven, und einem Parvenü als Abteilungsleiter.

Viele von den alten Freunden blieben in Europa. Andere, die noch Geld hatten, kamen allmählich nach Mexiko zurück und verrieten – Doña Lorenza seufzte – ihre Klasse, verbündeten sich mit Banditen, spielten Bridge mit den Gattinnen der Politiker und verschlossen den verarmten Verwandten ihre Türen. Es gab sogar Leute, die sich mit einem der Pfaffenfresser verschwägerten! Das Haus in der Calle de Hamburgo wurde nach und nach aufgeteilt: zuerst der Garten, dort bauten Libanesen ein Mietshaus, dann die Remise für einen Kramladen, zuletzt der vordere Teil, die Salons, das Erdgeschoß, für ein Modegeschäft. Vier Zimmer, das war alles, was ihnen blieb. Ein Schlafzimmer, als Wohnzimmer hergerichtet, Joaquinitos Zimmer, der Raum, in dem Doña Lorenza und Benjamín – achtzehn Jahre alt! – schliefen, und die Küche, und jeden Tag gab es Reis und Fleischklöße. Doña Lorenza wollte sich nicht von den Möbeln trennen: die Kammern vollgepfropft mit Porzellankübeln, Kristallvasen und Korbschaukelstühlen, dem Duft, der sich noch in den Nußbaumschränken hielt, den kleinen Keramikpagen mit ihren weißen Perücken, Kameen und Spieluhren, den Hirtenszenen, dem lädierten Gedränge ihrer einstigen Größe. Sie bekamen kaum noch Sonne. Und bei Nacht das grüne Blinzeln der Bierreklame auf der vermieteten Dachterrasse. Schnell und leise mußten sie durch den Modesalon in ihr Haus treten, durch den berühmten Salon, in dem Polavieja gefeiert worden war – heute stand er voll stummer Gäste: Kleiderpuppen. Aber in dem Hinterzimmer hielt sich die alte Welt, dort war noch alles da, Vergangenheit und Zukunft. *Und Benjamín! Artig und zuvorkommend, mit seiner reizenden französischen Aussprache. Ja, das wird ein großer Herr, hat zwar nicht in Europa studiert, wie es Tradition in der Familie war. Aber er wird auch nicht mit den Proleten an der Universität verkehren, wie seine Vetter,* die lieber Architekten sein wollen als Ovandos.

In langen, spannenden Stunden gedachte Doña Lorenza, kerzengerade, Adlernase und Seidenschal, das vergilbende Haar sorgfältig aufgetürmt, in dunklen Strümpfen und Schnürstiefeln, mit Benjamín der Abendgesellschaften im ersten Jahrzehnt des Jahrhunderts, gemeinsam rief man sich die Namen der Besitzungen im Bajío, in Sonora, in Morelos ins Gedächtnis, die Träger spanischer Adelstitel, die unter diesem Dach Gastfreundschaft genossen hatten, die Ausflüge nach Chapultepec, als Doña Carmelita noch ... gelehriger, artiger kleiner Benjamín mit dem reizenden französischen Akzent! Immer den Mund halboffen, mit schläfrigen Augen, schlechrasiertem Kinn, strähnigem Haar und ewigem Jucken im Nacken. Benjamín, ohne Mädchen, in einem Glaskasten verkümmernd. Benjamín, das letzte Schmuckstück. Wenn die Großmutter ihn allein ließ, las er mit lauter Stimme den Anzeigenteil der Zeitung und fuchtelte mit den Armen, wenn er einen französischen Namen sah.

Als Benjamín vierundzwanzig wurde, kam die Kusine de Ovando zum Abendessen (auch sie, dachte die Großmutter traurig, den Auswüchsen der Neureichs verfallen und den Orgien einer Handvoll Abenteurer, die sich ohne die geringste Scham »international« nannten). Anfangs flüsterte sie mit Doña Lorenza, und als sie dann bei Tisch saßen, fragte Pimpinela mit gerunzelter Stirn: »Was habt ihr euch für Benjamín gedacht, Tante? Denn ihr habt ja die letzten dreizehn Jahren von den Resten eures Vermögens gelebt, glaubt nicht, daß die reichen, bis der Junge stirbt.«

»Und was schlägst du vor, meine Liebe? Soll Benjamín etwa außer Haus gehen und Socken verkaufen, oder was? Benjamín ist etwas Besonderes, wir könnten beinahe sagen, der Letzte, der als Herr erzogen wurde und der eines Tages ...«

»Und froh kann er sein, wenn er Socken verkauft. Natürlich hat er keinerlei Vorbildung, und man muß sehen, wie ... Aber wenn man ihn bei der Bank unterbringen könnte ...«

»Bei der Bank! Meine liebe Pimpinela! Francisco sagte immer: ›Sieh zu, daß die Bankiers dir dienen, sie müssen auf dich angewiesen sein, sonst wirst du ihr Sklave.‹ Das hat man ja erlebt! Und das war damals, als Bankdirektoren bekannte Leute waren, die mit Francisco frühstückten. Aber heute! Ich glaube, das sind lauter ehemalige Revolutionäre und Kommunisten. O nein! Benjamín ist dazu geboren, Bankiers zu beschäftigen.«

»Verzeih, Tante. Aber sieh mal ... nun ja, verzeih, verzeih. Du wirst Norma Larragoiti, die Frau des bekannten Bankiers Federico Robles, einladen. Sie ist eine dumme Gans, natürlich, typisch neureich, alles, was du willst, und Robles ist ein Wilder aus wer weiß welchem Urwald. Aber Normita zerfließt vor einem alten Namen, und ein Abendessen hier, zwischen deinen Denkmälern, wird sie aus dem Häuschen bringen. Mach dir keine Sorgen, wir kaufen alles ein. Und am nächsten Tag hat Benjamín eine Stellung bei der Bank.«

Doña Lorenzas Protest nützte nichts. *Norma Larragoiti! Tochter eines baskischen Krämers! Trotzdem, der wird man zeigen müssen, was es heißt, das zu sein, was wir sind, und innerhalb dieser Enge, dieser Enge mit Würde, muß man sie spüren lassen, daß man ihr einen Gefallen tut.* Das ging nun nicht: Schmerzlich empfand Doña Lorenza, daß sie endgültig abgelöst worden war, als Norma, in Nerz gehüllt, strahlend eintrat, sorglos mit ihrer Halskette spielte und der alten Dame ein Gefühl der Zugehörigkeit und der Entschlossenheit vor Augen führte, einer Sicherheit in ihrer neuen Welt, die früher ihnen gehört hatte. Der Sockel, von dem Doña Lorenza vier Jahrzehnte lang geglaubt hatte, daß er leer auf sie warte, war besetzt, geschmacklos, wie die Großmutter allerdings meinte, dreist, ohne Anmut.

»Wissen Sie, Doña Lorenza, mein Vater hat alle seine Landgüter in der Revolution verloren. Ich sage immer zu Federico, der so treu zu den Grundsätzen der Revolution steht, meine Heirat mit ihm sei eigentlich ein Racheakt. Im übrigen aber stellt dieser Umstand Sie und mich ein bißchen auf eine Stufe, nicht wahr? So viele bekannte Leute, die was durchgemacht haben! Na, Hauptsache, man wahrt echte Würde, und das haben wir ja alle getan, nicht wahr? Wirklich unerhört ist ja nur, daß man uns nicht erlaubt, Don Porfirios sterbliche Überreste nach Mexiko zu überführen ...«

In der Woche darauf begann Benjamín in der Sparkasse von Mexiko Adressen zu schreiben. Alle fanden seine Schrift bezaubernd, so französisch wie aus einem Sacré-Cœur-Internat.

Pimpinela, unkenntlich hinter ihrer schwarzen Brille, wich Ixca Cienfuegos' Blick aus. Zum Glück ging zwischen beiden ein Lastträger vorbei, der an einem Riemen um die geschwärzte Stirn einen Getreidesack schleppte, dessen Rundung das Gewicht auf seinen Schultern ahnen ließ. Cienfuegos lächelte und betrat das rosa Steingebäude, das in der Avenida Juárez zwischen zwei alten, mit Mansarden geschmückten Häusern aus der Zeit um die Jahrhundertwende gebaut worden war. Dort war das Büro – und der Eigentümer des Gebäudes hieß

»Sie verlangen, daß ich von etwas ganz anderem spreche, Cienfuegos«, sagte Federico Robles. Er stand an dem bläulichen Panoramafenster seines Büros, blickte auf seine Hände hinunter, hob dann die Augen und versuchte, in dem Glas ein anderes Spiegelbild zu sehen, das sich in einer leichten kühlen Luft abzeichnete. »Ich erinnere mich nicht mehr, daß ich von dort gekommen bin.«

Ein kleiner stiller Fluß und dabei eine Hütte, sehr lichte Wälder, ein paar Maisfelder; ein Geschwisterchen nach dem anderen, sie zu bekommen war schon kaum mehr Freude oder Kummer wert; so rasch erlangte die Mutter die kaum angedeuteten Formen der Purépecha-Indianer wieder; Bilder, die nicht mehr wirklich, nur noch malerisch sind: der Vater, der zum Essen kommt, sich schlafen legt und sich die Sonne vom Gesicht wäscht, ein alter Mann mit Mumienerde im Gesicht, mit schrecklichen Augen und sanften Händen, der am liebsten alles gesagt hätte, ohne den Mund aufzumachen, denn die Worte wurden ihm schwer und brannten, als verkaufte man die Dinge, wenn man sie aussprach, oder sie von dem Wichtigen abbrächte, dem, was nicht gesagt wurde – die Bilder vom Acker und von der Frau und die Stunden mit beiden, das war dann, wenn die Worte schwer wurden und brannten:

»Hüh, bockiges Maultier, hüh, die Sonne sinkt,
Gott will, daß du mir gehörst, Madalena,
müde jedesmal, wenn der Mond aufgeht und dich
nicht schlafen läßt.«

Die Sonntage in Morelia: Zuckerzeug und Lerchen und Männer zu Pferde; herrliche Kirchen mit offener Vorhalle, deren Türme wie Pfeile den grünen Blätterhimmel durchstießen; alle miteinander hängen wir ein Votivbild am Altar des Lieblingsheiligen auf, vom ältesten Sohn gemalt, der schon in Morelia als Tischler arbeitet,

»damit das Kind gesund wird,
damit ich die eben geschlüpfte Taube bekomme,
damit die Maiskolben rund werden,
damit wir immer beisammen bleiben.«

»Es ist schön, Herr Vater, wenn man so frei in der Tischlerei arbeiten kann.«

Und zurück zur Hütte in den Maisfeldern. Geruch nach verfaulten Stengeln und verbrannten Blättern und mageren Schweinchen.

»Man muß das alles vergessen. Wir sind zu rasch aufgestiegen, als daß wir glauben könnten, wir sind noch dieselben, die vor kaum einem halben Jahrhundert unter den Gutsbesitzern gearbeitet haben. Jetzt gibt es so viel zu tun. Arbeitsquellen erschließen. Das Land groß machen. Das da ist für immer gestorben.«

Man sagte, die Herren wären gut; sie forderten das Ihre, aber sie erlaubten, daß man sein Stückchen Land ungehindert bebaute, und unterhielten keinen Laden, in dem man kaufen mußte.

»Die Ländereien gehörten Don Ignacio de Ovando. Er kam nur sehr selten. Sein Name und er selber waren fast Legende. Ich erinnere mich jetzt der Gestalt meines Vaters, als wäre er von Anbeginn der Welt dort gewesen. Ich denke daran, daß er immer am Schluß der Arbeit mit einem Fuß in die schwarze Furche trat, damit die Sonne anderntags die nasse Erde an den Strohsandalen trocknete. Am Sonnabend kamen alle Leute zusammen und sprachen von ihren Angelegenheiten, und dann erinnerte sich auch mein Vater, wie es früher gewesen war.

Noch zu Zeiten meines Großvaters Serafín gab dieses Land genug für alle her. Dann kamen die neuen Gesetze, und damals fing Don Ignacio an, alle Parzellen aufzukaufen. Und dann brachten die fremden Soldaten viele von uns um. Ich hab immer den Boden bebaut. Ich glaubte noch immer, es wäre, damit alle genug zu essen hätten, wie früher. Aber nach dem Krieg schickte uns die Regierung die neuen Gesetze, und damit schluckte uns Don Ignacio. Aber man soll nicht klagen. Anderswo muß man alles bei den Herren kaufen. Hier kannst du nach Morelia gehen und dein Geld ausgeben, wie's dir paßt. Ja, ich glaube, er war zufrieden. Der Indio hätte von sich aus nie Revolution gemacht. Um die Zeit tauchte mein großer Vetter Froilán Reyero auf, den sie schon als Kind nach Mexiko gebracht hatten. Ich sehe ihn noch, wie er seinen dicken Hängeschnurrbart in der Wasserkanne benetzte; er streichelte mir den Kopf und erzählte, er habe in Morelos gehört, daß der junge Pedro, Don Ignacios Sohn, die ganze Zuckerfabrik auf den Kopf stellte, der junge Pedro sollte an seines Vaters Stelle treten, wenn der starb.

Dort in Morelos veranstaltet er mit seinen Freunden Ausflüge zu Pferde, und alle reiten los und fangen die Frauen der Bauern mit dem Lasso ein. Das Gekreisch solltet ihr hören! Da will schon niemand mehr aus dem Haus gehen. Aber weil sie manchmal rausgehen müssen, zum Wasserholen oder zum Waschen an den Fluß, lauern die ihnen auf, fangen sie sich und lassen sie später wieder laufen.

Froilán sprach auch von anderen Dingen, die er auf seinen Fahrten gehört hatte. Vom Valle Nacional, aus dem keiner lebend herauskam, und von den Streikenden in Cananea. Auch in Río Blanco war er gewesen.

Genau so, wie sich dort die Leute organisiert haben, muß man es hier mit den Bauern machen. Der Señor Madero ist jetzt auf Wahlkampagne, und die Leute sagen, mit ihm wird das Unglück ein Ende haben.

Ich sehe noch, wie mein Vater nur die Stirn runzelte, er schürte das Feuer und sagte zu Froilán, er solle sie in Frieden lassen, alles zöge sich von selbst zurecht.

In Morelos sammeln die Zapatas schon Leute. Ich war dabei in Río Blanco und hab gemerkt, daß das Maß voll ist. Mein Freund Gervasio Pola ist in Mexiko-Stadt und sammelt Geld für Zapata, und niemand wird mehr stillhalten, wenn Don Porfirio die Wahlen nicht respektiert.

Federico Robles nahm auf dem Ledersofa Platz und lächelte unmerklich. »›Seid friedlich‹, sagte mein Vater mit seiner ruhigen Stimme, während Froilán die Ereignisse beim Streik in Río Blanco schilderte.

›Ich hatte dort einen Gevatter, dem starb sein Junge, deswegen ging er nach Río Blanco. Die Fabrik und die Häuser stehen in der Senke, aber dann fängt das Gebirge an, und der Urwald, der ist wie ein Wall, der alles umschließt. Man spürte eine Traurigkeit, die kam vom Gebirge und erfüllte die staubige Straße zwischen der Fabrik mit ihren kleinen Balkons und dem Laden der Gesellschaft. Also da war's, daß der kleine Sohn meines Gevatters starb, denn den hatten sie mit elf Jahren in die Färbeabteilung gesteckt, und der Arme hielt das nicht ein Jahr aus, all den Flaum schlucken. Und so lag er da in einem Sarg, in seinem weißen Hemdchen, ohne Hosen, ganz eingefallen, der kleine Kerl. Und das war nicht der erste. Eine Menge Älterer starben auch daran, ein Wunder, wenn einer überlebte. Denn die Arbeiter kriegen alle naselang Kinder, und keiner kann sagen, ob die leben bleiben oder nicht, wo sie bloß fünfzig Kupfermünzen am

Tag verdienen, und man muß die Kinder so bald wie möglich arbeiten lassen, und die erhalten nur zwanzig. Rechnen Sie mal nach, Albano, stellen Sie sich vor, daß die dort zwei Pesos in der Woche Miete bezahlen müssen. Und der Lohn wird in Gutscheinen ausgezahlt, die man im Laden einlöst – also nur weil Gott groß ist, sind noch nicht alle vor Hunger und Dreck gestorben. Aber die meisten verdorren bloß, bei dreizehn Stunden Arbeit täglich, die vertrocknen wie ein Haufen Wurzeln an der Sonne. Ich habe sie nach Hause kommen sehen, sie konnten nicht reden, als hätte man ihnen die Lippen zugenäht, und so fielen sie todmüde um. So müde waren sie, daß sie nicht mal um Essen baten. Aber wovon sprach ich gerade, da lag also der Junge ausgestreckt, und mein Gevatter hielt's nicht länger aus und rannte raus und schrie und zog das tote Kind an den Füßen hinter sich her, bis alle die Oberen auf die kleinen Balkons traten, halb erschrocken, halb spöttisch, und ich glaube, mein Gevatter konnte sich nicht halten, und es war ihm gleich, ob sie Angst hatten oder sich über ihn lustig machten, er schüttelte den Leichnam vor ihren Augen, bis sie alle die Fenster zumachten. Aber damals fing es schon an, der Arbeiterverein wurde gegründet, und Gervasio Pola, der was gelernt hat, kam und redete mit ihnen, sie sollten noch eine Weile aushalten und sich organisieren. Und als der Streik der Textilarbeiter in Puebla ausbrach, sammelten die in Río Blanco Geld, viel war's nicht, und schickten es nach Puebla. Die Gesellschaft hörte davon und ließ die Fabrik schließen. Dann kam der Streik, und alle wußten, daß der Laden der Gesellschaft zugemacht würde, und dann würde es nichts mehr zu essen geben. Zwei Monate zogen sie durch die Berge und suchten was zu essen! Hätten Sie sehen müssen, Albano, was für Kräfte der Hunger den Leuten gab. Alle hatten zerkratzte Hände, wo sie zwischen den Dornen eine Wurzel ausgegraben hatten. Alle mit faltigen Hälsen, und die Augen tief in den Höhlen. Manchmal sieht man den Leuten am Gesicht an, was drinnen vorgeht, und so war das damals. Zwei Monate hielten sie aus, und auch wenn nichts dabei herausgekommen wäre – aber es ist was herausgekommen –, hätte ich gewußt, daß ich allein bei der Erinnerung an diese Gesichter nie wieder hätte ruhig schlafen können, bevor ich die Mexikaner frei gesehen hätte. Denn die kauten sich die Nägel ab, Albano, die hätten sich Arme und Zungen abgeschnitten, damit die andern was zu essen hätten. Wenn Sie das gesehen hätten, dann wüßten Sie heute, daß Sie nicht allein sind. Auch Nichtalleinsein bedeutet, vor Kummer zu sterben. Ich hatte Kummer und Wut, und die nimmt mir keiner mehr, das sag ich Ihnen. Und dann wandten sich die Streikenden an Don Porfirio und baten ihn, er möge Gnade walten lassen, und sie versprachen, sie würden tun, was er von ihnen verlangte. Und Don Porfirio sagte bloß, sie sollten aushalten und wieder an die Arbeit gehen wie früher. Die Leute da sind ehrlich, und als sie sich ergaben, baten sie nur um ein bißchen Mais und Bohnen, um die erste Woche vor der Lohnzahlung überstehen zu können. Diesen Hunden geben wir nicht mal Wasser, sagten da die Aufseher. Mit dem Hunger kann man alles machen, Albano, aber man darf ihn nicht verhöhnen. Solange man den Hunger nicht verhöhnt, hält jeder durch, einfach aus Anstand, bis in den Tod. Da stürmten die sechstausend Arbeiter den Laden der Gesellschaft und holten alles heraus, was drin war, und dann zündeten sie ihn an, und die Fabrik auch. Es war keine Wut in den Gesichtern, nicht einmal Haß! Bloß Hunger, so als wenn man geboren wird oder sich bekreuzigt, bevor man stirbt, was so über einen kommt. Und dann marschierten die Truppen von Rosalío Martínez ein, feuerten ihre Salven ab, eine nach der andern, pausenlos, und alle fielen tot um auf den Straßen, konnten nicht mal schreien, wußten nicht, wohin vor dem Krach und dem Staub, den die Kugeln aufwirbelten. Bis in die Häuser verfolgten die sie und schossen sie einfach nieder, ohne Verhör. Und die in die Berge flohen, die holten sie auch und machten sie kalt wie nichts. Da machte niemand den Mund mehr auf, die Soldaten nicht, und nicht die Arbeiter. Kein Geräusch außer den Kugeln. Alle starben schweigend, aber schon damals wußten sie nicht, was besser war. Sie konnten nicht mehr richtig unterscheiden. Es gab ein Bataillon Soldaten vom Lande, die wollten nicht schießen, und so wurden sie alle von Rosalíos Soldaten niedergemacht. Danach sah man bloß die Güterzüge abfahren, voll mit Leichen, und manchmal nur voller Beine und Köpfe. Die warfen sie bei Veracruz ins Meer, und die vom Arbeiterverein, die noch in Río Blanco waren, hängten sie gleich auf.‹«

Robles langte nach dem Mahagonikästchen auf seinem emaillierten Schreibtisch, in dem er seine Havannas aufbewahrte.

»Mein Vetter Froilán starb bald. Huerta ließ ihn erschießen. Manchmal frage ich mich, was wohl aus ihm geworden wäre nach dem Kampf.«

Ixca Cienfuegos' Blick verlor sich über den blassen Umrissen der Alameda, und er murmelte: »Das fragen wir uns alle. Was würden die sogenannten reinen Revolutionäre heute machen?

Was würden Flores Magón, Felipe Ángeles, Aquiles Serdán heute tun?«

»Vielleicht wären sie schlecht bezahlte, ein bißchen unruhige Lehrer«, brummte Robles und drehte die Zigarre im Mund wie einen aromatischen Knebel. »Unrecht zu erkennen ist nicht das gleiche wie sich ans Aufbauen machen, die einzig wirksame Form, Unrecht zu beenden. Ich hatte das Glück, erst zu kämpfen und dann aufzubauen. Obgleich – wer weiß? Wir wollen eine kapitalistische Wirtschaft aufbauen und zugleich eine Gesetzgebung anwenden, die die Arbeiterklasse schützt. In Wahrheit ist es doch aber so: Wenn man Kapital erhalten will, dann muß man es mit Leben bezahlen, zum Beispiel mit dem der Kinder, die in den Färbesälen von Río Blanco starben, und erst danach kann man Arbeitergesetze machen.«

Cienfuegos richtete die Augen auf die rötlichviolette Kuppel der Kunstakademie und schloß sie gleich wieder, als wollte er Robles auffordern weiterzusprechen. Der Bankier, die dicke Zigarre zwischen den Zähnen, machte es sich bequem und zog die Manschetten herunter. »Als ich zehn war, gab man mich zum Pfarrer einer kleinen Kirche in Morelia. Da brachte ich mir Schreiben bei und half bei den Messen. Anfangs besuchten mich meine Eltern, oder ich ging zum Essen zu ihnen in die Hütte am Fluß. Aber später verließ ich Morelia kaum noch. Mein Vater starb an Diphtherie, und meine Brüder holten mich nicht mehr. Dann erfuhr ich, daß meine Mutter mit dem Lasso eingefangen worden war, und als mein ältester Bruder, der Tischler, sie rächen wollte, nahmen die Federales ihn mit, und die andern sagten keinen Mucks mehr. Sie bebauten weiter ihr Land. Sie müssen nicht glauben, daß ich danach Lust hatte, mich zu rächen, denn ich verstand gar nichts,
wenn der Mond aufgeht und dich nicht schlafen läßt
damit die Maiskolben rund werden
es ist schön, Herr Vater, wenn man so frei arbeiten kann
dann wüßten Sie heute, daß Sie nicht allein sind
und wenn ich es verstanden hätte, hätte ich mich deshalb doch nicht der Revolution angeschlossen. Die Revolution kam wie die Sonne oder der Mond, wie es regnet oder eine Hungersnot ausbricht. Man muß aufstehen, schlafen gehen, sich vorm Wasser schützen oder essen. Ich habe nie erfahren, wo sie angefangen hat, aber als sie einmal da war, mußte man den Stier bei den Hörnern packen. Erst danach fanden einige, ich zum Beispiel, die Begründungen.«

»Andere haben sie nicht gefunden, und die wußten, warum«, unterbrach ihn Cienfuegos.

»Stimmt. Aber das steht auf einem andern Blatt. Die werden immer das Warum wissen, aber es nützt ihnen einen feuchten Kehricht.«

»Sie gehörten zu *denen* ...«

»So wie der Mais erst Korn und dann Kolben ist. Aber wenn er Kolben ist, dann ist er kein Korn mehr.«

Das Wort *die* bohrte in Ixcas Gehirn, während er Robles beobachtete, der ernst an seiner Zigarre zog. Wer waren *die*? Bis zu welchem Grade wußte Robles das genau, bis zu welchem Punkt war er weiter einer von *denen, denen* gleich, so namenlos wie *die*?

Der Bankier spann seine Erinnerungen weiter und schnitt ihm den Faden ab.

»Der Pfarrer versprach, mich ins Seminar zu schicken, sobald ich gut Latein könnte, denn alle Jungen, die er vorschlüge, stellten sich mit Lateinkenntnissen vor und würden dann Bischöfe. Mit vierzehn war ich firm in meinen täglichen Arbeiten, und ich muß sehr sympathisch gewesen sein, denn alle gaben mir gern ein Almosen.« Robles unterdrückte ein Lachen, das im dichten Rauch der Havanna unterging. »Ich hatte ein paar Freunde, aber viele hatten sich der Revolution von Madero im Norden angeschlossen, andere waren nach Süden gezogen, zu Zapata. Der Pfarrer erzählte davon und war sehr froh, als Huerta in Mexiko siegte. Ich wartete bloß darauf, daß ich endlich ins Seminar konnte. Ja, darauf wartete ich.«

Ist ein feiner kleiner Indio, und aufgeweckt, der früh begriffen hat, was ihn von den besseren Leuten trennt, der sein Plätzchen in der weisen Weltordnung gefunden hat und der sein ganzes Leben Gott und der Gesellschaft als Küster dienen wird, auch wenn ich, leider, diese Gemeinde verlassen muß und ihr ein neuer Seelsorger geschickt wird. Sie sollten ihn sehen, den ganzen Tag putzt er die Gefäße und den Marmor, ganz vertieft in seine Arbeit, keine Versuchung, die ihn anrührt. Er hat wenige Freunde, und nur einen Wunsch – armer Kleiner! –: aufs Seminar zu gehen!

»Bis ich eines Tages bei der Einkleidung der Novizinnen in der Kathedrale assistieren mußte. Die Porzellangesichtchen hätten Sie sehen sollen, so warm vor dem Schwarz der Hauben. Kaum eine, die älter war als achtzehn. Ich hatte nie solche Mädchen gesehen, und als ich daran dachte, daß sie sich für immer begraben würden, wurde ich richtig wütend. Ich wollte zu ihnen laufen und sie alle küssen, Cienfuegos, sie in meinem Namen um Verzeihung bitten, vor allem im Namen all der Dinge, die ich nicht war. Ich wollte mich ihnen anbieten für etwas, was ich selbst kaum verstand – um ihnen meine Liebe zu schenken? Alles roch so verstaubt, darum hörte man wohl so genau das Rascheln der Gewänder auf den Kirchenfliesen. Sie wissen, wie das so ist, oder besser gesagt, diese Augenblicke, wenn man sich über etwas klar wird, wenn man weiß, daß man handeln kann. Als mich deshalb der Pfarrer aufs Gut seiner Familie – Zamacona hießen sie – in der Nähe von Uruapan brachte, da war ich entschlossen.«

Robles war wieder aufgestanden und betrachtete sein von Diego Rivera gemaltes Porträt über der Reihe stählerner Karteischränke. Vor einem indigoblauen Hintergrund hob sich die Gestalt des Bankiers in braunem Kaschmir und mit zwei linken Füßen straff und dunkel ab. Auf dem Bild war er schlanker, aggressiver, einem Pfeil vergleichbar, der von einem unsichtbaren Bogen abgeschossen worden ist und der sich die Farben unterjochen, sie auslöschen will, damit der Rahmen nur von seiner Gestalt ausgefüllt wird.

»Die Erleuchtungen kommen so, rufen einen, ohne daß man sie gerufen hat. Noch nicht eine Sekunde vergangen, und man weiß, daß man nie wieder so gehen wird wie vorher. Dort auf dem Gut wohnten die kränkelnde Mutter, die ältere Schwester, dreißig, immer in Schwarz, die nicht geheiratet hatte, und noch eine Schwester, fast sechzehn, deren Kleider obenherum schon knapp saßen. Mercedes. Der Vater war tot, der jüngere Sohn war Hauptmann in der Armee ...«

Robles sah auf die Jahreszahl rechts unten am Rahmen: 1936. Er betastete seine feist gewordene Gürtellinie und versuchte hinter den Zügen des Bildes die des Jungen von fünfzehn Jahren zu entdecken. Wer sollte den noch kennen? Undeutlich erinnerte sich Robles, daß er zum erstenmal um die Zwanzig herum fotografiert worden war, daß er sich nie mehr als Kind betrachten könnte. Er drehte dem Porträt den Rücken zu und sah sich den blanken Zähnen Ixcas gegenüber, zwischen denen sich grauer Rauch hervorringelte. Er beobachtete es mit Unbehagen und verschränkte die Hände auf dem Rücken. »Was Sie auch denken mögen, ich ging von dem Gut weg und schleppte in Uruapan zwei Tage lang Wasser für die Pferde. Dann fingen mich die Federales ein und brachten mich nach

Querétaro. Ich stahl mir ein Pferd und ritt nach Norden, bei Nacht.«

Robles griff sich an den Hals, an die hervortretenden Adern, das schlaffe Fett unter dem Kinn. »In Aguascalientes, als mir das Pferd krepierte, kletterte ich in einen Zug. Ein Zug voller Leute, die vor einer Seite flohen, oder sich gerade der anderen anschließen wollten. In einem Dorf in der Provinz Coahuila fiel ich einem General der Regierungstruppen auf, weil ich ein paar Brocken Latein konnte. Da feierte ich meinen siebzehnten Geburtstag, mit der Truppe, mußte dem General die ›Valentina‹ vorsingen, auf lateinisch, zum Spaß.«

Seine Finger strichen über das graue Tuch des Ärmels, suchten unter dem weichen Stoff, dem Seidenfutter und dem Batist seines Hemdes den nervös gestrafften Muskel.

»Mein Rücken war steif, die Arme waren hart vom Schlafen auf dem Erdboden und vom Kämpfen unter der Sonne. Die Beine, ewig angespannt vom Reiten. So viele Dörfer, so viele Namen und Gefechte ...

Santa Rosa Guayamas Orendaín, jetzt aber besoffen, Huerta, nun klopft dir aber das Herz, Zacatecas Lucio Blanco Felipe Ángeles Herrera stellt sich taub, als er erfährt, daß in Zacatecas Barrón Dieguez Iturbe und Buelna besiegt sind,
die Federales liefen wie die Hasen,
wußten nicht, wohin sie fliehen sollten,
liehen sich Unterröcke,
damit man sie nicht erkennen sollte.

... und die Sonne, die gab's jeden Tag gratis. Der General war das Vaterland, mein durchlöcherter Hut der Ruhm. Alle diese Bilder vor dem Hintergrund der grauen Mauern dort im Norden, der Berge, der Baumwollröcke,

zweitausendfünfhundert Kahlköpfe
fingen sie,
stellten sie in Reih und Glied,
aber keiner kam um,

auf dem Flachland und in den Bergen kämpften sie Tag und Nacht und ertrugen tausend Nöte, um die Tyrannei zu stürzen, wir durchstreiften jeden Fußbreit des Geländes, Cienfuegos, *von Monterrey nach Laredo und von Lerdo nach Torreón unterwarfen sich die Carranzaleute die ganze Föderation,* wir haben das Land kennengelernt, kann ich Ihnen sagen. Das trokkene, öde Land, das fast nur aus der Pulverlinie bestand, die sich zwischen Himmel und Erde erhob, und das zum Vorschein kam in dem Volksfest, das mit uns zog. Das Fest in den Zügen voller Marketenderinnen und Munitionskisten, gebratenen Zicklein neben den Geleisen, es hieß *Mädchen, Mädchen, Mädchen, Jungens, euer Papa, eure Mama,* Tage voll Blei und Blut, die wir erlebten auf den gelben Ebenen, die wie wir galoppierten, so schien es.«

Robles' Blick verlor sich durch das Fenster in die Umrisse der Bäume auf der Alameda und was von den Kirchen auf der Avenida Hidalgo noch zu erkennen war. Ein stumpfer Glanz brach aus den ledernen Säckchen rings um seine Augen, und im selben Moment fiel ihm ein, daß er mehr Sport treiben sollte, aber das Golfspiel würde ihm Krampfadern verursachen. »Die braunen Jungfern, mit denen man einmal schlief, die Hütte, die wir einmal aus Versehen anzündeten und in der die Frau und die Kinder eines Korporals schliefen. ›Verdammt, woher sollen wir denn wissen, daß du hier wohnst?‹«

Robles setzte sich wieder hin und zog an seiner Zigarre, strich die Socken hoch und betastete eine Entzündung am Bein. »Und dann brachten sie ihn um, weil er so angab. Und später, in der Nacht, rief mich der General: *›Komm mal her, Lateiner. Nun kommen die fetten Jahre, und da heißt es absahnen. Mach dich aus dem Staub und sieh zu, wie weit du kommst. Mumm, das ist das einzige, was du brauchst, um dieses Volk unterzukriegen, und weil sie das nicht merken, bist du ihnen im Nu über. Ob du sie peitschst oder bestiehlst, das stört sie gar nicht, Hauptsache, du hast ordentlich Weiber und Mumm. Kann sogar sein, daß du ihnen mit Ehrlichkeit imponierst – wozu sich gegen den souveränen Willen des Volkes auflehnen, he?‹* und dann lachte er aus vollem Halse, ging zu seinen Leuten und sang mit ihnen, an einer durchlöcherten Mauer hockend. So kam es, daß wir im April 1915 vor Celaya standen.«

Ixca unterbrach ihn nicht; er neigte nur den Kopf zur Seite und wollte in diesem Augenblick Robles sein, bis dahin vordringen, wo Robles nicht mehr der Soldat Robles war, der ehrgeizige, unbekannte Anwalt Robles, der im trüben zu fischen verstand, Robles der Bankier, Robles, der einen Namen hatte – sondern Robles, der ein Schicksal hatte, das er niemandem offenbaren, nicht für ein anderes eintauschen konnte. Robles sprach nicht. Sein und Ixcas Blick hielten einander stand, verschmolzen zu einem fließenden, bohrenden, in eine Pupille voller Erinnerungen. Ixca bewegte keinen Muskel. Wie ein beredtes Götzenbild forderte er, nur mit den Augen, Federico auf, den dichten Vorhang zu heben, die schweren Lider aufzureißen und mehr als den tintenschwarzen Schlitz freizugeben, um in einem aufleuchtenden Erinnern all die Tage zusammenzuraffen, die sein Gedächtnis, seine Sehnsüchte nicht bewahrt hatten. Robles ließ die Arme hängen, vergaß seine Hände und seinen Körper. Flüchtige, zitternde Lichter, wie türkisfarbene Schmetterlingsflügel ...

»Maycotte in Guaje belagert!«

Ein Strom von Fußvolk kletterte in den Zug unter dem Getöse von Trompeten und Räderwerk und Dampf – von seinem Posten zu Pferde aus erkannte Federico die Generale Hill und Obregón, die die Truppenbewegung befehligten – hier vor Celaya wollten sie abwarten, daß Obregóns Strategie Villas Leute anlockte, wenn erst einmal die Belagerung Guajes abgewehrt wäre, so wimmelten zwischen Sonne und Ebene, zu Fuß und zu Pferd, Männer mit Bronzegesichtern und hängenden Schnurrbärten, die großen Hüte tief in die Stirn gedrückt oder keck eine Seite hochgeschlagen, die Käppis der Offiziere, die Halstücher um den Nacken geschlungen, die Stiefel voll gelbem Schlamm – glasige Augen unter dem Sonnenglast, schimmernde Zähne, schiefe Blicke, Masken wie geschwärztes Gold –, und die Yaquis bauten Deckungslöcher und zogen Stacheldraht kreuz und quer durch die Weizenfelder – die ganze riesige, glühendheiße Ebene pulsierte vor Geschäftigkeit, und sie warteten, reglos aufgereiht unter der Sonne, rauchten faserige Zigaretten, und die Marketenderinnen, die unter einem Schattendach beisammenhockten, die Glut in den Kohlenbecken anfachten, grüne Pfefferschoten aufbrachen und Wasser in ockergelben Trögen mischten, reichten ihnen Näpfe mit Tamarinde und Reis. Federico, den ganzen Tag im Sattel, immer bereit, Befehle auszuführen, blies den Rauch über die Mähne seines Pferdes und zog den Wolken nach, die wie aufgebauschte Tücher dem Gebirge zuschwammen – er dachte nicht und sah nicht voraus, das Zusammenspiel seiner Muskeln war auf einen Punkt gerichtet, auf den Augenblick, da sie sich auf die Truppe des Generals Francisco Villa stürzen würden, das stumme Getümmel überschwemmte die Weizenfelder, um drei Uhr nachmittags kam der Zug zurück.

»Villa hat den Zug überfallen, als er das Pfeifen hörte!«

»Maycotte ist über die rechte Flanke ausgewichen!«

»Das Heer sammelt sich wieder in Celaya!«

Obregón schwang sich von der Lokomotive – eiserne Stirn, gesträubter Schnurrbart –, befahl, inspizierte, begutachtete die Deckungslöcher und die überschwemmten Weizenfelder und die aufmarschierte Kavallerie und die Stacheldrahtsaat – die Yaquis, deren Tücher im Wind flatterten, besetzten die Löcher, mit Gewehr und Bajonett bewaffnet; dort im Schlamm lagen sie wie begraben. Hill befahl Gefechtsaufstellung für die Infanterie, die aufgeblähte Abendsonne vergrößerte jede Bewegung, die Umrisse der Männer, der Geschütze, der Pferde. Villas Infanterie hatte schon die Flanken besetzt, Obregóns Truppen gegenüber, und griff mit schrillem Geheul an; der Galopp ihrer ersten Attacke überflutete die Ebene mit Spannung und Gewieher, mit dem Schnaufen der Tiere und dem Rasseln der Sporen im selben Takt krachten die Gewehre der Yaquis und mähten die Reiter nieder, und gleich wuchsen senkrecht Bajonette aus dem feuchten Versteck der Deckungslöcher und schlitzten die Bäuche der Pferde auf, ein Regen von Blut und Gedärmen strömte über die Köpfe der Indianertruppe, während Villas Reiter aus den Sätteln in immer neue Eisenfinger stürzten, die aus dem mit Löchern übersäten Feld aufwuchsen – Villas Leute rückten vor durch den Weizensee, und plötzlich krallte es sich um ihre Beine, ihre Hoden zerrissen am Stacheldraht, die Geschoßgarben platschten ins Wasser, und die Münder gurgelten Blut: Die Menschen hingen in den Dornen und türmten einen Wall von stöhnendem Fleisch auf; siebenundzwanzig Attacken ritt Villas Kavallerie zwischen dem Abend und dem neuen Tag, unter der hochstehenden Sonne verpesteten die Pferdekadaver die Ebene; der kleine Kornett Jesús Martínez blies zur Reveille mitten im Kampfgetümmel, und die Truppen Obregóns gingen zurück; ein neuer, unaufhaltsamer Angriff Villas prallte auf die neu konzentrierten Truppen, voran die Reiterei; Federico Robles galoppierte, schwang den Machete, feuerte die Pistole, mitten in die feindliche Infanterie hinein; die hängenden Zügel peitschten seinem Pferd um die Augen; eine Sekunde lang Gesichter, in Entsetzen erstarrt, blutüberströmte Leiber, erhobene Hände, die die Waffen wegwarfen, alles schoß in Blitzesschnelle an ihm vorbei, er verlor sein Käppi, und in seinem Haar, das der rasende Lauf und der Tumult an dem windlosen Morgen zerwühlten, knisterten Ehrgeiz und Ruhmsucht: Seine Machete hob sich in immer rascherer Lust und sauste nieder auf Nacken und Schädel, niedergemähte, von Schweiß und Blut klebrige, auf die Soldaten der

Division aus dem Norden; heiß strömte es ihm durch die Brust, mit erigiertem Glied, gestrafften Beinen auf dem Rücken des Pferdes, die Zügel zwischen den Zähnen, so hieb Robles um sich, schoß, ungeachtet Villas Geschützsalven, in die letzten Seufzer der toten Leiber hinein, in denen noch die Stimme zitterte, einen Abschied hauchend, den niemand mehr hörte oder fühlte; leer knirschten die Wasserschläuche von Villas Infanterie unter den Hufen von Robles' Pferd, vor ihm nichts als flüchtende Rücken, hierhin und dorthin, und ins Lager zurück, das von Trompetenstößen und dem frischen Geruch der wiederaufgestellten Kohlenbecken pulste – das Zeichen, daß sie gesiegt hatten, daß die Überlebenden sich einfanden; zum letztenmal wollte er den Anblick des Schlachtfeldes von Celaya in sich aufnehmen, die blutgetränkten Weizenfelder, aus denen ein Säuseln wie ein Hymnus im Abendwind aufstieg; den Dunst der abgehäuteten Pferdeleiber, das Gewirr von Armen und Beinen, die unverhüllt liebkosenden Gebärden der Toten, verkrampfte Hände, die aus dem Stacheldrahtsumpf ragten, verdrehte Augen, von der Sonne durchbohrt, und offene Münder, die für immer Abschied nahmen; Álvaro Obregóns Gestalt, hoch über den frischen Truppen, die über die gedüngte Ebene auf den Ort vorrückten – in leichtem Trab ritt Federico zurück, er senkte den Blick und sah seine Hände an, schmutzig ihre Linien, von Blut und schwarzer Erde gezeichnet, so, immer so, bitte, Wind, blas über mein Haupt, peitsch mich, so, immer so

... in der Dunkelheit glimmend. Nicht zwei Minuten waren zwischen beiden Blicken verstrichen. Robles empfand wieder, daß er einen Körper, eine Haltung, Gliedmaßen hatte. »April 1915. Siebzehn kamen wir nach Mexiko, Cienfuegos. Der General mochte nicht nach Querétaro ziehen, und er wurde mit einem großen Haus auf der Plaza del Ajusco, mit Marmortreppe und allem Drum und Dran, abgefunden. Ich wußte nicht, was ich fern vom Schlachtfeld anfangen sollte. Der General schleppte mich mit zu seinen Banketts, die anfangs nur unter uns stattfanden. Dann tauchten junge Anwälte mit feinem Gespür auf, Frauen einer bestimmten Sorte. Ich schluckte eine Menge Ärger. Wegen meiner Unwissenheit, wegen meines Aussehens. Das stachelte mich erst recht an. Ich mußte mir einen Platz erobern, an dem man mich trotz meines Aussehens und meiner fehlenden Bildung respektieren würde. Und ich mußte hart arbeiten, um meinem Land zu dienen. Wozu hätten wir sonst die Revolution gemacht? Nicht um uns hinzusetzen und den Sieg unserer Ideale zu bestaunen, sondern um zu arbeiten, jeder an seinem Platz. Die Empfindungen derer, die mit Carranza und Obregón in Mexiko einzogen, waren widersprüchlich. Aber wir alle wußten, daß der Augenblick gekommen war, die großen Entscheidungen zu treffen, uns mit einem kompromißlosen Ehrgeiz zu wappnen.«

Robles ließ das Licht kaum durch den schmalen Schlitz zwischen den schweren Lidern hindurch.

»Das Land war zerstört; zehn Jahre ohne Ordnung, keine Arbeitsprogramme und fast eine Million Tote. Der General erfaßte die Lage, und etwa im Jahre 1920, als Carranza tot war, entließ er die Truppen, als noch alle fest glaubten, daß sich ohne diese treue Stütze keine Marionette würde halten können.«
»ICH BIN NICHT AUF DIE PRÄSIDENTSCHAFT AUS«,
SAGT DE LA HUERTA
VILLA ERMORDET
Pancho Villa ist tot,
verraten und umgebracht,
armer Pancho Villa,
liegt schon in der Gruft.
Er nicht, er ging stracks auf das zu, was er kommen sah: Geschäfte.
Der Ort, der Treffpunkt von Mode und Luxus
in der Hauptstadt werden wird:
Bar »Don Quijote«, im Hotel »Regis«.
Er wußte, daß die Prätorenherrschaft in Mexiko zu Ende ging,
ESTRADAS TRUPPEN NEHMEN GUADALAJARA EIN
daß sie sich in der Revolution ausgetobt hatte, und wer nun in Mexiko etwas werden wollte, der mußte dem Bürgertum, das seit den Kämpfen der Reforma im Kommen war, den Weg bereiten,
modische Gürtel, breite bunte Schärpen mit
üppigen Fransen
eine alte Liebe vergißt man nicht
und verläßt man nicht
Tobender Beifall beim Erscheinen
Lupe Rivas Cachos auf der Bühne CARRILLO PUERTO
es entwickeln und zum Herrn des Landes machen,
in der Praxis und nicht nur in idealen Entwürfen, wie denen von Juárez und Ocampo.
nur vier Maisfelder
sind uns geblieben

»Der Plan von Agua Prieta über die Landverteilung versetzte dem Prätorianismus den Todesstoß, und Huertas und später Serranos und Escobars Aufstände waren nur Fußtritte eines schon Erledigten.«
TRIUMPH DER REGIERUNG Elf Stunden dauerte die Schlacht von OCOTLÁN
(Adiós, mein Schätzchen, weine nicht um deinen Pancho)
Die Revolution brachte zwei eindeutige Köpfe hervor: Obregón und Calles,
Der Schulmeister, der Revolutionär von 1911, der Statthalter von Sonora, der interimistische Gouverneur, der Freund, der Bürger, der Staatsmann, sie alle sind in seiner schöpferischen Unabhängigkeit, auf unverwechselbar mexikanische Art stets gegenwärtig, wann immer sie zu handeln aufgerufen sind,
die trotz ihrer Ausschreitungen
»Wieviel Uhr ist es?«
»Wieviel Sie wünschen, Herr Präsident«
das Wesentliche verteidigen und mit der Anarchie aufräumen würden. Und ich ging geradenwegs auf das los, was mir lag.«
»DURCH MEIN BLUT WIRD DER GEIST SPRECHEN«
»In drei Jahren war ich Anwalt, ging nun zum Frühstück zu Sanborn's, besuchte das Theater, lernte, daß es Schneider gab, nahm sogar Tanzstunden.«
Rudolf Valentino
Isabelita Faures Truppe
María Teresa Montoya im Teatro Principal
Pferderennen in Chapultepec, Son-Sin,
l'Orangerie
'tis you – just you
I've loved you – and never knew
»Ich war bereit, als General Calles Präsident wurde und die Organisation des Landes ernsthaft in Angriff nahm.«
Nach Jahren bewaffneten Kampfes bieten wir dem Volke die außergewöhnliche Chance, den Wert der wegbereitenden Männer der Revolution
General Obregón setzt sich für
die Landwirtschaft in Huatabampo ein
zu erproben und die Aufrichtigkeit ihrer Pläne sowie deren Widerhall im Volk zu beurteilen.
»Das war Titanenarbeit.«
MORROW NEUER BOTSCHAFTER DER USA

Kein rückwirkendes Inkrafttreten des Artikels siebenundzwanzig
DIE ERZBISCHÖFE IN CHAPULTEPEC
und es hieß, mit äußerster Vorsicht handeln
Gorostieta erhebt sich in Waffen
SERRANO UND GOMEZ KANDIDATEN

»Man mag uns hart kritisieren, Cienfuegos, und meinen, daß die Handvoll mexikanischer Millionäre – zumindest die alte Garde, die damals entstand – sich an dem Schweiß des Volkes bereichert hat. Aber wenn man an das Mexiko von damals zurückdenkt, dann sehen die Dinge anders aus. Banden von Straßenräubern, die nicht auf den Schießprügel verzichten mochten. Die Wirtschaft gelähmt. Generale mit Privatarmeen. Kein Ansehen Mexikos im Ausland. Kein Vertrauen bei der Industrie, Unsicherheit auf dem Lande. Keine Behörden. Und wir mußten die Forderungen der Revolution erfüllen und sie zugleich für Fortschritt und Ordnung arbeiten lassen. Das zu vereinen ist keine einfache Aufgabe. Es ist sehr leicht, revolutionäre Ideen zu verbreiten: Agrarreform, Arbeiterschutz, alles, was Sie wollen. Aber wir mußten den Stier bei den Hörnern packen und die einzige politische Wahrheit, den Kompromiß, lernen. Das war der kritische Augenblick der Revolution. Da mußte man sich entscheiden, ob man aufbauen wollte, auch wenn man sich dabei ab und zu die Hände schmutzig machte. Ein paar Ideale opfern, um etwas Greifbares zu schaffen. Und wir fingen an, es so gut und so schön wie möglich zu machen. Wir durften alles, denn wir hatten allerhand durchgemacht. Diesen hatte die Acordada geschnappt, jenem hatte man die Mutter vergewaltigt, dem dritten sein Land gestohlen. Und uns allen hatte der Porfirismus keine Wege geöffnet, unserm Ehrgeiz einen Riegel vorgeschoben. Jetzt durften wir die Ärmel aufkrempeln, Cienfuegos, jetzt waren wir dran, aber wir arbeiteten immer zum Besten des Landes, nicht bloß in die eigene Tasche, wie die vom alten Regime.«

Robles stellte sich ans Fenster und zeigte auf das regellose Stadtbild von Mexiko. Cienfuegos paffte schweigend lange Rauchfahnen.

»Sehen Sie hinaus. Dort gibt es noch Millionen Analphabeten, barfüßige Indios, verhungerte, zerlumpte, Leute auf Staatsland, die eine elende Parzelle Schwemmland haben, und keine Maschinen, keine Reparaturmöglichkeit, Arbeitslose, die in die Vereinigten Staaten ausweichen. Aber es gibt auch Millionen, die in die Schulen gegangen sind, die wir, die Revolution, ihnen gebaut haben, Millionen, für die der Monopolladen aufgehört und die städtische Industrie angefangen hat, Millionen, die 1910 Hilfsarbeiter geworden wären und heute Facharbeiter sind, die damals als Dienstmädchen hätten arbeiten müssen und die heute Stenotypistinnen mit guten Gehältern sind, Millionen, die in dreißig Jahren von den untersten Schichten in den Mittelstand aufgestiegen sind, die Autos haben und Zahnpasta benutzen und fünf Tage im Jahr in Tecolutla oder Acapulco verbringen können. Diesen Millionen hat unsere Industrie Arbeit gegeben, unser Handel hat sie seßhaft gemacht. Zum erstenmal in der Geschichte Mexikos haben wir einen stabilen Mittelstand geschaffen, mit kleinen wirtschaftlichen und persönlichen Interessen, die die beste Garantie gegen Aufstände und Unruhen sind. Leute, die um nichts in der Welt den Job verlieren wollen, den kleinen Wagen, die Einrichtung auf Raten. Diese Leute sind das einzig konkrete Werk der Revolution, und das war unser Werk, Cienfuegos. Wir haben den Grundstein zum mexikanischen Kapitalismus gelegt. Calles hat ihn gelegt. Er hat mit den Generalen aufgeräumt, hat Straßen und Staudämme gebaut, die Finanzen geordnet. Daß wir uns bei jeder Straße eine Hacke abgezweigt haben? Daß die Agrarkommissare die Hälfte des für Reparaturen bestimmten Geldes in die eigene Tasche gesteckt haben? Was soll's? Wäre es Ihnen lieber gewesen, man hätte gar nichts getan, um diese Mißbräuche zu vermeiden? Hätten Sie das Ideal einer engelhaften Ehrlichkeit vorgezogen? Ich sage Ihnen noch einmal, wir hatten allerhand durchgemacht, und wir durften alles; weil wir in Elendshütten aufgewachsen waren, hatten wir ein Anrecht, jawohl, ein Anrecht – ganz klar gesagt – auf eine Villa mit Giebeldach und Schmucksteinfassade und Garten und einem Rolls Royce vor der Tür. Alles andere heißt nicht begreifen, was eine Revolution ist. Revolutionen werden von Menschen aus Fleisch und Blut gemacht, nicht von Heiligen, und alle schaffen sie am Schluß eine neue privilegierte Klasse. Kaste. Ich versichere Ihnen, wenn ich die Gelegenheit nicht genutzt hätte und immer noch wie mein Vater auf dem Land in Michoacán ackerte, dann würde ich mich nicht beklagen. Aber nun bin ich hier, und als Unternehmer nütze ich Mexiko mehr, als wenn ich Bauer wäre. Und wenn ich es nicht getan hätte, so wären andere hochgekommen, um diese Vorteile zu fordern, hätten die Stelle besetzt, die ich innehabe, hätten das getan, was ich tue. Wir gehörten auch zum Volk, und unsere

Häuser, unsere Gärten und Wagen stellten auch irgendwie den Sieg des Volkes dar. Außerdem ist dies ein Land, das rasch in Lethargie versinkt, aber auch sehr bald wieder aufwacht: Wer konnte uns damals sagen, was morgen geschehen würde? Wir mußten sichergehen. Und um all das zu bekommen, setzten wir alles ein. Nichts von dieser Politikspielerei von heute. Damals brauchte man als erstes Mumm, als zweites Mumm und als drittes abermals Mumm. Um Geschäfte zu machen, mußte man bis über die Ohren in der Tagespolitik stecken und mächtig gewieft sein. Damals gab es keine Unternehmen mit nordamerikanischer Beteiligung, die gegen jeden Zufall abgesichert waren. Damals riskierte man alles, jeden Tag! Und so erfanden wir die Macht, Cienfuegos, die wahre mexikanische Macht, die nicht in der Anwendung von Gewalt besteht. Sie sehen schon, wie falsch das Bild vom tyrannenunterjochten Mexikaner ist. Das haben wir nicht nötig. Das zeigt die Tatsache, daß wir seit dreißig Jahren keine politischen Anschläge mehr gehabt haben. Wir brauchen etwas anderes: dem Land auf den Buckel steigen, die andern überlisten, sich nicht überlisten lassen, große Halunken sein. Dann wird man bewundert, nicht ausgebootet. In Mexiko wird keiner mehr bewundert als der große Halunke.«

Robles ließ den Arm sinken. In der Erregung war sein Gesicht grau geworden, seine Haut, so sorgfältig durch den englischen Stoff, das Hemd und die Krawatte Ton in Ton und den Hauch Kölnischwassers im Taschentuch verborgen, war wieder die des Indios.

»Wir kennen alle Geheimnisse. Wir wissen, was das Land braucht, wir kennen seine Probleme. Es hilft nichts, man muß uns ertragen oder in die Anarchie zurückfallen. Aber das würde der Mittelstand verhindern.«

Ixca Cienfuegos drückte mit langsamen Bewegungen seine Zigarette aus und wandte sich dem Fenster zu, in dem die frühe Nachmittagssonne blitzte.

»Sie sind ein stilles Wasser, Cienfuegos, Sie hören nur zu. Glauben Sie nicht, ich vertraue Ihnen und erzähle Ihnen das nur, weil ich gern meine Stimme höre. Sie wissen mehr, als Sie zeigen, und Sie wollen mir unversehens einen Schrecken einjagen. Darum erzähle ich Ihnen diese Dinge, damit Sie wissen, wo Sie stehen – nur darum.«

Cienfuegos verbarg nicht ein offenes, freundliches Lächeln, das Federico Robles' harte Züge unwillkürlich weicher machte. Cienfuegos' lächelnde Augen nahmen die ganze, zugleich gespannte und schlaffe Gestalt des Bankiers in sich auf, und schweigend wiederholten seine Lippen die Worte einer anderen Unterhaltung, eines anderen Mannes, der die mexikanische Macht erfunden hatte, eines anderen »großen Halunken«: »Mexiko hat heute einen Mittelstand. Der Mittelstand ist das aktive Element der Gesellschaft. Hier und überall. Die Reichen kümmern sich mehr um ihr Vermögen und ihr Ansehen, als daß sie dem Gemeinwohl nützen. Auf der anderen Seite ist in der Regel die bedürftige Klasse zu unwissend, um Macht zu entfalten. Die Demokratie wird in ihrer Entwicklung von den Anstrengungen eines tätigen, fleißigen, aufwärtsstrebenden Mittelstandes abhängig sein.«

Ixca lächelte noch immer und fand, daß Robles' breite Nasenflügel, die Echsenaugen, die sorgfältig aufgehellte Haut ihn an Porfirio Díaz erinnerten. Der Bankier zog zum letzenmal an seiner halberloschenen Zigarre.

»Wie sehr dies alles wahr ist, was ich Ihnen erzählt habe, Cienfuegos, wie richtig der Volksinstinkt urteilt, sieht man daran, daß sogar die ganz linksgerichteten Regierungen des Landes immer dieser bürgerlichen Stabilität zugesteuert sind. Der mexikanische Kapitalismus ist zwei Männern zu Dank verpflichtet: Calles und Cárdenas. Der erste hat ihn gegründet. Der zweite hat ihn faktisch dadurch entwickelt, daß er einen breiten inländischen Markt geschaffen hat. Er hat die Löhne angehoben, hat der Arbeiterklasse alle möglichen Garantien gegeben, damit sie sich gesichert fühlt und nicht glaubt, dauernd Unruhe stiften zu müssen; er hat endlich die Politik der Regierungsausgaben für öffentliche Arbeiten eingeführt, die Anleihen vermehrt, Land aufgeteilt und auf allen Gebieten erreicht, daß eine gewaltige Menge festliegenden Reichtums umzulaufen begann. Das sind die lebendigen Tatsachen, und sie dauern fort. Seine schädliche Demagogie scheint mir nebensächlich. Wenn Cárdenas der Arbeiterbewegung keinen offiziellen Charakter gegeben hätte, so hätten die späteren Regierungen nicht in Frieden arbeiten und die nationale Produktion derart steigern können. Und vor allem hat Cárdenas durch seine Politik mit dem mexikanischen Feudalismus aufgeräumt. Nach ihm kann Mexiko alles werden, nur kein Latifundienstaat mehr, der von einer nutzlosen Klasse reicher Großgrundbesitzer beherrscht wird. Plutokratie darf sein, aber eine, die Märkte schafft, Arbeitsquellen erschließt, Mexiko voranbringt. Die mexikanische Revolution war klug: Sie hat früh begriffen, daß eine Revolution nur dann effektiv ist, wenn der militärische Kampf kurz und die Gunst des Schicksals lang ist. Und sie hat nicht eine einzige bedeutende Handlung der formlosen Willkür überlassen. Alle ihre Akte waren wohlüberlegt. Jeweils ist der richtige Mann Präsident geworden. Können Sie sich dieses Land unter Vasconcelos, Almazán oder General Henríquez vorstellen? Da wären wir, rundheraus gesagt, einfach hops gegangen ... Die technischen und die Beamtenkader Mexikos sind vorhanden, und die können nicht durch Emporkömmlinge ersetzt werden. Und das ist das Ende meiner Geschichte.«

Federico Robles knöpfte sich das Jackett zu und holte tief Luft. Ixca argwöhnte, daß sein Embonpoint vorgetäuscht war; eine politisch notwendige Mimikry.

»Meine Frau erwartet uns zu einem kleinen Highball«, sagte Robles und zog die Voilegardinen des Büros zu.

Nackt, mit zwei Wattebäuschen auf den Augen, ließ Norma Larragoiti de Robles sich von der dörrenden, erschlaffenden Sonne bestrahlen. Wie zwei undeutliche Eigelb verdoppelte sich das Gestirn durch die Watte und die Lider hindurch, mitten auf Normas Pupillen. Die Sonne war ihre Urerinnerung: flache und wüste Sonne im Norden, und später die hohe, dunkle, wunde Sonne Mexikos. Erste Erinnerung und erstes Sein: Sie wollte Sonne sein, ein Samenkorn des Gestirns spüren, das ihr den Leib rösten sollte, und in der Sonnenhitze wiederholte sie ihren Namen, einmal, zweimal, mehrmals:

Norma Larragoiti

Norma war geboren in Torreón, aus einer Familie kleiner Kaufleute, die Konkurs machten, als sie fünf Jahre alt und der Plan von Agua Prieta eben verkündet war. Ihr Vater beging Selbstmord, und kaum lag er im Sarg, da schickte die Mutter sie nach Mexiko zu wohlhabenden Verwandten. Jede Weihnachten besuchte sie ihre Angehörigen in Santa María de Oro, dem neuen Wohnsitz der Familie, denn ihr Bruder arbeitete in einem Bergwerk und mußte sie alle ernähren. Aber schon mit fünfzehn weigerte sie sich, Mexiko zu verlassen, und ihre Verwandten verstanden das sehr gut und kauften ihr ein Ballkleid. Norma fiel auf: Ihre Augen waren grün und ihre Haut weiß, sie wusch sich die Haare mit Kamille und tanzte anmutig Foxtrott *in a secluded rendezvous* und legte immer ihre kühle Hand um den Nacken ihres Tänzers. Die Verwandten hatten im Stadtteil Juárez ein Häuschen mit einem großen Garten und gaben oft Gesellschaften. Dann erschienen viele junge Leute, und Norma wußte sie sich vom Leibe zu halten, aber auch gefahrlos zu flirten. »Die Jungens sagen, Norma ist mächtig heiß«, rief ihr der kleinste Vetter nach, und Norma tat, als ärgerte sie sich, aber im Grunde war sie befriedigt. Als sie siebzehn wurde und die Verwandten für sie ein Fest gaben, lernte sie einen Jungen aus der Preparatoria kennen, von dem erzählt wurde, er sei Dichter, und der kohlschwarze schmachtende Augen hatte, in die sie sich verliebte. Er hatte kein Geld, hieß Rodrigo Pola, aber ihr genügte es, ihn so hübsch reden zu hören und in der Eisdiele »Paris« Eis zu essen und jeden Sonnabend ins Kino zu gehen und Tonfilme mit Greta Garbo, Charles Farrell und Janet Gaynor anzusehen. Er erzählte ihr von seinem Vater, einem bedeutenden General unter Zapata, den Huerta ermordet hatte, und von seiner Mutter, die alles getan hatte, um ihm eine Erziehung zu geben – und jetzt würde er in die juristische Fakultät eintreten –, von seinen Plänen als Dichter, davon, daß er die Welten Rimbauds und Saint-John Perses entdeckt habe, von der Autonomie der Universität und der mexikanischen Arbeiterbewegung. Dann versuchte er sie zu küssen – *etwas kann ich nicht ausstehen: daß man mich unterschätzt; das tat Rodrigo, als er mich küßte und sich in mich verliebte und glaubte, ich sei so eine, die alles machte, bloß damit er mich beim Tanzen um die Taille faßte. Dummkopf! Was sollen wir denn zwischen zwei Küssen anfangen? Hat er nicht gemerkt, daß ich leben will, leben zwischen den Augenblicken, in Gesellschaft mit anderen, daß es Gruppen gibt, die mehr sind als er, offene Autos und teure Bars und Wochenenden? Ihm gefällt das vielleicht, eine oder zwei Wochen auf einen heimlichen Kuß im Garten von Onkel und Tante zu warten. Es ist beleidigend für mich, wenn die Leute glauben, daß ich immer in diesem stickigen Ambiente leben möchte. Ha!* Und dann meinte Norma, erreicht zu haben, was sie wollte, aber Rodrigo lief ihr noch immer nach und flüsterte ihr ins Ohr. Ihre Tante machte ihr Vorwürfe: »Du wirst deinen guten Ruf verlieren. Die Jungen werden dich nicht mehr beachten. Wie kannst du von einem Tag auf den andern einen Jungen nicht mehr gern haben?«

Aber sie meinte, man müsse jedem Mann die ganze Zärtlichkeit, alle Küsse geben und sie aus ihm herausholen, sie aufbewahren für den nächsten oder für den letzten: Die Liebe war eine Angelegenheit des Willens, und man gewann mit der Erfahrung und der Enttäuschung der anderen. Der Onkel hatte Glück mit seinen Geschäften gehabt, und sie zogen nach Las Lomas, wo es wohlhabende Leute und eine neue Gruppe gab, so daß sie die Jungen aus der Reforma vergaß, und als der Sohn eines Politikers anfing, sie in einem Mercedes abzuholen, ließ sie sagen, wenn Rodrigo komme, solle man immer bestellen, sie sei nicht zu Hause. Dann lernte sie einen anderen reichen jungen Mann kennen, Pedro Caseaux, der ihr Orchideen brachte, und durch ihn wiederum lernte sie eine neue Gruppe kennen, die Ausflüge auf wundervolle Güter veranstaltete, wohin sie von Donnerstag abend an eingeladen wurde. Sie war in Cuernavaca, als ihre Mutter nach Mexiko kam, und sie traf sie nicht mehr an, als sie zurückkehrte, *um eins bitte ich Gott, daß er mir meinen Stolz läßt; er ist das einzige, was ich habe, was wirklich mein ist: mein Stolz. Er ist mehr als diese kleine alte Mestizin (wie konnte mein Vater, blond und Spanier, sie bloß heiraten? Gott sei Dank habe ich seinen Typ geerbt), die den ganzen Tag mit Schürze und Umhang herumläuft. Und mein Bruder, dieser Bauernlümmel! Gerade gut genug, Steine zu klopfen. Ich glaube, Onkel und Tante genieren sich auch schon ihretwegen, wie ich; und schließlich sind Onkel und Tante auch nichts Besonderes! Ich hab sie gebeten, nicht aus dem Fenster zu sehen, wenn Pedro mich abholt; ich sterbe vor Scham. Weder die Verwandten noch die Alte verstehen mich; ich will hoch hinaus, mit dem Besten verkehren, was Mexiko zu bieten hat. Nein, um Gottes willen, nicht verkehren! Das Beste sein, was Mexiko zu bieten hat. Nicht von fremdem Glanz, fremdem Reichtum und fremder Eleganz zehren, ich selbst will Glanz und Reichtum und Eleganz sein. Gibt es ein Gesetz, das mir befiehlt, mittelmäßig zu bleiben? Schließlich ist es auch ihr Vorteil, wenn ich einen reichen Mann heirate und ihnen einen Monatsscheck schicke.*

Auf den Gütern traf man viele Leute, die schlecht von der Regierung sprachen. Auch Ausländer tauchten auf, die geschickt mit Worten spielten und über alles spotteten, was Normas Verwandten heilig war.

»Mal sehen, wie lange dieses Land ohne die Ölgesellschaften aushält.«

»Ils sont bêtes! Ein Indioland, von einem Indio regiert ...«

»... braucht man wieder einen Notabelnrat. Das war die Lösung. Oder europäische Einwanderung ...wie Argentinien, das sieht man ja ...«

»Nun seien Sie mal keine Kritikaster. Wenigstens gibt's billigen Whisky, gutes Klima und Frauen, die sich darum reißen, mit einem ins Bett zu gehen.«

»Ça, alors! So was in zweitausend Meter Höhe, das schaffen bloß Ziegenböcke und Mexikaner, tu sais.«

Überspanntheit, aber mit Geschmack, Gleichgültigkeit, die trotz Frivolität nie ganz ihre Feierlichkeit ablegte. Heimweh nach keinem bestimmten Ort: Biarritz, Jean-de-Luz, Ischia; die Worte »unsere Gruppe«, »mein Typ«, »Neureich«, »Sensibilität« und die lähmende Sonne, die gebändigte Stein, Blöcke aus scharlachroter Luft, das tiefe Blaugrün der mexikanischen Täler. Austauschbare Ehepaare, Gäste, die in Kleidern in die Schwimmbecken geworfen wurden; das eintönige Plop! der Sektflaschen, hochgezogene Brauen; durchwachte Nächte, in denen man sich neue Cocktailrezepte ausdachte; kalte Morgenstunden, stummer Sonnenkult nackter Körper, Brustwarzenkonkurrenzen; endloses, blasiertes Aufzählen berühmter Namen aus Kunst, Politik, Tourismus auf höchster Ebene; dauernde Wiederholung langer Geschichten einer Reputation. Evarista und die Contessa Aspacúccoli, die einander in Paris als reiche Erbin und Ölmagnaten ansahen, heirateten und in Cuernavaca ihre ebenso gegenseitige Armut entdeckten; der Conde Lemini aus Dallas, geborener Thomas Schwartz, damit beschäftigt, in Südmexiko Schwefel zu suchen; die uralte Millionärin Mrs. Melville, stets in Begleitung eines immer jungen, immer anderen, immer schlauen Neffen; Don Efrén, der alte Anhänger Don Porfirios, der seine Güter rechtzeitig verkauft und den Erlös in städtischen Grundstücken angelegt hatte; Lally, das exquisite Modell für alle neuen Maler Mexikos; Bobó Gutiérrez, der lustige junge Mann voller *practical jokes*; und die Mädchen, die Mädchen, die von überallher kamen, zum Allerheiligsten zugelassen dank ihrem silbrigen Lachen, ihrer Trinkfestigkeit und dem exklusiven Geschmack des Herrn und Meisters am Ort: Don Luis Verdaguer, der sich selbst »den letzten großen Herrn dieser Erde, Fabio, o Schmerz« nannte: das berühmte Italien unter dem Hammer. Vergangen ein Palast in der Avenida Juárez. Vergangen die Diplomatenposten in Europa. Vergangen die Substanz, *hors de commerce*, eines Namens. Vergangen der Tee am Samstagnachmittag bei Don Porfirio und

Gattin. Vergangen – mit einem Wort: das angemessene Auskommen. Nun gab es nur noch ein altes Haus, ein Schwimmbecken: San Fermín.

Und eine Frau in schwarzen Samthosen, die aus einer chinesischen Zigarettenspitze, eine Schlange aus Elefanten und Pagoden darstellend, russische Zigaretten rauchte und sagte, während sie sich am Rande des Schwimmbeckens die Nägel lakkierte: »Chère Norma, bist du noch Jungfrau? Sieh mal, mit was für einem Ritter-ohne-Furcht-Gesicht dich Pierrot anstarrt!«

Norma mußte sich sehr bemühen, gleichgültig zu wirken und nicht rot zu werden.

»Das gefällt uns allen so an dir. Du bist die einzige, die noch rot werden kann. Wenn du wüßtest, was man verliert, wenn man nicht einmal mehr das kann! Ach Liebchen, mit deinem Erröten schnappst du dir Pierre, und ich ... Man muß immer etwas haben, was man nach dem Auftritt verhüllen kann, wie die Revuegirls; dann bleibt, voilà, eine Form der Schönheit übrig, die einzige, die es noch zu entdecken gilt. Gebt mir einen Lendenschurz, und ich werde die Welt aus den Angeln heben. Diese mexikanischen Männer haben eine herrliche Vorstellung von weiblicher Sittsamkeit; sehen sie dich einmal nackt, dann spielen sie verrückt, auch wenn sie dich gar nicht anfassen. Beim Beischlaf mit Feigenblatt bleibt die Ehre intakt. Und das ist pervers. Ein Rousseau zu Füßen der Mme. Basile wäre da noch besser: Keuschheit und Keuchen in Kombination.«

Norma lachte immer nervös und wußte nicht, was sie sagen sollte, außerdem störte es sie, daß Natascha dauernd eine dunkle Brille trug.

»Für wie alt hältst du mich, Normita?«

»Dreißig, vielleicht ein bißchen mehr.«

»Du bist naiv! Glaubst du, wenn ich dreißig wäre, dann würde ich zwölf Stunden schlafen, den ganzen Tag mit schwarzer Brille und mit diesem Tuch um meinen kahlen Schädel herumlaufen? Rohe Mohrrüben, Wasserkeks, zwei Stunden lang Cremes, Massagen, ein ganzes Ritual, das dem Dahinwelken Schick verleiht! Du solltest mich beim Zubettgehen sehen! Guignol!«

»Sie sind sehr anziehend, Natascha.«

»Ach, fünf Jahre weiter, und ich muß mich mit einem Gigolo lächerlich machen oder mit andern aufgetakelten alten Weibern Poker spielen, wie eine Gestalt der Colette. Wie heißt es in dem

Lied? ›Besser wär's, ich sterbe gleich.‹ Ach, aber das ist makaber. Hier bist ja du, und du zauderst vor der Liebe. Glaubst du denn, du wirst immer dieselbe sein, jugendschön und rot vor Aufregung? Los! Und er ist schon jemand – goldbrauner Teint, Muskeln – na, los.«

Natascha streichelte ihren Schäferhund und ging zu Fuß nach Cuernavaca. Norma wollte am Abend in Nataschas Zimmer Nagellack holen und fand eine kalksteife Mumie vor, mit Armen wie Peitschenschnüre, von blauen Venen durchzogen. Ihr gesamtes Haar war auf drei Lockenwickler gedreht, und das schlaffe Kinn sah aus wie der Beutel eines Opossums. Auf dem Schreibtisch strahlte eine andere Natascha, zwanzig Jahre zuvor, verführerisch, schmuckglitzernd.

»Rasputin hat das Foto von mir gemacht. Glaubt kein Mensch. Nun ja, jemand hat gesagt, daß man dem Teufel eine Chance gibt, wenn man nicht ans Übernatürliche glaubt.« Natascha lutschte ihre Kekse, und Norma ekelte sich, als sie ihre Zähne in einem Glas Wasser sah, wie den Schatz eines Meerungeheuers, *wenn ich an etwas glaubte, so war es die Forderung, jungfräulich in die Ehe zu treten. Aber das heißt, von dem Ehemann zuviel Anstand verlangen, und inzwischen vergeht man vor Sehnsucht. In Cuernavaca gibt es heiße Nächte, in denen ich mich auf der Plaza verkaufen könnte. Ich werde verrückt, wenn ich nicht ein Stück lebendiges Fleisch finde, an das ich mich pressen kann, wenn ich als einzige Lust weiter mich nackt im Spiegel betrachten, mich unter den Laken selbst ausziehen und streicheln soll ...* Am nächsten Wochenende mußte Norma unter einem Vorwand in Pedros Zimmer gehen, und da brachte sie es hinter sich, bereits ohne Angst, eher ungeduldig. Ein Kellner sammelte die leeren Flaschen ein, als Norma um sieben Uhr morgens das Zimmer verließ, und er sah sie an mit dem Lächeln, das er – sie erinnerte sich – bisher für fast alle anderen Gäste übrig gehabt hatte. Es hatte Pedro geekelt, daß sie so geblutet hatte, und er kümmerte sich nicht mehr um sie, aber andere junge Männer luden sie ein, die schickten ihr keine Orchideen, legten ihr im Auto die Hand auf den Oberschenkel, und wiederholten die Einladung nicht, wenn sie sie nicht küßte. Ihre Mutter kam aus Santa María de Oro. Norma wagte nicht, sich auf der Straße mit der schwarzgekleideten Greisin zu zeigen, die manchmal die Worte falsch aussprach und mit der man sich nicht unterhalten konnte. Die Mutter fuhr weinend ins Bergwerk zurück, hinterließ Fotos von sich und dem Bruder, auf die sie mit einer unmöglichen Handschrift Widmungen geschrieben hatte und die Norma bald verlegte. Auch die Ovandos waren auf dem Bahnhof, und Norma zog ihren Pelzkragen bis an die Nasenspitze, und nachher erzählten sie ihr, sie hätten sie gesehen, als sie ihre Dienstboten verabschiedete. *Sehr demokratisch, die Normita!*

Als sie achtundzwanzig war, sprach alle Welt von ihr; ihre Fotos aus allen Lokalen, jedesmal mit einem anderen Herrn, erschienen in jeder Illustrierten, und auf einem offiziellen Empfang lernte sie einen dunkelhäutigen Bankier kennen, der einen märchenhaften Frack trug und vor dem alle ihre Bekannten katzbuckelten.

Wie Don Nicolás Bravo, als er die Gefangenen freiläßt, ha, trägt Koteletten wie Rodriguito ... Sieht nach was aus, der Bankier, alle machen Kratzfüße vor ihm. Das ist das einzige, was ich wirklich brauche: daß meinem Mann gehuldigt wird. Liebe, sagt Natascha, schließt Ehrlichkeit ohnehin aus.

»Wenn ich diesen Kerl ins Bett kriege, dann haben wir unser Vermögen wieder.«

»Unser kleiner Rothschild, schweigt immer und ist Junggeselle.«

Federico Robles forderte Norma zum Tanzen auf, aber nach ein paar Takten ließ er es sein und ging mit ihr ans Büfett. Sie redete viel, wie groß Mexiko geworden sei, über die neuen Lokale: das »Casanova« und das »Sans Souci«, über die vielen interessanten Leute, die von überallher gekommen seien, jetzt war Mexiko wirklich eine Weltstadt, mit Carol und Madame Lupescu und den grünen Frisuren Fernanda Montels – das müsse man genießen, dieses neue, frohe, weltstädtische Mexiko, meinte er nicht auch? Sich seines Lebens freuen, denn jeder habe ein Recht darauf, nachdem er so lange gearbeitet habe. Aber richtige Männer fehlten, mit denen zusammen man sich das Leben verschönen könnte. Ein anständiges Mädchen kannte so viele Hampelmänner ohne Persönlichkeit, so wenige Männer mit Charakter, denen sie helfen könnte, na, in hundert Kleinigkeiten: gesellschaftlicher Verkehr, Kleidung, guter Geschmack, wirklicher Genuß der wirklich guten Dinge des Lebens. Meinte er nicht? Robles brachte es sogar fertig, mit ihr zu lachen. Er fand sie großartig, und ein Jahr später waren sie verheiratet.

Als das Mädchen auf der Terrasse erschien, hatte Norma sich eben aufgesetzt, plötzlich war ihr von der Sonne schwindlig geworden, und sie dachte – nein, dachte nicht, sie wünschte zu wissen, was sie fühlte –, daß sie nicht weinen konnte, wenn sie sich auch noch so viele Bilder des Schmerzes oder der Angst vorstellte, die Tränen kamen einfach nicht, sie kamen nicht, sie kamen nicht. Sie zog den Morgenmantel über der Brust zusammen.

»Is nur, daß der Señor mit dem Gast gekommen ist, und sie warten auf Sie, Señora.«

»Sag dem Señor ... sag dem Señor, er soll mich entschuldigen. Ich fühle mich nicht gut – irgendwas. Sag ihm das.«

»Is gut, Señora.«

Rodrigo Pola

Rodrigo atmete tief, und neben ihm hielt Ixca beide Hände um das gelbe Licht eines Streichholzes und zog langsam an einer Zigarette. Über den blauen Baumkronen des Paseo de la Reforma wurde es Abend, und der Verkehr auf der Höhe der Sevilla war um diese Zeit schwach. Zwei Gestalten, eine mittelgroß, hagere Züge auf grünlicher Haut, die den Augenhöhlen zu dunkler wurde, bis sie sich schwarz wie Rabenflügel in den Augen verlor, und diese Augen blickten in die anderen, die wie gebrannte Mandeln aussahen, Ixcas Augen. Seine Schläfen voller Büschel borstiger Haare, großer Mund und Gesichtszüge, die rein indianisch und doch auch ganz europäisch waren, wie bei einem sonnverbrannten Bewohner eines Mittelmeergebiets, glatt und träge wie das Meer und die Götterbilder, die diesen Typ festhalten und ihm weiter als Vorbild dienen. Sie schritten auf der losen Erde des Paseo. Rodrigo sah zu, wie der Staub sich auf den gelben Schuhen sammelte. Er war sich jeder seiner nervösen Bewegungen bewußt. Cienfuegos dagegen schritt aus, als bewegte er nicht die Füße, als schöbe ihn der leichte Sommerwind, als wären diese Beine, diese Arme, die Rodrigo so störten, gar nicht die seinen. Ixca warf das Streichholz in die Luft und ließ den Rauch an den Nasenflügeln hochringeln, bis er ihm die Sicht nahm.

»Du und ich, wir haben viele Augenblicke zusammen erlebt, und wir meinen, daß wir alles voneinander wissen.«

»Von dir etwas wissen? In dieser Stadt kann man keine zehn Minuten gehen, ohne sich staubig zu machen.«

»So viel wie ich von dir. Wir sind das, was man ›verwässerte Mexikaner‹ nennt. Schlau, zugeknöpft, richtige Leisetreter ...«

Leisetreter. Wer nahm wen aus? Wo fing das an, diese heimliche Vergewaltigung, dieses Aufbrechen, Herauslocken der heimlichsten Dinge? Rodrigo hatte das Gefühl, nur Füße und Hände zu sein. Plump, lächerlich in jeder Haltung. Das Unabhängigkeitsdenkmal reckte sich an den eigenen Waden hoch, und ein paar Ziegel liefen, von einem barfüßigen Indio getrieben, nach Florencia hin über die Straße.

»Du weißt, daß mein Vater auf Befehl Victoriano Huertas im Gefängnis von Belén erschossen wurde. Das war etwa 1913, und ich wurde geboren, als er im Gefängnis saß.

Hast du an mich gedacht, Vater, vor dem Sterben: hast du einen Augenblick an mich gedacht?

Samenbeutel, kühle Schenkel, daran erinnere ich mich.

Und an mich, der ich schon das Blut meiner Mutter entflammt hatte, und an mich.

Nein, nur an einen kalten Morgen und einen Vogel, der vorbeiflog und seine Flügel netzte, im Fluß im Heißen Land, und dann an das Blei, das in dich eindringt, ohne daß du es merkst, das dich von innen überschwemmt, dich grau malt;

Aber sie gaben den Toten nicht heraus, und wir erfuhren ... das heißt, meine Mutter erfuhr es erst Jahre später, als der Leichnam meines Vaters mit den andern Namenlosen der Revolution schon auf einem Haufen lag.

Jetzt kommen die Staubstürme, Junge, und ich werde die Augen schließen und den Staub schlucken, denn darin müssen die Überreste deines Vaters sein.

Alles war immer nur Denken an ihn, Ixca, als wohnten wir eigentlich zu dritt im Hause. Aber ich hatte nichts, woran sich mein Gedächtnis halten konnte; seit ich mich erinnern kann, versuche ich etwas zu finden, was mir helfen soll, sein wahres Bild zu erkennen; das verblichene steife Bild des Mannes in Uniform, mit dem glänzenden Schnurrbart und dem leicht martialischen Lächeln, genügte mir nie, und meine Mutter mochte mir nie das Bild von ihm zeigen, das ich wollte, nicht ihres, denn für sie war mein Vater ein anderer, außerhalb ihrer selbst, ein Mann, der sie nach einem Jahr zur Witwe gemacht hatte, immer von neuem ein Groll oder eine Sehnsucht, es ihm nachzutun, so kurz zu leben wie er, aber irgendwie außergewöhnlich; meine Mutter hatte das nie gehabt, und wegen dieser Gleichförmigkeit – vor allem deshalb – verglich sie sich mit meinem Vater und wollte er sein, aber anders, und er hätte sie sein sollen – aber ich wollte das nicht, ich wollte nur irgendwie seine Verlängerung sein, und ich meinte das geistig (das wußte ich, ohne es erklären zu können, schon als ganz kleiner Junge); ja, und ich glaube, erst heute fange ich an, das zu begreifen. Aber er lebte in einem andern Land, in einer andern Stadt: Mexiko-Land und Mexiko-Stadt gehen zugrunde, wenn ein Mann leidenschaftlich sein Blut für sie hingibt; wir warten sozusagen auf diesen Mann, der alles hergeben kann, es sofort wieder opfert und mit ihm stirbt; und ich wurde geboren, als er sterben mußte, glaube ich; ich fand nur den in sich gekehrten Leichnam meiner Mutter, die in einem Korbstuhl saß und Kindersachen für die Kundschaft von Santa María strickte; und als Großvater starb, der uns als einziger etwas Geld gegeben hatte, und kein Testament hinterließ, da fielen seine andern Kinder, die Rosenda, meine Mutter, aus der Familie ausgestoßen hatten, als sie den ›Revolutionär‹ heiratete, über den kleinen Nachlaß her und verhinderten, daß sie auch nur einen Centavo erhielt. Dort beginnen meine Erinnerungen und mein Leben: an der Hand meiner Mutter von Laden zu Laden durch die Straßen der Stadt gezerrt, auf der Suche nach Arbeit, und meine Augen sahen nur die drückenden alten Schnürstiefel meiner Mutter. Schließlich fand sie eine Stellung in einem Geschäft, und von dem Gehalt von 125 Pesos zuzüglich Kommission (und nachts weiter Kindersachen stricken) konnten wir leben, und ich verbrachte die Tage allein auf der Dachterrasse unseres Häuschens im Chopo, denn es war kein Geld da für eine konfessionelle Schule, und in eine staatliche wollte meine Mutter mich nicht schicken. Ich sah mir die eisernen Spinnweben am Tor des Naturwissenschaftlichen Museums an und hörte die Trillerpfeifen der Luftballonverkäufer, die Musik der Leierkästen, die jeden Nachmittag die Stadt überschwemmten. Die Leierkastenmänner sahen mich oben auf den Lehmmauern sitzen, hielten mir ihren Hut hin, und dann pfiff ich und guckte in die Luft, um ihnen zu zeigen, daß ich nicht um die Musik gebeten hatte, daß ich im übrigen meine Musik selbst machen konnte. Komisch, wie man sich plötzlich der kleinen Einzelheiten erinnert und sich selbst sieht, wie einen anderen, so weit weg, daß er wie eine Zeichnung aussieht oder eine Fotografie, die man beim Durchblättern einer Illustrierten findet: Man erinnert sich des Strumpfes, der diesem Kind jede Nacht über den Kopf gezogen wurde, damit die widerspenstigen Haare sich glätteten, man sieht es allein auf einer Dachterrasse Stunden um Stunden still an der Wand sitzen, die Leute gehen vorbei, und manchmal hört es ein Trappeln wie von Pferden auf dem Pflaster. Das waren Männer, vor denen man Angst haben mußte; ich werde nie das Gesicht meiner Mutter, bleich, wie der Winterhimmel, vergessen an dem Tag, als sie von der Arbeit kam und die Leute Pancho Villas in Mexiko einritten; sie versteckte mich unter einer Matratze und erfand eine mehrtägige Krankheit, um nicht in die Stadt gehen zu müssen. Vor allem hat sie wohl gedacht, einer dieser wilden Männer sei mein Vater, mein richtiger Vater, der nicht tot sei, sondern weiter über die Ebenen sprengte, vermummt ... Es hat keinen Sinn, dem nachzuhängen; es ist nicht so, wie es damals war, und wir sollten kein Recht haben, uns zu erinnern.

Da kommt der Kojote, der böse Kojote, und will dich fressen. Das Kommen und Gehen auf der Calle del Chopo war meine einzige Unterhaltung. Den ganzen Tag oben auf der Terrasse, und abends wurden die Stunden kürzer, wenn ich zu Füßen des Schaukelstuhls saß und meine Mutter stricken sah.

Mein armer kleiner Junge! Nun sind wir allein, du und ich, in einer Welt ohne Männer. Was soll aus uns werden, Söhnchen? Schlaf, Kindchen, schlaf ...

Mit acht Jahren kam ich zu den Maristen in die Schule, und meine Mutter verdoppelte ihre Anstrengungen im Geschäft und mit der Heimarbeit; ich hatte zwei Bilder vor mir, das meines Vaters und das meiner Mutter, und wenn er immer derselbe blieb – denn ich stellte ihn mir sogar tot in Uniform und mit diesem strammen Lächeln vor –, so war sie zweifach, die auf dem Bild und die neue; bei ihrer Arbeit unter der hin- und herschwingenden Lampe aus grünem Samt beobachtete ich sie verstohlen, wie sie so am Fenster über ihrem Wollknäuel saß, um die letzten Stunden des verdämmernden Lichts auszunutzen; die alte sagte immer: ›Bald wird es besser werden‹, die neue überraschte mich; ich sah sie im Spiegelbild des Fensters, und sie selbst hatte sich wohl auch gesehen, denn sie strich sich über das Gesicht, als wollte sie sich wunderschöner Worte erinnern: Ihre Augen waren anders als früher; hinter dem feinen Faltennetz um die kaum eingesunkenen Höhlen stand ein neuer Blick. Sie selbst bemerkte es, zur selben Zeit wie ich, und von da an hielt meine Mutter jeden Abend, wenn sie ihr Bild im Fenster sehen konnte, einen Moment ihre Nadeln still und versuchte, den veränderten Blick auf eine verständliche Formel zu bringen.

Ich tat, als schriebe ich in meinem Heft, aber ich verpaßte keine Einzelheit dieses abendlichen Rituals, und wenn sie länger in das Glas schaute, erkannte sie auch immer mehr von der Umgebung: Sie gewahrte mich, plötzlich fiel ihr Blick auf meine gebückte Gestalt, und wie von einem elektrischen Schlag getroffen, versuchte ich weiterzuschreiben; aber sie hatte sich nicht täuschen lassen, hatte gespürt, daß ich sie heimlich beobachtete, daß sie nicht allein älter wurde, nicht allein Dinge bemerkte, daß es noch jemanden in ihrem Leben gab, mit dem sie es teilen mußte; so empfand sie es wohl damals: Hochaufgerichtet, mit flatterndem Kopftuch, fiel sie über mich her, schlug mich ins Gesicht und warf das Tintenfaß um. ›Betrüg mich nicht!‹ schrie sie mich an; ich ließ mich vom Stuhl fallen und suchte Schutz unter dem Tisch, und von unten sah ich, daß meine Mutter sich bis an die Decke reckte, eine schattenlose schwarze Säule, ich sah, wie die Sehnen auf ihrer Faust spielten, die sie langsam öffnete, wie ihre bettelnden Hände sich öffneten, und sie sagte: ›Komm, Junge, wenn ich dich nicht beschütze, wer soll es sonst tun, mein Kindchen?‹ Und ich lief hin und umschlang ihre Knie und weinte, mit einer neuen Bitterkeit, glücklich, daß ich etwas von ihr verstanden hatte, daß ich wußte, ich konnte sie verstehen, ohne daß sie böse wurde, aber ich schämte mich, daß ich ein Spion war.«

Rodrigo hob den Kopf, aufgeweckt von dem dauernden Hupen auf der Glorieta de Cuauhtémoc; die Fahrzeugströme die Reforma hinauf und hinunter und aus Dinamorca und Roma, aus Insurgentes und Ramón Guzmán wanden sich wie ineinandergeflochtene Schlangen; das Hupen hörte nicht auf, der Polizist pfiff erfolglos, und aus den Wagen tauchten Köpfe auf und fluchten und hupten wieder einzweidreivierfünfmal.

»Man weiß schon sehr früh, wer man ist, und ich lernte damals, wer ich war: ein Spion, das heißt, ein Schnüffler, einer, der dafür bezahlt wird, daß er herausbekommt, wovon die andern leben. Weiter nichts. Und ich erkannte etwas Schlimmeres: meine Gabe, alle meine Fehler zu sehen, und die Unfähigkeit, sie zu überwinden.«

»Darin bist du wie unser Land«, sagte Ixca und faßte Rodrigo am Ellbogen, um ihn über die Straße zu ziehen.

»Nein, Ixca, nein. Warum nahm mein Vater den Kampf auf, ging gegen Mängel an, und ich nicht? Warum gab es für ihn und seine Männer einen ehrenhaften, offenen Weg des Handelns, und uns bleibt nur die Anpassung, das innerliche Verbrennen, die Heimlichkeit und das – das Leisetreten. Wie gesagt, seit ich Verstand habe, weiß ich, daß ich mehr sein geistiger als sein leiblicher Sohn bin, und heute müßte ich handeln, mit mehr Veranlassung als er; er würde heute handeln, irgendwie, würde nicht wie ich versuchen, aus zweiter Hand zu leben. Aber ich habe es versucht, es stimmt doch, Ixca, ich habe immer innerlich um die Wahrheit gekämpft, mich für eine Idee eingesetzt, aber was hat es geholfen? Sag mir ...«

»Manuel Zamacona würde sagen, daß dieser geistige Kampf sich in dir selber vollzieht; es genügt, daß du denkst und dich innerlich mit anderen solidarisch fühlst, dann gehörst du dazu.«

»Glaubst du das?«

»Ich glaube ... nun, dein eigenes Leben wird dir sagen, was ich glaube, oder ich bin dir zu nichts nütze gewesen.«

»Sieh Normas Mann an. Der hat seine Mitte gefunden, weiß, was er will, ist überzeugt, daß er für das Wohl seines Landes arbeitet. Reicht es, wenn man dasselbe tut wie er und wie er empfindet? Mein Gott, Ixca, was ist dieses Land, wohin geht es, was kann man damit machen?«

»Alles.«

»Was alles? Wie lernst du, es zu begreifen? Wo fängt es an, wo hört es auf? Warum ist es mit den halben Lösungen zufrieden? Warum läßt es das Beste, was es hat, verkommen? Mit welchen Formeln können wir ihm beikommen? Wo hältst du dich fest? Was ist aus der Revolution geworden? Hat sie nur eine neue Gruppe von Machthabern hervorgebracht, die gewiß sind, alles zu beherrschen, so unentbehrlich zu sein, wie die Wissenschaftler es von sich glaubten?«

»In Mexiko gibt es nichts Unentbehrliches, Rodrigo. Früher oder später überschwemmt und verändert eine namenlose geheime Kraft alles, eine Kraft, die älter ist als alle Erinnerungen, so klein und so konzentriert wie ein Pulverkorn: die Wurzel. Alles andere sind Verkleidungen. Dort, in der Wurzel, ist noch Mexiko, so wie es ist, niemals das, was es sein könnte. Mexiko ist etwas für immer Feststehendes, zur Entwicklung Unfähiges. Ein unverrückbares Urgestein, das alles erträgt. Alles kann darauf wachsen, aber das Gestein selbst ändert sich nicht, es bleibt dasselbe, ewig.«

»Damit kann ich nichts anfangen, Ixca, das nützt mir gar nichts.«

»Und dein eigenes Leben?«

»Ja, davon sprachen wir grade.«

Eine Schlange bildete sich vor dem Kino »Roble«, Rodrigo und Ixca bahnten sich ihren Weg durch die gelangweilte Menge, die im Schneckentempo auf das beleuchtete Ziel, die Kasse, vorrückte.

»Jeden Tag um halb acht ging ich in die Schule, und eine Straße davor fing ich an zu trödeln und mit Flaschenkorken Fußball zu spielen. Sittenlehre war das Schrecklichste für mich. Die Lehrer sagten, sie sei am wichtigsten: ›Wenn du nicht Geographie kannst, dann wirst du bloß ein Dummkopf bleiben, aber wenn du den Katechismus nicht kennst, dann verdammst du dich selbst und kommst an einen Ort, wo du für immer allein sein wirst, ohne deine Eltern, ohne irgend jemanden.‹ Und ich wußte nie etwas. In den andern Stunden konnte man etwas, ein bißchen, allein lernen; aber in der Sittenlehre war alles schon fertig, kein Zweifel möglich, alle Auswege abgeschnitten ...«

»Die geistlichen Tugenden?«

»Glaube, Hoffnung und ...«

Rodrigo schämte sich der Worte, die er nicht begriff. Sein Banknachbar hieß Roberto Régules, und einmal lud der ihn nach der Schule zu einer Tasse Schokolade ein. Er wohnte in einem Haus mit Zinnen, in der Nähe der Avenida Chapultepec, und er hatte ein Zimmer voller Bleisoldaten und großer Hefte. Rodrigo fragte ihn, was die Hefte bedeuteten, und Roberto antwortete, darin seien alle Geheimnisse, krabbelte aufs Bett und holte eines vom Bord herunter; er setzte sich auf den Fußboden und schlug es auf, glücklich, das Staunen seines Kameraden im voraus genießend.

»Du siehst ja, was für ein Quatsch der Katechismus ist. In Wirklichkeit ist es gar kein Quatsch. Es kommt darauf an, hier sind nämlich die Geheimnisse.« Damit blätterte er das Heft auf, das gespickt voll war mit Zeitungsausschnitten und Heiligenbildern und Sätzen, in schwarzer Tusche geschrieben. »Der Witz ist, daß man herausfinden muß, was Padre Valles eigentlich mit jeder Sache meint, damit du, wenn er dich fragt, wirklich Bescheid weißt und er dich nicht an der Nase herumführen kann. Schau mal, hier ist die Hoffnung.«

Auf der aufgeschlagenen Seite sah man ein Bild des Gekreuzigten neben der Fotografie eines italienischen Kinostars. Das Wort »Hoffnung«, mit Rotstift geschrieben, stand über der Seite und darunter: »Schlag ein Kreuz, vertreib den Zweifel, Jesus kommt, vertreibt den Teufel.«

»Wenn aber Jesus nicht kommt, was dann? Dann frißt dich entweder der Teufel, oder du bist schlauer als der Teufel, und dann schreit er: ›Schlag ein Kreuz, vertreib den Zweifel, Jesus kommt, vertreibt den Teufel.‹ Verstehst du?«

Rodrigo verstand nicht, und mit schräggeneigtem Kopf betrachtete er die Seite der Hoffnung.

»Ich sag dir, du hast das sofort. Siehst du nicht? Alles bedeutet zweierlei, und du suchst dir das aus, was dir grade paßt. Na? Schau mal, hier ist die Keuschheit.«

Die Seite war leer.

»Und diese ohne was?«

»Die bedeutet auch zweierlei. Da niemand von der Keuschheit spricht und kein Mensch den Mund aufkriegt, wenn ich bei Tisch danach frage, dann heißt das, daß die Keuschheit etwas Schlechtes und Verbotenes ist.«

»Aber der Katechismus sagt doch, man soll keusch sein.«

»Warum wollen dann aber deine Eltern nie davon sprechen? Nein, bestimmt ist das was Böses, aber weil sie's dir verbieten, muß es auch was Gutes sein. Darum ist die Seite leer, das heißt, nicht gut und nicht schlecht, und du tust nur 'n bißchen geheimnisvoll, mal sehen, was dabei rauskommt. Jetzt sag mir, willst du bei dem Spiel mitmachen?«

Rodrigo stimmte zu, und die Freunde reichten sich die Hand, und Roberto ließ ihn ein zerknittertes Papier mit einem »X« unterschreiben, und in der Stunde sahen sie sich verstohlen an, wenn der Padre von der Hoffnung sprach, und Rodrigo dachte an die italienische Filmschauspielerin auf einem Tigerfell, und wenn der Padre eins der heiligen Worte aussprach, dann schrieb Roberto etwas auf einen Zettel und schob ihn Rodrigo hin: die verwelkte Blume, die Katze, das blutige Kreuz. Wenn Rodrigo wieder zu Hause war, setzte er sich unter die grüne Lampe an den Tisch, schlug die Hefte auf und tat, als machte er Schularbeiten. In Wirklichkeit suchte er neue Entsprechungen für die Zauberworte des Katechismus, suchte er fieberhaft in seinem kleinen Gedächtnis nach Formeln, geschliffenen Worten, die am nächsten Tag Robertos Beifall finden sollten: der Heilige Geist die Fahne des Schwarzen Korsaren; Barmherzigkeit das letzte Mahl meiner Maus; Theologie der Trauerflor am Haus meines Großvaters ... Je näher die Zeit des Abendessens rückte, desto mehr spürte er unerträgliche Weichheit in den Knien, kaute an seinem Bleistift und lauerte auf den Augenblick, da seine Mutter von ihrem Stuhl am Fenster aufstehen und in das Heft blicken würde; dann schrieb er geschwind die Seiten mit sinnlosen Zahlen voll und versteckte die geheiligten Blätter des Spiels im Ranzen.

»Deshalb, Ixca, erfanden mein Freund Roberto Régules – jawohl, derselbe Roberto – und ich ein geheimes Spiel mit dem Katechismus; ein Spiel, das unsere Phantasie und unsere Zeit verschlang, in der Schule und zu Hause. Und ich weiß nicht, ich wollte meine Mutter mit in dem Spiel haben, nicht um ihrer Gesellschaft, ihres Verständnisses willen, sondern weil ich mich ihr durch das Spiel überlegen fühlte, durch mein und Robertos Zweierspiel, das nur er und ich erklären und zu dem nur er oder ich andere zulassen konnten; ich hatte Mitleid mit meiner Mutter, unbewußt, Mitleid mit ihren alten Stiefeln und ihrem Gesicht, das täglich mehr von dem Gesicht der eleganten jungen Frau auf dem Bild abwich, und ich wollte ihr von oben herab dieses Spiel schenken, das alle Vorzüge des Geheimnisvollen und Exklusiven hatte, aber meine Mutter wußte das nicht, sie glaubte, sie beherrschte mich ganz natürlich, ohne meine Erlaubnis, und ich würde immer ein Teil von ihr sein, der einzige Zuschauer ihres täglichen Lebens und ihrer abendlichen Stunden am Fenster, auf dem Korbschaukelstuhl, mit dem Wollknäuel auf dem Schoß, den jeden Tag tiefer liegenden Augen, weiter entfernt von meinem Bild in schönen Gewändern, und sie mochte nichts von meinen Angelegenheiten wissen und ich nichts von ihren, aber ohne sie konnte ich das Spiel nicht fertigbauen, ohne ihr Staunen, daß ich mir eine andere Welt geschaffen hatte: Mir fehlte ihr Mitmachen, damit sie wußte, daß ich leben konnte, ohne sie zu brauchen, aber sie erfuhr es niemals, denn schließlich, eines Morgens ...«

Padre Valles, der die Katechismusstunde gab, ging schweigend auf Roberto zu und öffnete sein Pult; seine glatten roten Wangen zitterten, als Roberto den Deckel heftig zuschlug und ihm einen Finger einklemmte. Der Lehrer hob die Platte wieder an und kniff den Jungen ins Ohr; er fand die Blätter mit den unverständlichen Wortentsprechungen und nahm sie mit. Am Schluß der Stunde rief er Roberto zu sich und mahnte ihn, den Unsinn zu lassen, sonst würde er ihn beim Direktor melden.

»Was sollen wir tun, Rob?« fragte Rodrigo, als die beiden die von alten Ulmen und rosa Häusern gesäumten Straßen entlanggingen.

»Du wirst sehen, was ich tue. Wir werden den guten Padre in das Spiel einweihen.«

Eine Woche später wurde die ganze Schule in der Aula zusammengerufen. Die Jungen in kurzen Hosen und braunen Zwirnstrümpfen strömten einen gemeinsamen Dunst geschrubbter Nacken, säuerlichen Frühstücks und verschlafener Körper aus, vermischt mit dem Holzgeruch der Bänke und der Späne von den Bleistiftanspitzern. Ein blauer Altar und ein Marienbild voller weißer und blauer Tücher, unter Lilien fast versteckt, glänzten im Hintergrund. Der bärtige Direktor trat ein, neben ihm, mit hängendem Kopf, Padre Valles im Straßenanzug. Das Getuschel und Geschiebe verstummte, als der Bart des Direktors die blaue Höhle seines Mundes freigab. »Wir sind hier, um einen schwerwiegenden Verdacht zu bestätigen. Der Vater eines eurer Mitschüler hat ernste Verfehlungen eines Lehrers gemeldet. Ich möchte, daß sich Señor Valles, bevor er für immer diese Räume verläßt, vor euch allen für sein tadelnswertes Verhalten entschuldigt. Ihr, liebe Kinder, werdet euren Eltern erklären können, wie ehrenhaft die Leitung dieser Schule ist, denn selbst auf die Gefahr hin, im kommenden Jahr einige Schulgelder einzubüßen, zieht sie es vor, den Wünschen eines Familienvaters zu entsprechen ...«

Rodrigo drehte sich beinahe der Magen um, und er konnte dem Direktor nicht länger zuhören; er wußte, daß Padre Valles mit im Spiel war; er war der Dritte. Er versuchte, Roberto, der in der Reihe hinter ihm saß, etwas zuzuflüstern; Robertos Lächeln und das triumphierende Leuchten seiner Augen hielten ihn davon ab. Der Direktor erklärte überhaupt nichts; die Jungen dachten sich alle möglichen Verbrechen aus, die Padre Valles begangen haben könnte: »Sie haben ihn wohl mit einer Frau erwischt?« – »Seid doch nicht blöd, die interessieren sich nicht für Frauen.« – »Bestimmt hat er die Kollekten eingesteckt.«

Rodrigo ging auf dem Schulhof mit schwitzenden Händen auf Roberto zu und fragte ihn mit gebrochener Stimme: »War er mit im Spiel?« Roberto lachte aus vollem Halse. »Na, und ob! Sie haben das Buch in seinem Zimmer gefunden.« Und er wippte, die Hände in den Hosentaschen, auf den Hacken. »Unser Buch? Aber wieso dort? Wie konnte er bloß?« Er hätte am liebsten geheult oder sich auf die Lippen gebissen. »Das hab ich ihm hingelegt, und dann hab ich Papa von den Sachen erzählt, die mir der Pfaffe in den Kopf gesetzt hatte, und Papa verlangte, daß er rausgeschmissen würde, oder er würde den Jahresbeitrag streichen, den er der Schule gibt ... Und weil der Jahresbeitrag mehr ist als vierzig Schulgelder – na, bitte ...« Also war das Spiel nicht heilig; das wollte Rodrigo sagen, aber ohne es seinem Mitschüler vorzuwerfen, nur so als Feststellung; aber Roberto schnippte eine Münze in die Luft. »Nun fahr ich nach Guanajuato, in meine Heimat. Da wohnen ein paar alte Tanten von mir, die lassen mich von einem Privatlehrer unterrichten. Die Atmosphäre hier hing mir längst zum Halse raus.« Und Rodrigo, den Blick fest auf die hüpfende Münze geheftet, fühlte es heiß in der Kehle aufsteigen. »Und unsere Abmachung?« Das war alles, was er herausbrachte, und er wollte sagen: Du bist mein einziger Freund, du hast das Spiel erfunden, jetzt bleiben mir nur die langen Stunden auf der Dachterrasse und meine strickende Mutter; ich allein kann das Spiel nicht spielen, du bist mein Freund, bleib doch hier. Roberto ließ die Münze springen und ging davon, Rodrigo blieb stehen und kratzte mit der Spitze seines gelben Stiefels an dem Baum auf dem Hof, und die Wortentsprechungen, nun ohne das dazugehörige heilige Wort, tanzten in seinem Gehirn: alte Mutter Schokolade Glaube Ohrfeige Barmherzigkeit grünes Licht.

Die flimmernden Leuchtreklamen für Bier, Versicherungen, Rum und Zeitungen erhellten in Abständen Ixcas und Rodrigos Gesicht. Carlos IV. ragte im Mittelpunkt auf, als regelte er den Bus- und Taxiverkehr, während aus dem weißen Gebäude, vor dem sich die entmutigten Losverkäufer drängten, die ihre nicht verkauften Lose zurückbrachten, ein Lautsprecher die Gewinnnummern schmetterte. Durch Rosales kreischten die gelben Straßenbahnen, und an der Ecke der Colón rieben Frauen sich Speichel auf die Strümpfe und die Augenbrauen, und die Bucareli herunter kamen lärmend ein Dutzend barfüßige Jungen in Overalls, schlugen einander auf die Schultern, ärgerten einen gefleckten Köter – sie hatten eben die Abendzeitungen ausgeteilt – und suchten nun einen Schlafplatz auf den Bänken der Alameda oder in den Portalen der Carmenkirche.

Rodrigo zögerte und überquerte dann die Bucareli. »Trinken wir noch einen Kaffee bei Kiko. Ich hab noch keine Lust, nach Hause zu gehen.«

Zwischen fetten, in grünen Gabardine gekleideten, schäbigen, schlechtrasierten Männern, Frauen mit öligen Mähnen und Jünglingen in Niethosen und mit hochgekämmten Tollen, die Zwanzigcentavostücke in die Musikbox steckten, suchten die beiden Freunde sich einen Tisch.

»Bei Chayito gibt's 'n paar Weiber!«

»Jive, boy, jive!«

»Hör mal, was sagst du zu dem Pase? Alle Achtung, das Bürschchen kann was!«

»Bloß weil man seine Angestellte ist, glaubt er, er kann sich alles erlauben.«

»Jive, boy, jive!«

»Gehaltserhöhung?«

»Dann stieg meine Mutter in dem Geschäft auf, und ich blieb allein in der Schule. Roberto, mein einziger Freund, ging fort. Jetzt, als sie mich ohne den Schutz des reichen Régules sahen, dessen Papa der Schule große Beträge gab, machten alle Jungen sich einen Spaß daraus, mich zu hänseln, mir ihre Riemen um die Beine zu schlagen.

»Pola, Pola, nuckelt Coca Cola!«

»Und ich dachte mir Krankheiten aus, um nicht in die Schule zu müssen. Von meinem Taschengeld kaufte ich mir Bücher und las auf der Terrasse, solange es hell war; ich ging nach unten, bevor meine Mutter aus der Stadt kam, aß und las in meinem Zimmer weiter, und da fing meine Mutter damit an, daß ich mich abends zu ihr setzen solle, während sie strickte, und sie sagte: ›Du erzählst mir nie von deinen Plänen, Jungchen, was willst du denn einmal werden?‹ Aber ich schwieg und dachte an Zauberworte, die keinen Sinn mehr hatten, an den *Vicomte de Bragelonne* oder an die Riemen, von denen ich blaue Flecke an den Beinen hatte – wie sagte sie noch? ›Denk dran, auch wenn du ganz allein auf der Welt bist, so ist immer noch deine Mutter da, der du vertrauensvoll alles sagen kannst. Du wirst nun ein Mann, und wenn du deiner Mutter nicht alles erzählst, dann bleibst du über vieles im Zweifel und kannst es dir nicht erklären‹, und meine Blicke wanderten in dem kleinen Wohnzimmer umher, das uns beiden gehörte und in dem der Geist meines Vaters war: die grünsamtene Lampe, der Tisch und die steifen Stühle und die übelriechende Obstschale; der Korbschaukelstuhl, auf dem meine Mutter jeden Abend saß und nähte; das Sofa, auch aus Korbgeflecht, auch ausgefasert, der rosa gestrichene Holzfußboden; das Fenster mit den Kattunvorhängen, die Tür mit der kleinen Messingglocke. Und erst jetzt, als ich meiner Mutter zuhörte, fiel mir ein, daß ich dieses Haus eines Tages verlassen würde, daß ich über die Tassen mit Schokolade und die Wollknäuel hinwegspringen müßte, und ich dachte unbewußt daran, daß meine Mutter ja nicht allein bleiben würde, denn das Gespenst mit dem glänzenden Schnurrbart und dem martialischen Lächeln würde ihr immer Gesellschaft leisten, so fern ich auch wäre, und das hatte sie wohl gemerkt – wie sie so vieles merkte, aber nur einen Augenblick eher als ich, als könnte sie in meinen blöden Augen alles lesen, was ich dachte, als könnte sie nur durch mich bestimmte Dinge erfahren, aber nur einen Augenblick eher als ich –, deshalb hat sie das nie ermessen, was sie damals zu mir sagte, diese sinnlosen Worte, die ich nie begriffen, nie geglaubt habe und die ich jetzt erst als ihre Sehnsucht erkenne, mich ganz und gar in sich einzusaugen, zwischen ihren Beinen festzuhalten und ununterbrochen, bis ans Ende unserer drei Leben, zu gebären, in einem Geburtsakt, der Tage und Nächte und Jahre dauern sollte, Jahre, die sie stärkten und ihr recht gaben, eine andauernde Geburt durch Worte, die sie immer von neuem bestätigen sollten, sie, die nur lebte durch ihren zähen Wunsch, Mutter zu sein, die Natur zu verkörpern – wenn schon das andere, das Männerleben, das geschäftige, das in Projekten und Papieren sichtbar wird, ihr versagt blieb. Als ich sie deshalb fragte: ›War mein Papa gut zu dir?‹, da wußte sie alles, sie las in meinen blöden großen Augen, biß sich auf die Lippen und ließ die Nadeln in den Schoß sinken. Große Mutter Natur, Ixca, und genau so waren ihre Worte – Mutterschoß, für den es nichts anderes gibt als Geburt, dauernder, wirklicher und wahrhaftiger Moment –, Worte, die ich nie begreifen werde, auch wenn ich sie erkläre. ›Dein Vater war ein Feigling, der seine Kameraden verraten hat, wie ein Dummkopf gestorben ist und uns im Elend zurückgelassen hat.‹«

Rodrigo verbag seine leidenden Züge hinter seiner Tasse Kaffee. Ixca Cienfuegos summte das Lied, das die Musikbox dudelte: *»Wäre Juárez nicht gestorben, dann wäre das Vaterland gerettet worden.«* Rodrigo stellte die Tasse in das Fußbad aus Zucker und Kaffee zurück.

»Später sehe ich mich mit tiefer liegenden Augen, grünerer Haut. Als ich sechzehn wurde, sollte ich in die Preparatoria eintreten. Die Klosterschule war geschlossen worden, und meine Mutter hatte große Angst, daß man mir in der Staatsschule etwas antun würde. Seit jener Szene hatten wir nicht mehr miteinander sprechen können, außer um uns um etwas zu bitten, uns zu verabschieden oder zu begrüßen. Aber sie beobachtete meine Bewegungen, bemühte sich mit gierigem Bangen herauszubekommen, was ich tat, wenn ich allein war. Sie saß jetzt stundenlang allein im Wohnzimmerchen, strickte und versuchte, mir schweigend allerlei mitzuteilen; ich fühlte das bis in mein Zimmer hinein, wo ich jeden Abend schrieb, denn endlich war die Erleuchtung gekommen. Ich schrieb wie im Fieber, angespannt, ohne genau zu wissen, was, ich war überzeugt, daß es wichtig war, ganz gleich, was sich daraus ergab. Wichtig, weil das Papier nicht Papier, die Worte nicht Worte und Schreiben nicht Schreiben bedeuteten; wichtig, weil ich nur so sagen konnte: Hier bin ich. Ich. Ich, der ich nicht alle oder einer mehr bin. Ich, der ich bin. Einzig. Nicht einmal Gott kann mich gegen einen andern eintauschen. Wäre ich ein anderer, dann würde die Welt untergehen. Der Mond würde Sonne, der Tag ein Teil von einem andern Stern. Ich las Garcilaso und fühlte mich in eine vollkommene Welt versetzt, in die Harmonie, in der alle ohne Scham und vor allem ohne Ausflüchte lieben, leben, sehen und gesehen werden konnten. Und als mir der Band Rimbaud in die Hände fiel, glaubte ich, meinen wahren Freund und Bruder gefunden zu haben, der die große Entdekkung, den großen Kummer verstehen und mit mir teilen würde. Ich biß die Zähne zusammen, während ich schrieb, ich schlug mit der Hand an die Glühlampe, die von der Decke herabhing, damit ich spürte, wie mein Gehirn mit den Schatten tanzte und der Raum nicht mehr außerhalb meines Körpers, sondern in meinem Kopf war, riesengroß und winzig klein zugleich, erleuchtet und finster, in einem schicksalhaft verworrenen Rhythmus wirbelnd. Danach sank ich ermattet aufs Bett. Stumm, mit geschlossenen Augen zog ich mich aus, deckte mich mit den Laken zu und wartete auf die Kopfschmerzen, die jeden Morgen in dem schrecklichen Augenblick auftraten, da ich in die Schule gehen mußte. In der Preparatoria lernte ich die Gruppe junger Leute kennen, die sich ebenfalls für Literatur interessierten. Ihr Anführer war Tomás Mediana, der eine neue Zeitschrift plante, in der alle neuen, in Mexiko noch unbekannten Schriftsteller Europas übersetzt werden sollten. Sie lächelten ein bißchen über meine Begeisterung für Garcilaso, aber als ich von Rimbaud sprach, sahen sie mich aufmerksam an und entschieden, daß ich in den Pausen mit der Gruppe reden dürfe. Tomás fragte mich, ob ich Gide gelesen hätte, und versprach mir, mich nach Hause mitzunehmen und mir seine Bibliothek zu zeigen. ›Ich habe die ›Nouvelle Revue Française‹ abonniert und bekomme alle Neuerscheinungen. Hier haben sie von Marcel Proust noch nicht einmal reden hören. Es gibt eine neue Sensibilität, die wirklich uns und unserm Jahrhundert entspricht.‹ Diese Freundschaften waren anregend für mich. Wie alle andern auch, wollte ich Jura studieren, aber keiner von uns las juristische Bücher. ›Die Laufbahn kommt dem am nächsten, was uns interessiert‹, sagte Mediana. ›Und unsere Eltern glauben, daß wir ohne Titel keine ordentlichen Leute sind und obendrein verhungern müssen. Die Boheme hat keine Chance mehr!‹ Ich begann meine Verse zu feilen, um sie Tomás zu zeigen, und als einer von ihnen fragte: ›Wann kriegen wir deine Sachen zu lesen?‹, da fühlte ich mich, Ixca, na, da fühlte ich mich! Erinnerst du dich noch an damals? Wie fühlten wir uns zu allem fähig, Sendboten einer großen Verheißung? Kunst, Literatur, unsere neuen Zauberworte ... Erinnerst du dich, als Orozco die Preparatoria ausmalte und ich nach den Stunden dablieb und seine Spinnengestalt beobachtete, wenn er, ans Gerüst geklammert, Stunden um Stunden mit einer Hand die alten Mauern mit Gestalt und Farbe bedeckte? Ich hatte das Gefühl, daß diese Farben zu mir gehörten, daß etwas Wichtiges hatte geschehen müssen, damit sie sich so zeigen, sprechen und jedem Menschen sagen konnten, wer er war, wo seine Gedanken und seine Persönlichkeit waren. Dann fing ich an, spät nach Hause zu kommen, viele Stunden mit den neuen Freunden in den Cafés in der Stadt zu verbringen – weißt du noch, wie sie damals waren, Ixca? Pablo Berea, der gebildetste, der schon als Dichter anerkannt und als Beamter ausgezeichnet war; Luis Pineda, der eine satirische Zeitschrift herausgegeben hatte; Jesús de Olmos, hochgewachsen und mit Pomadefrisur, der nur in Wortspielen redete! Ramón Frías, bescheiden und schmuck, wortkarg und genau, immer an seinem langen geheimen Gedicht arbeitend; Jorge Taillén, der Älteste von allen, der schon überall im Ausland gewesen war und drei Bände glühender, neuartiger Lyrik veröffentlicht hatte; Roberto Ladeira, der geheimnisvollste, brillanteste, der die neuen Gedanken auslegte; und Tomás Mediana, klein und bleich, halb Clown, halb Teufel, immer in Schwarz. Mit welcher Begeisterung nannte ich damals ihre Namen, Ixca! Sie waren die Priester des neuen Kults, der es jedem von uns ermöglichen würde, uns durch die Poesie zu erlösen und ein Erbe von Schönheit zu hinterlassen.«

Rodrigo schnupperte die schale Luft des Cafés und versuchte, sich an die Tische des Cafés »París« zurückzuversetzen, wo man sie jeden Nachmittag antreffen konnte.

DE OLMOS murmelt, wenn er die graue Silhouette Medianas eintreten sieht: *L'Ange Heurtebrise: Je te garde, je te heurte, je te brise* ... LADEIRA, die Augen voller Rauch: *Gide fragt, ob man erst sein und dann scheinen soll, oder ob zuerst das Scheinen ist, damit man am Ende das sein kann, was man scheint.*

MEDIANA setzt sich. *Es gibt eine unbestimmte, aber greifbare Geometrie der Zeit. Zeit und Mensch sind die einzigen Elemente, die mit sich selbst spielen können. Vielleicht, weil sie die einzigen sind, die sich nicht berühren, auch wenn sie miteinander in Beziehung treten: Les jours s'en vont, je demeure. Aber ebenso vergehe ich, und die Tage bleiben. Also: Scheint die Zeit, oder bin ich? Oder scheint mir die Zeit, aber in Wirklichkeit ist sie? Dort in der Unendlichkeit schneiden sich die Parallelen, hier...*

DE OLMOS: *A rose is a rose is a rose. Spiegel im Spiegel des Spiegels, jedes Sein ist so: Illusion seiner selbst, Verlängerung im Spiegel eines schlichten Hier-bin-ich ... Wird's bald?*

Er klopft mit einem Spazierstock mit perlmuttener Krücke auf den Boden, um den Kellner zu rufen. *Du, Tomaso – und ich auch, warum es nicht eingestehen, wenn das Geständnis Wohlbehagen auslöst –, verkündest die Neigung, sogar den Kult (finsteres Wort) zum Dehnbaren. Du weißt, daß unsere Starrheit in diesem Augenblick durchaus keine Sturheit ist, daß sie infolgedessen keineswegs als Unbeweglichkeit, sondern als ein unendlich feiner Prozeß der Autosuggestion zu definieren wäre, der nicht zu analysieren ist, außer ...*

PINEDA sieht mit kugelrunden Augen von seinem Halbgefrorenen auf. *Was hat das mit Ford und Chevrolet zu tun? Euch wurmt es wohl, daß ihr es noch immer nicht zu einem Wagen gebracht habt?*

DE OLMOS mit zusammengekniffenen Lippen: *Erkämme dich selbst, wäre der heute angemessene Slogan im Garten des Akademus.*

BEREA hustet und verstellt die Stimme: *Mir scheint, die Unterhaltung schweift ab. Die Ungleichheit oder Gegenüberstellung von Zeit und Mensch bezieht sich eigentlich auf eine bestimmte Zeit und bestimmte Menschen. Laßt uns, liebe Freunde, die Sehnsucht nach jenen Epochen genießen, da Mensch und Zeit noch übereinstimmten! Heute, da diese Übereinstimmung nicht mehr besteht, ist es an uns, sie wiederzufinden, ich meine die für unsere Zeit und die heutigen Menschen passende Übereinstimmung, die ich als ein anderes Wort für Sensibilität zu bezeichnen wage; da habt ihr das Zauberwort, das zugleich unsere Verheißung und unsere Ziele bezeichnet.*

LADEIRA, ohne seine unbequeme Stellung, mit dem Nakken auf dem oberen Rand des Korbstuhls, aufzugeben: *Unser Jago hat irgendwie recht. Etwas eint uns, und es ist das, was uns trennen müßte.*

MEDIANA schlägt vor, bekommt Angst vor dem, was er sagt, oder meint, etwas unter Preis zu verkaufen: *Unsere Einsamkeit, unser Nichtsein für niemanden.*

LADEIRA: *Jawohl, ohne Zweifel gibt es eine Gemeinde der Dichter, der um die Dinge bemühten Menschen. Aber diese Gemeinde wird nicht mehr durch gemeinsame Werte und Aufgaben bestimmt, sondern gerade durch ihre Unterschiede und die Einsamkeit der einzelnen, deren Tun dem allgemeinen Interesse, den Bedürfnissen der Masse täglich fremder wird.*

MEDIANA schlägt die Augen noch mehr nieder. *So ist der schmerzliche Ausruf Cocteaus nicht von ungefähr. Die Dichtung unserer Zeit wird von der Schönheit des Martyriums gezeichnet sein. Dichtung: Bemühen um Kommunikation. Martyrium: einzigartige, unübertragbare Erfahrung, auch wenn die Löwen des Kolosseums anderer Meinung sind.*

DE OLMOS abschließend: *Kultur ist Kultur.*

PINEDA schlürft geräuschvoll durch seinen Strohhalm. *Justo Sierra O'Culto!*

»Unter solchen Zeichen begann ich zu schreiben. ›Gewöhne dich von vornherein an Disziplin‹, drängte Tomás Mediana, wenn wir gegen sieben Uhr zusammen aus dem Café ›París‹ kamen und bis zum Puente de Alvarado gingen, wo er wohnte. ›Wir müssen so früh wie möglich unser Gebiet kennenlernen und abstecken und es dann nicht mehr verlassen.‹ Wir verabschiedeten uns an der Ecke Sadi Carnot, und ich ging bis an das Fenster in der Calle del Chopo, an dem meine Mutter saß und strickte. Dann – eines Tages – war es dunkel, und ich trat mit einem unbehaglichen Vorgefühl ins Haus, als ob eine Krankheit zwar noch nicht ausgebrochen war, sich aber schon in meinem Körper ankündigte. Das war der Tag – der Abend –, an dem ich meine Mutter in meinem Zimmer fand, sie saß mit brennenden Augen auf dem Bett und hielt eine Handvoll Blätter in der Hand. Es war das Manuskript. Ich wollte rasch die Papiere retten; doch der Schimmer Enttäuschung, die Bitte um Mitleid in Mamas Augen hinderten mich. ›Paß auf!‹ sagten ihre Lippen (ihre Augen nicht, die sagten anderes, Schlimmeres: bitterste Enttäuschung, Bangen um Mitleid), wenn ich sie anreden – ›Mutter!‹ –, ihr nahe kommen, sie zum Abendbrot bitten wollte. Meine Mutter brachte es an jenem Abend fertig, ihre Augen aus einem stillen Spiegel unbewegten Glimmens in zwei stechende Nadeln zu verwandeln. Diese Augen sagten zusammen mit den Lippen (nein, das war kein Sagen mehr, sie hängte einen Teil ihres Lebens wie eine Kette von der Brust ab, sie entdeckte, was sie nicht entdeckt hatte, als ich das erste Spiel spielte, daß die Nabelschnur riß, die Schenkel sich schlossen und der Sohn den warmen Schoß, der ihn ernährt hatte und den er seinerseits wärmen und ernähren sollte, verließ) – das waren ihre Worte: ›Damit hast du dich das ganze Jahr abgegeben! Mit diesen Versen!‹, und ich wußte, ich begriff erst jetzt, daß meine Mutter die Gelegenheit gefunden hatte, etwas von mir zu fordern, was sie nie offen geäußert hatte: Ich wußte, ich fürchtete es, als nun die dunkle Gestalt mit dem wirren Haar, die da auf dem Bett saß und die Blätter durcheinanderwirbelte, ausbrach: ›Und ich schinde mich den ganzen Tag im Laden ab, um aus dir etwas Ordentliches zu machen, wie? Sieh mich an: Ich habe kein Blut mehr in den Adern und nun auch keine Liebe – nein, das schon vorher, immer schon war ich ohne Liebe, seit er mich nicht mehr liebte, damit du zu essen hast, damit du was werden kannst, ich, deine Mutter, aber du hast nichts verstanden.‹ Mir kam es nur ... grotesk ... vor, diese Worte an demselben Ort zu hören, wo ich jede Nacht geschrieben hatte, wo mir aufgegangen war, daß ich mit einer drückenden Last von Gedanken und Vorsätzen lebte, die nur mir gehörten, und solange ich die nicht in Worte faßte, hatte niemand das Recht, davon zu wissen (denn es war eine neue Erfahrung für mich, und erst heute wissen wir, daß der einzige, unsichtbare, ungeheuerliche Mund aller Münder mehr Gewicht hat, der fordert, daß man seine Worte ausspuckt und sie unter dem wirksamsten Titel verkauft, ja, heute wird der Ruhm für diesen Preis verdient und bezahlt) – und darum empfand ich ... plötzlich ..., daß ich ein Profil hatte, eine Lebenslinie (so wie mein Vater in einem Augenblick sein Leben als Ganzes gesehen haben muß in dem Dickicht, durch das er flüchtete, im Gefängnis von Belén, in seinem von Kugeln zerfetzten Gesicht an der Mauer), und ich fühlte mich als Sohn, nicht so sehr meiner Eltern als vielmehr meiner kurzen, aber für mich einzigen, unaustauschbaren Erfahrung, und ich sagte (was sagte ich noch? Ich erinnere mich nur an dies: ›Ich habe mein eigenes Schicksal.‹): ›Mama, ich habe mein eigenes Schicksal‹, und da schloß sich die Faust meiner Mutter um die Blätter, und sie wiederholte diese Worte mit einem häßlichen Lachen. ›Hab ich mein Schicksal gehabt? Hat irgend jemand es je gehabt? Dein Vater hatte kein Schicksal, er hatte den Tod, seit seiner Geburt, den Tod für sich und die Seinen und das Vaterland, sein Vaterland, das ihn erschießen ließ und das er mit noch mehr Blut düngte, mit allem außer einer einzigartigen Liebe, die auf ihn wartete, jawohl! Du hast überhaupt kein Schicksal, das sollst du beizeiten wissen. Du hast Verpflichtungen und eine Mutter, die niemals ihr Schicksal gehabt und es auch nie gewollt hat, nein, nie, sondern nur Kummer und Bitterkeit und Mühsal, um aus dir einen ordentlichen Menschen zu machen (ja, ordentlich: wohlerzogen; ja, ordentlich: wohlhabend; ja, ordentlich: verheiratet; ja, ordentlich: und Kinder; ja, ordentlich: katholisch; ja, ordentlich: mit einem Haus, in dem man Leute empfangen und bewirten kann; ja, ordentlich: keine Barmherzigkeit und keinen Schmerz; ja, ordentlich: kein Mitleid und keinen Zorn).‹ Die Stimme meiner Mutter brach und schien Blitz und Donner zugleich, in einer Grimasse von unterdrückten Tränen ... ich fiel vor ihr nieder, ich umschlang ihre Knie und wollte jede Regung unterdrücken, die mir zur Kälte riet. Dann stand ich auf, setzte mich neben sie auf das Bett, strich ihr übers Haar. Sie ließ ihren Tränen nicht freien Lauf, sie hielt sie weiter zurück, wie Wind, der in einem Schlot gefangen ist, mit ihrem schmerzverzogenen Gesicht, und ich war befriedigt (wenn du den Finger in der Klasse hebst, weil du der einzige bist, der die Lektion kann, wenn du wartest, daß Leute vorbeigehen, damit du dem Bettler dein Almosen gibst, wenn du weißt, daß man dir zuhört, und du tust, als wüßtest du es nicht und verstellst deine Stimme und suchst nach den schönsten Worten) über meine kindliche Güte, während mein Herz sich empörte und ein rauher Ton noch in der Kehle meiner Mutter arbeitete, und da, ja, da sah ich sie, erfuhr ich sie, wie soll ich es dir erklären Ixca? – als eine alberne, sentimentale Frau, weiter nichts. Sie ließ das Manuskript auf meinen Knien liegen und lief hinaus, und ich hielt es an das Licht der Nachtlampe. *Phyllis, Dämmerschein meiner Tage ... zwei Augen, die beim Singen neu beleben ... trübes Sein, sich fremd zu fühlen* ... Ich preßte die Hände auf die Augen und hatte den unbändigen Drang zu lachen: Wie paßten diese Worte zu den Tagen und den Taten meines wirklichen Lebens, zu dieser Szene mit meiner Mutter? Was hatte eins mit dem andern zu tun? Vielleicht hatte sie recht, und niemand hatte einen Anspruch auf Sein, und das Leben war ein ständiges Dahinschmelzen in die

Wünsche und die Taten der anderen? Dieses Zimmer würde von nun an nicht mir allein gehören: Von jetzt an würde immer jemand auf dem Bettrand sitzen, um Mitleid bitten, Kummer zur Schau tragen, Vergebung heischen. Medianas Worte kamen mir in den Sinn, und ich haßte ihn. Ich mochte nicht an seine strenge, salbungsvolle Stimme glauben: ›Unsere Generation muß in Mexiko die handwerkliche Disziplin schaffen, ohne die ein Werk im besten Fall nur eine schnelllebige Mode ist.‹ Nein, nein, nein, das wäre Feigheit, man muß sich kopfüber hineinstürzen und auch das versuchen, woran man scheitern kann, und über meine Lippen strömten die Gemeinplätze und die Stümperverse, die aber doch heilig waren, weil sie das aussagten, was ich wissen wollte, was ich zu glauben mich sehnte; ich und die Welt, irgendwie waren wir dort ausgedrückt, und das war das Wichtige, und ich wußte nicht, wie ich es Tomás beibringen sollte.«

»Ja eben«, sagte Ixca Cienfuegos.

»Ein paar Tage später brachte ich das Manuskript zu dem Drucker, mit dem mich Mediana und Olmos bekannt gemacht hatten. Ich hatte kein Geld, um ihn zu bezahlen, aber er würde die Ausgabe behalten, und ich nicht ein einziges Exemplar verlangen. Das Buch sollte ›Blütenlese‹ heißen und kein Impressum aufweisen. Als ich das Mediana erzählte, runzelte er die Stirn und meinte, ich hätte es den Freunden vor der Drucklegung ja auch zeigen können, es bestände immer eine gewisse Gruppensolidarität, und was der eine veröffentliche, das gehe alle anderen auch an. Aber mich hatte vor allem eins gedrängt: Dieses Buch war der einzige Beweis meiner Existenz, meines Rechts, zu denken und zu zweifeln, auf eigene Verantwortung, ohne um Erlaubnis bitten zu müssen.«

»Und landete bei dem Tier zwei Rechte, die ihm den Bauch aufschlitzten.«

»Na los, Baby, da ist ja dein Westentaschen-Sinatra«

»... und ich laß mich aus reiner Blödheit von ihm in eins dieser Motels mitnehmen ...«

»Wir trafen uns weiter im Café. Nun redeten alle von einer Theatergruppe, die sie gründen wollten, um Cocteau und Pirandello bekannt zu machen. De Olmos hatte sich mit Degen und Troddel fotografieren lassen, um seine Erklärungen über die neue literarische Sensibilität in einer Zeitung zu illustrieren, mokierte sich darin über die alte Gilde der romantischen und der modernistischen Dichter und wandte Aussprüche von Gide und Ellis auf das Leben in Mexiko an. Einer davon (›Hören wir endlich mit der säuglingshaften Angewohnheit auf, Lyrik für Frauen und Familien verständlich zu machen: Juan de Dios, du lastest auf uns!‹) hatte Protestbriefe an die Zeitschrift zur Folge. Taillén reiste durch das Heilige Land und schickte überschwengliche Sonette. Berea war Mitarbeiter im Sekretariat des Wirtschaftsministeriums. Und soeben war der berühmte südamerikanische Dichter Flavio Milós in Mexiko angekommen. Die Gruppe beschloß, ihm ein Essen zu geben, und zwar im feinsten Haus, dem Medianas. Alle steuerten etwas bei, und an dem Abend, an dem der Empfang stattfinden sollte, erschienen wir alle in Schwarz, mit einer Nelke im Knopfloch, und stellten Kerzen auf den mit Tulpen geschmückten Tisch. Medianas Familie hatte zu Don Porfirios Zeiten von zweitklassigen Beamtenstellen gelebt, und das Haus, obwohl schon etwas heruntergekommen, ließ mit seinen Gipsstukkaturen und den Spiegeln in patinierten Bronzerahmen noch etwas von vergangener Größe ahnen. Die Möbel waren steif und leicht zerschlissen, und auf den Konsolen hatte Tomás Bände der ›Nouvelle Revue Française‹ aus seinem Schlafzimmer verteilt. Die Stunden vergingen, und Milós erschien nicht. Eine uralte Dienerin sah alle Augenblicke zur Tür herein und verkündete: ›Junger Herr Tomasín, der Salat wird mir welk!‹«

Rodrigo lächelte und bestellte noch ein Tasse Kaffee.

»Schließlich hörte die Gruppe auf zu reden, und alle stierten in die Kerzen, die immer kleiner wurden. Ladeira lächelte vielsagend, und mich packte eine unbändige Lachlust. Endlich, Punkt zwölf, klingelte es, und herein trat ein dicker Mann, mit einem drei Tage alten Bart, in einer Kordsamtjacke, ohne Schlips. Ich erinnere mich noch gut der Worte, mit denen er sich einführte, die unsere sorgfältige Intellektuellenpose wie zartes Kristall zerschmetterten: ›Donnerwetter noch mal, was für Popos!‹, und ohne jemanden zu begrüßen, ergriff er eine Weinflasche und legte sich auf den Fußboden. Ladeiras Lächeln wurde breit, und Mediana erbleichte.

DE OLMOS pomadeglänzend, springt ein: *Es gibt einen ›hintersinnigen‹ Satz bei Max Jacob ...*

MILÓS spuckt einen halben Mundvoll Wein auf den Teppich und brüllt: *Zwei Tage und zwei Nächte in Guatimozín, Scheiße!*

MEDIANA stöhnt. *Roberto, wäre es nicht angebracht, uns vorzustellen?*

LADEIRA drückt den Nacken an die Lehne und beobachtet interessiert den fetten Poeten.

MILÓS, jetzt auf dem Bauch, steckt die Nase ins Glas. *Diese Weiber – wie gewalkte Vulkanerde – Donnerwetter – Scheiße – wie die die Beine breitmachen können! Und alle haben hübsche blaue Laken. Das und ein Kasten Tequila, um sich als Kondor zu fühlen und mit dem Atem die Wolken fortzufegen! Rollen muß man können, rollen wie die Delphine bei Talara, die einen Augenblick über den Wellen funkeln, und jeder kann sie sehen und sie beneiden ... und dann in den Abgrund. Donnerwetter, was für Hintern!*

BEREA rückt die Krawatte zurecht. *Señor Milós, wir hatten gedacht, daß ein kurzes Gespräch über den Einfluß von Herrera und Reissig ...*

Berea und Mediana saßen sehr gerade auf den Empirestühlen und schlürften mechanisch ihren Wein. Milós wälzte sich auf dem Teppich, de Olmos machte den Mund auf und schloß ihn gleich wieder. Ich bekam einen Lachanfall, ich dachte an die vorbereiteten Phrasen, die gemeinsame Wiederholung von Milós' Werk und seine möglichen Einflüsse, die Fragen, die wir ihm stellen wollten, die Aufklärung, die wir erwartet hatten, und nun, beim Anblick dieses besoffenen Walrosses, war ich froh. Ich dachte an mein Buch, und ich dankte meinem Schöpfer, daß ich es Mediana nicht gezeigt hatte. Mein Lachkrampf war so unwiderstehlich, daß ich es vorzog, ohne Abschied zu gehen, während Tomás weiter bleich seinen Wein trank und Flavio Milós sich grölend auf dem Teppich wälzte.«

Rodrigo hielt inne und leerte seine Schachtel »Delicados« auf dem Aluminiumtischchen aus. Mit gesenktem Kopf häufte er eine Pyramide aus Tabak auf. »Aber Milós war bloß ein lustiger Tourist, Ixca. Er ging, und ich blieb, verfolgt von Tomás Medianas vorwurfsvollen Blicken. Als ›Blütenlese‹ erschien, kam die erste Kritik von ihm, sie war zweifellos ehrlich und fundiert, aber ich hielt ihn damals für böswillig. Natürlich mündliche Kritik. Nicht ein einziger Artikel erschien. Witze und Wortspiele vervielfachten sich. Meine Mutter verteilte die meisten Exemplare unter ihren Arbeitskollegen in der Wäscheabteilung des Geschäfts. Das war das Ergebnis meiner schlaflosen Nächte, meines Ehrgeizes, meines Anspruchs auf Schicksal, den ich meiner Mutter gegenüber behauptet hatte. Sie merkte es und sagte kein Wort. Die Gruppe wurde mir gegenüber kühler; am Ende entschloß ich mich, mit ihr zu brechen. Damals lernte ich

Norma kennen, und ich glaubte, mit ihrer Liebe auf die Gruppe und auf literarischen Ruhm verzichten zu können. Als ich auch das verlor, suchte ich eine neue Existenzberechtigung in der Hochschulpolitik zu finden ... da warst du ja dabei, Ixca ... 1940 war ich ein schlechtbezahlter kleiner Beamter, der sein ganzes Gehalt in Bordelle trug. Mediana hatte recht. Die Gruppe hinterließ ein Werk, hielt sich an ihre Berufung. Meine Mutter hatte recht. Es gibt kein Schicksal, es gibt nur Verpflichtungen. Es ...«

»Ich muß den Laden herunterlassen, sonst muß ich Strafe zahlen«, mahnte die Wirtin.

Rodrigo trank ein Glas Wasser. Ixca zahlte.

»Reden wir ein andermal weiter?« fragte Rodrigo mit gesenktem Blick.

Tiefe Stille, kaum vom Lichterflimmern unterbrochen, umgab das starre Denkmal Carlos' IV.

Der Greis mit vergilbtem Schnurrbart und Spazierstock mit kupfernem Knauf nimmt am Sonntag die Gelegenheit wahr, seinen Enkel aus einem dunklen Haus in der Calle de Edison herauszuholen und bis nach Caballito zu schleppen; dort steigen beide in einen Omnibus nach Lomas; der Greis, den hin und wieder ein kleines Zittern ankommt, setzt den Jungen an das Fenster, und während er den ehrwürdigen Stock schwingt, zeigt er ihm Gebäude, die es gar nicht mehr gibt – das Haus der Iturbes, das Haus der Limantours, das Café »Colón« – oder hin und wieder eins, das verdient, von dem Alten erwähnt zu werden, obwohl es noch da ist. »Früher war diese Allee voller Paläste«, erklärte er dem Jungen und klopft mit dem Stock an die Scheibe, unbekümmert um die zotigen Warnungen des fetten Fahrers, der höchstens an den belebteren Kreuzungen seine Sportzeitung und die Limonadenflasche aus der Hand legt. »Nach General Díaz war es zu Ende mit diesem Land, Junge, für immer zu Ende.« Und der Junge leckt an einem Eis am Stiel und reckt den Hals, um an den neuen Gebäuden an der Glorieta de Colón hinaufblicken zu können, aber der Alte sieht sie gar nicht, mit schlaffem, halboffenem Mund wartet er nur auf das nächste Palais aus der Zeit Porfirios: Eine Wüste aus Stahl und Beton umgürtet die verstreuten Inseln seiner Erinnerung, und hinter dem Cuauhtémoc-Denkmal, als schwitzende Bengel in roten Hemden und mit Fußbällen unter dem Arm einsteigen, wird sein Blick schwelgerisch, und er zeigt mit dem Stock nach rechts und nach links und beschreibt die Gärten, die er gekannt hat, den Aufputz der Wagen und die Livreen der Diener und der Kutscher, die Mansarden und, was er nicht gut beschreiben kann, den anderen Rhythmus des Gehens, der Gerüche, der Haltung der Menschen. »Man hat uns diese Stadt für immer verschandelt, Junge. Früher, ja, da war sie die Stadt der Paläste! Sieh genau hin, was ich dir zeige, und leck nicht immer nur an diesem Eis.« Er möchte den Gouverneur de Landa y Escandón erwähnen, aber er ahnt, daß der Junge nichts begreifen wird. Schon sind sie auf den Lomas. Der Alte starrt entsetzt ein Haus im Kolonialstil an, mit viel behauenem Stein und Nischen und gelben Scheiben. Er stößt mit dem Stock auf den Boden. »Früher war das hier alles freies Feld.«

Stadt der Paläste

Federico betrat das von Parfüm und rosa Puderquasten überladene Ankleidezimmer seiner Frau. Er schob zwei blaue Voilegardinen auseinander; vor dem Spiegel frisierte sich Norma sorgfältig – als sie ihren Mann sah, bedeckte sie ihre Brüste mit einem seidenen Morgenrock und lächelte schwach. Robles blieb an den Gardinen stehen und suchte Normas Augen im Spiegel, dann blickte er über die sitzende Gestalt, den Rücken, das mahagonifarbene Haar.

»Ja?« fragte Norma mit völlig unbefangener Stimme.

»Nein ... ich komme nur, um dich zu fragen, was du heute machst.« Federico merkte, daß dieser Mangel an jeglicher Betonung bei Fragen und Antworten schon Pflicht und Selbstverständlichkeit geworden war. Nie hatten sie gegen die Form verstoßen. Nie hatte es Szenen gegeben. Aber sie wirkte so nutzlos, von dort aus, wo er stand, so schwach: Ihr Rücken war so dünn, so zerbrechlich.

Norma nahm die Quaste und tupfte eine rosarote Wolke auf ihren Hals. »Heute ist die Hochzeit der kleinen Pérez Landa. Am Sonntag, wie jedes beliebige Dienstmädchen ... Weiß nicht, was die sich denken. Stell dir vor, bei dem Geld, das der Alte hat. Bestimmt wird es so blöd wie ...«

»Warum gehst du hin?« Lauter sinnlose Fragen, sinnlose Antworten, dachte Federico. Weshalb sie hinging? Wußte er denn nicht ebensogut, daß Norma zu dieser und zu allen Hochzeiten gehen mußte, um ihn zu ergänzen, ihm zu helfen, überall dabeizusein, damit Federico Robles' stille oder ausdrückliche Anwesenheit in allen Kreisen, die er sich für seine Erfolgswelt ausgesucht hatte, zu spüren sei?

Norma suchte ihrerseits im Spiegel das Gesicht ihres Mannes. »Wir müssen Beziehungen pflegen.« Sie lächelte. »Und man hört Klatsch. Ab und zu müßten wir zusammen ausgehen. Mir scheint, auf diesen Bauernhochzeiten wird so allerlei ausgekocht. Zumindest der Bräutigam setzt sich ins warme Nest.«

»Wieso, liebt er denn die Kleine nicht?«

»Ach du! Kannst du dir vorstellen, daß einer diesen häßlichen Vogel liebt? Ich sehe sie schon, mit weißen Handschühchen, vor Aufregung schwitzend. Nee, Mann. Die Sache ist die, daß dieser Milchbart seinen ganzen Mut zusammennimmt und dann sein Leben lang keinen Finger mehr rührt. Aber der dummen Gans hat all das Schmeichelhafte, das über sie in den Zeitungen steht, so den Kopf verdreht, daß sie das gar nicht merkt. Die kommt sich wie'n Paradiesvogel auf'm Silbertablett vor. Mit dem Gesicht, wie 'ne Vogelscheuche auf'm Jahrmarkt. Und 'ne Bohnenstange wie Tiny Griffin, erinnerst du dich? Was Geld nicht alles schafft.« Norma seufzte und puderte sich weiter.

»Und Pérez Landa macht da mit?«

»Na, was will denn der noch? Daß die hochnäsige Zwergin vielleicht sitzenbleibt und ihm für immer seinen schicken Garten ruiniert? Der soll Gott danken, daß er einen Hammel gefunden hat, der ihm die Mißgeburt abnimmt. Stell dir vor, es heißt, die Nonnen in Kanada wollten sie nicht nehmen, weil sie so häßlich ist und die andern Mädchen demoralisiert hätte. Sieht ja auch so aus, daß man ihr Erdnüsse an den Kopf schmeißen möchte. Hilft nichts: ob zum Geburtstag Empfang im Frack oder eine Reise nach Kotschinchina, um den Horizont zu erweitern – die Arme sitzt doch immer bloß da wie 'n Koffer, stumm und dumm wie Bohnenstroh. Na, wenn da ein Unterbelichteter kommt, der zufrieden mit ihr ist und nebenbei dem Papa um den Bart geht, dann heißt's natürlich: im Galopp zum Altar. Oder nicht?«

Das zerstäubte Parfüm stieg Robles in die Nase. Nichts von alledem war in Hortensia Chacóns Schlafzimmer vorhanden; daran mußte er unwillkürlich denken, denn jene Augenblicke gehörten zu seinem anderen Lebenskreis und sollten sich dort erfüllen, aber über Normas intensiven Puder- und Parfümduft hinaus sehnte er sich danach, daß alle diese Gerüche fehlten, außer einem: dem nach vereinten Körpern, vereintem Schweiß, höchstem Augenblick unwiederholbarer Vereinigung, bei der jedes Handeln das Gleichgewicht der Schöpfung in Gefahr brachte; man konnte die Luft packen und in der Faust halten, alle Schichten der Erde aufdecken, bis zu jener anderen, glühenden, flüssigen Urmaterie: Robles versuchte das zu begreifen, den Unterschied zwischen den beiden Frauen. Mit Norma zu schlafen war ungefährlich. Mit Hortensia, nur mit Hortensia war die Liebe jähes Erschrecken, Unkenntnis, welcher Schleier zerreißen, welches feurige Kristall ihre Zungen versehren würde, wessen Lebensbasis – Federicos oder Hortensias – zerstört oder neugeschaffen aus der Vereinigung hervorgehen würde. Normas Ritual war genau wie sie selbst, jedesmal. Wie das Zifferblatt einer Uhr. Und Hortensia war Zeit, Stunden, ohne Zeitmesser. Unberührbar, schweigend, verlangte sie Antwort ohne Worte, Stahl und Schneide. Ihr Leben lang gehalten und umgeben vom Warten auf diesen Augenblick, da sie die Zügel schießen lassen und die angestaute Leidenschaft in zwei, vier kurzen Minuten verbrennen konnte. Federico trat auf Norma zu und legte ihr eine Hand auf den Rücken.

»Ach, bitte.« Norma schob sanft seine Hand fort.

War sie nicht auch sein Geschöpf? Oder nur seine andere Hälfte? Nicht einmal das: Verlängerung oder Vorhut. Er suchte jetzt im Spiegel nach Normas wirklichen Zügen; ihr Gesicht, das ursprünglich etwa »süß« genannt werden konnte, hatte sich so verfeinert, daß es immer mehr der Maske aller internationalen Stilisierungen entsprach: geschwungene Brauen, kalt glänzende Augen, schlanker Hals, hohe Backenknochen, voller harter Mund. Federico versuchte, sich an Normas eigenes Gesicht zu erinnern (denn schon bevor er sie kennenlernte, als er erstmals von ihr reden hörte, von zwei Männern, die in einem Restaurant über sie sprachen, damals, um das Jahr 1940, als ein einfaches »Ich gehöre dazu« eine Spannung löste, bestimmte Lebensstile gestattete, die zwar, obwohl vorhanden, noch verschwiegen wurden, sah Norma bereits so aus, wie er sie sich in seiner Vorstellung geschaffen hatte, ohne sie zu kennen, seit er wußte, daß es eine schöne Frau gab, die Norma Larragoiti hieß), und jetzt merkte er, daß ihre Züge, jetzt, genau die waren, die er sich damals vorgestellt hatte. Normas Maske war unmerklich durch das von Federico Robles ausgedachte oder gewünschte Antlitz geformt worden. Das ganze Profil der Frau war nur ein Produkt seines Willens. Sie hatte sich unbewußt nur einem Wunschbild angepaßt, das sie über ihre wahre Erscheinung gelegt hatte, bis diese für immer verloren war. Ergriffen wollte Federico mit den Händen das Gesicht seiner Frau berühren; doch Normas unterdrückte Wut stieß sie zurück – Wut, in ein unsichtbares Körnchen konzentriert, denn ihr Lächeln blieb gleich, gleich das fröhliche Tupfen der Quaste auf ihren Brüsten. Immer dasselbe. Federico versuchte zu glauben, daß er gleich hören würde, was sie dachte; sein Blick glitt von dem seidenen Morgenrock, der zerbrechlichen Taille und dem duftenden Nacken Normas zu den eigenen, fleckigbraunen Händen der steiffeierlichen Haltung, zu seinem eigenen Bild, das der gemeinsame Spiegel auch zurückwarf. Wo war der Punkt, an dem sie sich trafen: das diamantene Gesicht, das sämtliche Seiten sämtlicher Modezeitschriften wiedergab, bis die halbwegs individuelle Eleganz das Allerweltsmodell einer verborgenen Gewöhnlichkeit geworden war, und das grobe dunkle Gesicht daneben, fleischig, mit Käferaugen und ausrasierten Schläfen? Ihre Worte hatten ihn nie berührt. Worte werden nie ausgesprochen. Dieser verdammte schräge Stil – dachte Robles unbewußt, denn er gehörte auch zu seiner Natur –, der unfähig ist auch nur zu einem einzigen Schrei, diese peinlich genaue Zurückhaltung, selbst den entsetzlichsten Ereignissen gegenüber, diese mexikanische Hinterhältigkeit, die nicht fähig ist, eine unterschwellige, mitgeschleppte, schließlich verdorbene Empfindung in Worten auszudrücken. Sind wir alle so? fragte er sich wortlos. Er wollte nachdenken und wußte doch, er würde es nicht können, das Gefühl wäre ihm fremd. Wir tun alle höflich, wir unterdrücken allmählich alle etwas, was sich Spontaneität nennt und was sich nur in zwei oder drei entspannten, sauberen, offenen Augenblicken offenbart; wir haben Angst, beurteilt zu werden, denn wir möchten einzigartig sein, und für diese kleinliche persönliche Einzigartigkeit opfern wir die große überpersönliche Einzigartigkeit, das große Eine, das aus vielen besteht, den Punkt, an dem man nicht mehr sagen kann: »Ich liebe dich«, weil dich lieben sich lieben heißt, und alle Schranken fallen lassen, bis die Scham und die Eitelkeit und die Macht dem ausgeliefert werden, der uns kennt und beherrscht und unsere Tore öffnet, weil wir nicht mehr ich sind, sondern sie, und sie ist nicht mehr sie, sondern ich. Das könnten Norma und er niemals tun. Norma nicht mit ihm und er nicht mit den Männern, die zwischen ihm und den Zielen seines Ehrgeizes standen. Aber so wollte er sie; so hatte er sie erdacht und gesucht: als Gegengewicht zu seinem öffentlichen Leben, Verlängerung oder Vorhut seines Weges zur Macht, moderne Marketenderin der wahren Revolution. Er starrte wieder Normas Spiegelbild an und sah es eine Kette von Cocktailparties und Hochzeiten und Dinners durchlaufen, bei denen Norma geachtet wurde, weil sie Federico Robles' Frau war, und akzeptiert, weil sie Federico Robles' Frau war, und Federico Robles war der Mann, der es geschafft hatte, der herrschte, der Geld und Macht und mögliche Hilfe beim Aufsteigen war, und darum war Norma Eleganz und Schick und alles, was die Attribute ihres Mannes bedeuteten, beim Überschreiten der unsichtbaren Grenze zwischen Arbeit und Spiel, in der großen Welt. So hatte er sie gewollt, meinte er, so hatte er sie ausgesucht, dafür. Für nichts anderes. Er hatte kein Recht, etwas anderes von ihr zu verlangen. Norma hatte den stillschweigenden Vertrag erfüllt.

»Du hättest sehen sollen, wie ich den Ovandos imponiert habe, Federico. Klar, die Ärmsten leben wie die Kirchenmäuse, in einer andern Zeit, ohne Komfort.«

»Man müßte sie mal zum Abendessen einladen.«

»Uuh, danach lecken die sich alle Finger ab. Bitte schön, sofort. Aber besser ist es, sie kommen erst mal nur zu Besuch zu uns. Damit wir ihnen zeigen, wer wir sind. Diese Doña Lorenza ist ganz schön hochnäsig, das sieht man gleich. Aufgeblasen, als täte sie dir 'nen Riesengefallen. Aber ich hab gesehen, wie sie neidisch guckte, als sie das Armband sah, das du mir zu Weihnachten geschenkt hast. Lieber! Ich schwöre dir, diese Dame kommt und bittet mich um noch mehr Gefälligkeiten.«

Etwas wie Erbitterung stieg in Federico hoch. Was war schließlich Don Francisco Ortiz zu seiner Zeit anderes gewesen als ein Emporkömmling, der das Glück gehabt hatte, General Díaz zu gefallen, und der das bei der Vermessung von Ländereien, die man den Indianern weggenommen hatte, ausnutzte? Was war denn der Vater Pimpinelas, Don Lucas, anderes gewesen als ein kleiner Kaufmann, der beim Zoll unter dem Schutz Limantours Geschäfte machte? Aber vielleicht hatte Norma recht, alle diese Leute zu bemitleiden, die unfähig waren, in der neuen Welt Mexikos mitzumachen. Es nicht zu tun hätte bedeutet, sie zu respektieren.

»Was empfindet man, wenn man alles gehabt hat und nun ein Herr Niemand ist?« fragte Norma und zog sich dabei die Lippen nach.

»Keine Sorge. Sollte ich morgen ruiniert sein, so würde ich übermorgen ein neues Vermögen machen.«

Jetzt drückte Norma Federicos Hand. Und Robles spürte wieder seine Verlängerung und seine Vorhut, und er mochte nicht mehr an die Augenblicke mit Hortensia Chacón denken, die nicht in die geschlossene Weltordnung gehörten, die er nur mit Norma im Schweigen und im Haß ihrer Scheinehe teilen konnte. Die Fülle seiner Macht überwältigte ihn wie eine vollkommene, warme Rundung, die alle voraussehbaren Winkel seines Lebens zu erleuchten imstande war. Von einem straffen Zügel zwischen den Zähnen auf dem Schlachtfeld von Celaya, als seine Macht begann, bis zu diesem Augenblick, in dem die Verlängerung Federico Robles' mit ihrer Eleganz eine adlige Hochzeit überstrahlen würde: Anfangs- und Endpunkt dieser vollkommenen Rundung. Mechanisch verdrängte Federico alle früheren Augenblicke, und alle, die sich heute daran knüpften, sein anderes Bild, sein vergessenes und verheimlichtes Leben wiedererstehen lassen wollten. Mercedes, Hortensia: zwei Namen, die kaum in den Tiefen seines Gedächtnisses zuckten, während Norma aufstand und seufzte: »Mein Schatz, was man doch alles tun muß, wenn man auf der Höhe bleiben will. Manchmal denke ich, daß es kein Leben ist, soviel gesellschaftliches Drum und Dran. Glaub mir, ich tue es für dich.«

Federico glaubte es ihr, mit einem leichten steifen Lächeln.

»Das war aber eine blöde kleine Hochzeit!« knurrte Charlotte García durch die Zähne, während sie mit einer Hand den Gastgebern zum Abschied winkte und der Mercury von Monte Líbano in Richtung der Glorieta de Reforma anfuhr. Neben ihr lächelte Pimpinela de Ovando und zog ihre langen schwarzen Handschuhe von den Armen. Mit einer brüsken Bewegung riß Charlotte sich das rosa Federhütchen vom Kopf und ließ es neben Pimpinela auf den Sitz fallen. »Ich werde nie begreifen, meine Liebe, was diese Verschwendung von Champagner, kalter Pute, Brötchen, Streichorchester, seidenen Schleppen, Gehrock und Geld soll, bloß damit nachher alle Welt nach Hause geht und schimpft.«

Die Allee senkte sich in Windungen, von einer tiefstehenden Sonne beleuchtet, zwischen Eschen und Glasscheiben und behauenem Stein. »Man kann noch verstehen, daß eine nachweisliche Parvenue wie ich auf diese Opferfeste reinfällt, aber du, Pimpinela? Wie kannst du diese *smugness,* die Selbstzufriedenheit aller dieser Neureichs ertragen? Die mit ihrer Bourgeoisie angeben, als wären sie die Kapitalisten der ersten Stunde! Gräßlich!«

Pimpinela blieb bei ihrem bezaubernden Lächeln, das von ihrer ganzen goldenen Erscheinung ausstrahlte. »Ich erinnere mich, daß meine Großmutter gesagt hat, genauso wie die porfirianische Aristokratie voll Entsetzen den Einzug der Villas und Zapatas in Mexiko gesehen habe, so hätten sie und die alten Familien im vorigen Jahrhundert Díaz und die Seinen einziehen sehen. Damals waren die anständigen Leute Lerdistas. Und auch die hatten sich an den Gütern der Kirche bereichert.«

»Finde ich himmlisch! Man muß seinen Voruteilen treu bleiben«, kommentierte Charlotte mit heiserem Lachen.

Auf ihrem Gesicht, das mit Cremes, Massagen und vor allem mit Haltung und Willenskraft in einer gewissen alterslosen Eleganz gehalten wurde, tanzten die grünlichen Reflexe des Parks von Chapultepec.

»Stell dir vor, wen werden die Aristokraten der Revolution morgen voll Entsetzen einziehen sehen? Nichts zu machen: Klein-Mexiko bleibt Klein-Mexiko. Und inzwischen heißt es überleben. Wenn ich an meine Tante Lorenza denke, die noch immer ihrer Sehnsucht nachhängt und glaubt, Don Porfirio wird eines Tages auferstehen und Banditen und Proleten mit der Peitsche davonjagen ... und dabei könnten alle, wie ich, diesen Drang der neuen fetten Fische nach Ansehen, nach aristokratischem Firnis nutzen. Man muß in der modernen Welt ein bißchen praktischen Sinn haben, findest du nicht?«

»Ach, Pimpi, du bist schlau, aber ich sehe nur die ästhetische Seite der Sache, und wie soll ich mich bei dem Geheule von lauter rührseligen Eltern und schniefenden Mägdlein in Tüll wohl fühlen? Wenn man in New York oder in Paris leben kann, im Zentrum der Welt, mit Leuten, die so reden und sich so anziehen wie du – kannst du mir sagen, was wir dann hier in Mexiko eigentlich zu suchen haben?«

»Masochismus, Liebling«, erwiderte Pimpinela, riß ihre kristallklaren Honigaugen weit auf und senkte zugleich die Stimme, »und das angenehme Sprichwort, daß im Lande der Blinden ...«

»Du bist unmöglich«, stöhnte Charlotte und raufte sich die Haare. »Sag mal, hast du den Schneider gesehen, der die Hochzeit von der Küche aus beobachtet und seine Kreation vor den Katzen in den Himmel gehoben hat?«

»Ich habe etwas Eindrucksvolleres gesehen: Norma Larragoiti, zum ersten Male alt.«

»Na, mit dem Mann aber auch! Stell dir vor, was die für eine Angst haben muß, daß er ihr ein Kind macht, das so aussieht wie er!«

Das Auto hielt vor einer Bar in der Calle de Liverpool an. Sonntag nachmittag; Gruppen von Dienstmädchen mit kirschrot angemalten Lippen, mit Kleidern aus Kattun und unechtem schwarzem Samt und mit Lackschuhen spazierten Arm in Arm mit ihren Gefreiten auf und ab. Umhänge verhakten sich an Uniformknöpfen, ein paar leckten Zitroneneis am Stiel, andere trällerten Liedchen. Weite Röcke in grellen Farben, krause ölglänzende Dauerwellen, Luftballon- und Eisverkäufer überall.

»Schluß jetzt mit dem Klatsch!« sagte Charlotte seufzend, als sie ausstieg.

»Bist du sicher, daß Silvia hier ist?«

»Jeden Sonntag. L'amour, tu sais ...«

Ein Gitarrenquartett schluchzte neben dem Tisch, an dem Silvia Régules, den Nerz über einer Schulter, obenan saß und den einen dunkelhäutigen, kraushaarigen Spieler unverwandt ansah.

»Das soll ein Old-Fashioned sein?« schrie Bobó den Oberkellner an. »Sie alter Nibelung wollen mir erzählen, was ein Old-Fashioned ist? Ort der Handlung: Nassau. Jahr: 1942. In Nächten des Deliriums verlangte Windsor meine Old-Fashioneds, während die Morganatische eine Porträtaufnahme von sich für ›Vogue‹ machen ließ.«

Silvia küßte Charlotte und Pimpinela auf die Wangen. »Seine Hoheit Fürst ...«, stellte sie vor, und Charlotte deutete einen Hofknicks an, »die andern kennt ihr: Contessa Aspacúccoli, Cuquis, Bobó ...«

ay, amor ya no me quieras tanto, ay amor ...

Cuquis versuchte, ihre Hand zwischen Rücken und Arm des Fürsten zu schieben, und dieser – Boxerkinn, nach Narde duftend – schob sie mit ebensolcher Hartnäckigkeit zurück. Pimpinela setzte sich neben Silvia, Charlotte dem Fürsten gegenüber. »Ich habe Ihre verehrten Eltern bei der Comtesse de Noailles kennengelernt.«

»Die trüben Ereignisse von 1918«, seufzte Hoheit durch die unmöglichen Kinnladen.

»Heute um sieben gebe ich einen Cocktail zu Ehren von Maryland Ainsworth, ›Soapy‹ Ainsworth, wissen Sie? Und auch zu Ehren ihres Pferdes, wenn es das Handicap im Jockey gewinnt, und es würde mir eine Ehre sein ...«

»Heute ist das Land meiner Ahnen eine Beute der roten Tyrannei ...«

»Pinky, erinnerst du dich unserer letzten Bälle, als du und ich von der Musikloge heimlich hinunterguckten?« fragte die Contessa Aspacúccoli mit umflorter Stimme.

»Liebes Zagreb!«

Die Contessa goß rasch den Inhalt ihres Glases hinunter: »Pinky, Pinky, alles zu Ende, kaputt, hier ist das Königreich der épiciers et commerçants, oh, damn! Ich weine. Sogar dieser Ort hätte durch Blutsverwandtschaft dritten Grades dir gehören können.«

Der serbische Fürst erhob sich und sein Glas und grunzte: »Vive l'Empereur!«

»Ja, den haben wir Ihnen totgeschlagen, nicht wahr?« unterbrach Charlotte.

»Na, und als Ersatz biete ich auch Ihnen nun meinen Cocktail zu Ehren von Soapy Ainsworth und Tennessee Rover Boy an.«

»Wer ist Tennessee Rover Boy?« Die Contessa hob die Brauen.

»Soapys Pferd, das, so Gott will, bereits das Handicap gewonnen hat.«

»Liebe Charlotte, der Pedigree Ihres Rover Boy ist uns nicht bekannt, aber Sie belieben, ihn in einem Atem mit der Linie der Reifferscheidt-Orsini zu nennen, regierenden Fürsten zu Aachen seit dem Jahre 1147 und verschwägert mit den ältesten Familien des Heiligen Römischen Reiches.«

»Mir wollen Sie was von Pedigree erzählen, meine Dame? Nehmen Sie mal Ihren Bernal Díaz zur Hand: Da kommt mein Urgroßvater vor, der schon Marqués de Aguafloridas und Verwandter von Moctezuma war, als Ihre Ahnen noch an der Donau Rüben pflanzten.«

Die Fürstin wurde knallrot, warf ihren Martini um, sprang auf, stieß ihren Zeigefinger vor und sprudelte eine Reihe unverständlicher Worte heraus. Sie nahm ihre Stola vor der Brust zusammen, schnaubte durch die Nase, schrie in ohnmächtiger Wut: »Tochter von Galeerensträflingen und Zwangsarbeitern, die mit Skorbut über das Meer kamen!« und packte Charlotte an den Haaren. »Ich werde dir die Hinterbacken zeigen, auf denen das Muttermal Karls des Großen zu sehen ist!«

Die Gitarrenspieler brachen ab, und nur die Intervention Seiner Hoheit hinderte die Fürstin, ihre Höschen herunterzuziehen. »Liebe Sophia, je t'en prie ...« Mit einer tiefen Verbeugung und der strampelnden Fürstin auf den Armen zog seine Hoheit sich zurück.

»Ihr habt mir meine Romanze kaputtgemacht!« klagte Cuquis und pflanzte ihren Daiquirí vor sich auf den Tisch. »Grade als ich ihn festgenagelt hatte ...«

»J'ai le cul de Charlemagne!« heulte die Fürstin noch von der Tür aus.

siempre que me preguntas, que dónde cuándo y cómo, yo siempre te respondo ...

Junior erschien am Tisch des Zwistes. »Tag alle miteinander; hab schon deinen Royal Match gesehen, Charlotte.«

Die Angeredete brachte ihr Haar in Ordnung. »Es lebe der Sieg des *trade over tradition*! Was kann man von Leuten erwarten, die nicht mal Badewannen kennen? Habt ihr den hochheiligen Erzherzog gerochen? Ih! Setz dich, Junior.«

Cuquis umarmte überschwenglich den Journalisten, der sich mit sichtlicher Mühe von der Theke löste.

»Mein angebeteter Achtspalter! Hab mir schon das königliche Haupt eingefangen! Kannst schreiben, daß ausschließlich Aristokraten hier waren: der serbische Fürst, die Aspacúccoli, Charlotte, die sich als von Cuauhtémoc abstammend entpuppt hat, und ich, die mal Frühlingskönigin war ...«

»Deine Angelegenheit geht in Ordnung«, flüsterte Silvia Pimpinela ins Ohr. »Mein Mann hat mit den Leuten gesprochen, und sie haben sich bereit erklärt, als erstes das Gut von Chihuahua zurückzugeben, und später die andern ...«

»Silvia, das hab ich gar nicht erwartet! Tante Lorenza wird sprachlos sein.«

»Ach, dir schulde ich einiges mehr, nicht wahr?« fragte Silvia und drückte dem kraushaarigen Gitarrespieler mit dem dicken Schnurrbart die Hand.

Tennessee Rover Boy gewann in der Tat und mit Gottes Hilfe das Handicap. Mit einer Nasenlänge auf dem ersten Platz lief sein Erfolg auf Wogen wachsender Begeisterung von der Tribüne der Rennbahn bis zu den windkühlen Tischchen ganz oben, die den Jockey Club bilden. Maryland Ainsworth hob beide Arme und schwenkte sie ekstatisch. Neben ihr erlitten Gus und Lally einen Nervenzusammenbruch, obwohl Gus noch die Geistesgegenwart aufbrachte, an ein Telefon zu rennen und Charlotte zu benachrichtigen. In der Halle sah er mit abwesendem Blick die Reihen von Mädchen, einige dick, andere dürr und sacré-cœurig, die aufgeregt von einer linken in eine rechte Ecke liefen, die gelangweilten Dandys, die einander diskrete Rauchwolken zubliesen, die sonntäglich geputzten Demimondaines, ganz in Violett: Kleider, Lider, Lippen – bis zu den vertrockneten Angehörigen der Alten Garde, den Damen, die, Faltstühlchen hinter sich herziehend, ihre Partien Canasta uruguaya vorbereiteten.

»Rover Boy!« hauchte Gus in die Muschel, hängte auf und lief alsbald wieder zu Marylands aufgeregt fuchtelnden Gliedmaßen zurück, die jetzt schluchzte: »My old mammy should have seen this! She raised Rover Boy on clover and alfalfa, she did!«

»Na, nu hab dich nicht so, Süße«, bemerkte Lally atemlos. »Mich hat man mit mystischer Lektüre aufgezogen, von dem verewigten Plato bis zu Guisa und Azevedo, angeblich, damit ich zwischen den Gestirnen der Kosmetik und der Kosmologie zu unterscheiden lernte. Sag mir, ob das fürs ganze Leben reicht!«

»She says, she understands your feelings«, übersetzte Gus.

»Oh, that's sweet!« schniefte Maryland »Soapy« Ainsworth, sommersprossig in der bläulichen Dämmerung des Tales.

»Soapy, Mr. Soundso, der himmlischste Mensch von Mexiko«, flüsterte Charlotte, während sie die Erbin des Seifenimperiums von einem Gast zum anderen geleitete. Das Appartement, mit orangefarbener Seide tapeziert, war mit autogrammgeschmückten Bildern berühmter Leute behängt: Shirley Temple, Dr. Atl, Somerset Maugham, Elsa Maxwell, Herzog und Herzogin von Windsor, Ali Chumacero und Victoria Ocampo. Die Satinhokker, wie weiche Pilze über den Raum verteilt, bildeten verschiedene Zentren einer gesellschaftlichen Akademie: Auf einem saß Lally, auf einem andern der Junior, auf einem dritten Pedro Caseaux. Aus einem verborgenen Lautsprecher tönten abwechselnd Jacqueline François und Los Panchos. Ein Kranz aus Gardenien um die Worte »Rover Boy« in Vergißmeinnicht tauchte den Salon in einen dreifachen Duft von Begräbnis, Reue und frischem Moos.

»Julia von Bulgarien«, stellte Paco Delquinto die inzwischen abgemagerte und noch immer stumme Juliette dem umherwandelnden Duo Charlotte und Soapy vor. »Charmed, I'm sure.«

»Seit den Sargoniden wurde kein solches Fest gefeiert wie letzte Woche in San Fermín«, kommentierte Pierre Caseaux, und Cuquis seufzte zu seinen Füßen: »Der Serbe war da! Und soviel Pichi auch um ihn herumscharwenzelte, eingeladen hat er mich, zum Tedeum am Freitag. Zu Ehren der toten Könige von Montenegro, weißt du.«

oh, je voudrais tant que tu te ...

»Zu dieser Jahreszeit liegen die welken Blätter auf der Place Furstenberg«, warf Pimpinela de Ovando ein.

»Schön, aber das entschuldigt nicht die Frechheit der Franzosen und nicht den Dreck in Paris«, nahm Junior das Thema auf. »Hör zu, Pimpi, was heißt hier Cité Lumière. Wieso, möcht ich wissen. Die würden sich die Beleuchtung von Insurgentes für einen Feiertag wünschen. Ist ja hübsch für einen wie mich, der einmal im Jahr hinfährt, aber für alle Tage – nur Mexiko. Wo gibt's in Frankreich so viel Bequemlichkeit wie in Mexiko? Bei den Badezimmern angefangen, na, und dann die Häuser und der ganze Lebensstil. Haben die dort vielleicht Villenviertel wie Las Lomas oder El Pedregal? Nee, die leben bloß von Museen und Napoleon.«

les pas des amants désunis ...

»Die Frau Seifchen sagt, sie sei siebenmal verheiratet gewesen, und begreift immer noch nicht, warum sie nie schwanger wurde«, sagte Lally mit ihrem Zahnpastalächeln nachdenklich, »nicht wahr, Sweet?«

»Gewiß, Daddy macht drei Millionen im Jahr, Steuern abgezogen, aber er möchte mit den schönen Künsten in Verbindung bleiben und unterhält einen rollenden Bücher- und Plattenladen.«

»Ob du homosexuell bist, Gus.«

»Homo ja, sexuell, wer weiß.«

abre el balcón, y el carazón ...

Rodrigo Pola machte sich an Cuquis heran; ihr Parfüm war beinah zu sehen, und ihr mahagonifarbenes Haar war in zwei Wellen gehalten, die an den Schläfen begannen und im Nacken irgendwie aufhörten; sie streichelte sich den Hinterkopf, der weichen Falten ihrer wohlrasierten Achselhöhlen wie der Rundung des Brustansatzes bewußt, der ihren Busen zu einem luftigen und zugleich gewichtigen Objekt machte. Neben ihr schwatzten Caseaux, Delquinto und Juliette. Im stillen unterdrückte Rodrigo jede gebildete Anspielung aus seinem Vokabular, sonst konnte er bei Cuquis nicht ankommen, er erinnerte sich auch, daß er damit Norma in die Flucht geschlagen hatte: die dauernden Zitate der am Ende ermüdenden Redeweise von ein paar Eingeweihten, die überhaupt keine gemeinsame Sprache mehr hatten. Wollte er nicht in allem, was er anfing, erfolgreich sein? Der Erfolg ist eine Sache des Abwartens, sagte sich Rodrigo; es genügt, daß man sich den Umständen anpaßt, sich einem automatischen Ablauf der Tatsachen unterwirft, der von niemandem mit Intelligenz oder Leidenschaft in Bewegung gesetzt worden ist. Außerdem war es, zum Teufel!, angeberisch und undemokratisch, bei jeder Gelegenheit ein Zitat oder eine Assoziation, die einem grade einfiel, anzubringen. Mit den Augen folgte er Cuquis' weltklugen Bewegungen, die zwischen wohltuender Kätzchenpassivität und schlangenhafter Spannung wechselten, Katzen paaren sich mit Schlangen und zeugen das Reich der Ochsen, sagte Rodrigo zu sich selbst, als er bei seiner Betrachtung in Cuquis' Schoß angelangt war.

»Meint ihr nicht auch, daß der Serbe genau wie Rock Hudson aussieht?« fragte Cuquis, als Rodrigo sich eben entschloß, den sie umgebenden Wall von Miss Dior zu durchbrechen.

»Wer liegt vorn im Rennen um den Monarchen?« fragte Rodrigo und ließ sich im Schneidersitz auf dem Teppich nieder. Er merkte, daß die Frage unpassend war: Cuquis verzog die breiten Lippen, mit denen sie versuchte, sich eine Joan Crawford ähnliche Persönlichkeit zu schaffen.

»Immerhin habe ich ihn dir vorgestellt«, sagte Pierrot.

»Ach, mein Engel«, erwiderte Cuquis und näherte ihre Lippen denen Pierrots. »Was täten wir hier in Kaktusland, wir armen Verlassenen, ohne dein savoir-faire?«

»Hört, hört«, rief Junior vom benachbarten Hocker aus, »mit diesen Adligen kann man ja ganz schön angeben, aber wenn es heißt, hier ist das Kabriolett und hier das kleine Appartement – wer macht da das Portemonnaie auf?«

»Ach, Junior, für euch lohnt es sich ja auch, mit wohlerzogenen Mädchen auszugehen. Nehmt ihr uns vielleicht bloß wegen der Oberweite? Ich kenn dich doch: Wenn nicht dieser Tong distangee wäre, würdet ihr uns gar nicht ansehen.«

»Hört, hört, die heimlichen Genüsse, die laß mal den Mönchen«, sagte Junior und leckte den Rand seines Glases ab. »Wer wird schon mit einem Mädchen gehen, wenn die anderen es nicht erfahren sollen?«

»Du bist himmlisch, Junior!« Cuquis reckte den Hals noch mehr und drückte ihre vielerfahrenen Lippen auf die beiden roten Wänglein des gesunden jungen Mannes.

»Halb zog er sie, halb sank sie hin«, versuchte Rodrigo zu vermitteln und unterdrückte mit Mühe noch ein Dichterzitat.

Cuquis unterbrach ihre Kußvorbereitungen mit einer ärgerlichen Grimasse. »Hören Sie mal, mein Herr, das ist das zweitemal, daß Sie den Mund aufmachen und dabei ins Fettnäpfchen treten. Kennen Sie mich eigentlich überhaupt? Seit wann so vertraulich?«

»Norma hat uns mal einander vorgestellt, bei Bobó«, erklärte Rodrigo lahm und kam sich in seiner Yogahaltung ungemein lächerlich vor.

»Ach ja, du bist ja der Hammel von damals, mein Süßer!«

Rodrigo versuchte sofort, das unangenehme Gefühl eines verspielten Rufes zu beseitigen. »Vous n'êtes si superbe ou si riche en beauté qu'il faille dédaigner un bon cœur qui vous aime.«

Er merkte, daß sein gekränktes Gesicht und seine deklamatorische Pose nicht zusammenpaßten, als Pierrot ein hysterisches Lachen erstickte, das sofort Cuquis und Junior grundlos ansteckte. Die drei standen auf und setzten sich in einen dunklen Winkel des Salons.

que yo también, tengo una pena muy honda

Wie ein großäugiger Fisch aus der Tiefe des Aquariums segelte Natascha aus diesem dunklen Winkel hervor, den sie dem Trio Cuquis-Junior-Pierre überließ. In der greisenhaften Weisheit ihres Blicks lag weniger der Wunsch, Versäumtes nachzuholen, als anderen von ihrer gesammelten Erfahrung abzugeben. Ihr Doppelbild – prächtig das eine, leichenhaft das andere – aus früheren Zeiten in Cuernavaca war jetzt zu einem verschmolzen: das kalkige hatte sich über das von Fleisch und Blut gelegt und versuchte, sich des ganzen Körpers der Frau zu bemächtigen. Rodrigo spürte ein kratziges Lippenrot auf seiner Wange und drehte sein Gesicht einem in zwei Tönungen orangerot geschminkten Mund zu.

»Darf ich dir Gesellschaft leisten? Nein, sag nichts, ich weiß, hier gilt das als – wie soll ich sagen – wenig demokratisch, nicht wahr? Macht nichts. Hör zu: Es gibt Flegel, und es gibt Gekken; jemand hat mal gesagt, der Flegel ist nur ein übertriebener Geck. Der Geck ermüdet, langweilt, stört und ärgert; der Flegel ärgert, erzürnt, beleidigt, er beginnt dort, wo der andere aufhört.«

Rodrigo betrachtete melancholisch Nataschas hohen Samtkragen und den Turban mit Reiherfedern. Ihr Gesicht leuchtete in allen Schattierungen zwischen Grün und Rosa, wie ein uralter ausgemergelter Mond.

»Und was glauben Sie, was ich bin?«

Natascha machte große Augen und ein großes runzliges O mit dem Mund. »Sie! Sie! Nur ein Mexikaner siezt noch eine ihm unbekannte Frau, die ihm eben ein wundervolles Zitat von La Bruyère geboten hat. Sie! Immer diese Höflichkeit! Was du bist, mein Schatz? Sieh dich um. Müllschlucker sagt zu Salatschüssel: Auch ich bin Eklektiker.«

Natascha tippte mit einer langen russischen Zigarette an Rodrigos Brust – ihre Lieblingsgebärde, wenn sie um Feuer bitten wollte. Er begriff nicht, bevor Natascha mit einer ungeduldigen

Bewegung ihre Absicht unterstrich und Rodrigo ungeschickt in seinen Taschen kramte, bis er ein paar Streichhölzer hervorzog. Nataschas Pose blieb dieselbe.

»Alles eine Frage der Flügel, mein Lieber. Mit Flügeln Schmetterling, ohne Flügel Wurm. Voilà. Spendier mir einen Drink.«

Feierlich bot Rodrigo Natascha den Arm, sie knirschte, als sie vom Hocker aufstand. »On n'est pas ce qu'on était ...« Sie seufzte und blinzelte den Rauch aus ihren gelben Augen, zwei Kelchen voll schwärzester Schatten. Das Paar schritt zur Bar; Charlotte hatte fast alle Lichter gelöscht, und Cuquis küßte den Junior, während Pierrot seine Ansichten über die angewandte Kußtechnik zum besten gab und Lally Soapy Ainsworths Hüfte streichelte und Bobó, der sie beobachtete, die Vorteile der Bisexualität hervorhob. Als hätte sie sich an einen Ritus gewöhnt, den sie einfach scheußlich fand und der ihr daher schon gleichgültig war, hörte Juliette sich den Wortschwall Paco Delquintos an. Natascha stieß mit Rodrigo an. »Cheers!«

Mit jedem Schluck wurde ihr Gesicht bleicher. »Weißt du, Liebling, laß dir Flügel wachsen. Sie kommen nicht heraus, denn ... man schneidet sie dir jeden Augenblick ab, oder du läßt sie dir abschneiden, wer weiß? Am I right?«

Rodrigo lutschte hingebungsvoll und mit einem Genuß, an dem der Alkohol ebenso teilhatte wie die unerwartete Gesellschaft, an dem Strohhalm seines Manhattan und nickte zustimmend. Er mochte sie nicht unterbrechen. Sein Körper löste sich allmählich in der Party auf; seine Beine waren wie eingeschlafen, der Nacken kribbelte, und Natascha auf dem Barhocker erinnerte ihn, er wußte nicht wieso, an eine umgekehrte Szene aus dem ›Blauen Engel‹. Die Frau begann zu singen, leise, mit belegter Stimme:

Surabaya Johnny, warum bist du so roh?
Du hast kein Herz, Johnny, und ich liebe dich so.

Sie war ein weiblicher Emil Jannings, und er eine verschüchterte Marlene; als er daran dachte, rollte er das eine Hosenbein auf; Natascha hob die Hände an die Augen, ihr Lied brach ab, ertrank in Lachen.

Du hast kein Herz, Johnny, und ich liebe dich so.

Rodrigo ergriff die Hand der Frau und küßte sie; sie fuhr ihm mit dem Handrücken über den kalten, kribbelnden Nacken. Sie bestellten noch einen Drink.

»Weißt du, daß du sehr lieb und zärtlich bist? Ich weiß, Liebling, macht nichts, es ist hier sehr schwierig. Alle mexikanischen Frauen unserer Klasse sind entweder heuchlerische Betschwestern oder billige Huren. Sie wollen Sicherheit oder Getätschel, aber keine ... menschliche Beziehung! Il faut savoir mener les choses, weißt du?«

»Und wer ist schuld daran?«

»Die mexikanischen Männer, bien sûr. Wie hat das noch die kleine Nonne ausgedrückt? ›Närrische Männer ...‹, und so weiter. Die wollen, daß die Frauen Betschwestern oder Huren sind, etwas Festumrissenes, damit sie ihre Phantasie nicht anzustrengen brauchen. Und was noch? Soll ich es dir sagen? Écoute: Niemand soll mich hindern, schlecht von Mexiko zu sprechen. Sind sie Neureichs, die nicht wissen, was sie mit ihrem Geld machen sollen, die nur das haben, wie einen Insektenpanzer, aber nicht das ganze Drumherum, wie man so sagt ... von Atmosphäre, die in Europa sogar der Bourgeoisie eine gewisse Klasse gibt? Natürlich, die Bourgoisie in Europa *ist* eine Klasse: Colbert und Rothschild, aber ebenso Descartes und Montaigne; und sie bringt einen Nerval oder einen Baudelaire hervor, die sie reproduzieren. Aber hier, mein Lieber, ist sie wie ein unerwar tetes Geschenkpäckchen für ein paar Leute, on ne saurait pas se débrouiller ... Es gibt keine, wie man sagt – Bindungen, es ist eine Kaste ohne Tradition, ohne Geschmack, ohne Talent. Sieh ihre Häuser an, du lieber Himmel, ihre Einrichtungen; sie tun bürgerlich, äffen aber immer nur nach – mexikanische Changuitos, die Großbürger spielen.«

Natascha lachte laut auf und leerte ihr Glas. »Und die Intellektuellen! Chère, chère, die gehören zur Intelligenz wie die Spucke zur Briefmarke. Sie wollen Ansehen und Beachtung, mein Lieber, und das langt. Sie wollen keine Ideen und keine Arbeit und nicht die Leidenschaft, die man zum Schaffen braucht; sie wollen nur im Schaukasten sitzen; ihre Unterhaltung ist öde, wenn sie nicht hochtrabend ist, ihr Anblick ist häßlich, weißt du, häßlich im schlechten Sinn, ohne Persönlichkeit oder Größe, häßlich wie Mundgeruch oder Triefaugen. Also ... soll ich weiterreden? Diese Journalisten, die mit der einen Hand zur Jungfrau von Guadalupe beten und sich die andere schmieren lassen, porco Dio! Ein Mensch mit mittlerem

Verstand kann schließlich verlangen, ein bißchen mehr als bloß Kinoanzeigen in den Zeitungen zu lesen. Dieses Land ist weiter entfernt von der Welt als ... Jupiter! Jedermann mit seinem Satz vorgefertigter Ideen, damit er sich, wie sagt man, als rechtschaffnes und ehrenwertes Individuum fühlen kann, das auf der Seite der Vernunft steht, gute Mexikaner, gute Familienväter, gute Nationalisten, echte Männer, ça pue, mon vieux! Aber öde! Na, und diese üblen mexikanischen Pfaffen und dieser üble mexikanische Katholizismus! Was für ein Schwindel! Da ist doch was dran, mein Lieber, ein richtiger Christ zu sein, oder ein richtiger Buddhist, wenn du willst, das ist doch, wie soll ich sagen, ein brennendes Problem, weißt du. Da muß man ... ein Herz aus Stahl haben. Es geht doch nicht nur darum, die Töchter in eine Nonnenschule zu schicken, damit sie sittsam und engstirnig werden, nicht darum, daß man bei Tisch den Papst nicht kritisieren darf und bei einem Foto vom Vatikan flennt, nicht einmal darum, ein paar Brocken zu opfern oder sich an die Brust zu schlagen, damit man ein reines Gewissen hat. Christ sein heißt doch, jeden Tag dem Tod ins Auge sehen, jeden Tag, nicht wahr? Und jeden Tag wieder auferstehen und sich zugleich als die größte Scheiße und das seligste aller Wesen fühlen, wenn man wirklich um Vergebung bitten und wirklich demütig sein muß! Schade, daß das katholische Ritual eindrucksvoller ist als seine Dogmen.«

»Warum lebst du in Mexiko?« Rodrigo wollte lachen und zwinkern, sich stillschweigend mit dem solidarisieren, was aus Nataschas Apfelsinencrememund kam, im Grunde aber war er von ihren Worten schockiert.

»Warum wir *leben*, chéri? Warum wir in einer so gräßlichen Stadt leben, wo man glaubt, man ist krank, wo man keine Luft kriegt, wo nur Adler und Schlangen leben dürften? Warum? Manche, weil sie Emporkömmlinge und Abenteurer sind und dies ein Land ist, das seit dreißig Jahren Abenteurer und Emporkömmlinge anlockt. Andere wieder, weil Banausentum und Idiotie und Heuchelei – wie soll ich sagen – immer noch besser sind als Bomben und Konzentrationslager. Und noch andere, andere – ich –, weil es neben der widerlichen Feiertagshöflichkeit von Leuten deinesgleichen die unglaubliche Höflichkeit eines Dienstmädchens gibt, oder eines kleinen Jungen, der diese selben Scheißzeitungen verkauft, weil es neben dieser Eiterkruste, auf der wir leben, Leute gibt, das natürlich auch, die unglaublich unsicher und sanft und liebevoll und wahrhaft unschuldig sind, die nicht einmal so schlecht sind, daß sie merken, wie auf ihnen herumgetrampelt wird und wie sie ausgebeutet werden; denn unter dieser amerikanisierten, billigen Lepra ist lebendiges Fleisch, Mensch, das lebendigste Fleisch der Erde, das ehrlichste in seiner Liebe, seinem Haß, seinem Kummer und seinen Freuden. Weiter nichts. Das ist es, mein Lieber. Weil man sich bei denen geborgen fühlt ... und dort, in dem, was wir zurückgelassen haben, ist das Beste von dem, das, wie ihr glaubt, das Beste ist, aber nicht das Beste von dem, das eurer Meinung nach das Schlechteste ist. Stimmt's?«

Eine Weile saß Rodrigo da und starrte in eine leere Flasche. Wollte Natascha ihm nicht dasselbe sagen wie Ixca: Wähle, wähle deine Welt und sieh nicht zurück auf die Salzstädte? Er hob den Blick. »Paul Gauguin, wieder einmal auf dem Kreuzzug? Wieder auf der Suche nach dem sanften Wilden und dem Lokalkolorit und der primitiven Einfalt, diesmal bei den totonakischen Schuhputzern und Köchinnen aus Puebla?«

»Vielleicht, mein Freund. Uns bleibt zumindest immer dies: die Möglichkeit, sich davonzumachen, das là-bas zu suchen, das Dorado weit entfernt von unserem Kontinent. Aber ihr? Ihr nicht, mein Lieber, ihr habt kein là-bas, ihr seid schon drin, schon an eurer Grenze. Und darin habt ihr zu wählen, stimmt's?« Natascha lächelte plötzlich mit einer Wärme, die Rodrigo ein Gefühl wirklichen Interesses und wirklicher Sorge mitteilen sollte. »Für dich kann es nicht schwierig sein. Laß dir Flügel wachsen in irgendeiner Farbe. Es ist so einfach. Eine Frage des Sichtreibenlassens zum Beispiel, nicht? Schau dich um. Glaubst du, daß die moralische Skrupel haben? Oder zumindest ahnen, daß sie keine moralischen Skrupel haben? Sieh nur, wie einfach, mein Freund, wie einfach ...«

Nataschas Stimme und ihr Körper, ihre Hände, entfernten sich von Rodrigo, von der kleinen Bar; die Schatten des Festes, dunkler als die Nacht eines vergessenen Waldes, weil es künstliche Schatten waren, schluckten sie; bis zur letzten Sekunde starrte Rodrigo den maskenhaften Mond an, dann war er allein, und die Geräusche und die Stimmen und die Aufforderungen und der Ekel umsummten ihn wieder, stießen ihn zurück, drängten ihn an den Rand.

Ixca Cienfuegos überquert den alten Mercado Juárez auf dem Weg zu der winzigen Wohnung Librado Ibarras in der Calle de Abraham González. Er geht zwischen den Marktständen hin-

durch, die nach dem Morgenverkauf leer sind. Die Händler haben sich hingesetzt und verzehren in dem durchdringenden Geruch von geschlachtetem Geflügel und Fischblut ein paar Überbleibsel klebrigen Fleisches und Gemüse. Das Blut färbt den Boden und mischt sich mit den Bächen von Seifenwasser, das die dicken Weiber mit dem fettglänzenden Haar und den schwarzen Warzen aus ihren Bottichen gießen; Hunde jaulen, und andere Frauen, die bescheidenen, stillen, zählen immer wieder ihre restlichen Büschel Thymian und Majoran, Lorbeer, Pfefferkraut und Piment, Petersilie, Pfefferminze und Kamille, bevor sie den Heimweg antreten in die Randgebiete, nach Contreras, Milpalta und Xochimilco, wo sie bei ihrem winzigen Stückchen Land geduldig abwarten, bis sie am nächsten Markttag mit noch mehr welken Büscheln wieder in die Stadt kommen. Irgendwo erklingt eine einsame Gitarre, von schlaftrunkenen Siestafingern stockend gezupft, und die kleinen Vögel in den Käfigen, die jetzt mit einem Stück Zeug verhangen sind, piepsen nicht mehr und halten die Flügel ruhig. Die Körper überlassen sich dem Schlaf, schwer, ohne eine bestimmte Lage einzunehmen. Gleich wird es fünf Uhr schlagen. Tiefe Stille senkt sich über den Markt. Die Nachmittagssonne brennt in Cienfuegos' Augen. Auf allen Straßen, auf allen Plätzen erklingen die wehmütigen Töne der Leierkästen. Ein paar Straßenjungen umringen den Leierkastenmann und singen die altbekannten Lieder mit. Und Cienfuegos sucht die richtige Hausnummer in der Calle de Abraham Gonzáles, geht durch den langen Innenhof voll ungepflegter Blumentöpfe und steigt eine knarrende Treppe hinauf in den zweiten Stock.

Librado Ibarra

»Schwierig, von Federico Robles zu sprechen? Ach wo! Schwierig, von sich selber zu sprechen oder von anderen, wenn Liebe oder Haß im Spiel sind. Ach wo! Bei Robles ist das nicht der Fall. Das wäre ja so, als wollte man Liebe oder Haß für eine Schlagzeile in der Zeitung empfinden – das ist einfach da, ein Teil von etwas, was einen überhaupt nicht berührt.«

»Ja, ich glaube, ich verstehe, was Sie meinen«, unterbrach Ixca Cienfuegos. »Obwohl ich sehe, daß es Sie doch sehr berührt hat.«

»Wegen dieser Pfote? Ach wo! Das war eine Maschine, nicht Federico Robles. Nein, ich möchte Ihnen sagen, daß mir meine eigene Erfahrung reicht, ich bin mit dem zufrieden, was ich gesehen und erlebt habe, und dem kann Robles wenig anhaben. Sie werden sehen: Ich habe Federico an der Juristischen Fakultät kennengelernt, als wir beide etwa fünfundzwanzig Jahre alt waren. Federico war Sektretär eines Generals und ich Schreibgehilfe, und ich hatte ebenso viele, wenn nicht mehr, Ambitionen wie Robles. Das ist nicht das Problem, sehen Sie. Kann sein, daß Federico geschafft hat, was ich nicht schaffen konnte. Möglich, daß ich getan habe, was Federico nicht tun konnte. Aber da haben Sie uns beide, fünfundzwanzig Jahre alt, arme Studenten, mit demselben Mexiko vor uns. Obregón war Präsident, und wir waren ein Haufen junger Leute voller Pläne. Überzeugt, daß nun alles im Großen beginnen würde. Mein Gott, was haben wir geackert! Diese langen November- und Dezembernächte – Geruch nach gerösteten Kastanien, wissen Sie –, in einem Dreckskämmerchen in der Doctor Vértiz, verqualmt, Tassen, bis an den Rand voller Asche, über dem Zivilrecht von Planiol und dem Verfassungsrecht von Lanz Duret, bis uns der Kopf brummte und die Augen wie gekochte Eier aussahen. Was sind das für Bande, die man als Student knüpft, in solchen durchwachten Nächten, daß die Leute einander hinterher nicht mehr sehen können. Als ob jeder dem andern zuviel von sich zeigt, der andere genau erfährt, was man denkt, alle Schwächen, die man tief drinnen hat, sogar wie man pißt! Und das können wir nicht recht vertragen, nicht wahr? Man sollte wohl immer Distanz wahren, sonst liefert man sich zu sehr aus. So sind wir, mein Verehrtester, was soll man machen! Den Federico, den kenne ich in- und auswendig, und er mich. Nur daß er jetzt da steht, wo er mich piesacken kann, und ich da, wo ich gepiesackt werde. Na ja, manchmal kommt der Hunger, wissen Sie, und da geht's nicht anders, da muß man den Kopf einziehen. Aber damals gab es keinen Unterschied zwischen uns beiden, da waren wir auf gleicher Stufe. Sekretär beim General war als Erfahrung ganz schön, warf aber für den Augenblick nicht viel ab. Und ich schlug mich mit Zivilangelegenheiten herum. Für uns beide hieß es also nur: Kaffee bei den Chinesen und Huren aus der Dos de Abril, und wir kauften gebrauchte Bücher in der Avenida Hidalgo und so 'ne Sachen. Hab ich Ihnen schon gesagt, daß ich sogar seine Art zu pissen kannte? Na ja, ich könnte noch viel erzählen. Wie oft haben wir dasselbe

Mädchen im selben Bett geteilt. Du meine Güte. Na, sehen Sie.«

Librado Ibarra kratzte sich die Glatze und zwinkerte mit seinen hervorquellenden Augen, die aussahen wie gebratene Zwiebeln. Das Licht fiel durch Fenster voller Blumentöpfe aus Porzellan und bunten Glasscherben in das enge Zimmer. Ibarras Bein war eingegipst, er versuchte, es sich im Bett bequem zu machen, und manchmal spuckte er in den Messingnapf. Er lag so unbequem, daß sein kleiner runder Bauch sich wie ein Kochtopf wölbte, was schlecht zu der ausgemergelten Blässe seines Körpers paßte. Ein Handwaschbecken, ein uralter Schrank, ein roher Holzstuhl, auf den Cienfuegos sich setzte, ein Schreibtisch mit Marmorplatte. Das war alles.

»So war das, beide gleich, die gleichen Wege vor uns. Man brauchte bloß zu wählen. Ja, das sagt sich so leicht. Alles wartete darauf, getan zu werden, und man neigt dazu, das Sichere zu wählen, klar. Aber was war damals sicher? Man mußte die neuen Wege zum Erfolg erst kennenlernen. Alle konnten es sein. Alles wartete darauf, getan zu werden, jawohl, mein Herr. Wir mußten bei Null anfangen, wollten wir Mexiko aufbauen. Welcher Weg bot uns Möglichkeiten? Sehen Sie: Die neuen Regierungen zogen alle an, die Arbeiter, die Bauern, die Kapitalisten, die Intellektuellen, die Akademiker, sogar Diego Rivera! Anders als die Wissenschaftler Díaz', die sich von oben herunter organisiert hatten, zog die Revolution anfangs alle lebendigen Kräfte des Landes an. So war die Situation, als Federico und ich fünfundzwanzig Jahre alt waren. Gelegenheiten überall, sehen Sie. Leere Versprechen für jedermann. Dafür hatte man die Revolution gemacht. Alle würden gleiche Chancen haben, der Arbeiter und der Bauer, der Anwalt und der Bankier. Natürlich. Zumindest glaubten wir das damals. Man brauchte nur auszusuchen, und dann los, mein Verehrtester. Hier schafft man sich nämlich einen Ruf durch die Fehler, die man macht. In der Fakultät redete Professor Caso eine Menge über englischen Empirismus. Ach wo! Die können von uns noch alle Tage was lernen! Aber damals sahen wir die Dinge anders. Ich sollte mich angeblich in Agrarrecht spezialisieren, wegen der Aussichten, die das für einen talentierten jungen Mann bot. Ich ließ das Anwaltsbüro, in dem ich arbeitete, schließen und stürzte mich da hinein, um mal zu sehen, wie die Sache lief. Federico war schon auf einem andern Weg. Sobald er mit der Universität fertig war, besorgte ihm der General ein paar glänzende Geschäfte. Stellen Sie sich vor: Er erfuhr, daß ein paar ruinierte und obendrein beschränkte Porfirio-Anhänger mehrere Grundstücke im Stadtzentrum für ein Fünftel ihres Wertes verkaufen wollten. Da ging Federico hin und schlug einigen Gringo-Bankiers vor, die Grundstücke, die ihm nicht mal gehörten, für den dreifachen Betrag ihres Wertes zu kaufen. Da die Bankiers den Preis ein bißchen hoch fanden, beschaffte Robles sich einen falschen Scheck von seinem General über den fünffachen Wert der Grundstücke, die angeblich von der Regierung genutzt werden sollten. Die Gringos kapitulierten, zahlten Robles den geforderten Preis, und dann erst wandte er sich an die Eigentümer und kaufte ihnen die Grundstücke für ein Fünftel des Wertes ab. Und ich – ja, was fand ich vor? Die Ingenieure, die man auf die alten Güter schickte, wurden von den Leibwachen der Gutsbesitzer erschossen, die mit Wissen und manchmal mit Unterstützung des Ortsgewaltigen handelten. Oder dieser bewaffnete dort, wo die Ländereien aufgeteilt wurden, die Bauern, stellte eine Privatarmee auf und beutete das Land genauso aus wie vorher. Oder die ›Brüder‹ und ›Onkel‹ des Gouverneurs waren arme Indios, auf deren Namen eine Parzelle nach der andern eingetragen war. Da sehen Sie. Wozu soll ich Ihnen noch mehr erzählen? Ich ließ mich nach Mexiko zurückversetzen und wollte nach dieser Erfahrung bloß noch in der Stadt leben und nichts mehr mit etwas zu tun haben, was nach Land roch. Ich hatte genug von meinen Eindrücken, mein Verehrtester: Wie oft mußte ich eilends eine Besitzung verlassen, weil man mich im Verdacht hatte, ein Spion der Regierung zu sein! Das war ein schlimmes Leben. Ich kam also zurück und heiratete die erste beste. 'ne kleine Häßliche, Magere, na ja, ich bin ja auch nicht Jorge Negrete. Und mit der gedachte ich – stellen Sie sich vor, in dem Alter – in Frieden alt zu werden. In meinem früheren Büro schmissen sie mich raus, aber eine Gewerkschaft stellte mich als Rechtsberater ein. Na, da hatten Sie aber die gesamten Propheten des Proletariats beisammen, mit ihren feinen Villen in Cuernavaca – woher, mein Lieber, woher? Das nennt man von der schnellen Truppe sein –, wo sie den Barmädchen Feste gaben und manchmal auch einer von der Aristokratie des alten Regimes dabei war, und man selber war ein Idealist, der seine Knochen auf den Islas Marías im Gefängnis wiederfand, zusammen mit den Kommunisten, mit den ehrlichen Führern, mit den Jungens von der sozialistischen Jugend, mit dem einen oder anderen geriebenen Vasconcelosmann, jawohl, mein

Herr. Und da saß ich bis zum Jahre vierunddreißig. Und meine kleine Häßliche saß hier; hatte sie kaum genossen, schwupp, klappte die Falle zu! Nicht mal Zeit, ihr ein Kind zu machen. Ach du lieber Himmel! Das waren meine Früchte der Revolution – falls die Revolution und der oberste Führer ein und dasselbe war.«

Librado lachte leise vor sich hin und hielt ein Taschentuch an die Nase. Beim Schneuzen fragte er: »Und Federico Robles? Nun ja, da haben Sie ihn, jeden Morgen mit den Lackaffen vom Sanborn's, und dann kaufte er von dem, was er mit seinem ersten Geschäft verdient hatte, Rennställe in Toluca. Dann stieg er da aus und sagte zu mir, auf dem Lande sei in Mexiko nichts zu holen, da sei kein Markt wegen der Agrargesetze, besonders jetzt, da dieser Cárdenas Präsident werde, vor dem man sich in acht nehmen müsse, und die Ortsgewaltigen, die ihre Finger drin hätten, würden ein schlimmes Ende nehmen; was jetzt Wert habe, seien Grundstücke in der Hauptstadt. Dann ging er in den Norden – das haben Sie nicht gewußt? Das hat er fein für sich behalten – und hatte was mit Spielhöllen zu tun, in Südkalifornien. Ich glaube, er war alles mögliche: Laufbursche und Vermittler, bloß um Nordamerikaner kennenzulernen und mit denen an der Spitze gut zu stehen. Als ich aus dem Gefängnis kam, fand ich ihn wieder als Direktor einer Gesellschaft für Bodenerschließung, zusammen mit ein paar Gringos und mexikanischen Politikern. Grade hatten sie anderthalb Hügel en bloc gekauft. Später baute er als einer der ersten Mietshäuser. Immer auf Nummer Sicher, sehen Sie. Und 1936 war er nicht mehr zu halten. Geld bringt Geld, mein Lieber, und diese Gringos hatten Vertrauen zu ihm, setzten ihn als Syndikus bei ihren Gesellschaften ein, später in den Verwaltungsräten, danach konnte er selber weitermachen und sein Geld in eigene Unternehmen stecken. Was hatte er für einen Riecher als Geldverleiher! Er erkannte, daß für die Landwirtschaft kein Centavo übrig war, alles ging an städtische Grundstücke, Handel, Industrie, und alles in Mexiko-Stadt. Als einer der ersten gab er in großem Stil Kredite für das Bauwesen. Und inzwischen stiegen die Grundstückchen munter weiter, die Mieten für die Wohnungen ebenfalls, und wenn nicht, dann wurde das Haus abgerissen und ein neues gebaut. Die Stadt wächst und wächst, und er mit ihr. Sehen Sie doch diesen Zustrom von Leuten vom Lande, die in die Stadt kommen, weil es Arbeit auf dem Bau gibt; für das Land interessiert sich niemand. Und die andern als Tagelöhner.

Oder die vielen Familien, die von der Aristokratie aus Orizaba und Mazatlán, woher sie wollen, in den Mittelstand der Hauptstadt überwechseln, bloß weil sie glauben, daß sie hier rasch ihr Glück machen, und dann enden sie als Stenotypistinnen und kleine Kaufleute. Robles immer auf Nummer Sicher. In der Politik Kontakte mit den Gringos und auch, zu Cedillos Zeit, mit den Goldhelmen und den Nazis, für den Fall, daß ... Meine Herren! Reisen in die Staaten und eine Neureichgattin und alles, was Ansehen bringt. Er hat's verstanden, natürlich. Und ich? Na, als ich aus dem Gefängnis kam, fand ich meine arme Häßliche mächtig verbittert, und das mit Recht. Alle Verbindungen abgerissen, aber schließlich besorgte mir Feliciano Sánchez, mein Freund von der Gewerkschaft, eine Anstellung beim Erziehungsministerium, und ich wurde losgeschickt, angeblich um die Ausführung des Artikels drei voranzutreiben. Sie wissen schon, was dabei herausgekommen ist, und da war ich drin. Keine Rede davon, meine Frau mitzunehmen, Verehrtester. Eine Lehrerin aus Villa de Refugio wurde von einer Bande bezahlter Häscher geschnappt, die sie am Kopf über ein Steinfeld schleiften, bis sie völlig zerfetzt war. Einer anderen wurden die Ohren abgeschnitten, einige Lehrer hängte man auf und versengte ihnen die Füße. Immer die Ortsgewaltigen, die und die Pfaffen. Das wurde aus der Schulpflicht auf dem Lande. Sie sehen, wir fingen auf gleicher Ebene an, alles schien große Chancen zu bieten. Schien – und dazu das, weswegen die Revolution überhaupt gemacht worden war: das Land, die Erziehung, die Arbeit. Na, Sie sehen ja, meine Erfahrung. Dagegen war Nummer Sicher was anderes, das suchte sich Federico Robles aus. Dafür war also die Revolution gemacht worden. Damit Mexiko-Stadt parzelliert wurde.«

Ibarra lachte, ein breites Lachen, aber nicht gerechtfertigt oder verständlich, ein Lachen in langen Wellen, einem verhaltenen Weinen nicht unähnlich, das mit jeder Welle wuchs, kehlige Geräusche, unaufhaltsam und endlos.

»Und meine Häßliche? Na, das können Sie sich vorstellen. Woher sollte sie Geld haben, wenn ich mich selber kaum durchschlug? Feliciano Sánchez, mein Freund von der Gewerkschaft, hatte Mitleid mit ihr, nahm sie in sein Haus, und, klar, sie mußte in natura bezahlen. Ach, meine Häßliche! Bin ihr nicht böse. Das wäre zuviel verlangt gewesen. Jetzt hat sie mich besucht, als ich krank war. Feliciano ist umgebracht worden, an einem fünfzehnten September: angeblich Flucht aus dem Gefängnis. Hat wegen Aufruhr gesessen, irgendwo im Innern. Aber meine Häßliche wollte bei den Kindern bleiben, die sie von Feliciano hatte. Nun ist sie alt, und wenn ich daran denke, daß wir zusammen alt werden wollten, als wir heirateten ... Man braucht jemanden, der mit einem zusammen alt wird, das können Sie mir glauben. Was man teilen kann, das geht nicht verloren, man hat es gewissermaßen zweimal, verstehen Sie? Na ja, ich bin ins Erziehungsministerium zurückgegangen und bis vor kurzem als Bürohengst dort geblieben. Sehen Sie, wie das so ist: Heute hat der Arbeiter mehr Schutz als der Beamte. Dem Mittelstand geht es schlechter als dem Volk, Verehrtester, denn er hat Illusionen und muß außerdem den Schein wahren. Er muß ein gewisses Niveau im Wohnen, im Essen, in der Kleidung wahren. Er kann nicht in Strohsandalen und Wollhosen herumlaufen. Und es reicht einfach nicht. Wir haben eine Gesellschaft des freien Unternehmertums, und die Leute, die davon leben, kommen hoch, aber der Mittelstand bleibt, wo er ist. Mit dieser dreckigen Routinearbeit – na, wozu erzähl ich Ihnen das alles ... Eines Tages bekam ich Lust, alle Akten zu verbrennen und in meinem Leben nicht ein einziges verstaubtes Papier mehr anzusehen. Vierzehn Jahre da drin, mein Lieber, und jeden Tag dasselbe, dieselbe Arbeit, die keinem Menschen nützt, der gleiche Omnibus mit harten Bänken, dasselbe Zimmerchen, immer dieselbe Frage, was man nach dem Dienst tun soll, außer sich eine Frau zu suchen oder sich in eine Doppelvorstellung im ›Colonial‹-Kino zu setzen. Und um acht Uhr am nächsten Morgen wieder die Stechuhr. Du liebe Zeit! Dagegen Federico Robles ... Na, wer würde da wohl nicht den Rücken krumm machen, was sagen Sie? Bei einem Monatsgehalt von sechshundert Pesos. Und wen kannte ich denn von den neuen Geldsäkken, wenn nicht Federico Robles? Da war Schluß mit mir, wie Sie wissen, als ich mich zu einer juristischen Schweinerei hergab, dreitausend Pesos, die nicht mal meine waren, zum Schein in eine GmbH einbrachte, in Wirklichkeit aber, um als Vorarbeiter einem Haufen von Nichtsnutzen vorzustehen, in einer schlecht ausgerüsteten Fabrik mit veralteten und fehlerhaften Maschinen. Alles, um das Gesetz zu umgehen. Na, da haben Sie mich nun. Sie sprechen mit dem brillanten Fachmann für Arbeitsrecht.«

Ibarra lachte wieder sein endloses Lachen. Cienfuegos lächelte von seinem Stuhl aus.

»Jetzt siezt mich Robles, stellen Sie sich das vor. Aber nein, das ist unwichtig. Wichtig ist, daß jeder sein Leben gelebt hat, nicht wahr? Er ist dort, und ich bin hier unten, zwei Leben bloß, zwei Beispiele. Aber beklagen soll sich keiner.«

Bevor Ibarra sich wieder schneuzte, rief er: »Ignacia, Ignacia! ... Das ist die kleine Putzfrau im Haus, eine von diesen hübschen Indias. Macht's Ihnen was aus, mir ein paar ›Monte Carlo‹ und eine Pepsi in der Kneipe zu besorgen? Wär Ihnen dankbar. Hier, Mann, nehmen Sie – aber ich bitte Sie, weshalb sollen Sie bezahlen? Na, ich dank auch schön.«

Am Samstagabend, Punkt zehn Uhr, betritt die billige Dirne ein billiges Speiselokal in der San Juan de Letrán und bestellt eine Torta mit Wurst und Schweinefleisch und eine Tasse Kaffee. Während sie alles hinunterschlingt, betrachtet sie sich in dem Wandspiegel und grüßt mit drei nervösen Fingern andere Frauen, die dort rasch etwas zu sich nehmen, sich Spucke auf die Laufmaschen schmieren oder, während sie weiterreden, die Lippen hinter einem Handspiegel nachziehen. Alle sind Gewerbsmäßige, und wenn sie sehr klamm sind, dann bekommen sie umsonst etwas zu essen, aber die jetzt die Torta ißt, hält sich abseits von den anderen; die glauben, sie tue es aus Hochmut oder weil sie neu im Beruf ist, aber ihr fällt es schwer, die gleichen Lügen zu erzählen, wie alle zu behaupten, daß sie aus Guadalajara kommt und einen Mann hat, den sie ernähren muß, und daß ein Politiker sie mit ihrem Mann erwischt und verprügelt hat; es fällt ihr schwer, Abenteuer zu erfinden, die ein wenig die zeitlose Eintönigkeit, die Arbeit, unterbrechen, sie mag keine Entschuldigungen – alte Mutter, neugeborenes Kind oder gelähmter Bruder, für den man sorgen muß –, sie ist einfach gern Hure, denn als Dienstmädchen oder Ladenangestellte zu arbeiten langweilt sie, und jetzt langweilt sie sich sogar als Dirne und hofft, den ganzen Morgen verschlafen zu können, und um elf Uhr vormittags ist sie schon wach und langweilt sich und zählt die Stunden bis um zehn Uhr abends, wenn sie in das Speiselokal gehen und ihre Torta essen und dann im Stundenhotel warten kann, ob man ihr noch eine Torta schenkt, und dann wieder warten und so tun, als ob man tanzt, und einen gefärbten Sprudel nach dem anderen bestellen und den Kunden in zehn Minuten abfertigen. Sie ordnet sich den Pferdeschwanz, pudert sich die dunklen Wangen und geht auf die Straße, den Blick auf den Bürgersteig geheftet, wo Männer in Unterhemd und Pluderhosen dahinschlendern und ein paar freche Homos, die sich an die Sergeanten heranmachen, und sie weiß nicht, daß die dünne Luft und der Dunst, der von den Straßen aufsteigt, und der schwere Himmel, der über die kahlen Dachterrassen und die Leuchtreklamen und das ganze gebrochene Profil der Stadt zieht, sie streicheln, in Besitz nehmen, zu einem lebenden Tropfen der Stadt machen und bis an den Anbeginn der Stadt und ihrer Bewohner zurückbringen wollen, wo die Stadt und alle ihre Männer und Frauen ihre Weisheit gelassen haben – daran denkt Ixca Cienfuegos, als er an der Ecke der Mesones die Dirne vorbeigehen sieht, die ihre Blicke nicht vom Pflaster hebt und so geziert ausschreitet, wie es ihr schon zur zweiten Natur geworden ist. Und dann wird Ixca Cienfuegos langsamer, hält sich neben der Dirne, die die Nase in die Luft steckt, stehenbleibt und die Hände in die mollige, schlecht geschnürte Taille stemmt. »Ohne Pinke gibt's nichts.« Und sie verschwindet seitwärts in die Calle de Vizcaínas. In Niño Perdido tritt Cienfuegos in eine Kneipe voller Rauch, wo Gitarre und Trompete die Stimmen übertönen und Messingtabletts voller Grieben hin und her gereicht werden, und er geht bis an das Tischchen, an dem Beto mit aufgekrempelten Ärmeln sitzt und Gabriels langen dunklen Hals umarmt hält und heulend den näselnd verschwimmenden Tönen des Mariachi antwortet.

Maceualli (Die Ärmsten der Armen)

Ay ay ay ay ay! Las olas de la laguna ...

»Was ist los, Beto?«

»Na e'em ...«

»Geschäft?«

»Na, 's geht so ...«

»Der da, dein Freund?«

»Gabriel.«

»Der als Tagelöhner in die Staaten?«

»Wie?«

»Teódula hat's mir erzählt.«

»Ach so.«

Ay ay ay ay unas vienen y otras van ...

»Hör mal, Gabriel, der Herr hier ist ein Freund der Witwe Teódula.«

»Na schön.«

»Wie ist es dir ergangen?«

»Na, was soll ich Ihnen sagen?«

»Trinken wir was.«

»Bißchen später ...«

Ay ay ay ay unas van para Saydula ...

»Tequila?«

»Wie Sie wollen.«

»Danach habt ihr dort oben wohl Sehnsucht.«

»Wieso?«

»In den Staaten müßt ihr wohl euren Tequila vermissen?«

»Tequila vermissen ... Na ja.«

»Also, warum bist du aus Mexiko weggegangen, Gabriel?«

»Ja, warum eigentlich?«

»Haste keine Arbeit gefunden, oder was?«

»Nee. Sie wissen ja, wie's so geht, mal so, mal so.«

»Bedienen Sie sich.«

»Bißchen später.«

Ay ay ay ay y otras para Zapotlán ...

»Hartes Leben in Mexiko, Gabriel.«

»Wie Sie meinen, Patrón.«

»Was heißt Patrón! Ich bin dein Kumpel, Gabriel, genau wie Beto.«

»Wie Sie meinen.«

»Aus welchem Bezirk bist du?«

»Na so ... von da her, so ungefähr ... von dort.«

»Aus Boturini, Señor, aus Boturini, und Jamaica ist unser Kreis.«

Ay ay ay ay! Allá va mi corazón ...

»Aber Mann, sei doch nicht so mißtrauisch.«

»Nee, mißtrauisch nicht.«

»Na und?«

»Um's richtig zu sagen ...«

»Mann, Gabriel, mach mal, der Herr ist in Ordnung ...«

»Also, um's richtig zu sagen, es ist schwierig, so plötzlich loszureden, und eigentlich sind wir ja auch wegen was anderm gekommen.«

»Noch einen, Gabriel?«

»Na ja. Hör mal, Beto – und der Tuno?«

»Kommt gleich, hat er gesagt.«

»In Ordnung.«

Ay ay ay ay! Sobre una viga nadando ...

»Ich stell mir vor, in den Staaten sind die Umstände ...«

»Hör mal, was is mit Tuno?«
»Kommt ja schon, sag ich dir.«
»Bestimmt?«
Gabriel stieß einen gellenden Pfiff aus, und ein junger Mann mit Borstenhaar und kurzärmeligem Unterhemd zwinkerte ihm zu und bahnte sich einen Weg durch den Rauch, zwischen den Gitarrenspielern und den gesenkten Köpfen hindurch.
»Heia – boy!«
»Ach, der Tuno, das is einer!«
»Der Herr hier ...«
»Angenehm, Mister ...«
»Der Herr hier is in Ordnung, Tuno.«
»Aha! Hab ich mir doch gedacht. Heia boy, seit El Äi!«
»Seit Los Angeles, Tuno, is ja 'ne Scheiße.«
Ay ay ay ay! Qué dice ese amor engrido?
»Ich geh jetzt. Zahlen!«
»Bitte sehr, Señor!«
»Danke schön, Patrón.«
»Bisingju, Mister.«
Ay ay ay ay con el que me estás pagando ...
»Mein, mein, was sind wir fein und duftig geworden.«
»Sei nicht blöd, Tuno, is 'n Freund von Teódula.«
»Na und?«
»Is 'n Kunde und is in Ordnung. Oder nich, Gabriel?«
»Is 'n Aufgeblasener, der auch.«
»Nee, Mann, is in Ordnung.«
»Aufgeblasen. ›Na, wie geht's dir, geht's gut, geht's schlecht?‹ Und einen dann gleich bemitleiden.«
»Nee, Mann, der is in Ordnung.«
»Was heißt hier, is in Ordnung? Glaubste vielleicht, man sagt gleich so alles, was man denkt? Was zum Teufel wird der von einem verstehen?«
»Na sicher, Gabriel. Man muß nicht gleich so offenherzig sein, klar.«
»Klar. Nur mit Kumpels, wie du und Beto.«
»Und manchmal nich mal mit denen.«
»Und nich mal mit denen.«
»Na sicher, Mann.«
»Was will 'n der wissen? Dem soll'n wir was Neues erzählen?«
»Noch 'n paar?«
»Gleich. 'n paar Süße. Oder nich? Da kommen solche an, und

gleich geht's los, ob man zur Schule gegangen ist, ob man schreiben kann, und was noch für Scheiße. Prost.«

»Recht haste.«

»Na sicher, Gabriel.«

»So sieht's doch aus: Wer soll sich denn immer an alles erinnern? Man hat schon genug Sorgen, anstatt sich zu ...«

»Nichts gegen zu sagen, brother.«

»Siehst ja, Mann, soll sich keiner beklagen. Da hab ich in dem Frisörladen angefangen, war gar nicht so schlecht, oder? Aber nein, mußt weg von dem, was sicher ist, mußt da rumsuchen, deine Nase irgendwo reinstecken. Nichts zu machen, Mann.«

»Beklagt sich jemand?«

»Andere haben mehr Glück, Tuno. Ihnen fällt das große Los in den Schoß. Nehmen alles mit. Ganz egal.«

»So weit möcht ich sein!«

»Hat ja niemand was gesagt, jedem geht's, wie Gott 's ihm gibt, oder?«

»Na klar.«

»Aber wem's gut geht, dem kann keiner an 'n Wagen fahren. Is doch wahr: Mir hat auch keiner gesagt, tu das oder tu dies. Aber hättst die bloß mal sehen sollen, die Alten, Mann, konntste schon sehen, daß die bloß drauf warteten, daß du irgendwas machst. Na, und weil man der Älteste war, und die Brüder waren tot, und die Mädchen taugen sowieso nichts, und die alten Herrschaften jeden Tag krüppeliger und zu nichts mehr nütze, na, was sollste machen?«

»Sicher, was sollste machen.«

»Als Kind sieht ja alles anders aus. Da gehste bloß spazieren, guckst rum, was du so findest. Laufen dir Hunde übern Weg, die kennen die Gegend besser als du, dann läufste mit. Weil man dich überall kennt, grüßen dich alle und laden dich ein mitzuspielen, Mann. Aber wehe, wenn sie sehen, daß dir der Bart wächst, da ziehen sie Gesichter.«

»Daß du ihnen bloß nicht den Job wegschnappst.«

»Die Mädchen, den Kies, alles mißgönnen sie dir, Beto. Und dann werden sie tückisch, und dann läuft dir auf einmal so 'n Raufbold übern Weg, bloß um dich mal auf die Probe zu stellen, und da gibt's nichts.«

»Na klar, da kannste nich kneifen.«

»Scheißkerle. Kannst bloß immer hinten und vorne aufpassen, damit nicht auf einmal einer mit 'nem Messer vor dir steht. Und machen dir das Leben sauer, Beto. Können Lügen über einen erzählen und sich ranmachen an die, die was zu sagen haben, und mitnehmen, was kommt.«

»Und denen paßt's noch, sie ruhig zu halten. Dauert nicht lange, da haben sie schon 'nen Wagen und was weiß ich sonst noch ...«

»Das ist es ja eben, wenn ihnen dein Gesicht gefällt, haste Schwein gehabt. Du willst ihnen auf die Schliche kommen, aber was hilft's? Taugen wir vielleicht zu was anderem als zu dem, was wir sind? In der Bar, wo ich als Kellner anfing, na, also erst ging's ganz schön. Aber dann siehste die Gesichter von den älteren Kellnern, und da weißte schon, was die Glocke geschlagen hat. Haben kein Glück mehr, verdienen überhaupt nichts, und wie sie sich aufgeopfert haben ... haben Schiß. Und die Schläger, die jeden Abend dasitzen und bloß auf einen Streit warten. Nee, mein Lieber ... aber was bleibt dir sonst? Gehst als Eismann, und es ist dasselbe. Nee, Mann ... Haun wir ab, Arbeit suchen im Norden. Da geben sie dir Dollars, du kommst zurück und kannst sie zu Hause ausgeben, und keiner, der dich piesackt. Daß die Gringos dich wie den letzten Dreck behandeln? Is doch egal, dafür bezahlen sie dich anständig.«

»Godäm sonobitsch!«

»Arschlöcher! Mensch, Beto, wenn die dir diese Salbe einschmieren, um die Flöhe wegzukriegen, und dich nackig ausziehn und manchmal sogar scheren, na, da möcht man ja manchmal ...«

»'ne Peitsche nehmen und ...«

»Ein Haufen von uns in einem Kämmerchen, wie 's Rindvieh, Beto, alle nackig, und stinken nach dem Dreckszeug ...«

»DDT.«

»Genau. Und so 'n Schrank von Gringo brüllt dich an und horcht dich überall ab. Aber was soll's, den siehste nich wieder, und die andern auch nicht. Und wenn du von der Arbeit kommst, dann schläfst du fein in einem Bett und hast Penunse zum Bumsen oder Saufen. Ernte zu Ende und raus mit dir. Und wenn du über die Grenze kommst, na, Mann, hast fast 'ne schöne Erinnerung an die Gegend. Hier siehste bloß trockne Erde und dreckige Indios, Mann. Hier wächst eben nischt, aber drüben ...«

»Fifo hat mir gesagt, in Sonora wird's gutes Land geben, Gabriel, wenn die Staudämme ...«

»Mal sehen. Was gäb man drum, in Mexiko ordentlich arbeiten und verdienen zu können!«

»Mal sehen.«

Am nächsten Sonntag – wie jeden Sonntag – versammelten sich die Überlebenden jenes kleinen Trupps von der Norddivision im Haus des Gevatters Pioquinto. Doña Serena, die ehemalige Marketenderin, mit ihren vergilbten siebzig Jahren; der ehemalige Leutnant Palomo, dem die Jahre den Bau erlassen, aber nicht die blitzenden kräftigen Zähne genommen hatten und der nun Weichensteller in Indianilla war; und Don Pioquinto selbst, mit derselben verträumten Miene wie eh und je. An diesem Tag war ein besonderer Anlaß, der Tisch bog sich unter in Bananenblätter gewickelten Maispasteten und dem roten Pulque: Gabriel, Don Pioquintos Sohn, war vom anderen Ufer des Río Bravo zurückgekehrt, braungebrannt, kräftig, und mit vielen Dollars. In dem gemeinsamen, dem einzigen Raum der Hütte in Balbuena, deren einfache Brettertür offenstand, damit die Mittagssonne und das Glockenbimmeln hereindrang, setzten sich alle um den Tisch. Gabriel kannte die Unterhaltung auswendig, die Späßchen, die fleckigen Fotografien, die jeder der Alten bei jeder Gelegenheit hervorkramte.

»Auf die Gesundheit des Kükens!« schrie Doña Serena, wiegte den Kopf mit den weißen Strähnen im blauschwarzen Haar und hob ihren Becher voll Pulque.

»Und warum organisiert ihr nicht noch 'ne kleine Expedition nach Columbus?« fragte Palomo Gabriel und zeigte die Zähne.

»Die Bengels von heute sind nicht mehr wie wir, Herr Leutnant«, seufzte Doña Serena. »Was soll man machen. Wir sind ja schließlich auch nicht weit gekommen. Denkt ihr noch daran, Gevatter, wie wir uns alle aus den gleichen Hütten, aus den gleichen Dörfern, allesamt gleich in die Revolution stürzten? Und da habt ihr's, wie viele von denen sind jetzt feine Leute geworden, und wir sind da geblieben, wo wir angefangen haben. Aber wir beklagen uns nicht. Was man erlebt hat, das kann einem keiner nehmen.«

Don Pioquinto, die Baseballmütze, die Gabriel ihm aus Laredo mitgebracht hatte, auf den Schädel gestülpt, ging hin und her und goß aus dem Krug ein. »Wißt ihr noch, als das Strafbataillon hinter uns her war?«

Die beiden anderen Überlebenden hoben jubelnd die Arme und konnten sich nicht halten vor Lachen.

»Hör mal zu, Küken«, wandte sich Doña Serena an Gabriel, der die Geschichte schon kannte. »Die stoßen auf uns mitten im Kessel von Mapimí, auf deinen Vater, Palomo hier, mich und drei armselige Gemeine. Wir, die das Gelände kannten wie unsern eigenen Hintern, saßen bloß still, und die Gringos liefen verbiestert herum.«

»Fünf Tage haben wir sie in der Wüste herumsuchen lassen«, bemerkte Palomo.

Doña Serena hob die Arme und ließ klatschend die Hände auf ihre breiten Knie fallen. »Und dann ging uns das Wasser aus!«

Die drei Alten brachen in einen Lachchor aus.

»Erzähl du's, Palomo.«

»Na, nichts, eben das Wasser ging uns aus, und nach zwölf Stunden waren unsre Kehlen trockener als die Dornbüsche ringsum. Und plötzlich sehen wir, daß eins der Pferde pissen will, und da – wer hat die Idee gehabt, Serena?«

»Na du, wer denn sonst?«

»Also, da fällt mir plötzlich ein, was wir machen können, und ich stell ihm rasch die Feldflasche zwischen die Beine.«

»Und mit dem Wasser von zwölf Pferden haben wir ausgehalten da unter der Sonne von Chihuahua, die dir bis ins Gehirn brennt.«

Und dann zog Doña Serena aus ihrer Markttasche einen Haufen uralter verblichener Fotografien heraus und ließ sie von Hand zu Hand gehen.

»Schau mal, Serena, du zu Pferd und mit deinem Gewehr, am fünften Mai!«

»Wir hätten nie aus Mexiko-Stadt weggehen sollen! Uns Villaleute hat man übers Ohr gehauen.«

»Wetten, du weißt nicht, Gabriel, daß dein alter Herr sich auf den Präsidentensessel gesetzt hat?«

»Da hat ihm aber der General Villa schön eins hinter die Löffel gegeben!«

Alle schwiegen, während sie die Maispasteten mit Zutaten verschlangen, und als die Tortillas Norteñas aus Mürbeteig und die Bohnen kamen, da verschluckte sich Sebastián Palomo, und Doña Serena mußte ihm den Rücken klopfen. Nach dem Kaffee begann Palomo, die Gitarre zu zupfen, alle rauchten zerfaserte »Faros« und sagen:

»Die Carranzaleute liefen davon,
an einem fünfundzwanzigsten Juli,
und überall auf dem Schlachtfeld
lagen ihre angeworbenen Toten.«

Der Klang der Gitarre verursachte Doña Serena ein komisches Gefühl im Bauch, und sie weinte. Gabriel stand auf und sagte, er gehe nun zum Stierkampf.

In »Los amores de Cuauhtémoc« warteten schon Beto, der Taxichauffeur, der sie fahren wollte, und Fifo in offenem Unterhemd und ausgefranstem Strohhut. Bald erschien auch Tuno, der ebenfalls von der Ernte in Texas kam und der jetzt das Haar – schwarz wie die Nacht – wie die amerikanischen Matrosen trug und eine weite Hose und ein kariertes Jackett anhatte. Um vier Uhr wanden sie sich zwischen den Beinen dicker, nach Vaseline stinkender Frauen und den Armen der Getränke- und Erdnußverkäufer durch bis zu den oberen Reihen auf der Sonnenseite der Arena. Als sie sich gesetzt hatten, der feierliche Augenblick des Umzugs vorüber war und die Musikkapelle schwieg, pfiff Fifo auf den Fingern, wobei er die Unterlippe vorschob, und Beto ließ Papierschwalben fliegen, mit denen er auf die Nacken der Fans zielte. Tuno machte ein gelangweiltes Gesicht.

»Na, is Baseball nich more thrilling?«

Die ersten vergeblichen Pases des Torero riefen ein hunderttausendfaches Pfeifkonzert hervor; Fifo pfiff nach Herzenslust, und Gabriel schrie: »Wir wollen hier nicht Tee trinken!«

»Gib's ihm, Ochse!«

Als eine bekannte Filmschauspielerin erschien und mit ihrer Nerzstola wedelte, ging ein ärgerliches Murmeln durch die Bankreihen auf der Sonnenseite.

»Wenn du was zwischen den Beinen haben willst, bleib zu Hause!«

»Ay, mamita, da is er ja, dein süßer Miura!«

Fifo nahm den Hut ab und zog eine gelbe Natter hervor, die halberstickt zappelte. »Da, gebt die mal weiter, giftig is sie nich.« Die Schlange wanderte von Hand zu Hand, die fetten Frauen kreischten, die Männer machten obszöne Gesten. Man konnte ihren Weg beobachten: die Windungen des Reptils wiederholten sich in den Reihen der Fans, die es weiterreichten.

Langeweile breitete sich aus. Die Toreros verfehlten jeden Stoß; die Picadores klammerten sich an die Hälse ihrer schnaubenden Pferde; die Banderilleros sprangen dauernd hinter die Schranken, und ein Freiwilliger verlor seine Tennisschuhe in der Arena und flog drei Meter weit. Alle setzten die Bierflaschen an den Mund. Die Natter kam tot zu Fifo zurück. Das Pfeifkonzert wurde allgemein, Flaschen und angezündete Sitzkissen flogen durch die Luft, und Papiertüten voll Urin zerplatzten an den Köpfen der Zuschauer in den unteren Reihen.

»Benehmen sich wie die Wilden!« schrie ein Mann, der hinter den vieren saß. »Sind wir«, seufzte Fifo. Beto drehte sich um und zischte ihm einen Bierstrahl ins Gesicht. Der Mann fuchtelte mit den Armen, Fifo bohrte ihm einen Finger in den Bauch, und Tuno zog ihm den Hut über die Ohren. Der Mann verschwand und wischte sich das Bier ab, und Fifo stieß ein Mädchen in der vorderen Reihe mit den Schuhspitzen ins Gesäß.

»Mach weiter und ich hol einen Polizisten!« kreischte sie.

»Das is aber schlimm!«

»Auf die Gringos!« flötete Gabriel.

Ein Touristenpaar wollte sich vor ihnen hinsetzen; da hielt Fifo eine Banane senkrecht auf den Sitz, und der Nordamerikaner machte einen Satz, während seine Frau die vier Wilden filmte. Tuno kitzelte die Frau mit einem Trinkhalm, Beto steckte ihr die tote Natter in die Tasche und stibitzte dabei die Brieftasche.

»Police!« versuchte die Frau zu rufen, stöhnte aber nur, als Fifo sein Messer sehen ließ.

Die Sitzkissen segelten weiter; eine Woge schmutzigen Wassers ergoß sich über die Touristen, und der bierbespritzte Mann kam mit fünf Freunden zurück und verteilte Ohrfeigen an Fifo und Beto; Tuno und Gabriel stellten zwei der Freunde ein Bein und traktierten sie dann mit Fußtritten, während Fifo mit einem Schnitt dem Bierbefleckten sämtliche Hemdenknöpfe abtrennte und Beto dem anderen sein Knie in den Leib rammte. Die Polizisten stocherten in den Zähnen und lachten, der Bierbefleckte und seine Freunde zogen sich besiegt zurück und schrien: »Wir sehen uns noch am Ausgang, ihr Scheißkerle!«

»Ai wonna fock«, säuselte Tuno, und die vier verzogen sich, kratzten den Zuschauern die Köpfe, spuckten in die unteren Reihen und wedelten mit der toten Schlange über die Busen der Frauen. Es gab noch zwei oder drei kleine Faustkämpfe, bevor sie den Ausgang erreichten. »Das ist ein Leben!« schrie Fifo. »Was sagt ihr zu meinem Tiefschlag?« fragte Beto. In Betos Wagen brüllten und sangen sie weiter die neuesten Schlager, riefen den Vorbeigehenden Zoten zu und hielten sich umschlungen. »Ai wonna fock«, drängte Tuno, brachte seine Sokkenhalter in Ordnung und plusterte seine Hosenbeine noch mehr auf.

»Noch nicht. Erst mal tanken!«

Sie parkten den Wagen vor dem »Margo« und zogen los, durch Santa María la Redonda, die in der Dämmerung grau dalag und auf die Lichter und das nächtliche Treiben wartete. An der Ecke Libertad fanden sie eine Kneipe und gingen hinein, schleuderten mit den Füßen die kupfernen Spucknäpfe beiseite und starrten die Gäste böse an, bis sie ein Marmortischchen fanden.

Der Tequila begann zu fließen.

»Geht ihr wieder in die Staaten?« fragte Beto.

»Warum denn nicht? Wie sieht's aus, Tuno, die Weiber, die du da aufreißt, was?«

»Richtiger latin lover«, sagte Tuno. »Mir kommt's vor, als ob diese Gringos, statt zu bumsen, bloß Pipi machen.«

»Ach, Tuno, du Arschloch! Und du, Fifo, was macht die Arbeit?«

»Was für 'ne Arbeit, möcht ich wissen. Die als Eismann, die du mir gelassen hast, als du nach Gringolandia gingst, war ein Riesenreinfall. Nicht mal die Miezen haben mich noch angeguckt. Gibt nichts Schlimmres als 'ne feste Arbeit; ich brauch Sachen, wo's bewegter zugeht, wo man im Trab bleibt und was einen so geheimnisvoll macht, na, was bringt der wohl, wo verdient der wohl sein Geld – neugierig muß man sie machen, Mann!«

»Ich möcht schon manchmal 'ne feste Arbeit hier in Mexiko haben. Aber mit Zukunft«, sagte Gabriel. »Aber wo kriegst du die? Ich bin schon Eismann, Maurer, Kellner gewesen, was bleibt mir noch?«

»Mieses Leben das«, seufzte Fifo. »Bloß Beto kommt gut über die Runden als Taxifahrer.«

»Glaub das bloß nicht«, widersprach Beto. »Hat natürlich seine Vorteile, lachst dir Weiber an oder fährst die Kumpels spazieren. Aber dann verjubelst du dein ganzes Geld beim Tanzen, und 's stinkt dich an, wenn du den ganzen Tag bei der Hitze durch die Stadt karriolen und die Namen von allen Straßen lernen mußt. Manchmal hab ich Lust, mit Tuno und Gabriel abzuhauen.«

»Beklag dich nicht, Beto. Du hast mit allem Glück gehabt. Hör mal, was ist eigentlich aus der Kleinen vom ›Bali-Hai‹ geworden?«

»Gladys? Scheiße, das miese Stück hatte 'ne Syphilis, nicht von schlechten Eltern, und ich hatte nichts gemerkt ... Wenn nicht das Doktorchen von San Rafael gewesen wär, hätt's mich erwischt ... Und dann ist mir doch diese Blonde übern Weg gelaufen, und da war nichts zu machen.«

»Ich möcht mal wissen, warum die Weiber immer verlangen, daß man ihnen treu ist. Haben die nicht vielleicht 'n bißchen Ärger und 'n bißchen Abwechslung auch ganz gern, oder?«

»Die halten eben nicht auf sich und gehen nicht mit den andern Weibern zusammen. Haste das noch nicht gemerkt? So wie die Männer, die allesamt Kumpels sind und zusammenhalten, wie Männer; so wie du, Fifo, du bist mein wahrer Bruder.«

Fifo und Beto umarmten sich und klopften einander auf den Rücken.

»Gibt nichts Beßres als 'n Kumpel.«

»Wem sonst sollst du denn deine Geheimnisse erzählen? Und wenn du keinen Kumpel hast, verfaulen alle traurigen Gedanken in dir drin – bei diesem miesen Leben, das wir so haben. Mit wem sollst du reden, wenn nicht mit den Kumpels?«

»Die alten Herrschaften, die kümmern sich ja überhaupt nicht um dich. Wenn du neun Jahre alt bist, jagen sie dich auf die Straße wie einen Hund, Zeitungen austragen, Brieftaschen klauen oder Kegel aufsetzen.«

»Aber so wirst du 'n Mann, Beto. Da lernst du die Gesichter und die Schliche all der Scheißkerle kennen. Bis ich dreizehn war, hab ich einen Blinden begleitet. Ich kann dir was erzählen. Sogar daran, wie sie Almosen geben, erkennst du sie. Was der alte blinde Kerl nicht alles wußte! Ich glaube, der hatte acht Augen, in den Ohren und den Fingerspitzen und noch eins mitten auf dem Bauch. Am Geruch wußte er schon, wer kam, wer einen Peso und wer fünf Centavos rausrücken würde. Das war ein ganz Heller, der Alte. Hat mir nie gezeigt, wo er den Kies versteckte, und als der Omnibus ihn totfuhr, wußte kein Mensch, wo er's hatte, und ich saß da ohne Arbeit und ohne Geld.«

»Kannst eben nicht alles haben, Fifo.«

»Es gibt schon ein paar feine Jobs; ich wollte dann bei den ›Aztecas‹ anfangen, als Kellner, aber da haben sie 'ne Gewerkschaft.«

»Na los, trinkt aus, es wird Zeit.«

Eingehakt gingen sie hinaus und durch die Reihen verbeulter Omnibusse bis zur Calle del Órgano. Hinter offenen Türen und Fenstern, grünlich beleuchtet, boten sich die schmiedeeisernen Betten und blauen Laken den Augen von Soldaten, Maurern,

Kraftfahrern dar, die mit den Händen in den Hosentaschen dort entlangschlenderten, an den Frauen vorbei: klein, schwammig, mit nachgezogenen Lippen und graugetönten Wangen, braun oder kalkweiß unter dicken Schichten parfümierten Puders. Wie Marionetten bewegten sie sich, in den herkömmlichen Posen. Manche gingen, sich in den Hüften wiegend auf und ab, andere, in baumwollenen Morgenröcken, streckten nur den Kopf aus dem Fenster, manche warteten, unlustig an die Mauer gelehnt, und wieder andere machten sich an die Männer heran, zupften sie am Ärmel, erklärten, sie brauchten noch was fürs Essen und den Bus. Betonung von Gesäß und Brust, vorgewölbte Leiber und mit Leukoplast beklebte Knie; Augen wie Zittergras, flatternd, oder wie Stein, hart und gleichgültig. Festgeschlossener Mund, nachgezeichnet in Form von Bögen oder Blütenblättern, und manch voller Mund mit roten Kiefern und Mäusezähnchen. Und bei allen, schimmernd wie eine juwelengeschmückte Wunde, der verborgene weiche Schoß: Er begrüßt flüchtig, ist hinterhältig oder geschwind, ein kurzes Mausloch, schlaff oder fest, freundlich und gesprächig oder wartet ungeduldig darauf, wieder allein zu sein. Manche sind wie Wasserfälle, andere wie Rinnsale, manche jung und manche alt, manche glatt, verkommen und wissend, andere wie zufällige Neulinge, kläglich und ohne Schwung, manche schamlos, andere verschämt, manche lustig und verspielt, andere düster und feierlich. Manche wie zerquetschte Erdbeeren, die zum letztenmal feilgeboten werden, andere fest wie reife Mispeln. Manche können singen und klingende Worte sprechen, andere haben keine Sprache, seufzen nur und winden sich. Alle sind von einer sanften, einschläfernden Eile, einer Mischung aus tiefer Sehnsucht und quälendem Schmerz.

»Also erst mal ins ›Tivoli‹«, schlug Gabriel vor.

Sie saßen in der Loge und kauten Röstmais. Pfiffe und dauerndes Blinklicht jagten den Tenor im Smoking mit scharlachroten Aufschlägen von der Bühne. Die Girls traten einander auf die Füße, wedelten mit den Armen und hopsten ungraziös. Wasserstoffblond, mit großem Nabel und platten Brüsten, flatterten sie umher, und manchmal rollte eine über die Bühne. Dann trat der winzige Star auf, von Kopf bis Fuß in Samt, mit einem großen Federhut.

»Runter, runter!« brüllte das Theater.

Das Kleid fiel trotz klemmenden Reißverschlusses, dann der Büstenhalter, und hervor quollen die gewaltigen Brüste der

Zwergin, zwischen ihnen baumelnd ein Medaillon der Jungfrau von Guadalupe; die Gestalt auf den kurzen Beinchen watschelte bis an den Vorhang vor, und dort drehte sie sich vor und zurück, hin und her unter den Rufen des Publikums: »Haare, Haare, Haare!«

Die Mißgestalt fingerte an ihrem Dreieckshöschen und tat, als sollte die letzte Hülle fallen.

Das Licht erlosch, und das Orchester spielte ein rauschendes Crescendo.

Draußen türmte die Nacht die bröckelnden Fundamente und die glatten Mauern von Santa María la Redonda auf. Gruppen von Mariachis stürmten die Busse, die auf die Plaza Garibaldi einbogen; Lederhosen und Filzhüte, mit Münzen besteckt, und von einem Ende des Tenampa bis ans andere klimperten Gitarren und Geigen; kleine Mädchen mit rosa Wadenstrümpfen tanzten für ein Glas Limonade. Fettige Finger, wulstige Lippen an den Ständen mit Wurstbissen und Gusano de Maguey; die Neonlichter blinkten bis in den Himmel, und in dunklen Winkeln der Straße voller Männer und Frauen mit strähnigem Haar, die Arm in Arm behaglich und ziellos umherspazierten, wurden Pornopostkarten und Tütchen mit Drogen und Pülverchen gehandelt. Schilder von Ärzten aus dem Bezirk, umgeworfene Müllkästen und das mit Tortillaresten und großen Fetzen alter Zeitungen übersäte, von räudigen Hunden wimmelnde Pflaster. Kleine Gestalten in Overall und gestreiften Unterhemden und Satinhemden standen an Imbißbuden und Zeitungskiosken oder verschwanden in die verqualmten Tanzdielen, wo beim Danzón die Schuhe leise schlurften und beim Mambo die Mähnen wippten. An der Kunstakademie wurde der nächtliche Trubel schwächer, bevor er in der San Juan de Letrán neuen Auftrieb erhielt, allerdings verschwiegener, weniger flitterbeladen. Ein Strom von Menschen ohne Unterschiede, auf der Suche nach einem Sonntagsritual, nie zuvor und immer wieder gesehene Gesichter, jedes mit eigenen Zügen und doch alle gleich: dunkel, steinern.

Fifo glättete mit den Händen seinen pomadisierten Haarschopf, nahm Tuno am Arm und machte kehrt in Richtung der Calle de Órgano. Tuno bauschte seine Hosen und warf sich in die Brust.

»Also«, schrie Fifo über die Straße hinweg Gabriel und Beto zu, »morgen sehen wir uns in Guadalupe.«

»Das hat mich immer bei den Gringos geärgert«, brummte

Tuno, »dieses ›Husdis vördschin di Guedelupi‹. Aber da hab ich mich ja nicht klein gemacht: das Medaillon ganz offen getragen, auch wenn alle darüber gelacht haben.«

Die Dunkelheit verschlang sie, und Beto und Gabriel gingen bis zur Calle del Meave.

»Vielleicht ist es hier besser«, sagte Gabriel.

Die armseligen Lichter duckten sich unter dem Glanz der großen erleuchteten Musikbox, aus der müde der Danzón »Nereidas« ertönte. »Zigaretten?« baten die Mädchen in paillettenbesetzten weißen Leinenkleidern. Beto stand auf und schlenderte umher, ging dann in eine der kleinen, durch Schiebetüren voneinander getrennten Kammern. Ein Tisch mit Papierrollen und einer Flasche Alkohol, und die einsame, mit grünem Wachstuch bezogene Liege. Beto legte sich hin, irgendeine würde schon auftauchen. Er holte sie nicht, sie kamen von allein. Und allen gab er etwas, den Ältesten und Verbrauchtesten wie den eben erst Übertölpelten. Er löschte das Licht und zündete sich eine Zigarette an. Nach einer Weile nahm er einen Atem und einen öligen Geruch neben sich wahr. Er streckte die Hand aus und strich über den Hals der unsichtbaren Frau. Er zwickte sie in eine Brust.

»Kenn dich wohl nicht, Kleine.«

»Hab dich reinkommen sehen, und ich kenn doch deine Art.«

»Wart's ab, wart's ab, ich komm ja schon.«

»Ich sag's ja, immer derselbe Witzbold ... Beto.« Die Stimme wurde klein, bis sie eine andere war, die verschämte Stimme, deren er sich erinnerte.

»Gladys«, sagte Beto fast tonlos, »hier bist du gelandet?«

Gladys legte sich neben ihn, nahm ihm die Zigarette weg und steckte damit ihre an. Die Stille bedrängte sie, und, sie wußte nicht, wie, nicht einmal instinktiv hätte sie es ausdrücken können, aber der Gedanke durchzuckte sie, daß es Beto ebenso ging, was er auch sagen mochte: diese Nacht würden sie sich nicht berühren. Die beiden rauchigen Glühwürmchen huschten vor und zurück, von den Lippen bis zu den schlaff hängenden Armen.

»Es kostet fünfundzwanzig Pesos«, sagte Gladys.

»Morgen früh, wenn wir uns trennen.«

»Ist es dir gut gegangen?«

»Na, immer derselbe Trott«, antwortete Beto und schloß die Augen.

»Und wie kommst du hierher?«

»Wie lange ich hier bin? Weißt du noch, als ich mich mit der Blonden eingelassen und wir uns nicht mehr gesehen haben ... War nicht meine Schuld, Gladys, ich wollte das nicht; es sollte einfach so sein für uns drei. Es soll ja Leute geben, die einen festen Willen haben, die tun, was sie wollen. Aber du und ich ...«

Gladys bedeckte die Augen mit den Händen und wollte etwas sagen. Sätze, Worte, tiefe Angst vor dem Schlaf zitterten ihr zwischen den Brüsten.

Bitten, was sollen wir bitten; uns ist die Welt eingestürzt und hat uns den Mund verschlossen; aber wir brauchen ihn gar nicht, brauchen nicht miteinander zu sprechen, uns nur zu sehen ... Hast du die Leute bemerkt, die genauso sind wie wir, all die Leute, die so durch die Straße laufen, über die Märkte, alle genau wie wir, die nie sprechen?

Beto drückte seine Zigarette an der wanzenfleckigen Wand aus. Er konnte nicht reden, aber er dachte

Ich bin geboren und anderntags sterbe ich und hab keine Ahnung, was zwischendurch geschehen ist, die Tage verstreichen, und der Sonntag kommt, fein angezogen gehn wir zum Stierkampf, wir hauen auf den Putz, wir besaufen uns an einem Stand, wir schieben eine Nummer, und in Wahrheit warten wir bloß mit eingezogenem Kopf, bis es uns trifft.

»Hast du gesehen, Beto? Manche Leute sind so, wie sie heißen«, sagte Gladys und zog sich die Schuhe aus, die wie zwei Ohrfeigen auf den Holzfußboden klatschten. »Der Papst und Silverio und der Präsident.«

Gladys, bitte, sprich nicht, ich unterhalte mich nie mit Leuten, ich rede so dahin, was mir in den Sinn kommt; worüber soll ich mit dir sprechen, ich hab doch keine Erinnerungen. Ich erinnere mich nur an meine Mutter, und jeden Tag verschwimmt ihr Gesicht mehr, und ich denke nur an meinen letzten Tag, wie es sein wird, wenn mein Gesicht verschwimmt. Aber verlang nicht, daß ich weiß, was dazwischenliegt; denn ich weiß nicht, was geschehen ist; mir ist kalt, und ich breite wieder die Arme aus, ich bin müde, ich möchte ganz tief runter.

Gladys schloß die Augen und ließ die Zigarette in den kupfernen Spucknapf fallen.

So viele wie Ameisen, wenn du anfängst, an alle zu denken, die gelebt und die schon ihren Geist aufgegeben haben

»Fang mal an, die zu zählen, denen es wirklich schlecht gegangen ist, und da weißt du von keinem, wie er hieß ...«

Nicht reden, Gladys, bitte nicht ... heute ist Feiertag, wir ruhen uns aus, aber es ist unser Feiertag, im Dunkeln, nicht wie früher, es ist ein dunkler Feiertag, früher war er voller Sonne

Wir sind namenlos fortgegangen, Beto, wie ein Straßenköter, dem man nur zum Spaß einen Namen gibt; so viele sind es, alle namenlos; und was soll's auch, sie haben geträumt, wie du und ich jetzt

zusammen träumen

die Erinnerung an all das, was geschehen ist, und an alle Farben und Tage, eins zwei drei, in Nonoalco, da ist eine Brücke, und da wächst gar nichts, aber es gibt Vögel in Käfigen zu kaufen und einen Winkel, wo man zu der Jungfrau beten kann, mach dich nicht klein, Bäuchlein, geh nicht fort und laß mich nicht allein, ohne was zu essen als nur mein Herz

Gladys und Beto legten die Lider aneinander und sahen sich rot unter dem dunklen Dach des Bordells; ein Hund bellte zu ihren Füßen

das sind die Zwergfrauen mit dem langen geölten Haar, die uns umarmen und auf unseren Bäuchen tanzen; der Truthahn spricht zu uns von seinem Amethystthron, und mit den Federn setzt er uns die Schlafmasken auf und die Tanzmasken. Die Musik ist die Stimme der Steinfrau, die die Wasser des Sees bewegt und sich dann selbst erwürgt mit einem Strang aus Blumen. Die Blumen fressen Löcher in den Mond, damit am Festtag die flüssige Sonne durch das Herz unserer Gestirnszeichen strömt, die uns gebracht haben und uns wieder holen werden: das Kaninchen und das Wasser, die Schlange und das Krokodil, das Kraut und der Jaguar. Unser ist das Haus mit dem Türkisdiadem, unser die Hoheitszeichen dessen, der redet, unser der schwarze Spiegel der Weissagungen. Im Schoß des Sonnenuntergangs erwarten uns die Blumen mit den drei Blütenstempeln, damit die Sonne aufgeht, wenn wir sie mit den Geheimnissen unserer Leiber begossen haben. Geh den Weg des gelben Maises, zusammen mit dem Papagei, der weißen Süßkartoffel, dem Brunnen des blutenden Wassers ...

Wir sind angekommen, wir sind die Pfade auf und ab gegangen, aber wir sind an die Quelle gelangt

Und das erste Wort wurde gesprochen, damit alle ihr Maiskorn empfingen und die Stadt bauten

Und der Befehl kam aus der Mitte vom Auge des Adlers, und alle säten den roten Mais und bedeckten ihn mit einer Handvoll Sonne, und die gekeimten Sonnen öffneten ihre steinernen Mäu-

ler und riefen die Ahnen zusammen, auf daß sie sich setzten, und dann schwoll das Wasser an und wurde von den roten Früchten zu Feuer, und die Schlange ging aufrecht, bis der Mais in die Furche zurückkehrte und die Wasser sich abkühlten

Und da wußten wir, daß auch die Sonne Hunger hatte und uns ernährte, damit wir ihr ihre heißen prallen Früchte wiedergaben

Und damals schon gab es jene, die Lasten trugen und mit ihren Fingern in der Erde gruben und mit dem Blasrohr dem Vogel des Waldes und dem Schuppentier nachstellten

Aber der Tag des Festes kam, alle Finger berührten den goldenen Thron, und die Federn des Pfauen fielen aus den Wolken, und das Wasser wurde Stein und wich den Lippen nicht mehr aus

Dann konnte man die geöffneten Adern zum Opfer bringen, bevor man die Reise mit dem roten Hund antrat

Dann konnten wir einander ohne Scham ernähren

Aber der metallne Wind brachte es fertig, den Stein in Sand und Schlamm zu verwandeln

Und dann kam der Tag, da sie weinten und vergebens suchten, wo sie sich in den Staub setzten und beieinander die Läuse aufspürten, sie öffneten ihr Herz und fanden eine verkohlte Sonne, und dann kam der Tag, da wir Waisen wurden, da das Wort nicht mehr über unsere Lippen drang

Ach, ihr Bettler, kleine Brüder, freßt nur eure Läuse, denn die Quelle ist versiegt, und der Schlammstrom kehrt wieder, eure Städte zu bedecken. Tanzt ohne Schuhe und breitet eure Arme aus über den Nopalkaktus, nagelt eure Hände an die Schwingen des Kolibris und laßt euch von dem räudigen Hund den Bauch benagen, euer Schoß und euer After bedecke sich mit braunroten Beulen, eure Augen und eure Worte mit Schlamm: Nahe schon seid ihr dem Grund, der Mutter der Gewässer, dem Ahn der Schmetterlinge mit den Blutlausflügeln ...

»Jetzt ist es kalt«, sagte Gladys, als sie aufwachte.

Beto öffnete die Augen und blickte in die letzten gelben Strahlen an der Decke.

»Wieder ein Tag«, murmelte er zwischen den Zähnen und rieb sich die Augen. Er sah Gladys an, die klein und verfroren auf dem Wachstuchsofa lag.

»Bei unseren Schutzheiligen«, sagte Beto, der Leib brannte

ihm, und er ballte die Fäuste, »bei unserm San Sebastián de Aparicio, ich schwöre dir, Gladys ...«

Gladys brachte ihr Gesicht ganz nahe an seins. Ihre Lippen trafen sich in einem zärtlichen, heimlichen Kuß.

»Ist gar nicht nötig, nach Guadalupe zu gehen, denn die Heilige Mutter ist überall«, murmelte die Witwc Teódula Moctezuma, während sie mit dem Besen auf dem Lehmfußboden ihrer Hütte herumfuhrwerkte. Das Abendlicht fiel durch die Ritzen der alten Bretter und der Strohschichten, die die Wände ihrer Behausung bildeten. Zwei gelbe Lager, der Backtrog, ein Zopf trockener Pfefferschoten, an einem Nagel aufgehängt, der Teig für die Tortillas, ein Korb voller Lumpen. Die Witwe Teódula stellte den Besen weg, nahm einen Krug und besprengte den staubigen Fußboden.

»Ruhig da, Erde, ganz still.«

Ihre Gestalt schien gebeugt von der Last der großen Ohrringe, der Armbänder an den blaugeäderten Handgelenken, der goldenen Ketten, die ihren Hals bis ans Kinn umschlossen. Teódula schüttelte ihr weites rotes Gewand, und der Schmuck klirrte im Takt ihrer Bewegungen. Nach dem Sprengen kniete sie nieder und sagte laut: »Du brauchst keinen Altar, denn ich schenke dir mein Herz, o du Rosendecke, du Mantel aus Schlangen, barmherzige Mutter, du Herz der Winde. Behandle mir den alten Don Celedonio gut, der so früh gestorben ist, und all die Kleinen, die du dir geholt hast. Bald komme ich nach, lange dauert es nicht mehr.«

Sie stand auf und streichelte zärtlich den Schmuck. Plötzlich runzelte sie die Stirn, hob die Hand ans Ohr, dessen Läppchen von dem Gewicht der Gehänge langgezogen war. »Bist du schon da?« rief sie aus. »Komm herein, Sohn, ich bin allein.«

Die windschiefe Tür öffnete sich und ließ als erstes staubkörniges Licht, dann die hohe Gestalt eines Mannes durch.

Die Witwe Teódula setzte sich auf das Lager und winkte ihn herein.

»Bleib nicht so lange weg«, sagte Teódula, »ich fühle schon, wie das Blut mir eintrocknet und langsamer durch die Adern fließt.«

»Das ist wahr, dein Tag kommt immer näher«, bestätigte Ixca Cienfuegos, machte es sich auf dem anderen Lager bequem, schlug die Beine übereinander und strich der Witwe über das weiße Haar.

»Du mußt es am besten wissen, Sohn. Tagelang kann ich kein Wasser lassen, und die Tortillas bleiben mir in der Kehle stecken.«

»Später wirst du Blut spucken und die Minuten an den Fingern abzählen. Du weißt, daß du es dir aussuchen kannst.«

»Ich weiß nicht, ob es nicht so besser ist. Was ich möchte, Söhnchen, das ist das Opfer, ein Opfer, und wenn es noch so klein ist ...« – Teódulas Stimme wurde erregt, und ohne zu zögern, streckte sie sich auf dem Lager aus, bis sie mit ihren gelben Fingerspitzen Ixcas Knie berühren konnte –, »und wenn es noch so winzig klein ist. Du hast es mir versprochen, Sohn. Dort in meiner Heimat, bevor ich hierher in die Hauptstadt kam, hab ich meinem Mann Celedonio und allen Kindern ihr Totenopfer dargebracht. Keins ist allein gegangen; jedem hab ich seine Gebeine geschmückt, ihnen Geschenke mitgegeben, ihnen geopfert, was ich konnte. Jetzt, da ich gehe, kann ich mich nur auf dich verlassen, damit ich nicht ohne meine Totengaben bleibe.«

»Vertrau mir, Teódula«, sagte Ixca und zog tief den Duft des Kohlenbeckens und der roten Pfefferschoten ein. »Jemand wird es tun wollen, jemand wird kommen und dir geben, was du willst.«

»Laß nur, Söhnchen, das fehlte noch, daß du mir ein erzwungenes Totenopfer geben solltest. Das muß von allein kommen, wie Gott will, oder man erwähnt es am besten gar nicht.«

»Hat hier nie jemand versucht, dir den Schmuck zu stehlen?«

»Wo denkst du hin! Tunito hat mir erst neulich gesagt, daß ich hierher gehöre, und alle sind sich darüber einig, daß mir nichts geschehen darf, und wer sich mir gegenüber was zuschulden kommen ließe, dem würden sie den Bauch aufschlitzen. Natürlich ist es nicht so wie in meiner Heimat; da konnte ich den Schmuck an den Feiertagen tragen, und da sah er viel hübscher aus mit all dem Farnkraut und den dichten Bäumen ringsum. Die Kleider der andern waren auch viel hübscher, die Sonne stieg höher als hier, und das Funkeln des Goldes stieg auch nach oben, bis zur Sonne.«

»Zum Glück hast du nie versucht, diesen Schmuck zu verkaufen.«

»Sei still, Sohn, sag das nur nicht! Der Schmuck ist ururalt, älter als der älteste Ahn, an den ich mich erinnern kann, das war Don Huismín, und der war schon hundertzwanzig Jahre alt, als ich meine ersten Schleifen bekam. Als ich dann heiratete, bohrte man mir Löcher in die Ohrläppchen, hängte mir all die Sachen um, und von da an habe ich sie nie abgenommen. Ohne sie kann ich nicht richtig beten, nicht daran denken, daß ich später Celedonio und die Kinder wiedersehen werde. Sie sind wie die Flügel des Kolibris, wie die Schuppen des Gürteltiers; wenn man sie wegnimmt, dann bleibt etwas anderes übrig, ein roter Wurm oder ein nackter Hund, aber nicht mehr, was der Vater wollte, daß sie sein sollten. Du kannst sagen, ich bin verrückt, Ixca, mein Sohn, aber ich erinnere mich jetzt meines ganzen Lebens, solange du es lebst, kannst du nicht daran denken, weil du keine Zeit hast, aber jetzt ja, und mir scheint, ich bin die Teódula, die Witwe Moctezuma, nur weil ich seit meinem vierzehnten Jahr, als man mich verheiratet hat, diese Sachen getragen habe.«

»Komm herein, Teódula, und wärme mich.«

»Ich komme schon, Celedonio, aber es riecht nach Hundstagen und nach Minze, und ich möchte, daß mich der Abendwind ein bißchen kühlt, damit ich dir anfangs kalt vorkomme und du mich danach warm genießt.«

»Laß mich dich ansehen, so neben der Tür. Kein Jahr ist's her, und du warst noch keine Frau.«

»Es war noch zur Regenzeit, als mir die Brüste wuchsen und der Flaum, und siehst du, nun bin ich deine Frau.«

»Du gefällst mir so, nackt, nur mit dem Schmuck von Don Huismín.«

»Den will ich nie ablegen, Celedonio, und wenn ich bei dir bin, soll es das einzige sein, was ich anhabe.«

»Bist du schon abgekühlt?«

»Ich komme schon, Celedonio, die Sterne haben mich gewaschen.«

»Ja, Ixca, der Schmuck ist wie mein eigen Fleisch.«

Ixca stand auf und zündete einen Kerzenstumpf an, der in einem Becher unter dem Strohdach hing. Leichte Schatten tanzten auf Teódulas und Cienfuegos' Gesicht: Ixca hörte die Witwe nicht zum erstenmal erzählen, aber sie redete und redete, eingesponnen in die alte, immer neue Geschichte.

»Dort gibt es viel Urwald und glasfarbene Nattern, und ich ging mit meinem Schmuck spazieren, wollte mir einen Feiertagsrock machen aus den Häuten der Schlangen, aber wenn ich ausging, staunten alle Tiere über das Klirren meines Schmucks und sein Leuchten, und wie verzaubert liefen sie davon, und ich konnte den lieben Kleinen keine Fallen mehr stellen. Aber dort war der Schmuck, wie soll ich es dir sagen, ein Teil von Licht und Farbe, man brauchte ihn nicht zu verstecken oder sich allein dran freuen, Sohn. Hier in Mexiko fiel mir ein, daß man ihn mir stehlen könnte oder daß er nicht mehr für alle da war, sondern nur für mich. Hier müssen die Jungens mich schützen, dort aber gehörte der Schmuck allen, besonders den Tieren, die ihn so sehr bewunderten. Wenn die Kinder geboren wurden, legte ich mir den Halsschmuck auf den Leib, damit sie gut zur Welt kamen und damit, weißt du, das Gold auf ihren Leib weitergegeben wurde. Deswegen sind sie wohl so früh gegangen, damit ich erst ihr Leben und dann ihren Tod rasch genoß. Damit ich ihnen den Schmuck bei der Geburt auflegen und ihnen dann die Totengaben spenden konnte. Ich kann mich nicht beklagen, Sohn ...«

Die Witwe zündete sich eine »Elegante« an und paffte und bewegte dabei die Schultern. »Ich lebte dort, wer weiß wie lange, denn ich erinnere mich, als das erste Kind starb, kamen die Soldaten des blonden Königs vorbei, die alle jungen Leute aushoben – oder, laß mal sehen, war es später? –, und als man mich dann nach Mexiko brachte, da predigte hier schon das Wunderkind Fidencio, und ich hatte keine Ahnung, wann all das geschehen war, wovon die Nachbarn erzählten.«

Mit einem Ausdruck des Widerwillens warf Teódula die Zigarette fort und setzte sich an den Backtrog. Ixca dagegen streckte die Beine lang aus, legte den Kopf auf das Lager, und seine Augen glänzten geistesabwesend, über die Geschichte hinaus, die er hundertmal von der Alten gehört hatte. Teódula knetete die Tortillas, hob die Stimme über das Klatschen des Teiges: »Wenn wir gegessen haben, holen wir sie heraus und beten für sie. Verzeih, Sohn, daß ich dir nicht mehr so viele Tortillas mache wie früher, aber die Arme tun mir jetzt recht weh.«

Schweigend buk die Greisin die Tortillas, und schweigend bot sie Ixca die Stücke an, nachdem sie noch ein paar Pfefferschoten zerstoßen und mit Zwiebeln gemischt hatte. Feierlich kaute Teódula die scharfe Masse und spülte sich danach den Mund mit frischem Tejuinowasser. Dann stand sie auf, wischte sich die Hände an dem roten Gewand ab und winkte Ixca. Auf den Knien rückten beide das Lager beiseite und schaufelten mit den Händen die Erde weg, bis ein Brett sichtbar wurde. Mit Mühe hob Ixca es heraus, und die Hütte füllte sich mit dem Geruch von feuchtem Lehm und getrockneten Blumen. Ixca stieg in die offene Grube hinunter.

»Zuerst den von Don Celedonio, der ist am größten«, sagte

Teódula. Von Ixca hochgeschoben, kam der vermoderte Holzsarg senkrecht zum Vorschein und fiel mit einem dumpfen Krachen auf den Lehmfußboden. Die Witwe zog ihn in einen Winkel und nahm dann, schon atemlos, die kleineren in Empfang, die Cienfuegos aus dem Gruftkeller schob. In den kleinen Särgen rasselte es wie Kinderklappern, als Ixca sie neben dem großen abstellte. Teódula bekreuzigte sich.

»Der Grund hier ist naß, und das Holz fault rasch«, bemerkte sie. Dann kniete sie nieder und hob den Deckel des großen Sarges. Ein Gewirr von Blumen und Götzenbildern aus Lehm bedeckte den oberen Teil.

»Knie du auch nieder, Sohn.«

Cienfuegos hockte sich neben die Alte, die die Figuren herauszog.

»Da bist du ja, Celedonio, und auf dir Nahuaque, ganz nah, damit deine Gebeine nie aufhören zu singen.« Teódula nahm eine der Figuren, küßte sie und schlug sich dreimal an die Brust. »Und Ixcuina mit den vier Gesichtern, die deckt dich zu und füllt dich mit Dreck an, damit du nicht vergißt, wohin du gehörst, und dann der mit den zwei Gesichtern, damit du zugleich sie und uns siehst und nie ankommst und uns nie verläßt. Und hier dieser Patecal, der dich mit seinen Medizinen nicht heilen konnte, obgleich du sie ja gar nicht brauchtest, denn wenn wir gerufen werden, dann kann uns niemand halten. Und hier all die kleinen Kaninchen, damit deine Knochen die Erde tränken und man feiern kann ...«

Als Celedonios Schädel zum Vorschein kam, faltete die Witwe Moctezuma die Hände und schluchzte: »Ach, mein lieber Celedonio, wie bist du so jung von mir gegangen, und wie wenig hab ich von dir gehabt! Nun hat dich der Huahuantli mitgenommen, hat dich so nackt genommen, wie er ist, hat dir die Haut abgezogen und dich mitten ins Herz der Berge geholt, wo keine Luft mehr ist. Ach, Celedonio, sieh doch nur, was aus dir geworden ist!« Cienfuegos legte einen Arm um den Rücken der Alten, dann hob er Celedonios Schädel hoch, damit das Licht darauf fiel.

»Er braucht wieder einen Anstrich«, sagte sie und trocknete ihr maisbraunes Gesicht mit dem Kleid. »Bring's mal her.«

Aus einem Winkel holte Ixca ein Gefäß mit blauer Farbe und einen Pinsel. Die Alte tauchte den Pinsel ein und bestrich damit die Backenknochen des Schädels.

»Nun, Söhnchen, du kannst doch schreiben ...«

In die eine Hand nahm Cienfuegos den Schädel und in die andere den Pinsel und schrieb mit großen blauen Lettern auf die Stirn *Celedonio.* Ein strahlendes Lächeln lag auf Teódulas breitem Gesicht.

»So ist's schön. Schade, daß ich ihm jetzt nicht seine Blumen hineinlegen kann, aber die muß ich aus der Heimat holen, das hab ich ihm versprochen.«

Auf den Knien rutschte sie zu den kleinen Särgen hin. »Und hier sind die Kinder, die unschuldigen Kleinen. Kaum war der Chihuateteo weg, der uns bei der Geburt tötet, da kam schon das andere Kind und nahm sie fort. Da schlafen sie nun, mit dem Schwarzgesichtigen, der jegliches Übel heilt, mal sehen, ob er sie schön hat schlafen lassen. Die sind noch vom letztenmal angemalt, und ihre Blumen sind neu. Bete nur für sie, Ixca, und stör sie mir nicht. Bitte, daß die vierhundert im Süden ihnen leuchten mögen, dorthin blicken meine Kinderchen, angemalt mit dem Blau der Glockenblumen, wie der Mond.«

Die Witwe Teódula Moctezuma senkte den Kopf und verfiel in einen tiefen Wachtraum. Das Gold an ihrem Hals und an den Handgelenken warf einen Schimmer auf die Lehmfigürchen, die in einer Reihe vor den Särgen standen. Reglos, mit immer schwereren Lidern, kniete Teódula lange Zeit so bei ihren Toten, Ixca beobachtete sie, vor allem ihren Kopf. Dann schlief sie ein, und an ihrer Seite wachte Ixca, bis ein neuer Tag die Kerzen erbleichen ließ und sein Licht durch eine Dachritze auf den angemalten Schädel Celedonios fiel. In ihrem Nest aus Staub und Götzenbildern bewegte sich die Witwe.

»Ich muß jetzt gehen, Teódula«, sagte Ixca leise.

Ohne die schweren Lider zu heben, wimmerte die Alte:

»Werde ich meine Gaben bekommen, Sohn?«

»Du bist ihnen schon nahe.«

»Gelobt sei das heilige Mütterchen!« seufzte Teódula, ohne die Augen zu öffnen.

Zur selben Stunde besah Rosa Morales, Doña Teódulas Nachbarin, ihre Hände; sie fühlte sich sterbenselend, spürte einen Brechreiz, den sie nur zurückhalten konnte, wenn sie den Blick auf die breiten, jeden Tag mehr von Dampf, Seife und heißem Wasser geröteten Hände heftete. Ein leichtes Geräusch lenkte ihre Augen zum Bett der Kinder. Sie legte einen Finger auf die Lippen, und Jorgito fuhr sich mit einer Hand durch das Haar, zwinkerte mit seinen schwarzen Mandelaugen. Vorsichtig stieg er aus dem Bett und fragte seine Mutter leise: »Gehst du schon wieder?«

»Ich bin ja schon zwei Tage bei euch geblieben, Kind. Nicht jede Woche ist Feiertag.«

»Und warum bleibst du nicht immer bei uns, Mamacita?«

»Weil jetzt deine Mamacita arbeiten muß an Stelle von Papacito, der in den Himmel gegangen ist.«

Mit schräggeneigtem Kopf schaute der Junge seine Mutter fragend an.

»Komm, Jorgito, weck deine Geschwister nicht auf, und wenn sie aufstehen, gib ihnen Frühstück und bring sie zur Schule. Ich sage Doña Teódula Bescheid, daß sie ab und zu nach Juan sieht, ob er wieder Fieber hat.«

»Hör mal, Mama, werden wir nie mehr die Mariachis spielen hören, wie an dem Abend, als Papa in den Himmel kam?«

Rosa umarmte den nackten kleinen Jungen. »Wollen mal abwarten, ob zu Weihnachten die Herrschaft mir ein Weihnachtsgeld gibt, dann verspreche ich euch, daß wir hingehen.«

»Fein! Und wie ist deine neue Herrschaft?«

»Sehr vornehme Leute, Jorge, aber die Köchin ordnet alles an. Señora Norma kümmert sich um gar nichts.«

»Nimmst du mich einmal mit, damit ich das Haus kennenlerne?«

»Ja, irgendwann, aber die Señora sagt, sie will keine Kinder dort haben ...Ich nehme dich mit, wenn sie verreist sind.«

Vom Bett her war Juancitos keuchender Atem zu hören. Rosa erhob sich rasch und sah nach ihm. Dann zündete sie ein Nachtlämpchen an und küßte das Kind auf die Stirn.

»Also bis zum nächsten Sonntag, Mama?«

»Nun ja, bis Sonntag. Wenn es deinem Bruder sehr schlecht geht, weißt du ja die Telefonnummer.«

Rosa verließ eilig die Hütte, ohne sich noch einmal nach dem Jungen umzuschauen, der ihr von der Tür aus nachwinkte.

Einen Augenblick blieb sie vor der Hütte der Witwe stehen.

»Sehen Sie doch einmal nach den Kindern, Doña Teódula ...«

In der Calzada Balbuena stieg sie in einen Omnibus voller Arbeiter, Frauen, die zum Markt fuhren mit Körben mit Hühnern und Gemüse. In der Ferne hing über den grauen Gebäuden der Innenstadt ein leichter Nebel; die Laternen in der Fray Servando Teresa de Mier erloschen, und schon stand eine lange Schlange Arbeiter vor einem Einstellungsschalter. Die Läden der Kinos und der Bars waren eben heruntergelassen worden, und eine Gruppe müder Mariachis verzehrte Pozole an der Ecke von Salto de Agua. Die Gesichter der Stadt glitten schnell an der Scheibe des Omnibusses vorbei, und Rosa dachte nur an den keuchenden Husten des Kleinen und dabei unbewußt an den Unfall und den toten Juan auf der Rote-Kreuz-Bahre, wie sie und die Kinder ihn dort liegen sahen, noch mit dem Geschmack des roten Weins auf den Lippen. *Was hab ich davon, jemandem die Schuld zuzuschieben, er wird mir dadurch nicht wiedergegeben ... Ach, Juan, wie soll ich dir alles erzählen, wie soll ich es dir sagen, das Elend, und nie die Kinder sehen können, und all das tut schon nicht mehr weh, ist mir gleich. Nur möchte ich dir noch einmal das Bett wärmen, bevor ich mich nicht mehr an dein Gesicht und an deinen Körper erinnere ... Denn jeden Tag bist du ein Stück weiter fort, ich kann dich nicht mehr mit den Augen berühren, wie in den ersten Monaten, nachdem wir dich begraben hatten; jetzt muß ich die Augen schließen und mich in die Arme zwicken, um dich zu riechen und dich so nah zu fühlen wie früher; ich möchte, daß du mich noch einmal wärmst, einmal, und sollte ich dich danach nicht mal mehr im Paradies treffen ...* Und dann kam die Gegend der hohen Hekken und der Rasenflächen von Las Lomas, und Rosa drängte sich durch, um auszusteigen, und dann ging sie fünf Blocks bis zu dem Haus ihrer Herrschaft, des Don Federico Robles und der Señora Norma, um zu waschen und Betten zu machen und bis zum Sonntag darauf zu warten, daß sie nach Balbuena zurückkehren und erfahren konnte, ob ihr Junge inzwischen gestorben war.

Ein Indio in leuchtendblauem Kittel und Huarachesandalen drehte sich um und grinste mit Zähnen, die wie frischgeschnittener Mais aussahen. Gabriel rieb sich die Nase und trat von einem Fuß auf den anderen. Die Schlange zog sich durch die ganze Fray Servando Teresa de Mier. Wenigstens fünfzig Arbeiter standen vor ihm. Der Himmel war bezogen, und der Glast stach und brannte auf der Haut. Gabriel öffnete seinen Hemdkragen und pfiff. Der Indio vor ihm lächelte ihm unter seinem spärlichen Schnurrbart hervor wieder zu und krauste seine lange schmale Maulwurfsnase. Gabriel machte eine ungeduldige Bewegung und kramte in seinen Hosentaschen. Der Indio bot ihm ein Streichholz an. Gabriel schüttelte den Kopf: Er suchte eine Zigarette. Der Indio hatte keine Zigaretten, nur Streichhölzer. *Schöne Scheiße.* Ob wohl noch eine Stelle für ihn frei war?

Auf dem Bau brauchten sie nur fünfzig Arbeiter. Und im Laufe des Morgens hatte man schon beinah dreißig angenommen. Eine Antojitosverkäuferin, ganz unter Körben und Lappen verborgen, ging die Reihe entlang. Gabriel kaute und bekam den Mund voll süßlicher Molefasern. Er hob die Schultern und kratzte sich an den Ohren. »Schluß!« schrie der Mann am Schalter und ließ schnell das Fenster herunter. Die Reihe löste sich unzufrieden murrend auf. Die meisten Arbeiter setzten sich auf den Gehsteig und aßen, was sie mitgebracht hatten. Gabriel schleuderte mit dem Fuß einen Kronenkork fort. »Kein Glück gehabt«, sagte der Indio. Gabriel spuckte ein Stück Tortilla aus und winkte ihm zum Abschied. Dann zog er seinen Gürtel fest und sprang an der Ecke pfeifend auf einen fahrenden Omnibus. Er drängte sich durch bis zu einer Haltestange und pfiff weiter. »Wer's 'n das?« brüllte der Fahrer und blinzelte in den Spiegel voller Heiligenbilder, winziger Altäre aus künstlichen Blumen und Postkarten mit nackten Frauen. »Nicht ablenken, Mann!« Gabriel hörte auf zu pfeifen. Er spuckte eine Fleischfaser auf den Boden. In jeder Kurve prallten fette Frauen, mit Segeltuch- oder Hanfbeuteln beladen, auf ihn, rotznasige kleine Kinder im Overall, mit Flechten im Gesicht, klammerten sich an seine Hosen. Gabriel sprang von dem Bus ab und ging auf die niedrige, blau angestrichene Kneipe zu, an deren Wand große Kronenkorken von Pepsi-Cola gemalt waren: *Los triunfos de Sóstenes Rocha.*

Zwölf Uhr mittags. Nur zwei Betrunkene, die sich in einer Ecke umschlungen hielten und unsinniges Zeug murmelten. Gabriel bestellte einen Mezcal und betrachtete dann sein Gesicht in dem vor Alter und Fliegen fleckigen Spiegel der Kneipe. Seine Haut war gelb wie Senf. Das krause Haar wuchs bis an den Ansatz der glatten Stirn und der bartlosen Wangen. Die halbgeöffneten Lippen bildeten einen wulstigen, herausfordernden Bogen. Bald darauf wurde die Tür geöffnet, und zwei Männer mit Schlapphüten und Gabardineanzügen traten ein. Sie sahen ihn an. Der größere wandte sich zur Theke.

»Du bist zurück?«

»Wie geht's?« fragte Gabriel. »Ja, die Ernte ist vorbei.«

»Und was machst du nun?«

»Na, irgendwas, mir 'nen Job suchen.«

Die beiden Männer stießen sich mit dem Ellbogen an und verzogen den Mund zu einem belustigten Grinsen.

»Also 'nen Job!«

»Na klar. Man muß ja essen, oder?« Gabriel hob den Arm, um seinen Mezcal zu trinken; der Größere hielt ihn fest, und das Getränk floß über die Theke.

»He, was soll das?« Gabriel ballte die Fäuste, und das Blut stieg ihm in die Ohren.

»Der sagt, was soll das, Cupido, hör dir das an«, sagte der Größere zu seinem hageren Gefährten. Der machte den Mund auf und seufzte. »Manche Leute haben eben 'n kurzes Gedächtnis.«

»Ich bin nur auf Urlaub hier«, erklärte Gabriel, »zum Ausruhen, hab mich nicht um euch gekümmert.«

»Wer redet denn von Kümmern, Bürschchen? Wir kümmern uns um dich, damit du an uns denkst, mehr nicht. Damit du auch deinen Freunden von uns erzählst, nicht wahr?«

Der Hagere öffnete wieder den Mund. Nun machte er obendrein kugelrunde Augen und zog an seiner Hutkrempe.

»Es gibt nämlich welche, die vergessen, wer am längeren Hebel sitzt, und dann wollen sie auch noch allein losfliegen, oder?«

»Ich such keinen Streit, mit niemandem«, brummte Gabriel und gab dem Wirt einen Wink. »Noch einen.«

Der Größere bohrte Gabriel einen Finger in den Bauch.

»Sooo ist das? Wer hat dir denn erlaubt, noch ein Gläschen zu trinken, Mann? Ist besser, wir spendieren dir eins. Nicht wahr, du?« Und wieder stieß er den anderen mit dem Ellbogen an. »Her damit, einen Mezcal für meinen Freund und zwei Bier.«

Die Fliegen summten über den Köpfen der drei. Kein Laut war zu hören. Die Betrunkenen waren umschlungen eingeschlafen. Der Wirt kam und ging stumm und entkorkte Flaschen.

»Na, dann Prost!« Der Große trank genußvoll sein Bier.

Und als Gabriel wieder den Arm hob, um seinen Mezcal zu schlucken, schlug der Große ihn wieder an den Ellbogen. Gabriel wischte sich langsam den Ärmel ab, und die beiden anderen beobachteten ihn grinsend.

»Da siehst du, Mann«, sagte der Große. »Du als Tourist in Kalifornien, und unsereiner hier, wie immer, und erinnert sich an mancherlei.«

Gabriel brachte sein Gesicht nahe an das des Großen. »Hör mal, wenn ich dir eine gescheuert habe, dann sollte das heißen, wenn du bei uns auch noch so sehr den großen Mann spielen kannst und noch soviel Einfluß hast, so kann ich dir doch immer noch den Arsch aufreißen, wenn mir danach ist.«

Der Hagere schlürfte wieder den Schaum von seinem Bier.

»In Ordnung, Mann. Bloß du erwischst mich nicht zum zweitenmal mit den Hosen runter, oder?« Der Kumpan bleckte die Zähne, und so lasch, wie er dasaß, stieß er auf Gabriel ein, während der Hagere ihm die Knie in den Leib rammte und ihn mit der leeren Flasche auf die Schultern und ins Gesicht schlug.

»Nu laßt ...«, stöhnte der Wirt.

Gabriel duckte sich, eine Hand über dem Kopf, die andere vor dem Leib. Der Hagere trat ihn weiter und band sich dabei den Schlips. »Hier wissen alle, wer was zu sagen hat, und wenn du auch auf Urlaub bist, darfst du's dir auch merken, Bürschchen.«

Die beiden bezahlten und gingen hinaus, und wieder stießen sie sich mit den Ellbogen an. Gabriel lag auf dem Boden und fühlte das Blut über die Lippen rinnen. Beim Aufstehen warf er einen Spucknapf um, fiel wieder hin, und sein Blut vermischte sich mit der ausgelaufenen Spucke.

»Leg dich bloß nicht mit denen an«, seufzte der Wirt jetzt vernehmlich.

»Nun ist es zu spät.«

»Was soll'n wir machen?«

Gabriels Mutter drückte ihm einen heißen Lappen auf die Nase.

Die älteste Schwester summte in einem Winkel ein Liedchen, und der Vater schlief schon auf dem Feldbett.

»Deinen Brüdern ist's schlimmer ergangen, Gabriel, die sind tot.«

»Ich will doch bloß arbeiten. Ich schwör dir, ich leg mich mit niemandem an, ich such keinen Streit.«

Die Mutter seufzte und holte noch einen heißen Lappen aus der Schüssel mit Wasser, das auf der Glut kochte. »Ist immer noch dasselbe hier, Gabriel. Ein paar haben's schlechter, ein paar besser, aber alle haben ihre Sorgen. Wenn ich zur Beichte gehe, was erzählt mir da der Herr Pfarrer immer für traurige Dinge! Kannst dir vorstellen, was der alles weiß. Stunden bleib ich da, er redet so schön, nennt mir die Sorgen aller Nachbarn, als beichtete ich für mich und die ganze Gegend. Das erleichtert, kannst mir's glauben. Solltest auch mal hingehn ...«

Gabriel riß sich ungeduldig den ausgekühlten Lappen vom Gesicht. »Könnt mich retten. Kann mir der Herr Pfarrer vielleicht Arbeit verschaffen?«

Die Mutter legte ihm den zweiten Lappen aufs Gesicht. »Verbrauch einfach das Geld, das du mitgebracht hast. Du mußt ja nicht gleich arbeiten gehen.«

»Ich fühl mich elend, wirklich. Ist ja ganz schön, mal auf der faulen Haut liegen, aber es kostet doch 'ne Menge. Die Jungs haben ihre Arbeit, den ganzen Vormittag, und was tu ich? Fidelio ist den ganzen Tag Kellner, und der Alte in Indianilla. Und was ist für mich? Weißt du, da bleib ich lieber ganz in den Staaten. Da gibt's immer Arbeit.«

Als Gabriels Mutter den Lappen wegnahm, legte sie beide Hände an seinen Kopf, sie mochte nichts sagen, sondern hätte ihn am liebsten an ihre Brust gezogen, ihr hartes, faltiges Gesicht an seins gedrückt, und das Mädchen trällerte, und von dem Vater auf dem Feldbett stieg ein schwerer Schlafdunst auf.

Ein grobknochiger, schlotteriger Mann geht die Calle de Mixcoac entlang, mit einem weißen Hündchen im Arm. Das Hündchen hat einen gelb und blau gestreiften Anzug an und Glöckchen am Hals und an den vier Pfoten. Dem Mann folgt ein anderer, dunkelhäutig und schweigsam, älter als der Größere; er trägt eine Papptrommel, eine zerkratzte Trompete und eine kleine Leiter. Auf dem Kopf haben beide Männer verschossene Filzhüte, ihre Hemden sind ohne Krawatte, Hosen und Jacketts passen nicht zusammen und sind uralt, und sie trotten ohne Schwung dahin, als ob die Straßen selbst sie schleppten. Aber der Größere zeigt trotz seiner Armseligkeit eine gewisse theatralische Sicherheit, während der Kleinere fast am Boden kriecht, kaum die Füße hebt und besser irgendwo am Straßenrand läge, statt weiterzuschleichen in dieser Erschöpfung, die ihm in den glanzlosen Augen steht, in dem großen zusammengepreßten Mund, den Gesichtszügen, die wie von einem Bildhauer auf einer grauen unelastischen Masse auseinandergezogen sind. Sie gehen an Kramläden, Vorstadtkinos und Gemischtwarenläden vorbei, zwischen gelben Straßenbahnen und Lichtmasten, wie zwei Figuren aus einem ewigen Karneval, der nie stillsteht, um sich selbst zu feiern, weil er der eigenen verordneten Lustigkeit hinterherläuft. Sie kommen aus dem Stadtteil Portales, wo sie schon sehr früh aufgebrochen sind, zu Mittag haben sie in General Anaya haltgemacht, später in Nochebuena. Die Häuser sehen alle gleich aus, die Leute ebenso. Nur ihre Müdigkeit zwingt sie anzuhalten, und dann fangen sie an zu arbeiten. Der große Mann verzieht seine Adlernase und lutscht an den zahnlosen Kiefern; in der Calle II de Abril wechselt er auf die linke Stra-

ßenseite über und drückt das gelbliche Hündchen fester an sich. Er geht bis zur Héroes de la Intervención; der Kleine mit der grauen Maske und den eingesunkenen Augen hinter ihm her. Der Große bleibt stehen, nimmt den Hut ab und zieht aus seinem Beutel einen spitzen roten Hut hervor. Der Kleine bläst müde mit metallischem Quäken die Trompete, der Große begleitet ihn mit brüchiger Stimme in einem Tralala ohne Worte. Ein paar Dienstmädchen erscheinen auf den Dachterrassen der staubigen kleinen Häuser. Bevor Ixca Cienfuegos in eins von ihnen eintritt, bleibt er einen Augenblick stehen und beobachtet, wie der kleine Hund auf der sich drehenden Trommel läuft. Der Große nimmt den spitzen Hut vom Kopf und grüßt die Mädchen. »Hier präsentiere ich Ihnen das großartige Hündchen Josué! Es hat eine lange Laufbahn hinter sich in den großen internationalen Zirkussen, die dieses Land besucht haben, das die Vorsehung mit mehr Gaben bedacht hat, als ein Lorbeerbaum Blätter trägt: Mexiko!« schnauft der Große, und der Kleine plärrt immer weiter auf der zerkratzten Trompete; dann stellt er langsam auf der schlechtgepflasterten Straße die Leiter auf, der Große führt das Hündchen unten an die Leiter, und das Tierchen läuft sie schnell hinauf und bleibt ängstlich winselnd oben auf dem Querbrett sitzen. »Und nun, meine Damen und Herren, sehen Sie, wie es hinuntersteigt, das berühmte Hündchen Josué von den Atayde und dem Zirkus Barnum, der um die ganze Welt gereist ist.« Das Hündchen winselt, und seine Glöckchen klingeln, während es unmerklich zittert. Der Große schnalzt mit den Fingern, und schließlich packt er das Tierchen am Kragen und zwingt es, die Leiter herunterzulaufen, und der Trompete gelingt ein brüchiges Crescendo. Das zerschlissene Kleidchen und die vor Angst klingelnden Schellen glänzen im Abendlicht. Die Mädchen sind verschwunden. Der Große hält seinen spitzen Hut an verschlossene Fenster. Der Kleine hat sich auf den Bordstein gesetzt, mit einem Gesicht, finsterer als die kommende Nacht. Ixca Cienfuegos geht weiter auf Rosenda Zubarán de Polas Zimmer zu. »Nu mach schon, Portales ist weit«, sagt der Große zu dem Kleinen, aber der sitzt auf dem Bordstein und scheint nicht zu hören. »Los, heute haben wir nicht viel eingenommen, und es reicht nicht für den Bus. Komm, ich spendier dir einen Happen an der Ecke.« Aber der Kleine rührt sich nicht. Der Große setzt sich neben ihn, die Gelenke seiner großen Knochen sind wie ausgeleiert. »Wird schon wieder gehen. Möchtest dich lieber anmalen, statt zu essen. Werd dir den Gefallen tun. Dann iß eben nicht. Mal dich an, wie früher. Was, du genierst dich, so rauszugehen, wie du bist? Glaubst du vielleicht, ich fühl mich wohl, nur mit dem Papierhut da? Los, los, ich hab's dir versprochen, nicht? Aber verbrauch nicht alles auf einmal, sei nicht dumm.« Und die beiden stehen schwerfällig auf, sammeln die Trommel und die Leiter ein, streicheln den verschreckten kleinen Hund und wandern weiter auf der Avenida Revolución.

Rosenda

»Man hat Ihnen sicherlich nicht alles erzählt«, *denn die ganze Wahrheit steckt in unseren Tagen, und jeder Blick, jeder Herzschlag, jedes neue zufällige Geschehen sieht sie anders, und Sie und er wissen nicht, wie jene vergangenen Tage waren, die zugedeckt waren wie die Möbel in den Zimmern voll seidener Gardinen und Nippes und Damast und Samtsesseln und Porzellanfigürchen und Bildern mit Schäferszenen, in unserer friedlich stillen Welt (vor der Liebe und vor der festlichen Zeit, ja, denn das waren sie, so teuer sie auch bezahlt wurden), als wir noch eine Familie waren und mit Fähnchen in der Hand auf die Straßen gingen, um Don Porfirio zu begrüßen, in einer Stadt, die nicht wie heute unförmig und ungesund war, voller Zementbuckel und verborgener Geschwüre, sondern klein und pastellfarben, wo man jedermann kannte und die Bezirke fein säuberlich abgegrenzt waren (jetzt sieht man die armen Leute überall sitzen, einfach so auf der Alameda, mit ihren Strohsandalen die Reforma entlangschlurfen, ihr übles Essen schmatzen, wo einmal unsere Calle de Plateros war), und jeder wußte, wo er hingehörte, aber was geschieht, wenn sich die Fenster einer vornehmen stillen Villa öffnen, und ein Sturm von Worten, die niemand hören mochte (später, nein, nicht gleich, als sie irgendwie wahr klangen, das gab sich später und blieb nur tief, tief verschlossen im Herzen einer Frau, die zu wenig Liebe erfuhr), bricht aus dem Mund eines Jünglings: stattlich, ein Schwindler, männlich, ein Verführer, ein Kind in meinen Armen, ahnungslos unschuldig im Vergleich mit dem, was wir Frauen von der Liebe wissen, bevor wir sie erleben, und jetzt muß ich sterben.*

»Ich werde sterben, Herr«,
und er wird nicht zu mir kommen, sehen Sie sich um – ich weiß,

er verdient nichts, trotzdem – und stellen Sie sich das Palais vor, das ich Ihnen beschrieben habe, dann wissen Sie, wie es ist, ein behütetes Leben, in dem jeder von jedem beschützt wird, besonders wenn man die Tochter des Hauses ist (mit weißen Kleidchen und Ringellöckchen und einer Kinderfrau mit Majoranblättern an den Schläfen, die Geschichten erzählt von nächtlichen Hexen, eigentlich waren es Fledermäuse, und einer Speisekammer, die immer offen war für ein Leckermäulchen, voller Süßigkeiten und Karamelcreme, und es scheint, daß dieses Spielzeugschloß nie aus den Fugen geraten kann, und dann kommen zuerst Worte herein, die das Glashaus verbrennen, und sie sagen, was wir gegen unseren Willen wissen wollen (nicht begreifen, nein, nicht dieses Wissen). So war Gervasio Pola

»Mein Mann hieß Gervasio Pola«,

ein Wort, ich wollte es nicht hören, und wenn ich es dachte, dann mußte ich mir die Decke über den Kopf ziehen und die alte Kinderfrau mit den Majoranblättern rufen – Gervasio kam, angetan wie ein Verführer, auf einem schwarzen Roß mit blitzenden Zügeln, und er sagte, das Leben habe sich geändert, der Vater der Familie sei auf einem deutschen Schiff entflohen (und ich saß im Puppenhaus, naschte heimlich Karameltörtchen und ahnte nichts), und jetzt sei er, Gervasio, Oberst und könne mir das Leben bieten, das ich gewohnt sei und verdiente; meine Eltern hörten vom Eßzimmer aus zu und sahen seinen blanken Schnurrbart, die Uniformknöpfe, die Stiefel und das gestriegelte Haar, das, in der Mitte gescheitelt, sein olivfarbenes Gesicht rahmte. Aber das ging nur ein Jahr lang; so lange duldeten sie ihn (denn er war Oberst und Madero Präsident, und sie waren wer und mußten das kleine Palais mit allem Drum und Dran erhalten). In dem Jahr füllte er mir für immer den Kopf, den Leib, mit Worten, und das Wort im Leib (das er nie kennenlernte, denn es kam zur Welt, als er schon in einem Gefängnis litt, und man hatte mir schon gezeigt, wie dumm ich gewesen war, wie unüberlegt – »Du hast es gewollt« –, und alle Geschwister empfanden den gleichen Widerwillen angesichts meiner Schwangerschaft, obwohl ich verheiratet war, den sie jedem anderen Gatten gegenüber empfunden hätten, den sie aber hinunterschluckten, wenn die Heirat angemessen war, ja, ja, der stille Teich bewegte sich nicht, ja, ja, alles sollte immer so weitergehen, und nun war das nicht mehr so, und Gervasio lag im Kerker, und Madero war ermordet, und in meinem Leib kochte es von den Worten, dem Wort Rodrigo, dem einzigen, das er mir hinterlassen hatte), das mußte ich allein austragen und aushalten, in einem versteckten, kleinen kalten Haus, das weitab lag von der salbungsvollen Wärme des anderen, das sie mir verschlossen, an den ersten kleinen Fußtritten im Leib mich allein freuen und glauben, daß ich mit meinen Worten ihm alles wiedergeben würde, das unsichtbare langsame Wachstum dessen, was aus seinen Worten und meinem Blut gezeugt war, und ich strickte den lieben langen Tag und war überzeugt, wenn die Schuhchen, das Wickeltuch fertig wären, dann würde er wiederkommen und mir übers Haar streichen und sagen, daß nun alles gut sei, daß ich ausruhen, mit ihm zu Bett gehen und wir zusammen schweigend spüren könnten, wie in mir unser Kind wuchs, uns lieben würden, ohne uns zu berühren, nur mit den Händen, dem Streicheln der Haare, mit brennenden Wangen, aber nein, es sollte nicht sein, er war nicht da, während sein Wort rund und schwer in meinem Leib wuchs, er war niemals da und erfuhr es nie, denn ich sah ihn nie wieder, und wenn er dagewesen wäre, dann hätten wir drei sein können, aber so waren wir immer nur zwei, ich und das Wort, ich und der Vatersohn, ich und Gervasio-Rodrigo, eine Fortsetzung, aber nun nicht mehr seiner Worte, sondern meines Schweigens, meiner einsamen Entschlüsse, verstehen Sie? Und nun ging es nur noch ums Essen; das wurde mir klar, als mich viele Jahre später Hauptmann Zamacona besuchte, als ich, um zu essen, in einem Geschäft im Zentrum arbeitete, und er wollte mich öfter besuchen (drei Jahre nach seinem Tode, und ich dachte noch immer, er würde wiederkommen, und behielt nur durch meinen Willen meine Figur, seine Figur, damit er nicht an diese Tage, diese Jahre denken sollte, sondern neu anfing und Abschied und süßbittere Entsagung und Willkommen in einen Augenblick verschmolz, der die ganze Zeit des Elends und der Trennung und der Schwangerschaft wieder einholen würde), und so erfuhr er, wer ich war, und erzählte es mir: »Ich selbst gab den Feuerbefehl, ich befehligte an jenem Morgen in Belén das Erschießungskommando, vor der abgeblätterten Mauer und den vier Männern, die sich die Augen nicht verbinden lassen wollten, sich aber die Hände reichten und die Augen schlossen, und ich selbst gab dem Rebellen Pola den Gnadenschuß, er wand sich auf dem Boden – Ihr Mann –, weil die Soldaten nicht richtig zielen konnten und die vier noch lebten. Ihr Mann ist seit drei Jahren tot, Señora. Das war noch eins von Huertas Verbrechen, er wird sie teuer bezahlen, und nun, da ich auf der Seite Carranzas stehe, kann ich

Ihnen alles, was Sie verdienen, bieten!« Es waren fast die gleichen Worte und wieder ein schräg aufgesetztes Käppi, ein gezwirbelter Schnurrbart, eine martialische Haltung: immer der gleiche, der mir nun mit anderen Worten mitteilte, daß Gervasio tot war, und da erkannte ich, daß meine einzige Entscheidung meinen Lebensunterhalt betraf, denn ich wußte, dem Unglück und dem Tod muß, natürlich und bitter, der Alltag folgen; ich hätte Gervasio betrauern und danach auf seinem Totenbett unser (Rodrigos und mein) Mahl zubereiten und den Duft von Kerzen und Gardenien mit dem Geruch zerlassener Butter und Fetts mischen sollen, aber so war es nicht, Sie sehen ja, es war drei Jahre später, und niemand wußte, wo er begraben lag, und so atmete ich den Staub (wenn die Staubstürme aufkommen in diesem Tal, das ich habe dürr werden sehen, es war früher freundlicher, in meiner Erinnerung, und blumiger) und bildete mir ein, darin sei die Asche meines Mannes, aber der Hauptmann sagte nachdrücklich: »Betrauern Sie ihn nicht; es tut mir leid, daß ich es sagen muß, aber er ist keinen guten Tod gestorben. Er hätte allein an der Mauer stehen können, aber nein, er verriet seine Gefährten; er konnte nicht allein gehen, er mußte sagen, wo die anderen waren, weil er sonst Angst gehabt hätte. So war das, Señora.« Und ich warf ihm nicht seine Feigheit vor (Feigheit? War er nicht der Vorgesetzte? Hatte er nicht das Recht, alles von seinen Kameraden zu verlangen? Er hatte recht getan, aber das war es nicht, was ich ihm vorwarf), sondern daß wir nicht zusammen hatten fallen können, denn wenn er der Vorgesetzte der Männer war, die mit ihm starben, so war er doch auch mein Mann und der Vater meines Kindes, und er hätte uns rufen, es von uns verlangen sollen; nein, er ließ uns allein, sagte uns damit, daß er nicht immer der Vorgesetzte war, daß wir uns allein einrichten müßten, daß er mir sein Leben, aber nicht seinen Tod schenken könne. Das war seine Feigheit, und das ist der Zorn, den ich auf ihn habe, verstehen Sie?, denn etwas hätte er mir ganz geben müssen, und es war nicht er, sondern nur diese Fortsetzung, die ich zur Welt brachte, die ich aufzog (vielleicht wollte er, daß dieses Kind das Ganze, sein Leben und sein Tod, sein sollte, aber gesagt hat er mir das nie), und dieser Zorn, daß sein Tod mich betrogen hatte, zwang mich für immer, darauf zu verzichten, gewisse Dinge zu begreifen, außer einem: Gervasio hatte gar nicht existiert, ich hatte das Kind durch meinen Willen und Entschluß gezeugt, ich selbst hatte mich befruchtet mit dem Traum von einem Mann, den ich nur im Schlaf kennengelernt hatte, der mich nur im Dämmerschleier zwischen zwei Morgenstunden besessen hatte, und diese beiden Augenblicke – meine Selbstbefruchtung und die lange Geburt des Kindes – dauerten ewig, meine Traumempfängnis und die lebendige Geburt gingen ineinander über, wiederholten sich in einem Kreislauf. Aber er wollte es nicht, Señor, er wollte nicht Teil meines Lebens sein (das aus diesen beiden verschmolzenen Augenblicken bestand, zu denen er gehörte, an der Nabelschnur, den Traum erzeugend, der ihn erzeugte), und wortlos machte er mich mit seinen klaren Kinderaugen aufmerksam, daß er nicht nach meiner Vorstellung sein eigener Vater war, sein Vatergeliebter, sondern sein Vaterkritiker, nicht der Vater, der mich immer so genommen hätte, wie ich gewesen wäre, sondern der mich beobachtet, mir ins Gesicht gesagt hätte: Du bist nicht mehr die von früher; du änderst dich, deine Augenhöhlen werden tiefer und deine Augen welk, deine Haut wird schlaff, und du bist eine unglückselige Witwe, die alt wird und vergebens arbeitet, da sie für das kleine Spielzeugschloß aufgezogen wurde und für die Kinderfrau, die dumme Geschichten erzählte, und für die Speisekammer, die so anders roch als dieses Haus, in das keine Sonne scheint und in dem die Sachen nach Schimmel riechen, und das konnte ich nicht ertragen: Mein Gesicht war immer dasselbe, mußte es sein, damit er es wiedererkannte, wenn er kam, es mußte den Liebesworten entsprechen, die es verwandelt hatten in das Gesicht der Gattin – aber Rodrigo wußte das nicht, er sah nur Minuten, die die Haut gefältelt hatten, und er beobachtete, er zwang mich, mich selbst zu beobachten, die Wahrheit zu erkennen, daß dieses kleine magere Wesen, das unter einer grünen Lampe saß und seine Schularbeiten erledigte, sich entfernte, davonmachte, statt in mein Leben einzudringen, mich ansah und zu mir sagte: Ich bin nicht du; ich kann bei dir sein, aber ich werde nicht du sein.

»Mein Sohn, mein Sohn!«

»Haben Sie ihm nie die ganze Wahrheit gesagt, alles, was Sie dachten? Wollten Sie nur schweigend warten, daß Rodrigo all das verstand?« fragte Ixca Cienfuegos.

»Ja, das wollte ich«,

denn, sehen Sie, ich konnte nicht mich und alles um mich gemein machen (meine Welt war schon gemein geworden in allem Gegenständlichen, und ich konnte sie nicht noch mehr herunterziehen, indem ich alle meine Gedanken aussprach, denn früher wußte man, wohin alles gehörte, auch ohne Worte, all das, was wir zu Hause glaubten, meine Eltern, meine Geschwister und ich, das war einfach so, man mußte sich nicht rechtfertigen oder um Verzeihung bitten für das, was einem zustand, greifbar und ungreifbar, daheim und in der Welt: Beides war durch eine feste Ordnung gerechtfertigt, und so sollte es auch jetzt sein, aber jetzt waren meine Arbeit, mein Haus und meine Kleidung gemein; darum sollten nicht auch noch meine Seele, meine Worte und das Leben, das ich meinem Sohn zukommen ließ, gemein sein), und so zwang mich die Entfremdung von ihm, wieder nach Gervasio zu suchen, aber wie ich durch Rodrigo merkte, daß ich anders geworden war, so merkte ich jetzt durch ihn, daß Gervasio anders war, und damit war alles zu Ende, was ich hochgehalten hatte: der Zorn, die ferne Erinnerung an seinen Körper, die Notlösung des Vater-Sohns, der Wunsch, meinen Tod in seinem zu vollziehen, damit er die Geburt unseres Sohnes mit vollzöge und uns so Tod und Geburt, Geburt und Tod vereinten – denn nun bestand meine Zeit aus Stunden einer gemeinen, grauen, eintönigen Arbeit, die nie Freude macht – Arbeit kann so gnädig und rein sein wie Muße, ja, aber diese nicht, Señor Cienfuegos, die hat nichts davon, und erst in diesen gemeinen Stunden fing ich an, Gervasio Vorhaltungen zu machen, ihm Dinge vorzuwerfen, die nichts zu tun hatten mit dem Beginn unseres gemeinsamen Lebens, unserer Liebe und ihrer Frucht, sondern die aus dem neuen Leben kamen, aus der neuen Stadt, die rings um mich wuchs, mit ihren neuen Menschen, die erschienen waren, die verlassenen Posten zu besetzen, und aus dieser schiefen Betrachtung (aus alldem, was unserer Erfahrung, unserer Liebe, dem Tod und dem Leben und der Zeugung so fremd war) entstand dieser neue Gervasio, dem ich Vorwürfe machen konnte, und daraus entstand auch der Weg, den ich mir für Rodrigo ausdachte; denn mein wahres Leben, das ich Ihnen eben geschildert habe, ging verloren in all dieser Gemeinheit, und ich mußte neue Anlässe und neue Beziehungen erfinden, und das weiß ich erst jetzt, da ich allein bin, und so erzähle ich es Ihnen. Zehn Jahre waren vergangen seit Gervasios Tod, und ich verglich mich mit damals. Ich nahm das Bild meines Mannes (neben dem eiskalten Kopfende meines Bettes, in dem ich in meiner Witwenzeit geschlafen hatte; man ist später nicht mehr Witwe, man vergißt, daß etwas in einen eingedrungen ist, rücksichtslos und mit verhaltener Kraft, zitternd und doch voller Achtung für mich, nicht alle sind so, aber er ja, er war gut, das weiß ich jetzt, zu spät, gut und großmütig, das sind die Dinge, die uns entgehen, denn wir verwirren unsere Gedanken und unseren Leib auch und möchten, daß die Dinge anders sind, nicht so, wie sie sind: gut, großmütig) und hob es neben mein Gesicht vor den Spiegel. Ich kam mir jetzt wie seine Mutter vor, und mit lauter Stimme machte ich ihm Vorwürfe, mit Worten, die nicht von mir, sondern aus meiner trübseligen Arbeit und der Stadt und ihren neuen Menschen kamen, die mein Herz wie eine Flut verdunkelten: Du bist noch derselbe, tot oder wo du auch seist; du kannst nicht mehr werden als der Narr von dreißig Jahren, der sich in ein idealistisches Abenteuer gestürzt hat. Hast du denn nicht erkannt, Gervasio, daß ein Mann nicht das Recht hat, seinen eigenen Weg zu gehen, wenn er Frau und Kind zu ernähren hat? Narr, Narr, erschossen in einem Kerker, obwohl du heute, zehn Jahre danach, reich sein könntest, und ich ließ den Arm fallen und dachte an den Laden, in dem die Neuen ihre Einrichtungen kauften für ihre neuen Häuser in ihren neuen Siedlungen, wo die wohnen würden, die nicht im Kerker von Belén gestorben waren, all das Pack, und die von früher, die sich angepaßt hatten. Du hattest nicht das Recht, Gervasio, dich so der Gefahr auszusetzen; du hättest dich vorsehen sollen wie diese, die jetzt reich sind und Einfluß haben. Du hast weder an mich noch an deinen Sohn gedacht, Gervasio; du hast mich allein gelassen, und ich bin verdorrt; ich möchte dir verzeihen, Gervasio, aber ich kann es nicht, du hast mir weder deine Liebe noch das bißchen Auskommen gegeben, mit dem man leben kann. Aber (und das war die Lüge, die mein Vorwurf gebar, das weiß ich heute, da es zu spät ist, sagen Sie es meinem armen Jungen, bevor es für ihn zu spät ist: In diesem Land gibt es keine Siege und keine Niederlagen, keine Erinnerung an die Menschen, die hier gelebt haben, alle waren Gespenster vor ihrer Geburt und nach ihrem Tod, denn nur die Gespenster leben wirklich in Mexiko, nur sie schlagen die Schlachten, all unsere Mühen sind vergebens, unser Eigenleben wird unterdrückt durch die ewige Schlacht der Gespenster, ihre endlosen Kämpfe, sagen Sie ihm das) deinen Sohn, den werde ich dazu bringen, daß er was wird. Ich werde ihn beuteln, aber ich werde ihn erziehen, ihm zeigen, wie man sich an die Mächtigen heranmacht und ihnen schmeichelt, damit man ihn mir nicht an einer Mauer umbringt wie dich und damit er seiner Frau einmal ein normales Leben bieten und dabeisein kann, wenn sein Sohn geboren wird ...

»... das Glas, Señor, das Glas auf der Kommode, rasch ...«

Ixca ergriff das Glas und führte es an die durchsichtigen Lippen der Greisin mit der Haut wie trockene Zwiebelschalen, die heiser und zusammenhanglos auf ihrem Eisenbett stöhnte und in deren Augen ein Ausdruck den anderen ablöste, während unaussprechbare Worte und Gedanken sich in ihrem Gehirn überstürzten. Das milchige Getränk rann durch Rosendas bebende Kehle. »Verstehen Sie mich?« *Aber ich konnte mich nicht gemein machen, verstehen Sie, und dem Jungen konnte ich das nicht sagen, nur dem Bild seines Vaters (denn tief in meinem Innern waren Zeugung und Geburt für mich noch immer dasselbe). Denn der Junge wurde in der Schule immer nur gehänselt, und jeden Tag verkroch er sich mehr in seinem Zimmer, und ich saß unten und strickte, und in meiner Lüge stellte ich mir vor, was er wohl tat, schlich an die Tür seines Zimmers, ob ich ein Geräusch hörte, und meinte, er sei doch nun schon groß, fast dreizehn, und da fingen die Versuchungen an; ich war der Ansicht, ich müsse ihm von seinem Vater erzählen (von dessen Scheitern), damit er klar sähe und keine Zeit verlöre (Gervasio, würde ich sagen, hat mir nur viele hübsche Phrasen gesagt und sich dann erschießen lassen), und die Lüge rief mir zu: Ich will nicht, daß Rodrigo so wird! Er soll etwas tun, darum entschloß ich mich, in meiner Lüge, aus meiner Lüge, meiner eintönigen Arbeit, meiner Vereinsamung in der Stadt heraus, die ungefragt meine gewesen war, und danach, einen Augenblick lang, der stürmische Ort meiner Liebe und Verlassenheit und Witwenschaft, und aus meinem Drang heraus (warum so eine grausame Liebe, so zerstörerisch, um überleben zu können, so sehnsüchtig, das Kind, das sich uns entzieht, wieder in sich einzusaugen?) ihn zu meinem, meinem ureigenen zu machen, erzählte ich ihm, daß sein Vater ein Feigling gewesen sei, ein Narr, der seine Kameraden verraten und uns im Elend zurückgelassen habe; dabei hatte er mich nur gefragt, ob Gervasio gut zu mir gewesen wäre, und ich hatte schon (in meinem einsamen Bett und meinen Nächten als Witwe und meinen Tagen als Angestellte) vergessen, wie (Ich sagte es Ihnen bereits) gut und großmütig Gervasio, mein Träumer, mein Narr, mein Feigling, mein geliebter Junge war ... und ich glaubte, der Spott der reichen Mitschüler, nicht die Liebe, von der ich zu Ihnen spreche, sei die Ursache, daß Rodrigo so still war, sich gewissermaßen von mir entfernte, daß er seit jenem Abend, als ich mit ihm über seinen Vater gesprochen hatte, nicht mehr mit mir wie früher (durch Blicke verknüpft, durch unbegreifliche Minuten des Schweigens) eins sein konnte, mit meinen Gewißheiten und Erinnerungen und meinen armseligen Wünschen: Keiner würde je wieder etwas vom anderen wissen (in dem Sinn, den ich vorhin meinte). Sie verbildeten ihn in der Schule, behauptete ich, wir waren nicht reich, sie verspotteten ihn und nahmen ihm die erforderliche Sicherheit, sich durchzusetzen; sie zwangen ihn, sich in sein Zimmer einzuschließen und zu schreiben, statt an das zu denken, was er tun sollte (was sein Vater nicht getan hatte: sich zusammennehmen, alle waren aufgestiegen, Calles selbst war Lehrer gewesen). Rodrigo wurde groß, und ich machte die Lüge größer: Immer näher rückte der Augenblick der Gefahr und der Entscheidung, und ich beobachtete ihn – von meinem Schaukelstuhl aus wiederholte ich ihm stumm, wie sehr ich fürchtete, daß die Abwesenheit eines Mannes im Hause ihn scheitern lassen würde, und nach Mitternacht ging ich leise in sein stickiges Zimmer, in dem er schrieb und schon heimlich rauchte, und wenn er schlief, kniete ich an seinem Kopfende nieder und redete zu ihm, sagte ihm, daß er nun kein Kind mehr sei, und anderes, und ich richtete ihm sein Kissen, wenn er schlecht träumte und den Kopf hin und her warf und meine Worte ihm wie ein leiser Singsang in seine Träume drangen. Es war ein unnützer Zauber: Er zog sich von mir zurück, zu neuen und interessanten Freunden (wir wissen, daß sie unsere Kinder nicht lieben, Señor, sie kommen nur zusammen, um uns zu vergessen, um sich einzureden, daß sie selbständig sind, und am Ende bleiben sie doch allein, wie er allein geblieben ist).*

»Sind Sie sein Freund?«

Er kam immer spät, und ich drückte die schweißfeuchte Hand auf die Türklinke, als verberge sich in Rodrigos Zimmer ein wildes Tier, ein finsteres Ungeheuer, das mir von seinem heimlichen Leben erzählen würde, von den neuen Bindungen, die ich nicht begreifen durfte, sondern nur zu vermuten hatte (er zwang mich nicht, das nicht: Alles geschah schweigend, in dem neuen mechanischen Schema kindlicher Liebe), und als ich endlich aufmachte, da fand ich nur diese neue Liebe, diese Papiere (die mehr waren als ich, mehr als seine Freunde, mehr als er selbst, so schien es mir damals, jetzt weiß ich nicht: Er ist so bedrückt), vollgeschrieben mit Versen, und da wollte ich die Lüge auf die Spitze treiben, sie entscheiden, mich, wohl unwissentlich, ganz von ihr einnehmen lassen, um damit wieder zur Wahrheit zu gelangen.

»Hat er Ihnen davon erzählt?«

Was ich damals zu ihm sagte? Ich wollte die Lüge durchhalten. Sie war schon so groß, die Wüste zwischen meinem in Watte gepackten Leben von einst und meinem Witwenleben, daß ich meinte, niemand habe ein Recht auf sein Schicksal. Und ich wollte nicht, daß er sein Schicksal hätte, nicht wahr, Señor? Er sollte wie ich nur Verantwortung haben, und eigentlich wollte ich ihm nur sagen, wie sehr ich ihm sein Schicksal wünschte, aber es sollte mein Schicksal, das seines toten Vaters fortsetzen; aber ich wagte nicht, ihm das zu sagen, ich setzte vielmehr meiner Lüge die Krone auf und lief aus dem Zimmer, stieß mich an den Wänden des engen Korridors, rannte in meine Schlafkammer und schloß mich ein. Vater und Sohn sah ich zum letztenmal, wußte, daß ich Rodrigo gezwungen hatte wegzugehen – nicht körperlich, nicht am selben Tag, im selben Jahr, sondern irgendwann –, aber von da an ging er fort, mit seinen Augen, dem leisen Pulsschlag, mit der Hand, die mich streichelte wie ein stummes altes Denkmal, mit seiner abwesenden Höflichkeit, die mich davon ausschloß, jemals wieder etwas von seinem Leben zu wissen, mit seinem allmählichen Zurückziehen (bis zu dem Tag, an dem er nicht nach Hause zurückkehrte, liebenswürdig, ohne Szenen, ohne ein einziges verletzendes Wort, das mich erlöst hätte, verstehen Sie?), um nie wiederzukommen, nie mehr etwas von mir wissen zu wollen, nicht einmal heute, am Tage meines Todes,

»Das Glas, Señor Cienfuegos.«

und wird Gervasio wiederkommen, bedeckt mit geronnenem Blut, das er mir schuldet? Denn er war ein hübsches Kind, als er geboren wurde ...

»Sie hätten ihn sehen sollen, das arme Kerlchen ...«

dort im Schrank können Sie ihn sehen, auf den alten fleckigen Fotos, als er mir mit einer Hand über den Kopf strich; er war so klein, so klein: geboren aus einem Pulverblitz, und wußte es nicht, begriff es nicht ...

»Sagen Sie es ihm, dem armen Kleinen.«

... daß es keinen Sieg und keine Niederlage gibt, daß er sein winziges Schicksal vollenden wird (er wollte es ja, nicht wahr?), während sich die ganze Erde, wo ich als Kind lebte, nur mit alten Gespenstern füllt, mit der Kinderfrau und der Karamelcreme, bevor die Worte kamen, sagen Sie ihm das, man wird ihm nicht alles gesagt haben, denn die ganze Wahrheit steckt in unseren Tagen, und jeder Blick, jeder Herzschlag, jedes neue zufällige Geschehen sieht sie anders. Und Sie wissen nicht, wie

jene Tage waren, aber sie konnten nicht dauern, nichts dauert hier, wir sind nur einen Augenblick hier, bevor der nächste Wirbel uns erfaßt ...

»Das Glas, Señor.«

Sagen Sie ihm, er soll kommen, nur einmal ... Ich weiß, er ist arm, er kann mir nicht helfen.

»Komm, mein Kleiner ...«

Rosendas Zunge schoß spitz zwischen den dünnen Lippen hervor, und ein fast unhörbares Geräusch in ihrer Kehle, wie ferner Donner, veranlaßte Ixca, aufzustehen und ihr das Laken über das Gesicht zu legen. Er löschte die Lampe auf der Kommode und ging aus dem Zimmer.

»Rechne doch mal nach, Luis, mir scheint, es geht nicht.«

Die schlanke junge Frau mit dem kantigen, zarten Profil, dem glatten Haar und den ungleichen Zähnen setzt sich auf das mit rosa Brokat bezogene Sofa. In der Wohnung, im vierten Stock eines Hauses in der Calle de Miguel Schultz, riecht es wie jeden Abend nach Gas, Küche und Haustieren, wie in allen Häusern mittleren Baualters in Mexiko. Aus einem finsteren Vorraum führen finstere Korridore mit grauem Fliesenfußboden zu einer abgeblätterten Tür, die sich zum Wohnzimmer öffnet: Eßtisch, zwei Stühle, Sofa, ein Korblehnstuhl. Ein paar bunte Drucke religiösen Inhalts vervollständigen die Einrichtung.

»Nicht zu schnell, Josefina. Wirst schon sehen.« Der junge Mestize mit spärlichem Schnurrbart, dunkler Brille und aufgekrempelten Hemdsärmeln schreibt Zahlen auf ein Blatt Papier.

»Wir müssen erst das Schlafzimmer bezahlen.«

»Da fehlt nicht mehr viel. Schau mal: Sie haben es mir versprochen. Von Dezember an bin ich nicht mehr Angestellter. Wenn sie mir den nördlichen Bezirk geben, dann kann ich als Vertreter viel Geld verdienen. Der Baumwollmarkt zieht an, Kleine, und da lassen sich viele landwirtschaftliche Maschinen verkaufen.«

»Ach, ich möchte Luisito so gern aus dieser Volksschule nehmen und ihn zu den Mönchen geben.«

»Na klar. Das erste, was wir tun werden. Mach dir keine Sorgen. Außerdem habe ich schon eine Wohnung im Auge, in einer anderen Gegend.«

»Wieviel kostet sie denn, Luis? Ich glaube ...«

»Sechshundert Pesos, mein Herz. Zweihundert mehr als diese, und in einem schicken Bezirk: in der Gegend von Nuevo León.«

»Ich hab San Rafael satt. Man muß einfach mit den Nachbarinnen verkehren. Du triffst sie auf dem Markt und im Park, und weil sie eben was anderes sind als man selber ... du weißt ja. Manchmal denke ich, Luis, daß wir nie aus dem Dreck rauskommen, und dann krieg ich ...«

»Na, na ...«

»Werden deine Chefs es sich nicht anders überlegen?«

»Ach was! Du solltest sehen, wie gut ich mich mit dem Abteilungsleiter stehe. Und er hat schon mit dem Allerobersten über mich gesprochen. Das geht durch, sag ich dir. Im Dezember werde ich Vertreter, sollst sehen.«

»Wenn du im Norden viel Geld verdienst ...«

»Halt, immer mit der Ruhe, Josefina. Abwarten und Tee trinken. Erst mal muß man ...«

»Luis, ich würde ja so schrecklich gern ein Auto haben. Luisito wird schon sieben, und es wäre so schön, wenn man sonntags mal rausfahren könnte ... Und dann möchte ich noch ein Baby haben, denn es schickt sich ja nicht ...«

»Hör bloß auf, wir können uns doch nicht noch mehr aufhalsen. Es reicht knapp für drei Esser.«

Aber es schickt sich nicht, sag ich dir. Bloß weil ich dich sehr lieb habe und du mich bittest, aber mir hat man beigebracht, daß es Sünde ist und daß man alle die Kinder kriegen soll, die Gott schenkt. Wenn du ab und zu mal mit mir zur Messe gingst, dann wäre dir klar ...«

»Josefina, ich bitte dich! Was weiß der Pfaffe von den Problemen jedes einzelnen!«

»Luis, du weißt, daß ich auf meine Religion nichts kommen lasse, bitte, rede nicht so.«

»Na gut. Aber sorg dich nicht. Ich werde schon aufsteigen. Die Chefs schätzen mich, ehrlich. Kann sogar sein, daß in zehn Jahren ...«

»Ein eigenes Häuschen?«

»Sicherlich, Josefina. Nur nichts überstürzen.«

»Schau mal, ich hab ein paar Bilder aus einer amerikanischen Zeitschrift ausgeschnitten. Weißt du, was ich am liebsten haben möchte? Eine Frühstücksecke neben der Küche, damit ich nicht soviel hin und her laufen muß. Außerdem sieht alles intimer aus, findest du nicht? Die Rodríguez haben genau so eine, und María de la Luz hat gesagt ...«

»Was wissen denn die Rodríguez! Und hock nicht so viel bei der Alten rum, die setzt dir bloß Flausen in den Kopf.«

»Aber die sind doch sehr vornehm. Señor Rodríguez hat in ganz kurzer Zeit 'ne Menge Geld verdient. Solche Bekanntschaften nützen uns, Luis. Ich halte es in diesem Viertel einfach nicht länger aus. Dräng deine Chefs mal ein bißchen, sag ihnen, sie sollen ...«

»Na klar, Josefina, natürlich. Und mach dir keine Sorgen. Wirst sehen ...«

Mexiko in einer Lagune

Um sieben Uhr morgens regnete es. Die Stadt lag noch farblos und halb im Schlaf, als Ixca Cienfuegos in einem schwarzen Regenmantel auf dem Leichenwagen an dem zweistöckigen Hause mit den zahlreichen Innenzimmern in der Calle de Mixcoac vorfuhr. Er atmete die glasklare, durchdringende Luft und sprang vom Wagen gleich in die Haustür, denn die enge Straße war ein gelber Morast.

»Ich sage Ihnen Bescheid«, rief er den Angestellten des Bestattungsunternehmens von der Tür aus zu. Mit seinen langen Beinen stieg er hinauf, immer drei Stufen auf einmal, zu Rosendas Zimmer. Er öffnete die Tür, und alle Dünste der Frau schlugen ihm entgegen: als hätten sich sämtliche Worte, die Rosenda im Laufe ihres Lebens gesprochen hatte, verdichtet, in Gerüche verwandelt, die nun darum stritten, sich in ein neues Wort zu konzentrieren. Er fand sie so daliegend wie am Abend zuvor: spitze Zunge, geöffnete Augen, noch durchscheinendere, pflanzenhaft brüchige Haut. Er stemmte ein Knie auf das Bett und legte mit Mühe Rosendas Arme auf der Brust zusammen. Dann drückte er ihr die Augen zu. Er mußte den Unterkiefer mit einem Taschentuch festbinden. Dann ging er nach unten.

»Sie können kommen. Ich warte hier auf Sie.«

Durch die Plane des Wagens tropfte es. Ixca klappte die Mantelaufschläge hoch bis an die Nasenspitze. Er hörte, wie der Sarg die enge Treppe heruntergetragen wurde, das Platschen der Füße im Regen. Ein paar Frauen sahen aus dem Fenster. Eine Rotte kleiner Jungen, die sich in der Avenida Revolución erboten, Pakete von einer Straßenseite auf die andere zu tragen, liefen herbei, um zuzuschauen, als der Sarg hinaufgeschoben wurde.

»Bitte, Patrón, einen Fünfer, und wir helfen, den Toten zu tragen.«

Einer der Jungen näherte sich nicht und bettelte nicht, er stand mit den bloßen Füßen im Wasser und sah stumm zu, wie die Angestellten sich anstrengen mußten, um in dem Schlamm nicht auszugleiten. Eine schwarze Strähne hing ihm in die Stirn und stand zwischen den Augen ein wenig hoch. Heimlich bekreuzigte er sich, und seine Lippen bewegten sich leicht. Ixca rief ihn zu sich.

»Wohnst du nicht neben Doña Teódula, Junge?«

»Jorge Morales, zu dienen«, sagte das Kind in einem Atemzug mit heller Stimme.

»Was machst du denn so früh hier?«

»Bei den Überschwemmungen kann man immer was verdienen, Señor.« Er bekreuzigte sich noch immer und murmelte, während er das trübe Wasser anstarrte.

»Möchtest du dir ein paar Centavos verdienen?«

Der Junge nickte und kratzte sich an einem Knie. Er vermied es, Ixca anzublicken.

»Dann steig in den nächsten Bus, fahr zu Doña Teódula und sag zu ihr: ›Die Mutter ist tot.‹ Weiter nichts. Kannst du das behalten?«

Der Junge nickte wieder. »Die Mutter ist tot. Weiter nichts.«

Ixca gab ihm einen Peso, und der Kleine rannte davon, hinter ihm schäumte das braune Wasser auf. Der Wagen fuhr an.

Zwischen Mixcoac und San Pedro de los Pinos brach der Morgen durch. Der Regen war jetzt schwer und lau, verbreitete einen warmen Dampf, Ixca dachte an die Tote, die in ihrem Leichentuch endlich wie die Frucht aussah, die Rosenda immer als ihre Zeugung von Vater und Sohn, von Gervasio und Rodrigo erträumt hatte. Der Kreislauf, dessen ewige Wiederholung ihre Sehnsucht gewesen war, erfüllte sich nun an ihrem eigenen Körper. Ixca sah die Stadt an sich vorübergleiten, flach, grau, gedunkelt von einem Regen, der nicht schnell und nicht wohltätig die Erde, die er benetzte, durchdringen mochte, sondern der in einem Zwischenstadium, als Schlamm und in gurgelnden Abzugskanälen an der Oberfläche blieb, und sie verwandelte sich in der Erinnerung an Rosenda in eine riesige Plazenta, angeschwollen von Erschießungen und geforderter Liebe und eigener Gleichgültigkeit und überflüssigen Opfern. Vier Millionen standen nebeneinander, ohne sich die Hände zu reichen, jeder starr neben dem anderen, vor einer Mauer, gekrönt von Pulverdampf. Vier Millionen gebaren mit einer freudlosen Grimasse das Licht jedes Tages, das Dunkel jeder Nacht, ohne Übergang, in einer Geburt, die sich mit schmerzlicher Hast ewig wiederholte: Nie folgte ein Tag den Tagen oder eine Nacht den Nächten. Jeder einzelne tauchte aus diesem Menschenbrei auf, erfüllte seinen vorgeschriebenen Stundenplan und verschwand wieder, ohne eine Erinnerung zu hinterlassen, ohne die Möglichkeit einer Wiederauferstehung. Hier der Leichnam – dort die Stadt. Alle Zeugungen Rosendas setzten sich in einer einzigen fort: der Stadt. Ein sumpfiger Pfad öffnete sich zwischen zwei Reihen Zypressen. Die Regentropfen rannen Cienfuegos über das Gesicht, während er mit gesenktem Kopf hinter den Sargträgern herging. Unbewußt folgte er mit dem Blick den Spuren der Schuhe, die einen Augenblick sichtbar blieben, bevor der Kugelhagel des Regens sie verwischte. Das Grab war voll Wasser. Rosendas Sarg wurde hinuntergelassen, und die hineingeschaufelte Erde bildete blasigen Schaum.

»Verzeih«, murmelte Cienfuegos und verließ durchnäßt den Friedhof.

Rodrigo Pola war vor dem Badezimmerspiegel stehengeblieben, nachdem Teódula Moctezuma in ihren dunklen Gewändern die Tür des Innenzimmers in der Calle de Rosales hinter sich geschlossen hatte. Sein blasses Spiegelbild war dennoch deutlicher als sein verlegenes Gesicht. Er fing an, Grimassen zu schneiden, schmerzliche, lachende, interessierte oder überhebliche, bis er sein Gesicht und das im Spiegel als zwei verschiedene empfand, so weit voneinander entfernt wie der wirkliche Mond und sein gebrochener Widerschein in einem Teich. Er schnupperte den Geruch vertrockneter Blumen, den die zerknitterte Frau hinterlassen hatte. Seine Gesichtsmuskeln begannen zu schmerzen, aber er vermochte die rasche Folge von Grimassen vor dem Spiegel nicht zu unterbrechen. Was für ein Gesicht hatte er gemacht, als er Norma Larragoiti seine Liebe gestand? Dieses. Und was für eins hatte er gemacht, als Mediana ihn aus der Gruppe ausschloß? Rodrigo runzelte die Stirn und formte mit den Lippen ein O. Und welches war sein offizielles Schriftstellergesicht? Er hob eine Braue und bewegte erregt die Nasenflügel. Dann ließ er die Schultern sinken, kratzte sich den Kopf und empfand den lebhaften Drang – der mit seiner augenblicklichen Komödie nichts zu tun hatte –, sich hinzusetzen und zu schreiben – irgendwie mit sich selber zu sprechen –, um etwas, nur etwas, wirklich festzuhalten. Er griff in die unordentliche Schublade seines Schreibtisches und zog einen flachen Bleistift heraus. Zwischen den Seiten eines Romans von Pío Baroja fand er einen Block mit braunem Schreibpapier. Er setzte sich auf den Bettrand, kratzte sich an der Nase und schrieb:

»Das Problem besteht darin, zu wissen, wie man sich das eigene Gesicht vorstellt. Ob das Gesicht in Wirklichkeit häßlich oder schön ist, spielt keine Rolle. Man muß sich das eigene Gesicht nur interessant, kraftvoll, bestimmt oder auch lächerlich, dumm und häßlich vorstellen. Bei mir kommt beides vor. Manchmal, wenn ich aus dem Kino komme, denke ich mir, das eindrucksvollste der Gesichter, die mich zwei Stunden lang angeblinzelt haben, müsse mich angesteckt haben. Ich hebe die Brauen, stülpe die Unterlippe vor, bis sie trocken wird, wölbe die Brust. Ich bin sicher, daß ich den Leuten auf der Straße auffalle und sie meine bedeutende Persönlichkeit erkennen. Ich bin ein Mensch mit Ausstrahlungskraft. Ein zweiter Victor Francen oder Laurence Olivier. Ein andermal erwache ich mit einem beunruhigenden, leeren Gefühl in der Magengegend, ich unterbreche die Bewegungen des Rasiermessers, und der Anblick des Seifenbärtigen im Spiegel bedrückt mich, ich gehe schleppenden Fußes mit hängendem Kopf hinaus und bin sicher, daß alle, die mich treffen, murmeln, lachen und mit dem Finger auf den armen Teufel zeigen. Alles hängt also von Seelenzuständen und äußeren Impulsen ab. Demnach müßte es genügen, diese Impulse so zu steuern, daß man den erwünschten Geisteszustand und die Persönlichkeit erhält, die man haben will. Aber im allgemeinen ist es mir lieber, wenn mich die Leute als armen Teufel ansehen und Mitleid mit mir haben. Wieso wohl? Vielleicht weil ich von dieser Basis aus meine Persönlichkeit besser ins Licht setzen und jene Lügen strafen kann, die mich einen armen Teufel genannt haben. Die umgekehrte Prozedur wäre zweifellos wesentlich schmerzlicher. Ich will damit nicht sagen, daß manchmal der Kontakt mit Leuten, die Mitleid mit mir hatten, so flüchtig war, daß ich gar keine Zeit hatte, ihnen das Gegenteil zu beweisen. Solche Leute würden wahrscheinlich den endgültigen Eindruck gewinnen, es mit einem Erzdummkopf zu tun zu haben. Darum ziehe ich es vor, meine Bekanntschaften auf lange Sicht vorauszuplanen, ebenso den Eindruck, den ich auf fremde Gemüter zu machen wünsche. Man wird sagen, dies alles sei lächerlich, man könne die Menschen objektiv beurteilen, ihre wirkliche Persönlichkeit breche sich durch alle Masken hindurch Bahn. Ich bin da nicht so sicher. Es kann sein, daß das Spiel, der Kunstgriff, durch Wiederholung authentisch wird und daß die ursprüngliche Persönlichkeit sich für immer verliert, verkümmert durch Mangel an Anwendung. Ich weiß es nicht. Sicher ist, daß ich infolge dieser Dialektik nicht mehr weiß, was eigentlich meine wirkliche Maske ist.

Betrachten wir einige Beispiele. Nehmen wir an, ich habe – oder hatte – eine besondere Fähigkeit, sagen wir, zu schreiben. Ich begann mein Erwachsenendasein, indem ich mich als Schriftsteller einführte und der Welt als erstes eine Visitenkarte präsentierte, auf der ›Rodrigo Pola, Schriftsteller‹ gedruckt war, wie andere sich vorstellen als ›Soundso, Ingenieur‹ – oder ›Sowieso, Gemälderestaurateur‹. Nur können diese unmittelbar und greifbar beweisen, daß sie Ingenieure oder Restaurateure sind: Ihre konkrete Arbeit kann von den fünf Sinnen erfaßt werden. Aber wie beweist man, daß man Schriftsteller ist? So greifbar ein Buch ist, so gut man es sehen, berühren, riechen kann, sagt das doch nichts – ganz zu schweigen von den Feinheiten des Stils – über die Existenz seines Autors. Man sieht einen Stapel Papier, Buchstaben, Leim, Fäden. Man kann den Stapel berühren, den Leim riechen, durch den er gebunden ist, man kann sogar mit der Zunge über eine Seite fahren – alle diese sinnhaften Handlungen werden nichts über das fragliche Buch aussagen. Man kann sogar zweifeln, daß es als Buch existiert – so schwierig ist es, sich ihm, seinem Wesen, wirklich zu nähern! Anders dagegen, wenn man unmittelbar und greifbar sieht, daß da ein Betongebäude ist, ein altes Gemälde aus dem fünfzehnten Jahrhundert, restauriert, glänzend und nach Firnis riechend. Es gibt also keine entscheidenden Beweise, daß jemand Schriftsteller ist; höchstens ein Gerücht von Berühmtheit, und da überlegt man sich nun, wie man diese Berühmtheit benutzen kann, konkrete Werke, wenn auch keine Bücher, zu schaffen. Ich habe einen schmalen Band Verse geschrieben, als ich Student in der Preparatoria war, und ich habe ihn gut ausgeschlachtet, nicht um, auf das erste gestützt, weitere Bücher zu verfassen, sondern um zu sehen, ob ich, auf das erste gestützt, Greifbareres vollbringen könnte. Aber natürlich, wenn man ein Kaninchen aus einem Zylinderhut hervorholt, so bestimmen die Spielregeln, daß der Zauberkünstler nach der Vorstellung nicht dasselbe Kaninchen braten kann, das, wenn es mit seinem besonderen Kaninchendasein übereinstimmen soll, eben ein Zauberkaninchen bleiben muß.

Also: Ich konnte nichts anderes tun, als mich als Bürovorsteher an einen Schreibtisch setzen und Worte diktieren, die Briefe, Mahnungen und konkrete Berichte hervorbrachten. Hier aber trat meine ursprüngliche Veranlagung in Erscheinung: Da ich beweisen mußte, daß ich Schriftsteller war, diktierte ich absichtlich einen Bericht falsch, damit ich ihn später verbessern und so mein Talent als Schriftsteller beweisen konnte. Leider brachte mir diese Haltung, ins Extrem getrieben, erstens die Abneigung meiner Untergebenen ein und zweitens die Überzeugung, daß ich zu langsam arbeitete und den Gang der Geschäfte bremste. Ich wollte anfangs nur einen schlechten Eindruck machen, damit der gute eine Entdeckung, eine Überraschung sein würde. So kann sich ein Verhalten wie das meine nur über einen langen Zeitraum entwickeln, und man muß sich vergewissern, daß man genügend Zeit hat, seine guten Eigenschaften von den schlechten aus zu beweisen. O ja, das ist schwierig, denn Menschen und Institutionen möchten – und fordern – eine rasche und klare Bestimmung, und wenn man ihnen die nicht gibt, dann bleiben sie bei ihrem ersten Eindruck. Welche Ungeduld! Und welcher Mangel an Weisheit! Wenn meine Vorgesetzten im Büro sie gehabt hätten, dann hätten sie am Ende die unmittelbaren Möglichkeiten meines literarischen Genies erkannt. Aber sie übereilten sich, beurteilten mich nach den ersten Früchten und kündigten mir. Der Verlust war ihrer, nicht meiner. Das sind die Folgen der geistigen Überstürzung.

Da man niemanden zwingen kann, diesen Überlegungen weiter zu folgen, schwindet die öffentliche Bedeutung einer Veranlagung wie der meinen am Ende dahin, und man kann weiter nichts tun, als seine Probleme und ihre Lösungen auf sich selbst beschränken. So entschloß ich mich eines Tages, gewisse Forderungen meines Körpers zu ignorieren. Mehrere Tage lang ging ich nicht aufs Klosett und ergötzte mich an dem zunehmend schlechten Befinden, das sich daraus ergab. Das Ergötzen verwandelte sich in eine ernste Krankheit – ausgerechnet Peritonitis –, und erst als ich einen Arzt rufen mußte, der mich vom Tode rettete, empfand ich einen Triumph, den mir der monotone, tägliche Stuhlgang niemals beschert hätte.

Natürlich kann man ein solches Heldentum, damit es das bleibt, nicht beliebig oft wiederholen. Gerade die Ausnahme macht es zu dem, was es ist. Diese Überlegung zwingt mich, im täglichen Leben kleinere Ersatzhandlungen zu finden, die, um sie bei ihrem richtigen Namen zu nennen, nur ›Quatsch‹ sind. Die Kategorie des ›Quatsches‹ verdiente eine breite und sorgfältige Untersuchung. Warum macht man ›Quatsch‹? Warum ›quatscht‹ man mit seinen Mitmenschen? Vielleicht ist ›Quatsch‹ auf der täglichen Ebene die Definition meiner Art Heldentum. Wenn man, wie üblich, keine Zeit hat, vor fremden Blicken seine ganze Haltung in der heroischen Dimension vorzustellen und zu entwickeln, so endet man dabei, den anderen Quatsch vorzumachen, um ihnen einwandfrei zu beweisen, daß man sie beeinflussen kann. In meiner Bürotätigkeit wies ich zum Beispiel meine Stenotypistin an, den Bleistift zu spitzen, und sobald sie ihn mir gab, ließ ich ihn fallen, so daß die Spitze abbrach. Diese wiederholte Handlung endete natürlich damit, daß der Bleistift als solcher verschwand, und dann konnte ich der Stenotypistin Mangel an Aufmerksamkeit vorwerfen, da sie ihre Schreibarbeit nicht zur Zeit fertig hatte, und wenn das verwirrte Mädchen – selten – wagte, mir zu entgegnen, sie habe den ganzen Vormittag Bleistifte angespitzt, dann konnte ich ihr immer antworten, ihre Pflicht sei Maschineschreiben und nicht Bleistiftanspitzen, und wenn sie selbst nicht ihre Pflichten kenne, dann sei es wohl besser, sie von der Maschine an den Bleistiftanspitzer zu versetzen.

Dies sind also die kleinen Varianten meiner allgemeinen Haltung. Es gibt andere Gelegenheiten, die aufzuzählen sich erübrigt. Vor kurzem benahm ich mich auf einer Gesellschaft bewußt albern. Ixca Cienfuegos war dabei und merkte es. Ich kehrte in meine Einzimmerwohnung zurück und dachte mir, wie es ja logisch ist, meinen letzten Triumph über dieselbe Gesellschaft von Leuten aus, die meine Lächerlichkeit mit angesehen hatten. Auf der Kochplatte bereitete ich mir eine Tasse Tee und ließ achtlos einen Ledergürtel auf den glühenden Drähten liegen, als ich mich auszog. Ich merkte es erst, als mir der unerträgliche Gestank des verbrannten Leders in die Nase stieg. Kennt man meine Haltung den Dingen gegenüber, so wird es nicht überraschen, daß ich vor allem darauf bedacht war, das Leder weiter verkohlen zu lassen, und ich mich, von einem scheußlichen Geruch umweht, zu Bett legte. Als am folgenden Tage Ixca Cienfuegos kam und mich weckte, dachte er anfangs, es handelte sich um Gasgeruch, und ich hätte versucht, Selbstmord zu begehen – bestimmt wegen der lächerlichen Figur, die ich auf dem Fest am Abend vorher abgegeben hatte. Denn die Leute halten mich für schwach und übereilig. Nein, ich klärte

Ixca nicht auf, ich gestehe es; im Gegenteil, ich folgte seinen Gedanken, sprach scheinheilig von meinem Selbstmordversuch und meinem Versagen im Leben. Am selben Nachmittag nahm mich mein Freund mit, auf der Reforma ›Luft zu schnappen‹, man denke, nachdem ich soviel ›Gas‹ eingeatmet hätte! Er drang in mich, ihm Dinge aus meiner Kindheit zu erzählen (es ist jetzt Mode zu glauben, daß die Kindheit den Menschen bestimmt, als ob man, statt erst zu werden, wieder wird), und das habe ich genutzt und ihm eine Version von mir vorgeführt, die sein Mitgefühl verstärkte. Wer weiß ... vielleicht habe ich ihm nur die Wahrheit gesagt, aber zweifellos habe ich sie mit meiner demütigen Haltung, meinem Bemühen, mich als ›gutes Kind‹ hinzustellen, gefärbt. Ich weiß nicht, ob er alles geschluckt hat, ich weiß auch nicht, ob ich mich in diesem Augenblick, obwohl ich die ehrliche Absicht habe, mir selbst die Wahrheit einzugestehen, nicht zugleich bemitleide.

Sei es, wie es wolle, all dies ist nicht ernst und noch viel weniger schuldhaft. Was schuldhaft ist, über alle Überlegung hinaus, ist mein Mangel an Großzügigkeit. Aber um großzügig zu sein, muß man etwas haben, was man den anderen anbieten kann. Die Fähigkeit zu arbeiten, Liebe, Talent, Verständnis, was weiß ich. Aber wenn man nichts zu geben hat, wenn man hohl ist – kann der Mangel an Großzügigkeit schuldhaft sein? Ich nehme an, das ist mein Fall. Ebenso, wenn keine Hindernisse zu überwinden sind: Ist es schuldhaft, nichts zu tun, still in einer Ecke zu sitzen? Ich zum Beispiel kenne keine Versuchungen. Also brauche ich sie nicht zu überwinden. Ich stelle mir vor, daß Christus, als ihn der Teufel auf den Gipfel eines Berges führte, um ihm von dort aus alle Versuchungen der Welt zu zeigen, sehr wohl wußte, erstens, daß es der Teufel war, der neben ihm stand, zweitens, daß er als Gott einfach aus einem Mindestmaß an Schicklichkeit, oder um die Form zu wahren, nicht der teuflischen Versuchung erliegen konnte. Er war von vornherein dem Teufel und dessen Versuchungen gegenüber immun. Der arme Teufel hat sich schrecklich lächerlich gemacht. Gott ist nicht zu versuchen; für ihn gibt es keine Versuchung, also kann er nicht schuldig werden. Er hat nichts zu überwinden. Genauso geht es mir, ich fühle keine Versuchungen; höchstens Begeisterung, aber das ist nicht dasselbe.

Im Grunde möchte ich nur meine Dialektik verwirklichen. Wie ich schon sagte, stimmt manchmal die These nicht, und dann kommt man nicht weiter. Aber wenn ich auf einem Feld versage, dann wechsele ich auf das entgegengesetzte über, um zu versuchen, ob es von dort aus möglich ist. Meine Freunde aus der Preparatoria zum Beispiel machten sich über meinen Gedichtband lustig; ich mußte ihre Freundschaft und ihre Ideen aufgeben und mich auf die andere Seite schlagen. Waren sie Ästheten, so würde ich ein Mann der Tat werden. Ich kämpfte für die Autonomie der Universität, befaßte mich mit dem Vasconcelismus, als wollte ich zu ihnen sagen: Ich brauche euch nicht. Ich kann zur Gegenseite überwechseln und danke bestens. Aber bei der kleinsten ungeduldigen Bewegung der Leute in der neuen Gruppe geht es mit fliegenden Fahnen zurück zur alten. Und so ad infinitum.

Wie man endet, wenn man so lebt und denkt? Ganz einfach: Das Material geht einem aus, und man weiß, man ist an der Grenze angelangt, sooft man auch die Stellung wechselt. Ja, an der Grenze. Und dort ist man unfähig, etwas zu ändern. Denn wenn man immer als ein billig und gerecht Denkender erscheinen will und ununterbrochen seine Stellung wechselt, um der zu scheinen, den man in jedem Augenblick für den billig und gerecht Denkenden ansieht, so heißt das, für immer auf jede Möglichkeit der Gerechtigkeit verzichten. Das kann man. Man wird ein Sklave des eigenen Spiels, die Bewegung überwältigt und verurteilt die Person, die es begann, und danach ist nur die Bewegung wichtig, man wird hin und her getragen, ist mehr Element als Handelnder. Man ist nicht mehr gut oder schlecht, zu retten oder unrettbar. Vielleicht nennt man das ›außerhalb der Gnade sein‹. Das ist alles.«

Um sechs Uhr nachmittags knöpfte Ixca Cienfuegos seinen schwarzen Regenmantel in der Vorhalle der Kathedrale auf. Zu dieser Stunde leerte sich die Plaza del Zócalo. Die letzten vollbesetzten Omnibusse fuhren ab, aber nun eilten die Studenten herbei, auf dem Wege zu den Abendkursen in der San Ildefonso und am Santo Domingo, die Hände in den Taschen vergraben und ein Heft unter den Arm geklemmt. An jeder Ecke rief ein Losverkäufer die Gewinnzahlen und die Beträge aus. Die Zeitungsverkäufer packten zusammen, die Boleros pfiffen und sammelten ihre fleckigen Tücher, ihre Kästen voller Spiegel und Kupferchips ein. Dann liefen eine Menge Jungen die Calle de Madero und Calle 5 de Mayo entlang und boten das Abend-Extrablatt an. Schließlich segelte die unförmige Gestalt der Witwe Teódula Moctezuma durch das Gitter und glitt durch die

Vorhalle bis ans Tor des Heiligtums, das schwarz war in der Abenddämmerung.

»Hast du ihn gesehen?« fragte Cienfuegos und zündete sich eine Zigarette an.

»Ja, Sohn.« Teódula schneuzte sich lautlos in einen Zipfel ihres Umhangs und richtete ihre hohlen Augen auf Ixca.

»Und wie hast du es ihm gesagt?«

»Ach, Sohn, er ist sofort zusammengebrochen.« Die Witwe zog eine schlecht gedrehte Zigarette aus ihrem Ausschnitt und bat Ixca um Feuer. »›Dein Mütterchen ist gestern gestorben‹, hab ich zu ihm gesagt, ›und ich hab dich in der ganzen Stadt gesucht und nicht gefunden.‹ Wo sie sei, fragte er. ›Schon begraben‹, antwortete ich, aber ich wüßte nicht, wo. Wo er denn gewesen sei, während sein Mütterchen uns gestorben sei, fragte ich. ›Auf einem Fest‹, antwortete er und brach zusammen. Hätt'st ihn sehen sollen, Sohn. ›Nun ist es zu spät, die Arme war längst nicht mehr hier, so alt und so gebrechlich‹, sagte ich, und weißt du, was er tat, Ixca?« Teódula nahm die Zigarette aus dem Mund und lachte kollernd wie ein Truthahn. Ihr Gesicht, rund wie eine alte Tortilla, wurde ganz viereckig.

Ixca lächelte. »Was hat er gesagt?«

Teódula hob die Hände und ließ sie auf ihren Bauch fallen: »Mit welchem Recht ich ihn duzte! Stell dir das vor! Stell dir das vor! Dem hab ich's aber klargemacht, das kannst du glauben, Ixca.«

Sie warf die Zigarette fort und steuerte auf die Mitteltür zu. Von dort lächelte sie Ixca noch einmal zu, verhüllte ihr Gesicht mit dem Umhang und ging in die Kathedrale hinein. Ixca rauchte weiter, an die Fassade des Heiligtums gelehnt. Als die Zigarette zu Ende war, merkte er, daß das Rauchen ihn unbewußt von einem Blick abgelenkt hatte, der ihm ein unbehagliches und zugleich ahnungsvolles Gefühl verursachte. Von der Kirche aus betrachtete er die aufziehende Dämmerung: ein alter Heiligenbildverkäufer mit schwammigem Gesicht. Zwei Frauen, die auf Knien hineinrutschten, mit großen Skapularien um den Hals und in den Händen. Zwei Kinderaugen, ein schwarzer Schopf, der sie fast bedeckte; neben dem Gitter, mit ein paar Zeitungen unter dem Arm, barfuß, kratzte sich einer das Knie. Jorgito sah Cienfuegos fragend an mit der stummen Aufforderung, ihm seine Absicht doch mitzuteilen, damit er sie ausführen könne. Er legte die Hand auf ein Geländer. Er sah elend aus und schien sich seines Aussehens ziemlich bewußt, mit seinem kleinen Körper und dem grauen, zu großen Overall. Ixca ging an das Gitter; die Sonne war schon hinter den Gebäuden an der Plaza del Zócalo verschwunden, und ihre Strahlen fielen fast zu ebener Erde in eine graue, immer schmalere Luftschicht zwischen den Lehm- und den Steinbauten und dem dunklen Bereich, der die Nähe der Nacht ankündigte. Ixca war beunruhigt von dieser Nähe, er hustete und strich dem Kind über den Kopf.

»Du beeilst dich ja sehr, Junge«, sagte er.

Jorgito versuchte zu lächeln. »Wollen Sie nicht das Abendblatt?«

»Es wird schon dunkel – wartet deine Mutter nicht auf dich?«

Ixca mochte die Hand nicht von dem Kopf des Kindes nehmen, und die Sonne sank immer tiefer.

»Meine Mutter lebt nicht bei uns. Sie arbeitet in einem großen Haus.« Jorgito wischte sich die Nase mit dem Ärmel ab und schluckte, versuchte zu lächeln.

Ixcas Hand glitt auf die Schulter des Jungen. »Du wohnst weit entfernt von hier, willst du nicht ...«

Mit halb lächelndem, halb fragendem Blick kratzte Jorgito sich weiter das Knie. Seine Augen, die die große Gestalt, den schwarzen Mantel Ixcas entlangglitten, glänzten.

»Dein Papa ist tot, nicht wahr?«

Der Junge nickte.

»Möchtest du nicht ... ein paar Bonbons oder ein Abendbrot, ja, das ist besser, etwas Warmes essen und dann schlafen ...« Ixca ergriff die Hand des Kindes, sie war eiskalt, ihre Kälte stieß seine Wärme zurück. Das unwillkürliche Lächeln des Jungen gefror, seine Augen fragten nicht mehr, wandten sich mit einem entschiedenen, magnetischen Impuls gegen Ixca, und er versuchte, sich von der Hand des Mannes zu lösen. Ixca drückte die kleine Hand immer fester; er konnte seine Augen nicht beherrschen, er näherte sein Gesicht dem des Jungen, und der warf die Zeitungen weg, versuchte, sich loszureißen, biß Ixca schließlich in die Hand, kam frei, lief über die Straße und blieb erst am Rand des Platzes stehen. Von dort blickte er noch einmal zu Cienfuegos hin und rannte dann den staubigen Pfad entlang, bis er, ein hüpfender grauer Punkt, in der Calle 20 de Noviembre verschwand.

Ixca Cienfuegos bedeckte die blutende Spur der Zähnchen auf seiner Hand mit der anderen. Er überquerte die Straße und stand mitten auf dem Zócalo. Er saugte das Blut aus der Wunde, und während er sich um sich selbst drehte, sog er mit seinem Körper die vier Seiten des großen Platzes ein. Er war leer. Der letzte schräge Sonnenstrahl hob sich vor dem Hintergrund ab wie ein Schild. Ixcas Blut pulste ungleichmäßig, wie Quecksilber. Er stand reglos, saugte diesen letzten Strahl in sich ein. Palast, Kathedrale, Rathaus und die ungleiche Seite des Platzes bildeten einen Raum, in dem die Dämmerung eine Zone flüchtigen Lichts schuf, einen undurchsichtigen Schimmer zwischen den Schatten der rötlichen Steine und des verwitterten Marmors. Ixcas erregt suchende Augen durchfuhr ein anderes Bild: Im Süden das Fließen eines dunklen Kanals voller weißer Tuniken, im Norden eine Ecke, wo der Stein sich in brennende Stäbe, rote Schädel und starre Schmetterlinge auflöste: eine Mauer aus Schlangen, unter dem Zwillingshimmel von Regen und Feuer; im Westen der geheime Palast mit Albinos und Buckligen, Pfauenschwänzen und verdorrten Adlerköpfen. Die Bilder, beide überdeutlich, verschmolzen zu einem in Ixcas Augen, jedes ein endloser Spiegel des vorherigen oder des neuen. Nur der Himmel, nur der winzige Lichtschild blieb derselbe.

»Wird es wieder erscheinen?« murmelte Ixca, hingerissen von dem Doppelbild.

Er neigte den Kopf und legte die verletzte Hand in den lockeren Schmutz; es war nur noch ein Tropfen ausgesaugten Blutes, der sich mit der Erde in ein trockenes Braun verwandelte. Er biß sich nochmals in die Hand, bohrte die Zähne in die Wunde, bis er fühlte, daß es wieder lau hervorquoll. Er schloß die Augen, schmeckte den scharfen metallischen Geschmack des eigenen Blutes. Der Kopf schwamm ihm in diesem Geschmack, und das Blut sauste in seinen Ohren wie ein zweiter Atem: In der Stunde des Schreckens werden sie eins, der Atem des Menschen und der seines Schattenbildes, unsichtbar, aber einander gegenübergestellt.

Ixca öffnete die Augen, und es war Nacht. Die Sonne war untergegangen. Verstört fühlte der Mann im Finstern ein Schattenheer durch seine Brust wirbeln.

»Ich will eine andere Nacht, nicht diese«, murmelte er, »eine andere, nicht diese. Eine Nacht, in der man die Brocken des Mondes, alle zerbrochenen Stücke des Anfangs sammeln und heil wieder berühren kann. Eine andere Nacht.« Die Lampen auf der Plaza Zócalo leuchteten auf. Ein paar dunkle Betschwestern verließen die Kathedrale. Geblendet legte Ixca die Hand über die Augen. Ein Nachtinsekt umsummte eine Laterne; zwischen Licht und Schatten glänzte sein gelber Bauch, schwarzpoliert sein Körper. Es summte unbeschwert, verliebt in seinen Lärm, seine Nachtbesessenheit, hörig dem falschen Licht. Ixca streckte beschwörend die Arme in die Finsternis. Seine Pupillen stachen in die Nacht, wollten sie zerreißen, durchdringen und vergessen, bis zur neuen Sonne. In seinen Augen spiegelten sich Lichtfunken, er öffnete sie weit und weiter und suchte am ganzen Firmament ein Zeichen des Gestirns.

Eine Träne, nur eine, wünschte Rodrigo Pola so eindringlich, wie er es vernünftigerweise nie von sich geglaubt hätte, als er langsam die Treppe hinabstieg. Die Spannung in der Luft, das drohende Gewitter, wie eine Vorahnung der Natur, schlug ihm ins Gesicht, als er auf die Calle de Rosales hinaustrat. Die Wetterwolken zogen sich zusammen, von trockenen Blitzen durchzuckt. Die Leuchtreklamen verblaßten unter den aufflammenden Himmelslichtern. Rodrigo kam sich winzig vor unter dem brausenden Firmament, während er von der Calle de Rosales zum Puente de Alvarado ging. Die Welt schien auf den Kopf gestellt, der Ozean den Platz der Luft einzunehmen; wildbewegt braute er das Wetter zusammen, aus Elektrizität und fließenden, unergründlichen Wolken, die mit schwarzen Armen wie Polypen nach allen Seiten griffen. Blitze zerrissen die dampfenden Ströme, das Meer war drauf und dran, sich auf sein winziges Haupt zu ergießen. Inmitten der dräuenden Natur klammerte Rodrigo Pola sich an den Gedanken, seine Wirklichkeit, seine Person sei wie der Fels – benennbar, einmalig –, der im Strudel immer Fels bleibt, immer einmalig, auch wenn der namenlose, kernlose Schwall ihn mitreißt. Es war nicht die einzige Illusion, die Rodrigo auf seinem nächtlichen Gang hegte; er war vor allem jetzt, da er begierig einen Anhaltspunkt für seinen, wie er meinte, pflichtschuldigen Schmerz zu finden suchte, davon besessen, daß die Ablehnung derer, die ihn ablehnten, von seiner Überlegenheit herrührte, und die Überlegenheit schüchtert die Minderwertigkeit ein. Tomás Mediana und die Schriftsteller der zwanziger Jahre hatten ihn zweifellos abgelehnt, weil sie in dem vielversprechenden jungen Rodrigo eine Kraft und ein Talent sahen, das ihre literarische Stellung gefährdete. Norma Larragoiti hatte sich geweigert, einen Mann zu lieben, der sie beherrscht und von ihr eine Hingabe verlangt hätte, die ein langweiliger, phantasieloser Bankier gewiß nicht gefordert hatte. Größe, Ruhm und Macht waren ihm, wie er meinte, nicht aus Mangel, sondern aus Übermaß entglitten. So dachte er und lächelte. In Wirklichkeit reduzierte sich diese vielfache Ablehnung – durch die Freunde, seine Umwelt – auf eine einzige, einen anderen, einmaligen und wie er selbst benennbaren Fels: Norma Larragoiti. Er blieb an der Straßenkreuzung von San Fernando stehen und genoß seine Gedanken, seine Rechtfertigungen. Der Augenblick vorher, der Tod Rosendas, die schreckliche alte Frau, die ihm die Nachricht überbracht hatte, der Versuch, auf einem für die Wahrheit bestimmten Papier die tiefsinnigste Erklärung seines Lebens niederzulegen, schien ihm schon fern und unwirklich. Er brauchte ungezwungene Momente, in denen er in dem Gefühl des Absoluten, das nur der Augenblick hat und verleihen kann, die schärfsten Kanten seiner Existenz abschleifen konnte. Eine lange Reihe Omnibusse und Straßenbahnen staute sich am Puente de Alvarado und in der Avenida Hidalgo. Alle waren kaum besetzt: Gleich würde es elf schlagen. Er ging durch die Anlagen, grüßte einen Vicente Guerrero aus grünlicher Bronze, von Adlern bewacht. Auf den Steinen der Kirche San Fernando, verankert in einem Boden von unvergänglicher Würde, zuckte der Widerschein der im Wind schwankenden Bäume. In dem langen vergitterten Gang, der in der Calle Orozco y Berra die Fassade des Friedhofs bildet, pfiff der Wind und strich unehrerbietig über die ehrwürdigen Marmorplatten. Die Lettern der Grabinschriften leuchteten sekundenlang unter einem Blitz auf: ... *lebte und starb für sein Vaterland als Opfer in der Mühle von Soria 1863 kaum stand am Altar sie als glückliche Braut da hat ihr der Tod schon ins Antlitz geschaut,* und die schlaftrunkenen Tauben hockten in den Nischen des großen Tores, ein paar auf dem Hals eines kopflosen Heiligen. Rodrigo ging weiter durch Guerrero, an den getrockneten Blumen der Sakristei von San Fernando vorbei. Niedrigere Häuser, Bars, bröckelige Fassaden, Gemischtwarenläden, Bäckereien, alle säuerlich riechend und kaum zu erkennen in dem bleichen Licht. An der Ecke Violeta sah er sich um: Alle Beschäftigungen, das ganze Leben der Stadt schienen hier vereinigt zu sein: Trödler, Eisenwaren, Schuster, Mühle, Kneipen, billige Hotels, bürgerlicher Mittagstisch, Puppenklinik und Heiligenbilderwerkstatt, Holzhandel, Akkumulatoren, der Versuch eines Talmi-Klassizismus in den Bogendächern des Kinos »Capitolio«, das rosa Röcheln des Kabaretts »Jardín«, die Kegelbahn »Goldglanz« und ihre höhlenähnlichen Billardräume; »Einbinden von Doktorarbeiten«, »Scherz-, Zauber- und Unterhaltungsartikel«, die Glasgalerie des Kupferstechers Tostado; die Calle del Insurgente Pedro Moreno, die Calle de Mina, die Calle de la Magnolia, die Calle de la Esmeralda, die Calle de Moctezuma, und die kleinen Gestalten, die ewig gleichen mongolischen Gesichter einer vergessenen Gattung, wie zusammengedrückte Ichthyosaurier, über ihre scharfen Speisen gebeugt, verborgen hinter all ihren Masken. Und in der Mitte er, verankert, der einzige Mensch, der sich der Zwischenzone bewußt war, zwischen zwei Welten, die ihn ablehnten. Er drehte sich um und suchte in der wesenhaften und undurchdringlichen Finsternis dieses Mexikos, in dem er lebte, nach den höheren Lichtern von Juárez und La Reforma. Er stand zwischen den beiden Zonen der Stadt, deren stoffliche Grenzen unmerklich, deren geistige aber mit hohen Drahtverhauen gezogen waren. Schuf die Stadt diese Abgründe, oder waren sie das Werk ihrer Menschen? Es schien Rodrigo, daß er nur ein einziges Mal empfunden, nicht gedacht hatte, wie wichtig es war, keine Grenzen zu ziehen – als er Norma kennengelernt hatte. Er hatte sich ganz und gar öffnen und alles aus sich herausfließen und alles in sich hineinfließen lassen wollen, was sie ihm zu geben bereit gewesen wäre. Es war die Form, der Stil, der die Barriere auftürmte, die mit jedem neuen Treffen, jedem neuen Kuß höher wurde. Ihm wurde klar, daß er bei Norma immer unter dem Zwang gestanden hatte, seine Liebe zu verdeutlichen, sie mit fremden Worten und Echos anzufüllen, sie festzunageln, bei jeder Unterhaltung, jedem Kuß die abstrakte Tatsache seiner Liebe festzustellen – denn nie war sie es ganz gewesen, sondern nur ein Wort mehr in seinem Wortschatz; Norma dagegen wollte ganz einfach geliebt werden, ohne all die Worte, die viele Rederei, sie wollte nur die Liebe erfahren, ohne daß Rodrigo ihr dauernd mit Worten das starre Rezept dessen vorlegte, was sie beide erlebten. Gib mir das, von dem du nicht weißt, daß du es hast, dachte Rodrigo jetzt, denn die Liebe ist nur ein Erschließen unbekannter Gebiete, die wir vorher niemals genannt oder betreten haben. Das war gestern Normas und vor ein paar Tagen Nataschas Verlangen, Forderung gewesen. Nun wollte Rodrigo auf seinem langsamen Spaziergang zwischen würzigen Gerüchen und leiser tropischer Grammophonmusik darüber nachdenken. Sie hatte ihn gefordert, er hatte die Forderung nicht angenommen. Er hatte mehr sein eigenes Echo, seine Worte geliebt als die Frau, die ihn wortlos, nackt hätte lieben können. Der Himmel öffnete sich, der Zenit war eine grün-schwarz oxydierte Schale voll senkrechter Hostien. Rodrigo suchte Zuflucht unter dem Schutzdach einer Austernbar. Der Regen trommelte auf dem geflickten Segeltuch; die abprallenden Tropfen spritzten ihm auf die Schultern. Die Musikbox des Lokals brach in eine regenbogenbunte Tanzmusik aus.

Wovon er niemals wußte, daß er es besaß. Was er niemals gegeben hatte. Besaß er es denn überhaupt noch? Oder hatte er es verkümmern lassen, vielleicht für immer vernichtet? Ja, die Rechtfertigungen hatte er schwarz auf weiß: zu scheinen, was er nicht war, um danach mit der Enthüllung seines wahren Wesens zu verblüffen. Schlichte Feigheit wäre mutiger gewesen als dieser intellektuelle Mummenschanz. Erst Norma, dann Rosenda, seine Mutter. Wie oft war er jahrelang bis vor die kleine Tür in der Calle de Mixcoac gegangen, von vornherein im klaren, daß er nie die Schwelle überschreiten würde, daß er nur hinging, um sich selbst zu betrügen, um zu meinen, daß seine freie Entscheidung ihm die Handlung diktieren würde: eintreten, um seine Mutter zu besuchen, oder nicht eintreten – obwohl er doch, bevor er seine Schritte dorthin lenkte, wußte, daß er es nicht tun würde. Ich bin zu stolz, hatte er sich gesagt, wenn er vor der Tür stand; soll sie mich zuerst besuchen. Und so vergingen fast elf Jahre, ohne daß sie sich sahen. Ohne daß sie merkten, daß sie sich nicht sahen: Nichts vergeht so rasch, so ohne Höhen und Tiefen, wie die Gleichgültigkeit und die Kleinlichkeit. Aber seine Mutter war zu stolz gewesen, nicht er. Er hatte nur stolz getan, als er sich weigerte, Normas Forderung anzunehmen, als er vor der Kritik der Freunde seine Berufung aufgab; er hatte es nicht vermocht, mit seinem Werk die Kritik zu überwinden oder einfach trotz der Kritik weiter zu schaffen. Er glaubte, ihnen geschadet zu haben. Nein ... er war zu stolz gewesen, hatte alles aufgegeben, um zu beweisen – was? Das fragte sich Rodrigo jetzt: Was hatte er sich selbst oder den anderen bewiesen, als er von seinem Zimmer aus heimlich den Jungen und den Mädchen nachsah, wenn sie zu einem Tanzfest oder einem Ausflug zogen, sich an den Händen oder um die Taille faßten, und er, hinter den Fensterläden versteckt, ihnen seinen geistigen Hochmut hinterherwarf, ihnen, die er leere, geistlose Naturen nannte – was? Rodrigo verließ den Schutz der Markise und ging schnell in Richtung der Calle de Rosales. Das Gewitter hüllte ihn in einen unbarmherzigen, nassen Trommelwirbel. Über ihm tauschte das Universum Krachen und düstere Blitze aus: Alle

Mythen und Symbole der Naturgewalten versammelten sich an dem mächtigen Himmel, wie auf dem Schauplatz einer finsteren Macht. Das Firmament tönte in einer grundlosen Trauer, ohne Bezug, nur für sich selbst.

Rodrigo stieg die Treppen hinauf bis zu seinem Zimmer. Er zündete sich eine Zigarette an und hob den Blick: Das Streichholz hatte etwas Dunkles an der Tür beleuchtet. Von der Schwelle lächelte Ixca Cienfuegos ihn an. Der Regenmantel, das schwarze Haar waren eins mit dem Hintergrund, und nur das bleiche lächelnde Antlitz schwebte in der Dunkelheit.

Rodrigo hob die Hand an den Mund, ergriff die Zigarette ungeschickt und verbrannte sich den Finger.

»Auch du noch!« Rodrigo sog an dem verbrannten Finger. Er öffnete die Tür.

Ixca trat ein und setzte sich breitbeinig hin. Von seinem Regenmantel rannen die Wassertropfen auf den splitterigen Holzfußboden.

»Ruinier mir nicht mein Parkett«, sagte Rodrigo und ging im Zimmer hin und her: fünf Schritte bis zu dem schmutzigen kleinen Fenster, fünf Schritte bis zur Badezimmertür.

»Der Regen hat mich überrascht!« rief Cienfuegos aus. »Ich dachte, eine Tasse Tee würde mir guttun! Was ist denn mit dir los?«

Rodrigo zuckte die Achseln. Er zog das nasse Jackett aus und warf es aufs Bett. »Setz den Wasserkessel auf, wenn du willst.«

Cienfuegos beobachtete ihn aufmerksam und zwinkerte. »Erzähl, Mann.« Pola blieb stehen und zuckte wieder die Achseln. »Man muß sich ja wohl zusammennehmen, oder? So hat man uns erzogen, nicht wahr?« Er hob den verbrannten Finger ans Auge. Er war angeschwollen. »Gestern abend ist meine Mutter gestorben. Ein altes Dienstmädchen hat sie heute morgen begraben lassen. Ich habe sie nicht mehr gesehen. Ich ... ich war grade dabei, mir bei Charlotte ein Weib unter den Nagel zu reißen, ich wollte zeigen ... Scheiße!« Rodrigo versuchte zu lächeln. »Ich war nicht mal eingeladen. Bin so hingegangen, wie neulich zu der Party dieses Bobó. Wenn ich nicht wenigstens das hätte, Ixca ...«

Ixca sagte kein Wort. Rodrigos Miene strafte seine Worte Lügen. Als ahnte er Ixcas Überlegung, drehte er ihm den Rükken zu und trug den Kessel zum Wasserhahn.

»Was?« fragte er über das Geräusch des fließenden Wassers hinweg. Er glaubte, Ixca hätte etwas gesagt. Er kam zurück und stellte den Kessel auf die Kochplatte, setzte sich auf die Bettkante, stand dann wieder auf und öffnete das Fenster. Eine widrige Feuchtigkeit, nach nassem Laub und durchweichten Abfällen, alten Zeitungen und Küchenschaben riechend, stieg in dem Lichtschacht hoch. Rodrigo ließ sich von dem Regen einlullen, der schon während des Falles braun wurde wie der Erdboden, der sein Ziel war. Das ist, dachte er, die Natur, mit der wir es hier aufnehmen müssen. Dieser unvermittelte schmutzige Regen. Er meinte, er könne nur noch Stille und Natur lieben. Nur die Geräusche hören, die die Natur freiwillig, unverlangt geben wollte. Die Schöpfung atmete, sie sprach nicht, sie dachte nicht, sie atmete nur, als dankbare Antwort, sie murmelte in einem Bach, sie sog die Düfte von Gras und Myrte ein, und von Erde, die herrenlose Pferde zertrampelt hatten, und wenn sie in einer Nachtkerze starb, dann hinterließ sie den Geruch jungen Weins. Nur das. In den Nächten, eine Eule und eine Grille, um die sichtbare mit der hörbaren Atmung auszugleichen. Sonst kein Geräusch. Rodrigo sah Cienfuegos ins Gesicht, und plötzlich empfand er unbewußt, sich erinnernd, daß sich dort das platte dunkle Bild des Hofes spiegelte, daß sich Cienfuegos' Gesicht auf seins niedersenkte, genau wie der Regen auf die gewölbten Abfallhaufen, die flachen Dächer, die Terrassen und das Pflaster der Stadt. Und wie auf den Straßen der Regen, so verschlang dieses Gesicht die Natur und tötete sie, wie die Straßen, mit einer Geste, die dem Lärm der Musikboxen und der Hupen glich. »Stadt der Paläste! Straße der Rosenstöcke! Unsterblicher Frühling!« Rodrigo ließ ein verzerrtes Lachen hören. Er dachte, man sollte Jahreszeiten haben, Hautwechsel, um sich und die anderen wiederzuerkennen. Er sah in den Regen, der noch in der Luft bereits Straßenstaub war, und versuchte, sich einen drückend heißen Sommer vorzustellen, ein Wachsen süßer Früchte, schwere goldene Zweige an einem kleinen Bach, in dem sich nackte Leiber kühlen, einen sichtbaren braunen und roten Herbst voller Ernte und Spiele, mit denen man die getane Arbeit feiern kann, einen Winter mit Schneekrusten, ohne Gras, einer schützenden Decke über der Erde, die ihre Kraft erneuert und ihre Saat vorbereitet, einen Frühling: Wiedergeburt, nicht diese ewig gleiche Fortsetzung ohne Unterbrechung, ohne Kalender, ohne Ruhepause. »Wir büßen unsere Zeitrechnung ein, Ixca. Alle Tage hier sind irgendwie gleich. Staub oder Regen, eine gleichbleibende Sonne, weiter nichts ... Was kann diese gleichmäßige Welt auferstehen lassen, Ixca?«

Auferstehung. Cienfuegos spürte wieder die Bürde der Nacht, die Sonnentruhe, von den Schlössern der Finsternis versperrt, genau so, wie er sie schon an diesem Tag, um sieben Uhr abends auf der Plaza del Zócalo, empfunden hatte. Er sah zu dem Kesseldeckel hin, der eben zu tanzen anfing.

»Ich kann dir nicht helfen. Du hast deine Zeichen. Dein Leben ist vorgeschrieben. Was soll ich tun? Dir sagen, was ich denke? Was für mich Wert hat?«

»Warum nicht?« Rodrigo tat zwei Teebeutel in die Tassen und goß Wasser darauf.

»Weil du es nicht verstehen würdest. Dein Leben, das Leben, das du mir neulich erzählt hast, als wir die Reforma entlanggingen ...«

»Hat das nichts mit dem zu tun, was du denkst?«

»Alles oder nichts. Ich weiß nicht.« Das Gesicht wie der Regen, das Gesicht ohne festen Punkt, ohne Erinnerung. »Die Welt wird uns nicht gegeben«, sagte Cienfuegos, in seinen nassen Regenmantel gehüllt. »Wir müssen sie neu erschaffen. Wir müssen sie erhalten. Die Welt ist blind und roh. Sich selbst überlassen, würde sie schrumpfen wie ein Apfel, den man vom Stamm abgerissen hat und der wurmstichig ist. Der Stamm hat ihm seinen Saft und sein Leben gegeben, ja. Aber die Hand, die den Apfel abriß, muß ihn erhalten oder mit ihm zugrunde gehen.«

Rodrigo setzte sich wieder aufs Bett. »Weißt du, das dachte ich, als ... als ich mich von meiner Mutter unabhängig zu machen versuchte. An dem Tag, als ich das Haus in der Calle del Chopo verließ, ohne mich zu verabschieden, da spürte ich, daß ich mich vom Stamm trennte und von nun an mein eigener Stamm sein würde. Dann dachte ich, die Haltung meiner Mutter hätte mich zu diesem Abschied gezwungen, nicht so sehr meine eigene Entscheidung, verstehst du? Deshalb – wer hat uns vorgeschlagen, den Apfel abzureißen, Ixca? War in dem Stamm, in der Schöpferkraft, nicht schon die Aufforderung, den Apfel abzureißen, enthalten, Ixca? Wie kann sich der Schöpfer seiner Schöpfung entziehen? Hat er nicht selbst die Verpflichtung, seine Schöpfung zu erhalten! Warum läßt er zu, daß der Apfel faul wird?«

Ixca blinzelte sich den klebrigen Rauch aus den Augen und dachte an Gervasio Pola, Rodrigos Vater. Der Ursprung einer Welt und zweier Wesen, die durch sein Opfer, seinen Wunsch nach Heldentum(?), Freiheit(?), Ruhm(?) bestimmt worden waren. »Ja, möglich, daß er sich schämt und Gewissensbisse hat«, sagte er in gleichmütigem Ton, der im Gegensatz zu der nervösen Aufgeregtheit in Rodrigos Stimme stand. »Was ließ ihn zuerst die winzige Schöpfergeste machen: sei Apfel, sei Baum? Aber vielleicht genügt alles Schämen, alle Reue des Schöpfers nicht, das Getane, die Schöpfung, zu zerstören. Wenn die Schöpfung göttlich ist, dann trägt sie dieses Siegel auch in der Fäulnis. Und nicht einmal der Schöpfer selbst könnte das ungeschehen machen: Gottes Schöpfung ist endgültig.«

Dieselbe Urerinnerung, verzweifelt um Ausdruck ringend – ein Gespenst, das stumm, in seiner Vereinsamung gefangen, nach Erlösung schreit, nach einem Leib, nach Lippen, die sie in Worte fassen können –, durchschnitt jeden Blutstropfen Rodrigos. Unbewußt. »Aber er konnte voraussehen, daß diese Schöpfung vergänglich sein würde, nicht? Wie konnte er wissentlich das Böse schaffen! Wohin gehört das Böse im Schöpfungsplan?« Der Regen tropfte jetzt ungleichmäßig, schwer und langsam wie abgezählte Bleikugeln.

»Ja, wohin gehört es, Rodrigo? Denn entweder hätte Gott mit dem Bösen überhaupt nichts zu tun, oder es wäre nicht böse, nicht wahr? Sieh mal, vor langer Zeit hörte ich von dem Pfarrer einer Gemeinde, der einen sehr schlechten Ruf hatte – bei den Klatschweibern, später auch bei den Männern. Seine beispielhafte Haltung als Priester, Beichtvater, Prediger, die diese Leute bewunderten, unterschied sich sehr von seinem Benehmen außerhalb des Gotteshauses. Er spazierte am Sonntag nach der Messe in einem offenen Hemd und einem einfachen grauen Anzug über die Plaza, rauchte und sah die Leute dreist an; man traf ihn in den Kneipen, man hörte ihn fluchen und streiten. Aber wenn er erst einmal in der Kirche war, gewann er die Zuneigung und die Achtung seiner Gläubigen durch seine Inbrunst, seine über allen Zweifel erhabene Aufrichtigkeit bei der Messe, die bei ihm kein gedankenloses Geschäft war, sondern ein lebendiger und wiederbelebter Akt, durch die Tiefe und Tröstung, die seine Predigten auszeichneten, und durch die Reinheit und Würde, mit der er die Beichte abnahm. Natürlich erfuhren seine Vorgesetzten von diesen Dingen und tadelten ihn wegen seines unpassenden Wandels außerhalb seiner kirchlichen Pflichten. Der Pfarrer mußte seine weltlichen Gelüste unterdrücken. Aber in dem Maße, wie ihm das gelang, veränderte sich sein religiöses Leben. Seine zynischen Bemerkungen auf der Straße verwandelten sich in zynische, theologisch verbrämte

Aussprüche von der Kanzel herunter. Man glaubt, daß nach einer Beichte bei ihm ein junges Mädchen zum Selbstmord getrieben wurde. Dennoch war nun sein Verhalten außerhalb der Kirche untadelig: Er trug stets die Soutane, er schritt langsam durch die weniger belebten Straßen seines Stadtteils, mit gefalteten Händen zum Zeichen ständiger Gottseligkeit, und er vervielfachte seine frommen Werke. Schließlich, eines Sonntags, fand man ihn vor dem Altar, wo er Gotteslästerungen schrie und auf den Kelch spuckte. Er wurde in eine Irrenanstalt gesperrt.«

Ixca trank langsam seinen Tee: »Das ist die Lüge: Auch dieses Übel, diese Korruption ist Gottes Werk; er wollte sie so, er sah sie voraus, er erfüllte sie. Denn Gott ist zwar das unendlich Gute, Rodrigo, aber auch das unendlich Böse: Er ist der unergründliche, endlose Spiegel all dessen, was er erschuf. Im Guten wie im Bösen sind wir seine Geschöpfe. Unsere Schicksale mögen unterschiedlich sein, aber wenn sie wahres Schicksal sein sollen, dann müssen sie bis an ihr Ende eine dieser beiden Gegebenheiten erfüllen, die gute oder die böse. Wir müssen uns bis auf den Grund unseres Schicksals fallen lassen, was es auch sein möge ... der Übergang ist so kurz.«

Rodrigo, der aufgestanden war, mochte nicht an solche Kürze oder Vorherbestimmung glauben. Er wollte Cienfuegos zurückweisen, in einem oder zwei Worten seinen in Gleichgültigkeit versunkenen Glauben zusammenfassen und sich daran festhalten, sie aussprechen, um Ixcas Worte zu bannen. Er merkte, daß er sie nicht mehr wußte und daß dieses Unvermögen eine neue Tatsache hervorbrachte: Nur zwei Körper, der Ixcas und seiner, standen einander gegenüber: Rodrigos Körper gebrochen, erregt, unfähig, die physische Kraft aufzubringen, die die zähe Gegenwart, die strömende Macht in Ixcas Körper zerstören könnte.

»Dennoch ist Gott einzig ...«, wollte er ohne Überzeugung murmeln.

Cienfuegos kniff die Lider zusammen, sammelte das gesamte Licht seines Körpers in den schrägen Schlitzen seiner Hornhaut. »Das ist die andere Lüge. Gott ist vielfältig. Jeder Gott wurde gezeugt, von einem Paar, und das Paar von zwei Paaren, und die zwei Paare von vier, bis der Himmel von mehr Göttern bevölkert war, als Menschen gelebt haben.« Ixcas Stimme hob sich, ihr Ton drang Rodrigo wie eine Herausforderung, wie ein Anspruch ins Ohr. »Mag sein, daß es einen namenlosen Punkt gibt, an dem die Einheit sich mit sich selbst paart. Aber von dort geht ein Strom von Menschen aus, die die Schöpfung empfangen und ihre Erhaltung auf sich nehmen und ein anderer Strom von Göttern, die erschaffen. Jeder Mensch nährt die Schöpfung eines Gottes, Rodrigo; jeder Mensch, jede Folge von Menschen, spiegelt das Anlitz und die gestaltlosen Farben eines Gottes, der ihn zeichnet und bestimmt und verfolgt, bis er sich im Tode wieder in die ursprüngliche Zweiheit einfügt. Man muß sich nur darüber klar sein, ob dieser Übergang von Schöpfung zu Tod, dieser kurze Schritt, so intensiv ausgefüllt wird, wie es für die Ernährung des Schöpfers günstig ist, oder ob er im Kompromiß, im nur unbewußten Dahinleben verschleudert wird. Was willst du?«

Rodrigo antwortete nicht. Er begriff nicht, ob Ixca einen großartigen Zuwachs von Werten im Leben forderte oder ein kurzes Opfer, einen Verzicht, der am Ende des Lebens in einer Explosion ihm seinen Sinn geben und es der Mittelmäßigkeit entreißen konnte. »So viele Dinge lasten auf uns«, sagte er, »daß man das Gefühl hat, andere hätten schon diesen Teil unseres Lebens erfüllt. Nur mein Vater, siehst du, konnte das erleben, was er lebte, aber nicht nur für sich, sondern auch für mich und für meine Mutter. Als wäre diese meine Möglichkeit schon von ihm erlebt worden, in der Revolution, durch seinen Tod. Nein, ich verstehe nicht, was du forderst, Ixca. Aber wer kann das heute begreifen und geben, wer?«

»Der Demütigste.« Ixca öffnete seine fleischigen Lippen und näherte sie Rodrigos Ohr. »Ein Aussätziger war es ... ein Aussätziger, ja, der sich in das Glutbecken der ursprünglichen Schöpfung warf, um sie zu nähren. Er erstand wieder als Gestirn. Als unbewegliches Gestirn. Ein einziges Opfer, wie vorbildlich es auch sein mochte, genügte eben nicht. Ein tägliches Opfer war nötig, eine tägliche Nahrung, damit die Sonne leuchten, ihren Lauf vollenden und wiederum uns ernähren kann. Nein, ich sehe nicht einen einzigen Gott und ein einziges Opfer. Ich sehe die Sonne und den Regen über der Stadt. Ich sehe die sichtbaren, unmittelbaren Elemente, unvermittelt ins Leben jedes Menschen eingewoben. Ich sehe die glaubhaften Beweise – Sonne und Regen – einer höheren Macht, und auf der Erde meine dünne Scheidewand aus Fleisch und Knochen. Hier ist die Zwischenzone. Oben sind die reinen Götter, unten die Reste unserer Leben, den furchtsamen Augen verborgen. Das ist es. Was davon willst du?«

»Ich ... ich weiß nicht, was ich sagen, was ich denken soll. Es fällt mir schwer, die Wahrheit zu sagen, ich weiß, daß ich gescheitert bin, soviel ich mich auch rechtfertige ... Ich habe nicht den literarischen Ruhm erworben, nach dem ich mich als junger Mensch gesehnt habe, nicht die Liebe der einzigen Frau gewonnen, die ich liebte, konnte meiner Mutter nicht die paar Tropfen Zärtlichkeit geben, die genügt hätten.«

»Und wenn du auf all das verzichtet hättest, auf den Ruhm, die Liebe, die Großmut?«

»Wären sie aus dem Opfer geboren worden, Ixca?«

»Sie hätten daraus entstehen können. Weil du nicht auf sie verzichten konntest, nahmst du sie nur halb an, verstehst du mich? Du mindertest sie. Es gibt eine Grenze für Menschen wie dich, an dieser Grenze erreicht man die Meditation ...«

Rodrigo fühlte sich gerechtfertigt: Was er am selben Tag geschrieben hatte, das schien Ixca nun zu bestätigen: »Ja, ja ...«

»... oder die Situation eines Eichhörnchens in einem runden Käfig. Du rennst und rennst und bildest dir ein, daß du vorankommst, und eines Tages ist alles zu Ende. Schluß. Dann kann nur das Opfer dich retten. Dann mußt du die Augen auf dein verächtliches Leben ohne Bindung richten und dich überzeugen, daß es nur noch deine Zerstörung gibt und die Hoffnung, daß aus diesem Opfer etwas Besseres hervorgeht.«

Cienfuegos' ganze Gestalt vibrierte in konzentrierter Spannung. Rodrigo schauderte, so nahe diesem dichten strömenden Körper. »Nicht einmal das ist da. Nur ein Wort fehlte. Ich weiß nicht, welches; ich könnte es nicht mehr aussprechen. Ich glaube, daß meine Mutter von mir vor allem ein hartes, kraftvolles Wort gefordert hat. Vielleicht hätten wir uns da gefunden, meinen Vater gefunden. Ich konnte es nicht aussprechen. Ich ging, Ixca – weißt du? –, ich ging wie die Dienstmädchen, die von den Nachbarinnen unter der Hand abgeworben werden, unter irgendeinem Vorwand ... Ich sagte ihr nicht, warum ich ging, was ich von ihr dachte, nichts. So war alles. Nichts wurde gesagt oder getan, bis zum Schluß. Du hast recht. Jetzt laß mich sein, was ich bin, und nicht ...«

»Du willst das Opfer.« Ixca zischte die Worte zwischen den blanken, scharfen Zähnen hervor, die aus dem strengen Munde ragten. »Damit kannst du dich befreien. Komm mit mir, ich werde dich lehren ...Vergiß alles, was du gewesen bist, Rodrigo, die Zeichen eines Glaubens, dem du nicht hast leben können, der nur dein Selbstmitleid vergrößert hat. Spuck auf das Heilige, wenn das Heilige diese triste Barmherzigkeit ist, die nur deine Mittelmäßigkeit unterstreicht. Spuck auf die andere Wange des feigen Gottes! Zittere und spüre das Entsetzen im Opfer, ja, im Opfer, dann bist du bei den Unseren, wirst die Sonne mit deinen Küssen ersticken, und die Sonne wird dir die Kehle zudrücken und dein Blut trinken, damit du eins mit ihr wirst.«

Der Regen und das immer gelbere, trübere Licht im Zimmer umrissen Ixcas Gestalt und seine Stimme, als wären er und jedes seiner Worte aus Stein gehauen. Augen und Mund funkelten furchterregend, in einer totalen Forderung, bereit, Rodrigo zu verschlingen. Der Wind änderte die Richtung, der Regen wehte Schauer ins Zimmer und peitschte die beiden Gestalten. Ixca sah in das verlorene, nutzlose, haltlose Gesicht Rodrigo Polas.

»Du willst nicht das Schicksal deines Vaters und deiner Mutter?« zischte Ixca über Rodrigos lebloses Gesicht. »Du wolltest nicht wie sie Niederlage und Demütigung? Sag mir: Ist es nicht dies, was du wolltest, was du mir an jenem Nachmittag deinem Willen gemäß nanntest? Die Fortsetzung deines gemordeten Vaters und deiner Mutter zu sein, der man zu Lebzeiten alles Blut der Liebe und Zugehörigkeit ausgepreßt hatte? Ach! ›Ich will die geistige Fortsetzung meines Vaters sein‹ – wie leicht ging dir das damals über die Lippen!«

»Ja.«

»Nun, dein Vater ist das Opfer, der einsame Tod.«

»Nein, Ixca, das wollte meine Mutter eben nicht sagen. Er war nicht fähig, allein zu sterben. Er mußte die drei Männer verraten, um sterben zu können. Sogar im Tod wollte er mit anderen fallen, nicht allein, nicht allein. Er tat dasselbe, was meine Mutter von mir forderte: mich vorsehen, nicht allein bleiben. Er tat es im Tod. Meine Mutter bat mich im Leben darum. Zugehörigkeit. Das war es, was sie eigentlich suchte, und das wollte ich dir neulich abends sagen. Daß ich, jawohl, dazugehören wollte, daß ich mich, jawohl, von dieser Bürde der Demütigungen, die sie nur hinterlassen hatten, befreien wollte. Ich will nicht Staub werden, wie sie. Das nicht, Ixca! Davor mußt du mich schützen! Vor der Demütigung, dem Versagen – das habe ich dir damals erklärt. Hast du mich nicht verstanden?«

Cienfuegos' Mund verlor allmählich seine Härte. Er zündete sich eine Zigarette an, bemühte sich, seine gewohnte Haltung wieder einzunehmen. Er hätte über seinen Irrtum lachen mögen; die Gespenster Gervasio Polas und Rosendas, so dachte Ixca, würden vielleicht über ihn lachen. Ja, man würde immer auf jenen Spaziergang auf der Reforma zurückkommen müssen. Rodrigo hatte gesagt, er wolle Fortsetzung seines Vaters sein; aber er hatte hinzugefügt, Federico Robles, ja, der wisse, was er wolle, der stehe mitten im Leben Mexikos. In Rodrigos Augen war Federico Robles das lebende, weitergeführte Bild Gervasio Polas.

»Das ist ganz einfach.« Cienfuegos sprach von neuem. »Oder hast du noch nicht gemerkt, in welcher Gesellschaft wir leben? Gelegenheiten gibt es mehr als genug.«

»Dazugehören«, meinte Rodrigo, noch der vorigen Stimmung nachhängend. »Ja, das hat sie zu mir gesagt. Ich hätte das tun sollen, was sie nicht konnten: dazugehören. ›Dein Vater hätte sich vorsehen sollen, wie alle diese, die jetzt wohlhabend und einflußreich sind‹, hat sie gesagt.«

»Wie Federico Robles.«

»Ja, Ixca, wie Federico Robles, der ursprünglich auch von der Revolution herkam, der aber überlebte, um Mexiko zu dienen, um zu schaffen ...«

»... Wohlstand und Reichtum. Willst du das?«

»Ich weiß nicht, wie ich es dir erklären soll, Ixca: Ich sehe keine andere Möglichkeit in Mexiko. Mein Vater hat seine Pflicht getan, wie man sie in dem damaligen Augenblick tun mußte. Jetzt ...«

Ixca pfiff zwischen dichten Rauchwolken. »Ich glaube, mich macht man nie zur Witwe«, murmelte er lächelnd vor sich hin.

» Was?«

»Nichts. Natürlich, ich helfe dir, alter Freund. Damit du es siehst: Ich habe schon mit ein paar Filmproduzenten gesprochen. Die brauchen gute Drehbuchautoren. Möchtest du sie kennenlernen?«

Rodrigo nickte, und Ixca pfiff und rauchte und streckte die Beine aus. Es hatte aufgehört zu regenen, und vom Hof her wurde durchdringende Nässe spürbar.

Durch die Sonnenschutzscheiben von Federico Robles' Büro überblickt Ixca Cienfuegos die ganze Avenida Juárez. Er sieht vor allem die Männer und die Frauen wie alle Tage: Angestellte, Gerichtsgehilfen, Kaufleute, Verkäufer, Fahrer, Kellner, Stenotypistinnen – Weiße, Mischlinge, Indianer, manche in Jackett, andere in Kittel und Unterhemd, die Frauen in nachgeahmter

Kinoeleganz, dem Ortsgeschmack entsprechend mit betonten Brüsten und Hüften –, und er möchte sie auskleiden, sie zurückführen zu den Tagen, die die Erinnerungen der großen Allee heraufbeschwören, als andere Menschen mit denselben, dem Ursprung und zugleich der Zukunft zugewandten Augen dort aufgereiht oder in wilden Haufen standen – zu jenem Augusttag, an dem der Greis, hinter der blauen Brille und dem großen gekräuselten Bart verborgen, gebeugt wie eine alte Eiche an der Spitze der verfassungstreuen Truppen ritt, angetan mit dem Feldhut, den er gegen den steifen Senatorenhut eingetauscht hat; und zu den unglaublichen Tagen der Augen, die glühenden Sternen glichen und mit dem ganzen Leid von Ayala leuchteten, das Leid von Chinameca vorausahnten: die traurigsten und reinsten Augen, die die Avenida sahen, unter einem Hut wie ein Sonnenblitz – und am selben Tag das breite Maislächeln Doroteo Arangos: Reithosen, Gamaschen, ein grauer Sweater und ein texanischer Stetsonhut; zu dem Julitag, an dem Caballito in einem Feuerwerk von Hochrufen für den kleinen sanften Mann explodierte, der zu klein für sein Pferd war, nicht in den dunklen Gehrock paßte, der erdrückt wurde von der Stimmenflut, die den kleinen Heiligen verwundete, den kleinen Mann, der nicht mit Füßen und Händen um sich stoßen und schlagen oder sich festklammern oder zurückdrängen konnte; und wieder zu einem Julitag, als die alte schwarze Kutsche, mit dem dunklen Staub ganz Mexikos bedeckt, dieselbe Strecke fuhr – Maske, Symbol des Nimmermüden, seiner schlaflosen Wache; zu dem Junitag, an dem das Spielzeugpaar prächtiger, betrogener Puppen unter Blumenbögen vorbeizog, von einem Marschall Napoleons und einem Erzbischof aus Pueblo eskortiert; zu dem Tag im September, an dem ein Greis mit einem Gesicht wie ein zahnloser Löwe über die Avenida stürmte, die Fahne mit den Streifen schwenkte, die in San Cosme, in Chapultepec und Churubusco fleckig wurde, während sein Regiment aus Carolina und sein Marinebataillon im Dunkeln von bewaffneten Schurken umzingelt wurden; zu der Mainacht, in der die Unabhängigkeit sich als Mummenschanz verkleidet und ein kaiserlicher Sergeant und sein dunkler Pöbel und seine braven Bürger, die ihre Häuser illuminierten, dem Prinzen Karneval auf den Thron halfen, der mit allem Brot und allen Hunger und mit allen Flaggen Handel trieb; und schließlich, noch weiter zurück, zu dem Augusttag, an dem die Wasser sich teilten und alles Verwirrung war und Schilde und Pfiffe und Helmbüsche und Getüm-

mel von Armbrüsten und Brigantinen, und an dem Señor Malinche auf das Dach eines Hauses in Amaxac trat und das Boot des Besiegten nahen sah. Und von da an sind es immer zwei – meint Ixca Cienfuegos –, der des Ursprungs und der der Zukunft: Beide stehen zugleich auf der Avenida, ob die nun ein Kanal oder eine Betonstraße ist. Vom Yei Calli bis zum Jahre 1951. Immer sind es zwei, der kriechende Adler, die Nachtsonne.

Cienfuegos nahm die Zeitung und wandte dem Fenster den Rücken. Da ließ sich Robles' ungeduldige Stimme vernehmen.

Der Adler als Tier

»Lesen Sie mir nur die Zeitung laut vor, lieber Cienfuegos, und kümmern Sie sich um nichts.«

Drei Stenotypistinnen saßen um den Stahltisch Federico Robles'. Der kompakte Mann schritt von einem Ende seines Büros zum anderen, während Ixca Cienfuegos die Zeitungen vorlas. Das gleichmäßige Mittagslicht fiel durch die Rolläden und malte helle Zebrastreifen auf den grauen Flanell des Bankiers. Robles blieb plötzlich stehen und streckte den Zeigefinger aus. »Ihre Idee war gut, lieber Cienfuegos. Die Monterrey-Leute müssen in die Luft gegangen sein, wenn auch ihre Erklärungen dafür sprechen, daß sie klein beigegeben haben. Aber wo der Kapitän befiehlt ...«

Robles kaute zufrieden an seiner Zigarre und polierte sich die Nägel am Jackettaufschlag.

»Sollen sie es eben fressen. Wenn nicht ich die Aktien verkauft hätte, dann hätten bestimmt sie es getan. Mal sehen, wer dem andern zuvorkommt. Eine gute Idee hatten Sie, Cienfuegos. Das nennt man Riecher. Müssen sich komisch vorgekommen sein, plötzlich Partner in Coutos Gruppe zu sein. Jetzt wissen sie, wenn sie auch noch so freundlich tun, daß entweder sie Couto schlucken müssen oder Couto sie zum Frühstück verspeist. Und wir, na bitte, sind draußen, und billig davongekommen.«

Robles schlug sich auf die fetten Hüften und grinste. Cienfuegos unterbrach sein Vorlesen nicht, in ironischem Ton gab er die Erklärungen der Monterrey-Gruppe wieder. Robles kniff die Augen zusammen: Er hatte bisher mehr auf den Inhalt als auf Ixcas Ton geachtet.

»Kommen Sie mit zu mir nach Haus, wenn ich hier fertig bin. Den Schlag müssen wir feiern. Norma hat zum Cocktail einen von ihren Intellektuellen eingeladen, die so einen netten Rahmen für sie abgeben, da bin ich überzählig.«

Ein letztes Rascheln der Zeitung, und Ixca war fertig.

»Wer ist es, Lizentiat?«

»Zamacona heißt er.«

»Aus Michoacán?«

Cienfuegos wollte Robles gar nicht in so offensichtliche Verlegenheit bringen, als er ihn fragend anlächelte. Der Bankier senkte den Blick und biß sich auf die Lippen. »Wie? Na, eben so. Kenn ihn nicht; ich sagte ja schon, er ist ein Bekannter von Norma.« Er drehte Cienfuegos den Rücken zu und schaute durch das Panoramafenster auf die Avenida Juárez hinunter. Er dachte, Cienfuegos würde weiterfragen, wie neulich, und er mochte nicht zum zweitenmal in die Falle tappen. Er glaubte, seiner Handlungen und seiner Motive ganz sicher zu sein, und hatte nur eingewilligt, die Geschichte seiner Vergangenheit zu erzählen, um sich selbst zu überzeugen, daß er die Tatsachen seiner Herkunft, die Namen seiner Eltern, Froilán Reyero, den Pfarrer, jenes junge Mädchen auf dem Gut, gleichmütig betrachten könnte, ohne größere Anteilnahme, als wenn er einen Namen im Telefonbuch suchte. Es war genug. Man mußte nicht noch einmal anfangen ...

»Bitte, Señorita ...« Robles wandte sich an das dünne, aufgeregte Mädchen, das seine schwitzenden Hände um den Stenoblock klammerte. »Der Bankkredit für die Parzellierungsgesellschaft wird bewilligt, die Grundstücke werden bei der Versicherungsgesellschaft versichert. Memorandum für den Aufsichtsrat: Besprechung der Transaktion Prado Alto. Wie oben.«

Wieder polierte er seine Nägel am Aufschlag, beobachtete Cienfuegos und sprach in seine Richtung: »Interesse des Chefs. Für Sie, Señorita: Erinnern Sie Juanito an die Kiste Zigarren für den Minister. Er weiß Bescheid.«

Robles ging wie eine große Katze über den dicken Teppich. »Raus, allesamt.« Die drei Mädchen verschwanden lautlos aus dem Raum, und Robles ließ sich breitbeinig auf das Ledersofa fallen. Dann legte er eine schwere Hand auf Ixcas Knie.

»Sie werden sehen: Die Bank – die mir gehört – gibt der Parzellierungsgesellschaft – die mir gehört – ein Darlehen, und der Grundstückskauf wird mit einem Federstrich erledigt. Ich rechne so: Wenn ich von dem Schlaukopf, der glaubt, ein fabelhaftes Geschäft zu machen, den Quadratmeter zu zehn Pesos kaufe, so kann ich sofort zu dreißig oder in einem Jahr zu sechzig verkaufen. Auf jeden Fall sind wir durch die Versicherung, die mir auch gehört, gedeckt. Dreihunderttausend Pesos Gewinn sofort, oder eine halbe Million, wenn wir abwarten – und keiner riecht was. So ist das.« Robles seufzte und schnippte die Zigarrenasche in den Aschenständer. »Heute schlägt man sich allein durch. Ich denke noch an die Zeiten des Generals, da mußte man bei jedem einzelnen Geschäft schmieren. Es gab Leute, die nahmen fünf- oder sechstausend monatlich – in damaligen Pesos! – von den Gouverneuren, angeblich, um deren Interessen in der Präsidentschaft wahrzunehmen. Heute braucht man vor allem den moralischen Rückhalt von oben, denn so sind die Dinge in Mexiko nun mal, aber den muß man sich mit Freundschaft und Vertrauen erwerben, Cienfuegos, denn dort weiß man, daß wir für das Wohl des Landes und im Einklang mit der nationalen Politik des Fortschritts arbeiten. So ist das!«

Wieder stand er auf und lief wie ein lauernder Puma auf dem Teppich hin und her. »Nein, den größten Spaß macht mir, daß ich meine Anteile verkauft habe, ohne den andern einen Mucks zu sagen – die werden in die Luft gehen! Kommen Sie, trinken wir ein Glas darauf. Schließlich ist der Erfolg zum Teil Ihr Verdienst.«

Cienfuegos grinste noch immer; und soviel Robles auch darüber hinwegzureden suchte, er konnte das Grinsen nicht unterbinden. »Nein, heute kann ich nicht, Lizentiat. Jedenfalls wird es für Sie interessant sein, sich mit Manuel zu unterhalten. Ist ein intelligenter Junge, und Sie werden erfahren, wie die jungen Leute denken.«

»Was macht er denn?«

»Er ist Dichter.«

»Ach, du liebe Zeit!«

»Aber er lebt von den Leitartikeln und Berichten, die er für eine Zeitung schreibt. Würde sich lohnen, ihn heranzuziehen, Lizentiat. Sie haben sich nicht viel um diese neuen Leute bemüht, die auch zum Ansehen beitragen.«

Robles brummte und kaute an seiner erloschenen Zigarre. »Wir haben an uns selbst genug, lieber Cienfuegos. Und jeder bleibe bei seinem Leisten.«

»Nun, immerhin« – Ixcas Grinsen, halb Lächeln, halb Gähnen, wurde immer breiter –, »man sagt ja, daß die Unterhaltung mit den Jungen jung erhält. Und Sie haben keine Kinder.«

Robleş Brummen wurde fast ein Schnauben. »Ach, Cienfuegos, dazu sind wir zu alt. In zehn oder fünfzehn Jahren habe ich genug von der Arbeiterei, und dann werde ich befriedigt den Fortschritt des Landes als Ergebnis meiner Mühen bestätigt sehen. Das wird mein Sohn sein. Glauben Sie: Es ist noch so viel zu tun, und in diesem Land gibt es nur Faulpelze. Hier muß eine Handvoll Männer die Arbeit von dreißig Millionen Drohnen verrichten.«

»Um so besser, da kann man sich fast als Erlöser fühlen, oder?«

»Nein, Erlöser nicht, nur seine Pflicht tun.«

»Finden Sie nicht, daß Mexiko immer auf der Jagd nach einem Erlöser ist?« Ixcas Lächeln wurde spitz. »Nun sind Sie dran, alle Sünden unseres Landes zu tragen. Besonders Sie, Lizentiat, denn Sie haben zufällig alle wichtigen Ereignisse des letzten halben Jahrhunderts miterlebt. Vom Streik in Río Blanco bis zum Verkauf der Aktien des großen Konsortiums. Von Zapatas Strohhut bis zum geplätteten Panama, den J. P. Morgan seinen Jüngern in aller Welt hinterlassen hat. Von A bis Z. Sagen Sie: Was empfindet man? Ich bin bei diesen radikalen Verwandlungen immer neugierig gewesen. Bleibt man trotz allem der, der man einmal war? Oder was ist das verwandelnde Element? All dieser Mischmasch: Arbeit auf einer Parzelle, die Schlacht von Celaya, Fleiß und Ehrgeiz, und Ellenbogen fürs Geschäft – wie paßt das zusammen! Wo ist der Schnittpunkt? Fühlt man sich genau wie am Anfang, oder erinnert man sich überhaupt an ihn? Ist man besser geworden, oder hat man nur ein ursprüngliches Talent verbraucht? Sind wir von Beginn an, oder werden wir erst? Ist unsere erste Entscheidung eigentlich unsere endgültige?«

Robles hörte nicht auf Ixcas Worte, auf das, was sie wirklich besagen wollten. Wieder flogen durch seinen Sinn unzählige ungeordnete Bilder, die seine Haltung, sein Gesichtsausdruck vergeblich zu verbergen trachteten. Robles wollte eins, irgendeins, festhalten: Ein Wirbel von Lichtern und bedeutungsschwerem Dunkel wollte ihm etwas Vergessenes mitteilen. Nur das begriff er, bevor er rasch seinen Strohhut nahm, ihn sich achtlos auf den vierkantigen Schädel drückte und sagte: »Tja, ich werde zu spät kommen. Gehen wir, lieber Cienfuegos.«

Als sie vom Tisch aufstehen wollten, trat ein Diener in weißer Jacke und schwarzer Hose an Norma heran. »Heute ist Freitag, Señora. Die Leute sind schon an der Tür.«

»Gleich«, sagte Norma und zwang sich zu einem, wie sie meinte, bezaubernden Lächeln. »Freitags kommen die Armen«, erklärte sie Manuel. »Glaub nicht, daß das nur Menschenfreundlichkeit ist. Ich werde dabei meine Reste los, meine alten Sachen, sogar die alten Zeitungen. Einen Augenblick, ich bin gleich wieder da.«

Mit Norma entschwand nicht nur ein diskretes Parfüm, sondern auch das Bindeglied für eine Unterhaltung zwischen Zamacona und Robles. Der Bankier öffnete die Glastüren und bat Manuel in den Garten. Hinter dem Garagengittertor drängte sich ein Dutzend braune Gesichter, ein paar von Strohhüten beschattet, andere bis ans Kinn in Umschlagtücher gehüllt. Alle waren wie erstarrt. Manuel versuchte, irgendein bestimmtes Gefühl in ihnen zu entdecken; aber in jeder Gestalt war nur ein stummes, unbewegliches Warten: festgeschlossene Lippen, glanzlose schwarze Augen, hohe Backenknochen. Manuel stellte sich vor, wie sie zu allen Zeiten, in jedem Leben so gestanden hatten. Wie ein unterirdischer Strom, gleichmütig und dunkel, unterhalb jeglicher Veränderung, unterhalb jeglichen Gedankens, dahinfließend.

Als Norma mit dem Diener erschien – er beladen mit Tüten, sie mit erhobenem Kinn und der besonderen Miene dessen, der sich anschickt, seine Mitmenschen zu beglücken –, nahmen einige Hände die Umhänge, als wollten sie sich verdecken und noch mehr auslöschen, andere streckten sich durch die Gitterstäbe, und alle Köpfe neigten sich. Der Diener reichte die Tüten durch das geschlossene Gittertor. Ein Baby mit rotzverschmiertem Mund auf dem Arm einer Chinesin begann zu schreien. Dann bedankten sich alle, einige in singendem Ton, andere brummend, aber alle namenlos, und gingen mit ihren Papiertüten davon, und ein paar pfiffen jetzt durchdringend. Vom Gitter aus deutete Norma mit Daumen und Zeigefinger an, daß es noch einen Augenblick dauern würde.

»Also Sie sind Intellektueller?« fragte Robles ohne Umschweife, sobald Norma gegangen war.

»Ja.« Zamacona lächelte. »Ich stelle mir vor, daß das für Sie kein großes Ansehen bedeutet.«

Robles fischte in seiner Weste nach einer Zigarre. »Was schert mich Ansehen. Wichtig ist, daß man etwas schafft.«

»Das kann man auf vielerlei Arten tun.«

Manuel lächelte wieder.

»Richtig.« Robles hatte eine zellophanknisternde Zigarre gefunden. »Aber nicht in diesem Land. Hier können wir uns solchen Luxus nicht leisten. Hier muß man in die Zukunft sehen. Und Dichter sind eine Sache der Vergangenheit.«

Manuel senkte den Kopf und vergrub die Hände in den Hosentaschen.

»Man müßte definieren, was Vergangenheit ist.«

»Vergangenheit ist das, was tot ist, mein Lieber, etwas, womit Sie sich bestenfalls groß oder fromm fühlen. Mehr nicht.«

Manuel hob den Kopf und blinzelte Robles an. »Und Mexikos Vergangenheit?«

Obwohl Robles sich intensiv mit der Verpackung seiner Zigarre beschäftigte, zweifelte er keinen Augenblick. »Gibt's nicht. Nach der Revolution ist Mexiko etwas anderes. Die Vergangenheit ist für immer dahin.«

»Aber um dieser Zukunft, von der Sie sprechen, ins Auge zu sehen« – Manuel blinzelte noch immer in die Nachmittagssonne, die Robles auf Kopf und Schultern fiel –, »haben Sie sich doch irgendwann einmal eine Vergangenheit vorstellen müssen, die es immerhin zu vergessen galt.«

»Mag sein.«

Die Sonne umfloß Robles Gestalt wie einen massiven, undurchsichtigen Block.

»Und als Sie das bemerkten, Lizentiat, was empfanden Sie vor dieser Vergangenheit? Fühlten Sie sich groß oder fromm?«

Endlich hatte Robles das Zellophan aufgerissen und hielt die duftende Havanna unter die Nase. »Für mich war die Vergangenheit Armut, mein Lieber. Weiter nichts. Meine Vergangenheit, meine ich.«

»Und die Mexikos, Lizentiat? Sie haben da so Ihre Gedanken ...«

»Na schön. Also, für mich ist Mexiko ein armes, unterentwickeltes Land, das darum gekämpft hat, fortschrittlich und wohlhabend zu werden. Ein Land, das eilen, ich möchte sagen, galoppieren müßte, um es den zivilisierten Nationen gleichzutun. Im vorigen Jahrhundert glaubte man, Gesetze wie in den USA oder in England wären ausreichend. Wir haben gezeigt, daß man diese Ziele nur erreichen kann, wenn man Industrien schafft und die Wirtschaft des Landes voranbringt, einen Mittelstand bildet, der unmittelbar von diesen fortschrittlichen Maßnahmen profitiert. Nun teilen Sie mir Ihre Version mit.«

Von Mexiko sprechen. Manuel wußte nicht, wo er anfangen sollte. Ihm fiel ein, daß er eines Tages einen stummen, dauerhaften Pakt mit der Sonne geschlossen hatte. Wo sollte er anfangen? Er dachte daran, daß er sein Blatt Papier, seine Worte mitten in die Sonne Mexikos geworfen hatte. Nur so konnte er sprechen. Und jetzt ...

»Ich kann nicht umhin, Ihre Klarheit zu bewundern. Ich ... ja, ich möchte mir gern so klar und deutlich wie Sie die Geschichte Mexikos erläutern können. Aber bei mir handelt es sich gerade darum, daß ich die Schlußfolgerung nicht finden kann« – Manuel wollte das eine, irgendein Wort finden; er biß sich auf die Unterlippe –, »das Zauberwort oder die schlichte Rechtfertigung, die mir eine so von Schmerz gezeichnete Geschichte wie die unsere erklärt.«

Robles weitete die Augen und blies das Streichholz aus, bevor er die Zigarre angezündet hatte. »Schmerz? Welcher Schmerz? Wir leben hier im Schlaraffenland, mein Lieber. Fragen Sie mal einen Europäer, ob das hier nicht das Paradies ist. Schmerz heißt, zwei Weltkriege durchmachen müssen, Bombenangriffe und Konzentrationslager.«

»Nein, Sie verstehen mich nicht.« Manuel stampfte mit dem Fuß auf die lockere Erde des Gartens. »Denn diese Menschen, die Bombenangriffe und Konzentrationslager erlitten, wie Sie sagen, konnten schließlich ihre Erfahrungen bewältigen, konnten eine Erklärung für ihre Taten und die ihrer Henker finden.« Er wollte sich viele, zwei, nur ein Gesicht eines gefolterten, vertriebenen, mit dem gelben Stern gezeichneten Menschen vorstellen. Er sah nur die Gesichter von vorhin, die namenlosen bettelnden Gesichter. »Die entsetzlichste Erfahrung, Dachau oder Buchenwald, zeigte ja gerade, was angegriffen worden war: Freiheit, Menschenwürde, was Sie wollen.« Wie ein unterirdischer Strom, dachte er, gleichmütig und dunkel. »Für den mexikanischen Schmerz gibt es keine solche Rechtfertigungsformeln. Was rechtfertigt die Zerstörung der indianischen Welt, unsere Niederlage gegen die Vereinigten Staaten, den Tod Hidalgos oder Maderos? Was rechtfertigt den Hunger, die verdorrten Felder, die Krankheiten, die Morde, die Vergewaltigungen? Auf dem Altar welcher großen Idee sind die zu erdulden? Auf welches Ziel hin sind sie zu begreifen? Unsere ganze Geschichte in ihrer bluttriefenden Gesamtheit lastet auf unseren

Seelen, ohne daß jemals eine ihrer Taten oder ihre Männer wirklich Vergangenheit geworden sind.«

Unwillkürlich packte er Robles am Ärmel und zwang ihn, zwei Schritte vorzutreten. »Apollon, Dionysos, Faust, der mittelalterliche Sinnenmensch – was zum Teufel bedeuten sie hier? Was zum Teufel erklären sie? Nichts. Sie alle zerschellen an einer undurchdringlichen Mauer, die aus dem dicksten Blut gemacht ist, das je die Erde getränkt hat. Wo ist unsere Deutung? Wo? Wo? Werden wir so lange leben, bis wir sie finden?« Manuel ließ Robles' Ärmel los. »Man muß etwas auferstehen lassen und etwas tilgen, damit diese Deutung klar wird und uns Mexiko begreifen lehrt. Wir können nicht in Blindheit leben und sterben, verstehen Sie mich? Leben und sterben und nur immer alles vergessen und jeden Tag neu geboren werden wollen und doch wissen, daß alles lebt und da ist und uns belastet, sosehr wir es auch vergessen möchten: die Quetzalcoatls und Cortés und Iturbides und Juárez und Porfirios und Zapatas, die uns alle in der Kehle stecken. Wer von ihnen allen zeigt uns, wie wir wirklich sind?«

»Ihr Intellektuellen zerbrecht euch zu gern den Kopf«, sagte Robles nur mit einer Hälfte seines Mundes, denn in der anderen stak die Zigarre. »Hier gibt es nur die Wahrheit: Entweder wir stellen ein wohlhabendes Land auf die Beine, oder wir verhungern. Man kann nur zwischen Wohlstand und Elend wählen. Und um zu Wohlstand zu gelangen, muß man so rasch wie möglich den Anschluß an den Kapitalismus erreichen und alles diesem Modell anpassen: Politik, Lebensstil, Geschmack, Mode, Gesetzgebung, Wirtschaft – alles.«

Die Sonne warf ihre leuchtenden Strahlen auf den Garten, nicht so beherrschend wie am Mittag, aber durchdringender, beunruhigender durch die Nähe des Lichts, das in einer letzten Anstrengung sein Verlöschen ankündigte.

»Aber das haben wir ja immer getan«, stammelte Zamacona. »Merken Sie das nicht? Wir sind immer Vorbildern nachgelaufen, haben uns mit Kleidern behängt, die uns nicht passen, wollten uns verkleiden, um die Wahrheit zu verbergen: Wir sind anders, von Grund auf, wir haben nichts mit niemandem gemein, wir sind ein Land, das wie ein Pilz mitten in einer namenlosen, erfundenen Landschaft emporgeschossen ist, erfunden vor dem ersten Schöpfungstag. Sehen Sie nicht, wie Mexiko sich zugrunde richtet, um es Europa, den Vereinigten Staaten gleichzutun? Sie selber haben es mir ja grade gesagt, Lizentiat. Sehen

Sie nicht, daß der Porfirismus sich mit der positivistischen Philosophie zu rechtfertigen suchte und eine Maskerade dabei herauskam? Sehen Sie nicht, daß alles ein Karneval war, ein monarchistischer, ein liberaler, einer à la Comte oder ein kapitalistischer?«

Robles blies einen Rauchschwaden auf Manuels Jackett. »Und was wollen Sie, mein Lieber? Sollen wir uns wieder Federkleider anziehen und Menschenfleisch essen?«

»Eben das will ich nicht, Lizentiat. Ich will, daß alle diese Schatten uns nicht mehr den Schlaf rauben, ich will verstehen, was es bedeutet, sich Federkleider anzuziehen, damit ich sie nicht mehr brauche und mein eigenes Ich, mein wahres Ich, ohne Federn, sein kann. Nein, es handelt sich nicht darum, unserer Vergangenheit nachzujammern oder uns daran zu ergötzen, sondern in die Vergangenheit einzudringen, sie zu begreifen, ihre Bedeutung aufzuspüren, das tot sein zu lassen, was tot ist – das ist es, was uns hemmt –, das Lebendige zu bewahren und endlich zu wissen, was Mexiko ist und was man damit machen kann.«

Robles entfernte sich ein wenig von Manuel und ging auf das Gitter zu. »Nun bilden Sie sich nur nicht zuviel ein. Mit Mexiko kann man nur machen, was wir, die Revolution, damit gemacht haben. Es vorantreiben.«

»Vorantreiben – wohin?«

»Zu einem besseren Lebensstandard. Oder, anders ausgedrückt, zu dem persönlichen Glück jedes Mexikaners, und das ist es ja, worauf es ankommt. Finden Sie nicht?«

»Wie kann man denn vom persönlichen Glück jedes Mexikaners reden, wenn man sich diesen Mexikaner nicht vorher vorgestellt hat? Woher wissen Sie, ob jeder Mexikaner das will, was Sie ihm zu geben beabsichtigen?«

Manuel folgte Robles in kurzem Abstand. Der Industrielle drehte sich um und sah Zamacona voll ins Gesicht. »Ich bin älter als Sie, mein Lieber. Ich kenne die menschliche Natur. Die Leute wollen Besitz, einen Wagen, Erziehung für ihre Kinder, Hygiene – sonst nichts.«

»Glauben Sie, daß alle, die das schon haben, ganz zufrieden sind? Glauben Sie zum Beispiel, die reichste Nation der Geschichte ist wirklich eine glückliche Nation? Ist sie nicht im Gegenteil von einem tiefen geistigen Unbehagen ergriffen?«

»Mag sein. Aber das ist sekundär, mein Lieber. Wichtig ist, daß die Mehrzahl der Gringos gut zu essen und zu leben hat, einen Kühlschrank und einen Fernseher, in gute Schulen geht und sich sogar den Luxus leistet, den Europäern Almosen zu geben. Mir scheint, Ihr vielbeschrienes geistiges Unbehagen ist ihnen ziemlich gleichgültig.«

»Da haben Sie vielleicht recht.« Manuel nahm die Hände aus den Taschen und suchte den Ursprung der Sonne und der durchsichtigen Luft zu ergründen. Er bedeckte die Augen mit der Hand. »Ich weiß nicht, vielleicht habe ich die Frage falsch gestellt. Vielleicht bin ich krank vor Haß auf die Vereinigten Staaten. Ich bin schließlich Mexikaner.«

Robles lächelte und klopfte ihm wohlwollend auf die Schulter. »Na, nun verzagen Sie mal nicht. Ich unterhalte mich gern mit jungen Leuten. Schließlich sind ja auch sie Kinder der Revolution, wie ich.«

Manuel wollte das Lächeln erwidern, aber dabei kam nur eine Grimasse heraus. »Die Revolution – ja, das ist das Problem. Ohne die mexikanische Revolution würden weder Sie noch ich hier so reden, ich meine, ohne die Revolution hätten wir uns die Frage der Vergangenheit Mexikos, ihre Bedeutung, nie so gestellt, glauben Sie nicht? Denn in der Revolution sind lebend und mit allen ungelösten Fragen der mexikanischen Geschichte alle ihre Persönlichkeiten aufgetaucht. Ich spüre, Lizentiat, ich spüre wirklich, daß in den Gesichtern der Revolution sie alle wieder da sind, in Umrissen und bis in die Einzelheiten, mit dem Rhythmus und dem Herzschlag, der Stimme jedes einzelnen. Aber wenn die Revolution uns auch die Gesamtheit der mexikanischen Geschichte enthüllt, so verstehen oder überwinden wir sie damit noch nicht. Das ist ihr bedrückendes Erbe, mehr für uns als für Sie, die Sie sich im Handeln verausgaben und glauben konnten, Sie hätten damit genug getan.«

»Sie haben die Pflicht, unser Werk weiterzuführen.«

»Das ist nicht dasselbe, Lizentiat. Sie hatten dringende Aufgaben vor sich. Und Ihr Aufstieg war rasch und gleichmäßig, auf die Lösung dieser Aufgaben gerichtet. Wir haben ein anderes Land vorgefunden, stabil und verhärtet, wo alles mehr oder weniger abgestanden und festgelegt, wo es schwierig ist, zur rechten Zeit und entschieden ins öffentliche Leben einzugreifen. Ein Land, das eifersüchtig über seinen Status quo wacht. Manchmal kommt es mir vor, als erlebte Mexiko ein verlängertes Direktorium, ein Stabilitätsmodell, das zwar einen bemerkenswerten inneren Frieden garantiert, aber eine gründliche Entwicklung dessen, was die Revolution sich vorgenommen hatte, verhindert.«

»Da bin ich nicht mit Ihnen einer Meinung, mein Lieber. Die Revolution hat ihre Ziele restlos erreicht, in jeder Beziehung, hat sie mit außerordentlicher Klugheit entwickelt, auf manchmal krummen Wegen, wenn Sie so wollen, aber sie hat sie entwickelt. Sie wissen nicht, was Mexiko 1918 oder 1920 war. Das muß man wissen, um den Fortschritt des Landes ermessen zu können.«

Die Eukalyptusbäume im Garten verdeckten die Sonne; ihre Strahlen verloren sich, verirrten sich zwischen Blättern und Zweigen und überhauchten kaum die Rinde mit einem warmen Schein.

»Aber wohin führen uns diese ›krummen Wege‹?« fragte Manuel Zamacona. »Ist es nicht ein Widerspruch, wenn wir den Kapitalismus in dem Augenblick anstreben, da es klar wird, daß er sich seinem Ende nähert, daß er nur noch in einer fiktiven Aufgeblasenheit existiert? Ist nicht deutlich zu sehen, daß alle Welt neue Formeln für das geistige und ökonomische Zusammenleben sucht? Ist nicht ebenso klar, daß wir bei dieser Suche mithelfen könnten?«

»Was wollen Sie? Einen hausgemachten Kommunismus?«

»Nennen Sie es, wie Sie wollen, Lizentiat. Mir liegt daran, Lösungen zu finden, die für Mexiko annehmbar sind, die zum erstenmal eine Aussöhnung unserer kulturellen und menschlichen Substanz und unserer Rechtsnormen erlauben. Eine wirkliche Integration der verstreuten Glieder unseres Wesens.«

»Nun, nun ...«

Wie eine riesige rosa Wunde hing der Himmel über den Wipfeln des Gartens.

»Sie sprachen von dem, was sich die Revolution am Anfang vorgenommen hatte. Was war das?«

Zamacona hatte keine Lust, weiter zu diskutieren. Unruhig stand er auf dem feuchten Rasen und dachte, daß alle Dinge zwei, drei, unendlich viele Wahrheiten hätten, durch die sie erklärt werden konnten. Daß es unehrlich wäre, einen dieser Standpunkte einnehmen zu wollen. Daß vielleicht die Ehrlichkeit selbst nur eine Art der Überzeugung wäre. Ja, der Überzeugung. »Geradeheraus gesagt, das, was ich eben erwähnte: die Ganzheit Mexikos für die Mexikaner zu entdecken. Die mexikanische Vergangenheit der Vergessenheit und ihrer Lüge zu entreißen. Der Porfirismus glaubte selbstverständlich auch, daß ein Volk nur glücklich sei, wenn es vergessen könne. Daher rührt seine Lüge und seine Maske. Díaz und die Wissenschaftler dachten, es sei genug, Mexiko einen Anzug von Auguste Comte anzuziehen und es à la Haussmann zu modernisieren, und damit hätten wir die Eintrittskarte für Europa. Die Revolution hat uns gezwungen, uns darüber klarzuwerden, daß die ganze Vergangenheit Mexikos Gegenwart war und daß wir, ob auch die Erinnerung daran schmerzlich sein mochte, durch Vergessen nichts gewinnen würden.« Was stand eigentlich hinter all seinen Worten? dachte Manuel. Welchen konkreten Anhaltspunkt hatte er? Wem nützten sie? Oder genügte es nicht schon, sie zu denken, sie zu äußern, damit sie Gestalt annahmen und wahr wurden? Ja, so war es, darum sprach er sie aus. »Eben weil die Revolution an die gesamtgeschichtliche Erfahrung Mexikos anknüpfte, setzte sie uns ganz klare Ziele: Agrarreform, Organisation der Arbeit, Volkserziehung und vor allem das Gebot, die persönliche Freiheit mit sozialer Gerechtigkeit in Einklang zu bringen; damit ging sie weiter als der wirtschaftliche Liberalismus, der am Menschlichen gescheitert war, und bewahrte sich vor den totalitären Regimes aller Richtungen. Die mexikanische Revolution war die erste große Volksbewegung unseres Jahrhunderts, die dieses Grundproblem erkannte: die Entwicklung und den Schutz des Gemeinwohls zu sichern, ohne dabei die Würde des Individuums zu verletzen. Der wirtschaftliche Liberalismus opferte dem Individuum die Gesellschaft und den Staat. Der Totalitarismus opferte dem Staat die Gesellschaft und das Individuum. Glauben Sie nicht, daß Mexiko mit der Bewegung von 1910 bis 1917 den Anfang einer Lösung für dieses weltweite Problem gefunden hat? Warum haben wir sie nicht weiterentwickelt? Warum sind wir bei halben Lösungen stehengeblieben? Ich kann nicht glauben, daß das einzige konkrete Ergebnis der mexikanischen Revolution die Bildung einer neuen privilegierten Kaste, die wirtschaftliche Hegemonie der Vereinigten Staaten und das Verkümmern unseres innenpolitischen Lebens gewesen sein soll!«

Robles lachte dreimal kurz durch seine Tabakswolken. »Nun mal sachte, Freundchen. Was den ersten Punkt betrifft: Was Sie die privilegierte Kaste nennen, so ist sie das auf Grund ihrer Arbeit und des Impulses, den sie auf das Land ausübt. Sie besteht nicht mehr aus Großgrundbesitzern, die im Ausland leben. Zum zweiten: Mexiko entwickelt sich zur Zeit zu einem Industriestaat, kann aber von sich aus nicht ausreichend Kapitalgüter produzieren. Zum Besten des Landes müssen wir nordamerikanische Investitionen zulassen, die ja auch durch unsere

Gesetze gut kontrolliert werden. Zum dritten: Unser innenpolitisches Leben ist nicht durch die Revolution, sondern durch die notorische Unfähigkeit der Oppositionsparteien und ihren Mangel an Rückhalt beim Volk gelähmt worden.«

»Nein, Lizentiat, Ihre Erklärung akzeptiere ich nicht.« Manuels Nasenflügel bebten, er sah einen grundsätzlichen Zusammenstoß mit Robles und vor allem mit dessen Welt voraus. »Dieser neue Geldadel ist nicht aus der Arbeit entstanden, sondern er hat eine politische Situation genutzt, um günstige Geschäfte zu machen, und sein allzu frühes Entstehen vereitelte von vornherein die höchsten Ideale der Revolution. Denn diese Kaste hat nicht nur eine ökonomische Funktion, wie Sie meinen, sondern eine politische, und die ist reaktionär. Sie wissen auch, daß ausländische Teilhaber nur theoretisch in begrenztem Umfang in mexikanischen Unternehmen zugelassen wurden und werden und daß viele Gesellschaften oft nur dem Namen nach mexikanisch sind. Sie wissen, daß die ausländischen Investitionen wenig taugen, wenn sie nicht helfen, unseren Binnenmarkt zu entwickeln. Und vor allem wissen Sie, daß die Preise unserer Agrar- und Bergwerksproduktion, die Möglichkeit, unsere Industrie zu entwickeln, das Gleichgewicht unserer Wirtschaft – daß all das nicht von uns abhängt. Ich bin mit Ihnen einer Meinung, daß die ›Einheitspartei‹ jeder dieser sogenannten Oppositionsparteien vorzuziehen ist, die in der Tat eher Verbündete der PRI zu sein scheinen. Aber ich bin dagegen, daß die ›Einheitspartei‹ das politische Leben Mexikos eingeschläfert hat und politische Bewegungen verhindert, die helfen könnten, die Probleme Mexikos zu lösen, und viele Gleichgültige aufrütteln würden, die heute dahindämmern, sich aber nie den Parteien der klerikalen oder einer anderen Reaktion anschließen würden. Oder wird die PRI an einem Status quo ohne irgendeine Lösung festhalten wollen? Das würde bedeuten, daß man dem Volk Mexikos sagt: ›So wie es dir geht, ist es gut. Du brauchst nicht zu denken oder zu reden. Wir wissen, was dir guttut. Bleib an deinem Platz.‹ Hat Porfirio Díaz nicht dasselbe gesagt?«

»Was Sie da äußern, ist verantwortungslos. Ich sehe, wir verstehen uns nicht, lieber Zamacona.«

»Und es ist doch so wichtig, daß wir uns verstehen, Lizentiat Robles!«

Manuel gab ihm die Hand und ging bis an das Tor des Gartens, der bleich und durchsichtig in dem klaren Herbstabendlicht lag: Das Tal war frisch gewaschen von dem letzten

Dauerregen, und bei jedem Schritt roch man Eukalyptus und Lorbeer.

Mit Fingerkuppen, die wie elektrisiert waren, strich Hortensia Chacón im Dunkeln über Federico Robles' Arme. Das offene Haar der Frau knisterte leise; drückende Schwüle, die ein Gewitter ankündigte, stahl sich durch die Fensterläden. Federico öffnete die Augen nach tiefem süßem Schlaf und erblickte etwas ganz Neues in Hortensias Gestalt. Es war nicht sein erster Abend in der Wohnung in der Calle de Tonalá, und doch meinte er erst heute das Dasein der Frau ganz zu begreifen, die ihm seit drei Jahren ihre Gesellschaft und etwas, was Federico noch nicht benennen konnte, geschenkt hatte. Als er sie jetzt neben sich liegen sah, fiel ihm zweierlei ein, woran er in den letzten Jahren nicht gedacht hatte: das Ausgraben seines früheren Lebens, mit Ixca Cienfuegos, und die unmerkliche Zurückweisung seiner Frau, die er zum erstenmal an dem Sonntag gespürt hatte, als sie sich für eine Hochzeit umzog. Damals hatte er sich ohne Absicht nach Hortensia Chacóns Bedeutung für ihn gefragt. Aber er hatte noch einmal mit ihr zusammensein, in steinern dumpfem Schlaf neben ihr liegen müssen, bevor er die Wahrheit seines damaligen Gedankens erkannte. Die zweiunddreißigjährige Frau, Mutter von drei Kindern, hatte noch immer samtweiche Haut über dem gewölbten Leib und den schlaffen Brüsten. Robles dachte an den Augenblick vor dem Einschlafen. Die Stummheit und Dunkelheit Hortensias, ihre geräuschlose Hingabe, ohne Ankündigung dieser konzentrierten und leidenschaftlichen Hingabe. Auf dem Höhepunkt hatte Federico nur das Haar der Frau gebissen, und die zusammengepreßten Zähne in der Finsternis hatten aus seiner Erinnerung, aus dem Wirbel der letzten Tage, der äußeren Umstände seines täglichen Lebens, das Bild des Schlachtfeldes von Celaya erstehen lassen, an dem Tag, da er die Zügel mit den Zähnen gepackt hielt und sein ganzes Fleisch vor dem Kampf angespannt fühlte, die Männer im Kampf, den Lärm ringsum, und wie er all das von seinem Pferd herunter, von seinem festgebissenen Zügel, seinem erigierten Glied aus beherrschen konnte. Er erinnerte sich wieder deutlich an Cienfuegos' Fragen und schloß die Augen; aber in seinen Gedanken stellte nicht Cienfuegos die Fragen, sondern der junge Mensch, der an diesem Abend bei ihm zu Gast gewesen war, der so viel Vertrauen zu ihm gehabt hatte, ihm zu sagen, was er dachte, der ihn als lebendes Wesen behandelt hatte, nicht als Symbol des Erfolges und der anerkannten Werte Mexikos. Der Gedanke an Manuel Zamacona beunruhigte Robles so sehr, daß er sich nach der Ursache fragte. Er sah Hortensia genau an und suchte zwischen dem Bild der Erinnerung und dem gegenwärtigen eine Verbindung, die sich durch diese plötzliche Erinnerung aufdrängen wollte. Die Frau bewegte sich überaus vorsichtig.

»Ich bin schon wach, du störst mich nicht«, murmelte Robles.

»Dann ist es gut.«

Die leise und demütige Stimme, für ihn bestimmt, an ihn gerichtet aus der Dunkelheit und der Stille, all das war Hortensia: schweigende, geradlinige Kraft; kraftvolle und geradlinige Vollendung der einmaligen Handlungen, die man an den Fingern abzählen und unmittelbar erleben konnte, unterhalb oder oberhalb der täglichen Äußerungen der Macht. Urgestein, Lebenssaft, blutgetränkte Ebene von Celaya, feuchter, offener Leib Hortensias. Robles atmete tief, sein Puls ging schneller. Er nahm seine unbehaarten dünnen Beine hoch und setzte sich auf den Rand des Bettes aus gedrechseltem Nußbaum. Mit den Fingern tastete Hortensia seinen Rücken ab.

»Bist du zufrieden?« fragte sie.

Robles hätte alle Muskeln seines Körpers auf einmal anspannen, seinem Fleisch all die Kraft mitteilen mögen, die er in jedem Lebensnerv spürte. Zufrieden? Kräftig, rein, erleichtert ... Und morgen, dachte er, wird diese ganze konzentrierte Kraft sich wieder hier bei Hortensia verströmen. Von neuem betrachtete er ihre halbindianische Gestalt, glitt mit den Blicken über ihren Leib, ihren dunklen Schoß. War der Ursprung der Kraft gleich ihrem Ziel? fragte ihn wieder die Stimme Ixca Cienfuegos' aus dem Munde Manuel Zamaconas. Die braunen Körper Federicos und Hortensias hoben sich von den weißen Laken ab.

»Hortensia ...«

Sie legte ihm eine Hand auf die Schulter.

»Denkst du manchmal an früher?«

Ihre Finger streichelten seinen rauhen Nacken. »Ein bißchen.«

Robles rieb sich das Gesicht; eine weiße Welt mit Chromrändern und Neonaugen schoß an seinen Pupillen vorbei, dahinter eine andere, horizontal, rötlich, voller Lieder und Namen, bunter Fahnen und wilder Hengste. Im Mittelpunkt jeder dieser Welten stand er: durchsichtig und bleich in der einen, dunkel und verbrannt in der anderen. Der brennende Mann streckte die Arme nach dem geisterhaften aus, doch der hatte nicht die Kraft, die seinen zu heben. Robles näherte seine Lippen Hortensias Kopf: Dort spürte er ungebrochenes, dauerndes, angespanntes Leben. Von der Geburt bis zum Tod, ein einziger Faden, stark und widerstandsfähig, unzerreißbar ... Vielleicht – er mochte nicht weiter denken, sondern Hortensias Wohnung eilends verlassen mit seinem Schatz an Kraft und ihn der Welt in den Rachen werfen, die auf die Leckereien des mächtigen Mannes wartete – vielleicht nur, indem er auf den Tausch der bei Hortensia gesammelten Kraft gegen die Zeichen der äußeren Macht verzichtete ... vielleicht nur so ... Er stand auf und verscheuchte den Gedanken. Die trüben Augen Hortensias versuchten durch den Schatten Federicos hindurchzusehen, und sie lächelte erst, als sie das Geräusch seiner Kleider, der Schuhe auf dem Holzfußboden, seinen Atem hörte.

An der Endhaltestelle Ramón Guzmán steigen aus dem schlammbespritzten Omnibus ein Mann mit einem Hut, wie er im Norden getragen wird, eine Frau in einem Kattunkleid und ein magerer zehnjähriger Junge mit einem Ausschlag auf der Wange. Der Mann feuchtet seine Lippen über der schwarzen Zigarette an und kneift die Wanzenaugen zusammen, während er auf das Gepäck achtet, das vom Dach des Omnibusses abgeladen wird, wo es unter einer Segeltuchplane steckt. Die Frau, nicht dick, aber formlos wie ein Meerschweinchen, läßt die Schultern noch mehr hängen und hält den kleinen Bengel in blauer Hose und offenem Unterhemd fest, der schreit und auf die Straße zeigt.

»Schön, das wär das Gepäck. Wirst sehen, Alte, was wir für eine Hauptstadt haben!«

»Ach du, du kennst sie ja gar nicht.«

»Nein, hiergewesen bin ich nicht; aber als Mann weiß man ja mehr als ihr!«

»Guck mal, da verkaufen sie Eis, guck mal, Eis, ich will Eis!«

»Halt 's Maul, Quatschkopf! Wenn der Bengel doch erst groß wäre!«

»Aber gewiß, und dann wirst du dich beklagen, daß er sich rumtreibt in schlechter Gesellschaft, mit Huren.«

»Sei still, Enrique, nachher wunderst du dich, wer dem Kind solche Redensarten beibringt!«

»Na, nun komm schon«, sagt der Mann mit dem zerfransten

Schnurrbart und den Wanzenäuglein. »Sieh doch bloß, Teresa, sieh mal, was für 'ne Stadt! Nicht ohne Grund heißt sie die Stadt der Paläste! Schau mal, was für eine Avenida! Guck mal, der auf dem Platz da, das ist Cuauhtémoc. Felipito, wer war Cuauhtémoc?«

»Der von der Noche Triste. Ich will ein Eis!«

»Nun siehste, Teresa, dafür schickt man sie nun in die Schule. Felipito! Wer war Cuauhtémoc?«

»Ach, laß mich in Ruhe! Ich will ein Eis!«

Mit der Hand droht der Mann dem Kind, mit den Augen tadelt die Frau den Mann.

»Gut, nun sind wir hier, schönes Mexiko. Wirst sehen, Teresa, wie wir in der Hauptstadt aus dem Dreck rauskommen. Hier macht man bald Geld, wirst sehn. Ich als Sattler, mit der amerikanischen Kundschaft hier, in einem Jahr sind wir reiche Leute.«

»Das hast du auch gesagt, als wir von Culiacán nach Piedras Negras gezogen sind. Und wie war's? Nicht mal für den Anfang hat's gereicht.«

»Red mir nicht von den Dörfern da, Teresa! Sieh doch, wo wir jetzt sind. Hier richten wir uns mit unsern Ersparnissen ein, ich nehme vielleicht sogar einen Lehrling, und in einem Jahr kommen dreitausend im Monat ein, wirst sehn!«

Die unförmige Frau verzieht den Mund. Das Kind zeigt auf alles mögliche. An der Kreuzung Reforma und Avenida Insurgentes atmet der Mann mit dem Hut aus dem Norden tief ein. »Dies ist meine Hauptstadt, jawohl, Herrschaften!«

Pimpinela de Ovando

»Sie sind mir ein Witzbold, Cienfuegos, bestellen mich in eine Bar – ich bitte Sie –, und nun möchten Sie, daß ich Ihnen aus meinem Leben erzähle.«

»Was haben Sie von mir erwartet?«

»Wenigstens sind Sie ehrlich. Soll ich Ihnen die Möglichkeiten aufzählen?«

»Warum nicht?«

»Erstens: Cienfuegos ist mit Robles befreundet, und ich kann durch ihn einiges erreichen. Einverstanden?«

»Einverstanden. Aber soll ich Ihnen etwas sagen? Mit dem mächtigen Bankier geht es rapide abwärts. Wenn auch nur einer kommt und seinen Kontostand verlangt, wird das Haus Usher wanken.«

»Hören Sie mal, das sieht aber nicht so aus ...«

»Sieht nicht so aus, weil noch keiner draufgekommen ist, daß Robles die gesamten Einlagen in phantastische Abenteuer mit sandigen Grundstücken und dergleichen gesteckt hat ... Aber nun, das hat nichts damit zu tun.«

Pimpinela leckte sich die Lippen und tat völlig uninteressiert.

»Zweitens: Cienfuegos glaubt, daß er mit mir schlafen kann, und ich lasse mir nie eine Gelegenheit entgehen, andern Leuten eine Lektion zu erteilen. Das habe ich im Laufe der Zeit gelernt. Einverstanden?«

»Ja, aber das hat auch nichts damit zu tun.«

»Drittens, in Ihrem Fall unwahrscheinlich, aber immerhin mein Metier: Sie möchten sich mit einem Adelsnamen schmükken, mein Lieber. Dafür bin ich da. Ich glaube, Sie selber haben das einmal gesagt: ›Gib mir Kies, und ich geb dir Klasse – gib mir Klasse, und ich geb dir Kies.‹ Aber da das nicht zutrifft, denke ich mir eben, daß es zutrifft, daß ich Ihnen mein Leben erzählen soll, oder?«

»Nicht gerade Ihr Leben. Lebensläufe so im allgemeinen, ja ...«

»Das heißt also, Klatsch.«

»Und der gefällt Ihnen ja.«

Pimpinela lächelte und zog die Handschuhe aus. Sie sah sich um und suchte nach bekannten Gesichtern. Die kleine Bar war mehr für Rendezvous, Seitensprünge und schnäbelnde Pärchen eingerichtet. Pimpinela schaute noch eifriger nach Bekannten aus. Auf jedem Tisch stand ein kümmerliches Kerzchen in seiner Pergamentmanschette. Die Gesichter waren kaum zu erkennen. Durch die Einteilung der Bar in Boxen wurde die Intimität gewahrt, und ein unverdrossener Pianist überspielte das ohnehin fast unhörbare Murmeln der in dem kleinen Raum verteilt sitzenden Männer und Frauen.

»In den Séparés vor dreißig Jahren gab es wenigstens Chaiselongues und andere Bequemlichkeiten.«

»Heute ist Petting modern, Gnädigste.«

Pimpinela knüllte ihren Handschuh und ließ ihre Augen in eisigem Zorn blitzen. »Ich verbiete Ihnen ... An gewissen Ausdrücken erkennt man sofort, mit wem man es zu tun hat.«

»Was trinken Sie, Pimpinela?«

»Ich rede mit Ihnen. Zwinkern Sie nicht so unverschämt!«

»Liebe Pimpinela, mit diesem Mangel an Geschmeidigkeit kommen wir überhaupt nicht weiter, ganz besonders nicht, was die Rückgabe von Gütern und die Wiederherstellung der Vergangenheit betrifft ...«

»Was wissen denn Sie? Sie haben leicht reden! Was wissen denn Sie!«

Pimpinela stand auf, wandte Ixca den Rücken und zog ihre Handschuhe wieder an. Sie zwang sich zu einem Lächeln und verließ die Bar. In ihrem Opel raste sie zu ihrer Wohnung in der Calle de Berlín. Sie mußte wieder in einer ihr angemessenen Umgebung sein, nur da sein, an einem Ort, der sorgfältig dafür hergerichtet war, das gewisse Etwas, als dessen Hüterin sie sich fühlte, zu erhalten und darzustellen. Sie öffnete die Tür und zögerte kurz, ehe sie das Licht einschaltete, um die weichen Teppiche, den Strauß Immergrün, das zarte Parfüm des eigenen Körpers, das er im Laufe der Zeit dem Raum mitgeteilt hatte, zu genießen. In der Dunkelheit strich sie leicht über die roten Samtmöbel, die eingelegten Vitrinen, die Bilderrahmen. Sie stellte den Plattenspieler an und setzte die Nadel auf die aufgelegte Platte. Ein bezwingender Strom wuchtigfeierlicher Streicher überschwemmte den Raum; Pimpinela streckte sich auf dem samtenen Diwan aus, schloß die Augen und ließ sich von Vivaldi in eine unantastbare und zugleich ergreifende Welt entführen. Vollendete Schöpfung, wiederholte sie stumm, von der Musik angerührt, willenlos; sie hatte das Gefühl, daß die Musik sie auflöste, sehnte sich danach, einer Schöpfung zu danken, die für sie allein dazusein schien, wie eine Art vorbestimmter Belohnung, die denen von Geburt und Rang im Leben zukam, und doch dachte sie, daß sie sie nicht gewollt oder gefordert hatte. Nicht geradezu belohnt, sondern als Ganzes vorherbestimmt empfand sie sich, und zugleich, meinte sie auch, lebte sie gespalten, zerstückelt, und ein Stück kämpfte und mühte sich um die Wiederherstellung anderer Stücke, die ebenfalls nie wieder ein Ganzes werden konnten. In einer Sternsekunde berührte, roch, erinnerte, hob Pimpinela aus der Tiefe ihrer Vergangenheit alle Elemente ihrer Sehnsucht nach Erhaltung; ihr Gedächtnis eilte voraus und zurück, in einer zweifachen Bewegung, die von der Sehnsucht nach Wiedergewinnung getragen war, und über ihre Augen zog ein flüchtiger, trüber Nebel.

»Unsere kleine Pimpinela mag nicht essen, Señora.«

Señora de Ovando, in gebauschter, raschelnder Seide und Schnürleibchen, wendet sich dem kleinen Mädchen mit rötlichen

Locken zu, das auf seinem hohen Mahagonistühlchen vor seinem Teller mit Haferflocken ein Schippchen zieht. Wie eine goldene Brosche sieht sie aus in dem mit Perserteppichen ausgelegten Eßzimmer, unter den beiden Kronleuchtern, die – sie erinnert sich – immer ein zartes gläsernes Klingen hören ließen, der Tisch für vierundzwanzig Personen, Kupfereinlegearbeit, die Spiegel, an jedem Ende einer, die wie eine Bilderharmonika die dazwischenliegende Welt und ihre Gegenstände reflektierten; die Wände mit grünem Damast tapeziert, das Büfett mit perlmuttenen Intarsien, die weißen Marmorvasen, auf denen die Jahreszeiten in einer ununterbrochenen Girlande von kalten Birnen, Blumen, Pfirsichen, Kastanien dargestellt waren. Pimpinela schaut einen Augenblick die Gegenstände in dem großen Haus, das mitten in ebenen gepflegten Gärten liegt, Polstersessel und eine Vitrine voll blauem Sèvresporzellan, die Rocaille-Uhr, von einem pausbäckigen Cupido gekrönt, der mit jeder Stunde seinen Bogen höher hob; die Tische mit den gedrechselten Beinen auf vier Löwenköpfen. Noch mehr Vitrinen, mit gemalten Fächern, Szenen von Watteau. Arabesken auf den Gobelinlehnen, Flöten über den Türen, silberne Leuchter mit goldenen Zierleisten. Die Halle mit der Doppeltreppe. Zwei gleiche Büsten Mark Aurels in den Nischen. Und die endlosen Bilderreihen in den beiden goldgerahmten Spiegeln.

»Einen für Papa, einen für Mama.«

Das kleine Mädchen klammert sich an den Hals der Mutter.

»Was hat mein kleiner Liebling? Mag sie nicht ihren scheußlichen Haferbrei? Komm zu deiner Mama, mein Schätzchen.«

Ein ausgeschlagener Landauer wartet vor der Tür. Pimpinela schaut mit den blauen Augen zum Himmel auf, der zwischen zwei Wänden von Baumkronen dahineilt. Im Takt bewegt sie die Beinchen, kuschelt sich an die zarten, fast knisternden Stoffe ihrer Mutter. Ein- und zweistöckige Häuser, rosa und blaßgrün angestrichen, mit Gitterbalkons und hohen Vorhallen. Männer mit riesigen spitzen Hüten gehen hin und her und schleppen Wasserkrüge. Stände mit Süßigkeiten, gepflasterte Straßen, steife Gaslaternen. Und wieder der Himmel zwischen den Blättern. Gelbe Spitzen umranden den Landauer, und es riecht durchdringend nach Staub. Das gemächliche Klickklack der Pferdehufe auf den Steinplatten schläfert sie ein. Pimpinela riecht die gelben Spitzen, die Gewänder ihrer Mutter, legt den Kopf auf ihren Schoß und schläft ein.

»Wir werden unsern Besitz verteidigen, Angélica.«

»Das Mädchen ist schon groß, sie braucht etwas anderes, braucht die Umgebung, für die wir sie erzogen haben. Du kannst deiner Tochter das nicht verweigern. Du kannst sie nicht verurteilen, in einem Land zu leben, das durch Revolution und Geschmacklosigkeit zerstört worden ist.«

»Wir werden unsern Besitz verteidigen, Angélica. Sieh deine Kusine Lorenza an. Sie und ihr Sohn leben wirklich im Verborgenen, verstecken sich vor dem Land und ihren Pflichten. Wir werden aus dieser Orgie der Barbarei retten, was wir können.«

Don Lucas de Ovando geht im Boudoir auf und ab, einen Finger in die rote Uhrkette gehakt, die ihm aus der Weste hängt. Mit der anderen Hand streicht er seinen ergrauenden Bart an dem ausgeprägten Kinn glatt, das ebenso energisch ist wie seine metallischen Augen, die beiden Falten in den Wangen, die kompakte Härte seiner kleinen Gestalt. Groß, blaß, matt, kämmt sich Angélica vor dem Spiegel das kupfergetönte lange Haar.

»Ich verstehe nicht, wieso, Lucas.«

»Glaubst du, diese Revolution ist anders als irgendeine andere? Zu viele haben wir in Mexiko schon erlebt. Unsere Familien haben die Acordada und die Proklamation von Pío Marcha, den Plan von Casamata und den von Ayutla, den von La Noria und nun den von Guadalupe durchgemacht. Alles dasselbe. Um ihn zu bewältigen, muß man versuchen zu verstehen, was jeder Umsturz wirtschaftlich bedeutet, und sich danach richten. Jetzt sind die Zapataleute die Gefahr, und alle diese Kerle mit ihrer Agrarreform. Von daher wird der Schlag kommen.«

»Aber davon leben wir doch, Lucas, von den Gütern. Was sollen wir dann nur machen?«

»Die Güter loswerden. Sie rasch den Nordamerikanern verkaufen. Sie gegen Häuser in der Stadt eintauschen. In Mexiko-Stadt wird es keine Agrarrevolution geben, Angélica.«

»Aber darum geht es mir nicht. Es ist das Fehlen einer angemessenen Atmosphäre ... Arme Pimpinela! Wenn ich an mein Leben als junges Mädchen denke ...«

»Mir ist eine Tochter mit einer leeren Tanzkarte lieber als eine mit leerem Magen. Die Sache ist beschlossen. Ich habe mir die Grundstücke auf dem letzten Teil der Reforma schon angesehen. Die sind für ein Butterbrot zu haben. Und mehr als ein Dummkopf ist bereit, mir eine Straßenecke im Zentrum für ein Gut einzutauschen. Du wirst sehen, ich behalte recht.«

»Bist du auf vielen Bällen gewesen, Mama?«

Angélica streicht Pimpinela über den Kopf. Hals, Arme und Gesicht des jungen Mädchens schimmern fast gegen das lockere schwarze Kleid. Diese Nase, denkt Angélica, die Nase von Lucas, das Zeichen von Qualität, da ist es wieder in Pimpinela. Und als Kind war sie so stupsnasig.

»Ja, damals war alles anders!« Angélica versucht zu lachen.

»Jetzt, siehst du, muß man aus Sonora oder Sinaloa sein.«

»Wäre es nicht wundervoll, wenn wir zu meinem neunzehnten Geburtstag einen Ball geben könnten?« Auf den Knien rutscht Pimpinela näher an ihre Mutter heran. Das Boudoir ist dasselbe, aber seine Einrichtung ist ein wenig zerschlissen. Es fehlt an Dienstboten, die sorgfältig jedes Staubkörnchen aus den Marmorfalten der Vasen und ihrer Untersätze entfernen. »Wäre das nicht wundervoll? Jetzt, da das Trauerjahr für Papa um ist?«

»Es ist ja kaum noch jemand da, Töchterchen! Wen sollten wir einladen?«

»Warum sind alle deine Freunde und unsere Verwandten weggezogen?«

»Nun ja – der Vater hatte sehr bestimmte Ansichten. Ja, er hat einiges gerettet, wie er immer sagte. Aber das Leben besteht nicht nur daraus. Es ist auch Atmosphäre, mit Leuten zu verkehren, die ebenso sind wie man selbst.«

Pimpinela denkt an alle diese Bälle und an jene, die sie nicht besuchen konnte. Was gibt es da zu reden? Sie kennt die Antwort ihrer Mutter.

»Solange du nicht auf Bälle von Leuten gehen kannst, die wir kennen, in Begleitung eines anständigen jungen Mannes und deiner Mutter, bleibst du zu Hause.«

»Da ist ein Junge, Mama, ich habe ihn zusammen mit Margarita in einer Teestube kennengelernt, er ist Anwalt und ...«

»Wie heißt er?«

»Roberto Régules.«

»Régules? Régules? Den Namen höre ich zum erstenmal.«

Angélica sitzt auf einem unbequemen Gobelinsessel und knabbert gemächlich kandierte Maronen. Zu ihren Füßen runzelt Pimpinela die Stirn, um die sie ein schwarzes Band geschlungen hat.

»Aber Mama, er ist ein sehr netter Junge, sehr gut gekleidet und sehr höflich.«

»Kleider machen nicht Leute, mein Kind. Du weißt, daß alles, was ich tue, zu deinem Besten ist. Sieh mal, dein Vater war sehr klug und hat uns wohlversorgt zurückgelassen, während so viele andere alles verloren haben. Wir können von unsern Zinsen standesgemäß leben. Man braucht nicht mit diesen neuen Kreisen zu verkehren. Wir haben, wie dein Vater es wollte, einiges von unserem Vermögen retten können. Wir wollen auch unsere Würde retten. Wir haben, im Gedanken an deinen verstorbenen Vater, die Pflicht, ihm treu zu bleiben.«

»Ja, Mama.«

»Das können wir nicht für einen Ball opfern, Pimpinela. Aber ich verstehe dich, ich verstehe dich ...« Angélica beugt sich zu dem jungen Mädchen hinunter. »Wie sollte ich dich nicht verstehen! Wenn ich an meine so andersartige Jugend denke ... Du hättest die Uniformen sehen sollen, die man damals trug, die Helmbüsche, die Quadrillen ... Und dann der Walzer, und die Kleider wirbelten, wir am Arm der jungen Männer, die ... Es war schon ein fester Brauch, weißt du: An einem Tag gab eine Familie ihren Ball, an einem andern die nächste, und so weiter.« Angélica faßt Pimpinela um die Schultern. »Und wenn wir nach Europa führen?«

Pimpinela klatscht in die Hände. »Mama, Mama, Europa!«

Die Mutter rafft ihre schwarzen Gewänder zusammen und eilt zu dem Schränkchen mit den Metallbeschlägen; aufgeregt wühlt sie in den vergilbten Papieren: Wertpapieren, Pachtverträgen – bis sie auf gut Glück einen herauszieht. »Cinco de Febrero und Bolívar ... fünfzig Pesos der Quadratmeter ... Heute wird er hundert wert sein. Los, Kindchen, das machen wir!«

»Erinnerst du dich noch an den kleinen Régules, Mama?«

»Régules? Das erstemal ...«

»Das erstemal. Ja.«

»Was ist mit deinem Señor Régules?« Angélica hustet heftig in ihrem bauschigen Bett voller Decken und gestickter Kissen.

»Er hat geheiratet.« Langsam fährt Pimpinela mit dem Finger den vergoldeten Bettrahmen entlang. Sogar hier auf dem Krankenbett ist in der Haltung der älteren Frau etwas von dem Schliff zu spüren, der irgendwie auf sie selbst abfärbt, wenn sie an sich heruntersieht.

»Er hat seine Sekretärin geheiratet. Sie fahren nach New York auf Hochzeitsreise. Erinnerst du dich, daß ich ihn vor sechs

Jahren kennenlernte, als er ein junger Anwalt war? Jetzt ist er ...«

Angélica ordnet sorgfältig ihr Haar unter einer weißen Haube. »Ja, das kann ich mir vorstellen. Heute geht es rasch mit dem Aufstieg. Zwischen 1910 und 1935 muß ja ein Unterschied sein. Schnelligkeit, Modernismus, das ist es, all das.« Angélica hustet wieder, hebt die Augenbrauen.

»Sie haben ein Haus in Las Lomas, mit einem großen Garten, ein Auto. Roberto ist Syndikus vieler neuer Gesellschaften.«

»Ja, ja, Modernismus. Früher hatten nur reife Männer Verantwortung.«

»Ich hätte ihn heiraten können.«

Angélica schüttelt ungeduldig den Kopf. »Uns geht es gut, Töchterchen, uns geht es gut. Nichts fehlt uns.«

Pimpinela umklammert mit beiden Händen die Bettkante.

»Bin ich hübsch?«

»Mehr als hübsch. Ich würde sagen, du bist distinguiert, hast die ...«

»Was hilft mir das? Mama, Mama, ich möchte dir nicht weh tun, das weißt du. Aber sag mir, was mir das nützt, eine anständige, geachtete Frau mit einem berühmten Namen zu sein. Sag mir das!«

»Kindchen, reg dich nicht auf. Du bist im besten Alter ...«

»Das hast du gesagt, als wir nach Europa fuhren. Hat jemand die unscheinbare kleine Mexikanerin beachtet? Beachtet jemand Mexiko?«

»Wenn du meine Jugend erlebt hättest, die Bälle, die Ausflüge, den Lebensstil des vorigen Jahrhunderts ...«

»Aber ich habe all das nicht erlebt. Und es ist ja auch nicht nur ein Ball oder ein Ausflug, es ist das Dazugehören ... Ich weiß nicht, Mama, ich schwöre dir, ich will dir nicht weh tun, aber ich möchte wissen ...«

»Es war nicht unsere Schuld.« Angélica streckt den Arm aus und sucht Pimpinelas Hand. »Unsere Welt ist zusammengebrochen. Mir kannst du die Schuld nicht geben. Die Tore sind zugeschlagen.«

»Roberto hat seine Sekretärin geheiratet.«

»Laß sie, wie sie sind, das ist ihre Welt, nicht deine. Sei zufrieden. Uns geht es gut, uns fehlt nichts. Und wenn uns etwas fehlt, dann weißt du, daß wir ein Grundstück verkaufen und auf Reisen gehen können ...«

»Pimpinela de Ovando.«

»Nicht möglich! Von den richtigen?«

Pimpinela lächelt strahlend. Mit einem Genuß, den ihre Gastgeber fraglos falsch auslegen werden, sieht sie sich in dem Salon um. Kalifornische Machart: bunte Fenster in gemauerten Rahmen, reichlich Gitter, Fliesenfußböden, alles vollgestopft mit modernen Möbeln: Chrombeine an Tischen und Stühlen, Gummisitze, rote Lacktische; und ein Dutzend Spiegel in allen möglichen Formen: Sterne, Sicheln, Wellen, Zickzack. Die Hausfrau zieht mit sichtlicher Begeisterung an den Rolläden.

»In Mexiko dekorieren die Leute wundervoll«, seufzt Pimpinela.

»Tun Sie, als ob Sie zu Hause wären.«

»Was für ein entzückendes Bild!«

»Ach, nichts Besonderes, eine der ersten Sachen, die ich gekauft habe.«

»Ein Tiepolo, würde ich sagen. Es hat etwas von dieser dichten, dämmrigen Grazie Venedigs.«

»Ja, ja, ja, das ist es. Venedig am Abend, bei Sonnenuntergang, eben.«

»Hm.« Pimpinela streut ihr Lächeln über ihre Gastgeber aus. »Wie gemütlich! Seit langem bin ich nicht in einem so schicken Haus gewesen.«

»Ja.«

»Sie als Kenner, Herr General, hätten vielleicht Interesse an ein paar Bildern, die ich besitze. Sind natürlich aus dem siebzehnten Jahrhundert und wurden von einer Generation zur anderen weitergegeben, aber wenn Sie ...«

»Wir können uns doch duzen, nicht?«

»Pimpinela, ich habe Sie – dich – so sehr schätzengelernt.«

Silvia Régules schenkt zwei Tassen dampfenden Tee ein. »Zitrone?«

»Danke.«

Die Abendsonne fällt schräg durch die großen Panoramafenster der Villa auf den Lomas de Chapultepec und vergoldet Pimpinelas Kopf und Schultern.

»Deine Ideen für die Party neulich waren fabelhaft, einfach fabelhaft, Pimpinela. Unbezahlbar.«

Pimpinela tätschelt leicht Silvias Hand. »Vergiß es. Es tut so wohl, in diesem Mexiko eine Frau wie dich zu treffen. Vornehmheit läßt sich eben nicht erlernen, meine liebe Silvia. Weißt du, wenn man alles in der Revolution verloren hat, dann bleibt einem nur der Reichtum, gleichgesinnten Menschen zu begegnen, mit denen man ein wenig darüber nachdenken kann, daß man nichts verloren hat, daß die Gaben der Zurückhaltung und der Grazie ...«

»Liebe Pimpinela ...«

»Eben: gleichgesinnte Seelen zu treffen.«

»Deine Freundschaft bedeutet mir so viel.« Silvia reckt die Nase noch ein bißchen höher und streicht sich über Hals und Ohrgehänge.

»Du siehst ja, Roberto steckt immer in der Arbeit, der Arme. Dauernd rufen sie ihn ins Präsidentenpalais. Er ist schon Berater in wer weiß wie vielen Gesellschaften.«

»Ja, ich weiß, was das heißt. Mein Vater hat ein ähnliches Leben geführt. Aber für uns ist das alles zu Ende, Silvia. Wir waren immerhin wer, weißt du.«

»Pimpinela! Es war grauenhaft!« Silvia faßt sich an die Kehle und reißt die Augen auf. »All diese Morde, und die armen kleinen Priester, die sie umgebracht haben, und die Räubereien – die Räubereien! All die schönen Güter!«

»Ja, das stimmt. Aber ich wiederhole: Was man erhalten muß, das ist die Freundschaft, nicht das Eigentum. Die Freundschaft, die Vornehmheit, die Grazie, die wahren Güter der Seele.«

»Ja, ja, Pimpinela, da empfinde ich genau wie du. Manchmal bin ich ganz verzweifelt, ich hier allein, die Kinder in der Schule, und Roberto arbeitet bis nachts um zehn.«

»Auf mich kannst du zählen. Wir können ausgehen, wann du willst, ein bißchen umherfahren, ins Kino gehen, etwas trinken ...«

Beharrliches Hupen dringt bis in den Salon. Pimpinela zieht ihren Handspiegel aus der Tasche und pudert sich. »Das ist Pierrot Caseaux, er holt mich ab. Sehen wir uns morgen?«

»Ja.« Silvia fingert wieder an ihren Ohrgehängen und zerdrückt eine falsche Träne. »Pierre Caseaux, dieser schicke junge Mann, der dauernd auf der Gesellschaftsseite erscheint?«

»Genau der. Er ist bezaubernd und hat den großen Vorzug, nichts anderes zu tun zu haben, als seine Freundinnen auszuführen, sehr amüsant! Soll ich ihn dir vorstellen?«

»Norma, Norma, wenn es nicht unserer Freundschaft wegen wäre ...«

»Dafür ist sie doch da, Pimpinela, ich bitte dich! Wie soll ich

mich nicht um deine Angelegenheiten kümmern, es sind ja auch die meinen, und ich hab das ebenfalls durchgemacht. Ich hatte das Glück, einen reichen Mann zu heiraten, und damit waren alle Probleme gelöst. Wie kannst du glauben, daß ich nicht einer Freundin meiner Klasse helfen werde ...«

»Ja, das wird uns immer retten, Norma, diese Treue zu unseresgleichen. Es gibt Leute, die das nicht verstehen.«

»Verlang, was du willst. Gleich heute werde ich mit Federico sprechen. Er mag es nicht, wenn ich mich in seine Geschäfte einmische, aber für dich tue ich alles.«

»Tante Lorenza war begeistert von dir.«

»Sie ist auch reizend. Sie erinnert mich an meine selige Mutter.«

»Sie sagt, du kannst sie jederzeit besuchen, du erinnerst sie an ihre Jugend.«

»Wie nett! Man sieht wieder einmal, Leute von derselben Art finden sich immer wieder zusammen. Besonders in dieser unmoralischen Atmosphäre. Wie findest du das mit Silvia und Caseaux?«

»Man kann es ihr nicht übelnehmen. Immer so allein, ihr Mann kümmert sich überhaupt nicht um sie, vor allem in den kleinen Details, die so wichtig sind.«

»Ich lebe genauso und beklage mich nicht und suche mir auch keinen Geliebten.«

»Das ist eben der Unterschied, klar. Du bist anständig, und die Sauberkeit gibt Kraft.«

»Gewiß hat der sie schon auf dieses Gut mitgenommen, nicht?«

»Natürlich, sie fahren jedes Wochenende hin.«

»Nicht zu glauben. Wie schön, daß ich dich als Freundin habe, Pimpinela, denn du stehst über all diesem Kleinkram.«

»Das sind Dinge, die man nicht lernt, Norma. So hat man uns erzogen.«

»Und mach dir nur keine Sorgen, diese Angelegenheit wird in deinem Sinne erledigt. Du schreibst mir auf, was du willst, nicht wahr?«

Pimpinela erhob sich von dem Diwan und schaltete die Lampe an. Die Nadel glitt von der Platte ab und wiederholte einen schrillen Geigenton. Der gehörte dennoch zu Vivaldi, dachte Pimpinela und ließ das Geräusch sich immerzu wiederholen, stellte sich vor den Spiegel und betrachtete ihre blonde Eleganz, ihre schlanke Figur, das strenge schwarze Schneiderkostüm, die straffen Hände auf den Oberschenkeln, die Adlernase, die metallischen Augen, die unverwandt ihr Spiegelbild ansahen, die Furchen, die sich schon in das hochmütige Kinn gruben ... »Señora, die kleine Pimpinela mag nicht essen ...« – »Die haben kein Recht, mich zu verurteilen«, sagte sie und knipste das Licht wieder aus, während die Nadel noch immer auf der zerkratzten Platte schrillte.

Das katalanische, wie aus Holz geschnitzte Gesicht gegenüber dem verbrauchten, runden, rötlichen. Die Frau mit dem Holzschnittgesicht sitzt auf einem Stuhl, der so steif ist wie ihr Rükken, und in dem winzigen Zimmer hängen alte Fotos, zwei Kopien der Caprichos, eine Reihe Bücher mit Eselsohren: Prados, Hernández, García Lorca, León Felipe, Altolaguirre.

»Also ihr habt ihn gesehen?«

»Nun, Señora, sehen und sagen ist zweierlei. Ihrem Mann ging es schon so schlecht, Sie hätten ihn nicht wiedererkannt.«

»Wo?«

»Nun, in der Nähe von Tarragona. Aber er war schon ein anderer geworden. Keiner hätte ihn wiedererkannt.«

»Ich lebe seit bald dreizehn Jahren in Mexiko, vergessen Sie das nicht.«

»Na ja, er war eben ein anderer, nicht mehr derselbe.«

Die unbeugsame große Frau weiß, daß der rundliche rötliche Mann sie nicht versteht. Sie meint, sein Gesicht bleibt immer dasselbe: das Gesicht des Milizsoldaten, von der Sonne gebräunt, das rostige Gewehr über der Schulter, dieses traurige Gesicht, das sich noch einmal, zum letzten Abschiedsgruß, umdreht; er schwingt die Mütze, und die Luft von San Feliú ist halb Mittelmeer, halb Pyrenäen, und alle, das Volk und die Milizionäre, singen: »An der Front von Teruel, in der vordersten Linie ...«, und die aschgrauen Augen Pablos sehen nach oben zum Balkon, wo sie mit ihrem schönsten Lächeln steht, heben sich über den Marschlärm und die Stimmen und die Luft, in der Berg und Salz sich mischen, und für sie singen sie ihr rauhes Lied von Sporen und Schützengraben. »Wenn du mir schreiben willst, du weißt schon, wohin, an die Front von Teruel ...« Nichts wird dieses Gesicht verändern, die katalanische Frau mit dem Holzschnittgesicht weiß das.

»Kein Papperlapapp. Reden Sie.«

»Dreizehn Jahre in Mexiko, Señora?«

»Bald. Sie sehen, ein Süßwarengeschäft, wir kommen zurecht, müssen nicht hungern. Man hat uns nichts versagt. Nun gehören wir hierher und dorthin. Zwei Heimaten sind immer besser als eine. Und ihr? Wie seid ihr davongekommen?«

»Nun, zu Fuß. Nachts. Bis zur Sierra de la Pena und von dort nach Jaca. Dann über den Kamm, hinunter nach Frankreich, nach Laruns. Das war alles. Und der Dickwanst Moro soll platzen, wenn er laufen kann, was ich gelaufen bin!«

»Tapfer, wie immer!«

»Seien Sie das auch, Señora, ich hab Pablo schlimm zurückgelassen auf dem Schlachtfeld.«

»Der wird schon durchkommen. Er hat die Stukas ausgehalten, dann wird er auch Francos verfaulte Bohnen ertragen. Er hat Teruel und Guadalajara überstanden und die Belagerung von Madrid. So ist mein Pablo, müssen Sie wissen. Was haben Sie denn? Er weiß doch, daß ich hier auf ihn warte, daß für mich dreizehn Jahre ... Als er singend mit der Miliz aus San Feliú abrückte, hat er zu mir gesagt: ›Du weißt ja, wo ...‹ Ich hier; er dort, das spielt keine Rolle. Die Entfernung mißt man nicht nach Meeren.«

»Señora, ich weiß nicht ... Pablo ist tot. Er wollte uns den Rücken decken. Die Posten haben ihn mit Kugeln durchlöchert. Er hat uns das Leben gerettet. Die haben nämlich geglaubt, er wär allein. Er war ein Held.«

Die überstürzten Worte des rundlichen Mannes durchfahren die Gestalt der großen knochigen Frau mit den Pflaumenaugen und den langen Händen. Ein Lärm von Abschiedsszenen, haltlosem Weinen, Flucht, versteckten Soldaten, Leuten, die durch Schnee stapfen, Liedern, Gesichter vom Gebirge und von der Küste, von Navarra und Valencia, Castilla und Extremadura, Stiefel und Hanfsandalen, Wein und Zwiebeln, die Gesichter der einzigen durch und durch ehrlichen und sauberen Geschichte, der einzigen wirklichen Probe, die ein Mann überhaupt zu bestehen hat – all das zieht vor ihrem Blick vorbei. Die langen Hände stoßen den Körper von dem steifen Stuhl hoch. Die erloschene Stimme wartet noch auf etwas.

»Ich habe Ihnen schon gesagt, die Entfernung mißt man nicht so ... Stehen Sie auf, Señor ... und singen Sie mit mir, singen Sie wie früher, singen Sie, zum Abschied für Pablo.«

Die erloschene Stimme der Frau mit dem Holzschnittgesicht, die heisere und brüchige Stimme des rötlichen rundlichen Mannes sind kaum zu hören in dem kleinen Raum in der Calle del

Nazas. »Mit dem fünften, mit dem fünften, mit dem fünften Regiment, Mutter, geh ich an die Front, in den Schützengraben ...«

Und wenn ich mich am Dorn steche

Während des ganzen Abendessens wärmte Robles Erinnerungen aus seinem politischen Leben auf. Erst als er nach dem Weinglas griff, unterbrach er seinen Redefluß, und Norma führte ihre Lektion mechanisch zu Ende und wandte sich an Ixca Cienfuegos.

»Haben Sie schon Curzio Malaparte gelesen? ... Bald kommt ein indisches Ballett in die Kunsthochschule ... Letzten Sonntag im Jockey Club ... Nun ja, Stellung und Ansehen erfordern manche Dinge ...

Federico und ich haben mit Seiner Hoheit und der Contessa Aspacúccoli soupiert ... Ich hatte Glück, einen ungewöhnlich schönen Orozco zu finden ... Dieses Stück haben wir in Brüssel bestellt ...«

Und sie hörte auf zu reden, sobald ihr Mann das rosa Glas wieder auf das Tischtuch stellte.

»Wie gesagt, Cienfuegos, dieser Blödsinn mit dem Erdöl muß endlich aufhören. Wir haben nicht die Kapazitäten für dauernde Versuchsbohrungen in großem Umfang. Nach und nach, unter anderen Namen, müssen jedenfalls die ausländischen Gesellschaften wiederkommen, um uns ihr technisches Können und ihre Leistungsfähigkeit zur Verfügung zu stellen. Andernfalls wird sich unsere Industrialisierung verlangsamen, gebremst durch den Hurrapatriotismus: ›Das Öl gehört uns.‹ Letztlich geht der Wohlstand des Landes, das sage ich Ihnen, über jede chauvinistische Befriedigung.«

Cienfuegos sah schweigend zu und amüsierte sich, indem er die Minuten, fast gleich viele, zählte, in denen jede Phase des Doppelspiels ablief. An einem Ende des Tisches saß Robles' schwerfällige Gestalt, steif und gemessen, am anderen Norma in ihrer angeborenen blonden Teilnahmslosigkeit.

Als Robles zu Ende geredet hatte, zündete er sich eine Zigarre an und bat, sich zurückziehen zu dürfen.

»Ich habe eine inoffizielle Sitzung, aber es ist noch früh. Norma, kümmere dich um Señor Cienfuegos, biete ihm einen

Likör an.« Und mit einem kurzen Nicken verabschiedete er sich.

»Kognak, Pfefferminz, Anis?« fragte Norma und rieb ihre Handgelenke mit denselben Bewegungen, mit denen sie sich parfümierte.

»Ja, einen Kognak«, sagte Ixca Cienfuegos und sah sie fest an. Beide schwiegen; Norma schenkte ein. Und noch ein paar Minuten: Cienfuegos wärmte das Glas an.

»Sie haben nicht die geringste Verpflichtung zu bleiben«, sagte Norma und unterdrückte ein immerhin deutliches Gähnen. »Wenn ich offen sein darf: Diese Situationen sind nichts als Vertrauensbeweise für mich, mit denen Federico gleich nach unserer Hochzeit angefangen hat, stellen Sie sich das vor.«

»Haben sie Ihnen genützt?«

Norma lachte. »Heutzutage betrügt man seinen Ehemann nur aus reinem Pflichtgefühl. Und ich tue manches gern aus Spaß oder weil es gefährlich ist.«

Es lag etwas Ungemütliches, Steifes über dem ganzen Raum und den mit blauem Brokat bezogenen Sitzmöbeln, die nicht zur Kolonialarchitektur und zu den Fensterchen mit Wappenschildern paßten, die die Treppe bis nach oben begleiteten. Eine merkwürdige Mischung von Stilen im ganzen Haus: Wände aus Kunststein, gelblichbraun angestrichen, ein Balkon im zweiten Stock, Nischen mit Marienbildern aus verschiedenen Gegenden – aus Remedios, Zapopan – neben römischen Büsten und chinesischen Statuetten. Die Bilder von Félix Parra, die Pimpinela an die Robles verkauft hatte und die einst das Vestibül des Hauses in der Calle de Hamburgo geziert hatten. Ein paar Antiquitäten und ein Flügel; große Spiegel mit künstlicher Patina, Sofas, holzgeschnitzt und mit blauem Brokat bezogen, Marmorfußboden, Wandleuchten im Eßzimmer, Gitter vor den Fenstern, all das paßte nicht zu der hypermodernen Eleganz der Hausfrau, ihrem Kleid, ihrem Schmuck. Cienfuegos stellte sich diesen Ort des Sammelsuriums als Schnittpunkt von Federico und Norma vor. Sein durchdringender Blick änderte sich nicht.

»Sie haben Ihrem Mann genützt.«

»Ich habe Ihnen erkärt: keinerlei Verdienst. Ich tue manches gern.«

»Nein, das meine ich nicht. Ich will sagen, daß Robles von Ihnen das erreicht hat, was er bei der Heirat wollte. Aber ... sagen Sie mir, wenn ich indiskret werde – haben Sie verstanden, ihn auszunutzen?«

»Keine Sorge, ich denke doch, wir sind vernünftige Leute. Und ich breche mir keine Zacke aus der Krone, wenn ich Ihnen sage, daß ich ihn geheiratet habe, weil ich keinen Pfennig hatte. Meine Familie hat in der Revolution alles verloren.«

»Norma, ich habe im Norden Ihren Bruder kennengelernt. In dem Bergwerk dort hat er damals nur Centavos verdient. Vielleicht geht es ihm jetzt als Tagelöhner besser.«

Norma spürte, daß sie mit einem hochmütigen Blick und einem Lachen ihre plötzliche Verlegenheit nicht verbergen konnte.

»Sind Sie von Beruf Erpresser, Señor Cienfuegos?«

»Gewissermaßen. Ich meine nur, Sie brauchen mir nichts vorzumachen. Akzeptieren Sie mich, oder werfen Sie mich gleich hinaus.«

»Ich habe Ihnen ja schon erklärt: Gefahr ... oder Spaß.«

»Was sagen Ihnen diese Namen: Santa María de Oro, Rodrigo Pola, Pedro Caseaux, das Gut San Fermín, Natascha, Pimpinela de Ovando: Gefahr oder Spaß?«

»Wenn Sie mich Neureiche oder social climber oder Dirne nennen, dann lache ich darüber«, erwiderte Norma und zündete sich eine »Parliament« an. »Wenn Sie mich als snobistisch bezeichnen, dann machen Sie mich traurig. Wer ist heutzutage nicht irgendwie ein Snob?«

»Und wie sind Sie es?«

»Ich, nun, mit Namen und Geld und mit dem Gefühl, das Beste zu sein, das dieses Land zu bieten hat. Wissen Sie, was es heißt, sich von dem spießigen Leben des mexikanischen Mittelstandes loszureißen? Wissen Sie, was es heißt, durch wer weiß was für Regeln verdammt zu sein, mittelmäßig, bescheiden, schlecht gekleidet, sich vor sich selbst genierend, trübselig, unendlich trübselig, keusch zu sein, sogar wenn man seine Jungfräulichkeit verliert? Ich bin in einer solchen Atmosphäre aufgewachsen, und wenn ich nichts unternommen hätte, würde ich heute in einem Kramladen Kölnischwasser verkaufen, und mein höchstes Glück wäre ein Kinobesuch am Sonnabend. Nennen Sie es Snobismus oder Talent oder Lebenshunger, aber ich bin hier, und die sind dort unten geblieben.« Norma erhob sich. »Ich verbiete Ihnen, sie vor mir zu nennen. Ich werde das tun: meine Mutter und mein Bruder. Sie konnten es nicht, oder ihnen fehlte das, was man braucht. Und diese Siege erringt man allein, die kann man nicht teilen. Wenn das Snobismus ist, dann bin ich stolz darauf. So.«

»Vielleicht ist Snobismus etwas Ernsteres als das, was Sie meinen. Vielleicht ist es nur eine Form geistiger Blindheit: alle Dinge nur für sich sehen, ohne Attribute. Der intellektuelle Snob interessiert sich nur für die Intelligenz an sich, der gesellschaftliche Snob, wie Sie, der ungebildete Snob, für den Mangel an Bildung ein Zeichen höheren Wertes ist, der physische Snob und welche Art Sie sonst noch wollen, sie alle berauben die Dinge ihres Inhalts. Die Dinge, die sie schätzen, sind gut; die sie ablehnen, sind schlecht. Die halbe Welt ist für sie nicht vorhanden, wegen ihrer Gleichgültigkeit. Doch die Welt ist niemals nur die Hälfte, die wir wollen. Aber kommen wir auf Sie zurück: Ich möchte Sie nur Norma Larragoiti nennen, die Frau, die es Federico Robles ermöglicht hat, sich den andern gegenüber zu behaupten, seinen Unterschied gegenüber denen, die er hinter sich gelassen hat, zu finden und alle seine Skrupel zu überwinden: die Komplizin.«

»Sie sind lustig. Warum sagen Sie das nicht Federico? Er ist ein Selfmademan. Ich, na, ich habe nur mein eigenes Schicksal erfüllt, abseits von Federico. Ich nütze meinem Mann nur so wie heute abend: wenn ich mit Fremden über Malaparte rede.«

»Glauben Sie das, oder merken Sie es nicht? Bedenken Sie doch, Norma, Sie sind die echte Marketenderin: Wie hätte sich ohne Sie, ohne den falschen Stil Ihrer Freundschaften, den falschen Stil oberflächlicher Bildung Robles aus diesem bedrükkenden Sumpf seines Herkommens herausarbeiten können – ich sage das ohne Arroganz, ich will damit nur die Zähigkeit, das Herabziehende in unserm Volksleben bezeichnen. Glauben Sie, daß er das mit Geld und Erfolg allein erreicht hätte?«

Norma rieb sich die Wange. »Sie wiederholen fast die gleichen Worte, die ich zu ihm gesagt habe, als ich ihn kennenlernte.« Sie machte eine übertrieben naive Miene. »Man muß dieses neue, fröhliche und weltoffene Mexiko genießen, finden Sie nicht? Man muß genießen, Señor Robles, denn jedermann hat das Recht auf Genuß, wenn er ein ganzes Leben lang gearbeitet hat. Aber es mangelt an wirklichen Männern, mit denen zusammen man genießen kann. Ein anständiges Mädchen wie ich kennt so viele Hampelmänner, die keine Persönlichkeit sind, und so wenige Männer mit Charakter, denen sie bei unzähligen Kleinigkeiten helfen könnte. Gesellschaftlicher Verkehr, Kleidung, Geschmack. Der wirkliche Genuß der wirklichen Güter des Lebens. Meinen Sie nicht, Señor Robles?«

Ixca und Norma lachten beide. Sie füllte sich fröhlich ein

Glas, stieß mit Ixca an, und sie lachten von neuem und gaben sich die Hand.

»Glauben Sie, Cienfuegos, das tut gut. Sie gefallen mir.«

»Vorsicht! Denken Sie an die schreckliche Erpressung, zu der ich den Tagelöhner Larragoiti benutzen kann.«

»Das hat gesessen! Aber das haben Sie ja gewußt. Und keiner der Idioten rings um mich hat es fertiggebracht, meinen kleinen Komplex herauszufinden. Aber glauben würden sie es Ihnen nicht, wenn Sie es ausplauderten. Meine Stellung und mein Schmuck vermögen mehr als alle Ihre Worte.«

»Sie sehen, uns trennt weniger als das, was uns einen könnte.«

»Wenn ich nicht einiges mehr von Ihnen ahnte, was Sie selber nicht ahnen, würde ich sagen, daß Sie sich gefährlich der Geschmacklosigkeit nähern.«

»Getroffen. Aber lassen Sie mich darauf herumreiten: Wenn ein Statistiker mit Phantasie Sie klassifizieren wollte, dann würde er Sie in die Rubrik ›Kleine Neuheiten‹ einordnen, unter dem Titel: Soziale Zwischenzone.«

Norma trank ihren Kognak auf einen Zug. »La Procuratrice des Hauts Lieux – that is me.«

»Ich denke mir, Robles wußte instinktiv – bei uns in Mexiko ersetzt dies Adverb sämtliche Mängel der Intelligenz –, daß weder sein Geld noch sein Erfolg ausreichten. Am anderen Ufer standen jene, die auf Grund ihrer Erfahrung wußten, daß Sehnsucht nach vergangener Größe und verstaubte Titel nichts zu essen geben. Also Norma Larragoiti.«

»Also Norma Larragoiti! Social climber Nummer eins. Punktum.«

Ixcas Augen glänzten, verfolgten das Wiegen von Normas schlankem weichem Körper auf dem Sofa. Unter demselben willkürlichen Instinkt lockerte und spannte er seine Muskeln. In jedem Organ spürte er eine fließende Kraft, sie stieg von den Beinen aufwärts, nahm in der Gegend des Geschlechts und des Unterleibs zu, stieg höher und schoß als elektrischer Strom aus seinen Augen in die Normas, zu ihrem Schoß, ihren Beinen. Norma hielt ihren Blick still, ihre Augen verschleierten sich, und mit einem Lachen brach sie den ersten Zauber, während sie sich wieder die Wange rieb.

»Weißt du, Ixca, als Federico dich zum Essen anmeldete, glaubte ich, du wärst eine Frau, mit so einem komischen Vornamen! Und jetzt denke ich das wieder. Wo hast du denn das Gesicht her, Junge? Warum läßt du dir die Haare nicht kurz schneiden? Manchmal siehst du aus wie ein Zigeuner, Liebling, und dann wieder verwandelst du dich in eine Art wilder Guadalupana.«

»Hör zu, Norma ...«

Norma warf die Arme hoch und zerwühlte sich von oben ihr blondes Haar. »Ach, sei still. Instinktiv wurden die auf dem andern Ufer sauer«, sagte sie, runzelte die Stirn und ahmte Ixcas Stimme nach. Aber sie wußte bereits, daß ihre üblichen Mätzchen diesmal nichts fruchten würden, denn Ixca Cienfuegos war nicht Rodrigo Pola. Sie öffnete die Lippen, fuhr mit der Zunge darüber und schloß die Augen. Cienfuegos schmetterte das Glas auf den Boden.

Norma blieb ungerührt von dem zersplitternden Kristall.

Ich darf ihm nicht erlauben, zu mir zu sagen, was er will. Wieso er und kein anderer? Meine Welt ist aufgebaut, es hat mich Arbeit gekostet, hierherzugelangen, und nun will ich nur alles genießen, was ich habe – und dieser Mann will Worte äußern, Worte, die mich immer mehr zu wünschen veranlassen, bis ich platze; und ich kann ihn nicht mit meinen Worten zum Schweigen bringen, sondern nur mit meinem Körper, und nie habe ich meinen Körper so gefährlich und so froh wie jetzt gespürt, niemals, auch nicht die beiden Male mit Pierre und mit Federico, beide Male war es dasselbe, und mein Körper wird fordern und selber sprechen, ohne daß ich es will, ohne daß ich irgend etwas will, denn ich bin schon oben, wo niemand mich anrühren und mir ein Leid antun kann, und ich kann nicht höher gelangen, denn dann würde ich mich zerstören und zerplatzen, ja, zerplatzen, ja zerplat ...

Ixca warf auch Normas Glas zu Boden, daß es zerschellte.

Du bist die Liebe wie der Tod, nein, wie das Meer, das Millionen Wesen in seinen Abgründen bergen, sie verschlingen und ewig behalten kann.

Liebe wie der Tod, über uns hinaus, die wir nicht beflecken können, Ixca, die Liebe, die aus dem Leben ausgestoßen ist, in sein Reich getragen und in seinen Tod, unberührbar für unsere schmutzigen Hände.

Denn es kann sein, daß du eines Tages – hast du schon einmal daran gedacht, Norma? – nicht mehr hier bist, dann gibt es nichts mehr, was den anderen mitteilen kann: Das ist Norma Larragoiti (sie erinnern sich deiner nicht mehr, suchen dich nicht und wissen auch nicht, daß Norma Larragoiti einmal existiert und ganz oben gelebt hat).

Norma öffnete die Augen und blickte Ixca Cienfuegos an, der mit geballten Fäusten breitbeinig vor ihr stand. In seiner Haltung suchte sie die Demut, die Dankbarkeit, die ihr die anderen darbrachten, wenn sie Norma suchten.

»Gibt es etwas, was wir nicht berühren können, wo wir sind, was wir zu sein verdienen?«

»Das gibt es.«

»Warum glaubst du das?«

»Ich glaube es nicht, ich habe es eben zusammen mit dir gespürt.«

Träge und dünn, wie sie auf der Couch lag, hielt sich Norma für ein wenig verachtenswert. Sie merkte, daß ihre Selbstbeherrschung sie verließ; sie horchte noch in ihrem Innern, für Cienfuegos nicht bemerkbar, auf ein Keuchen, gleich dem eines verwundeten, glücklichen Tieres, auf das Vorhandensein jeder winzigsten Pore, jedes Gewebes, das in jedem Organ ihres Körpers lebte, den sie in ihrem Leben noch niemandem wirklich hingegeben hatte und den sie nun einer toten Liebe überlassen wollte, die weder sie noch der Mann berühren konnten, einer Liebe über die hinaus, die sich ihr widmeten.

»Sag zu mir: ›Ich liebe dich‹«, forderte Norma und kniff die Augen zusammen.

»Warum nicht auf dem Grunde des Meeres leben? Da ist soviel Platz.«

»Sag zu mir: ›Ich liebe dich, liebe dich, liebe dich ...‹«

Norma wußte, daß sie diese Worte nie hören würde. Sie wußte nur von dem dunklen magnetischen Strom, der aus Cienfuegos' Mitte in ihre floß. Stehend preßte sie Ixcas Leib an ihren, und seine Lippen trafen auf ihren Mund. Ihre Zungen umschlangen sich, und Norma tastete nach Cienfuegos' gestrafftem Rücken und grub ihre Nägel hinein, und Ixca fühlte Normas bloße Brüste warm unter der Wolle und suchte mit den Fingern nach den schwächlich erigierten Brustwarzen.

»So bin ich«, murmelte sie und lachte glucksend hinter Ixcas Lippen und grub die Nägel noch tiefer in seinen Rücken und sagte ganz unten im Hals mit schwerer, dunkler Stimme: »Nur du weißt das jetzt.«

Cienfuegos zählte, wie lange der Kuß dauerte; er kaute Normas Zunge, kannte bereits alle Falten ihres Mundes. Dann machte sie sich los, schob ihn fort und fragte mit grimmiger Miene: »Was hat mein Mann, was ich nicht habe? Das sag mir jetzt.«

»Die Macht. Und das Wissen, wie er sie gebrauchen muß«, antwortete Ixca und leckte sich den Lippenstift ab.

»Komm mit.« Norma nahm ihn am Arm, und während sie absichtlich jeden Gleichgewichtssinn verlor, sich am Geländer stieß, lachte, sich über das Haar strich und Ixcas Arm kratzte, zog sie ihn mit nach oben. Sie öffnete die Tür des Schlafzimmers.

»Die Macht! Die Macht!« Sie lachte und zog Schuhe und Kleid aus. »Siehst du? Nichts. Nur du weißt es.«

Norma strich sich unaufhörlich mit den Händen über den Leib, streckte Ixca die Arme entgegen. »Ich schwöre dir, daß ich seit unserer Hochzeit nur mit meinem Mann geschlafen habe.«

Ixca stand vor ihr, wie auf dem Sprung, wie eine Flamme, die nur in der Dunkelheit leuchtet, sich aber auch ohne sie verzehrt. »Und mit Angst hast du es getan.«

Norma bedeckte ihre Brüste mit den Händen. »Ja, mit Angst. Sieh meinen Leib, rühr ihn an, und dann sieh Federico an und sag mir, ob ich nicht Angst haben muß, daß mir noch so einer im Bauch rumoren könnte. Sag mir das.« Norma ließ sich aufs Bett fallen.

»Willst du einen wie mich?«

»Nein, keinen ... Komm, du wilder Indianer.«

Cienfuegos setzte sich auf das Bett und legte seine Hand um Normas Hals. »Hör mich an, Unglückselige: Willst du meinen Körper oder meine Worte? Ich habe nur Worte, sogar mein Leib ist aus Worten, und diese Worte können dir gehören.«

»Ixca, du tust mir weh.«

»Ich werde zudrücken, bis dir deine Zunge wie ein toter Fisch aus dem Halse hängt. Hör zu ... du brauchst kein Fleisch, du willst Worte, Worte, um unterdrücken zu können, und Worte, die zu dir zurückkehren, in den Schmerz anderer verwandelt. Du hast kein Recht, mit dir zufrieden zu sein, denn man will das, von dem du eben behauptet hast, daß du es willst – Geld, Namen, sich als das Beste von Mexiko fühlen –, nicht seiner selbst wegen, sondern um es zu gebrauchen. Du mußt du selbst, ganz du selbst sein, mit allen Folgen für dein Leben. Verstehst du mich, ist es das, was du willst?«

Ein wortloses Wimmern drang aus Normas Mund; aber ihre Augen schossen keine Blicke der Angst, sondern der Verachtung, fast der Gier. Ihr nackter, willenloser Körper verlor jeden Reiz.

»Nimm die Macht, sie gehört dir. Du brauchst nichts anderes. Und ich werde dir nicht den Gefallen tun, mein Fleisch zu spüren, bevor du alle meine Worte geschluckt hast, dir davon übel wird und sie dich wie einen Polypen schwängern, bis du sie zu deinen machst.«

Wieder grub Ixca seine Zähne in Normas Lippen, bis sie bluteten. Ein neuer Seufzer entfuhr Norma, ein unbeabsichtigter, langer, der mehr aus Zeit als aus Ton bestand, und sie umschlang Ixca mit einer neuen Kraft, der Kraft der ersten Hingabe, einer grundlosen, blinden Hingabe, nur vom Zufall, vom Wahnsinn mitgerissen. Die Nägel in seinem Fleisch, mit wimmernden Lippen, bettelnden Augen fühlte Norma, daß eine Sonnenbrandung sie emporhob, davontrug und auf eine Bahn tiefer, federleichter Asche fallen ließ, die von selbst hinter dieser Sonne herwirbelte, und wieder grub sie die Nägel und die Lippen tiefer, während Ixca Cienfuegos' Atem wie ein heißer Dampfstrahl ihr ins Ohr zischte.

»Wirst du das tun, Norma, wirst du das tun?«

Und nicht ihre Stimme, sondern alle Echos dieser neuen Welt, die in einem Augenblick entstanden war, einer Welt aus schlafenden Augen und Zufall und Wahnsinn, antworteten: »Ich werde tun, was du willst, aber du wirst mich immer wieder zu der deinen machen, ja?«

Cienfuegos dachte, Norma würde sich selbst aufbauen und zerstören. Mit geöffneten Augen suchte er mit seiner Zunge die andere, um von innen her zu der Frau zu sprechen, mit einer Stimme, die beide nur so zu hören vermochten, und er spürte nicht mehr Normas Nägel, tiefer und tiefer in seinem Fleisch, bis sie es aufrissen und sie stöhnte: »Sag zu mir: ›Ich liebe dich, ich liebe dich, ich liebe dich.‹«

In einem Chevrolet 1940, verdreckt, nach Erbrochenem riechend und voller Bananenschalen, treffen Vater, Mutter, Großmutter und fünf Kinder im Hafen von Acapulco ein. Die Kinder kreischen, als sie zum erstenmal den grünlichen Streifen des Meeres sehen. »Still, ihr Rotzgören!« – »Brauchst dich nicht so zu haben, Pedro. Ist doch verständlich.« – »Sie sind ja immer rücksichtsvoll gewesen«, fährt die Großmutter auf, »so fein in allem, natürlich. Luisa, erinnerst du dich an den netten jungen Mann, der dich haben wollte, bevor du diesem ... diesem rücksichtsvollen Mann ins Garn gegangen bist?« – »Halten Sie den Mund, verehrte Schwiegermutter, wenn Sie nicht wollen, daß ich ausfallend werde!« brüllt vom Steuer her der rotgesichtige Mann mit dem grauen Borstenhaar. »Sie vergessen, daß ich bei der Truppe Maytorenas gedient habe, und wenn ich auch keinen besoffenen Gefreiten mehr zu verprügeln brauche, so kann ich das mit einer verrückten Schwiegermutter, die überall ihre Nase reinsteckt, noch allemal tun!« – »Sie haben sich nur in Schlachten geschlagen, die ich Ihnen geliefert habe, Sie Schuft!« keift die Großmutter vom Rücksitz aus, zwischen lauter schmutzigen, ungekämmten Kindern. »Señora! Meine Geduld hat Grenzen!« – »Na, machen Sie doch, Sie Lümmel, wenn ich daran denke, daß Luisa ...« – »Schon gut, Mama. Wie ist wohl das Hotel, in das wir kommen, Pedro? Hoffentlich hat es kein Schwimmbad, ich hab solche Angst, daß eins der Kinder ...« – »Ja, natürlich, das fehlte noch, nachdem man die Ersparnisse eines ganzen Jahres in dieses teure Vergnügen gesteckt hat, daß eins der Gören ertrinkt. Ich bin dafür, Luisa, daß wir umkehren. Ich sehe schon, was aus diesem Urlaub wird. Die Alte nichts wie stänkern ...« – »Unverschämter Kerl! Sie sind wohl so erzogen worden!« knurrt die Großmutter mit zerzausten Strähnen und zitternden Wangen. »Du wirst nicht zur Ruhe kommen mit den Gören.« – »Und du wirst keine Gelegenheit haben, dich auszutoben, was?« Nun fängt die magere dunkelhäutige Frau an zu weinen. »Darum geht's nicht. Rechne doch mal nach: dreißig Pesos Vollpension pro Person, mal acht ... Wir ruinieren uns, Luisa! Und die Trinkgelder und die hochnäsigen Tischkellner, und hier eine Bootsfahrt und da ein Glas Kokosmilch – ehrlich, das hört nie auf.« – »Warum hast du es uns dann versprochen?« – »Schlappschwanz! Wenn Luisa sich mit ...« Der stickige Hafen, nach verfaultem Fisch und Treiböl stinkend, glänzt beiderseits des Chevrolet. Die Kinder kreischen und fangen an, sich auszuziehen.

Tropenparadies

Dieser Mann will mich zugrunde richten, dachte Norma. Sie lag auf dem senffarbenen Privatstrand in einer kleinen Felsenbucht unterhalb des riesigen Hauses mit den vorgebauten Terassen, den blauen Sonnendächern, und den Schattenpflanzen rings um die Bar aus Bambus und Kokospalmen: zwei goldene Punkte, künstliches Licht unter all dem, das der Himmel schenkte. Sie dachte es jetzt, als die Wellen matt und schüchtern heranrollten, um ihre Füße zu lecken, und sie glaubte zu wissen, daß sie es vom ersten Augenblick an, als sie Ixca Cienfuegos kennenlernte, geglaubt hatte. Die Sonne bräunte sie wie in einem anderen Augenblick ihrer Erinnerung. Norma hob den Kopf und sah weit draußen auf dem Meer Ixca, der gleichmäßig dem Strand zuschwamm. Die spärlichen Geräusche – fernes Pfeifen in Icacos, der erstickte Gruß der Schalben – pflanzten sich deutlich fort, und ebenso deutlich, wie durch ein Fernrohr, sah Norma jetzt Ixcas Kopf. War es dies, was sie wirklich wollte? Ihre Frage war unbewußt: daß der Mann sie zugrunde richten wollte? Sie biß sich in den Finger. Warum gerade dies: zugrunde richten? War es nicht einfach eine andere Forderung? Was hatte sie von den anderen erwartet? Ixcas Körper entstieg glänzend von Schaum und Salz den Wellen und fiel über sie her; Norma war unfähig zu sprechen; sie sah die Fußspuren des Mannes im Sand, beschwichtigte ihr Gewissen und ließ sich von dem anderen Körper unterwerfen, der alles verlangte, der ihr ganzes Fleisch verfolgte, um es zu vernichten, es in einem todesähnlichen Krampf zu erschöpfen; er wollte sie verbrauchen, vollständig aufbrauchen und ihr kein Wort und keinen Trost gönnen, nicht das kleinste Versprechen, daß sie, aufgebraucht, ausgepreßt, mit etwas anderem würde rechnen können als mit der Wiederholung der gleichen Verausgabung ohne Sinn und Ziel. War es nicht das, was Norma wollte, was Ixca behauptete? Die verflochtenen, feuchten Körper auf dem Sand – Salz und Schaum auf dem seinen erregten ihren trockenen, verbrannten Leib – ließen die Zeit und jede künftige Beziehung stillstehen: Hier, hier, alles war nur hier und jetzt, die regungslose Sonne, Wellen, die für immer anhielten, einen Augenblick, bevor sie zerschellten, und Norma meinte, ihre Hingabe sei übermäßig, und sie glaubte in Ixcas Stummheit, in seiner totalen Forderung ein ironisches Lächeln, ein kaum verhohlenes Mitleid zu entdecken. Sie stieß die Brust des Mannes von ihren Brüsten weg.

»Laß mich jetzt«, sagte sie rauh, und Ixca rollte auf den Sand, wortlos lächelnd, mit glänzendem Körper, befriedigt, zuversichtlich, eine Beleidigung für die kraftlos daliegende Frau. Aber in seinem Lächeln, seiner Ironie, war etwas – so meinte Norma, während sie sich mit dem Handtuch den Sand abwischte –, was keinerlei Spott oder Wollust enthielt: ein ernsthaftes Lächeln, eine feierliche Ironie, und das war es, was sie aus der Fassung brachte, und erschöpft, ausgepreßt, wie sie war, wandte sie sich wieder dem Mann zu, warf sich von neuem über ihn und spürte, daß eine stumme, tödliche Hingabe von ihr gefordert wurde, nur um zu erfahren, was am Ende von alldem stand, auf welche begreifliche Ursache sich die Elemente von Ixcas Leidenschaft zurückführen ließen. Aber das zu erfahren – sie erfuhr es, als Ixcas Lippen sich auf ihre preßten, nicht als Geschenk, sondern als neue Forderung an sie, ihre Schutzwälle niederzureißen, nicht mehr zu sein, sich willenlos in Nichts aufzulösen –, das hieße wissen, daß er sich ergeben hätte, daß er der Herrschaft der Frau seine Pforten geöffnet hätte. Die Unfähigkeit, sich zu ergeben, von sich aus das gleiche zu fordern, war es, was sie erschöpfte, wahnsinnig machte: Wie war es möglich – endlich zerstiebte eine Woge, und ihre raschen Wasser badeten die beiden Leiber –, in solcher Kraft zu wurzeln, wenn er nichts empfing, wenn Ixca eigentlich über einem ungeheuren Nichts stand, einem Nichts, zu dem weder Frömmigkeit noch Liebe, nicht einmal der Haß der anderen Zutritt hatte? Pedro Caseaux hatte sich ihr ergeben, gewiß; als Norma sich ihm anbot, hatte sie empfangen, er hatte sie als Frau verbrannt; Rodrigo Pola hatte nur den Augenblick, den Kitzel und die Zerstreuung gesucht; Federico Robles hatte aus ihr ein Zwischenstadium gemacht, ein Instrument, hatte ihr aber immerhin einen Platz in der Welt verschafft, eine äußere, sichtbare Stellung, die ihren dringendsten Bedürfnissen genügte. Nur Cienfuegos verlangte alles von ihr, ohne ihr eine einzige Forderung zuzugestehen. »Es muß doch eine letzte Erklärung geben«, murmelte Norma, den Mund auf Ixcas salziger Schulter, eine klare und unmittelbare Antwort, die keiner Erläuterung mehr bedurfte. Cienfuegos lachte, stand auf, lief den Wellen entgegen und verschwand wieder, während sie kraftlos, ausgelaugt auf dem Sandstreifen liegenblieb. Sie könnte sich den Badeanzug anziehen, dachte sie, und ihm begreiflich machen, daß sie nicht immer zu seiner Verfügung stand, nackt auf dem Handtuch, nur darauf wartend, daß er von seinem Kampf mit der Brandung zurückkehrte, aufrecht und sinnlich, emportauchte aus seiner Berührung mit dem gewaltigen wogenden Leib, und die Erregung, die er aus der heißen Natur geschöpft hatte, über ihren hilflosen Körper ausgoß. Aber sie brachte es nicht fertig, und sie suchte Ixcas Kopf im Meer und sehnte sich noch einmal nach der tödlichen Umarmung und der Ahnung von Ironie und der erstmaligen Unterwerfung – Sklavin eines Herrn, so glaubte sie, und die Sonne stieg in den Zenit, und von all den kleinen Geräuschen blieben nur die schwirrenden Flügel der Schwalben, und oben auf den Felsen hob Federico Robles' Haus sich schmutziggelb gegen das Firmament ab, gelb wie ein Pfirsich aus buntem Stuck.

Natascha, von ihrer dänischen Dogge mit den blutunterlaufenen Augen an der Leine gezerrt, marschierte an der Spitze der kleinen Prozession, die sich am Caletilla-Strand entlang auf die »Bali«-Bar zu bewegte. Ein chinesischer Kulihut, ein blaues Seidentuch, das sie unter dem Kinn festgezerrt hatte, und die riesige schwarze Brille verbargen fast völlig ihr Gesicht. Ihr Körper war schlank geblieben, und die schwarze Hose und das bunte Hemd standen ihr gut. Charlotte, weiter hinten, winkte mit dem rundlichen Arm sämtlichen Bekannten zu, die aus dem dick mit Öl und Schaum bedeckten Meer auftauchten oder sich auf Liegestühlen auf dem schmalen Strandstreifen sonnten, der einstmals sauber gewesen und nun schon der übliche Müllplatz für leere Flaschen, zerquetschte Kokosnüsse und ölige Menschheit war. Den beiden folgten Bobó und Gus; der erste hatte seine Figur für immer eingebüßt und wußte es noch nicht: seine enge Badehose hing, so gut sie konnte, wie ein trockenes Blatt an einem Mehlsack. Gus, in einen gestreiften Bademantel gehüllt, hüpfte, um die glimmenden Kippen zu vermeiden. Von einem Motorboot aus fuchtelten und riefen Cuquis und Junior der Karawane zu, während sie sich ihrer Taucheranzüge und Taucherhelme entledigten, in denen sie wie kühne glatte Saurier aussahen. »Von Neptun zu Bacchus!« schrie Charlotte und kniff die Lider zusammen, die wie allzu fester Schaum ihre kurzsichtigen Fischaugen rahmten, und zeigte auf die Bar, die unter einer alten Palme leise von Gitarren- und Gläserklingen vibrierte. Natascha band die Dogge an einen Pfosten der Hütte, die das »Bali« beherbergte, und suchte einen leeren Tisch. Um ein Uhr mittags begann das Lokal sich mit Gestalten in Badekleidung und hohen Gläsern von Tom Collins und Planter's Punch zu füllen. Das ewige Gitarrentrio, unvermeidliches Requisit mexikanischer Freizeitgestaltung, käute klebrige Melodien wieder. Jeder, der in Acapulco gesehen werden wollte, setzte sich um diese Stunde in die »Bali«-Bar, bis sie zum Platzen voll war. Später würden mit Flibustiermienen die Aristokraten von Yacht und Boot auftauchen, die mit ihren Wasserskiern die auf und ab wippenden Köpfe der Schwimmer beinahe abrasierten. Charlotte, Gus und Bobó drängten sich durch bis an den Tisch, den Natascha besetzt hielt. Die alte Weltdame schnaubte, von Gruppen schwitzender Jünglinge mit hohen gelockten Tollen umringt, die ihre Hemdsärmel bis zur Achsel aufgekrempelt hatten und ein Herz-Jesu-Medaillon auf der Brust trugen, und sie wieder umschwärmten irgendein strähniges, angemaltes Mädchen, das ununterbrochen rauchte, keine Anspielungen verstand und um Hilfe bat, wenn es die Träger seines Badeanzuges abknöpfen wollte.

»Habt ihr Cuquis mit Junior gesehen?« fragte Charlotte und setzte sich. »Ich schwör dir, Natascha, früher mußte man ein bißchen mehr Klasse haben, wenn man so viele Millionen an Land ziehen wollte. Stell dir vor, diese Cuquis war Verkäuferin in einem Parfümeriegeschäft, und jetzt siehst du sie auf allen unseren Parties mit diesem Junior angeben, der vor Geld stinkt und dazu unmöglich aussieht.«

Gus und Bobó kamen an den Tisch. »Noch so ein kleiner Ausflug über die wilden Küsten, und ich reiche meinen Rücktritt ein, Natascha«, stöhnte Bobó.

»Pfui, ja, hier ist es jetzt scheußlich geworden«, ergänzte Gus und schüttelte seinen gestreiften Bademantel aus. »Acapulco war himmlisch vor zwanzig Jahren, als kein Mensch einen kannte und man um sechs Uhr nachmittags nackt durch Hornos laufen konnte. Keine Touristen, alles jungfräulich, jungfräulich ...«

»Und du ein Bübchen, ein Bübchen«, sagte Charlotte. »Ach, Gus, dies mag nicht Cannes sein, natürlich nicht, aber mit dem, was dieses powere Ländchen zu bieten hat, kannst du zufrieden sein. Zumindest siehst du bekannte Gesichter und kannst dich neben die reichen Leute setzen. Warum beklagst du dich übrigens? In den Zeitungen steht, daß du hier warst, daß du auf Juniors Jacht gesegelt bist, an der Party bei Roberto Régules teilgenommen hast. Das kannst du alles vom Preis abziehen, sei dir darüber klar. Du kehrst ins große Tenochtitlán zurück, und es regnet Einladungen, du knüpfst Verbindungen an, du kommst voran, Dicker, hab dich also nicht.«

Gus leckte sich das Salz von den geschwollenen Lippen. »Wie materialistisch, Charlotte. Früher gab es doch ein bißchen mehr Geist in Mexiko. Die Intellektuellen waren Intellektuelle und hatten mit den Geldsäcken nichts zu schaffen. Jetzt gibt es nur noch diesen Kuddelmuddel, wo der Künstler sich als Weltmann geben muß, und die Mädchen aus gutem Haus als Enzyklopädie, und kein Mensch weiß mehr, was los ist. Unmenschlich!«

Cuquis und Junior traten durchnäßt an den Tisch heran.

»Tag! Drei Alka-Seltzer und einmal Rum mit Milch für das kleine Mädchen. Sind gleich wieder da. Himmlisch, das Meer, nicht?« Und das Paar stürzte Hand in Hand der Brandung entgegen.

»Nach dieser Enthüllung von Naturwahrheiten reiche man mir einen doppelten Tequila«, stöhnte Charlotte. »Hab ich's euch nicht gesagt? Ach – himmlisch, das Meer! Heiliger Simplicius Simplicissimus. Comme elle est spirituelle, celle-là.«

»Die einzige Art und Weise.« Natascha seufzte melancholisch, und das paßte nicht zu den tropischen Klängen. »Wie hat Norma Larragoiti angefangen? Oder Silvia Régules? Tu le sais, chérie. Beide vulgär und aus dem Mittelstand, haben sich Millionäre gefischt, nur dadurch, daß sie behaupteten, das Meer sei himmlisch, und daß sie die Augen verdrehten. Mexikaner wollen keine anderen Probleme mit ihren Frauen haben. Nur kleine Doofchen, die beschützt sein möchten und mit Geld zufrieden sind und sich jederzeit wie Holzbretter hinlegen und stillschweigend die Ausbrüche selbstzufriedener Männlichkeit über sich ergehen lassen ...«

Bobó und Gus quittierten diese Bemerkung mit lautem Lachen, das Charlotte unterbrach. Gesellschaftlich immer auf Draht, winkte sie Pimpinela de Ovando zu, die unter einem roten Sonnenschirm rauchend am Strand von Caleta entlangspazierte. Ihr weiter Faltenrock wirkte wie eine große Blume zwischen all den muskulösen Jünglingen, die vor den lächelnden Äuglein ihrer derzeitigen Eroberungen fabelhafte Kunststücke und Scheinkämpfe ausführten.

»Nun, Pimpinelas Fall liegt anders«, meinte Bobó und trank langsam eine Kokosmilch mit Gin. »Wie die Haltung bewahrt unter all dem Gesindel! Und es kommt sie gewiß hart an, sich durchzuschlagen. Die Ärmste!«

Gus schüttelte seinen Bademantel. »Und sie klebt an ihrer Jungfräulichkeit, eisern, als würde der Adel vom Hintern bestimmt. Ehrlich, Bobó, das war noch drin, als Mexiko ein Dorf war und jeder jeden kannte. Aber jetzt, mit vier Millionen? Na, da gibt's doch keinen, der dir die Orgasmen nachrechnet.«

Vier lächelnde Mienen empfingen Pimpinela.

»Liebste Pimpi!«

»Siehst fabelhaft aus!«

»Hast kein Recht, so sehr von dem Pöbel abzustechen, der diesen Strand überschwemmt. Perlen vor die Säue.«

Pimpinela nahm mit ihrem gewohnten Ausdruck eisiger Herzlichkeit Platz.

»Was für Klatsch gibt's in Mexiko?« fragte Charlotte.

»Hat man schon herausgefunden, was Señor Cienfuegos schmuggelt?« murmelte Bobó. »Darling, seit einer Woche sind wir hier, keine Zeitungen, nichts, widmen uns nur der Erholung bei Mutter Natur.«

»Brut, 1927«, fügte Natascha hinzu.

»Nur um uns rar zu machen, weißt du. Wir waren schon zu sehr in der Leute Mund. Mit dem Gelage in deiner Wohnung, Charlotte, das war der Gipfel. Zwölfmal hintereinander erschien ich auf der Gesellschaftsseite, und der kleine Greis mit dem unordentlichen Haar, der die Atombombe erfunden hat, kann sterben, und nicht ein Wort ...«

Cuquis' und Juniors Rückkehr verhinderte die Lachsalve, die Bobó als Krönung seines Einfalls erwartet hatte.

»Hallo, Pimpinela«, sagte Junior und legte eine nasse Hand auf ihr Kleid. »Alle Wetter! Das ist hier ja richtig international! Fehlen bloß noch Norma und ihr neuer Freund.«

Das gierige Schweigen, das Juniors Worten folgte, wurde alsbald von Cuquis' überstürzter Rede unterbrochen.

»Die solltet ihr sehen! Wie die Turteltauben, an einem völlig unzugänglichen kleinen Strand, was meinst du, Junior, sollten wir heute nicht noch mal dahin fahren? Hier kriegt man mehr Dinge raus, als wenn man in Mexiko einen Privatdetektiv beschäftigt.« Und mit einem Schluck trank Cuquis Charlottes Glas aus, die aufgeregt mit Händen und Füßen zappelte. »Kennen wir ihn? Kennen wir ihn? Ich will mich ja nicht in die Angelegenheiten anderer Leute einmischen ..., aber wenn er verheiratet ist, müßte man doch seine Frau warnen. Die Männer können ja ab und zu mal einen kleinen Seitensprung machen, aber mit Frauen unter ihrem Stand.«

»Ist doch der Kerl, der auf deiner Party war, Bobó, eingebildet und voller Phrasen, der bloß zugeschaut hat.«

»Cienfuegos!« brüllte Bobó. »Unser Schmuggler!«

Pimpinela erfaßte ihren Augenblick. »Der ist bestimmt nicht hinter dem Geld her.«

»Ach nein«, stieß Charlotte hervor, »bestimmt nicht.«

Pimpinela wartete noch, bis sie sicher war, daß alle ihr zuhörten. Vier erhitzte, schlaffe Gestalten, die saßen, und zwei, die standen – ihre verbrannte Haut schälte sich in Streifen ab –, steckten die Köpfe zusammen, um Pimpinelas leise, abgemessene Stimme zu hören. »Federico Robles ist ruiniert, im Ernst. Anderes als Ablenkungsmanöver hält den Apparat nicht mehr zusammen. Er hat eben das gesamte Geld genommen, für ein paar eigenartige Geschäfte, die geplatzt sind, und jetzt läuft er herum und versucht zu borgen, um den Verlust auszugleichen. Ehrlich gesagt, ich habe meine paar Spargroschen schon abgehoben. Stellt euch vor, ich sollte Tante Lorenza bei dem wenigen, was ihr von dem früheren Vermögen geblieben ist, zumuten, daß sie auf ihre alten Tage ins Asyl kommt. Ich hab's natürlich aus zuverlässiger Quelle und bitte euch um dieselbe Diskretion, um die man mich gebeten hat.«

Sechs Stimmen brachen rings um Pimpinela los.

»Und mich hat diese Norma mit fast tausend Aktien von wer weiß was reingelegt«, schrie Charlotte außer sich.

»Das ist noch gar nichts«, krächzte Bobó. »Bei Roberto Régules steht er wer weiß wie hoch in der Kreide. Jetzt wird mir manches klar!«

»Und mein Alter nimmt seine Schecks!« stöhnte Junior.

Nur Cuquis löste sich von der allgemeinen Aufregung am Tisch, schwenkte ihren Highball und schlängelte sich zu einem anderen durch.

»Hallo, Cuquis!« rief eine lustige betrunkene Stimme am oberen Ende. »Goldmädchen, Geißel der Männer, totonakische Messalina!«

»Mein angebeteter Achtspalter!« Cuquis umarmte den Journalisten, dessen Hemd mit Zigarren vollgestopft war. »Immer mit der Crème de la crème, wie man so sagt.« Cuquis klappte mit den schwarzen Lidern, während sie die Freunde des Journalisten überblickte, die das Kompliment mit sparsamem Lächeln quittierten.

»Ist Acapulco nicht himmlisch? Und der Klatsch, den man hört!«

Der Journalist schwankte über seinem Glas und zwinkerte einem seiner Bekannten zu. »Mann! Vor allem weiß man morgen, daß du dir den sensationellsten Erben des Hochplateaus geangelt hast.«

»Ach, wirklich, mein Schatz?« Cuquis pflanzte einen jodbraunen Kuß auf den Scheitel des Zeitungsmanns. »Gott, werden die wütend sein! Du siehst, was es heißt, in Mexiko unabhängig zu leben, gleich wirst du verleumdet. Jeder glaubt, du wirst als Dirne enden, oder nicht?« Cuquis lächelte strahlend, hob den Arm und kratzte den Journalisten auf dem Kopf. »Den

Junior wollen sie mir mit der kleinen dummen Régules verkuppeln, was sagst du dazu! Dabei braucht der ein Mädchen mit Erfahrung, die sich auf ihn einstellt und mit Leuten umzugehen weiß, oder nicht? Und die ihn vor allem nicht lächerlich macht.« Cuquis setzte sich dem Journalisten auf den Schoß und schlug die Beine übereinander. »So wie die Robles, die sich schon einen Geliebten zugelegt hat, und dabei ist der Alte grade dabei, total zu versacken ...«

Der Journalist näherte sein Ohr Cuquis' Lippen und zwinkerte seinem Kollegen weiter zu.

»Was, ist dir egal? Ich denke bloß an die Leute, die ihre Spargroschen da drin haben, du, da kann man's mit der Angst kriegen, oder nicht? Schwör mir, daß du's nicht bringen wirst...«

Der Journalist räusperte sich und drückte Cuquis' Taille.

»Nein, mein Kind, meine Pflicht ist es, die Interessen des Publikums wahrzunehmen. Glaubst du, ich kann ruhig schlafen, nach dem, was du mir eben erzählt hast? Hab ich nicht selber mein Konto bei Robles? Nein, mein Schatz, das geht nicht. Hast mir einen großen Dienst erwiesen, ehrlich. Wirst von vielen braven Familien den Ruin abwenden.«

Von weitem verfolgte Natascha Cuquis' Manöver. Draußen, fern von den Gerüchen nach Sand auf Badeanzügen und Schweiß der drei Gitarrenspieler und Creme und Sonnenöl auf beschmierten Körpern, flitzten die Wasserskiläufer wie steife Marionetten dahin, und dahinter erhoben sich die Haufen aus Stuck, Ziegeln und Fliesen, monumental in ihrer fugenlosen Häßlichkeit unter der Sonne.

Langsam ging Cuquis an ihren Tisch zurück. Ihre in den Badeanzug gezwängten Hüften streiften nackte Schultern und Rücken.

»Wo man schon nicht über Politik schreiben kann, Mann, was würde aus uns, wenn es diese kleinen Skandälchen nicht gäbe«, sagte der Journalist zu einem seiner Kollegen.

Der Chino Taboada bot seinen massigen Körper auf einem Liegestuhl der Nachmittagssonne dar. In einer Hand hielt er einen Highball, in der anderen eine Zigarre. Gelegentlich führte er die mit der Zigarre an eine Wade, um einen Mückenstich zu kratzen. Zwei Wattebäusche bedeckten seine Augen. Die weiße Badehose mit aufgedruckten Namenszügen von berühmten Persönlichkeiten hob sich von der verbrannten Haut ab. Hochgerollte Söckchen und ein rotes Strohhütchen bedeckten seine beiden Extreme. Simón Evrahim hielt sich im Schatten auf, mit Augenschirm, gelbem Halstuch und weiten Leinenhosen. Auf einem Korbstuhl saß steif Rodrigo Pola, spielte mit einem Strohhalm und kramte eifrig in seinem Gedächtnis.

»Gut«, sagte er schließlich, »es gibt ein Thema für einen Kassenschlager, aber vielleicht verbietet es die Zensur.«

»Her damit«, brummte Taboada. Das Meer wogte mit einem Rauschen wie von Vogelschwingen bis an den Fuß der Terasse. Der Nachmittag gab sich gedämpft.

»Es handelt sich nämlich um Lesbierinnen«, erklärte Rodrigo.

»Nu, was macht das?« warf Simón ein. »Wird adaptiert, Siñor, werden das eben Mexikanerinnen ...«

Rodrigo lachte mit einer sonderbaren Fröhlichkeit. Endlich fühlte er sich seiner Umgebung überlegen. Ohne es zu merken, wiederholte er zwei oder drei von Medianas Phrasen in der Preparatoria, eine oder zwei Gesten Norma Larragoitis, hörte das unterdrückte Lachen Juniors, Pimpinelas, Bobós. Jetzt war er sicher, daß er alles bewältigen konnte. Als Simón »Mexikanerinnen« sagte, hätte Rodrigo »der heilige Geist, der schwarze Flor an Großvaters Haus« antworten mögen. Er hatte das Spiel wiedergefunden; hätte man ihm nur eher gesagt, daß man für jedes neue Spiel nur die neuen Regeln kennen müsse, um alle Schwierigkeiten, spöttische Intellektuelle, Bräute, die vom Reichtum geblendet waren, lästige Mütter zu überwinden! Das Spiel hing eben von den Spielern ab: War man einmal drin, dann war es nur eine Frage der Zeit, bis man es beherrschte, sich unentbehrlich machte.

»Die machen wir zu Mexikanerinnen, Señor Evrahim, aber natürlich. Damit löst sich alles: Wir haben ein universelles Thema und zugleich das Lokalkolorit, das dem ausländischen Publikum gefällt. Die beiden Mädchen, passen Sie auf, wachsen in verschiedener Umgebung auf. Eine ist reich, die andere arm.«

»Wie für 'n Filmfestspiel«, brummte Taboada wieder.

»Entschuldigen Sie, es ist, als hätten Sie schon den Löwen von San Marco auf dem Bücherbord stehen«, sagte Rodrigo bestimmt.

»Was wird aus den Mädchen? Eine hat alles ...«

»Die andere hat nichts«, seufzte Taboada, »ist in der Gosse geboren, hütet die Geschwisterchen ...«

»Waise also. Weißt du, Chinu, kenn ich da eine wunderbare Gegend, wo wir können Außenaufnahmen machen. Geben wir den Szenen damit Echtheit und sparen uns das Setting.«

Taboada gurgelte mit seinem Whisky. »Die Leute wollen Realismus, Simón, ausgezeichnet. Werden die Italiener übertreffen. Stell dir vor: Umgebung, zum Trocknen aufgehängte Wäsche, das Klatschweib, der Gangster, die ganze Atmosphäre der Rebellen ohne Ursache, Jugendkriminalität ...«

»Denkst du dran, es wird sein in Technicolor.« Evrahim bewegte ungeduldig ein Bein und merkte mit einem besonderen Gefühl der Erleichterung, wie der Seewind ihm von unten in die Hose blies, bis ans Knie hinauf. »Muß man machen etwas, was hübsch aussieht.«

»Darum«, schloß Rodrigo, »wächst das andere Mädchen in der eleganten Umgebung auf, in einem luxuriösen Haus, trägt modische Kleider und fährt ein Cadillac-Kabriolett.«

»Wunderbar!« Evrahim streckte die Beine aus, damit die Brise höher hinaufblasen könnte. »Seh ich alles vor mir. Eine große Salon dekoriert mit Gladiolen. Breite Marmortreppe. Venus von Milo auf Treppenabsatz. Sieht sehr gut aus auf Breitwand.«

Rodrigo stand auf, ging mit glänzenden Augen von Evrahim zu Taboada, von Taboada zu Evrahim. »Und was passiert dann? Das reiche Mädchen fährt mit Lackaffen in ihrem rosa Kabriolett herum.«

»Wunderbar!«

»Ist ganz verrückt nach Mambo, gibt rauschende Feste in ihrem Haus, während die Eltern auf Geschäftsreise sind, verfällt dem Rauschgift ...«

Taboada setzte sich auf seinem Liegestuhl auf. »Nicht weiter, Pola! Ich sehe alles vor mir. Die andere, das einfache Mädchen, näht auf einer klapprigen Singer-Nähmaschine, damit sie ihre Geschwister zur Schule schicken kann. Schließlich findet ein großes Fest statt, und sie zeigt, daß sie sich auch ganz gut amüsieren kann. Ein Impresario sieht sie ...«

»Wunderbar. Rolle für Dido del Mar, auf den Leib geschnitten!«

»Inzwischen kriegt die andere Krach, ihr Geliebter schmeißt sie raus, sie gerät Erpressern in die Hände ...«

»Großartig, Señor Taboada!« Rodrigo beschrieb mit dem Arm einen großen Kreis. »Die Idee des Gegensatzes ist genial. Am Weihnachtsabend kommt das reiche Mädchen voller Scham in ihr Elternhaus. Von der Straße aus sieht sie ihre Familie beim Abendessen. Sie weint, sie bringt es nicht fertig, einzutreten.«

»Trägt ein Kleid mit Pailletten und durchbrochene Strümpfe. So etwas?« rief Taboada aus, und im selben Augenblick fielen ihm die Wattebäusche von den Lidern.

»Genau. Zu spät. Sie läuft über die Straße, ein Omnibus überfährt sie.«

»Die andere dagegen« – Taboada kaute eifrig an seiner Zigarre –, »die kleine, arme, die heiratet den Impresario.«

Taboada trocknete sich den Schweiß mit einem Handtuch ab. »Reif für einen Oscar.«

Rodrigo lächelte wieder. Ja, er spielte jetzt mit, aber er würde ihnen schon zeigen, wer er war; jetzt könnten sie ihn noch halten, wofür sie wollten, er würde es ihnen schon zeigen, er würde das große Drehbuch schreiben, würde sie eines Tages überraschen mit der Enthüllung seines Genies. Eisenstein, Pudowkin, Flaherty – Rodrigo mußte lachen.

»Nu langsam.« Evrahim bewegte wieder ungeduldig sein Bein. »Fehlen uns noch Kavaliere fürs weibliche Publikum.«

»Und singen sollen sie auch«, brummte Taboada. Er legte sich befriedigt wieder hin. Ein Kellner, halberstickt in seiner gestreiften Weste, tat Eisstücke in die Getränke.

»Der Geliebte der Reichen« – Rodrigo lutschte begeistert an seinem Strohhalm – »singt Boleros in einer eleganten Bar. Der Impresario dagegen ist ein Junge vom Lande, der sich in seinen Mußestunden als Bauer verkleidet und dem armen Mädchen Serenaden darbringt.«

»Und sie betet unterdessen zur Heiligen Jungfrau. Nicht die Religion vergessen«, mahnte Simón und faltete die Hände über seinem weiten Schoß.

Rodrigo ließ den Blick über die Terrasse von Taboadas Sommerhaus schweifen. Auf den Tischchen standen ausgediente Maismörser als Aschenbecher, Tongefäße aus der indianischen Küche. In der Küche, dachte Rodrigo, würden sie wohl Schnellkochtöpfe und Mixer benutzen. Er wollte Evrahim fragen, ob man in Hollywood unzerbrechliche Pfannen und Teller ins Wohnzimmer stellte, aber er verbiß es sich, als Taboadas Stimme von neuem ertönte. »Fertig! Hör mal, Simón, Rodrigo bleibt eine Woche hier, um all das, was wir eben besprochen haben, niederzuschreiben. Weißt schon, Mann, lyrische Dialoge, wir brauchen Qualität; die Kleine und der Impresario fahren auf ein Wochenende nach Acapulco, und er bringt Vergleiche, das Meer sieht so aus, und die Wellen so, dein Mund und die Palmen ... Ich kümmere mich inzwischen um die Verträge, und du um die Produktion. In einer Woche können wir mit den Außenaufnahmen anfangen, und nach weiteren vierzehn Tagen ist der Streifen fertig.«

Simón krauste die Nase und kratzte sich den Schädel. »Rodrigu hat die Idee schon sehr gut im Griff. Der macht sie in vier Tagen fertig.«

»Na, immer langsam.« Taboada erhob sich und machte ein paar Gymnastikübungen. Seine Brustwarzen wippten, und von dem glatten Haar, das sich nur am Nacken etwas rollte, fielen dicke Vaselinetropfen. »Kümmere dich nicht um ihn, Mann. Hör mal, Simón, die kleine Statistin, die in meinem letzten Film die unterdrückte Indianerin gespielt hat, ist die frei?«

»Nu, werden wir sie frei machen, Chinu!«

»Dann schick sie mal unserm Freund Pola her, damit ihm das Arbeiten Spaß macht. Wird ein Kassenschlager! Wie soll er heißen?«

»Wczsylicylszly ist Fachmann für Titel. Ist grade in Cuernavaca, um sich einen auszudenken. Wird dafür bezahlt.«

»Okay, okay.«

»Rodrigu wird bekommen zwölftausend, weil es erster Film für ihn ist.«

»Okay, okay.«

Rodrigo legte den Kopf an die Rückenlehne. Er schloß die Augen und trällerte einen Bolero. Mit Genuß fühlte er das eiskalte Glas in seiner Hand, das Weiten der Adern unter der Sonne, die allmähliche süffige Wärme des Whiskys in seinem Magen. Die Sonne ging unter, malte eine Farbensymphonie in die Wolken, als wollte sie dem ästhetischen Sinn Evrahims und Taboadas einen besonderen Gefallen tun. Beide unterbrachen ihr Gespräch und zollten der Natur stumme Ehrerbietung. Rodrigo öffnete wieder die Augen und hätte am liebsten das Wort ENDE auf das rote Firmament geschrieben.

»Die See ist zu bewegt«, sagte Norma von ihrem Liegestuhl aus, der mitten auf der großen Terrasse über den Felsen stand.

»Um so besser, probieren wir die Segeljacht aus«, entgegnete Ixca.

Norma hatte keine Lust, ihren braungebrannten Körper zu bewegen. Jede Pore reflektierte die Abendsonne, und während sie jetzt mit der Hand über ihre Schultern strich, lebten in jeder einzelnen die Bilder der letzten Tage wieder auf – in Sonne und Salz gebadet, auf weißem Sand und in türkisblauem Wasser, und die letzten Nächte, die einzigen Liebesnächte, an die sie sich erinnern würde. Mit halb geöffneten Augen beobachtete Norma die knappen Bewegungen von Cienfuegos' olivfarbenem Körper; er sah starr aufs Meer hinaus und rauchte, einen Fuß auf der Terrassenbrüstung.

»Warst du zufrieden?«

Cienfuegos antwortete nicht. Er ließ sich von der untergehenden Sonne färben, so daß auf seiner Brust und seinem Gesicht die braune Haut in leuchtendem Ocker erstrahlte.

»Böser!« Norma schloß die Augen und schmollte. »Sei nicht böse, Farouche. Du weißt, daß ich alles tue, was du willst, daß ich dir gehöre.«

Ixca lächelte, ohne sich nach Norma umzusehen. Vom Hafen wehte der erregende Ton der Danzones herüber, der aus den Musikboxen drang. Eine immer steifere Brise kräuselte die Wasseroberfläche.

»Komm, Norma.«

»Es wird stürmisch. Hier ist es so schön.«

»Komm.«

Beide stiegen die steilen Stufen bis zur Brücke hinunter. Cienfuegos setzte das Segel, und Norma sprang mit ausgebreiteten Armen an Deck, legte sich bäuchlings auf das Heck und sah zu, wie der Felsenpfad an einer Seite vorbeischoß, während Ixca die Jacht aufs Meer hinaussteuerte.

»Das ist ein Wetterchen!«

Das Meer wurde dunkler; die immer schwärzere Tiefe, der wildbewegte Himmel umschlossen Norma wie eine Plazenta aus trübem Salz. Sie beobachtete Ixcas Rücken, während er manövrierte, und sie wäre am liebsten aufgestanden, um ihn zu beißen. Der unbezähmbare Drang, ihn in den Rücken zu beißen, überkam sie – und wenn sie ihn nie wiedersehen sollte –, ihn in den Rücken zu beißen als Erfüllung all ihrer Liebestage. Sie meinte, sie könnte niemals in das Haus in Acapulco zurückkehren, die Betten dort seien von Ixcas Fleisch gezeichnet, das sie jetzt beißen wollte. Sie wandte das Gesicht der Küste zu, die sich immer weiter in Nacht und Wind verlor.

»Liebst du mich, Norma?« schrie Ixca über das Knattern des Segels hinweg.

»Ja, ja, mehr als mich selbst!« Ein rauhes Brüllen ertränkte ihre Worte. »Ixca! Laß uns umkehren!«

»Mehr als dich selbst?« schrie Ixca wieder. Aber Norma hörte ihn nicht. Kurze Wellen, ungleichmäßige Brecher wuchsen immer höher, umgaben das leichte Segelboot mit zwei drei Säulen dichten, blinden, grundlosen Wassers.

»Runter mit dem Segel, Ixca!«

»Mehr als dich selbst?«

»Wir kentern! Runter mit dem Segel!«

Knieend sah Norma rasch nach beiden Seiten: Zwei riesige, namenlose, pechschwarze Kurven, schwärzer als der Himmel, den sie zudeckten, rasten mit offenem Rachen aufeinander los. In dem ohrenbetäubenden Krachen klammerte sich Norma verzweifelt an den Rettungsring, spürte, daß eine andere Hand ihn ihr entriß, nicht verzweifelt, wie sie greifen wollte, sondern kalt und klar: eine andere Hand, die ihr Handgelenk preßte und es von dem rettenden harten Rund herunterdrückte. Norma fühlte, daß ein anderer, ungreifbarer Kreis sie einsaugte und in ihrem Kopf wirbelte: Das Dunkel belebte sich mit silbrigen Blitzen, unsichtbaren Fischen, die durch den Ozean schossen, ohne daß man mehr gewahr wurde als formlose Farbe; dann wieder spürte sie Luft im Mund und rechts neben sich den Atem Ixcas, der sich an den Rettungsring klammerte. »Gib her, gib her!« versuchte die Frau zu schreien; sie glaubte ihren Augen nicht zu trauen, als sie das nasse Lächeln, wie das eines unbegreiflichen Haifisches, bemerkte, das in der Finsternis auf Ixcas breiten Lippen lag. Ein neuer Brecher donnerte, wieder die silbrige Welt, diesmal schleimig, wieder der Sog an den Fußspitzen, einem fernen Grund zu, und wieder Luft: Da war immer, gerade vor ihren Augen, der schimmernde, auf den Rettungsring gestützte Kopf. Norma stieß dreimal kräftig nach dem harten weißen Ring, ihr Blut kochte. »Gib her, gib her!« keuchte sie, zerkratzte Cienfuegos' Gesicht, schlug ihre Nägel in seinen Hals, der hart war wie ein Streifen Erde, schlug und wirbelte das Wasser auf, bis sie Ixcas Kopf zu fassen bekam und untertauchte, untertauchte und die eigenen Arme auf den Rettungsring preßte.

Die See beruhigte sich. Die Wolken flogen lässig und eilig durch die Dunkelheit, und Norma paddelte erschöpft auf die Küste, die verstreuten Lichtpunkte zu. Ihr eigenes Bild tanzte vor ihrem Blick, und das Blut pulsierte bei dem Gedanken an ihre Rettung, die Rettung ihres Körpers, ihrer Macht.

Ihr Kinn grub sich in den Sand. Sie lockerte die Muskeln, schloß die Augen. Sie fühlte nur, daß sie schwach ein- und ausatmete. Worte für ein Gebet fand sie nicht, nur »Norma, Norma!« floß aus ihrem Mund in den Sand und ins Meer, und wieder der ertrunkene Name, der gerettete Leib. Und aus ihrem Leib krochen noch mehr Namen, krochen aus allen Öffnungen, aber trennten sich nicht von ihr, blieben an einem Speichelfaden hängen. »Rodrigo ... Pimpinela ...«, wiederholte Norma, während sie warm und schaumbedeckt bewußtlos auf dem Strand lag. »Ixca ... Rodrigo ... Federico ...« Alle Namen noch an ihren geretteten Körper gefesselt. Wieder summte ihr der Kopf; sie schlug die Augen auf.

Blindlings rannte sie über den Strand, bis sie eine steile Felsentreppe fand. Eilig stieg sie hinauf. Es war der Weg nach La Quebrada. Sie lief bis zu ihrer Haustür, durch den Garten voller Bougainvillea und Schattenpflanzen, durch das offene Wohnzimmer mit dem Blick auf die See, hinauf in ihr Zimmer. Sie ruhte sich nicht aus, fuhr mit Kamm, Handtuch, Lippenstift, Make-up über Körper und Gesicht, streifte sich ein buntes Kleid über – weiße Schuhe, Handtasche, Geld.

Sie steckte den Schlüssel ins Zündschloß und lenkte rasch auf die Autostraße, raste durch die Dunkelheit, bis sie die blauen Hafenlichter sah, den späten Verkehr, der sich von den Stränden zu den Hotels hinaufwälzte; offene Wagen voll braungebrannter Jünglinge in Hemden, die bis zum Nabel offen waren, Bikinis und Handtücher voller Sand und voll aufgedrehte Radios, das geruhsame Volk an den Molen der Bucht, grünliche Mulatten, dickbäuchige Negerinnen, gelbe Chinesenkinder, Angelleinen, an denen nichts anbiß, Kokosnußverkäufer – alle drehten der Stadt den Rücken zu, wie sie so am Meer saßen; das »Haw-haw!« der strohbehüteten, grellbunten, dunkelbebrillten, mit Havannas und Kameras bewaffneten Scharen von Nordamerikanern; Neonlichter der Bars und der Hotels, Geruch nach Benzin und verfaultem Fisch, pausenloses Hupen, Pfeifen der Polizisten, Musikboxen, die wie Ziehharmonikas in der Hitze stöhnten; neue, schon abblätternde Gebäude mit hoher glänzender Fassade, die drei Strohdächer dahinter verbarg, ein nacktes kleines Mädchen, Malariaschauer; magere Gestalten, die von den öffentlichen Stränden ins Zentrum zurückwanderten, wollene Badeanzüge über fetten Leibern und verdorbene Dauerwellen, Bademäntel, verlassene Strandburgen, mit Kippen und leeren Flaschen besäte Strandflächen, hitzemüde alte Hunde mit weißen Schnauzen; ölverschmutztes Meer, trocknende Skier, schaukelnde Boote, Gin und Rum, Tamtamtam, Gin und Rum, Tamtamtam, das kam und ging, von Playa Azul über Copacabana bis zum »Bum-Bum«, Rhythmus der

Tropentrommel, umschlungene Leiber, Gin und Rum, nackte Arme, Tamtamtam, sich windende Gliedmaßen – Acapulco, wie ein weißer Pflanzennagel in den Finger aus Alkohol und Beton und Dollars eingebettet. All das hauchte seinen Atem auf Normas glühende Wangen, während ihr Wagen dahinraste. Vor einer Bar stoppte sie; das Palmblätterdach bebte im vierfachen Takt von Füßen und Bongós und Gläsern und Klavier. Norma trat ein und warf ihre Schuhe ab. Allein ging sie auf die Tanzfläche, stand dort breitbeinig, mit schlängelnden Armen, Lippen und Lider feucht von Schweiß und Make-up. Ein muskulöser, kraushaariger Mann mit dichtem Schnurrbart und schmalen Augen nahm sie um die Taille. Normas Lippen wurden noch feuchter, sie preßte ihren Leib an den des Mannes und schlängelte ihre Arme über seinen Rücken.

»Trinkst du nicht?«

»Natürlich trinke ich. Stellt mir eine Reihe Daiquirís auf die Theke«, antwortete Norma mit heiserer, lustiger Stimme. Im Vorbeitanzen nahm sie ein Glas nach dem anderen und leerte es auf einen Zug. Der Rhythmus der Bongós war ihr schon selbstverständlich, während sie von Tisch zu Tisch, von Glas zu Glas tanzte; die anderen überließen ihr die Tanzfläche.

»So gefällt's mir!« kreischte Norma und wirbelte umher, daß ihr Rock flog. »Jeder soll sehen, was ich wert bin! So gefällt's mir. Ich ganz allein!«

»Die Barkasse ist hier«, raunte der Kraushaarige ihr ins Ohr.

»Welche Barkasse, Kleiner?«

»Das Zubringerboot, tu doch nicht so.«

»Also das Zubringerboot, ich tu ja nicht so.«

Das Motorboot schoß über das Wasser; außerhalb der Dreimeilenzone schaukelte eine weiße Jacht mit phosphoreszierenden Fähnchen. Tanzend hüpfte Norma die Strickleiter hinauf. Ein rotgesichtiger dicker Alter trat ihr in den Weg.

»Ich bin's, Macaracas«, schrie der Kraushaarige.

»Come on, boy.«

»Hast du Geld?« fragte Macaracas.

Norma stockte, blickte in die eiskalten schmalen Augen ihres Begleiters und brach in Lachen aus; dann öffnete sie ihre Handtasche und warf ihm drei Tausendpesoscheine ins Gesicht. »Da, nimm, Kerl, und sieh dir die Leute an, mit denen du umgehst.«

Sie fiel über die Roulett-Tische her; das Boot wiegte sich, und sie bestellte noch mehr Daiquirís.

»Hier gibt's Eis. Willst du welches?« fragte Macaracas.

Wieder konnte Norma sich vor Lachen nicht halten.

»Ich lebe, weißt du!«

»Ach nee ...«

»Und keiner hat mir was zu sagen!«

»Das ist mir eine.«

»Und sie können mich alle am Arsch lecken, weißt du? Alle!«

»So gefällst du mir, Mädchen.«

»Denn ich bin das Beste ...« – Norma hob eine Hand an die Schläfe, umhalste Macaracas und lachte unaufhörlich –, »... das Beste, was es in Mexiko gibt, weißt du?«

»Aber sicher!«

»Ich hab sie alle in der Hand, Pimpinela, Rodrigo, sogar den Toten, der schon abgesoffen ist.«

»Komm!«

Ein dünner, unrasierter Nordamerikaner, nervös, mit einer Schiffermütze auf dem Kopf, öffnete die Tür.

»Ich will, ich will, ich will mein Zitroneneis ...« Singend und Macaracas umhalsend, trat Norma barfuß und berauscht in die Kabine.

Auf dem Korridor des Landgerichts, in dem dunklen Innenhof voller Tafeln mit Vorladungen und Fotos von unbekannten Toten, stößt der kleine Justizsekretär mit dem rechten Zeigefinger in die gelbe linke Handfläche. »Ich weiß schon, daß Sie mir viertausend Pesos zugesteckt haben, um die Sache für Sie in Ordnung zu bringen, aber die Beweise waren zu eindeutig. Es gab keine Möglichkeit loszukommen.«

»Was heißt keine Möglichkeit?« zischt der schwitzende fette Mann durch die Zähne. »Ich seh wohl wie 'n Säugling aus?«

Das diensteifrige magere Männchen streicht dem anderen mit den gelben Händen über die Aufschläge. »Nun nicht gleich in die Luft gehen, nicht in die Luft gehen. Sie sollen sehen, wie ich es hingekriegt habe!«

Die klare Septemberluft fegt über den dunklen muffigen Hof. Draußen verkauft ein einarmiger Greis rot eingebundene Gesetzestexte, Volksliedersammlungen und Ausgaben des Amtsblatts.

»Die Hälfte, nicht mehr und nicht weniger, hab ich dem Richter in der zweiten Instanz gegeben. Wenn Ihre Angelegenheit jetzt dort eingeht, haben Sie Ihren Prozeß gewonnen.«

Der dicke Mann lacht und trocknet sich die Schweißperlen ab, die unter dem grauen Stetsonhut hervorquellen. »Na, Gott sei Dank. Und wieviel haben ihm die von der Gegenseite zugesteckt, um in erster Instanz gewinnen?«

Der Sekretär antwortet mit einem schiefen Lächeln über ungleichmäßigen Zähnen: »Fünftausend Kröten, mein Verehrtester. Sie sehen, Sie kommen gut dabei weg. Und man selber – wie soll man mit dem Hungergehalt rumkommen. Sie sehen ja, das Leben wird immer teurer, jeden Tag. Die wissen auch nicht mehr, was sie sich noch ausdenken sollen. Nun soll es an dem Krieg in Korea liegen. Sie sehen ja. Jeder sieht zu, wie er rumkommt, oder nicht? Ich sag Ihnen, machen Sie sich keine Sorgen. Sie gewinnen den Prozeß.«

Mit einer Akte unter dem zerschlissenen Ellenbogen läuft der Sekretär eilig über den Hof, grüßt mit tiefer Verbeugung eine Gruppe Anwälte und steigt mit geschwinden Mäuseschrittchen die ausgetretenen Steintreppen des Landgerichts hinauf.

Die Wasserscheide

Roberto Régules – graue Augen, tiefe Furchen in der bis an die Grenze des kurzgeschnittenen blonden, leicht ergrauten Haares gebräunten Haut – ging langsam über den Golfplatz und dachte an das, was ihm Pimpinela de Ovando eben mitgeteilt hatte. Eine reiche Palette von Grün, durch die letzten Regenfälle und ein Heer von Gärtnern begünstigt, erstreckte sich über das Feld. Er war auf dem Rückweg zum Klub, nachdem er das Spiel beim neunten Loch aufgegeben hatte. Hinter ihm redeten und lachten einige Herren mit Kopfbedeckungen, die den Mützen der Admirale auf dem pazifischen Kriegsschauplatz nachgebildet waren, in Angora- und Kaschmirpullovern, festen Schuhen und Leinen- oder Flanellhosen. Régules ging langsamer, um die Herren herankommen zu lassen.

»Sie haben ja heute bald aufgegeben, Lizentiat.«

»Ja.« Régules lächelte. »Ich möchte zeitig ins Büro.«

»Ist doch grade erst elf.«

»Schon, aber da ist eine Angelegenheit, die mir Sorge macht.«

»Mann! Wir alle haben wichtige Angelegenheiten.«

»Diese ist dringend. Sie, Don Jenaro, werden mich verstehen.«

»Ich? Das glaub ich wohl. Nach dem Schlag, den Robles uns

Monterrey-Leuten versetzt hat, mit diesem Aktienverkauf ... Ich weiß, was es heißt, Blut und Wasser zu schwitzen.«

»Eben!« rief Régules aus und spielte mit seinem Golfball. »Das nenne ich Mangel an Redlichkeit. Aber Sie sehen ja, Robles ist nicht zu halten. Ich meine, jeder muß natürlich seine Interessen wahrnehmen, aber auch das hat seine Grenzen: die Achtung fremder Interessen. Übermäßiger Ehrgeiz ist gefährlich, Don Jenaro.«

»Das sagen Sie mir, Lizentiat! Wie wäre Ihnen zumute, wenn man Sie über Nacht klammheimlich zum Partner dieses Banditen Couto machte? Eben das hat Robles getan, hat dem Kerl einundfünfzig Prozent überlassen, und nun sitzen wir da.«

»Ach, Couto war das?«

»Genau der.«

»Mein lieber Don Jenaro – waren die Aktien, die Robles verkauft hat, Namensaktien?«

»Leider nicht. Lauter Inhaberaktien.«

»Sie sind doch sehr befreundet mit der Gruppe Ibargüen, Velarde und Capdevila, nicht wahr?«

»Mann, das ist doch kein Geheimnis. Wir sind, was wir sind, dank ...«

»Don Jenaro, ich lade Sie zu einem Whisky ein, um unsere Partnerschaft zu feiern.«

»Wie?« Ein verständnisvoller Glanz trat in die entzündeten Augen Don Jenaros, und die beiden Herren trennten sich von den anderen, als sie die Klubgaststätte betraten.

Am selben Nachmittag war Régules in Fahrt. Sein neues Büro gegenüber der Glorieta de Colón war mit einer in die Wand eingelassenen Theke aus Glas und Leder ausgestattet, von dort aus telefonierte Régules, frisch und geschniegelt nach Spiel und Massage, pausenlos. Von jeder Ziffer der Wählerscheibe schienen Pimpinela de Ovandos kristallische Honigaugen zu blinken. In den paar Minuten zwischen zwei erregten, hastigen, entscheidenden Gesprächen dachte er an sie als junges Mädchen, an den Tag, als man sie im Sanborn's einander vorgestellt hatte. Das war die Zeit, da alles, was auf sich hielt in Mexiko, zum Tee oder zum Abendbrot in das alte Haus mit den Kacheln ging und Régules frisch von der Universität voller ehrgeiziger Pläne aus Guanajuato gekommen war: Geld und gesellschaftlicher Rang waren seine Devise, und bei Sanborn's hoffte er beides zu finden; er hatte geglaubt, Pimpinela würde ihm das zweite geben; heute dankte er dem engstirnigen Hochmut der

Familie Ovando, der seine Heiratspläne durchkreuzt hatte. Er selber, dachte Régules jetzt, hatte sich seinen Rang geschaffen. Nun gab es nur noch den ersten Teil des Leitsatzes: Geld. Das brachte den Rang mit sich; statt in den verstaubten Clan der Ovandos einzutreten, war nun sein Triumph um so vollständiger, als er seine frühere Sekretärin Silvia, ein Mädchen aus dem Mittelstand, zu Señora de Régules machte, Pimpinelas Bitte nachkam, sich um die Rückgabe einiger Güter zu kümmern, und sich ihr Geschwätz über die unsichere finanzielle Lage Federico Robles' anhörte.

»Silvia? Nein, interessiert mich nicht, ich muß dir dringend etwas sagen. Bitte deinen Freund Caseaux, sich sofort mit mir in Verbindung zu setzen ... Was, du hast keine Worte? ... Zynisch? Na, ich halte ihn schließlich teilweise aus, da kann er mir schon mal als Gegenleistung einen Gefallen tun ... Ich sag's im Ernst. Er soll mich in der nächsten Stunde anrufen ... Ja, ich weiß, daß Betina Geburtstag hat, aber ich bin sehr beschäftigt. Nimm jemanden für sie mit und geht ins ›Versailles‹ oder sonstwohin ... Schön ... Wiedersehn.«

»Mein lieber Couto! Da hab ich ja Glück gehabt! Sie sind wohl überhaupt nicht mehr zu Hause ... Was? Ja, ersticken alle in Arbeit. Hören Sie mal ... ja, natürlich, verstehe ... hören Sie, die Sicherheit, die ich da von Ihnen für diese Aktien habe, neunhunderttausend ... ja, die Inhaberaktien von der Schwefelgrube ... Passen Sie auf, ich weiß, daß von dort ein Schlag kommt ... Ach, Sie wissen das also auch und haben mir nichts davon erzählt! Na schön, Couto, wir sind Freunde und können uns gemeinsam rausziehen ... Ja, man hört eben manches, einfach so ... Nein, wie soll ich an Ihrer Gutgläubigkeit zweifeln! Aber schließlich, wenn wir beide Bescheid wissen, was meinen Sie, wenn wir die Garantie für die Schwefelaktien in eine von Don Jenaros Unternehmen umtauschen? Sie gewinnen dabei hunderttausend und können den Schwefel sofort handeln, bevor jemand was riecht. Wenn ich Sie heute nicht erwischt hätte, dann hätte ich selber die Aktien zu irgendeinem Preis abgestoßen ... Es gibt da schon Möglichkeiten, wissen Sie ... eine Hand wäscht die andere, ich bitte Sie ... Ich erwarte Sie hier, damit wir die Sache perfekt machen können, lieber Couto ... Immer für Sie da ...«

»Don Jenaro? Gemacht. Morgen habe ich die Sicherheit für Coutos Inhaberaktien ... Ja, ich habe schon mit ihm gesprochen, die Sache ist perfekt ... Ja, das ist ein Geier, sieht bloß, was für ihn rausspringt, die Beute, aber hat keinen Weitblick. In Wirklichkeit werde ich meine Rechte als Ihr Partner nutzen, und wenn wir eine kleine Verschiebung ... Genau. Couto ist mit den hunderttausend zufrieden, die er bei dem Umtausch einnimmt ... Noch heute werden Robles die Konzessionen gekündigt? Großartig! Und die Kreditaufkündigung? Ah, natürlich, sachte, damit er nichts riecht. Was, Sie sind nicht an den Nachbargrundstücken Ihrer Fabrik interessiert? Ach, Robles ist Ihnen zuvorgekommen? Na, hören Sie mal! Ich glaube, das kann ich auch arrangieren ... Wie Sie wollen ... Verstöße gegen das Arbeitsgesetz? Dann können Sie ihm die Leute von der Gewerkschaft auf den Hals hetzen, wissen Sie? Sehr gut, eine Hand wäscht die andere.«

»Wie geht's, Caseaux? Ich komme gleich zur Sache: Der Verkauf Ihrer Grundstücke an Robles ist noch nicht perfekt? Nur die Unterschrift fehlt noch? Hm ... Ach, einen großen Vorschuß? Macht nichts – die verschaukeln Sie, mein Lieber ... hahaha! Geschäfte sind eine Sache, und sich als feinen Mann aufspielen ist eine andere. Hören Sie mir jetzt zu, oder gehen Sie zum Teufel ... Genau so, wie Sie es gehört haben ... Diese Grundstücke sind wenigstens das Doppelte von dem wert, was Sie glauben. Robles macht sich über Sie lustig. Ich biete Ihnen zwanzig Pesos für den Quadratmeter ... Ja, wie Sie's gehört haben ... Sie haben eine Menge Schulden, mein Lieber, ist teuer, nur auf Pump zu leben ... Nein, ich drohe Ihnen nicht; nur weil Silvia mich darum gebeten hat, habe ich die Wechsel stillschweigend bei mir aufbewahrt. Verstehen Sie? ... Ach, der Vorschuß! Wieviel war das? ... Gemacht, das Geld liegt hier zu Ihrer Verfügung, damit Sie es morgen Robles zurückgeben und den Verkauf rückgängig machen können. Und nun Trab, Trab, mein Lieber!«

»Jawohl. Ich hebe gleich morgen alles von der Bank ab. Robles' Situation ist ganz schlecht. Er hat in die Schwefelgrube investiert, und Sie wissen ja, was da passieren wird. Ich sag Ihnen nur Bescheid, weil ich weiß, daß Sie auch ... schlechte Politik, natürlich. Je mehr Interessenten orientiert sind, desto besser. Müssen die Interessen der Finanzleute wahren ... Immer für Sie da, ich bitte Sie. Ja, Silvia hat es mir gesagt. Lassen Sie die Damen was ausmachen, mit Vergnügen. Soll mir eine Ehre sein. Also bis bald.«

»Lizentiat Capdevila? Régules ... Régules, mit R, ja, Don Jenaros Freund ... Entschuldigen Sie, ich weiß, aber ich habe eine wichtige Nachricht, die Industrie betreffend ... Ja, Robles Fabrik ... Ja, die Konkurrenz, die Robles Ihnen macht, ist zumindest ungesetzlich, außerdem natürlich hinterhältig ... Dumping? Nein, aber ich habe ein paar Beweise für Verstöße gegen die Gesetze, ja, natürlich, Sie können sie einsehen ... Ebenfalls, Lizentiat, ebenfalls ... Immer für Sie ...« Régules legte den Hörer auf, zupfte sich die seidene Krawatte und die Ecken des Brusttaschentuchs zurecht, setzte sich in den blauen Ledersessel und drückte auf einen Knopf.

»Schreiben Sie, Fräulein: Vertrauliches Memo für die Rechtsabteilung, so bald wie möglich. Vorbereitung eines Sicherheitsvertrages mit Señor Juan Felipe Couto über Inhaberaktien, Wert achthunderttausend Pesos. Kündigung des vorigen Vertrages mit demselben Herrn, nach Unterschrift des neuen. Vorbereitung eines Kaufvertrages mit Señor Pedro Caseaux: zehntausend Quadratmeter zu zwanzig. Ebensolchen: der Unterzeichnete als Verkäufer, Jenaro Arriaga als Käufer, zehntausend Quadratmeter zu fünfunddreißig.

Machen Sie mir das fertig und sorgen Sie dafür, daß ich die Personalakte Federico Robles bekomme.«

Bis neun Uhr abends widmete Régules sich dieser Akte und zog daraus Zahlen, Daten, alles, was ihm einen genauen Überblick über Robles' Vermögen und Leben geben könnte.

»Du bist ja schwarz, Sohn, dunkel und schwarz wie die Nächte früher, an die ich mich noch erinnere«, sagte die Witwe Moctezuma, als sie Ixca in ihre Hütte einließ. Dort roch es noch immer nach feuchtem Moos und trockenen Blumen. »Daß du mit der Sonne gekämpft hast, sieht man gleich. Was gibt's?«

Cienfuegos ließ sich auf das staubige Lager fallen. Um die Hütte hing immer eine Gebetsstimmung – der Zeit trotzend, wie ein Flehen, das bereits Geschehene möge nicht geschehen –, und so waren der Staub, die Flecken von Wasser und Speisen auf dem Lehmfußboden über den Gräbern stets an derselben Stelle.

»Was gibt's?« wiederholte Teódula Moctezuma, und ihre Augen stachen wie ein einziger schwarzer Nagel aus ihr heraus, in gespannter Erwartung, wann ihre Welt wiederauferstehen würde. Ixca verbarg das Gesicht in den Händen, und seine Stimme war klanglos, verbittert, als gehörte sie nicht ihm. »Unsere Welt ist für immer tot, Teódula. Celedonios und deiner Kinder Asche könnten ebensogut ohne eine einzige Träne von der Erde verschluckt werden, ohne eine einzige Hoffnung, uns genährt zu haben.«

»Sohn« – die Witwe kaute auf ihren zahnlosen Kiefern, als sie ihre gebeugte Gestalt über Cienfuegos neigte –, »nicht die Menschen machen das Leben, sondern die Erde selbst, die sie treten, weißt du? Alle können kommen, die gekommen sind, uns alles weggenommen haben und uns die Zeichen vergessen ließen, aber unter der Erde, Sohn, an den dunklen Orten, wo ihre Füße uns nicht mehr zertrampeln können, da ist alles noch, wie es war, und die Stimme von dort, wo wir herkommen, hört man immer noch genauso, das weißt du.«

Ixca hob den Blick und küßte Teódulas Hände. »Nein, man hört sie nicht mehr. Schau, ich habe sie hören wollen, jahrelang habe ich die Augen geschlossen und ihnen lauschen wollen. Es ist, als hätte ein Wind von neuen Worten alles fortgeweht. Die Sonne heute ist nicht mehr unsere Sonne, Teódula, es ist eine Sonne – was weiß ich –, nur dazu da, Leiber zu bräunen, die sich mit künstlichem Öl eingerieben haben.«

Die Witwe betrachtete Ixca mit abwesendem, ganz und gar verständnislosem Blick, verankert in Zeiten, die seit Hunderten von Jahren vergangen waren und nichts mehr mit dem unausweichlich neuen Augenblick dieses Tages zu tun hatten. Ixca spürte, daß die alte Schale, die Teódulas Gestalt noch zusammenhielt, sich auflöste, daß nur ein roter Edelstein, ohne Bezug, ohne Schutz, übrigblieb, schwebend zwischen Sonne und Erde. Das Klirren ihres Schmucks brachte Ixca ihr jetziges Aussehen, die erschlafften Muskeln, das vertrocknete, runzlige Gesicht wieder zum Bewußtsein.

»Wer weiß, Sohn, auf welchen Wegen man hinkommt ... Vielleicht ist das, was du glaubst, nicht so. Vielleicht wird mit neuen Kleidern und neuen Zeremonien, die weder du noch ich kennen, das gleiche getan. Denn diese Erde fordert – das weiß ich, Söhnchen, das weiß ich bestimmt – und verschlingt alle Dinge, um sie so, wie sie sein sollen, wieder herzugeben, tot, wenn es sein muß. Dem kann man nicht entgehen. Diese Frau, Ixca, diese Frau, der du die Wurzeln ausreißen wolltest ...«

»Norma«, sagte Ixca tonlos, »merk dir ihren Namen.«

»Diese Norma, vielleicht versteht sie die Dinge nicht so wie du und ich. Was tut's, Sohn? Sie kann machen, was sie will, am Ende wird unsere Erde sie verschlingen, wirst sehen. Dort, wo alles zu Ende ist, dort, wo auch du nicht weiterweißt, werden wir sie finden. Vorher nicht, denn der Schein trügt, und die

Leute wissen nicht, woran sie sich halten sollen, um unsere Zeremonien zu feiern und unsere Hingabe zu verstehen; aber am Ende, wenn sie nicht mehr reden können und man sie nicht mehr versteht, geschieht es. Da können wir sie packen und sie zu den Unseren machen. Das ist unser Reich ... danach, dort leben wir, danach.«

Die Witwe hockte sich neben ihr Küchengeschirr und murmelte fast unhörbar weitere unverständliche Worte. Schweigend versuchte Ixca ihr zu lauschen, Teódulas Gedanken aneinanderzureihen. Dann sagte er: »Es ist genug, daß wir so denken, Teódula, und danach zu leben versuchen, damit unsere Welt wirklich existiert. Ist das nicht vielleicht unsere einzige Kraft? Können wir mehr verlangen? Verstehst du mich, Teódula?«

Die Witwe knetete und schlug den Teig mit federnder Kraft. »Ich weiß nur, was ich dir sage. Die Unseren gehen um, unsichtbar, aber ganz lebendig. Du wirst schon sehen, sie gewinnen immer. So viel vergossenes Blut, so viele Helden, die umgekommen sind, so viele Tote, die auf dieser Erde voll bunter Farben und Lieder untergegangen sind, ich glaube, wie nirgends sonst, Sohn. Du weißt besser als ich, daß sie uns nicht von der Hand lassen, und wenn die Stunde naht, dann sind sie da. Als wollten sie sich das holen, was vorher geschehen ist, als wollten sie sagen, daß alles aufhört, wo es begonnen hat, bei ihnen und bei ihren Zeichen. Meinst du nicht, Sohn? Schon im Traum, Sohn, solange wir sie nicht rufen. Denn sie werden gerufen, Sohn, ohne daß jemand es will, aber wir rufen sie immer wieder, damit sie Auskunft geben über unser Leben, und das letzte Gesicht, auf das es ankommt, vergessen wir nicht, das merken wir uns. Du sollst sehen. Wenn einer dir entwischt, wie dein Freund, der mit dem toten Mütterchen, dann kommt eben ein anderer. Einer ist genug, Sohn. Bevor ich sterbe, werde ich ihn sehen, und ihm werde ich meinen Schmuck geben und meinen letzten Blick, damit er weiß, daß jemand von ihm gewußt hat. Ihm, der das Opfer auf sich nimmt. Wir verdorren, im Leben haben sie uns vergessen. Alle sind fortgegangen und haben uns allein gelassen mit dem, der die erzene Maske trägt. Aber im Tode vergessen sie uns nie, mein Sohn Ixca, das wirst du sehen.«

Teódula ließ den Teig in ihren Schoß fallen und faltete die alten knorrigen Hände. Dann öffnete sie die Augen, sah in Cienfuegos' verzerrtes Gesicht und sagte mit einer Stimme, wie man sie nie zuvor von ihr gehört hatte, einer Stimme aus einer versunkenen Zeit, begraben unter Wasser und Asche und Muschelhörnern und Trommeln, mit einer Stimme, die mehr ein Raunen als Worte war: »Wir nahen uns der Wasserscheide. Sie werden sterben, und wir werden auferstehen, von ihnen genährt. Wir haben unsern Tribut an Träumen gezahlt, die Stadt wird ihn für uns zahlen. Türkistruhe, Stein, Herz, Schlangenwind, träume nicht mehr.«

Und in den ungesprochenen Worten sah Cienfuegos, daß in einer Zunge aus Feuer und Verkündigung die Gestalten der schlafenden Stadt zusammenrückten, Robles' und Normas schlaffe Puppenkörper, in einem Traum und einer schließlichen Wiedergeburt.

»Gehen wir hier weg, Mann, gehen wir.« Der Junge in ausgebleichten Jeans steht an der Ecke Bucareli und Avenida Chapultepec und sieht herausfordernd die Menschen und die Dinge der Stadt an. »Aber zu Hause, Lalo, bei mir zu Hause!« – »Nun laß mich nicht im Stich. Bei dir zu Hause glauben sie, du bist in der Schule, genau wie ich. Bis zum Schulschluß sind wir schon abgehauen. Keiner merkt was.« Der andere, kleinere Junge in einer gelblichen Chamarra kaut an seinen Nägeln. »Ja ...« – »Ich dachte, du wolltest auch abhauen?« – »Hör mal, dann ist aber meine Mutter allein.« – »Na schön, aber vielleicht bringst du ihr dann Geld ins Haus.« – »Nein, aber sie möchte, daß ich was lerne und einen Beruf ergreife. Die Arme arbeitet so, damit ich lernen kann und in die Schule gehe. Sie wird sich sehr ängstigen, wenn ich nicht heimkomme.« – »Nur die Dummen arbeiten, Mann! Du und ich, wir sind schlau. Aber in dieser blöden Stadt kommen wir damit nicht weiter. In Ciudad Juárez, wirst sehen ...« – »Mit deinem Vetter, der uns reich machen soll, hast du schon gesprochen?« – »Nein, aber der ist in Ordnung, wirst sehen. Der hat eine Bar und lauter schöne gemütliche Sachen, wo du 'ne Menge Geld bei verdienst und dich noch amüsierst. Was sollst du hier machen? Rechne mal nach: Noch ein Jahr in der Oberschule pauken, zwei in der Preparatoria und fünf oder sechs an der Uni. Noch neun Jahre ohne einen Centavo, Mann, mit Paukern rumärgern, die sich über uns lustig machen. Nee, Mann. Wenn du dafür geboren bist, dann bleib hier. Ich hau ab nach Ciudad Juárez.« Der kleine Mollige runzelt die Stirn und schlägt die Augen nieder. Der andere, schlank, nervös, fährt sich mit den Fingern durch die Haartolle und über den Nacken. »Miststadt! Hier bringst du's nicht weiter als zum Kegeljungen.

Hast du nicht alle diese feinen Pinkel mit ihren Autos gesehen, Memo? Sollen wir denen denn Konkurrenz machen? Glaubst du vielleicht, zu Fuß lachst du dir ein ordentliches Mädchen an? Haach ... na, du hast ja noch nie mit einer geschlafen.« Der mollige Junge blickt seinen Freund beschämt an. »Wach auf, Mann, im Norden muß man nämlich jetzt alles mitnehmen. Also, machst du mit?«

Ixca Cienfuegos ist auf dem Weg in die Calle de Tonalá und sieht den schlanken nervösen Jungen. Der wirft ihm einen herausfordernden Blick zu. »So starren dich hier alle an, Memo. Bloß mitleidig. Laß ich mir nicht mehr gefallen! Wir werden uns an all diesen Kapitalisten rächen, die sich so fein vorkommen!« Und die beiden Jungen überqueren die Straße, schlüpfen, die Hände in den Hosentaschen, zwischen Straßenbahnen und Autos hindurch.

Hortensia Chacón

»Von mir hat er Ihnen sicherlich nicht erzählt? Woher haben Sie von mir gehört?«

Er ist zu sanft, zu bescheiden; ich mache ihm keinen Vorwurf daraus, daß er mich nicht herausstellt, im Gegenteil, ich habe es lieber so, sehen Sie – außer dem erstenmal haben wir beide uns hier immer nur allein gesehen. Als könnte sich unsere Welt nicht einen Zentimeter weiter ausdehnen.

»Da, wo Sie sitzen, sitzt er auch« *und läßt mich ihn zuerst von weitem wahrnehmen.*

»Sie sitzen auf dem Sofa, nicht wahr?«

Nein, das mache ich ihm nicht zum Vorwurf, und ich schäme mich auch nicht; jedes Ding braucht seinen bestimmten Platz, damit unsere Liebe und unser Haß sich setzen und eindringen können; sonst käme es mir vor, ja, ich würde fürchten, daß wir Gespenster wären; ich war beinahe eins; und ich danke Federico, daß er mir Maß und Ziel für Liebe und Haß gegeben hat, damit ich mich so fühle wie jetzt, aus Fleisch und Blut.

»Ach, ich langweile Sie vielleicht, möchten Sie einen Kaffee? Nein, ich weiß genau, wo alles steht. Sehen Sie, dort, wo Sie sitzen, ist das braune Sofa, und links ein Kamin, nur zur Zierde – und dann hier ein Stuhl und in der Mitte ... Aber ich langweile Sie noch mehr ...«

und meine Sinne sagen mir, daß Sie etwas erfahren wollen, nicht wahr? Und ich weiß, daß Sie es dürfen. Wieso ich das weiß? Ich bin auch von weit her gekommen, wo wir uns ohne Worte verstehen, mein Gesicht muß Ihnen das sagen, nicht wahr? Denn wir sind ohne Worte, nur mit Blicken aufgewachsen. Diese Blicke kann man nicht allzu lange ertragen, glauben Sie nicht? Wir selbst können das eigene Gesicht nicht lange ertragen – wie soll ich Ihnen das erklären? Es gibt Gesichter, vor denen wir erschrecken, die uns bis an die Grenzen der Leidenschaften, der guten und der bösen, führen würden, und das geht ja nicht, finden Sie nicht? Es gibt noch so viele Vorschriften, man muß sich sehr hüten, um nicht zu stolpern, um nicht mit Entsetzen oder Angst von den anderen angesehen zu werden, die uns vernichten würden, wenn sie unser wahres Gesicht kennten. Ja, den Blick vermute ich bei Ihnen, und Sie werden ihn an mir erkennen; darum weiß ich, daß ich zu Ihnen sprechen kann und daß Sie meiner Worte würdig sind. Vielleicht sind wir uns ein wenig ähnlich. Manche Leute ähneln einander; ich meine, jeder ist so, wie er sein muß, das heißt, nicht wie die anderen. Aber anfangs war ich wie die anderen, wie in einem stillen Teich ohne Wellen. Meine Mutter war eine einfache Frau, und ich ihre uneheliche Tochter, sehen Sie, so daß ich meine ganze Kindheit hindurch aus einer verschlossenen Kammer, in der sich das einzige Bett an die Wand voller Koffer und alter Kleider drückte, die wir manchmal geschenkt bekamen, in eine andere Kammer ziehen mußte, die ebenso vollgestopft war; das war nicht sehr hübsch, meinen Sie nicht? Denn ich durfte mich kaum bewegen oder einen Blick in die großen Räume werfen, ich mußte immer eine häßliche Bemerkung der Kinder des Hauses befürchten, wissen, daß mein Geburtstag ein Geheimnis war, daß meine Mutter nie wagen würde, ihn ihrer Herrschaft zu gestehen, denn das hätte bedeutet, daß sie ein Geschenk haben wollte, und am Ende erhielten wir nicht einmal zu den allgemeinen Festen, nicht einmal zu Weihnachten, etwas geschenkt. Aber das ist nicht so wichtig, und …

»… ich langweile Sie sicherlich.«

Nein, ich möchte Ihnen nur sagen, daß ich schon damals lernte, heimlich, still; während meiner langen Krankheit lernte ich zu warten, das heißt, Frau zu sein – uns ziemt es nicht, zu verlangen, zu bitten, lästig zu fallen; die das tun, sind keine Frauen, sind bloß Gestalten, weiße Mäuse mit einer Haut, die so weich ist, daß sie bei der geringsten Hitze räudig wird und kahl;

eine Frau muß warten können, ohne den Mund aufzumachen, ihren Augenblick abwarten, den ihres Schmerzes und den, in dem man sie ruft, sie darf diesen Schmerz oder diesen Ruf nicht zu früh fordern, das wissen Sie; und das habe ich gelernt, nicht mit Worten, sage ich, nicht deutlich, aber wohl an dem stummen Ort aller Gewißheit.

»Meine Mutter, eine einfache Frau, hatte einige Ersparnisse, Señor Cienfuegos. Es war schon Frieden – ich bin 1918 geboren –, als ich endlich, zu groß und zu spät, zur Schule gehen durfte. Ich lernte lesen und schreiben und machte dann einen Kursus als Stenotypistin. Auf einmal gab es mehr Chancen für Leute wie mich«, *aber zwischen meiner Mutter und mir öffnete sich eine Kluft, denn sie kleidete sich weiter in ihre Umschlagtücher und ihre Röcke voller Schlüsselbunde und ihre Schürzen, und ihr Gesicht war wie eine eingetrocknete Nuß, sie pflegte sich nicht, und ihre Schläfen waren wie dürre Zwiebelschalen, und ihr steifer, demütiger Haarknoten – und ich durfte nun Seidenstrümpfe anziehen und mir die Lippen schminken, und ich ging ins Kino und sah, wie sich die Filmschauspieler zurechtmachten und was sie anhatten, und ich verkehrte in der Schule mit anderen Leuten; aber das war später, anfangs kannte ich nur die wohlriechenden Küchen, Küchen mit Kamin und Kohlenbecken, Mörsern und Fliesen, wie es sie früher gab. Vor allem in dem Haus, in dem ich aufgewachsen bin, bei Señora de Ovando, wo ich Señorita Pimpinela heimlich beobachtete, wenn sie vor die Tür ging, und versuchte, ihre Bewegungen nachzuahmen und mich wie sie zu kleiden.*

»Erinnern Sie sich noch an die Pelze, die man damals trug, die Leinenröcke und die Hüte, kleine Topfhüte oder Hüte mit breiten Krempen?«

Die wollte ich auch haben – wer hätte sie nicht gewollt? Und darum entschloß ich mich, zur Schule zu gehen und als Kellnerin zu arbeiten, um meine Ausbildung zu bezahlen (meine Mutter begriff das nicht recht, sie meinte, unser Platz sei uns vorgeschrieben, und es sei schon allerhand gewesen, aus dem Dorf Hidalgo zu entwischen und nach Mexiko zu gehen, ohne eine Ahnung zu haben, was sie tun sollte – sie war schwanger und ich ihr kleines warmes Samenkorn –, und sich hier Arbeit zu suchen; sie meinte, es sei gut so, und ich solle an meinem Platz bleiben und nicht versuchen, mir Kleider wie die der Señorita Pimpinela zu nähen, und vor allem nicht in einem Café unter lauter Männern arbeiten, die unsereiner nicht achteten – Hortensia Cha-

cón, Indianergesicht, feine Züge, aber wulstige Lippen, schlank, aber dicke Beine, und da fand er mich.

»Mein Mann, wissen Sie ... einer von diesen nicht sehr großen, aber kräftigen Männern, robust, mit dickem Schnurrbart und lockigem Haar. Ich muß da noch ein Foto von ihm haben ...«

Er trug Jackett und Schlips; das war mein ein und alles damals, Jackett und Schlips, wenn er nach der Arbeit im Finanzministerium sein Glas Milchkaffee und Zwieback zu sich nahm. Wie soll ich Ihnen das beschreiben – wie er mich geliebt hat? Ja, das ist immer noch neu für mich, immer noch, denn es war so, als entdeckten wir eine Stadt – ja, diese Stadt –, den Ort, wo wir lebten, als eigneten wir ihn uns durch die Illusion der Liebe an, weil wir ihn gewählt hatten, als vergäßen wir alles, flögen über seine Dächer und gingen, um auszuruhen, ein paar Augenblicke in ein kleines Kino in den Park von Chapultepec, auf einen Jahrmarkt, wo es sprechende Vögelchen gab – darum heiratete ich ihn und bekam Kinder von ihm.

»Drei Kinder hatte ich von ihm. Die müssen schon groß sein.«

Und ich wartete darauf, daß er mich wieder ins Kino und auf den Jahrmarkt mitnehmen würde (wie wartet man, Señor? Nein, jetzt weiß ich es: Man wartet nur auf das, was nicht wiederkommen kann, man hofft und wartet auf die Wiederholung von zwei, drei ersten Augenblicken, die uns bestimmten, die verhinderten, daß wir uns entwickelten, auf die Bescheidung hin – wozu, wozu diese Erinnerung? Es sind nur zwei, drei Augenblicke, der Augenblick vor einem Kuß, nach einer Geburt oder, ja, einem Tod; darauf würde oder wollte ich mich konzentrieren, und die anderen, langen, aus denen sich eigentlich unser Leben zusammensetzt, vergehen lassen – die Bescheidung, nein, das begriff ich nicht). Aber nun war es ein anderes Leben, das einer verheirateten Frau, die nur wartet (das habe ich gelernt, wie ich Ihnen schon sagte), aber sie muß etwas erwarten können, ohne es zu fordern; das ist nicht dasselbe, wie wenn man weiß, daß der andere nicht unser Warten will – nicht mal zum Warten taugt man –, er erwartet nicht einmal, daß man wartet; so war Donaciano; niemals hat er mir zu verstehen gegeben, daß er mein Warten anerkannt habe; er hätte mir vielleicht nie etwas gegeben, aber doch begreifen (oder zumindest sehen, nur sehen) können, daß ich auf etwas wartete, was er mir niemals schenken würde; aber nein, es war dieses Schweigen, dieses fleischliche Schweigen (ja, sogar wenn sein Körper in meinem Schoß, der gierig und bleiern auf Samen von noch mehr eiskalten Kindern wartete, zu zittern glaubte), sogar wenn er glaubte, erregt zu sein, und es nicht schaffte, sondern nur eine mühselige und schweißige Pflichtübung ausführte – ja. Schweigen der Stimme, das kennt man; Ungeduld, wieder mit den Freunden zusammen zu sein, sich ein bißchen zu betrinken, ohne Freude und Mitleid, ohne im Alkohol sich selbst zu finden, bis zu einer, wie man so sagt, gewaltigen Männertrunkenheit (nicht so einer lahmen, unrühmlichen) – oder sein Verkehr mit anderen Frauen, der wohl auch eiskalt und ohne Widerwillen sein mochte, aber wortreicher (das erwartete er von jeder Frau, denn er war auf Worte mehr aus als auf Sexualität, wissen Sie, denn Worte kann man hin und her tragen, kann damit im Kreis der Bekannten auftrumpfen und sich aufspielen, aber mit der Sexualität kann man gar nichts machen – die verbraucht sich im Nu, und derselbe Akt ist nicht wiederholbar, der ist zu bitter, als daß man damit das eigene Ansehen heben könnte, zu brutal und zu kleinlich, um die Freunde zu beeindrucken: Er verfliegt und bleibt doch tief in einem drin, um die schlimmsten Wunden zu heilen, die man sich selbst geschlagen hat; dort wissen wir, was wir sind, und ich wollte das wissen, ich, sein Spielball, seine tiefe Höhle, die irgendeine Wahrheit aus der Vereinigung mit ihm erwartete) – oder sein Gebrüll beim Stierkampf in der tausendköpfigen Menge, weit entfernt von der aufgeputzten Puppe, die ihn bezwang und die Stiere, der Puppe, die seine Flüche nicht hörte – oder seine gelegentlichen Schlägereien, nur um sich abzureagieren, wozu eigentlich? Er und seine Freunde meinten, das sei ihr Leben, darin behaupteten sie sich, vielleicht war es das; jedenfalls kam Donaciano immer mit glänzenden Augen nach Hause und glaubte, ich würde das neue Ansehen erraten, das er bei jeder Beleidigung, jeder Ohrfeige, in jedem Bordell und in jeder Schenke erobert hätte (er hat gewiß geahnt, daß ich darauf keinen Wert legte, sondern nur etwas ganz Kleines, Warmes erwartete: einen Kuß, einen Besuch des Jahrmarkts, des Kinos, ich weiß nicht, etwas, was nichts zu tun gehabt hätte mit diesem Ansehen, das nur im Kreis der Freunde etwas bedeutete; und so vergewaltigte er mich, verlangte im Bett alles von mir, strengte mich und sich an in dem abwegigen Bemühen, mir sein ganzes wundervolles Männchentum zu bieten – in einer mechanischen, kalten Pflichtübung –, und dachte dabei an den nächsten Tag, da er an einen Schreibtisch und zu einer Kartei zu-

rückkehren mußte, wo er Befehle empfing, wo niemand von seinen Mannestaten etwas wissen würde; daran hat er wohl gedacht, wenn er mit mir schlief, denn er wurde ganz schlaff und sagte mir doch nichts davon, jammerte nicht und wollte die Wahrheit nicht eingestehen, sich nicht als armer Teufel fühlen – und damit hätte er sich doch erlöst, denn trotz seiner Enttäuschung hätte er doch etwas bekommen, ein bißchen Liebe und ein bißchen mehr Achtung von mir, aber das wird so ein Mann nie erfahren, nicht wahr?, und wird weiter diesen falschen Augenblicken der – falschen – Selbstbehauptung nachjagen, nicht wahr?), und darum hat er mir nie verziehen, daß ich nach dem Tode meiner Mutter zu ihm ins Büro ging und ihn um Geld für das Begräbnis bitten wollte – in sein muffiges, verstecktes Büro, wo er nur merkte, daß nicht eins seiner Argumente mehr zog, wo er ein kleiner Angestellter war, der weder mit der Kartei Ehebruch treiben noch sich mit dem Wasserdestillator betrinken noch dem Chef einfach so eine runterhauen konnte: Das sah ich in seinen Augen, in den fahrigen Bewegungen, mit denen er nach einer Akte oder irgendeiner Kleinigkeit griff, um sich in Wichtigkeit zu hüllen. Ja, ich hatte Mitleid mit ihm, verachtete ihn aber auch: Ich konnte, soviel Mühe ich mir auch gab, seine impotente, befehlshaberische Stimme nicht länger ertragen. »Hier ist kein Bestattungsunternehmen – mach, daß du rauskommst, Alte.« Das war seine kümmerliche Wichtigtuerei, wissen Sie.

»Ich habe meinem Mann alles nachgesehen, Señor Cienfuegos, aber einmal kommt ein Augenblick ...«

»Haben Sie ihm nie ...«

»Nein, ich habe ihm nie ›Lügner, Schwindler!‹ ins Gesicht gesagt. Gott bewahre, daß ich ihm das je sage. Heute hasse ich ihn, und ich würde ihm etwas von mir geben, das meiste, was ich ihm geben könnte, wenn ich ihm die Wahrheit sagte, ihn ›Lügner‹ nennte. Ich sage es jetzt, und es klingt wie eine Gotteslästerung in einer leeren Kirche. Beschämen Sie mich nicht, Señor!«

»Leugnet hier jemand, was jemand anders endlich einmal zu behaupten wagt? Nein, Höflichkeit ist ein Teil unseres Hasses.«

»Ja.«

Wir zwingen sie, ihre Lüge zu glauben, für immer, bis zu ihrem Tod. So ist es gewesen ...

»Das Leben wurde immer teurer, und er gab mir nichts. Wir waren nun zu fünft in der Familie, Sie erinnern sich, meine

Älteste, Guadalupe, die schon fast erwachsen sein muß, vielleicht malt sie sich schon die Lippen an; Chanito, der mir alles erzählte, was er sich ausdachte, der mir alles schenkte, sobald er Verstand hatte, der alles begriff, der meine Stütze war in der letzten Zeit mit meinem Mann; und der kleine Severo, der dann starb. Wir waren nun fünf Esser, und darum sagte ich zu Donaciano, meinem Mann, ich wolle auch arbeiten, um ihm zu helfen, schließlich sei ich gelernte Stenotypistin.«

Wieder stellte er sich an, suchte außerhalb seiner selbst etwas Männliches, was er mir antworten konnte. Sei still, du gehst mir nicht aus dem Haus, hast wohl keinen Mann und keine Kinder, für die du zu sorgen hast, als müßte ich nicht wie ein Sklave arbeiten, untersteh dich, zu bezweifeln, daß ich dieses Haus mit Brot versorgen kann; glaub nur nicht, daß ich nicht weiß, worum es geht, daß du mich bloß wie einen Schoßhund anbinden willst – das Geld ist dir gleich, du willst mich nur immer hier im Haus haben, du hältst es ja nicht aus mit einem Mann neben dir, langweilige Nörglerin, du wirst mit mir nicht fertig, aber ich werde mit dir fertig und mit drei Weibern noch dazu. All das sagte er.

»Ich suchte mir Arbeit, und ich fand welche. Und sobald ich sie hatte, ging ich weg mit meinen drei Kindern, und das ertrug er nicht« – *nicht weil er uns liebte oder brauchte, sondern weil er nun kein Echo für seine Handlungen mehr hatte, weil es für ihn wichtiger war, daß wir und nicht seine Freunde von seinen Saufgelagen und von seinen Besuchen im Bordell wußten; so kommt es mir vor, und so erkläre ich mir das, was er tat; auch das tat er, damit es Aufsehen erregte, damit irgend jemand ihn bewunderte. Das war das Leben meines armen Donaciano, und als ich ihn zum letztenmal sah, glaube ich, da merkte er zum erstenmal, daß ich, die schweigende, wartende Frau stärker war als er und mehr aushalten konnte. Ich hatte ja die Vergewaltigung, die Geburten, die Demütigungen ausgehalten, den Schimpf, ich hatte mir seine schmutzigen Prahlereien anhören müssen, ich war mehr Manns als er, denn ich mußte das Meine und das Seine tragen, er konnte sein halbes Parialeben nicht ertragen, er mußte es erzählen, um es loszuwerden, damit ich es aufbewahrte, denn nicht einmal in seinen schmutzigen und plumpen Beilagern mit mir konnte er das eigene Leben wiedergewinnen, das ich aufgesaugt und in mir neu belebt hatte, und nicht mit neuen Saufgelagen, neuen Hurereien, neuen Schlägen, die alle für mich waren, nie für ihn; damals ging es ihm plötzlich auf, ich sah es seiner Miene an, bevor ich aufschrie und die Hände vor die Augen hob.*

»Dann kam ein Augenblick, sehen Sie, wo ich es nicht mehr aushielt, und da wollte er sich rächen.«

Hortensia rückte sich langsam die dunkle Brille zurecht und lächelte sogar ein bißchen. Ixca Cienfuegos wartete auf ihre Worte, atmete den Liliengeruch in dem kleinen Zimmer ein und betrachtete die Reihe von Mosaikbildchen mit mexikanischen Motiven.

»Im Krankenhaus dachte ich nur, warum das wohl nötig gewesen war. Meine Kolleginnen im Büro bezahlten den Arzt und die Pflege und nahmen sich der Kinder an. Und dann besuchte mich der Chef, den ich nicht kannte. Ich erinnere mich noch genau an seine sehr sanfte Stimme, mit der er mir alles Gute wünschte und mir versicherte, daß es mir an nichts fehlen werde. Er kam wieder, ja; ich wußte nicht, weshalb; all das bedrückte mich. Er kam wieder und fragte mich, was geschehen sei«, *und ich erzählte ihm, was ich Ihnen zu berichten versucht habe. Bald wartete ich auf seine Stimme, seine einzige Anwesenheit – wie soll ich es Ihnen erklären? Er war wie ein gutes bitteres Brot, das mich zwang, mir Rechenschaft über das Geschehene zu geben, um es nicht zu vergessen – vielleicht (damals bezweifelte ich es, heute weiß ich es) um diese festen Punkte für meine Liebe und meinen Haß zu finden. Früher, mit Donaciano, lebte ich allein; mit Federico nicht mehr. Vielleicht ist es einfacher, die Einsamkeit zu ertragen, Señor. Nicht allein zu sein heißt vor Kummer sterben; das hat Federico mich gelehrt, ohne daß er es weiß, denn er lebt ganz allein. Er hat mir auch von seinen Angelegenheiten erzählt, von seiner Kindheit, seiner Frau, und aus alldem erfuhr ich, daß mein Leben (wie ich Señorita Pimpinela nachzueifern suchte, wie ich mich nach ein paar Augenblicken Liebe sehnte, und die Erinnerungen an meine nach Küche riechende Kindheit, und dann die Kinder und all das, Señor, alles, was ich Ihnen zu schildern versucht habe) viel einfacher und augenscheinlicher war. Daß ich einfach warten (wie ich Ihnen zu erklären versucht habe) und einem Mann gehören wollte, der mich warten ließe; daß ich nicht alles sein wollte, nicht für ihn noch für sonst jemanden, sondern einfach nur wartenswürdig für einen Mann, der meine Schlachten für mich schlagen sollte, der mich nicht nur als schmalen Rückweg aus seinen Niederlagen benutzen sollte, sehen Sie, der mir nicht von seinen schwachen und starken Minuten erzählen müßte, weil ich sie ohnedies erführe; der nicht sein Männerleben bei mir abladen würde, sondern stark und aufrecht zu mir käme und meinen Augenblick der angestauten Erwartung, der blinden Erwartung suchte. Blind. So wollten mich beide. Donaciano, der mich blendete, und Federico, der zu mir kam, als ich blind war. Der verursacht hat, daß ich mich nach seinem Bild und seiner Gestalt sehne, die ich nie mit meinen Augen erblickt habe, der mir seine Liebe geschenkt hat, indem er mich beschreibt und das Licht beschreibt, das durch die Läden dringt, während wir beieinander liegen, und über meine Stirn und meinen Mund spielt, und ich kann nur alles riechen, alles berühren und immer warten, warten, daß er mit einer klaren durchdringenden Kraft mir seine männliche Liebe gibt, aufrecht und ohne Entschuldigungen, aber voller Achtung für mich, so wie ich bin, denn er hat mich weder emporgehoben noch niedergedrückt, er hat mich geliebt, so wie ich bin, mit meinen Erinnerungen, mit meinem Warten und allem, was ich bin. Er gibt mir seine Liebe und seinen Haß. Er hat mich meinen Kindern weggenommen. Er bezahlt für sie in einem Internat, aber das ist nicht dasselbe. Vielleicht hasse ich ihn deswegen, und ich habe es ihm auch gesagt. Aber er will das, meine Liebe und meinen Haß (das eine allein wäre nur mein halbes Leben) für ihn und für alle; er hat mich gelehrt, Donaciano zu hassen, mich darüber zu freuen, daß er im Gefängnis sitzt, an all den Schmutz zu denken, mit dem mich mein Mann beworfen hat. Aber seine Härte ist sanft, wissen Sie. Es ist eine Härte, die ich verdiene und liebe, um mein Leben zu lieben und zu verdienen, mehr nicht, denn ich weiß, die wahre, die große Härte hat er draußen gelassen in seiner Männerwelt, so wie er da mit den Menschen umgeht (mit seiner Frau, ja, die nicht mal ein Schatten für mich ist, nur ein Gespenst, ohne meine Liebe und ohne meinen Haß, ohne Federicos Haß oder Liebe, die einer anderen Welt angehört). Denn die Welt, die am Ende Federico Robles' Welt sein wird, ist hier, das können Sie mir glauben. Noch nicht, denn Federico ist noch nicht das, was er wirklich ist, sondern das, wozu das Leben ihn gemacht hat. Wie ich. Aber dahinter, Señor, dahinter ist das wahre Gesicht, das erste und einzige. Wenn Federico erkennt, daß ich existiere, daß jemand außer ihm existiert, außerhalb dessen, was er gewesen ist, dann wird er der sein, der er sein muß. Das war die Welt, die ich wollte. Ich verdiente nur sie, und ich bin glücklich, daß ich sie ihm bieten kann, denn alles sagt mir, daß jetzt ich es bin, die ihm etwas bietet, und nicht er mir.*

Was biete ich ihm, was glauben Sie? Ich habe mich nie getraut, ihn das zu fragen, wenn er kommt, denn daß ich nicht frage oder in sein anderes Leben eindringe, gehört noch zu dem, was er sucht. Aber ich weiß (manchmal blühen meine verdorrten Augen wieder und sehen einen grundlosen Spiegel, in dem mehr als Bilder undeutliche Vögel aufsteigen, die hinter meinen Lidern kreisen. Wie angeheftet in meinem Leib – und sie bringen mir Stunden in der Stadt zurück, in dieser Stadt Mexiko, in der ich aufgewachsen bin, die mir mein Leben und ihre Straßen geschenkt, die mich gesehen hat, wenn ich sie durcheilte, meine Kinder in ihr gebar, mit ihren Omnibussen fuhr, wenn ich ihre Nacht befrage, ohne daß sie mir das Bild wiedergibt, um das ich sie bitte, sondern zu mir in lauen und verfaulten Gerüchen spricht. So empfinde ich das, Señor), und ich wende mich an die Luft, die ich atme, und an meinen Geruchssinn und meinen Tastsinn, und sie frage ich – die körperliche Anwesenheit Federicos nicht, wenn sie auch für mich all das bedeutet –, ist es die Dunkelheit, die ich ihm biete? Ist die Dunkelheit der Ort, an dem Federico Robles sein Licht finden kann? Ist es das, Señor Cienfuegos? Sagen Sie es mir.

Hortensia räusperte sich und rollte ihren Stuhl vor. Sie entschloß sich, die verlegene Stille zu brechen, und sagte bitter: »Sicherlich hat er mit Ihnen nie über mich gesprochen. Woher haben Sie von mir erfahren? Was wollen Sie von mir? Was tun Sie hier?«

Um auf den Kaktus zu klettern

Neues Morgenrot, neue Stadt. Stadt ohne Bindung an Vergangenheit oder Zukunft, auf einem Asphaltstrom treibend, dem Strudel entgegen, in den ihr eigenes Bild zerfallend stürzt: Auf der Höhe des Morgenrots wanderte Ixca Cienfuegos durch die zusammenhanglosen Glieder des Skeletts von Mexiko-Stadt, von der roten Festung der Calle de Vizcaínas bis zu dem aus Beton und Plunder bestehenden Eisberg von San Juan de Letrán, dem Tunnel, durch den mit dem rücksichtslosen Krach des Nichtssagenden alle Fäden und Schalen der vergangenen Nacht wirbelten: Leiber und Papiere, Lärm, der aus Bars drang, Füße, die sich über das Pflaster schleppten, zerknitterte Hände, die hängende Brüste tätschelten, von Meave bis Barba Azul und

Bandida, drei-, viermal jede Nacht die zerquetschte und saftlose Frucht aufgeknöpft für siebzig, hundertfünfzig Pesos – bis hin zu dem Museum von eisernen Rolläden, das die Calle de Madero um diese Zeit ist, einem Museum, das unterbrochen wird von dem ergreifenden, nelkenduftenden Warten von San Francisco, von der hochmütigen Vergessenheit des Palacio de Iturbide.

Cienfuegos ging wie üblich dahin, die Hände tief in den Taschen des schwarzen Regenmantels vergraben und die Augen ins Weite gerichtet, nur abgelenkt, wenn ein unübersehbares Gebäude oder bestimmte Personen – Straßenfeger, Polizisten, Gassenjungen, vor Alter schwarze Greisinnen – seinen schweifenden Blick kreuzten: Sanborn's Club, High Life, Maria Pavignani, Pastelandia, American Book, Cine Rex, Mazal, Kodak, RCA Victor, Calpini, Kimberley, Hotel Ritz.

Dies war die Stunde der Stadt. Unter dem stahlgrauen Licht trat nur das Wichtigste, der Umriß, die Skizze hervor, ohne die Beklemmung oder die Lüge anderer Stunden, bei Sonnenschein oder Mondlicht. Die Stunde des Augenblicks vor der Auferstehung. Ixca glaubte, jeden Tag bei seinem Morgenspaziergang von neuem Zeuge dieser Auferstehung zu sein; von seinen gespannten Fingern spürte er den elektrischen Funken ausgehen, der das Gefüge in Gang setzen würde, und heute wünschte er sich nur das endgültige Bild. Er war im Innersten überzeugt, die Wahrheit über Rodrigo, Norma und Robles zu wissen. Norma und Rodrigo waren schon auf dem Weg zu ihrer letzten Maske; rätselhaft, unergründlich war noch Robles, der als Herr über die neue Welt Mexikos, vor der Norma und Rodrigo knieten, mehr als jeder andere ihr Sklave und ihr Verräter war, ihr Großer-Braver-Schuft, der einzige, der zu Beginn und am Rande der heute alles umspannenden Welt größere Welten gekannt oder geahnt hatte. Was war dieser Beginn, Robles' eigentlicher Beginn? Während Ixca an der Ecke Calle de Madero und Calle de la Palma stehenblieb, um sich eine Zigarette anzuzünden, ahnte er, daß dieser Anfang dermaßen geringfügig war, daß er, Ixca, ihn nie begreifen würde. Daß das unscheinbare Leben, das Hortensia Chacón ihm zu bieten hatte, nur ein Ersatz, höchstens ein Widerschein jenes ursprünglichen Ereignisses war, daß sein Schalten mit der Macht, wie Librado Ibarra es beschrieben hatte (und neulich auch Robles selbst), nur eine Flucht vor und zugleich eine Darstellung von diesem verschütteten Beginn war. Und – das erkannte Ixca Cienfuegos in diesem Augenblick – in dem Rahmen, der den Anfang bestimmt hatte, würde die Schlacht geschlagen, würde entweder der neue Robles oder Cienfuegos und Teódula siegen, dort im Herzen der Dornen. Er merkte, wie der Tag wuchs, und er dachte an viele Augen, die neben den seinen wachten, denkende Augen, die selbstgewählte Schicksale beschleunigen würden.

In der Calle de Berlín im Stadtteil Juárez, in ihrer Wohnung aus Lack und Samt mit den Intarsienvitrinen und dem letzten Duft getrockneten Immergrüns erwachte Pimpinela de Ovando vom ersten Licht des Morgens, das ihr in die Augen fiel.

Norma Robles war aus Acapulco zurück, verbrannt wie ein Sonnenwirbel, nichts von den früheren Bitten um Ratschläge, die Pimpinela so geschmeichelt hatten, energische Entschlossenheit in jeder Faser, ein bißchen abgemagert, aber straff und neu wie aus dem Jungbrunnen. Sie kam nur, um Pimpinela mitzuteilen, daß Benjamín aus der Bank entlassen worden sei, und hoffentlich werde sie und ihre ganze Sippschaft von Habenichtsen verhungern, so äußerte sie sich, hob hochmütig die Brauen und fügte hinzu: »Außerdem weiß ich von der Angelegenheit mit deinen Gütern. Wenn du glaubst, daß du mit deiner Speichelleckerei bei Roberto Régules und damit, daß du Silvia deckst, etwas erreichst, dann irrst du dich, du Luder. Nicht umsonst hat Federico die Revolution gemacht, und er wird sie weiter verteidigen – damit du Bescheid weißt. Vergiß lieber die ganze Sache, ehe Federico dich in den Zeitungen zur Schnecke macht.«

Pimpinela hatte gar keine Gelegenheit, sich wie sonst sarkastisch und lässig zu äußern, denn Norma, die sich dürr und braungebrannt in einem losen Kittel auf dem Diwan lümmelte, entzog ihrem früheren Verhältnis jeden Boden, zerstörte es ebenso, wie sie es vorher aufgebaut hatte. Pimpinela begriff nicht, was plötzlich in Norma gefahren war. Ihre Beziehungen hatten sich immer auf einem klar umrissenen Feld abgespielt, auf dem ihrer gemeinsamen Interessen, und plötzlich war kein Einverständnis mehr da, wie Normas folgende Worte zeigten.

»Hör mal, Baby, ich stamme gar nicht aus einer angesehenen Familie, mein Vater war ein kleiner Kaufmann im Norden, und meine Mutter war eine ganz gewöhnliche Frau – du hast sie vor langer Zeit mal gesehen – erinnerst du dich? –, auf dem Bahnhof, als du glaubtest, sie sei mein Dienstmädchen. Mein Bruder hat sein Lebtag Steine geklopft, und jetzt ist er Tagelöhner. Was sagst du nun? Aber trotz all deiner Titel und spanischen Adelsvorfahren bin ich mehr als du, denn ich bin oben, und du bist unten, siehst du, und deine aufgeblasene alte Tante ist bloß ein Dienstmädchen, wenn sie auch noch soviel blaues Blut in den Adern hat, sie ist genauso ein Dienstmädchen wie du und mein Zimmermädchen Rosa.«

Und diese unumwundene Wahrheit war für Pimpinela weniger wirklich als die Faselei von Normas gestohlenen Gütern, von ihrer alten, ins Unglück geratenen Familie; Pimpinela fühlte, daß sie nie wieder zu Tante Lorenza würde sagen können: Norma ist ein Dummchen, und ihr Mann ist ein Wilder aus dem Urwald. Nie wieder, denn jetzt stand die Wahrheit da, mit allen Folgen an täglichem Brot und Pfennigfuchserei für Pimpinela und die Ihren, und Norma redete weiter, in einer für Pimpinela unbegreiflichen Wut.

»Du hast wahrscheinlich nicht gewußt, daß die Eltern meines Mannes Knechte auf dem Gut deines Onkels waren? So, und nun seid ihr, du und deine Sippschaft, Federicos Knechte! Jawohl, damit du's weißt. Aber richtige Knechte, nicht bloß so, Baby, denn dein Neffe, dieser Kretin, fliegt heute aus seiner Stellung, und du kannst auf deine Güter warten, bis den Eseln Flügel wachsen, verlaß dich drauf.«

Pimpinela saß kerzengerade und merkte, daß alle Regeln der Vornehmheit, die seit je kennzeichnend für die Ovandos gewesen waren, alles, was je ausgesprochen und nicht ausgesprochen wurde, sich verflüchtigten, nichts mehr wert waren, nicht länger angewandt wurden, für immer vorüber, und mit leeren Händen, hilflos, verlor sie den Rest ihrer Haltung und sagte: »Aber wir brauchen das doch, Norma, Tante Lorenza ist sehr alt, weißt du, und Joaquinito hat nie gearbeitet. Wovon sollen sie denn leben? Tausend Pesos bedeuten viel für sie. Sie hatten doch früher alles, es ist so, als ob du von morgen an ...«

Normas Lachen, das Lachen eines bewußt genossenen Triumphes, tönt noch in Pimpinelas Ohren, als sie wach, ganz wach, in der Calle de Berlín im Stadtteil Juárez sitzt.

»Und was treibst du jetzt, Liebling?«

Norma hatte ihn um diese Zeit ins »Nicte-Ha« bestellt. Durch ein Dienstmädchen. Und Anfangs war Rodrigo entschlossen gewesen, nicht hinzugehen, sie sitzenzulassen, und hatte sich eine Stunde vorher darangemacht, sein zweites Drehbuch zu schreiben – ›Gebrochene Leidenschaft‹ war in der letzten Produktionswoche –, und er kostete Normas Warten aus, aber Punkt sieben Uhr trieb ihn die Hoffnung in die Bar, wo er im Halbdunkel Normas unverwechselbares Strahlen, ihre Forderung nach Unterwerfung, die unveränderte Herablassung entdeckte. »Und was treibst du jetzt, Liebling?« Und er, statt sich zu behaupten (oder, bei seiner besonderen Veranlagung, vielleicht um sich zu behaupten), hatte dasselbe gesagt wie das letztemal mit Norma: »Tja ... ich schreibe ein bißchen.« Und wieder hatte sie in die behandschuhten Hände geklatscht und hinter einem Rauchschleier geflüstert: »Was trinkst du, Liebling?« – »Einen Martini.« – »Oje, früher hieß es nur Orangensaft!« Und Rodrigo hatte ungewollt Norma gegenüber die erste verärgerte Miene gemacht, während er blinzelnd das Publikum in der Dämmerung der Bar überblickte. »Wie, gefällt dir das nicht?«

»Aber ja, du hast mir doch immer gefallen, Normita.«

»Kann nicht begreifen, wie dir deine ewige Armut gefallen kann. Wirst du dich nie aufraffen, hast du keinen Ehrgeiz?«

»Was hast du zu bieten?« Zum erstenmal hatte Rodrigo das Gefühl, daß seine hochtrabende Dialektik, die er so oft allein gehätschelt und geprobt und durchexerziert hatte, ohne andere Zeugen als Teekessel und Eisenbett, ihm nützlich sein könnte: sich als armer Teufel geben und sie dann plötzlich mit der Entdeckung überrumpeln, was für ein fabelhafter Kerl er war. »Verzeih, Norma. Ich habe kein Recht, so mit dir zu reden. Man gerät ab und zu, verstehst du, in eine Grenzsituation, wo die Selbstachtung aufhört, wo man einfach nur essen muß ...«

»Aber Liebling! Dazu habe ich dich herbestellt. Es gibt Augenblicke, da muß man einfach großzügig sein, findest du nicht? Und man vergißt das Vergangene. Plötzlich erinnert man sich, daß es alte Freunde gibt wie dich, die das Leben schlecht behandelt hat und die unser Mitleid und unsere Hilfe verdienen. Ich könnte mit Federico sprechen, wenn dir daran liegt, natürlich, und ihm vorschlagen, dir einen anständigen Job zu verschaffen. Klar, du bist nicht ehrgeizig, Rodrigo, du würdest mit was Unauffälligem, aber Sicherem zufrieden sein. Damit du wüßtest, daß alle vierzehn Tage ...« Normas Augen verbargen sich hinter einer Rauchwolke. Sie stützte einen Arm auf den Tisch, und ihr Lächeln war wie die eisige Maske einer barmherzigen Samariterin mit Hintergedanken.

»Ja, Norma, genau«, erwiderte Rodrigo und tat, als ahmte er sie nach. »Damit wäre ich schon zufrieden. Und vielleicht würdest du mich ab und zu mal nachmittags zu einem Glas einladen, natürlich müßtest du bezahlen.«

Norma lachte. »Na du, ich weiß nicht. Meine Freunde sind nämlich, wie soll ich sagen, ziemlich anspruchsvoll, von anderem Stil ...«

»Natürlich, ich verstehe. Aber wir könnten uns allein treffen, meinst du nicht? Mit dem Gehalt, das mir dein Mann zahlt, könnte ich eine bessere Wohnung mieten, und da könntest du mich besuchen; wir könnten uns allein sehen, wie früher. Ich würde mich deinem Geschmack anpassen – du mußt doch zugeben, daß ich ein gewisses schauspielerisches Talent habe –, ich würde einen Tisch für zwei decken, mit Kerzen und Sekt und leiser Musik von Cole Porter. Wie in der Reklame im ›Life‹, nicht wahr? Und nach dem Abendessen würde ich dich langsam ausziehen, und die Kerzen würden nach und nach verlöschen, und dann würde ich dir den Hintern küssen – du Hure!«

Der Kellner kam an den Tisch. Ohne eine Miene zu verziehen oder die Stimme zu heben, bestellte Norma den Martini für Rodrigo. Langsam ordnete sie ihr Haar und trank aus dem Glas mit gezuckertem Rand.

»Wie ich dir schon sagte, anspruchsvoll, anderer Stil. Die man nicht bemitleidet, du.«

Rodrigo senkte den Kopf. Ein Klavierspieler ließ seine Finger über die Tasten hüpfen und unterhielt sich dabei mit den Gästen am Nebentisch. Ein paar Jünglinge mit hohen Tollen und kalten Augen kamen wiegend herein, Hände in den Hosentaschen, Zigarette im Mundwinkel, und setzten sich an die Theke, während mehrere ältere Nordamerikanerinnen schweigend tranken und unverwandt zu den Jungen hinsahen.

»Früher«, murmelte Rodrigo, »weißt du noch? Da brauchten wir keine starken Worte, um einander zu verletzen.«

Norma hob verächtlich die Nase. »Verletzen? Glaubst du, du hättest mich irgendwann auch nur angerührt? Nee, du nimmst eine Begegnung von verliebten Teenagern zu wichtig!«

Aber Rodrigo hatte schon zu reden angefangen und hörte Normas Einwurf nicht. »Wie war das noch, erinnerst du dich?«

»Ach, du verlangst auch, daß man sich an alles erinnert ...«

Rodrigo rieb sich ein Lid: »Ja, dein Onkel war ein gewichtiger blonder Baske, Leiter der Wäscheabteilung, in der meine Mutter arbeitete. Eines Tages ließ er sie rufen und fragte sie, ob ich zu einer kleinen Gesellschaft dir zu Ehren kommen dürfte.

Ja, ich weiß noch genau, daß ich mich anfangs geweigert habe; ich war noch nie auf so einer Gesellschaft gewesen, und ich konnte nicht tanzen. Aber meine Mutter flehte mich an, bat mich, es ihretwegen zu tun, an ihre Stellung zu denken.«

»Dummköpfe, ihr beiden! Und der Onkel! Hättest wohl gerne gesehen, daß ich für immer dort geblieben, eine echte Spießerin geworden wäre.«

»Es dauerte lange, bis ich mich angezogen hatte. Wieder und wieder bürstete ich mir das Haar, sah in den Spiegel: grünliches Gesicht, schmächtig, spitz. Euer Haus, weißt du noch?, war im Stadtteil Juárez, in der Nähe des Paseo de la Reforma, wie hieß die Straße noch?«

»Ach!«

»Ich brauchte lange zu euch, zu Fuß von der Calle del Chopo, ich blieb an den Ecken stehen und war unschlüssig bis zum letzten Augenblick.«

»Wirst dich auch nicht ändern, Schatz.«

»Ich war neunzehn Jahre alt, Norma. Du kannst nicht leugnen, daß du ...«

»Ach, Quatsch!«

»Das kleine Haus war erleuchtet, ein Modeschlager tönte heraus.«

Rodrigo lächelte und trällerte: »›Heaven, I'm in heaven ...‹ Na ja, ich versuchte, hochmütig auszusehen.« Er lächelte wieder, als wäre Normas hochmütiges Gesicht gar nicht vorhanden. »Ich bemühte mich, eine weltmännische Haltung anzunehmen, bevor ich eintrat. Die Jungen grinsten in einer Ecke und warfen den Mädchen in rosa und hellblauen Kleidern verstohlene Blicke zu, sie saßen auf den hohen Lederstühlen, weißt du noch?, und knüllten ihre Spitzentaschentücher zwischen den Fingern ...«

»Das tun sie noch immer.« Norma lachte.

»Das Grammophon spielte, und keiner wagte zu tanzen, und dann sagte dein Onkel, du würdest gleich herunterkommen, denn es sei dein Geburtstag. Ich trank Punsch und machte weiter eine hochmütige Miene. Und dann erschienst du.«

»Die kleine Lulú ...« Nervös trank Norma ihr Glas aus ...

»... mit grünen Augen und blondem Haar, in einem ausgeschnittenen, beigefarbenen Kleid.«

... und stellte es mit einem Knall auf den Tisch. »Nun sei schon still, du! Glaubst du, ich bin noch dieselbe? Sieh mir ins Gesicht und sag mir das. Ist vielleicht noch etwas davon ...?«

»Du begrüßtest jeden Gast mit einem taufrischen Lächeln. Wir wurden einander vorgestellt, aber du sagtest nichts, lächeltest nur und trankst einen Punsch. Dann sagtest du, wir müßten uns schon lange kennen, denn man hätte dir viel von mir und meinen Gedichten erzählt.«

»Seelenbrüderchen! Was für ein Quatsch!«

»Und ich wußte nicht, was ich antworten sollte. Die ganze Welt außerhalb meiner Studien und meiner Schriftstellerfreunde war neu für mich, und der Satz, den du eben ausgesprochen hattest, war ... war so, als wollte mir jemand zuhören ...«

»Erinnere mich bloß nicht daran! Was ich mit dir aushalten mußte! Ehrlich, du warst wahnsinnig langweilig.«

»... und Dinge sagen, die mich erfreuen könnten. Einfach so. Ich sagte, meine Gedichte seien nicht viel wert, und du antwortetest, ich sei noch so jung und schon so berühmt, ich solle all die kleinen Jungen da in der Ecke mal ansehen ...«

»... die hätten keinen Ehrgeiz – oder so ähnlich.«

»Ja. Und dann fragtest du, ob ich tanzen wolle, und ich antwortete, ich könne nicht tanzen, doch du legtest meine Arme dorthin, wohin sie gehörten, und deine Hand in meinen Nakken, drücktest mich an dich und führtest mich. Ich roch nur dein Haar. Ich wollte dir sagen, daß ich mit dir sprechen könnte, alles besprechen, und wenn wir nicht reden wollten, dann wäre es auch gut, nur so beieinander zu sein, um sich alles zu sagen.«

»Du solltest ›Wege der Liebe‹ schreiben, Baby.«

»Und dann nahmst du mich mit in den Garten, den winzigen Garten voller Palmen, und hobst die Arme und sagtest, das Wichtige sei ein Mensch, es sei schön, eine Gesellschaft zu geben, um jemanden kennenzulernen und dann die anderen zu vergessen, weißt du noch? Ich erklärte dir, daß ich das auch meinte, daß ...«

»Nun erzähl mir mal 'ne Seeräubergeschichte.«

»Nein, ich faßte dich um die Taille, und du lehntest deinen Kopf an meine Schulter.«

»Daß ich nicht lache, Baby.«

»Ich sagte zu dir, man wisse plötzlich, daß nicht eine Idee oder ein Werk wichtig sei, sondern ein Mensch, und du lagst mit deinem Kinn auf meinem Schlips und batest mich, dich bald wieder zu besuchen, und ich solle nichts versprechen, was ich nicht halten würde. Du sagtest: ›Laß mich deine Augen sehen‹ und wiederholtest meinen Namen. Ich nahm nur deine Hände, preßte sie, drückte deinen Kopf an meine Wange und hob dein Gesicht und fühlte meine Worte in deinen Mund fließen, und ich bat dich, der erste sein zu dürfen. Du sagtest immer nur: ›Ich hab dich lieb, ich hab dich lieb‹, und ich durfte nichts sagen, während du die Lippen öffnetest und ...«

Alle Geräusche der Bar, die Rodrigo absichtlich überhört hatte, brandeten in einem Wasserfall von unterdrückten Worten und Klavierhämmern und kreischendem Gelächter zurück. »Halt den Mund!« schrie Norma. »Du kannst das nicht mal richtig wiedergeben, bauschst einen kümmerlichen Flirt von Halbwüchsigen zu ich weiß nicht was auf.«

»Ich erzähle es so, wie ich es fühle, weiter nichts.«

Norma wickelte ihre Stola um die braungebrannten Schultern. »Gar nichts hast du gefühlt, du hast dein Gefühl erfunden, wie du alles erfunden hast: daß du ein großer Schriftsteller seist, der die Welt erlösen würde, was weiß ich ...«

Rodrigo hätte einen Spiegel haben mögen. »Und du?«

»Ich war schlauer, du Dummkopf«, erwiderte Norma und schob ihr Gesicht mit derselben grundlosen Wut wie bei Pimpinela dicht an Rodrigos Gesicht heran. »Ich wußte, daß du nur zum Tätscheln gut warst, zum Zeitvertreib. Jetzt weiß ich es noch besser: Du möchtest dich nur als lieber Kleiner fühlen, der nicht imstande ist, einer Fliege ein Leid zu tun.«

»Aber deine Hände, deine Lippen ...?«

»Ach ja?« Norma verzog den Mund. »Willst du es genau wissen? Nun ja, ich hätte dich lieben können, wenn du mich gelassen hättest, stell dir vor. Man kann jeden Menschen lieben; das ist eine Frage des Wollens. Wenn ich dich hätte unterkriegen können, oder du mich. Aber das wolltest du ja nicht, oder? Du wolltest dir selbst schmeicheln, dir allein, mit mir ein paar Mätzchen machen und dich dann verziehen und froh und gut fühlen. Aber allein. Du wolltest nur den Kitzel. Wenn du den Mut gehabt hättest, mich zu vergewaltigen, ich hätte's dir gedankt.«

Rodrigo spielte mit den Streichhölzern, fühlte sich weich in der Wirbelsäule, kraftlos. »Lüg doch nicht, es war meine Armut.«

»Ach, deine Armut oder sonst was! Das war später, weil ich nichts anderes bekam. Du wolltest nicht mir gehören, du wolltest ein Retter der Menschheit sein, ohne wirkliches Leben, und mich wolltest du zum geschlechtslosen Zeugen deiner moralischen Größe machen, deiner großen Güte, deines Talents. Nie hast du zu mir gesagt: ›Dich werde ich unterkriegen, oder du kriegst mich unter.‹ Das ist der Unterschied zwischen einem Waschlappen wie dir und einem Mann wie Federico, der mich untergekriegt hat, der mir sogar in seiner Gleichgültigkeit zeigt, daß er Geld verdienen kann und die Macht hat, mir überlegen zu sein. Aber du? Wann wohl?«

Der Autor der ›Blütenlese‹ war sich seiner jämmerlichen Figur bewußt, seiner falschen Gesten, all dessen, was ein paar Wochen Erfolg noch nicht hatten verwischen können. »Das ist nicht wahr, Norma, ich schwöre dir, das ist nicht wahr. Es war wirklich. Es gibt nichts Wirklicheres als die Liebe, weil sie die wirkliche Anwesenheit des geliebten Wesens verlangt. Und die habe ich verlangt. Nur der Haß kann aus der Unwirklichkeit entstehen, niemals die Liebe, Norma.«

»Das ist es. Du sagst es. Gewissermaßen die wirkliche Anwesenheit. Ach, wann hast du denn die meine gehabt? Du hast immer bloß dagesessen und Hirngespinste erfunden.«

»Das ist nicht wahr!« Rodrigo hätte diesen weinerlichen Ton unterdrücken mögen, den neunzehnjährigen, als Norma hinterließ, sie würde für Rodrigo nie zu Hause sein, und er telefonierte und strich um das kleine Haus in Juárez, und später um das neue in Las Lomas. »Ich suchte dich in anderen Frauen, die immer du waren, dein Gesicht, dein Körper.«

Der Kellner näherte sich. Norma gab ihm ein Zeichen, daß sie bezahlen wollte. »Nun, ich bin nicht hergekommen, damit du dich bei mir ausweinst, sondern um dir einen Job anzubieten, damit du nicht verhungerst. Augen auf, Rodrigo. In dieser Stadt gibt's 'ne Menge Frauen, die auf was aus sind, und jeder, der will, findet eine Gelegenheit. Jeden Tag werden neue Vermögen gemacht, eine Frau wäre dumm, wenn sie sich mit einem Bettler zufriedengäbe. Wirf deine Sehnsucht in den Mülleimer, Kleiner, und spuck in die Hände. Wirst sehen, wie du dir die Mädchen aussuchen kannst, sobald sie was riechen. Auf einmal wirst du sogar mich vergessen, oder? Schön, willst du den Job oder nicht?«

Rodrigo ließ Norma bezahlen. Er folgte ihr bis an die Tür auf die Avenida Juárez. »Mein Wagen steht in der Calle de Balderas«, sagte Norma. »Soll ich dich irgendwo absetzen?« Der Portier des Hotels »Prado« öffnete die Tür eines gelben Jaguar-Kabrioletts mit Lederpolstern und Chromscheinwerfern. »Danke. Hier steht meiner«, antwortete Rodrigo mit einem Lächeln, das endlich das seiner Fülle, seines Sieges war, das Lächeln, das er sein Lebenlang voller Entschuldigungen und vergeblicher Mühen ersehnt hatte. Weiter nichts, dachte Rodrigo – nur das wollte er, diesen Augenblick im Beisein dieser Frau. Normas Gesicht war ein Balsam, der ihn von sämtlichen geheimen Wünschen, von allen Krankheiten der Seele heilte. Ein Junge lief zwischen den beiden hindurch und rief das Abendblatt aus: »Lesen Sie über den Bankrott! Den Bankrott des berühmten Bankiers!« und verschwand auf der dunklen Avenida Juárez. Rodrigo atmete tief, sein Blick umfaßte die ungleichen Lichter, die unterschiedlich hohen Gebäude, den Wohlstandstunnel der Avenida, und er stieg in den Wagen, den Evrahim ihm ungewöhnlich großzügig als Vorschuß auf mehrere Drehbücher überlassen hatte.

»Nein, sie werden mich nicht unterkriegen«, sagte Federico Robles, in Hemdsärmeln mitten in dem Wirbel von Sekretärinnen, Aktenstößen und Rechtsanwälten, der sich um seine korpulente Gestalt bauschte. »Ich habe es einmal zu Norma gesagt, Cienfuegos, und ich wiederhole es jetzt Ihnen gegenüber: Wenn ich heute auf der Straße sitze, so mache ich morgen ein neues Vermögen. Sie werden sehen!«

Befehlende oder flehende Stimmen schlugen über Robles zusammen.

»Die Erklärung muß sämtliche Abteilungen umfassen, Lizentiat.«

»Hier ist das Sandwich, um das Sie gebeten haben, Lizentiat.«

»Wünschen Sie, daß der Syndikus ...«

»Ich lese Ihnen vor: Artikel 437: Das Staffelungsprojekt wird sich ...«

»Lizentiat Régules hat angerufen ...«

»Ha!« rief Robles aus und warf eine Akte hoch. »Da ist ja der Geier. Der soll wissen, daß er mir nicht über die Schwelle kommt, wenn er glaubt, nun kann er zuschlagen.«

»Staatskredite für Steuerzahlungen verwandt ... Kapitalgläubiger und allgemeine Kosten ...«

»Sagen Sie ihm, sein Leben lang ist er ein Süßholzraspler gewesen, er soll sich hüten, jetzt was rausschlagen, mich übers Ohr hauen zu wollen, sagen Sie ihm das, und seiner ...«

»... bevorrechtigte Gläubiger für die ...«

Robles reckte sich hoch wie eine in die Enge getriebene Katze und schrie mit gellender, brüchiger Stimme: »Raus allesamt! Raus! Schert euch zum Teufel! Laßt mich allein!«

Als sich die Tür hinter dem letzten Anwalt geschlossen hatte, brach der Wunsch nach Frieden und Stille und Alleinsein Robles' Haltung. Er fiel in sich zusammen, sank auf das Sofa. Ixca blieb stehen und beobachtete ihn.

»So viele Jahre ... Süßholzraspler!« Er streckte sich und ließ einen Arm hängen. »So macht man keinen kalt in Mexiko, Cienfuegos. So nicht. Durch die Presse, auf Grund einer Klatschgeschichte, einer Verleumdung. Nicht so. Sollen sie doch kommen und mich von Angesicht zu Angesicht fertigmachen. Mir etwas liefern, woran ich mich halten kann. Wie Männer. Aber so nicht, sage ich Ihnen.«

Von seiner unbewegten Höhe herab sagte Cienfuegos: »Haben Sie Ihren Feinden eine solche Gelegenheit gegeben?«

Wie von einer Feder hochgeschnellt, hob Robles den Kopf. »Was wollen Sie damit sagen? Ich habe nicht mehr und nicht weniger getan als jeder andere Geschäftsmann. Aber ich habe nie jemanden persönlich verletzt. Ja, ich weiß, was Sie denken. Als Sie zu mir kamen mit der Nachricht, daß die Monterrey-Leute ihren Anteil verkaufen wollten, war ich Ihnen dankbar, Cienfuegos, und zog Sie in mein Vertrauen, ich beauftragte Sie mit der Sondierung und folgte Ihrem Rat, als erster zu handeln. Wollen Sie mir das jetzt vorwerfen?« Er ließ den Kopf wieder hängen. »Ich habe Ihnen mein Leben geschildert. Ich komme von dem kleinen Maisfeld da, Cienfuegos, und durch meine Arbeit und meinen Ehrgeiz habe ich es so weit gebracht, ohne daß mir jemand geholfen hat. Daß ich tüchtig gewesen bin und die andern nicht? Da haben Sie die ganze Geschichte unseres Landes in zwei Worten. Weiter gar nichts.«

Cienfuegos lächelte. Robles seufzte und setzte sich auf das Ledersofa. Auf seiner gelben Haut erschienen braune Flecken, wie auf altem Marmor. »Bald werden die Journalisten aufkreuzen. Das wird die Hölle. Hören Sie, hier in der Nähe, in der Aquiles Serdán, gibt's ein billiges Café. Warten Sie dort auf mich, damit wir einen trinken und ich mich etwas beruhige. Ich komme gleich nach.«

Ixca fuhr nach unten auf die Avenida Juárez und ging langsam in Richtung der Kunstakademie. Aus dem schiefen Tor kam Manuel Zamacona heraus, ein paar Bücher unter dem Arm.

Die Bäume der Alameda schwangen im Wind. Die Leute, die ihre Büros und ihre Läden verließen, schleppten die Füße freudlos über das Pflaster, wie unter der Last einer namenlosen Gleichgültigkeit, die nicht einmal schreiende Ungerechtigkeit zum Aufbegehren anstachelt. Die Zeitungskioske schlossen, lange Schlangen warteten auf die Omnibusse.

Zamacona begrüßte Cienfuegos: »Rundtischgespräch über mexikanische Literatur. Ob man über die Sarapes des Saltillo schreiben darf, ob Franz Kafka vom Budget der Wall Street abhängig war, ob die soziale Literatur nur das ewige Dreieck von zwei Neuerern und einem Traktor ist, ob wir als Buddhisten oder als Marsmenschen schreiben sollen. Viele Rezepte, keine Bücher.«

Cienfuegos nahm Manuel am Arm. »Ich lade dich zu einem Kaffee ein.«

»Gemacht.«

Zamacona war nicht so groß wie Cienfuegos, und die Bücher, der zusammengerollte Regenmantel unter dem Arm ließen ihn auf den ersten Blick klein und rundlich erscheinen. Nur der große, gutgeschnittene Kopf mit dem feinen Profil unterschieden Zamacona von anderen Mestizen mittlerer Statur, wie sie die Straßen bevölkerten. »Sieh mal: Guardini, ›Das Labyrinth der Einsamkeit‹; Alfonso Reyes, ›Nerval‹«, sagte er vor der Bank von Mexiko und zeigte auf die vier Bücher, die er unter dem Arm trug.

»Wozu? Unser kulturelles Leben ist in einem dauernden Status quo, genau wie das politische. Nur die Bourgeoisie bewegt sich, erneuert sich, kommt voran, nimmt das Land in Besitz. In zehn Jahren ist es von lauter Plutokraten beherrscht, wirst sehen. Und die Intellektuellen, die einen moralischen Gegensatz zu dieser alles beherrschenden Kraft sein könnten, haben, wie du siehst, mehr Angst als eine geraubte Jungfrau. Die Revolution identifizierte sich mit der intellektuellen Kraft, die Mexiko selbst aus sich geschaffen hatte, ebenso wie sie sich mit der Arbeiterbewegung identifizierte. Aber als die Revolution keine Revolution mehr war, da fanden sich die intellektuelle und die Arbeiterbewegung plötzlich als offizielle Bewegungen wieder. Wehe dem, der diese Wasser zu trüben wagt! Nationalismus, falsche Werte, Heuchelei! Immer feste drauf!«

Manuels Lachen brach sich an den fast orangefarbenen Mauern des venezianischen Palastes der Post. Ixca Cienfuegos lächelte ebenfalls: In Mexiko gehört es zum guten Ton über das eigene Unglück zu spotten. Langsam fuhren die Straßenbahnen durch die Calle de Tacuba – wieder ein Palast, der für Bergwerkswesen, in dem Knallfrösche knatterten: Die Studenten forderten einen früheren Ferienanfang. Ixca und Manuel betraten das Café; ein aufdringlicher Flitgeruch hing über der Reihe Nischen, die kaum von mattgrünlichem Neonlicht erhellt waren. Weder die grell strahlende Sauberkeit des amerikanischen Vorbilds noch die bescheiden gemütliche Atmosphäre der alten mexikanischen Cafés.

Zamacona verglich diesen Ort, der keinerlei notwendige Funktion erfüllte, mit dem Straßenköter, der, zwischen Auspuffgasen und Frischwasser der Stadt gezeugt, auf dem löcherigen Linoleumfußboden unter allen Tischen herumschnupperte.

»Was werden die mexikanischen Intellektuellen tun an dem Tag, an dem die Diskussion beginnt?« fragte Manuel lächelnd und ließ seinen Bücherstapel und den Regenmantel auf den Tisch fallen. »Denn der Tag kommt, Ixca, an dem die Leute nur das fordern werden. Keine Massenschau, keine Schießereien, nicht einmal, daß die PRI in die Opposition geht. Nur daß man Dinge offen sagen, die Männer der Öffentlichkeit und die sozialen Probleme diskutieren darf. Der Kandidat der PRI wird wie immer Präsident werden. Darum dreht es sich nicht. Was das Volk will und was es von Tag zu Tag nachdrücklicher fordern wird: Der endgültige Kandidat darf nicht wieder von einem Konklave aus ehemaligen Präsidenten gewählt werden. Das Volk wird über die Männer und dann mit ihnen zusammen über die Probleme diskutieren wollen. Natürlich ist unsere käufliche Presse keine große Hilfe. Und die Intellektuellen sind entweder die dümmsten Marxisten der Welt oder solche, die es für wichtiger halten, ernsthaft etwas in Angriff zu nehmen, selbst wenn man dabei isoliert bleibt, als sich in einem so stupiden und mechanischen öffentlichen Leben wie dem unseren die Hände schmutzig zu machen.«

Ixca bestellte bei dem rindsäugigen Kellner, der sich am Sack kratzte, zwei Kaffee. »Es gibt immer noch einen Schritt weiter, einen unvermeidlichen: die Vergewaltigung«, sagte er und verzog ein wenig den Mund. »Die Lektionen der Vergangenheit reichen nicht aus. Stets geht man den einen Schritt zu weit.«

»Und dieses Land ist zu oft vergewaltigt worden«, brummte Zamacona und blinzelte, während er sich eine Zigarette anzündete. »Das willst du damit doch sagen?«

»Nein.« Ixcas Stimme wurde eintönig, als wäre seine wirkliche Stimme unhörbar. »Nur einmal, wie alle.«

»Wann?«

»Als es vergaß, daß die erste Entscheidung die letzte ist.«

Manuel fand, daß Cienfuegos nun unnötig bedeutungsschwer

redete: »Daß man nicht mehr sein kann als dieses ursprüngliche Wollen, daß alles andere Maske ist.«

Manuel hätte selbst gern die offenbare Maske Cienfuegos' erraten. »Welche ursprüngliche Entscheidung?«

»Die des ersten Mexiko, das noch an seiner Nabelschnur hing, das wirklich mit dem Kult verschmolz, sich wirklich einen Glauben schuf, der ...«

»... das sich wirklich einer despotischen Macht unterwarf, die blutgierig und als teuflische Theologie maskiert daherkam ...«, unterbrach Manuel Cienfuegos' Singsang.

Ixca sah ihn leicht belustigt und von oben herab an. »Und die jetzige Macht? In ein paar Minuten wird Federico Robles hier erscheinen. Heute übt – oder übte – er die Macht aus. Ist diese billige Trödlermacht ohne Größe besser als eine Macht, die sich zumindest einbildete, mit der Sonne und den eigentlich ewigen und unangreifbaren Mächten des Kosmos im Bunde zu stehen? Ich sage dir, ich möchte lieber auf einem Opferstein sterben als durch einen beschissenen Kapitalistentrick und Zeitungsklatsch.« Die beiden Kaffee wurden gebracht, heiß und ölig. Zamacona wies den Zucker zurück, den Cienfuegos ihm anbot. »Ich trinke ihn schwarz. Ja, ich habe die Morgenpresse gelesen. Ich würde gern wissen, was ein Mann wie Robles damit verliert, worauf er verzichtet ...«

»Verzichtet?«

»Ja.« Manuel schlürfte widerwillig den bitteren Kaffee. »Ich möchte wissen, ob seine Persönlichkeit von diesen Elementen der Macht abhängt, die man ihm heute entrissen hat, oder ob es etwas anderes gibt, eine wirkliche Kraft, die Robles nicht untergehen läßt, trotz eines Bankrotts. Das möchte ich gern wissen, nicht die schlichte Tatsache, daß Robles kaputtgeht ... Für mich« – Zamacona suchte mit einem unmerklichen Lächeln Cienfuegos' Augen – »ist Federico Robles jemand.«

Cienfuegos gab ihm einen Wink: Robles trat ein. Der Kellner stieß mit dem Bankier zusammen und schrie ihn an: »He, Sie, passen Sie doch auf, wo Sie hintreten!«

Robles konnte ein bitteres Lächeln nicht unterdrücken. Er setzte sich neben Manuel, Cienfuegos gegenüber. Seine gealterten Lider, die wie dicke Ledersäcke an seinen Augen hingen, bildeten einen Gegensatz zu Ixca Cienfuegos' Raubvogelblick.

»Ja, ich kenne den Herrn ... Sie sehen schon, Cienfuegos«, sagte er und warf den Hut beiseite. »Ich bin nicht anders angezogen und benehme mich nicht anders als vorher. Aber sogar die Kellner erraten schon, daß ich kein großer Herr mehr bin. ›He, Sie ...‹ Wie viele Jahre ist es her, daß ein Untergebener das zu mir gesagt hat.«

»Ein Dreckscafé, mit Dreckskundschaft«, meinte Ixca.

»Und man wird selber ein Dreck. So viele Jahre habe ich gebraucht, um mir ein unverwundbares Äußeres zu schaffen... Nun, Zamacona kenne ich ja, so kann ich reden. Sie sehen, wie rasch die Fassade fällt. Für diesen Kellner bin ich nichts anderes als ein dicker, plumper Indio, der ihm auf die Hühneraugen getreten ist. Es ist sehr hart, auf das Eroberte zu verzichten, Cienfuegos.«

Ixca trank einen Schluck Kaffee, dünnen Bodensatz in der schlecht abgewaschenen Plasttasse, an der noch Reste von Lippenstift klebten.

»Was glauben Sie: Ist es schwieriger zu verzichten, wenn man alles hat, oder wenn man gar nichts hat?« Manuel blinzelte und reckte den Hals, um Robles und dann Ixca anzusehen.

»Nein, ich rede nicht von materiellen Gütern«, ergänzte Robles. »Weder das Haus noch das Auto machen mir etwas aus. Ich verzichte auf die Macht, ist Ihnen das klar? Ich habe die Macht erfunden. Ohne mich, ohne die Handvoll Federico Robles, die die letzten dreißig Jahre hier aufgebaut haben, würde es nichts geben, nicht einmal die Möglichkeit zu verzichten. Ohne uns, das heißt ohne diesen ganz kleinen Kreis der Mächtigen, meine ich, wäre alles in der traditionellen Apathie unseres Volkes versickert.«

»Die Revolution?« fragte Zamacona.

»Ja, die Revolution. Sie wissen, wie sie angefangen hat, und ich habe sie erlebt. Ohne Programm, ohne Ideen, fast ohne Ziele – wenn auch unser Freund Zamacona anders darüber denkt. Mit improvisierten, wunderlichen Führern. Ohne Taktik, ohne wirkliche revolutionäre Idee. Schön, vieles ging verloren oder wurde verraten. Aber einiges wurde gerettet, und das haben wir getan ...«

»Die Tüchtigen«, sagte Ixca, ohne das Gespräch, das er kürzlich mit Robles gehabt hatte, aufwärmen zu wollen.

»Allerdings, die Tüchtigen. Carranza und Calles gegen die anderen, die uns kopfüber ins Unglück gestürzt hätten, Zapata oder Villa. Wir, die trotz Trägheit und Gleichgültigkeit aufgebaut haben. Wir, die sich die Hände schmutzig gemacht haben ...«

Ixca fühlte unwillkürlich, denn er wollte nur diesen Augenblick, nichts davor und nichts danach, von Robles' Schicksal festhalten, in seinem Blut die Szenen der Kämpfe bei Celaya, heraufbeschworen durch Robles' Stimme und Erinnerung.

»Wir, die nach oben gekatzbuckelt und nach unten getreten haben, wir, die etwas von unserer Würde geopfert haben, um Wichtigeres zu retten. Und auf all das soll ich jetzt verzichten?«

Cienfuegos' Gesicht, scharf und strahlend wie die Schneide einer Axt, war jetzt ganz dicht vor Robles. »Sie verzichten, wo alles Ihnen gehört. Das ist leicht. Der schreckliche Verzicht kommt später, wenn Sie verzichten müssen, ohne etwas zu besitzen.«

»Sie scherzen wohl!« stöhnte Robles. »Nicht mal von Gott wurde das verlangt!«

»Gott«, murmelte Zamacona.

»Aber gewiß.«

Robles warf sich in die Brust, fühlte sich wieder sicher. »Christus beeindruckt die Menschen, weil er darauf verzichtet hat, als Gott errettet zu werden, und sie ihn als Schurken opfern konnten. Glauben Sie, die umgekehrte Lösung wäre wirkungsvoll gewesen? Wenn er, ein Schurke, sich als Gott hätte opfern lassen? Ich bin der Meinung ...«

Zamaconas erregte, rasche Stimme unterbrach Robles' Feststellung: »Aber mit seinem Tod als Schurke schloß Christus die Möglichkeit, als Gott zu sterben, nicht aus. Er hat eben gerade ermöglicht, daß jeder künftige Schurke als ein Gott sterben kann. Sein Tod nahm alle Tode, jegliches Verlangen nach Tod, Verzicht und Scheitern auf sich. Christus verzichtet nicht nur auf seine sichtbare Göttlichkeit, nicht nur darauf, vor anderen Gott zu sein; indem er alle Möglichkeiten des Menschen – Dieb, Heiliger, Ehebrecher – annimmt, verzichtet er auf sie alle. Alle können wie ein Gott sterben, denn Gott ist für alle gestorben. Alle werden errettet – alle oder keiner. Erlöst wird, wer in Demut und unter Opfern sein namenloses Leben lebt, und auch, wer wissentlich gegen Barmherzigkeit und Liebe verstößt.« Manuel hielt einen Augenblick inne. In seiner Stimme vernahm er Töne, die er nie vorher vernommen hatte; er dachte an seine Phrasen ein paar Wochen zuvor bei Bobó, und er war überrascht von der neuen Richtung, die sein Denken einschlug; und diese Überraschung teilte sich seiner Stimme mit. »Der größte Verbrecher kann sagen: ›Ich werde mein Verbrechen vorsätzlich begehen, werde alle Scheußlichkeiten und Quälereien verüben, die Freiheit und die Gottähnlichkeit meines Opfers am gröblichsten verletzen, und doch kann die Liebe Gottes mir alles verzeihen und mich erlösen.« Ixca behielt seinen Ausdruck amüsierter Herablassung bei. Robles starrte den Bücherstapel und Zamaconas Regenmantel an. »Der einzige, der nie erlöst werden wird, ist der Auferstandene, denn er kann kein Verbrechen mehr begehen und sich nicht schuldig fühlen. Er hat erkannt und ist wiedergekommen.«

»Lazarus?« Ironisch verzog Cienfuegos den Mund.

Die drei Männer lachten. Zamacona runzelte wieder die Stirn. »Lazarus. In seinem tiefsten Unterbewußtsein lebt die Überzeugung, daß er jedesmal, wenn er stirbt, wiederauferstehen wird. Das wäre hinterhältig und vorteilhaft, er könnte alle Verbrechen in der Gewißheit begehen, daß er nach seinem Tode wiederkehren und neue Verbrechen begehen könnte – niemand würde ihn zur Rechenschaft ziehen. Lazarus wird auf Erden nicht sterben. Aber für den Himmel ist er endgültig tot. Er ist nicht unsterblich; für immer auf der Erde zu leben ist das Gegenteil von Unsterblichkeit. Der Wiederauferstandene wird nicht erlöst, denn er kann auf nichts verzichten, er ist nicht frei, denn er kann nicht sündigen.«

»Als Grundbedingung für den Verzicht aber fordern Sie, daß man nichts hat? Wieso? Und langsam, bitte«, brummte Robles.

»Weil zwischen Lazarus und uns die Möglichkeit der Schuld liegt. Er hat sie nicht, wir ja. Er kann nicht den fremden Schmerz, die fremde Schuld auf sich nehmen: Er hat sich dem Leben gegenüber abgeschlossen, für ihn zählt nichts mehr, nur die Ohnmacht der Gewißheit, rundheraus gesagt: sein Schicksal.« Der Kellner näherte sich mit schläfrig-wachsamer Miene. Robles bestellte einen Tehuacán. »Also ist sein Schicksal nicht das seiner Mitmenschen. Verstehen Sie mich, Lizentiat? Man kann erst verzichten, wenn man alles hat; damit hat man sehr wenig gewonnen, und der Verzicht kann in Sehnsucht und Trauer und Zweifel umschlagen. Wir haben unseren Platz unter unseresgleichen verloren. Sie sind dort, wir hier. Aber wenn man verzichtet, ohne etwas zu besitzen, dann bleibt nur die Möglichkeit, den Schmerz und die Schuld auf sich zu nehmen, und zwar nicht von denen, die uns gleich, sondern von denen, die uns ähnlich sind: von unseren Mitmenschen. Das ist der einzige Reichtum, der zwischen unserem Verzicht und unserer Verdammnis bleibt. Von all dem Unseren entkleidet, können wir nur noch mit den anderen für die anderen leben. Und Sie, Lizentiat, werden Sie auf alles verzichten, um dem Verlorenen nachzutrauern, oder werden Sie verzichten, um schließlich sogar auf das Nachtrauern zu verzichten, um die Haut Ihrer gefälschten Persönlichkeit abzustreifen und sich in die nackten Tränen und das Blut der anderen Mexikaner zu kleiden? Das ist meine Frage.«

Robles starrte die fleckige Tischplatte an. Abseits von all seiner Lebenslogik bemächtigte sich seiner ein unfaßbares Gefühl der Ahnung und des Geheimnisvollen, und es hakte sich in den Augen Manuel Zamaconas fest. Dessen Worte waren nicht so wichtig; sie waren nur ein Strom, auf dem Robles sich treiben ließ in einen anderen Bannkreis, wo zwei Augen, die er für immer vergessen hatte, das Bild des wirklichen Robles wiederherzustellen suchten. Als wäre der Bankier von einer bleiernen Lanze getroffen, zeichnete sich sein Blut aschfarben in seinem Gesicht ab. Er vernahm kaum Ixcas Worte, denen ein Lachen folgte. »Mein lieber Manuel, diese ganze These ist gut, wenn sie sich auf eine Persönlichkeit stützt, die imstande ist, den Gedanken an Erlösung, Schuld und so weiter aufzunehmen und zu verarbeiten. Aber ich sehe darin keinen Sinn in einem Land, in dem es keine Menschen gibt, sondern etwas anderes – Luft, Blut, Sonne, ein namenloses Gewühl, eine gequälte Masse von Knochen und Steinen und Zorn, aber niemals eine Persönlichkeit.«

»Dann ist dies ein Land im Banne des Teufels« erwiderte Zamacona.

Cienfuegos lachte wieder und kniff seine gelben Augen ganz schmal zusammen. »Des Teufels? Ich spreche im Ernst, Zamacona, nicht als mittelalterlicher Wundergläubiger.«

Zamacona schlug mit der Faust auf den Tisch und stieß dabei den Tehuacán des Bankiers um, der über den Fußboden floß. Robles starrte Manuel noch immer mit flackerndem Blick an. »Ich spreche von Tatsachen. Ich spreche von der Zertrümmerung, dem endlosen Bruch der menschlichen Einheit. Diesem undeutlichen Punkt, wo man zu keiner Liebe, keinem Mitleid mehr fähig ist, nicht einmal mehr fähig ist, nicht einmal mehr eine Selbstbetrachtung vornehmen kann, weil sogar die nebensächlichste Einheit der Person atomisiert ist, keinen Bezug mehr hat zu dem Lebensnerv, der uns an ein geliebtes Wesen bindet, zu der einfachen, schlichten Anerkennung des Lebens der anderen. Dieses vorgetäuschte Leben, das nur die Existenz seiner selbst zuläßt, das ist das Teuflische.«

Das gefrorene Lächeln Ixca Cienfuegos' wurde Lügen gestraft

von dem gespannten Blick seiner dunklen Augen, aus denen eine Welle von Haß über die vor ihm Sitzenden schoß. Er zwinkerte, bis er den trüben Teich geklärt hatte. Der Kellner erschien, schüttelte fluchend den Arm und wischte das verschüttete Mineralwasser auf.

»Darum will ich wissen«, sagte Zamacona, »was dieses namenlose Gewühl bedeuten soll, worauf du dich beziehst, Cienfuegos, welchen Sinn ... Wir haben nichts davon, daß es einfach da ist. Ich will wissen, welchen Sinn das namenlose Gewühl, die zerquälte Masse aus Blut und Haß hat, die für dich Mexiko bedeutet.«

»Von ihr hängt die Erlösung, die Erlösung aller ab.« Cienfuegos beugte sein Gesicht, das von einer strahlenden Blässe war, so weit vor, daß es ganz dicht an Zamaconas Gesicht war. »Die Errettung der Welt hängt von diesem namenlosen Volk ab, das das Zentrum, der Nabel des Gestirns ist. Von dem Volk Mexikos, dem einzigen, das gegenwärtig in der Welt noch mit den Zähnen am Ureuter hängt. Von diesem Bündel von Gestank und Schwären und klebrigem Pulque und Fleischfetzen, das sich in dem formlosen Urschlamm drängt. Alle anderen kommen heute auf diesen Ursprung zurück, der sie unbewußt bestimmt; nur wir haben immer darin gelebt.«

Cienfuegos forderte eine Antwort von Robles; der Bankier saß in sich versunken, weit fort. Alle gesprochenen Worte verwandelten sich in Empfindungen und Bilder. Sein Gedächtnis war eine Klammer, die seinen Blick, seinen Körper gefangenhielt. Er hockte auf der schmalen Bank in der Box wie ein Erdklumpen.

»Federico Robles würde sagen«, fuhr Cienfuegos fort, »daß wir dabei stehenbleiben müßten, daß wir nicht mehr arbeiten, keine Industrien mehr schaffen dürften, keinen Wohlstand ... ja, daß wir uns zerstören und der Morgen uns dann in einer Einöde finden würde, ohne anderen Reichtum als unsere Haut und unsere Sprache. Wir müßten alle auf dem ursprünglichen Sand von neuem beginnen, den Leib gezeichnet von Wunden und Niederlagen.« *Und die Welt mag stöhnen und ihre Klagen erheben* ... Ixca wußte nicht, ob er das dachte oder aussprach, aber Zamaconas Blick sagte ihm, daß er alles hörte; *dann wird sie wissen, daß ihr Schmerz um das Verlorene nicht der wahre Schmerz ist, daß es eine andere Erde gibt, andere Menschen, die nur Schmerz und Niederlage erlebt haben. Die Tagundnachtgleiche des Leids fand in Mexiko statt: Hier taten sich alle Ver-*

sprechen und aller Verrat zusammen; hier ist die Sonne älter und verwitterter; und nur hier sind ihre Strahlen das Licht der Finsternis. Die Sonne dröhnt ohne Unterlaß, aber es ist immer Nacht. Nacht der Götter, die voller Grauen geflohen sind, Nächte, in denen wir beten, daß nicht geschehen möge, was bereits geschah, lange Nächte vor einem Spiegel, vor dem wir die Gesten der Vorbilder nachäffen, während uns der Rücken in Fetzen von den Knochen fällt und uns vor Weinen die Tränen zwischen den Fingern hervorquellen. Die Nacht, beladen mit Ballen und Truhen voller Silber und Gold, Nacht des Bajonetts und des Feuersteins – Cienfuegos wußte, daß seine Worte auch in Federico Robles' Gesicht drangen, das immer älter wurde, in die rasende Suche seines Gedächtnisses, in seine abwesenden Augen und sein knochenloses Fleisch, und daß seine unausgesprochenen Worte rannten wie ein feuriger Hase; *Vulkanasche stiebt hoch bis an die Gestirne, Robles, Zamacona, um allen mitzuteilen: Wenn die Mexikaner nicht errettet werden, dann wird niemand errettet. Wenn nicht hier, in der von Alkohol und Verrat und schillernder Lüge verrohten Erde die Gabe – dieselbe Gabe, um die du bittest, die der Gnade und der Liebe – möglich wird, dann wird sie nirgends unter Menschen möglich. Entweder werden die Mexikaner errettet, oder nicht ein einziger Mensch in der Schöpfung erlebt seine Erlösung. Aber wie sollen wir das sagen, Robles, Zamacona, da die Mäuse unsere Zungen zernagt haben, da unsere ganze Sprache die Farben und das Geschlecht und die stumme Landschaft sind?* Und an diesem Ursprung, Zamacona, wird man erfahren, daß es keinen Schmerz, keine Niederlage und keinen Verrat gegeben hat, die sich mit denen Mexikos vergleichen lassen. Und man wird wissen, daß nicht ein einziger Mensch in der Schöpfung errettet wird, wenn die Mexikaner nicht errettet werden.

»Ja«, sagte Manuel Zamacona – Ixcas Worte hatten ihn zurückgeholt, er fingerte an seinen Büchern, spielte mit einer Streichholzschachtel, stippte seine Zigarette in den Kaffeerest. »Aber wen soll man für diesen Schmerz und diesen Verrat verantwortlich machen? Ich bleibe dabei, Cienfuegos, es genügt nicht, das Elend und die Niederlagen Mexikos zu bezeugen. Wem kann man sie anlasten? Ich spreche im Ernst: Für jeden Mexikaner, der sinnlos gestorben ist, gibt es einen, der dafür die Verantwortung trägt. Und ich kehre zu meiner These zurück: Damit solcher Tod nicht sinnlos gewesen ist, muß jemand die Schuld daran auf sich nehmen. Die Schuld an jedem geprügelten

Indio, jedem unterdrückten Arbeiter, jeder hungernden Mutter. Dann, nur dann wird dieser Einzelmensch Mexikos alle Gedemütigten Mexikos sein. Aber wer nimmt die Sünden Mexikos auf sich, Ixca, wer?«

Alt, mit jeder Minute, jedem Wort älter, unbewegter Berg und unterirdischer Strom, die Augen wie Lava zwischen versteinerten Lagunen dahinrinnend, hörte und berührte Federico Robles Manuel Zamaconas Worte. »Am entsetzlichsten ist doch, Cienfuegos, daß man manchmal nicht weiß, ob diese Erde, statt Rache zu fordern für das viele Blut, das sie befleckt hat, nicht das Blut selbst verlangt. Wenn das so wäre, dann allerdings akzeptierte ich deine Gedanken: namenloser Vulkan, Zertrümmerung und Tod für den Menschen.«

Aber das hörte Federico Robles nicht. In Worten, die sich wie Schlangen wanden, vernahm er einen vergessenen Namen, einen Namen, vom Erfolg und von der Macht getilgt: er spürte die Hitze einer Provinzhauptstadt, vernahm die abgehackte Stimme eines vergessenen beleibten Mannes, das Krachen von Schüssen auf einer kalkweißen, strauchbestandenen Steppe. Er hob die Fingerspitzen an die Lider, tastend versuchte er in einer letzten Anstrengung, sich an die Namen zu erinnern, als nähmen in ihnen Zamaconas Worte Gestalt an. Ein Mann, der sinnlos gestorben war; und ein schuldig gewordener Mann. Die Stimmen Ixcas und Manuels schwanden, schließlich verschlang sie ein fernes Dunkel, und Federico Robles blieb allein, uralt und vergessen wie der älteste Tropfen des Meeres. Mit geschlossenen Augen saß er da, nicht mehr verwundbar auf diesem hintergründigsten Markstein seines Bewußtseins, bei der entscheidenden Erinnerung, die erst dieser Tag, der Tag, an dem seine Macht zusammenbrach, wieder hatte heraufbeschwören können.

Feliciano Sánchez

Der Festtagslärm drang bis in Felicianos Zelle: fünfzehnter September, und er saß hier. Mit einer Bewegung des kantigen Kopfes versuchte Feliciano einen Rhythmus in den Lärm zu bringen. Als hätte er ihm in der Zeit, die er im Gefängnis war, schon eine Ordnung gegeben. Nun überschlugen sich die Geräusche, zerbrachen die Ordnung. Woher kamen sie? Nicht von draußen, anderswoher: aus seiner Erinnerung, aus dem Feuerwerk des Blutes. Denn so laut lärmte niemand in der freien Luft. Später – wie heiß wurde es Feliciano, wenn er an vergangene Jahre dachte – folgte das Volksfest, die Zwanglosigkeit hinter verschlossenen Türen, die Lästerungen innerhalb der vier Wände. Mit den Fingern trommelte Feliciano auf die Wand die Spottlieder, die ihm in dieser Nacht einfielen. Nun war er lange genug eingesperrt gewesen. Nicht zum erstenmal, er war immer vorn gewesen, immer dort, wo sonst keiner stehen mochte. Bei den Eisenbahnern, bei den Holzfällern, in El Chaparro, wo Köpfe rollten, bei den Bergarbeitern. Eigentlich war schon alles vorüber, und er hätte Ruhe haben können, als es ihn wirklich traf. Diesmal war es im Grunde Wortklauberei gewesen, und es würde nicht das letzte Mal sein. Er wandte sich dem Gitter zu und unterdrückte ein Niesen.

»Sie da! Hören Sie mal, mit Ihnen rede ich, Lahmarsch.«

Ein öliger Indio mit umgehängtem Gewehr näherte sich.

»Ich rate Ihnen, treiben Sie es nicht zu weit!«

»Lassen Sie den Quatsch. Sagen Sie, sind die Jungens nicht gekommen?«

»Nach Ihnen fragt niemand, niemand fragt nach Ihnen.«

Immer stellte er dieselbe Frage. Nie waren die von der Gewerkschaft gekommen. Nie hatten sie gegen die Verhaftungen protestiert. Die hüteten sich.

»Hören Sie mal, was ist das hier für ein Saustall? Seit drei Tagen bitte ich um ein Taschentuch. Ich bin erkältet.«

Der Soldat sah Feliciano mit seinen ölig glänzenden Augen an und lachte hektisch, glucksend. Er ging den Gefängniskorridor entlang, stöhnte vor Lachen, genoß sein Lachen und grunzte vom Ende her: »Erkältet!«

Federico Robles, mit undurchsichtiger Miene und in einem neuen Pfeffer-und-Salz-Anzug, war beauftragt worden, die Lage zu erläutern. Er war gerade neununddreißig Jahre alt, und sein frisch eingeweihtes Haus in Cuernavaca wurde jedes Wochenende von anderen ehrgeizigen jungen Anwälten, konservativen Bankiers, deutschen Diplomaten und führenden Männern der Goldhemden besucht. Bald sollte das Haus im Stadtteil Hipódromo mit rosa Anstrich und allegorischen Gipsfriesen über dem Eingang fertig sein. Robles war rasch aufgestiegen, und seine Jugend, seine wenig bekannten Verbindungen und politischen Ansichten machten ihn zu der idealen Persönlichkeit, die dem Staatsoberhaupt mitzuteilen hatte, wie gefährlich ein Besuch des Arbeiterführers Feliciano Sánchez sein würde. »Der wird hier alles auf den Kopf stellen«, hatte Federico Robles gesagt. »Der Mann hat täglich mehr Bedeutung bei den Zentralen in Mexiko, aber wenn man ihn beizeiten verschwinden läßt, dann hebt keiner mehr einen Finger. Die nach ihm kommen, sind zu Kompromissen bereit und lassen die Dinge lieber ruhen, wenn sie nur ihre Pöstchen behalten. Keiner von ihnen wird Sánchez rächen wollen, keine Sorge. Ein Vorwand? Nicht nötig. Sánchez ist sehr spontan, nimmt kein Blatt vor den Mund und wird uns selber den Vorwand liefern. Er will hier auf den Plazas sprechen, Flugblätter an die Mauern kleben, kurz, die öffentliche Ordnung stören, Herr General. Das ist schon ein ausreichendes Delikt, meinen Sie nicht? Ich sage es im Ernst: Man hat begriffen, daß dieser Mann fähig ist, alles über den Haufen zu werfen, wenn er nicht beizeiten gebremst wird. Die mexikanische Zentrale und unsere ausländischen Freunde betrachten ihn als schädlich, nicht nur für die Interessen unserer Gruppe, sondern Mexikos. Solange es in Mexiko Leute wie Feliciano gibt, wird man nicht in Frieden arbeiten können. Die Geldgeber werden Angst bekommen und uns keinen Centavo überlassen.«

»Aber Sánchez steht auch im Gegensatz zur Regierung.«

Der General hämmerte die Worte von seinem Klappstuhl auf der schattigen Terrasse aus. »Sollten wir nicht lieber das ausnutzen?«

Robles versuchte, mit dem Blick den Schatten um den General zu durchdringen. Man hatte ihm einen Platz in zehn Meter Entfernung, außerhalb der Terrasse, in der sengenden Sonne angewiesen. Ein langer Tisch trennte sie. An beiden Enden der Terrasse standen Bewaffnete. Andere schlenderten rauchend über den Hof. »Nein, Herr General. Daß er so unabhängig ist, verleiht dem Kerl seine Macht. Die nach ihm kommen, werden sich von der Regierung schmeicheln und beherrschen lassen, die Arbeiter werden den Glauben an die Führer verlieren, und dann wird es leichter sein, sie zu uns herüberzuziehen.«

Die weißen Zähne des Generals blinkten in der Dunkelheit. »Das ist gut, Lizentiat. Den werden wir uns also mal vornehmen.«

Feliciano lag bäuchlings auf der Pritsche und versuchte zu schlafen, trotz Husten und Halsschmerzen, als ihn plötzlich eine Hand auf den Rücken schlug. Feliciano knurrte und drehte den Kopf.

»Aufstehen, aufstehen!«

»Ach, Señor, ich fühle mich sehr schlecht. Es ist ja noch nicht hell.«

»Darum geht's. Wollen Ihnen mal die Erkältung kurieren.« Feliciano stand auf, knöpfte das Hemd zu, massierte sich die schmerzenden breiten Schultern. Mit den Fäusten rieb er sich die Augen und den grauen Schnurrbart. Ohne zu wissen, was ihn trieb, folgte er dem Soldaten aus der Zelle hinaus, und unvermittelt wie ein Peitschenschlag überfiel ihn der kalte Septembermorgen. Zwischen zwei Posten klomm er auf den Lastwagen.

»Wohin geht's?« Das Knattern des Motors übertönte seine Stimme, erstickte die Frage.

»Hier, trink zur Feier des Fünfzehnten einen Tequila«, sagte der Soldat grinsend, »das vertreibt die Erklältung.«

Der Lastwagen fuhr durch das Gefängnistor, und Feliciano hob die Flasche an den Mund. Ein blinkender Schimmer deutete das nächtliche Festtreiben an. Es wurde fern und klein ... Wie auf einer Rutschbahn sah Feliciano nur das Stück schwarzer Straße, das vor seinem Blick glänzte. Aber er roch die Hochebene, ihr dunkles Kleid aus dürren Steppen; er spürte die Basaltwände, die Zacken von Mond und Stein. Die Indioköpfe der fischäugigen Soldaten pendelten im Rhythmus des Lastwagens. Und bei jeder Umdrehung atmete Feliciano, gefangen zwischen zwei bewaffneten Fleischbrocken, die prähistorische Landschaft, die in Benommenheit, Öde und Kälte der Frühe von metallnen Vögeln bevölkert schien. Der Lastwagen hielt an. Der Steppenwind umwirbelte Feliciano. »Halt, hier!« sagte ein Soldat zum anderen. Das Suchlicht des Lastwagens traf Feliciano und blendete ihn.

»Nun lauf!« schrie der Unteroffizier und stieß ihn von der Straße hinunter auf den gipsweißen Lichtpfad. Feliciano preßte die Hände auf den Leib, wollte gleich hier liegenbleiben. Er brach in die Knie, auf den harten Boden. Der Unteroffizier riß ihn hoch und stieß ihn wieder vorwärts, und Feliciano wischte sich den Kalkstaub von den Knien, wachte auf und rannte in die Dunkelheit, um dem stechenden Lichtstrahl des Lastwagens zu entkommen.

»Triff ihn genau, in den Rücken«, sagte einer der Soldaten, während der Scheinwerfer Feliciano im Zickzack verfolgte.

Ein weicher, lähmender Regen drang ihm in den Rücken, und er fiel vornüber in das niedrige Gestrüpp, auf die bleigraue Erde.

Federico Robles stand vor seinem Haus, das noch im Bau war. Vom Rande des Parque Hipódromo aus beobachtete er mit unbewegter Miene das Kommen und Gehen der Arbeiter auf den Gerüsten, roch das Gemisch von Ziegeln, Kalk und Farbe und stellte sich schon die Reliefverzierungen vor, Ceres mit übervollen Füllhörnern und Ährenkranz. Neben ihm der schwarzgekleidete Mann wartete auf eine Antwort. Die wehenden Schatten der Palmen tanzten über Robles' dunkles, sorgfältig rasiertes Gesicht, das aussah wie gelber Teig mit zwei schwarzen Knöpfen, glänzender, undurchdringlicher, als Augen sonst zu sein pflegen.

»Nein, mein Lieber, nein. So viel verlange ich nicht für meine Dienste. Danken Sie dem General für sein Angebot. Aber ein Ministerposten in seiner nächsten Revolutionsregierung ist mir zu üppig. Es gibt Leute, die unserer Sache größere Dienste geleistet haben, Leute mit Erfahrung und verwaltungstechnischem Talent. Ich kann Ihnen mehr nützen, wenn ich nicht öffentlich erscheine. Sagen Sie dem General, daß ich mit ein paar Quadratmetern dieser Grundstücke, die er da oben hat, zufrieden bin. Das kostet ihn nichts, und alles bleibt, wie man so sagt, in der Familie. Wissen Sie, diese öden Grundstücke? Wird viel Zeit vergehen, bevor jemand sich entschließt, so weit entfernt von der Stadt zu bauen. Sagen Sie ihm das.«

Federico meinte, daß im Badezimmer ein paar bunte Fensterchen fehlten, und er winkte den Architekten heran.

Totenkopf am Feiertag

Der Tag nach dem Nachmittag, an dem Robles, Zamacona und Cienfuegos sich in dem Café in der Aquiles Serdán getroffen hatten, brach strahlend und seltsam ruhig an. Es war der fünfzehnte September, und dreihunderttausend Menschen hatten in unpünktlichen Zügen, Omnibussen und importierten Kabrioletts Mexiko-Stadt verlassen. Robles erfuhr nie, wie die Diskussion zwischen Manuel und Ixca zu Ende gegangen war; plötzlich stand er auf, verließ die Box, wanderte durch die Straßen und zog den Schleier vor seinen Indioaugen erst fort, als er wieder in sein wimmelndes Büro trat. Mechanisch hatte er die Maßnahmen, die sich aus seinem Bankrott ergaben, abgewikkelt. Er hob die Stimme nicht mehr, er sah langsam, wie im Traum, Akten, Anfragen und Papiere durch. Der neue Morgen fand ihn in Hemdsärmeln auf einem Ledersofa. Er bemerkte nicht die erste Helligkeit, die durchdringendste, und ließ es weiter Nacht vor seinen Augen sein, bis er nicht mehr die Farbe seiner Hände erkennen konnte; nur kein Licht anzünden oder sich vom Sofa erheben müssen. Jemand möchte mich ansehen, dachte er, jemand möchte mich von innen her ansehen. Er ist nicht hier neben mir. Macht nichts. Er möchte mich anders ansehen, seine Augen zu meinen machen. Wie zwei Eier, die darauf warten, daß die Schale birst, und ihre Vögel in mir wachsen und schlagen mit den Schwingen und überwältigen mich ... Er konnte an nichts anderes denken. Er war allein. Nur seine geputzten Schuhe glänzten – und die Augen zwischen den dikken Ledersäcken – in dem Halbdunkel, das der Geburt des Tages folgt. Robles entließ den Atem aus den Lungen und spürte das ganze Gewicht der Luft in der Magengegend. Von seinem Geschlecht aus suchte ein ungeordnetes Kribbeln bis ins Gehirn zu dringen. Seine Hände ballten sich, als umklammerte jede eine Peitsche, bis die Adern wild klopften und das Blut schneller durch den schlaffen und zugleich unbewußt erwartungsvoll gespannten Körper trieben. Sollte er aufstehen und Licht einschalten? Was würde er sehen? In Gedanken zählte er auf, was im Büro war: Karteischränke, ein Tisch mit Telefon und Sprechapparat, ein alter Tresor, das Bild von Rivera, die Ledersessel, das Panoramafenster mit Sonnenschutzglas. Ein Sitz der Macht. Zum erstenmal hatte Robles den Eindruck, daß Ort und Person nicht zusammenpaßten. Schwerfällig stand er auf und ging in das Badezimmer neben dem Büro. Er zog das Hemd aus; das verdrückte Unterhemd bedeckte nicht die haarlose, gefurchte Brust, die dicken Brustwarzen, die Falten an den Armen und in der Gürtellinie. Er machte den Pinsel naß und stellte das heiße Wasser an. Unter der Seifenmaske erschien sein Gesicht, dunkle Haut unter weißer Maske, als Federico Robles mit dem Rasiermesser sorgfältig Federico Robles' Wangen schabte.

Am selben Morgen sagte Manuel zu Ixca: »Ich fahre nach Acapulco. Ich hole nur meine Karre. Komm mit. Ich hab Lust, die Heroen zu feiern.«

Die beiden hatten die ganze Nacht getrunken und diskutiert. Manuel hochtrabend in seinen Widersprüchen, Ixca kalt, er hatte versucht, seine Gedanken durch Blicke mitzuteilen. Das Taxi setzte sie an der Ecke Reforma und Neva ab. »Hier ist der Wagen. Komm mit. Nach Acapulco, der Perle des Pazifiks, um uns von unserer intellektuellen Anstrengung zu erholen.« Manuel packte Cienfuegos am Ärmel. »Die Mädchen am Strand betrachten. Mann, das Leben leben, das uns gebührt. Kommst nicht mit?« Er stieg ins Auto und steckte den Kopf zum Fenster hinaus. »Ich habe nicht den Mut, für das zu sterben, was ich verteidige. Das ist alles. Und wozu weiter reden, wenn ich ihn nicht habe?« Er ließ den Motor an und fuhr die Reforma entlang. Ixca ging schnell durch den dünnen Morgennebel.

Natascha, Bobó, Charlotte, Paco Delquinto und Gus brachen um elf Uhr morgens nach Cuernavaca auf. Lally hatte ihnen ein Grillfrühstück am Schwimmbecken versprochen, dazu die Anwesenheit von drei oder zwei Gesellschaftskolumnisten.

»Das ist die Gelegenheit, Rache für die arme Pimpinela zu nehmen und alles zu erzählen, was wir von der Parvenue Larragoiti wissen«, sagte Charlotte und hielt sich die Nase zu, um nicht den Gestank der Papierfabrik von Peña Pobre riechen zu müssen.

Paco Delquinto, der am Steuer saß, begnügte sich damit, verächtlich zu schnauben. Gus neben ihm schüttelte seinen Seidenschal. »Du wirst nicht bestreiten, Paquito, daß das eine Frechheit ist. Das ganze Gerede von verlorenen Gütern und Doña Carmelita Romero Rubio!« Paco Delquinto streckte den Kopf aus dem Wagen und zog tief und theatralisch den üblen Geruch der Gegend ein.

Um sechs Uhr nachmittags begann sich der Zócalo zu füllen. Von überall kamen sie schweigend, mit schleppenden Schritten herbei. Eine Disziplin ohne Ordnung hielt alle in stummer Erregung. Um sieben öffneten die Scheinwerfer ihre Lider und beschossen die Kathedrale, den Palast, das Rathaus. Sie strahlten den Stein und die schwarzen Köpfe und das Gewimmel von Umschlagetüchern und weißen Hemden an. Sie beleuchteten das Feuerwerk. Die große schwarze Lagune, der Rachen der Stadt, drückte sich eng zwischen den staubigen Himmel und die alte Erde über dem Wasser. Und in der Stille das erste Platzen eines Feuerwerkskörpers: Er mußte keine Stimmen zum Schweigen bringen, das Zischen der Rakete brauchte keine

Mauern, konnte sich ausbreiten, Funke und Kugel sein, zerplatzen, ohne daß das Echo gebrochen wurde. Pulverdampf hüllte die Menge ein. Die Batterien öffneten ihre Lungen aus Licht, fauchten blaues und scharlachrotes Knattern, farblose Feuerspritzer, nächtlichen Rauch. Und Fanfaren unter dem blühenden Licht: Die Leuchtkugeln füllten nun grün, weiß, rot den Himmel, wie blitzende Peitschenhiebe fuhr es über die Gesichter. Der Pulvergeruch wich den Düften der Fleischpasteten, heißer Tortillas und frischer Jícamas. Leuchtende Feier in der Luft. Und am Boden klebend der Staub, die zusammengedrängten Leiber, die ganze Ebene voller verdorrter Eingeweide, brauner Körper, die Blicke starr auf den Balkon geheftet.

»Tod den Gachupines!«

Seit Fifo denken konnte, kam er zur Feier des Grito; um Brieftaschen zu stehlen, Leckereien zu verkaufen, später, um sich an die Frauen heranzumachen und »Tod den Gachupines!« zu brüllen. Während er sich jetzt durch die Menge drängte, um den großen Mittelbalkon und die angestrahlte Glocke der Doloreskirche besser zu erkennen, verirrte er sich unter dem feuersprühenden Springbrunnen und bekam plötzlich Platzangst. Er hob den Kopf, er hatte das Gefühl, in der Menge unterzugehen. Die andere Menge, die aus den Fenstern des Palastes schaute, war so deutlich zu erkennen. Er wollte bis ins Innere sehen. Die Doloresglocke tönte heiser, und die Menge murrte, warf die Arme hoch, zündete noch mehr Knallfrösche an. Fifo bemühte sich um eine kecke Haltung, die ihn als jemanden mit Namen und Gestalt erkennbar machen sollte neben all den Köpfen, über die die Lichtströme der Raketen und der Scheinwerfer flossen.

»Fifo, Fifo!«

»Tod den Gachupines!«

»So früh schon besoffen?« fragte Tuno. »Was bleibt uns denn für nachher?«

»Beto hat schon genug von der frischen Luft. Los, alle Mann in die Kneipe«, sagte Gabriel.

Alle brüllten Beifall. Der kleine Trupp zog pfeifend los durch die Calle de Moneda, Fifo schlurfte, Gabriel kratzte sich die spärlichen Bartstoppeln.

»Ich weiß, wo wir hingehen. Ich möcht einem in die Fresse hauen. Los, Beto, her mit der Flasche!«

Der Mezcal ging reihum, und Beto schrie: »Ayjayjay, heut soll der Tod selber es mit mir aufnehmen!«

»Wär ein blondes Weib nicht netter?« seufzte Tuno. Sie hakten sich unter und bogen in die Gasse neben der Akademie ein, in Richtung La Merced.

Die Kathedrale mit ihrer buttergelben Kuppel zuckte im Schein des Feuerwerks und der Raketen. Sie sangen und pfiffen. *»Schon in der Wiege fängt das Leiden an und begleitet uns durchs ganze Leben ...«*

»Haben Sie den Sarg gebracht?«

»Draußen steht er. Hoffentlich brauchen Sie ihn doch nicht.«

»Welche Farbe?«

»Weiß, für das Engelchen. Gutes Fichtenholz. Wollen Sie kein Seidenkissen?«

Rosa Morales schaute in das Zimmer, das von zwei großen Kerzen erleuchtet war. Unter dem Umschlagtuch zog sie eine kleine gelblila Teufelspuppe mit einer langen schwarzen Nase und einem spitzen Schwanz hervor.

»Das tun Sie schon mal rein. Sein Lieblingsspielzeug.«

Der Totengräber nahm die Puppe an der Nase und legte sie in den Sarg, seitlich, damit beide Platz hatten.

»Können Sie mir noch einen Gefallen tun? Bevor er stirbt, wird niemand kommen. Sagen Sie dem Wirt in der Schenke Bescheid, daß es heute eine Totenwache gibt. Den Kaffee mache ich.«

Rosa ging wieder ins Haus. Jorgito, blauschwarz im Gesicht, streckte die Zunge immer mehr heraus.

»Beinah ... wenn sie doch rausgekriegt hätten, woran er gestorben ist.«

Sie zündete noch eine Kerze an, konnte sich aber nicht auf das Bild der Heiligen Jungfrau konzentrieren. Ihre Blicke schweiften über das kahle Gemach, den Ofen für die Tortillas, die Kohlenbecken, das kleine bunte Geschirr, den Teig auf dem Boden. Sie fuhr herum, um nach dem Kind zu sehen. Es war tot. Rosa zog die Gardine nach der Straße zu und trat auf den staubigen Gehsteig hinaus. Die Schenken, die Verkaufsstände für die Kunden in der Nacht des Grito, der Rauchschleier der Raketen, der über dem Stadtteil hing – Rosa hatte das Gefühl, daß alles sie quälte, sie verspottete. *Sag mir, Juan, warum sind wir gerade hierher gekommen? Warum dies oder das, wenn doch alles gleich ist?* Sie schlug den Umhang vors Gesicht, hob den kleinen weißen Sarg auf und stellte ihn ins Zimmer.

Manuel Zamacona fand keine Unterkunft in Acapulco und entschloß sich, die Nacht durchzufahren über Pie de la Cuesta nach Coyuca. Die ersten Nachtstunden hatte er am Strand verbracht, und nun, kurz nach elf, verließ er den Hafen, der dreifarbig illuminiert war; er schwitzte in seiner Flanellhose, hatte die Ärmel aufgekrempelt, der Stapel Bücher und der Regenmantel lagen neben ihm, in den Kurven rutschte alles durcheinander, und die Hitze wellte und erweichte die Seiten. In Pie de la Cuesta rauschte das Meer, übertönte die Stimmen der Leute, die um ein Feuer saßen und Gitarren zupften. Die Straße senkte sich ins Sumpfland und tauchte in dichte Bananenpflanzungen, als Manuel merkte, daß der Wagen Benzin verlor und der Tank sich rasch leerte. Er fuhr langsamer durch die stickige dunkle Landschaft, in der aufgescheuchte Papageien kreischten, bis er Lichter entdeckte. Drei oder vier Strohhütten standen vor einem einstöckigen, weißgekalkten Gebäude, aus dem Stimmengewirr und das Geräusch einer Musikbox tönten. Ein paar gelbhäutige Frauen schaukelten sich in Hängematten, und in den Pfützen auf der Straße spielten nackte Kinder, die der Lärm aus der kleinen Schenke in der Nacht des Grito nicht hatte schlafen lassen. Manuel stoppte den Wagen ein paar Schritt von der Schenke entfernt und wollte mit einem Seufzer all seine Müdigkeit und Hitze loswerden.

Er zündete sich eine Zigarette an und blätterte in einem der Bücher. »Et c'est toujours la seule – ou c'est le seul moment ...«

Er stieg aus, öffnete den Kofferraum und nahm einen Aluminiumkanister heraus. Während er Nervals Worte wiederholte, ging er auf die Kneipe zu. Der schleppende Danzón, den die Musikbox dröhnte, wurde übertönt von den lauten Stimmen aus den schreiwütigen Kehlen der weißgekleideten Männer, die sich kaum bewegten und einander Unflätigkeiten zuriefen – zahnlose Münder, fahlbraune Gesichter.

»Verzeihung, könnten Sie mir ein paar Liter ...?«

Einer der Männer wandte Manuel Zamacona das Gesicht mit den tiefliegenden kugelrunden Augen zu; wie den Korken aus einer Sektflasche schoß er seine Pistole auf Zamacona ab, zwei-, drei-, fünfmal. Manuel ließ den Kanister fallen, preßte die Hände auf den Leib, taumelte mit offenem Mund auf den Weg, über dem ein schwerer Pflanzendunst hing, und stürzte tot zu Boden ...

»Mich sieht keiner so an«, sagte der Mann mit den runden Augen.

Während des ganzen Feiertags hatte Federico Robles auf dem Ledersofa in seinem Büro gesessen, reglose Hülle seiner selbst, dumpfer, dunkler Widerschein aller seiner Erinnerungen, den abwesenden Blick auf den Bäumen der Alameda, den fast verhangenen Kuppeln von Santa Veracruz und San Juan de Dios. Weiter hinten hob sich langsam ein scharf begrenzter Nebel aus Pulverdampf und Lichtschein von dem großen vergessenen Platz Santiago Tlaltelolco und seinen braunen Gebäuden mit den hohen abbröckelnden Mauern, aus den festlichen Straßen von Peralvillo. Aber das war es nicht, was Federico Robles bemerkte; im Vordergrund taumelte eine Zeitung durch sein Gehirn, die achtspaltig auf der roten Seite über den unmittelbar bevorstehenden Bankrott einer Bank berichtete, über die tollkühnen Abenteuer, für die ihr Direktor nicht nur das Gesellschaftskapital, sondern auch alle Einlagen verwendet hatte; das Abendblatt, als Extrablatt, das die Nachricht mit Namen wiederholte; der nächste Tag, ein Wald von Händen vor der Bank, die klebrige Invasion von Männern und Frauen, die ihre Einlagen abhoben, die kostspieligen Operationen und übereilten Transaktionen, um Aktien flüssigzumachen, Grundstücke und Häuser zu verkaufen, Kredite zu erhalten. Das Gesicht Roberto Régules', sonnverbrannt vom Golfspielen, grauäugig und scharfgeschnitten, lächelte ihm aus jeder ausgestreckten Hand entgegen, die eine Einlage zurückverlangte. Régules hatte ihm die Kredite verweigert, war überall gewesen und hatte versichert, Robles' Mißwirtschaft sei Tatsache, hatte Interessen ausgespielt, den endgültigen Zusammenbruch vorbereitet, Hypotheken zum halben Wert, Papiere zu einem Drittel erworben und überall einen lukrativen Anteil an Robles' Ruin versprochen. Aber hinter all diesem, hinter der Zone, in der sich noch Worte bilden, schimmerte das Gesicht Feliciano Sánchez', bleich und von Kugeln durchlöchert; und noch tiefer, auf dem tiefsten Grund seines Gedächtnisses, das Gesicht Froilán Reyeros, als er mit Federicos Vater sprach, am Feuer in einer Hütte in Michoacán, und dann staubbedeckt vor der Erschießungsmauer. Die beiden Gesichter flossen zusammen, vermengten sich in dieser letzten Zone der Erinnerung: gemordete Gesichter, im Schmuck von Blut und Pulver, beide gleich, wie sie vor Robles' unfreiwilligem Blick auftauchten. Beide sinnlos gestorben – Robles meinte es heute –, ohne eine Stimme, die an sie erinnern oder die sagen könnte: Ich war es, ich war dein Mörder! In Robles' abwesendem Blick vereinigten sich die beiden

toten Köpfe zu einem Körper mit tausend kugeldurchbohrten, bleigespickten Armen. Froilán Reyero, Feliciano Sánchez, zwei Namen, die ihm einfielen, standen für alle die namenlos Gestorbenen, alle die Sklaven, die Hungrigen. Die Trauer und das Elend aller mexikanischen Leben durchfuhr Robles in diesem Augenblick. Albano ... ein wortkarger Greis; das wenige, was er sagte, wurde wie glühende Steine aus der Welt geschleudert, mitten in die Sonne, er schmierte allabendlich seine Strohsandalen mit Schlamm ein, damit die Sonne sie trocknete und dem Schweiß des Menschen ihr heißes Siegel aufdrückte. Mercedes ... eine Frau, in Dunkelheit gehüllt, in Dunkelheit gezeugt durch die jungen Hände Federico Robles' ... Kugelhagel und Sonne, Schlachtfeld von Celaya, Saat und Dünger, und ein wildes, schnelles, sehniges Pferd, mitten im Kampfgetümmel, wie das Pferd, das ... das ... Robles suchte nach einem früheren Namen, noch früher und zu jenem Augenblick gehörig, und konnte sich doch nur der Namen und der verschwommenen Gesichter von Froilán Reyero und Feliciano Sánchez erinnern. Ihr Tod, der Tod dieser beiden, hüllte in diesem Augenblick Leben und Leib Federico Robles' ein wie eine feurige Plazenta. Alle greifbaren Dinge waren aus der Welt verschwunden, nur eine ungeheure dunkle Hülle und die beiden irrenden Gestirne der Toten, und er, auf dem Bauche liegend, unfähig, sich zu bewegen, mit gebrochenen Flügeln, die Augen auf den Erdboden gepreßt, ohne zu blinzeln, rollend, richtungslos, ein gespenstischer Traum: Ein Auge sprach zu dem anderen – schwer waren sie und bewegten sich wie Sterne
»wie, Ibarra, Arbeitsunfall?
es wäre gut, wenn die Nachricht von einer privaten Institution ausginge
ein Alter mit schrecklichen Augen und sanften Händen
und dann kam der Streik, und alle wußten, daß es nichts zu essen geben würde ... und ich war traurig und wütend und werde es immer bleiben
ist ein gelehriger kleiner Indianer, der begriffen hat
Sie hätten die Porzellangesichtchen sehen sollen
und die andere Schwester, die grade sechzehn wurde
zweitausendfünfhundert haben sie sich geschnappt
nun kommen die fetten Jahre
Maycotte in Guaje belagert!
immer so, schmutzig, bitte, immer so, schmutzig
eine alte Liebe rostet ...

zum erstenmal in der Geschichte Mexikos haben wir einen stabilen Mittelstand mit
jetzt ist es wirklich eine große Stadt, man muß dieses neue weltstädtische Mexiko genießen, finden Sie nicht?
sind wir ursprünglich, oder werden wir? Sie haben keine Kinder, Lizentiat
manchmal denke ich, es ist kein Leben, soviel gesellschaftlicher Trubel; glaub mir, ich tue es für dich
wir können nicht blind leben und sterben, verstehen Sie mich?
fühlst du dich wohl?
Hortensia
wenn die Mexikaner nicht errettet werden, dann wird kein Mensch errettet
wer nimmt die Sünden Mexikos auf sich, Ixca?
Feliciano fiel vornüber in das niedrige Gestrüpp«

Robles schlug die Hände vor die Augen. Es war Nacht geworden, und ein dichter, vielfacher und doch dumpfer Lärm brandete aus der Stadt herauf bis in das Büro. Der Grito wurde gefeiert. Die Raketen schossen immer schneller über die Stimmen hin, als Federico gegen elf Uhr nachts sein Büro verließ und im Wagen nach Las Lomas hinauffuhr. Er mußte im Zickzack fahren, um den Betrunkenen, den Feiernden und den Kindern, die Knallfrösche warfen, auszuweichen. Das Wohnzimmer war dunkel. Federico rief seine Frau und stieg nach oben in das erleuchtete Schlafzimmer. In einem Negligé aus Seide und Spitzen sah Norma ihn vom Bett aus an.

Beide Gesichter, Mann und Frau, hatten ihre endgültigen Züge angenommen: gerötete Augen, verzerrter Ausdruck, schlaffer Körper: Norma – gespannte Muskeln, verkrampfte Hände, uralte Augen: Federico.

Norma deutete nur einen hohlen Schrei an, der der offenkundigen Bestimmung des luxuriösen Gemachs mit den gepolsterten Wänden, den goldenen Spiegeln und den roten Teppichen für immer ein Ende machte.

»Geht dieses Haus auch weg?« fragte Norma mit heiserer Stimme. »Lüg mir nichts vor! Auch das Haus!«

Federico betrachtete mit seinem neuen Blick den Raum. Wie ein bleierner Block stand er auf dem Teppich, er gehörte schon nicht mehr hierher. Die Farbe des Teppichs verursachte ihm Übelkeit; zwei Körper, immer zwei Gesichter, schienen aus diesem roten Fleck emporzusteigen.

»Auch.«

Norma zerkrallte das Kissen. »Und was wirst du tun? Sollen wir von Almosen leben, oder was?«

»Für den Augenblick. Wir werden uns schon herausarbeiten.« Die Worte stiegen mechanisch in Robles' Kehle hoch; in sich fühlte er ein neues Verlangen nach Ekel und Zerstörung und nach einer neuen Begegnung, das ohne sein Zutun aus den Stimmen, den Erinnerungen und den einsamen Stunden in den letzten Tagen gekeimt war. Er streckte den Zeigefinger aus, wie eine Natter, die aus der monolithischen Festigkeit seines Körpers hervorzüngelte: »Gib mir den Schmuck!«

»Ha!« Norma setzte sich im Bett auf, die spitzen Brüste unter dem Morgenrock und die Adern an ihrem Halse zitterten. »Und was noch? Soll ich Bardame werden, damit ich zu essen habe? Oder machen wir eine Nähstube auf?«

»Schrei nicht so. Die Dienstboten können dich hören.«

»Ach was.« Norma kreuzte die Arme, und ihre Miene wurde eine Fratze, als sie Federico von oben bis unten musterte. »Die Köchin ist über die Festtage nach Hause gefahren, und Rosa stirbt eins ihrer Gören. Du bist ja wohl nicht gekommen, um mir Gesellschaft zu leisten.« Sie ließ den Kopf sinken. »Ich bin halbtot vor Wut und Verlassenheit.«

Zum erstenmal hätte Robles sie trösten, in seine Arme nehmen mögen, nicht mit der kalten Gefühllosigkeit ihrer gemeinsamen Nächte, die geplant, genau und hellwach abliefen, bei denen jeder die Bewegungen, die Vorbereitungen und die Hygiene des anderen beobachtete. Die Erinnerung daran war es, die sich zwischen Federico und die klägliche Gestalt seiner Frau schob. Und doch war es das erstemal, daß sie nicht in ihrer sorgfältigen Eleganz strahlte, mit der sie augenblicklich den Geruch des Beischlafs, ihrer füreinander unzugänglichen Körper tilgte. Robles bewegte keinen Muskel. »Den Schmuck.«

Norma beugte sich bis an den Rand des Bettes. »Nein! Ich sag dir, nein! Wenigstens den behalte ich!«

»Du gibst mir den Schmuck, und du bleibst bei mir.«

Normas Wirbel von Laken und Seide und Spitzen unterstrich die schreckliche, unwirkliche Regungslosigkeit ihres Mannes.

»Bei dir? Aber du bist ja ruiniert, du Dummkopf! Heute habe ich mit Silvia Régules gesprochen; sie hat mir erzählt, wie es aussieht, schlimmer noch, als es in der Zeitung steht ... Bei dir! Aber ich bin doch mit diesem Haus, mit dem Wagen, mit meinem Schmuck verheiratet, nicht mit dir!«

Robles streckte die Hand aus, und Norma wich zurück auf

die Kissen. »Geh raus! Ich will dich heute nicht sehen, Federico. Ich will nicht Dinge sagen, die ich nicht sagen mag, die im Augenblick ... ich weiß nicht ... laß mich in Ruhe. Wir sind nicht, was wir sein sollten, keiner von uns. Wir haben gespielt. Gut so. Aber nun sind wir, was wir sind. Nun geh endlich! Ich kann dich nicht ertragen heute ... nein!«

Wie ein Automat schob sich Federico auf Norma zu, von einem Mechanismus getrieben, der, wie die Frau ahnte, unkontrollierbar, ungeheuerlich, Robles selbst fremd war.

»Was, tut dir die Wahrheit weh? Geh, Federico, sag ich dir! Was, du willst mich schlagen? Ha!« Normas Worte straften ihre angstvolle, kraftlose, wie gelähmt auf dem Bett liegende Gestalt Lügen. Robles trat nahe an sie heran, preßte ihre Schultern, näherte seine Lippen dem Hals der Frau. Norma entriß sich der schweren eisenharten Umarmung.

»Geh! Geh!«

»Den Schmuck«, flüsterte Robles, »gib ihn mir sofort.«

»Gar nichts geb ich dir.« Norma lief auf die Tür zu. »Und morgen geh ich fort und nehme alles mit. Ich brauche dich nicht, weißt du. Ich habe meine Welt, die nichts Gemeinsames hat mit einem Kerl wie dir ... Ich habe meine eigenen Kräfte, nicht weil ich mir dir verheiratet bin, das sollst du wissen. Was glaubst du wohl, was ich die ganze Zeit getan habe, wenn du mich allein gelassen hast und nur einmal in der Woche zu mir gekommen bist, damit ich mit dir schlief?« Ihre ganze Gestalt blähte sich vor Kraft. »Wenn du seit unserer Hochzeitsnacht wußtest, daß ich nicht mehr Jungfrau war, was hast du denn erwartet? Und warum hast du mich ertragen? Weil ich dir etwas gegeben habe, nicht wahr, was alle deine Millionen dir nicht geben konnten. Das Gefühl der Zugehörigkeit, daß du kein Bauernlümmel, kein dreckiger Indio mehr warst, daß du ein anständiger Mensch werden konntest, ja ... Und du sollst wissen« – Norma lachte, vor dem reglosen Robles, in dessen Augen wieder die Ferne, das ahnungsvolle Erinnern glomm –, »ich bin nicht stark, weil ich dir gehöre; ich kann allein leben und lieben, die Leute zwingen und mich durchsetzen, nicht weil ich verheiratet bin mit einem eingebildeten Habenichts, einem Pferdeknecht, einem ... Hast du dich denn mal angesehen, glaubst du, du bist ein Filmstar, oder was?«

In ihrem Lachen fühlte Norma sich wieder fortgerissen vom Meer, von dem Meer, das sie überwunden und beherrscht hatte, fern von dem aufreizenden Lächeln Ixca Cienfuegos', bis sie das

Land berührte: sie allein, Norma Larragoiti, sogar vor dem Mann, der sie besiegt hatte.

»Hast du nicht gemerkt, wie es mich ekelte, mit dir zu schlafen, wie ich versuchte, mich zusammenzunehmen, bis ich mich selbst überwand und dich in mich eindringen ließ, als wärst du irgendwas, ein Chamäleon, kein Mann ... Niemals? Glaubst du, daß ...?«

Taumelnd, maßlos, wie ein Trommelwirbel aus Fleisch, ließ Robles seine Wut aus, wühlte in Schubladen, durchsuchte die Schränke, fetzte die Gardinen herunter. Normas Lachen wurde schriller, schlug gegen das vorige und gegen das Lachen, das ihr unaufhaltsam in der Kehle hochstieg. Die Wut riß Robles aus dem Schlafzimmer, auf den Flur, zur Treppe, und Norma lachte noch immer. Sobald sie die ungleichmäßigen Schritte Federicos auf dem Marmorboden des Wohnzimmers hörte, schloß sie die Tür ab und schleuderte den Schlüssel auf das zerwühlte Bett. Sie warf sich darauf, streckte Arme und Beine von sich und spürte, wie das Lachen aus ihrem Bauch hochstieg, sich zwischen den Brüsten verlor, und wieder drang über ihre Lippen ein trockenes, wütendes Flüstern, das nun für niemanden da war, niemanden beeindruckte. Und als Norma es hörte, da zitterte sie, als flüsterten andere Lippen, nicht die eigenen, in ihrer Nähe.

Evrahim, Chino Taboada und Rodrigo langten nach Mitternacht bei Lally in Cuernavaca an. Die drei Männer hatten den Tag am Schwimmbecken verbracht und die Einzelheiten von Rodrigos neuem Drehbuch durchgesprochen. Rodrigos ursprüngliche Idee – eine Nonne, die ihre Tracht auszieht und sich aufmacht, die Welt zu erobern – war aus Respekt vor den Empfindungen des katholischen Publikums in die Geschichte eines Barmädchens umgewandelt worden, das als Nonne endet. Lallys Haus, das ein *showplace* mexikanischer Einrichtungskunst zu sein vorgab, war hinter einer aprikosenfarbigen Holzwand verborgen. Indigoblau und weißer Kalkbewurf wechselten an den anderen Wänden ab, die von Bougainvillea überwuchert waren. Die Türen waren von verschiedenfarbigen Streifen gerahmt, und in den Mosaikkuppeln waren die Badezimmer. Nippes, angeblich aus dem siebzehnten Jahrhundert, Votivbilder aus Blech, Triptychen aus der Kolonialzeit betonten den Stil noch mehr. Auf der weiten Terrasse mit dem Blick über die Hügel tanzte Paco Delquinto mit einer Sektflasche im Arm.

»Der Lubitsch von Coatzacoalcos!« schrie Bobó, als er zwischen den Gartengewächsen die fettglänzende Gestalt Chinos entdeckte.

»Schau nur, Bubú, dieses Häuschen ist genau das, was wir brauchen für den Streifen ›Betrogener Teufel‹, den wir drehen wollen«, sagte Evrahim, der alles anfaßte.

»Ich stelle euch Rodrigo Pola vor, unser neues literarisches Genie!« Taboada machte eine weite Armbewegung über die auf Liegen und Lederstühlen ruhenden Köpfe von Gus, Natascha, Charlotte, Pimpinela de Ovando, Paco Delquinto und demselben Journalisten, der in Acapulco Cuquis' Berichterstattung entgegengenommen hatte. Die meisten erinnerten sich an Rodrigo von Bobós und Charlottes Festen her. Taboadas Vorstellen erreichte, daß alle mit einer Spur Interesse Pola zum erstenmal zu sehen glaubten. Ein allgemeines »Angenehm!« empfing ihn; nur Natascha lächelte hinter ihrer dunklen Brille und streckte Rodrigo ihre blauen Knochenhände entgegen.

»Sieht gut aus, was?« sagte Charlotte zu Pimpinela.

»In seiner Art. Maurisch, nicht wahr?« erwiderte Pimpinela laut und wandte sich an den Journalisten: »Ich sagte, ich finde es sehr gut, wenn sich jemand selbst hocharbeitet; was Leute von Rasse stört, das ist das Vortäuschen, die Lüge. Sie wissen, daß wir Norma akzeptiert haben, weil wir glaubten, sie hätte wie wir in der Revolution gelitten ...«

»Chère«, seufzte Natascha und schlug die Beine auf dem Ledersofa übereinander, »une révolution, ça ne se fait pas: ça se dit ...« Dann stand sie auf und ordnete die Falten ihrer Samthose auf ihrem flachen Bauch. Rodrigo wartete lächelnd auf sie. Natascha traf das goldene Feuerzeug, mit dem er ihr die lange russische Zigarette anzündete. »Hm! So weit sind wir also schon, mon petit.« Sie nahm ihn am Arm, und sie gingen über die Terrasse, Rodrigo atmete tief die süße Luft aus dem Tal, den Duft von Flamboyana und Avocado.

»Ich sehe, du hast dich entschieden. Deine Flügel haben schon Farbe. Hast was geopfert, nicht wahr?« Rodrigo traute seinen Ohren nicht, als Natascha zwischen ihren ebenmäßigen falschen Zähnen hindurch weitersprach. »Man hat nur ein einziges Schicksal. Warum soll man, mon vieux, ein Schicksal haben, das dem der Welt gerade entgegengesetzt ist? Oh, la rébellion, les révoltés, on les a bien foutus, ceux-là! Ce sonst des poètes, tu vois! Mais toi! Ich hab dir den Ehrgeiz von der Stirn abgelesen, beim erstenmal schon, weißt du? Nur ein Ehrgeiziger konnte sich so ungemütlich fühlen, weil er auf einer Gesellschaft de ma chère bête Charlotte nicht dazugehörte. Nun, wo du dazugehörst – na ja, versuch dich ihnen anzupassen, ihren Gesetzen zu gehorchen, und du hast alles, was du willst. Es ist keine Frage des Handelns, sondern des Laisser-faire. Die Welt kommt zu denen, die nichts tun, und flieht die, die sie reformieren wollen, wirst schon sehen.«

»Vautrin in Röcken!« Rodrigo lachte und drückte Nataschas kühlen Arm.

»Du bist geistreich, mein Lieber ... Ja, die Dinge ähneln sich, wirklich. Ich kannte eine andere Welt, die war da, stabil, würdevoll. Es ist nicht sehr angenehm, diese Augenblicke des aufkommenden Bürgertums mitzuerleben. Ich finde es lustig, daß ich hier durchmache, was in Europa vor mehr als hundert Jahren geschehen ist. Neue Herrscherkaste, die sich auf Geld und gesetzlich geschützte dunkle Geschäfte gründet. Les révolutions ont toujours leur Empire, les Robespierres deviennent Napoléons ... Was sollen wir machen? So ist die Welt. Du mußt darin leben, mit ihren Gesetzen. Du wirst es schaffen, Rodrigo. Du erscheinst in dem Augenblick, da sich in Mexiko alle Möglichkeiten für das private Glück eröffnen; die Revolution ist begraben. Nun gibt es einen bürgerlichen Hof, der nur Geld und Luxus respektiert; wenn du das hast, bist du wer in Mexiko; wenn nicht, fällst du auf die Nase, gehörst zum Lumpenproletariat der Gauner, die immer das Wachstum einer großen Stadt begleiten. Ja, du hast recht; aus dir werde ich meinen kleinen Rastignac, meinen mexikanischen Lucien de Rubempré machen ...« Charlotte lachte, Rodrigo ebenfalls, aber im Innern spürte er eine schöpferische ehrgeizige Wärme. Er sah, daß Pimpinela de Ovando ihn unverwandt beobachtete; die gut geschnittenen Hosen, das elegante Bermudahemd mit feinen blauen Streifen, das ganze neue Benehmen Rodrigos unterschied sich sehr von seiner früheren Aufmachung, die typisch für den mexikanischen Mittelstand gewesen war: olivbrauner Gabardineanzug mit weiten Hosen, wattierten Schultern, übergroßen Aufschlägen. »Pimpinela ist sehr nett«, warf Natascha ein, als sie die sich kreuzenden Blicke der beiden abfing. »Nur jemand kann sie nicht leiden« fügte sie bewußt hinzu, »weil sie sie beneidet, weil sie weiß, daß sie mit all ihrem Geld nicht an Pimpinelas Schick und qualité de race heranreichen kann: Norma Robles. Diese kleine Neureich!«

Nataschas Worte bestätigten Rodrigo in seiner neuen Haltung; von diesem Augenblick an würde es keine Zweifel oder falschen Argumente mehr für ihn geben. Eine ganze Welt, eine vertrocknete Welt von Pulver und Erschießungsmauer, von Kindheitsentbehrungen, langen Nächten vor Rosendas Schaukelstuhl, Streben nach literarischem Ruhm, all das, was Rodrigo je gedacht oder woran er sich erinnert hatte, war in diesem Augenblick für immer ausgelöscht. Die Alptraumworte, die Rosenda ihr Leben lang begleitet hatten, versanken in diesem Moment wirklich mit ihr in das Grab auf dem Friedhof von San Pedro de los Pinos, und niemand würde sie je wieder denken oder sprechen. Die beiden Lebensfäden, die sich in Rodrigos Blut verwoben, die an einem grauen Morgen und einer kugeldurchlöcherten Mauer in Belén begonnen und in einer gespenstischen Unterhaltung zwischen Rosenda und Ixca Cienfuegos geendet hatten, rissen ab und verschwanden für immer.

»Hört die verdammte Bronzerasse!« brüllte Delquinto, als eine besonders laute Rakete über das Ufer dröhnte. »Was feiern denn die wieder, zum Donnerwetter? Unter einem Vizekönig mit Perücke und einem mit Stars und Stripes zieh ich den ersten vor.«

Rodrigo ging auf Pimpinela zu und setzte sich auf den Platz des Journalisten, der jetzt mit Charlotte eine Samba tanzte.

»Delquinto bringt uns zum Lachen«, sagte Rodrigo und betonte das »uns«, »das ist schon was in einer so trübseligen Gesellschaft wie der unseren, in der so wenige Leute die Geistesgegenwart, die Phantasie und die Grazie haben, aus dem gesellschaftlichen Leben etwas Tonangebendes für das Volk zu machen.«

»Das wird schon noch kommen«, entgegnete Pimpinela und legte die Hand auf Rodrigos Arm. »Unsere Gesellschaft ist zu neu, sie wird sich abschleifen. Zum Glück haben wir gewisse traditionelle Werte gerettet, die mexikanische Revolution war so ein fürchterlicher Schock, aber Sie sehen ja ... nicht alles ist verlorengegangen.«

Rodrigo spürte eine herzliche Aufforderung in Pimpinelas Augen.

»Sie haben recht, Pimpinela. Meine Mutter – sie war die Tochter von Don Ramiro Zubarán, einem guten Freund des Generals Díaz – hat das auch immer zu mir gesagt. Ich kann sie begreifen: Wir zogen aus einem kleinen Palais im Stadtteil Roma in ein armseliges Häuschen im Chopo. Das half uns, an unseren wahren Werten nur um so mehr festzuhalten.«

»Mir gefällt Ihre Aufrichtigkeit.«

Pimpinela und Rodrigo reichten sich die Hand. Mit dem Blick forderte er sie zum Tanzen auf. Eine kühle parfümierte Hand, ein kaltes Armband berührten zärtlich Rodrigos Nacken.

»Schau nur, Chinu. Sieht man doch gleich guten Geschmack von Rodrigu.«

»Geld hat sie wohl nicht viel, Evrahim, aber um mit ihr anzugeben ...«

»Das Geld wird er haben, Chinu, sie gibt ihm die Kategorie drauf. Two eggs for the price of one.«

Lally kauerte vor dem Plattenspieler und suchte Platten aus. Jetzt legte sie ein ganzes Dutzend Blues auf und seufzte über ihrem Glas Sekt: Zehn Kilo abnehmen sollte man. *I love you, for sentimental reasons.*

Gabriel hielt Beto umarmt, und beide hockten in der Box. Gläser schwappten über, brennende Lampen schwebten vorbei, und die Mariachis sangen. »Die Mariachis sollen für mich singen, denn heute versuche ich den Knochenmann! Ach, Beto, jeden fünfzehnten September wird man melancholisch, erinnert sich an Sachen, an die man nicht denken mag. Immer ist man drauf aus – oder vielleicht nicht? Wer treibt uns bloß?«

»Weil heute das Fest des Vaterlandes ist, und zu Ehren der Kundschaft kann jeder essen, soviel er will. Das hat die Señora alles selbst gemacht, damit Sie alle zufrieden sind!« schrie der fette Wirt, auf dessen Händen man die Poren zählen konnte, über die Pfiffe und das Gebrüll hinweg. Dampfend kamen die Teller mit Hühnersuppe, Maiskuchen, Bohnen, Maispasteten in Bananenblättern und Chipocles, und die Krüglein mit rosa Atolli, graue Tortillas, fliegenübersäte Süßigkeiten (Karamelcremes und Zimtäpfel, Macarrones und Biznagas) und Gläser mit gelbem Pulque, mit Zimt bestäubt, wurden über die Köpfe hinweggereicht. Gierige Finger, vollgestopfte Münder, von dunkler Soße triefend, daß die Fäden über das Kinn liefen und auf das Hemd tropften. Die Gitarren wurden lebendig und die Finger steif bei einem langen Abschiedslied.

»Macht mir auf, ich komme verwundet«, schrie Gabriel aus seiner Box, »singt, als wollten sie uns noch heute erschießen.«

In sein Schluchzen fiel die Menge ein: sitzend, stehend, auf den Tischen, mit glasigen Augen, dunklem Fleisch, feuchten Lippen, umstanden sie die Mariachis mit den Mandelaugen und den kitschigen hängenden Schnurrbärten, mit den Hüten voll angelaufener Silbermünzen. »Auf den Höhen warte ich auf dich, bei dem Nopalkaktus, und ich geb dir ein Zeichen, und dann pfeif ich, und du kommst heraus ...« Und die Arme schwangen wie Sensen, herausfordernd, spröde bei aller Begeisterung, und in den Kehlen gurgelten Schaum und Messerspitzen. »Sicher, Gabriel. Du fängst an, dich an alles zu erinnern, in der Nacht des Fünfzehnten. Mußt es deinen Kumpels erzählen, um's loszuwerden.«

Beto hob das Glas und wiegte den Kopf. »Jeden Tiefschlag, den dir das Leben versetzt! Jede Erinnerung, bei der du am liebsten heulen möchtest!«

»Das geht einem aufs Gemüt!« Tuno kratzte sich hinter den Ohren.

»Recht haste, Beto. Dreckig geht's einem, dreckig. Wenn du nicht mit deinen Brüdern wie mir ... mit wem denn sonst. Mit wem denn sonst? Ich liebe dich, Beto, ehrlich, du bist mein Bruder!« Gabriel umhalste den Taxifahrer und klopfte ihm auf den Rücken.

»Ai wonna fock«, sagte Tuno mit unbewegtem, abwesendem Gesicht.

»Wenn man nicht die Kumpels hätte, Beto. Wenn ich anfangen wollte, dir von all meinem Unglück zu erzählen. Kennst du Yolanda, die immer sagt: ›Hier bin ich, immer für dich da‹, und wenn's drauf ankommt, ist sie zugeknöpfter als 'n Wanzenhintern?« Fifo schnalzte mit den Fingern.

»Die mit den Brombeeraugen, die wie'ne Welle wackelt?«

»Genau die. Das ist Yolanda. Aber der kannst du nicht über'n Weg trauen, Beto, ein falsches Aas, und das Herz eines Mannes ist ihr nicht mehr wert als ein Furz.«

»Das sind die, die mir das Herz zerreißen! Das sind die ... *qué se creían esos americanos, que combatir era un baile de carquís* ... Ja, Fifo, wer wird sich unterhalten in einer Nacht wie dieser ... *se regresaron corriendo a su país, se regresaron* ... Hui, die hab ich gefressen, die Gringos! Ein Mexikaner frißt hundert von den blonden Kerlen bei lebendigem Leibe ... können einem Alpträume verursachen.« Gabriel sprang brüllend auf.

Unter den Fingern des Mariachi flog die Gitarre wie ein Rennpferd. Ein Durcheinander von Leibern, die Frauen in glitzernden Kleidern hingen am Hals der Männer, fader Gestank von Erbrochenem gewann die Oberhand über den Geruch der Speisen; traditionelle Schreie, geballte Fäuste, stiere Augen, *y sentir hervir la sangre por todito el cuerpo entero y a gritar* »*Viva Jalisco!*« *con el alma y corazón.* »Das hat Jorge Negrete gesungen. Die Platte hatten wir im Lager in Texas, weißt du noch?«

»Raus mit den Gringos!«

»Da ist ja Gabriel!« kreischte eine geschminkte Frau mit Goldzähnen.

Die Mariachis tranken und spielten wieder, jetzt langsamer, zupften die Seele aus jeder Saite. Die Schenke wurde still, als Gabriel sich zu der Frau durchschob. Der große hagere Mann in Schlapphut und Gabardineanzug trat ein, ihm folgte sein ständiger Begleiter, der mit dem offenen Mund und den runden Augen.

»'zeihung, 'zeihung«, hauchte Gabriel, trat Leuten auf die Füße, stieß Ellbogen beiseite, seine Hand stützte sich auf alle Schultern, sein Atem blies in alle Ohren, sein Blick war trübe und unsicher ... Metall blitzte, Gabriel schrie auf.

»Ich hab dir gesagt, daß du mich nicht ein zweites Mal kriegen würdest, Mann«, sagte der Hagere, ein blutiges Messer in der Hand. »Mich tatschst du nicht so an ... Weg hier, Cupido.«

Gabriel krümmte sich am Boden der Kneipe, der mit Pulver und Papierschlangen übersät war. Die Mariachis schwiegen. Der hagere Mann im Schlapphut steckte das Messer ein und schob sich wieder durch die Menge bis an die Tür. »Wer hier was von mir will ...« Sein Kumpan kratzte sich den Schädel, riß den Mund noch weiter auf und lachte schrill.

Gabriel bewegte sich nicht mehr. Beto drängte sich durch bis zu dem braunen Körper, zu den blutbefleckten Hosen. Der Mariachi fing wieder an zu singen, unter Raketen und Knallfröschen und Geschrei und Seidenpapierfähnchen.

Die geschminkte Frau sagte zu Beto: »Der ist tot.«

»Nicht zu ändern.«

»Doña Teódula, reden Sie mit meiner Herrschaft«, hatte Rosa zur Witwe Moctezuma gesagt und die Schürze vors Gesicht geschlagen. »Es ist Señora Norma, ich geb Ihnen gleich die Telefonnummer. Sagen Sie ihr, daß er gestorben ist, daß ich ihm heute die Totenwache halten muß.« Die Hände im Schoß gefaltet, betrachtete die Witwe die spitzen, kalten Züge Jorgitos, der mit seiner Puppe im Fichtensarg lag. »Norma – vergiß den Namen nicht«, hatte Ixca zu Teódula gesagt. Die hohlen Augen der Witwe hatten sich nicht bewegt, als wären sie von einer plötzlichen Ahnung festgehalten.

»Wenn dieser große dunkle Mann mich besuchen will«, hatte Teódula zu Rosa Morales gesagt, »dann sag ihm, daß ich gleich wieder da bin. Er soll auf mich warten und dir bei dem Jungen Gesellschaft leisten.«

Gleich sind wir da, hatte Teódula gedacht, als sie auf der Holzbank des leeren Omnibusses saß, der sie in die Lomas de Chapultepec brachte. Unruhig beobachtete der Fahrer sie im Rückspiegel. Niemand fuhr in dieser Nacht in einem Omnibus zweiter Klasse nach Las Lomas. Die Dienstmädchen und die Gärtner, die ihn sonst benutzten, waren alle auf dem Zócalo oder hatten um Urlaub gebeten, um daheim den Nationalfeiertag zu begehen. Die Ketten und die Armbänder der Witwe schlugen klirrend aneinander, je schneller der Omnibus fuhr, um an der Endstation den Turnus zu beenden. Das schwere Gold, in Figuren und Symbolen gearbeitet, tanzte an ihren Handgelenken; auf ihrer dürren Brust grinste an einer Kette eine kleine goldene Maske mit schrägen Augen. »Gleich sind wir da.«

Darum wunderte sie sich beim Aussteigen nicht über den geröteten Himmel, den aufsteigenden Rauch. Wie eine Fackel brannte das Haus aus gelbem Stuck, mit geschnitzten Fenstern und schwarzen Gittern und Nischen, Fliesen und blauen Scheiben, und seine Umrisse schmolzen in der Flammenhülle dahin. Die brennende Tür im Hintergrund des Gartens, dessen Rosen von den eiligen Füßen der Neugierigen und der Feuerwehrleute niedergetreten wurden, leuchtete wie ein dunkler Blutklumpen.

»Zurück! Zurück!«

Die Witwe kniff die Augen zusammen und sah über die Köpfe der Zuschauer hinweg. Eine goldene Schlange, so wand sie sich durch die Menge bis ans Gitter. Der Wasserstrahl preßte die Flammen einen Augenblick lang in ein einziges hohes, zitterndes Bündel zusammen; doch gleich darauf brach das Feuer an mehreren Stellen neu aus.

»Haltet die Alte zurück!«

Teódula riß sich den Schmuck von den Armen, vom Hals, aus den Ohrläppchen, lief mit der straffen Geschmeidigkeit eines Kaninchens bis an die brennende Tür; ihre uralte runzlige Haut, ihre Augen, die erloschenen Kohlen glichen, ihr ganzes dunkles und vor den Blicken der Welt verborgenes Leben leuchtete auf mit dem Feuerbrand: Teódula hob die Arme, in ihren Händen funkelten die alten Schmuckstücke, mächtiger als die tosenden Flammen.

»Danke, Sohn!« stöhnte sie, mehr mit dem Leib als mit der Stimme, und warf den Schmuck mitten in den schwelenden Salon.

Die heißen, feuchten Hände der Feuerwehrleute packten die Witwe an den Schultern. »Was tun Sie hier? Merken Sie denn nicht, wie gefährlich das ist?«

»Meine Freundin Rosa wohnt hier, sie ist die Köchin, Señor.« Teódula Moctezuma lächelte mit aschgrauer Miene.

»In den Dienstbotenräumen war niemand, und im Erdgeschoß auch nicht. Wenn jemand zu Hause war, dann oben, und dem ist nicht mehr zu helfen. Weg da, Señora!«

Teódula lächelte wieder. Von dem Gold befreit, fühlte sie sich leicht an Armen und Nacken. »So wollten wir es beide, Sohn Ixca«, murmelte sie, während sie den Feuerklumpen verließ, der das Haus von Federico und Norma Robles gewesen war. »Ich hab's dir gesagt; sie sind verborgen, aber auf einmal kommen sie heraus. Um die Gabe und das Opfer zu holen.«

Norma war hustend, eine Hand vor dem Gesicht und mit der anderen an die Tür hämmernd, allmählich auf die Knie gesunken. Im ersten Entsetzen hatte sie mit den zitternden Händen den Schlüssel in den zerwühlten Laken nicht finden können, als sie den trockenen Rauch bemerkte, der durch die Ritzen kroch, und dann die riesige Flamme erblickte, die von unten am Fenster hochschlug. Das Feuer wuchs knisternd an der dürren Schlingpflanze hinauf und fraß in einer Sekunde die Voilegardinen. Norma lief an die Tür, schrie und hämmerte mit den Fäusten dagegen; die rote Zunge leckte weiter über die Teppiche, züngelte über die Laken, erreichte schließlich Normas Morgenrock und ihre Fußsohlen. »Ah!« sagte Norma, als sie den feurigen Finger auf ihrem Rücken spürte, und ließ sich bis auf den Grund ihrer Augen fallen.

Draußen vor der Tür, die von zwei Kerzenstümpfen erleuchtet war, stand Ixca Cienfuegos, mit dem Rücken an die staubige Lehmziegelwand gelehnt, und hörte Rosa Morales am Sarg ihres Kindes weinen. Die volle Offenbarung leuchtete aus seinen Augen, alle Worte und Sakramente seines Herzens strömten ihm durchs Blut und sammelten sich, eine Hernie von Stimmen, in der Magengrube. *Vier Tage bis zu dem Fest,* sagte er stumm durch die Zähne zu den Schatten der Frau und des Sarges, die das flackernde Kerzenlicht auf seine an die Wand gedrückte Gestalt warf, *vier Tage, die Federbüsche werden auffahren in*

Scharen und die Sonne nähren; in westlicher Richtung werden sie geholt, mit den Füßen voran, zum Nabel, zwischen den Himmelsschlangen.

Seine unhörbare Stimme fraß die beiden Schatten, verschlang das Weinen Rosas. *Zur Feier der geschmückten Opfergaben, der endgültigen ... wir werden Gaben und Opfer bringen, Rosa, hoch in den federleichten Armen, zwischen den zwei Bergen, die uns zermalmen wollen ...* Er drückte sich mit den Schulterblättern an den Lehm, er wollte Zeuge sein und wußte nicht wie, er wollte in das Weinen und die schüchterne Seele von Rosa Morales eindringen und wußte nicht wie. *Acht Wüsten, acht Hügel trennen uns von dem Heiligtum ... Ich werde dich anschauen wie den ersten Fremdling der Nacht, ich schwöre es dir, wenn ich weiß, daß wir zusammen zum Fest gehen, wo die Seelen der Pilger atmen. Das Herz der Berge öffnet sich, damit wir zu der düsteren Feier kommen. Öl zwischen den Beinen, Blut im Haar, um würdig zu erscheinen. Der rote Hund bringt uns über das Wasser ...* Ixca biß sich auf die Lippen, beugte den Rücken unter einem Gebet, das er nicht zu sprechen wußte – *schon sind wir im neuen Land, in derselben Erde, die wir verlassen haben, neugeboren ist sie. Wir haben sie nicht verlassen, sie selbst ist unser Grab. Wir sind nicht fortgereist. Wir treten ein in die neun Höllen, zu dem Ort, von dem wir ausgegangen sind ...* Rosas Schluchzen strömte ruhiger, wie eingeschläfert von Ixca Cienfuegos' Gebet. Eine neue Sonne, an der noch der Pulverrauch und die Papierschlangen der Nacht hingen, warf ihren ersten Dunst aus. Teódula Moctezuma ging leichtfüßig in ihrem roten Gewand den erdigen Pfad entlang auf Cienfuegos zu, der im Dunklen stand.

»Das Opfer ist gebracht«, zischte die Witwe Ixca ins Ohr, als sie in ihrem Luftschleier zu der bestaubten Gestalt an der staubigen Mauer trat. »Wir können wieder sein, was wir sind, Sohn, wir brauchen uns nicht mehr zu verstellen. Du kehrst zu den Deinen hier zurück, mit mir. Du hast mir mein Geschenk gegeben, bevor ich gegangen bin. Der Uralte hat sich diese Frau, diese Norma, schon geholt.« Die Greisin streckte einen Finger, so gelb wie ein Maisblatt, der aufgehenden Sonne entgegen. »Sieh, da ist er wieder. Wir können wieder eintreten. Deine neue Frau wartet auf dich, Sohn, mit dem Kind, das bereits bei meinen Kleinen ist und bei meinem Celedonio.«

Ixca sträubte sich, sie zu verstehen. Wie in einem wirren Traum wiederholte er das Gebet und die unverständlichen

Worte. Er erinnerte sich Jorgitos, als er noch lebte, mit den Zeitungen unter dem Arm, an dem dämmrigen Abend vor der Kathedrale, und er ahnte, daß er ein Vorzeichen der Heimkehr zu den alten Zeremonien, zu dem geheimnisvollen Leben Teódulas und ihrer Toten gewesen war.

»Hör ihr nur zu, wie sie weint, Ixca, mein Sohn. Die Arme weiß es nicht. Bete nur mit ihr, wie wir für meine Kleinen gebetet haben, und dann geh zu ihr und tröste sie.«

»Ein Leben ist noch da, Mutter«, murmelte Ixca, an die Mauer gedrückt.

»Geh und sieh's dir an, Sohn, wenn du willst. Aber du bist schon hier, bei uns. Hier wirst du leben. Das andere ist vorüber. Nun ist jeder, was er sein muß, das weißt du.«

Teódula Moctezuma trat, befreit von ihrer alten Last, in die ärmliche Hütte, aus der die Wachskerzen und der Sarg und die Stimme Rosa Morales' ächzten.

Der Putz war von der Stadt abgeblättert. Die letzten müden Mariachis zogen davon, stimmten lustlos und gähnend noch ein Lied an, lehnten sich an die rosa und grünen und grauen Mauern und sangen die Hymne des neuen Tages,

am Morgen war es, als ich begann, dich zu lieben,
ein Kuß um Mitternacht, und ein anderer im Morgengrauen ...

Mercedes Zamacona

Wie ein strenger Scherenschnitt war das Profil der Frau, die im Dunkeln am Fenster saß. Die klare Linie von Stirn, Nase, Hals war kaum erleuchtet, und hinter ihr war Luft und die gepflasterte Plaza, wo der Wind pfiff, wo ab und zu der schimmelige Dunst der Ahuehuetebäume hing; die niedrigen Häuser gaben guten Schutz, alle hatten Balkone mit Gittern, und dahinter lagen neue Gärten mit Schlingpflanzen und alte Trennmauern, umgebaute ehemalige Ställe, Teiche mit schleimigem Wasser. Mercedes Zamacona ließ langsam die Perlen des Rosenkranzes durch die Finger gleiten. Bald würden die Vesperglocken der Parochialkirche von Coyoacán läuten. Anderer Lärm – Omnibusse, Fahrräder, Stimmen – gelangte nicht bis zu ihr. Mercedes hörte nur (es war die gewohnte Stunde für ein Glas Milch mit

Kuchen und Eingemachtem, das die Nonnen von San Jerónimo bereitet hatten) die Magd auf dem dunklen Tezontlefußboden, die Glastür, die sich öffnete (und das Klappen des zerbrochenen Sehschlitzes), und die gedämpften Schritte auf dem Teppich, die den notwendigen Umweg um die Tannenholzkonsole machten.

»Señora, da ist jemand für Sie«, sagte das Mädchen fast unhörbar.

»Manuel?« Mercedes sah ins Zimmer, und die Luft bewegte ihr ergrauendes, in einem steifen Knoten straff nach hinten gedrehtes Haar.

»Nein, ein Herr Cienfuegos.«

»Wie sieht er aus?«

»Groß, Señora, groß und ...«

»Wie noch?«

»Dunkel, mit ganz schwarzen, ganz dunklen Augen.«

Mercedes wiederholte die kaum gesprochenen Worte des Mädchens: »Dunkel, mit ganz schwarzen, ganz dunklen Augen ...« Ihr Blick kehrte aus einer wilden Ferne zurück, die ihr den Atem benommen, sie eine Weile aus ihrer strengen Haltung gerissen hatte. Sie merkte, daß sie vor der Magd den Kopf gesenkt, die sonst so geraden Schultern hängengelassen hatte. Sie ordnete den Spitzeneinsatz und die Kamee, die daraufstak, wie ein Relief aus den gleichen Spitzen. »Du weißt, daß ich niemanden empfange außer Manuel. Sag ihm, daß ich nicht zu Hause bin.«

»Ja, Señora.«

Wieder die Schritte, das Anschlagen des kupfernen Sehschlitzes gegen die Scheibe, das Echo auf dem Tezontle, wie Glokkenschläge, unter den Absätzen der Magd: der gleiche Ablauf in umgekehrter Richtung. Mercedes ließ den Blick über die vier kahlen weißen Wände schweifen. Wieder setzte sie sich kerzengerade in ihren Sessel und bot dem Abend ihr Profil dar. Ein braunhäutiger Mann mit sehr dunklen Augen. Dunklen. Sie ergriff den Rosenkranz, öffnete das Meßbuch und schloß es wieder mit einem angewiderten Ausdruck. Das sind nicht die eigentlichen, wahren Worte, dachte sie: diese süßliche Prosa, bar jeder Größe. Ein braunhäutiger, dunkler Mann. Ein Windstoß fuhr heulend in das Blättermeer der Plaza und verstummte gleich darauf. Mercedes warf einen Blick auf die Straße. Man müßte die großen Worte erfinden – man sollte darüber nachdenken –, und sie müßten den Klang der schrecklichen, unergründlichen Dinge des Geistes und der Religion haben. Dunkle.

Sie legte eine Hand über die Augen. Sie wollte sich nicht wieder an alles erinnern, und doch – was hatte sie anderes getan all diese Jahre, als sich zu erinnern, Tag für Tag, an jede Einzelheit, jeden kleinsten Duft, jeden Luftzug, jedes Fruchtaroma, die ihr helfen sollten, das Bild jenes Mannes und jenes Augenblicks heraufzubeschwören. Nein, heute nicht, dachte sie und fügte, den Gedanken bannend, laut die Worte hinzu, die ihr wie ein Gespann durchgehender Pferde durch den Sinn galoppierten: »Der Geist der Wahrheit wird Zeugnis ablegen von mir ...«

Ja, denn erst später, viel später, hatte Mercedes über diese Worte des Evangeliums nachgedacht, die ihr Onkel, der Pfarrer, sie hatte auswendig lernen lassen, als sie als kleines Mädchen nach Morelia gekommen war, um Lesen und Schreiben zu lernen. Ein steifes Fräulein, das nach Kampfer roch, brachte ihr Buchstaben und Zahlen bei, aber der Pfarrer war es, der ihr das Wort des Herrn predigte, und es waren diese Worte, damit Mercedes lernte, den falschen Schein von der Wahrheit zu unterscheiden, sich an die Wahrheit zu halten, trotz weltlicher Versuchungen und der Klatschereien der Leute: Die Wahrheit würde am Ende siegen und Zeugnis ablegen von sich und von Mercedes, wie sie auch Zeugnis ablegte von Christus. Aber das dachte sie nur – nicht damals, oder vielleicht seit damals, aber sie erinnerte sich erst Jahre später daran –, weil ihr Onkel, der Pfarrer, nur das Auswendiglernen von ihr verlangte, die endlose Wiederholung: Der Geist der Wahrheit wird Zeugnis ablegen von mir. »Rühr mich nicht an, denn ich bin noch nicht zum Vater aufgefahren«,

aber mit dreizehn weiß ein junges Mädchen alles, was es an Buchstaben und Zahlen zu lernen gibt, und es heißt, sie soll zu ihrer Mutter zurückkehren, um sich andere Dinge anzueignen. Aber ihre Mutter ist an einen Rollstuhl gefesselt, und ihre ältere Schwester hat nicht geheiratet und wird jeden Tag hagerer, wie eine Metallplatte, die all ihre Unebenheiten verlieren muß, bis sie nur noch eine unveränderliche, unwiderruflich glatte Fläche ist, und ihr Bruder ist Offizier im Bundesheer und erschießt Rebellen.

»Vier am letzten Sonntag, Mercedes, vier Aufrührer, die gemeinsam sterben mußten, hochmütig, ohne Gottesfurcht, glaubten, sie könnten einander verzeihen und gäben einander Kraft, ohne Gottesfurcht.«

Mercedes warf ihr Strickzeug beiseite und schlug die Hände vor die Augen – Rühr mich nicht an ... bevor ich zu meinem

Vater auffahre, hatte sie gedacht, oder erinnerte sich jetzt, daß sie es gedacht hatte, und eigentlich dachte sie es erst jetzt – niemals, bevor Er uns ruft und uns richtet, vorher nicht. Erst später – oder jetzt – sollte sie glauben, daß sie sich an diese Worte erinnerte: Wenn sie ihren Bruder erzählen hörte, wenn er auf Urlaub war und mit keck aufgesetztem Käppi und blanken Stiefeln und gezwirbeltem blondem Schnurrbart auf dem Gut bei Uruapan erschien; oder wenn sie ihre Schwester hörte, diese hagere Stange wie aus kaltem Metall und mit ätzendem Blick, der wortlos jeden verurteilte, weil sie sich mit dreißig Jahren bereits zum Mauerblümchen, zur alten Jungfer verurteilt sah, und das erfüllte sie mit Selbstmitleid, ihrem einzigen, untilgbaren Vergnügen; oder wenn Mercedes ihre Mutter anschaute, die im Rollstuhl saß, auch stumm, als hätte sie nicht noch genug Zeit zu schweigen, und Gott wortlos ihr Krüppeldasein vorwarf: ein Mittelding ohne Sprache zwischen dem eigenen und Gottes Zorn, der sie geschlagen hatte, wie ein Sieb zwischen zwei Urteilen, die ohne Worte einander nähren und sich zu einem einzigen Brei vermengen; und nur ihr Bruder richtete mit dem Schwert, richtete im Namen der nicht gesprochenen Worte und des lärmenden Schweigens von Mutter und Schwester, er ergänzte ihre stummen Urteile mit Blut und Schwert und Toten – wie sie das nach dem Urteil der behinderten Mutter und der altjüngferlichen Schwester waren –, so war das Haus, als Mercedes mit dreizehn Jahren von Morelia zurückkam, in einem Kattunkleid, das kastanienbraune Haar in zwei Zöpfe geflochten, die ihr bis an den Gürtel reichten, mit erregten Spitzen der jungen Brüste und schmerzendem Leib, und sie wollte der Mutter oder der Schwester mit den Augen von ihren Schmerzen sagen, doch keine von beiden verstand sie und erklärte ihr etwas, denn die Mutter hatte das längst vergessen, und die Schwester verbarg es unter den schwarzen Gewändern ihrer Verschämtheit. So verbrachten sie die Abende, saßen schweigend in Schaukelstühlen mit harten Lehnen, während der Duft gerösteter Kaffeebohnen und das Wispern des Grases, das voller Grillen war, hereinwehte, auf einem üppigen Wind, der sich zwischen Berg und tropischer Erde mit Düften vollgesogen hatte, der in Mercedes' Nase kitzelte, und sie mußte die Augen schließen, und der Duft von Steinen und Früchten sank in sie ein, bis in den schweren, schmerzenden Leib, und noch tiefer, immer tiefer, und drang durch die weit geöffneten Fenster.

»Und wenn du betest, schließ die Tür und bete zu deinem

Vater, der im Verborgenen ist, und dein Vater, der im Finsteren sieht, wird dich belohnen«;
sie hätte die nicht gehörten Stimmen von Mutter und Schwester aus ihnen herausschlagen mögen, damit sie Begleitmusik für ihr Leben seien. Mercedes hätte dann hinter der geschlossenen Tür beten können, und ein Rhythmus, ein beliebiger Rhythmus, hätte sich eingestellt, der alles zwischen Gebet und Leben ordnen und ein Band um sie hätte schlingen können – aber nicht so, Leben und Gebet, beide flach, beide stumm. Mercedes ging morgens ins Freie, durch den feinen Staub, den die ersten Schritte, die ersten Wagen aufwirbelten, gleißend unter der gewalttätigen Sonne, die sich mit jedem neuen Geruch der heißen, scharfen Speisen belebte, die Nasenflügel und Finger verbrannten, noch bevor sie den Gaumen berührten. Ein paar Hähne spazierten stolz umher, schliffen ihre Sporen an den ungleichmäßigen runden Steinen der kurzen Straße, die bald in den Pferch einmündete und dann ein Pfad wurde zwischen den abgeernteten Kaffeefeldern und dem unebenen Gelände von Fluß und Bergland. Mercedes schritt dahin zwischen den Kaffeepflückern und las ein paar Bohnen des duftenden braunen Kaffees auf, der alle anderen Gerüche der Gegend überlagerte; braune Männer mit langem Schädel und Augen wie brüchiger Jade hoben das Gesicht, wenn sie vorbeiging, vor allem, als sie vierzehn Jahre alt geworden war und spürte, daß sie anders ging, daß etwas Neues von ihr forderte, aufrechter und lässiger, aber bewußter zu gehen; so schritt Mercedes mit vierzehn Jahren durch die Kaffeepflanzungen und versuchte, die Blicke der Männer zu deuten, die im Schatten ihrer Strohhüte arbeiteten, und zugleich, sie zu vermeiden, denn das verlangte auch der neue Gang, der die hochmütige Miene forderte, und sie wollte nur das Publikum, den Kommentar, den sie eigentlich gar nicht hören und den sie noch weniger anhören konnte, der aber mit seinem einsilbigen Murmeln die Stimmung schaffen sollte, in der sie am Ende ins Haus treten und die Tür schließen konnte – die Zeugnis ablegen würde – und allein beten – die Zeugnis ablegen würde – und etwas bereuen – die aufreizende Haltung – und für etwas um Vergebung bitten – für die heimlichen Blicke: So – glaubte sie heute – hatte sie damals gedacht. Und wenn es ihr endlich gelungen war, einen der Blicke festzuhalten – ganz und gar ohne Folgen, denn diesen einzelnen Mann sah sie nicht wieder, oder wenn sie ihn sah, dann wußte sie nicht, ob es sein Blick gewesen war –, dann wurde ihr Schritt unsicher, sie blieb

stehen, blickte über ihre Schulter und hörte eine Stimme, die eigene, die sagte: »Mir wird etwas geschehen. Mir wird bald etwas geschehen.« Und es gelang ihr, schnell, aber nicht eilig, mit einem kalten Gefühl im Nacken und mit weichen Knien ins Haus und in ihre Kammer zurückzukehren, und sie schloß die Tür zu und schlug sich an die Brust und murmelte reuig im stillen, weil sie etwas herausgefordert hatte, was sie nicht begriff – denn nur das, was sie wußte, stand fest: Der Pfarrer hatte ihr das Wort Gottes erklärt, sie mußte Ihn vom Teufel unterscheiden können – und Gott, der in der Finsternis sah, würde sie belohnen, für alles belohnen, auch wenn sie gesündigt hatte und Ihn um Vergebung bat. Aber Er würde sie nie – so dachte sie jetzt – für ein nicht gelebtes Leben belohnen, für die stumme Entscheidung gegen die Gnade, wie die beiden anderen Frauen im Haus. Man mußte Ihm folgen, alles verlassen und Ihm folgen, in Seinem Wort und in Seinem Geist, aber auch in Seiner Leibhaftigkeit,

»Folge du mir und laß die Toten ihre Toten begraben.«

in seiner lebendigen Leibhaftigkeit von Sünde und Vergebung, von Mitte und letztem Gesicht aller Dinge; da auf dem Rollstuhl und auf den harten Schaukelstühlen, da in dem Geruch gestärkter Wäsche, in dem eingeschlossenen Zuhausesitzen, da in jenem Viereck aus Stummheit und unterdrückten, unter schwarzen Gewändern erstickten Furien, mit dem Segen des Onkels, der immer nach eingetrocknetem Urin roch – da begruben die Toten ihre Toten, da noch mehr als an den Erschießungsmauern, wo ihr Bruder mit einem sehnigen, entschlossenen Hieb seines Degens den Schießbefehl gab: Außerhalb aller dieser Dinge war es möglich, Ihm zu folgen. Er müßte außerhalb von alldem sein, in einem der dunklen Männer, die nach feuchter Erde und Kaffeebohnen rochen, und wenn nicht in ihnen, dann in der kolibridurchschwirrten Luft oder einfach in dem Streifen Grün, der ihr Blickfeld von einem Ende bis zum anderen ausfüllte. Manchmal stieg Mercedes auf den Glockenturm der Kapelle, bewegte nur die Augen hin und her und versuchte so, Seine Welt zu erfassen, die Welt, in der die Toten nicht die Toten begruben, sondern in der die Schöpfung Seinen Fingern als ununterbrochener Akt über die grüne Erdkruste entströmte, die Welt voller Blicke, die es festzuhalten galt, die ihr etwas mitteilen wollten, was nicht zu hören war in dem stummen Viereck von Mutter, Schwester, Pfarrer und ihr selbst, als Zeugin in die vierte Ecke gewiesen, stumm wie die Frauen, oder hämmernd, beredt, in all den Sprüchen ihres Onkels, des Pfarrers:

»Der Geist der Wahrheit ...
Gebt den Hungrigen zu essen, den Durstigen zu trinken ...
Die Einfältigen im Geiste ...
»Hebe dich weg, Satanas, du sollst nicht versuchen Gott deinen Herrn ...«

Da draußen war das, dem man folgen mußte: Wild klopfend stieg ihr das Blut von den Beinen hoch, wenn sie daran dachte, nur daran: daß Seine Welt diese war und nicht die abgeriegelte des Hauses. Und dann hatte sie ihre Haltung, das Bewußtsein ihrer jungen Brüste und des ungreifbaren Messers zwischen den Beinen nicht nötig, sondern es gab einfach neue Mittelpunkte, die wie Drillingsmonde leuchteten, die einander zusangen, die miteinander über ihre plötzliche wunderbare Geburt und ihren glassplitternden Tod sprachen. Ihre andere, dunkle Hälfte: runde Monde, schwarz in der Sonne, silbrig in der Nacht, so empfand sie sie. Und all die Blicke, die in den Kaffeepflanzungen verborgen ihr nachsahen, reichten nicht aus, ihr das zu sagen, sie dessen zu versichern, was nur ihre Phantasie ihr dann und wann zeigte: Wenn sie im Glockenturm stand, wenn sie in ihrer Schlafkammer neben dem verschnörkelten Bronzebett kniete, das mit weißen Netzen verhangen war gegen kleine, grünlichbleiche Insekten, die aufgescheucht davonliefen oder, einer plötzlichen Handbewegung nicht gewärtig, dumm um die Petroleumlampe flogen, rasend, verzaubert von dem Licht, das sie in seinen Bann zwang, rasend, weil sie wußten, daß es nicht das natürliche Licht der Nacht war – sie erfuhr es nicht als etwas Festes, das von nun an zu ihrem Körper gehörte, sondern als ein ungewisses Neues, das ihr eigentliches Schicksal ankündigte: ein schimmerndes, heimliches Tropfen, das sie überschwemmte, damit sie danach die Pflicht, zu beten, sich an die Brust zu schlagen und um Gnade zu bitten, besser begreifen könnte. So war das mit den Drillingsmonden, den Zwillingsfrüchten und der Messerschneide, die von dem weißen Glockenturm aus über ihren Horizont das satte Grün von Uruapan beherrschten, den Schoß der Saat und der Grillen, die Höfe voll atemloser Blumen und blinzelnder Flechten, Mauern, von denen das Weiße abblättert, Rinnsale, die durch die aufgeweichte fruchtbare Erde sickern, über die vorgetäuschte Dürre der Vulkanasche, ungelenke Männer mit feinen Knochen und langen Schädeln, schweigende Frauen, die gebeugt vor ihren Nahrungsmitteln, ihrer Wäsche, ihren Kindern hockten, das unaufhörliche vergessene Murmeln des Tzaráracua, und sein Rauschen, überwuchert von der königlich bunten, todgeweihten Vegetation, die den heißen Obstgarten von Balsas umgibt, und eine laue Luft, duftend nach kleinen Früchten, die kaum gekeimt, schon neue Ernte tragen, ohne Übergang von Samen zu Saft, berauschendem Trank, Eingemachtem.

Mercedes dachte: Jetzt und hier wird mir etwas geschehen. »Tretet ein durch die enge Pforte, denn das Tor zur Verdammnis ist weit und breit der Weg, der zu ihr führt.«

Später, als die Frauen plauderten und sich erinnerten, sagten sie, mit fünfzehn Jahren wußte Mercedes wohl, daß ihr Onkel mit einem reinlichen, kargen Burschen aus Morelia kommen würde, der sehnig war, übersichtlich wie die Landschaft dort, die in einer oder zwei Erinnerungen wiederaufersteht, und mehr als die Blicke, die ihr auf dem täglichen Gang durch die Kaffeepflanzungen folgten. Es sei der Meßdiener, sagte der Pfarrer, ein bescheidener kleiner Indio, fleißig und höflich; darauf ritt er herum, wie er auf seinen theologischen Phrasen herumzureiten pflegte. Mercedes sah den Jungen nur bei seiner Ankunft, denn er wurde gleich in die Küche geschickt, wo er essen sollte, der Pfarrer wiederholte »bescheiden, fleißig und höflich«, und Mercedes erinnerte sich flüchtig der dunklen Augen, die sich kaum zu einem durchdringenden, wie von einer Erleuchtung durchzuckten Blick hoben. Er war alle Blicke der Landleute ringsum, aber nicht vielfältig, sondern einzig, nicht von der Gestalt dieses Mannes auf andere übertragbar. Mercedes merkte, daß der Junge mit seinen nur ihm gehörenden Augen durch die Muschelschnüre spähte, die das Eßzimmer von dem dunklen Gang zur Küche trennten, bei jeder Mahlzeit, und nur sie konnte das merken, denn sie saß den Augen im Korridor gerade gegenüber, die wie zwei zornige Hummeln darin verschwanden, immer weiter nach hinten, bis sie mit einem leisen Türquietschen fort waren. Das geschah am Morgen, wenn die drei Frauen allein frühstückten, während des langen gewürzten Mittagessens, bei dem der Pfarrer den Vorsitz hatte, und schließlich abends um acht, wenn der Duft dampfenden Kaffees und zerlassener Butter aus der Küche durch die Gänge in alle Zimmer drang, die im Viereck um den mit blauen Fliesen gepflasterten Hof lagen. Wenn Mercedes morgens zwischen den Kaffeesträuchern spazierenging, sagte sie sich jedesmal, daß heute, ja heute, diese Augen sekundenlang zwischen den braunen Blättern hervorlugen würden, und dann sollte die ganze Gestalt hervorkommen und sich rückhaltlos unter der Sonne zeigen. Die heißen Tage vergingen, einer nach dem anderen, die Sonne biß sich in den Schwanz, und die Augen spähten weiter bei den Mahlzeiten, und sie suchte nach ihnen auf den morgendlichen Spaziergängen – und jetzt war er es wirklich, mit gesenktem Kopf ging er denselben Pfad wie sie. Er war nun schon städtisch gekleidet, für ihn selbst ungewohnt: Der Pfarrer hatte den zu knappen Anzug von einem Meßdiener zum anderen weitervererbt. Sie gingen aneinander vorbei, und jetzt wagte Mercedes nicht, den Blick zu suchen, doch sie blieb stehen, nestelte an der Schuhschnalle und beobachtete verstohlen den kopfhängerischen Gang des Jungen. In kurzem Abstand folgte sie ihm, hielt ab und zu an, um eine Pflanze zu streicheln oder das Maul einer Stute, und unterdessen wandte sich der Junge dem Pferch am Ende des Pfades zu, als sich plötzlich eine immer dichtere Staubwolke den Weg entlangwälzte, eine schnaubende, platzende Wolke, die die ganze Gegend mit Wiehern füllte: Mercedes blieb stehen, drückte sich an den Zaun und wartete starr vor Schreck, daß die wilde Jagd, der Lärm und die durchgehenden Hufe, vorbeiraste, und endlich sah sie die erregten Nüstern, den fliegenden Schaum; der Hengst warf sich gegen den Zaun, donnerte durch den Staub, Staub hüllte Mercedes ein, und aus ihm trafen die Blicke des Tieres wie zwei glühende Nadeln ihre Brüste. Als sie die Hände vom Gesicht nahm, spürte sie nahebei eine bezwingende Macht, die das Schwitzen und Wiehern und Wüten des Hengstes nur noch verstärkte: Mit einem Knüttel, der von metallenen Spitzen starrte, stand der Junge vor dem Tier; ein schwarzer Nagel blinkte in dessen Rücken, und die Hand des Jungen tastete vorsichtig nach den hängenden Zügeln. Sie war hinter ihm und sah nur die angespannten Armmuskeln, das zerwühlte Haar und die Faust, die den Knüttel umklammerte. Der Hengst wieherte hohl, und rings um den Nagel in seinem Rücken quoll Blut; der Leib hob und senkte sich mit dem Schnauben. Fasziniert starrte Mercedes das Pferd an, sie versuchte, in der Erregung des tierischen Fleisches herauszufinden, warum sie selbst, ihr ganzes Fleisch, erregt war; denn je mehr der Bursche mit den Zügeln das Tier beherrschte und sich dem gebeugten Hals näherte, sammelte sich dessen Aufregung: in den flammenden Augen, dem schaumbedeckten Maul, dem an dem Nagel hervorquellenden Blut und dem zwischen den Beinen strotzenden Geschlecht, das ihr wie ein Messer, wie das Samenkorn der Kraft, wie der bebende Ursprung aller Wut, allen Wahnsinns und aller Majestät entfesselter Raserei erschien. Mercedes vermochte nicht zu atmen, oder sie spürte, wußte, daß ein Atemzug nicht den nächsten ankündigen, daß die Fähigkeit zu atmen nach jedem Hauch zu Ende sein könnte, ihr Blick flog von dem knüttelbewehrten Jungen, der jetzt den Hals des Pferdes umklammert hielt, zu dem aufgerichteten Fleischstumpf des Tieres. Ein Kraftstrom floß von den überreizten Leibern von Mann und Tier, die miteinander verflochten waren wie ein geköpfter Zentaur, zu den drei Mondbildern des Mädchens, die in diesem Augenblick der stolzen Bezwingung hocherhoben pochten wie die Erde ihrer Heimat. Keuchend beugte das Pferd den Nacken, und da brach die Wut des Jungen los, der nur auf die Unterwerfung des Tieres gewartet hatte, um seine menschliche Macht zu behaupten. Stumm, mit zusammengebissenen Zähnen, Schweißperlen an den Schläfen, schlug er mit dem Knüttel auf das Pferd ein, wie auf eine reife Mispel, bis klebrigschwarzes Blut aus den Rissen quoll. Mercedes schloß die Augen und stellte sich den bebenden Fleischklumpen des Pferdes vor, der jetzt in dem Knaben verborgen war – Mann und Tier waren gleich, im Ursprung der Macht. Als der Tumult vorüber war, lag der Pfad breit und weit vor ihr: Der Staub hatte sich gelegt, und die Landleute entfernten sich vom Schauplatz des Kampfes.

»... und er wird die Tenne fegen und seinen Weizen in die Scheuern einfahren, aber das Stroh wird er im ewigen Feuer verbrennen ...«

Nein, sie würde es nie wieder wissen, wie sie beide es damals wußten, als sie sich an dem nicht verabredeten dunklen Ort trafen, wo die Augen in den Fingerspitzen saßen, und als sie wußten, beide unschuldig, beide, ohne sich zu sehen, ohne auszusprechen, was man machen mußte, ohne einander weh zu tun, in reiner Triebhaftigkeit, in dem finsteren Zwischenstock der Kapelle, in den niemals Licht drang, wo beide die Augen weit öffneten, als könnte ihre Netzhaut alle Schleier der Dunkelheit zerreißen und Lichtpfeile abschießen – nicht nur die Augen, sondern jede neue Zone ihrer tastenden Liebe, die jeder ganz und gar den unsichtbaren, wissenden Händen des anderen darbot. Sie sahen sich nie, denn er schaute nur bei den Mahlzeiten zu, und sie konnte nur seine verborgenen Augen sehen, und danach war er schon im Zwischengeschoß, wenn sie kam, und er suchte wortlos ihre Hände und preßte seinen Leib gegen ihre Brüste, die nun nicht mehr brannten, die eine stürmische Ruhe auf seinem Körper fanden, und blind suchten beide Lippen und Schoß und Glied und lachten, wenn sie sich berührten, und fielen auf die alten Decken in der verschlossenen Sakristei, während draußen die Stille des Nachmittags raunte. Sie wollte seine Kraft nähren, nur das; ihm einen Teil von dem Samen ihrer Kraft geben, damit er mit ihm die Pferde zähmen und einen gewaltigen, mit Nägeln gespickten Knüttel in die Hand nehmen und damit die Wege öffnen und die Früchte ernten und ihr sagen konnte, daß ihre drei Sterne lebendig waren und einen Sinn hatten und Wärme und Duft für eine Welt spendeten; sie empfanden niemals Ekel, Verachtung oder Mitleid. Mercedes roch nach Kaffee und Wachslichtern, und sie war sicher, daß alle ihre Nachmittage in dem Glockenturm diesen Augenblick vorbereitet hatten, daß ihre Gedanken von damals so rein waren wie ihre Taten jetzt und daß alles sich ganz natürlich zu ihrem Gebet fügte, zu der Landschaft, die sie umgab, zu allem, was sie sagen und denken und glauben mochte, bevor sie es tat. Daher das Entsetzen, der Alptraum, das Zerbrechen dessen, was sie als von Gott verordnet empfand – hier in seinen sicheren und faßbaren Leibhaftigkeiten –, von Gott, der Saat und Sonne und Erde unter dem Glockenturm in seine Welt einschmolz – das Entsetzen kam durch Hand und Mund der beiden schwarzen Gestalten, ihre Stimmen und das Licht, die eines Nachmittags in die alte Sakristei einbrachen, als Mercedes zum erstenmal sie beide zusammen sehen konnte und der Junge seine Augen mit der Hand bedeckte, nicht weil ihn die Lichter blendeten, sondern als wollte er das Licht von den Schatten abwehren und selbst wieder Schatten werden, während die Schwester zeterte und hustete und mit ihren schwarzen Lappen den Mund bedeckte und der Pfarrer brüllte und mit den Armen flatterte wie ein Rabe.

Ich hab dir gesagt, Onkel, ich hab diese Blicke gesehen, die Unruhe, dieses neue Gesicht an dem Mädchen – dem Mädchen! –, als ließe sich ein zerbrochenes Glas wieder kitten, zieh dir Schlangen am Busen, Ernestina, zieh dir Schlangen, gib dem Hungrigen zu essen, damit er dir ins Gesicht schlägt, Schande über dieses Haus, das bis heute rein war, unberührt von Klatsch und Skandal, und mein Beispiel, Onkel, mein Beispiel von An-

stand und Keuschheit, aufgeopfert habe ich mich und meine kranke Mutter gepflegt, damit diese, diese ... sieh sie doch, wie zwei Hunde, sieh sie doch, Ekel und Verdammnis und Sünde, sieh sie doch, zieh dir Schlangen, das hat man davon, wenn man verlauste Indios mitbringt zu anständigen Leuten, und im Dunkeln wie die Blinden alle beide, ekelhaft, ekelhaft, und die anständigen Leute, was werden sie sagen, o Gott, o Gott, die Ehre verloren, die Sünde, mein Gott, verschlungen von der Sünde und der Wollust, nimm dieses Mädchen Ernestina, verbirg sie vor dem Anblick anständiger Leute, diesen Teufel nehme ich auf mich, Hure, Ernestina, sie ist schuldlos, sie ist vergewaltigt worden von diesem Wüstling, sie weiß nicht, sie merkt nicht, was sie getan hat, im ewigen Feuer wirst du brennen, Mercedes, da gibt es keine Rettung, und ich habe meine besten Jahre hier vergeudet und unsere Mutter gepflegt, du Drohne, ich werde dir schon beibringen, einen Unterschied zu machen zwischen einem anständigen Mädchen und deinen Indiohuren, Huren wie deine Mutter, Mißgeburt, und ich halte hier die Ehre der Familie hoch, sag mir, Onkel, und ich und ich und ich; denn Mercedes hatte schon »Und-ich-und-ich-und-ich« vergessen, das sich an die Situation hält und an das vorgegebene und im Augenblick vorhersehbare Leben, und in diesem Augenblick erkannte »Und-ich-und-ich-und-ich« ihren Tod als Person, den Tod ihres Selbst, ihres Fleisches und ihres befruchteten Wesens, und sie wollte sich an »Ich-bin« klammern, und da wurde sie jemand anders als vorher, denn sie sah dem zusammengeduckten Jungen rasend vor Wut ins Gesicht, und gewohntes Licht und gewohnte Zeit – die neue Zeit und das neue Licht – verloren ihr Gleichmaß, ihren Bezug, und Mercedes lief verstört ins Haus, vor all den verschlafenen Augen, die sich aus ihrem klebrigen Schlummer öffneten, sie lief mit einem verworfenen Stolz – man möchte sagen, Stolz ist nicht von selbst da, sondern man lernt ihn und baut ihn sich auf, und sie lernte ihn unfreiwillig in diesem Augenblick und sagte sich immer wieder, sie sei anständig, er aber ein dreckiger Indio, ihre Schwester habe sich aufgeopfert, und ihr Onkel sei im Besitz des Wortes Gottes, und alles – der Stolz, die Tränen, die Scham – ballte sich zwischen ihren Beinen, und es war, als würde etwas Reifes, Ganzes getrennt, Saiten, die von einer Schere aus Worten zerschnitten würden, und halbes Entsetzen (denn von nun an meinte sie, es gebe keine Fülle mehr, alles sei nur halb: der Stolz und die Sünde, die Liebe und die Scham) pulste und wollte ihr im Leib aufsteigen, und dort, wo es plötzlich anhielt, wie ein Pferd mitten im Lauf, das vor Kraft nicht weiterstürmen kann, da wußte sie, daß sie ein Kind bekommen würde. Sie fühlte in ihrem Schoß das Knirschen der kalten Vernunft, während die Vesperglocken begannen, flach und hohläugig über das fruchtbare Tal zu schwingen und über die erschrockenen Gesichter der Männer und Frauen von Uruapan und derer, die von der Arbeit kamen, von Los Reyes de Salgado und Paracho, von Tingambato und Parangaricutiro, überallher aus dem feuchten Land voller Trauer, das Mercedes' warme Augen, die sie auf ihren Händen zu tragen glaubte, in diesem Moment zu begreifen suchte, in all seinen Jahreszeiten, in Ernte und Saat, in Fülle und Dürre, bei Sonnenschein und Sternenschimmer, in gepflügter Weite und ragenden Felsen, alle Zeiten dieser Erde wünschte sie, in ihrem Schoß beeilen und verdichten zu können, damit die Last der Erde auf ihrem Leib die eigene Entbindung beschleunigte. So geschah es. Später sprachen die Leute – und sprechen noch heute – von der Gestalt voll teuflischen Stolzes und mit Augen von getrübter Unschuld, die zu jeder Tageszeit mit ihrem gewölbten Leib durch die Kaffeepflanzungen und den Pferch spazierte, sogar vor die Kirche, vor das heilige Haus, und ihre Schande vorzeigte, eingebildet auf ihre neue Figur. Die Frucht leuchtete in ihrer Mitte wie ein endgültiger Brand. Tags ging sie und auch manchmal nachts, sie trat den Staub nieder mit ihren bloßen Füßen und bat die Arbeiter um einen Trunk und tadelte ihre Blicke – hatten sie nie im Leben eine schwangere Frau gesehen, war ihr Fleisch nicht dasselbe wie früher? Denn wenn sie früher gegangen war, dann hatten sie anders geschaut, als hätte sie früher nicht dieselben Früchte wie jetzt getragen, zwar noch ungeweckt, aber doch dieselben – und dann legte sie sich schlafen, unter dem versiegten Weinen der verdorrten Mutter, und die Schwester hämmerte an die Tür des Schlafzimmers und bat, Mercedes möge sie einlassen, damit sie zusammen beteten und nicht verdammt würden. Mercedes wegen ihrer Taten und Ernestina wegen ihrer Unterlassungen; und Mercedes lag mit gewölbtem Leib auf dem Bronzebett und schlief ein mit ihrem Stolz und ihrer Sünde in der Kehle; jede Nacht verdammte sie sich, schlief sie wissentlich in Sünde, wartete auf den Tod, ihren Tod, den sie in jenem Chaos von Licht und Zeit gespürt hatte, in das ihre Unschuld und ihre Freude sich verwandelt hatten – so sagten die Leute. Und endlich fingen Mutter und Schwester an zu reden, sie redeten aus ihren steifen Sesseln heraus, sie sprachen aus ihren Eisengesichtern, die mit Fleisch bemalt waren, sie sprachen über Sünde und ewige Verdammnis, sie redeten, als hätte ihr ewiges gedrücktes Schweigen niemals existiert, sie sprachen von der Tugend und der Ehre, was jenes Vorbild getan hätte, das der verstorbene Vater gewesen war, was der jähzornige Bruder mit der Peitsche und den Erschießungsmauern tun würde, wenn er es erführe, sie redeten aus ihrer Unverwundbarkeit heraus, die sie sich mit ihren bezahlten Messen und Ablässen und abendlichen Rosenkranzgebeten erworben hatten, und mit sonntäglichen Hymnen und solchen für alle Toten, bei denen sie gewesen waren, und sie redeten weiter bis zu dem Tag, da Mercedes stöhnte und in die Laken biß, und während sie redeten und an ihre frommen Werke dachten, warteten sie darauf, daß die Frucht der Sünde erscheine und sich von allein wieder davonmache, durch ihre guten Gewissen aus der Welt verflüchtigt. Mercedes war allein und schleppte sich mit letzter Kraft an den Balkon ihrer Kammer, öffnete ihn und schrie Worte aus ihrer Kehle hinaus, nicht aus ihrer Vernunft, Worte, die einer Frau Stimme verleihen sollten, die man allein ließ bei der Geburt, und sie sah, daß die Schwester die Mutter im Rollstuhl schob, schwarz, vermummt, an ihr vorbei zur Kirche, während das Kind sich schon zwischen ihren Schenkeln hervordrängte, lebend und duftend und zappelnd wie ein nächtlicher Fluß: dunkel, stumm wie der Augenblick seiner Zeugung, aber greifbar in seiner Dunkelheit und Stummheit vor Mercedes' staunenden Augen: Sie hatte ein großes Getümmel bei der Geburt erwartet, und sie konnte nur eine Schere vom Tisch raffen und wieder auf das Bett fallen und sich krümmen und sich in die Hände beißen, während das Kind zur Welt kam; und danach beugte sie sich mit blicklosen Augen, mit Sinn und Gedanken, die irgendwo waren, nur nicht hier, über ihren erschöpften Leib und klappte mit der Schere und hob es an den Füßen hoch und klatschte es, während sie etwas summte, einen Sang, der auch einem anderen Tag zugehörte, dieser Zukunft, deren sie sich später nur erinnerte, wenn sie sang und daran dachte, daß sie damals gesungen hatte; und dann verlor sie das Bewußtsein, und als sie aufwachte, fand sie das Kind nicht mehr, und ihre Brüste brannten wie zwei Felsen, die ein fleischernes Erdbeben ausgeworfen hat, und sie suchte das Kind und öffnete der Luft ihre schmerzenden Brüste, und die Milch schäumte und wollte heraus, und das Kind war nicht da. Nun erst dachte sie nach und suchte nach dem anderen Teil, dem

Vater, und in einem flachen und hastigen Schlaf verurteilte sie ihn zur Finsternis – der Zeugung und der Geburt –, zum blinden Leben und dazu, daß er nur im Dunkeln seine Wahrheit und seine Befriedigung und seinen Ursprung finden sollte, und vor allem – das aber ahnte sie kaum –, daß er gefesselt von dem »Ich-bin« leben, seine mißhandelte Macht verfluchen sollte, die sie in der Zähmung des Pferdes erinnern würde, in ihren Vereinigungen: Sie verdammte ihn zu einem sinnlosen, ichsüchtigen Weg, der Mercedes in ihrem Fiebertraum versichern sollte, daß die aufrechten, eigentlichen Früchte dieser Macht, in jenem Augenblick gezeugt und später für immer verstreut, nur ihr gehörten, sie verdammte ihn ohne Stimme und Gedanken – sie suchte nur mit den Händen nach dem verschwundenen Sohn jenes Vaters –, in der Finsternis seine Macht wiederzugewinnen und sie im Licht zu verbrauchen und niemals die genaue Formel für das Verhältnis zwischen der Macht und ihrer Wirkung zu finden. Und sie erinnerte sich nur an den Namen des Vaters ihres Kindes, sie erinnerte sich, daß er ihn nie genannt hatte, daß nur der Pfarrer ihn zufällig einmal ausgesprochen hatte, als er ihn rief, und sie würde ihn niemals wieder in ihrem Leben erinnern, nur jetzt, mitten aus ihrem wilden Traum und ihrem bleichen, geschwächten Körper brach er hervor, und sie schrie: »Federico!«

Hier, stets zu diesem Zeitpunkt, wenn Erinnerung und Name sich trafen, setzte Mercedes' Gedächtnis aus. Es war bereits dunkel geworden, und nur die Haarnadeln blinkten in dem fest zusammengedrehten Knoten in ihrem Nacken. Denn sie hatte wohl die Augen geschlossen und lag danach ungezählte Stunden, und ihre Augen wurde immer größer auf dem Kopfkissen, und sie erblickte durch die Wand ihres Schlafgemachs das letzte Gesicht, in dem das nicht gesehene ihres Sohnes und das kaum in der Erinnerung vorhandene des Vaters verschmolzen, und aus dem Wohnzimmer drang das Murmeln verschämter Gebete scharf und leise durch den heißen Abend, und der Pfarrer brachte sein milchiges Kuchengesicht und seine roten Rosinenaugen, irgendwie in die Mehlmasse gedrückt, nah an die Augen der Mutter, die weit weg waren, die eine andere Maske hatte, eine Wolfsmaske, nicht von Krankheit oder Müdigkeit oder Schmerz, sondern weil sie nicht dasein, weil sie sich verstecken wollte, von Schrecken gepackt vor all den nie geäußerten Worten, tief in ihr Skelett zurückgezogen; ganz nah standen die beiden, und der Pfarrer sagte: »Deine Tochter hat sich selbst verdammt, Ana María, sie hat gegen das Fleisch gesündigt und auch gegen den Heiligen Geist, und sie wird mich nie in ihre Kammer lassen, damit ich ihr die Beichte abnehme und sie mit mir die Worte spricht, die ihr den Trost unserer Heiligen Mutter Kirche und damit die Erlösung bringen könnten, und du, Ana María, mußt sie auch verdammen und auf der Seite Gottes und seiner Kirche bleiben, solange sie nicht den Kopf beugt und die Asche der Reue annimmt«, und er denkt, *rette mich, mein Gott, rette mich vor Deiner Hölle und Deinem Kummer auf dieser Erde und mache mich zu einem Gerechten und laß mich in Deinem Namen die Gerechtigkeit dieser Welt und der anderen verteilen und die Vergebung und die Schuld mit ihr und laß mich nicht das Herz derer öffnen, die Dich mit ihrer Wollust beleidigen; verdamme dieses Mädchen, damit ich erlöst werde und so Deinen furchtbaren Willen und Deine Verdammung erfülle und die Gelegenheit habe, meinen Glauben zu prüfen*, und wieder sagt er und legt die Lippen an das nicht vorhandene Ohr der nicht vorhandenen Mutter: »Sei stark, Ana María, und verdamme sie mit mir im Namen deines Gatten, der in Gott ruhen möge, und im Namen aller Toten, die im Schoß der Kirche schlafen, verdamme sie auf ewig, denn ich glaube, daß sich die Gnade niemals auf dieses unselige Mädchen senken wird, und wenn sie bereut, wird es nur das Werk des teuflischen Hochmuts sein, der sie beherrscht – und er denkt, und weiß nicht, daß das Echo seiner in ein Körnchen zusammengepreßten Gedanken, das sie unbewußt verstehen wird, bis in ihre Kammer dringt, wo Mercedes gewartet hat, *denn sie hat jetzt gelitten und weiß, daß das armselige Menschenwesen jeden Schmerz allein ertragen kann, ohne andere Erleichterung als jene, die es in sich selbst findet, und danach wird sie die rechten Worte und den rechten Weg des Friedens finden und wird Deine Finger berühren und Deinen Atem, der dem Schmerz nahe ist, spüren und wird weder meine Worte noch meine Entscheidung in Deinem Namen noch die Vergebung brauchen, die ich ihr als Dein Diener spenden kann, und dann wird sie in Wahrheit eine Gottesbraut sein, ohne mich, ohne mich;* aber Mercedes hatte die gemurmelten Gedanken ihres Onkels, des Pfarres, gehört, und sie sprach die Worte von Tod und Leben, die sie in den beiden Augenblicken gelernt hatte, dem ihres geöffneten und dem ihres befruchteten Leibes, und in ihnen fand sie Frieden und Entschlossenheit. Deshalb konnte sie das Haus aufrecht verlassen – von nun an würde sie immer so gehen, hochaufgerichtet und mit dem neuen Bewußtsein einer trotzigen Ergebung, das sie nie mehr verlassen sollte – *die Dinge soll man nicht tun, die Dinge muß man tun* –, aufrecht, mit einem blauseidenen Sonnenschirm und zwei Koffern und einer indianischen Magd. Und sie machte sich auf die Suche, durch alle Waisenhäuser von Michoacán und des ganzen Bajío, mit ihrer Tasche voller Goldstücke, die die nicht vorhandene Mutter ihr wortlos gegeben hatte, eingeschüchtert von der Litanei des Pfarrers, kurz bevor sie sich endgültig in ihr Knochengerüst zurückzog, entsetzt vor so vielen nie ausgesprochenen Worten, eingeschüchtert vor der völligen Verlorenheit und Verdammnis. Mercedes konnte in einer alten Kutsche des Gutes durch den Bajío reisen, mit der indianischen Magd und einem weißlivrierten Kutscher, mit dem steifen Seidenschirm, und sie ging den Spuren nach. Fremd war ihr das neue Getümmel von gehißten Standarten und von Geschützen, sie suchte in den Augen der Soldaten die Augen dessen, der sie geschwängert hatte, und sie war sicher, daß irgendwo seine dunklen Schenkel auf dem Rücken eines wilden Pferdes auftauchen würden, daß seine Macht diese Verbindung von Blut und Feuer und Schlacht brauchte; doch schließlich gab sie ihn als tot auf, als sie in einem Findelhaus in Celaya, Tage vor den Kämpfen zwischen Obregón und Villa, das Kind mit dem rötlichen Gesicht und den feinen Zügen fand; ihre Schwester Ernestina hatte es mit ihrer Unterschrift dort gelassen, und mit ihm reiste sie nach Mexiko und kaufte ein Haus in Coyoacán und taufte das Kind Manuel und zog es auf in der Liebe zur Wahrheit; und die Jahre vergingen, ohne zu vergehen, sie standen immer bei zwei oder drei Augenblicken still, die die gesamte Zeit und das ganze Leben zusammenfaßten, nur dies: *Vater meines Kindes, du sollst keine andere Macht haben als die, die du mir ausgepreßt hast, und du wirst zu meinem Bild und dem Bild deines Sohnes zurückkehren, damit du die Wahrheit und den Ursprung deiner Macht findest, und alles andere wird fruchtlose Vergeudung und nutzloser Stolz und schlimmstes Verbrechen sein, das nicht weiß, daß es Verbrechen ist;* und sie ahnte, wie er durch die Welt, die neue Welt, und die neue Stadt sprengte, geschwellt von Macht und von der Kraft, die sie und alles rings um sie – die feuchte Erde, Früchte der Erde, Augen und Hände und Gesichter der Mexikaner, die unsichtbare Zeugen ihrer Liebe gewesen waren – ihm zu Anbeginn geschenkt hatten.

Der Himmel hatte sich verdunkelt. Eine Kavallerieschwadron, die von der Parade zum fünfzehnten September zurückkehrte, brach mit müdem Hufeklappern die Stille der Plaza. Mercedes stand auf und schloß das Fenster. Wieder tappten die Schritte der Magd den gewohnten Weg und kündigten ihr das Abendessen an. Wie eine Gedenktafel, die niemand mehr versteht, schritt Mercedes in der Dunkelheit dahin. Ihre geraden Schultern trugen allein jene Augenblicke der Erleuchtung, der Liebe, des Stolzes und der Überwindung. Danach war nichts mehr geschehen. Manuel Zamacona war nicht in der vergangenen Nacht sinnlos in einer Schenke in Guerrero gestorben. Federico Robles hatte nicht seine Macht im Tod entfesselt, bevor er die Wahrheit wiederfand, die ihm Mercedes am Anfang, im Keim, dargeboten hatte. Die Frau setzte sich und leerte die duftende Schokolade aus dem Krug in eine grobe Tontasse.

Kriechender Adler

Morgenlicht fiel blendend auf Federico Robles: Der schweigende alte Mann in zerknittertem Anzug, die Hände in den Jackentaschen vergraben, sah aus wie die Quelle des Lichts, das ihn umfloß. Ziellos war er durch ihm unbekannte Stadtteile geirrt, die außerhalb seiner Erinnerung aufgeschossen waren: Er hatte sich an einen abgemessenen Stadtkreis gehalten, von dem aus er sein Leben und seine Macht erfüllte. Er suchte nichts, er ahnte nichts voraus auf seinem kalten und blinden Gang; das kahle graue Skelett der Stadt nahm er kaum wahr, als er, nicht langsam und nicht eilig, nur seinen uralten Augen nachging, zwischen den Resten des gestrigen Festtages: übernächtige Mariachis, freundliche Betrunkene, Frauen, die vor den Milchläden Schlange standen, ihre Kinder wie zusammengerollte Würmer in ihre Umschlagtücher gewickelt, alles spielte sich ohne einen Sinn um Federico Robles ab, er wußte, ohne daß er es sah, daß niemand ihn genau betrachtete, daß seine schwarze Gestalt, sein plötzlich neues Äußeres niemandem auffiel, daß er, der sich in diesem Augenblick außergewöhnlich vorkam, wie alle anderen aussah und daß sie ihn akzeptieren würden. Robles blieb unvermittelt stehen, als er eine Straße überqueren wollte und das Rattern eines Lastwagens das Knistern des Feuers übertönte, das noch immer in seinen Ohren hallte. Wieder stapfte sein Körper schwer und wütend durch die Salons der Villa in Las

Lomas – in einer tiefinneren, zerstörerischen Ahnung, die er nie gewünscht, sich nicht bewußt gemacht hatte: krachende Vasen, die auf dem Marmorfußboden zerschellten, von der Wand gerissene Lampen, ein Tischtuch mitsamt Porzellangeschirr und Bestecken heruntergezerrt, mit dem erkalteten Abendessen, das niemand verzehrt hatte, flackernde Kerzenhalter, die das Eßzimmer erleuchteten, schluchzendes Lachen Normas, die an die Tür schlug, und Federico warf, ohne das kalte Licht der Bestecke und des Marmors von dem trägen Züngeln der zu Boden gerissenen Kerzen zu unterscheiden, krachend die Haustür hinter sich zu, ließ sich in seinen Wagen fallen und raste fort von Las Lomas – alle Bilder überschnitten sich und tanzten vor seinen Augen, Bilder von Licht und Lachen und Zerstörung und leibhaftigem Entsetzen. Als er die Augen öffnete und in plötzlichem Erstaunen auf die Bremse trat, atmete er die Morgenluft eines unbekannten Ortes; er hatte das Gefühl, eine lange Reise hinter sich zu haben: Mauern ohne Farben versperrten ihm den Weg, Licht- und Telefonmasten, krumm vor Alter, bildeten einen undurchdringlichen Wald von Leitungen. Robles stieg aus, in seinem zerknitterten Anzug, den er seit drei Tagen nicht gewechselt hatte, und erblickte das Straßenschild: Fray J. Torquemada. Eine gerade Straße, deren Farblosigkeit sich an den Häusern und am Firmament fortsetzte. Robles ging ziellos, versponnen in seine heimliche Sehnsucht, von Händen und Füßen geführt, die nicht die seinen waren, der Stadtmitte, dem Ort der neuen Begegnung zu. Die Gerüche der Stadt verdichteten sich zu einem glänzenden Nebel, den das Hin und Her des Tages auflösen würde. Der Geruch von Dampf und Eisenbahnrädern, Auspuffgasen, frischen Blumen, die auf den Markt gebracht wurden, feuchtem Urin an den Mauern und dem Staub, dem ersten Gekochten des Tages und der Stadt; eingehüllt von einer durchsichtigen, schwerelosen Luft wie ein flüssiges Messer, hatten die Straßen von Algarín und Obrera weder Gesicht noch Namen: Wie eine graue Schlange krochen sie über die Falten der Stadt, rollten sich ein und hoben sich unter Federicos müden Füßen. Ein Murmeln von Trauerlitaneien und Schluchzen, das mehr aus dem hohen Nebel als von Stimmen zu kommen schien, aus einem Straßengraben und einer Hütte aus Lehmziegeln und zusammengenagelten Brettern, veranlaßte ihn stehenzubleiben.

»Morgenstern ...«

»Bundeslade ...«

Hinter der offenen Tür blinzelte Federico Robles im Licht der hohen gedrehten Kerzen, die mit Blumen umwunden waren; augenblickslang waren die schwarzgekleideten Gestalten, die am Fußende eines Sarges aus rohem Holz beteten, in Dunkelheit getaucht.

»Lade Davids ...«

»Lamm Gottes ...«

»Beruhigen Sie sich, Doña Madalena, beruhigen Sie sich ...«

»Das mußte kommen, daß sie ihn umbrachten, es mußte kommen ...«

»Armer Gabriel«, sagte der Alte mit den übernächtigen Augen und hielt seine Baseballmütze in den Händen, die wie Brotrinde aussahen.

»So voller Pläne, wie er gekommen ist, mit Geschenken für die ganze Familie, wer hätte das ahnen können.«

»Er war mein Freund«, schluchzte Beto. »Trinken Sie den Kaffee, Don Pioquinto, nun ist nichts mehr zu machen.«

»Der soll mir unter die Augen kommen, der Magere, der ...«, begann Fifo.

»Benimm dich, Bruder«, mahnte Tuno und ließ den Kopf hängen.

Der Duft von Gardenien und Wachs schwebte in dem kleinen Gemach, als Federico eintrat mit Augen, die denen eines herabschwebenden Vogels glichen.

»Kommen Sie herein, Señor, waren Sie auch sein Freund?«

Beto ergriff den willenlosen Ellbogen Federicos und drückte ihm ein Glas gelben Pulque in die Hand. »Der Gabriel hat uns verlassen, Señor! Er hat's nicht gewollt, Ehrenwort; einfach gepackt hat es ihn, so ist das Schicksal.«

»Das Schicksal«, wiederholte Federico in seinem Tagtraum.

»Rausfinden, warum die Leute sterben! Was ihnen bestimmt ist ... das weiß nur Gott.« Beto hob das Glas und prostete Robles zu. Dem Flüstern der Frauen folgten Seufzer. »Aber der Gabriel, Señor, so jung ... einfach so zu sterben, ohne Grund, so plötzlich. Ohne daß er seinen Mörder sehen, ohne daß er sich verteidigen konnte. Das ist wie sinnlos sterben, Señor.«

Robles' uralte Augen sahen über den starren Leib Gabriels hin, den feuchten Fleck auf seinem Bauch, die Reihe schwarzer Frauen, die die Leiche wickelten, Augen und Fleisch und Tod des Volkes. *Das ist mein Vetter Froilán, am Morgen, als sie ihn in Belén erschossen*, sagten die immer älteren Augen Robles', ohne daß seine Zunge die Namen aussprechen oder sein Gedächtnis sich ihrer erinnern konnte. *Das ist Feliciano Sánchez, hinterrücks ermordet, als er über die Salzsteppe lief* ... Und es waren die geahnte Stimme und die schwebenden Augen Manuel Zamaconas, die diese Worte mitten in Robles wiederholten; der schwere braune Mann wandte das Gesicht der Tür, dem Himmel zu, der immer heller wurde von nahen, wilden Sternen, die von der zitternden Sonne auf die Erde gedrückt wurden. Er hätte zu diesen nahen Sternen fliegen mögen, fliegen, denn ihm war, als läge er auf dem Bauch, als kröche er zwischen all den ungerechtfertigten Toten dahin. *Man braucht gar nichts zu tun, um zu sterben,* sagte die geahnte Stimme, diese Augen, in denen sich sein eigenes Fleisch spiegelte, *um vergebens zu sterben, zählt der Wille nicht.*

Federico sah wieder den Leichnam Gabriels an. *Wer wird seinen Tod verantworten?* tönte, wie im Zorn, die geahnte Stimme, *wer ist der Mörder dieses Menschen, all unserer Menschen?* Niemand hörte das trockene Schluchzen, als Federico auf dem staubigen Fußboden auf die Knie fiel.

Betos Hand berührte die zusammengesunkenen Schultern.

»Er war einer von uns«, sagte Beto. »Wir unterschieden uns in nichts, wir waren alle gleich, verstehen Sie? So als wäre Gabriel ich und ich Gabriel gewesen. So ist das bei Freunden.«

Federicos Knie sanken in die lockere Erde ein. Erde aus Lagune und unterirdischen Quellen, für immer verborgen, trokken für die Blicke, feucht und rauh in ihrem Mittelpunkt von alters her, an dem Ort der Begegnungen. Robles spürte – und wehrte sich noch –, daß aus der eigenen Tiefe eine unmittelbare Erklärung wuchs. Über sein Fleisch und Blut hinaus ahnte er den wahren Sinn: in den Leben anderer, die in diesem Augenblick der Demütigung und Erschöpfung sein Leben waren, in den stummen Leben, die das seine genährt hatten; und diese stummen Leben, an deren Namen er sich nicht einmal erinnerte, vervielfachten sich zu einer schicksalhaften Pantomime, die die Erde Mexikos erfüllte, alle Niederlagen und Morde und Schlachten, und sie kehrten zu ihm zurück, sprachen zu ihm, erkannten ihn als den ihren, den Leib Federicos.

Noch auf den Knien hob Robles einen Arm und strich mit der Hand über Gabriels kalte Stirn.

Auf der Treppe des kleinen Mietshauses in der Calle de Tonalá war für den plötzlich alten und müden Mann jede Stufe eine Erinnerung. Das Haus hatte drei Stockwerke, mit zwei Wohnungen in jedem. Die brüchige Fliesentreppe führte neben einer gestreiften Gipswand hinauf, die von Kinder- und Dienstbotenhänden beschmiert war. Durch die Lichtluke des Daches fiel eine Schicht grauen Staubes herab. Hortensia Chacón wohnte im dritten Stock, aber Federico Robles wußte, daß mehr – ein Leben, hätte er sagen mögen – zwischen dem Erdgeschoß und Hortensia lag, die blind in ihrem dritten Stock hauste und mit ihrem alten Mädchen auf Federicos Nachmittagsbesuch wartete; auch sie wälzte wie er Erinnerungen, wirre, unzusammenhängende, unerklärliche im Licht der nüchternen Vernunft, die den fordernden Faden des Alltäglichen spinnt, einen Strick für den Hals, von der Not gedreht. Solche nicht. Jetzt sollten die Erinnerungen verweilen und sich einordnen in ihre richtige Reihenfolge, ihre ursprüngliche und doppeldeutige Erklärung. Die Stufe Albano Robles' und seiner feuchten, heißen Erde. Die Stufe Froilán Reyeros und seines hängenden Schnurrbarts, den er im Wasserkrug benetzte, Froilán in dem Getümmel von Gewehr und Hunger und kugeldurchlöcherten Mauern, für den nicht allein zu sein vor Kummer zu sterben bedeutete. Die Stufe Mercedes Zamaconas, lau und dunkel, in der Mitte der Siesta, die ihn mit ihrem Fleisch zu einem Treffen ohne Augen und ohne Worte rief, in der alle Samen geräuschlos in den Händen der Liebe keimten, in der die Stunden des Lebens sich zu einer einzigen tiefgepflügten Linie vereinten, einer Linie unbewußter Macht: als er vor den Pferden, dem Wiehern, stand, in der heimlichen Hingabe der Liebe, bei der Wärme des zum erstenmal strömenden Samens, bei dem ursprünglichen, verborgenen Schöpfungsakt. Die Stufe Celaya: Felder, offen für Fluten von Fleisch, Felder, auf denen unter Geschoßhagel und Bajonetten, Trompeten und glühenden Hufeisen eine ganze Welt für immer unterging und eine neue Welt, noch ohne Marksteine, begann, geschaffen von Männern, die mit ihrem Blut und ihrem Pulver auf diesem Feld standen, geöffnet von diesen selben Männern, damit sie herrschen und sie sich zu eigen machen könnten. Librado Ibarras Stufe: Nächte der Jugend und des Ehrgeizes. Nächte, von der Stadt verunstaltet, Nächte, in denen man die Kniffe lernte, Nächte, in denen alle Wege sich öffneten und Schärfen geglättet wurden durch Liebedienerei, Betrug und schweigende Rechtfertigung. Die Stufe Feliciano Sánchez', die letzte Handlung des Blutes, letzte Entscheidung des Blutes, vor der Begegnung mit der Einzigartigkeit, wo die Macht akzeptiert und begrüßt wurde. Norma Larragoitis Stufe: Das Blut fließt ruhig die vorgeschriebene Bahn, wo niemand uns schaden kann, wo nichts lebt und alles dauert, wo die Krallen und die Kanten des Beginns sich glätten und einziehen, sich biegen in der Sphäre von Kompromiß und Dauerhaftigkeit. Und die zerbrochene letzte Stufe, wo der erschlaffte Fuß ausgleitet und das Leben von neuem erschüttert wird, wo es fordert, daß man erfährt, was all das Vorhergegangene war, denn es weigert sich, abgetan zu sein. Dort, nach der letzten Stufe, öffnete sich die Tür Hortensia Chacóns.

Wie eine lebende Ahnung, als hätte ein Fledermausgehör Federico bei seinem langsamen Aufstieg in der Calle de Tonalá begleitet, saß die augenlose Frau in ihrem Rollstuhl bei geöffneter Tür und wartete. Sie sprachen beide nicht; sie gaben sich die Hand, und Federico rollte den Stuhl durch das kleine Wohnzimmer bis in das Schlafgemach. Dort, noch immer die rundliche warme Hand der Frau in der seinen, sah er sie an. Ihr zartes Indianergesicht lächelte leicht. Die dunkle Brille verbarg ihre Augen. Es pochte in ihren Fingerspitzen, die leicht auf denen Federicos lagen. Sein Blut strömte zu diesem Punkt der Begegnung. So saßen sie beide, spürten das Leben zwischen ihren Fingern, wortlos. Ein Teil dieses Blutes war Erbe von Sklaven, von unterworfenen Herren, von Leben, das für immer sein Leben vergessen hatte. Der braunhäutige Mann und die braunhäutige Frau, beide abendländisch gekleidet, hatten nur ihre Finger, um einander zu sagen, daß sie gleich und doch unterschiedlich waren. Eine gemeinsame Zärtlichkeit in dieser Berührung kündigte ein Erkennen an. Sie sprachen noch immer nicht.

Federico fühlte, daß sich die Sonne dieses Tages ihrem höchsten Punkt näherte, wo sie ohne Farbe ist, schmerzend und prangend. Hier unter den Fingern Hortensia Chacóns würde er das Wissen finden. Er streichelte ihr schwarzes Haar.

»Du bist gekommen«, sagte Hortensia endlich.

»Ja.«

»Ich weiß nicht, ich habe so auf dich gewartet.«

»Hast du auf mich gewartet?«

»Ja, so sehr.«

Hortensias Hände waren Augen, die nach dem Rand des Bettes tasteten. Sie setzte sich neben Robles, dann streckte sie sich aus. Robles legte seine Wange auf die Brüste der Frau. So nahe ihrem Herzschlag, so nahe den Stimmen ihres Körpers, fühlten beide die Wollust in sich aufsteigen. In dem dunklen Gemach suchten sich beide, nur mit Berührung und Atem, ohne Worte.

Nicht daß sie allein oder schon eins waren, auch nicht mehr zwei Einzelwesen. Zwei, ja, aber jedes war ein anderes, denn es war erkannt als unser anderes, als das andere, das mir gehört. Dieses wortlose Wissen gab Hortensia einen Wunsch und Federico einen Willen ein, den nach einem anderen Wesen, das genau in diesem Augenblick von ihrem Fleisch befohlen wurde, einem andern Wesen, das schon warm in ihrer beider Mitte existierte, das Wesen, das sie bereits erkannte und nach eigenem Leben rief, durch die Vereinigung dieses Mannes und dieser Frau. Es war nicht nötig, das zu sagen: Ihre Umarmung, die bebende Vereinigung von Hortensia Chacón und Federico Robles, war nur die erste Zärtlichkeit, die sie ihrem schon lebenden Kind spendeten, dem Kind, das sie in diesem Augenblick veranlaßte, ihre Körper zu vereinigen. Federico schlief, und Hortensia wachte bei ihm. Hinter den dichtesten Schleiern seines Schlafes sah sich Robles zusammen mit anderen, nie wieder allein, und das Gesicht, das den Schnurrbart im Tonkrug benetzte, sagte zu ihm, daß nicht die Einsamkeit das Schlimmste, das einzig Schmerzhafte sei, sondern das Leben mit anderen. Und Hortensia behütete diesen Schlaf mit offenen blinden Augen, damit Federico beim Erwachen sie als erste und in ihr die Welt erblickte.

Mit gedämpften Schritten kam die Nacht des sechzehnten September 1951 herauf.

3

Betina Régules

Jaime Ceballos hatte sich immer durch seinen Ehrgeiz und seine Tüchtigkeit ausgezeichnet. Mit fünfzehn Jahren hatte er angefangen, Gedichte in den kurzlebigen Provinzzeitschriften zu veröffentlichen, und in der juristischen Fakultät wurde er mehrmals ausersehen, bei besonderen Gelegenheiten Reden zu halten: vor dem Gouverneur, bei der Eröffnung eines Staudamms und an einem sechzehnten September vor dem Präsidenten. Sein Studium war außergewöhnlich glänzend, und seine vornehme Haltung, sein reifer Stil in Kleidung und Betragen brachten ihm die Sympathie aller besseren Leute in Guanajuato ein. Als nun im April 1954 Betina Régules eine Zeitlang auf Besuch kam, taten alle Damen ihr möglichstes, damit die beiden sich kennenlernten. Betina war eins der beliebtesten Mädchen aus guter Familie in der Hauptstadt, Tochter des berühmten Anwalts und Geschäftsmanns Roberto Régules, und die Chronisten der Gesellschaftsseiten nannten sie »das goldene Mädchen«.

Anfangs sprach Betina mit fast niemandem. Sie begrüßte jeden korrekt, lächelnd, richtete aber immer eine Wand auf zwischen einer zufälligen Begegnung und einer näheren Bekanntschaft. Zweifellos sondierte sie zunächst die Atmosphäre. Die ersten Male behandelte sie Jaime ebenso wie die anderen jungen Herren. Aber als sie sich erst einmal in das gesellschaftliche Klima der Provinz eingelebt hatte, wählte sie ohne Umschweife ihn aus. Jaime merkte, daß die Wand verschwand; eine winzige Bewegung Betinas, während sie sich puderte, war genug: Jaime forderte sie zum Tanz auf, allmählich legten sie die Wangen aneinander, danach wagte er, mit den Fingern die Taille der Neunzehnjährigen zu drücken, und schließlich tanzten sie eng umschlungen, schweigend, ohne auf die Musik zu achten. Die Damen reihum an den Saalwänden nickten einander befriedigt zu.

»Betina ist entzückend. Wer hätte gedacht, daß sich ein solches Mädchen, das in der Hauptstadt so beliebt ist, eine unserer Hoffnungen aussuchen würde!«

»Die Heimat ruft, Doña Asunción. Nicht umsonst ist Betinas Vater aus Guanajuato, von hier ist er fortgegangen, um sich in der Welt zu bewähren.«

»Ein goldiges Paar!«

»Und Don Roberto hat einen Haufen Geld. Denken Sie, wie günstig für Jaime! Wenn er mit dem Studium fertig ist, kann er nach Mexiko gehen, und Don Roberto weiht ihn in die Geschäfte ein. Ja, die beiden haben das große Los gezogen, beide!«

Die Abende waren zu kurz – anfangs Hand in Hand ein Spaziergang am Staudamm entlang; dann, um die Taille gefaßt, durch die liladämmrigen Alleen; schließlich im Fond von Betinas Wagen mit glänzenden Augen und Lippen, die Dutzende Male dieselben Worte sagten, abgenutzte und doch immer wieder erstmals gesprochene, und dann, bevor sie schwiegen: »Sitzt du bequem, Liebling?«

»Ja, Jaime.«

»Stört dich die Zigarette nicht?«

»Nein, gewiß nicht, es ist gemütlich.«

»Bestimmt?«

Bis dann Lippen und Zungen sich trafen und Betinas Brüste sich gegen sein Hemd drückten.

Die Nächte ihrer jungen Liebe flogen dahin. Man hätte sie festhalten mögen, die einzigartigen Augenblicke, die der Zeit entrückt sind.

»Auf immer und ewig, Betina?«

»Auf ewig, Jaime, mein Lieber, mein Liebster ...«

»Mein Leben! Lauter Sterne möchte ich dir ins Haar stecken.«

Und Betinas Haar wurde mit Sternen besteckt, und die beiden umarmten sich, ihre Hände fuhren bebend über seinen Nacken, seine Finger versanken in der Biegung ihres Rückens und streichelten ihre Taille, die Arme, die sichtbare Teilungslinie ihrer Brüste.

Es waren Kleinstadtnächte, so beschaulich, wie man sie sich nur wünschen konnte, so still, kaum das leise Summen der Lieblingsplatte, von der Musikbox der menschenleeren Bar immer wieder gespielt:

> The important thing is here and now
> and our love is here to stay.

Und ihre Füße bewegten sich kaum, und Betina spürte den leidenschaftlichen Atem Jaimes am Ohr.

Nur sonntags wandelte sie sich: Wenn die beiden um fünf Uhr nachmittags zu dem traditionellen Tanztee im Hotel erschienen, trennte sich eine andere Betina von dem Ganzen, das Jaime und sie in seiner Vorstellung waren; sie zeigte sich dann in ihren aufreizend einfach geschnittenen Kleidern unter den einheitlichen Tüllgewändern der einheimischen Mädchen.

Betina sah hochmütig aus, betonte ihre Eleganz und ihre hauptstädtische Überlegenheit, und dauernd hatte sie das Wort »spießig« auf den Lippen und in den Augen. Sie tanzte bewußt munter und machte besonders komplizierte Schritte, im Gegensatz zu den hölzernen Bewegungen der Kleinstadtpaare.

»In Paris haben wir im ›Crillon‹ gewohnt«, erzählte sie Jaime lauter als notwendig. »Papa sagte, dort ist die ganze französische Geschichte vorbeigezogen. Stell dir vor, auf demselben Platz hat die Guillotine gestanden.«

Jaime merkte, daß sie anders war, aber er bewunderte sie weiter und war ihr dankbar für diesen Hauch von Unabhängigkeit der Provinz gegenüber, den er sich mit Betinas Waffen auch gegeben hätte.

Anfang Juni mußte sie nach Mexiko zurückkehren. Sowie Jaime sein Examen hinter sich hätte, sollte er sie besuchen, und dann würde sich alles entscheiden.

Jaimes Doktorarbeit wurde nicht ganz so brillant, wie alle Welt erwartet hatte. Mit heimlicher Befriedigung zählte er sich die Gründe auf: ganze Nächte abwesend vor sich hinstarrend, jeden Tag lange Briefe, dauerndes Brennen in der Magengrube.

Auf dem Buenavista-Bahnhof erwartete ihn sein Traummädchen mit aschblondem Haar und lässigen Bewegungen. Betina winkte, aber Jaime entging nicht die winzige Spur des Mißvergnügens um ihren Mund. In seinem schwarzen Sonntagsanzug, mit Weste und einer Nelke im Knopfloch, stieg er aus dem Zug und wollte sie gleich umarmen.

»Nicht doch, Jaime, jetzt nicht. Man sieht uns.«

In dem gelben MG, mit wehenden Haaren, rasten sie zu der Pension in der Calle de Milán, die Jaime empfohlen worden war.

»Überleg dir, was wir unternehmen können, Jaime. Was magst du, Golf, Tennis, Reiten?«

»Du weißt, ich bin kein Sportler, Betina. Das Studium, die Literatur ...«

»Na, das wird anders werden. Such dir bald was aus. Ich hole dich heute abend um neun Uhr ab. Ach, und hast du nicht was weniger Feierliches zum Anziehen, irgendwas mehr Englisches? Salopp, verstehst du. Und hör mal, hier trägt man keine Blumen im Knopfloch.«

»Ich weiß nicht ... ich müßte was kaufen ... Vielleicht begleitest du mich.«

»Okay. Hier sind wir. Chao, Liebling. Bis um neun!«

Betina fuhr an, in der Sonne strahlend, und wirbelte eine Wolke Staub und Qualm auf.

Bobós Salon war unverändert; der liebenswürdige Hausherr, feister als früher, in derselben Weste, die nun kaum mehr seine trägen Lenden umspannte, empfing Betina und Jaime, die goldene Zigarettenspitze zwischen den gelben Zähnen balancierend.

»Teuerste! Tretet ein, die ewigen Wahrheiten zu begreifen. Irgendwo da hinten wandelt ein Eingeborener mit Tablett und Trinkbarem. Voici, oh Rimbaud ...«

Und er enteilte, entrückt von Tabaksnebel und dem bitteren Geruch von Gin und Whisky, der den Raum füllte.

Jaime fühlte sich unbehaglich in seinem von der Reise zerknitterten schwarzen Anzug, und sogar der breite Ring mit dem Schulwappen schien fehl am Platz. Dauernd zupfte er an den Ecken des Taschentuchs, heimlich putzte er sich die Schuhe am Hosenaufschlag.

»Gus, Darling!« rief Betina aus und umarmte einen rundlichen kleinen Mann mit ausrasierten Augenbrauen.

»Schönste! Eine Ewigkeit! Seit den Iden des März!«

Beide lachten im Gedenken an ihren kleinen Privatscherz; Gus stemmte die Hände in die Seiten und musterte Jaime. »Stell uns deinen Bestattungsvertreter vor, Betina ...« Aber Jaime hatte ihm schon den Rücken gewandt und ging auf die Bar zu.

Betina folgte ihm mit zusammengebissenen Zähnen. »Wenigstens ein bißchen Benimm, mein Lieber ...«

Beide ordneten sich in die Stimmung der Fete ein. Betina bewegte sich mit vollkommener Kenntnis des Terrains, und Jaime, hinter ihr, stammelte kaum ein paar Worte: »Angenehm, angenehm ... heute angekommen ... ja, Betina hat mir erzählt ...«, und dann ließ er den Blick durch Bobós Salon wandern, über die verschiedenfarbigen Wände, die Bilder, die Statuetten. Oben auf der Treppe erschien Pichi mit schwarzgelackten Wimpern und seufzte: »Mein Traumritter! Jetzt kommt mein Traumritter.«

Bobó näherte sich Betina und Jaime. »Kein Zweifel, unsereiner ist auf dem absteigenden Ast. Noch vor kurzer Zeit gehörten deine Eltern zu den jungen Leuten hier. Jetzt bist du die Königin der Gesellschaft. Ist 'ne Menge Wasser unter der Brücke durchgeflossen! Und was man alles hat lernen müssen – und Mexiko wird nie wieder wie vorher, nach dem entsetzlichen Tod Normas ...«

»Na, sie war ja 'n bißchen komisch, die Gute, aber schließlich ...«, unterbrach Charlotte García, die etwas steifer geworden war – als müßte sie geölt werden –, sie schwenkte noch dasselbe Lorgnon, dessen Gestell mit Leukoplast zusammengehalten wurde. »Einfach so auf den Lomas de Chapultepec zu verbrutzeln! Ich sag dir, hier geht noch Huichilobos um, Ehrenwort. Hör mal, hat man was von dem berühmten Bankier gehört?«

»Nichts«, antwortete Bobó seufzend und kaute an seiner Zigarettenspitze, »irgendwas, daß er eine Mieze geheiratet hat, irgendsowas Gräßliches. Und was sagst du zu dem Schwindler Vampa?«

Charlotte legte eine Hand aufs Herz. »Oh, erinnere mich nicht an diesen tödlichen Schlag! Weiß nicht, wie ich danach noch Luft holen kann! Uns so an der Nase rumzuführen!«

Bobós Gesicht wurde ganz faltig vor Kummer. »Daß der nur Chefkoch in einer Pizzeria in San Francisco sein mußte!«

»Und wir haben ihn wie einen Blaublütigen behandelt. Erinnere mich nicht daran, Bobó, ich sterbe vor Empörung ... Und zu denken, daß Pierrot Caseaux ihn in Dienst genommen hat ... Wenn ich bei dem esse, hab ich immer das Gefühl, daß die Makkaroni mein ganzes Innenleben kennen.«

»Gottogott, wie entsetzlich!« Betina lachte und spielte mit ihrer Brillanthalskette. Charlotte sah mit ihren kurzsichtigen Augen Jaime prüfend an. »Nun, Kleine, es sind auch ein paar sehr nette Dinge passiert. Bobó, ich bin entzückt, wie glücklich Pimpinela und Rodrigo sind!«

»Ich hab's dir ja gesagt, beim erstenmal, als Rodrigo zu einem Cocktail hier war«, rief Bobó begeistert aus, »der Junge hat Talent, hab ich's nicht gesagt?«

»Jawohl. Und was die für Gesellschaften geben! Das Haus in Pedregal ist wunderhübsch geworden. Macht richtig Spaß, du. So richtig, wie soll man sagen, schick ... und vornehm, guter Geschmack. Man sieht doch immer wieder, wer wer ist in diesem miesen Dorf.«

Die Contessa Aspacúccoli erschien, den Mund voll Avocadosalat. »Hab die Schlüssel verloren, Kinder, wer lädt mich ein, bei ihm zu schlafen?« Ihr unersättlicher Blick wanderte über die Gruppe. »Und Sie, junger Unbekannter?« fragte sie und zeigte majestätisch auf Jaime. Alle lachten, und Jaime wurde unwillkürlich rot. Als Betina es merkte, stockte ihr Lachen. Sie drehte sich um und ging rasch in die Garderobe. Dort saßen Natascha, die nur noch Haut und Knochen war, und eine schon schwammige Cuquis mit scharfen Linien um den Mund.

»Grüß dich, Betina«, hauchte Natascha durch ihre knallroten parfümierten Lippen. »Deinen Zukünftigen haben wir schon gesehen. Der da ist es, nicht?«

»Ein richtiges Sahnebübchen«, fügte Cuquis emphatisch hinzu. »Und seinetwegen hast du mit César Schluß gemacht? Ehrlich gesagt, Mädchen ... Wenn man bedenkt, daß die scheinheilige kleine Betschwester María del Rosario all die Millionen einheimsen wird ... Was für eine Vergeudung, mein Schatz!«

Betina schluchzte und verbarg das Gesicht in den Händen.

»Sein Schicksal kennen heißt keins haben«, erklärte Rodrigo Pola der Gruppe, die ihn aufmerksam und unterwürfig umringte. »So ist das mit dem Erfolg beim Film: ein ständiges Abenteuer, bei dem der siegt, der den Ton angeben kann, der sein Talent in den Dienst der großen Masse zu stellen weiß. Es ist klar, daß in Mexiko bereits ein riesiges Publikum vorhanden ist, das Unterhaltung verlangt, leicht verdaulich, aber doch von einer gewissen Qualität. Wir alle – Stars, Drehbuchautoren, Produzenten – sind diesem Publikum, unserm Publikum, verpflichtet.«

»Dein Erfolg ist einfach phantastisch, Rodrigo«, bekräftigte Charlotte. »Hast du auch bei der Auswahl der neuen Stars mitzureden?«

»Nun, das ist nicht gerade mein Gebiet, aber ein Wink von mir hat Gewicht, verstehst du?« Der italienische Einreiher und die graue Seidenkrawatte kleideten Rodrigo. Sein weltmännisches Gesicht strahlte vollkommene Sicherheit aus.

Junior näherte sich Jaime. »Sie sind der Besser-als-gar-nichts von Betina, ja? Stellen Sie sich vor, meine Mama ist einfach phantastisch: Sie hat sich zur Basilika aufgemacht und der Jungfrau eine Schenkung versprochen, nur damit Betina und Sie nicht heiraten! Ist wirklich 'n Ding, finden Sie nicht?«

Unter allgemeiner Gleichgültigkeit traten die Musiker des

Tropenorchesters ein und legten los mit Rhythmus und Kehrreim.

Cuquis betrachtete sich im Spiegel und flüsterte Betina ins Ohr: »Vergiß nicht, mit deinem Papi über meine Angelegenheit zu sprechen. Die Grundstücke in Richtung Barrilaco, erinnerst du dich?«

Aber Betina hörte nicht zu. Nicht nur, daß er arm ist, dachte sie, die Puderdose in der Hand, er kann sich nicht benehmen, er ist armselig, ja, er ist billig und gewöhnlich, er fühlt sich nicht wohl in Reichtum und Luxus ... Aber die Erinnerung an die Zärtlichkeiten und die Küsse stieß sich an diesem Gedanken, von neuem stieg das Bild des unbedarften, schlecht gekleideten Kleinstädters vor ihr auf, der sich weder unterhalten noch mit dem sichtbaren Glanz der Zugehörigkeit und der Eleganz strahlen konnte – und dann kam wieder die Erinnerung an seine erregten Hände, die Küsse, die Küsse, die Küsse ...

»Alle Dinge sind alt und werden nur wieder neu, wenn sie Erfolg haben«, wiederholte Rodrigo Pola vor der Gruppe Bewunderer, deren bloße Anwesenheit Beifall für ihn war. »Das ist das Geheimnis des guten Filmautors. Sie haben den Erfolg von ›Nackte Seelen‹ gesehen. Die alte Geschichte von Romeo und Julia, aber in die Atmosphäre eines Armenviertels verlegt, mit einem Gauner Romeo und einer Verkäuferin Julia, die obendrein die Tochter eines blinden alten Toreros ist. Dann die Neuheit des Cha-cha-cha, und Doris Leal in einer Rolle, die völlig anders ist als die der aufopfernden Gattin, die sie sonst spielt. Alte bewährte Formel, neu arrangiert – Kassenschlager!«

»Jetzt kommt mein Traumritter!« seufzte Pichi noch immer jedesmal, wenn ein neuer Gast eintrat.

»Wer ist denn eigentlich dein Traumritter, Pichi, darf man das erfahren?« fragte Gus sie leise. Pichi wurde verwirrt, und wieder seufzte sie: »Er kommt gleich, Gus, er kommt, mein Traumritter ...«

Pierrot Caseaux erschien in Begleitung einer äußerst bunten neuen Schönheit mit Gazellenaugen. »Da ist Señor Pola«, hauchte das Mädchen mit den vollen Lippen Pierrot zu. »Sollen wir eine kleine Filmprobe machen?«

Jaime stand mit gekreuzten Armen allein am Fenster. Betina kam und nahm ihn am Arm. Sie wollte leichte Konversation machen und fragte ihn mit heller Stimme: »Wie findest du den Haufen, Jaime?« Dann legte sie ihm die Hand auf den Arm. »Morgen ... Morgen gehen wir zu Papa. Er ist mit allem einverstanden und möchte, daß du in sein Büro eintrittst. Er will uns ein Haus in Anzures schenken.«

Beide schwiegen. Jaime streichelte langsam Betinas Hand.

Rodrigo Pola

Um ein Uhr morgens verließ Rodrigo Bobós Fete und ging die Avenida Insurgentes hinunter. Er hatte sein Auto an der Ecke Calle de Nápoles geparkt. Als er die Tür öffnete und einsteigen wollte, sah er im Wagen eine dunkle Gestalt sitzen. Er fuhr zurück und schmetterte den Schlag zu. Nach dem ersten Schreck versuchte er, durchs Fenster das Gesicht zu erkennen. Ein bitteres Lächeln antwortete dem fragenden Blick Rodrigos, der die Tür wieder öffnete. »Hab ich mich so verändert?« fragte die Stimme aus dem verwitterten braunen Gesicht.

»Ixca! Es ist ja drei Jahre her ...«

»Steig ein, fahren wir ein bißchen umher.«

Rodrigo fuhr die Avenida Insurgentes entlang. Neben sich spürte er einen veränderten Cienfuegos, nicht nur in dem vernachlässigten Äußeren – Hemd ohne Krawatte –, sondern auch in der erschlafften Maske, die früher dauernd gespannt und besessen gewesen war. Ixca strich mit den Fingern über das Leder des Jaguar. »Das ist ja ganz anders als das Zimmer damals in der Calle de Rosales«, sagte er schließlich, als der Wagen an der Kreuzung der Avenidas Chapultepec, Oaxaca und Insurgentes anhielt; auf dem Riesenplakat der »Raleigh«-Zigaretten blies ein plattes Lächelgesicht Rauch aus dem Mund.

»Wo soll ich dich absetzen?« fragte Rodrigo und zog sich die Handschuhe an, während die Ampel Rot zeigte. Es war eine Dezembernacht, und ein schwacher, scharfer Wind wehte unter dem bestirnten Himmel.

»Wo fährst du hin?«

»Nach Hause: Pedregal de San Ángel. Aber ich kann dich absetzen, wo du willst.«

»Irgendwo.«

Ixca versuchte zu lächeln, als er Rodrigos erneuerte Züge betrachtete, neu geformt durch Schwimmbad und Whisky, schweren Kamelhaarmantel, gelbe Handschuhe.

»Wie ist es dir denn ergangen?« fragte Rodrigo, als er wieder anfuhr.

»Unwichtig. Wie ist es dir ergangen? ... Schenk mir eine Zigarette.«

Rodrigo zog eine Schachtel aus der warmen Manteltasche und drückte auf den Anzünder. Ixca blinzelte durch den Rauch. »Jetzt bist du, was du sein wolltest, nicht wahr? Mich freut's, dich so zu sehen.«

»Was?«

»Dein Erfolg, dein Geld, deine Frau. Nicht zu vergleichen mit damals, als ich dich in dem Zimmerchen in der Calle de Rosales fand, halbtot, mit geschlossenen Fenstern, Gas ...«

Rodrigo lachte fröhlich. Was war aus der Beichte geworden, auf die braunen Blätter geschrieben, die er zwischen den Seiten von Pío Baroja gefunden hatte? Jetzt hätte er sie Ixca vorlesen mögen. Aber als er aus dem Zimmer in der Calle de Rosales auszog, war sein erster Entschluß gewesen, nichts mitzunehmen, alles dort zu lassen und dem Hauswart zu sagen, er könne mit dem Eisenbett, der Wäsche, dem Teegeschirr, Baroja und der Beichte machen, was er wolle. In Ermangelung jener Blätter begann ein gemütlicher kleiner Kobold, den er auch noch in der neuen eleganten Kleidung hegte, ihn zu zwacken, ihn anzustacheln, das Geschriebene vor Ixca Cienfuegos noch einmal zu erleben.

»Das Gas! Der Erfolg! Meine Frau, das Geld!« Rodrigo lachte, als er von neuem an der Avenida Álvaro Obregón anhalten mußte. »Natürlich, man beklagt sich nicht ... aber das andere Leben, war das nicht auch meins, Ixca? Glaubst du, weil ich hier bin, bin ich nicht mehr dort? Glaubst du das? Glaubst du, daß ein neues Leben das alte zerstört, zunichte macht?«

»Dein neues Leben mußte dein altes zunichte machen.«

»Blöde Ideen!« Rodrigo fuhr mit einem Ruck an. »Nichts als dumme Ideen, Ixca, kannst du mir nichts anderes antworten statt immer nur Rezepte? Hat man ein Rezept über, her mit dem nächsten! Herrgott, wie einfach ... Und du mit deinen Geheimnissen und deiner mysteriösen Vergangenheit, was ist mit dir? Kannst du dich am andern Ufer hinstellen und den Vorbeimarsch ansehen, dir die Nase zuhalten und im Kopf fremde Schicksale regeln?«

»In vino veritas.«

»Scheiße noch mal! Du mußt – ich weiß nicht – ein Zuhälter oder so was sein, nur so ist es zu erklären, daß du derart mit Menschen spielst.«

»Mit Menschen spielen?«

»Ja, nur so ist es zu erklären, daß du einem Sohn den Tod seiner Mutter verheimlicht hast, daß ...«

»Hat es dir was ausgemacht?«

»Ob es mir was ausgemacht hat?« Rodrigo dachte an Rosenda, an die einzige Zeugin seines Wohlstandes, seines Erfolges, die ihm wichtig gewesen wäre. Norma? Nein, Norma nicht; Norma war Zeugin gewesen an dem Abend, als sie zusammen aus dem »Nicte-Ha« gekommen waren. Damals hat Norma für mich aufgehört zu existieren, dachte er im tiefsten Herzen, nicht ohne eine gewisse Beschämung, und er hätte das gern eingestanden. Aber Rosenda war niemals Zeugin gewesen. Es fiel ihm schon sehr schwer, das Gesicht seiner Mutter zu rekonstruieren: kein Körper mehr, eher ein Hauch von Staub, ein ganz bestimmter Geruch, der ihm durch die Sinne schoß. Eine unaufhörliche Kette von Leuchtreklamen und bunten Lampen – Weihnachten war nahe – hielt die Glieder der Avenida Insurgentes zusammen. »Nein, ich weiß nicht, nicht so, wie sie war, mit dem Gesicht, das sie immer hatte, so vielleicht nicht ... Es hat mir was ausgemacht. Sie hat es eben nie erfahren, weißt du, sie hat nie erfahren, was ich sein wollte, sie wußte nur, was ich im Augenblick war, in einem bestimmen Fall, aber nicht, was ich wollte ... Alles richtig anfangen, nichts zu Ende bringen, mich rechtfertigen, mich zerstören. Mein Gott, was habe ich mich gerechtfertigt! Und dir werfe ich deine Rezepte ins Gesicht, Ixca, dazu habe ich noch den Mut!«

Während Rodrigo sprach, dachte er nach und zweifelte an der Wahrhaftigkeit seiner Worte. Er brauchte Ixca Cienfuegos keinen Gefallen zu tun, sein neues Leben erforderte eine bestimmte Haltung anderen gegenüber, die vor allem den Zwang ausschloß, Gründe und Rechtfertigungen vorzubringen. Und doch ...

»Hör mir mal zu, Ixca: Damals war es sehr leicht, alles zu zerstören, und doch ging es um Dinge, die unzerstörbar sind. Und jetzt, da ich nur Dinge habe, die danach schreien, zerstört zu werden, die sozusagen vom Winde verweht werden, jetzt kann ich sie nicht berühren, ich respektiere sie, ich bewahre sie. All das Neue. Und alles andere habe ich zum Teufel geschickt, Liebe, Selbstachtung, Berufung, alles ... und meine Mutter wußte, daß es so sein würde, verstehst du? Darum hat sie von mir diese, ja, diese bürgerlichen Sicherungen verlangt, jene, die ich mir schließlich selbst geschaffen habe. Meine Mutter hat mich verstanden, gewiß, in jeder Situation, sofort. Sie wußte es

– wie soll ich es dir erklären – nicht ganz, für mein ganzes Leben, sie wußte es, ohne es auszusprechen, Ixca, und sie suchte andere Rechtfertigungen außerhalb dessen, was ich sein wollte, und ich mußte mich durch das rechtfertigen, was sie wußte, aber nicht äußerte. Es war wie ein Spiel, bei dem die beiden Spieler nie zusammenkommen, jeder spielt wie wild auf seiner Seite und glaubt, daß der andere das Spicl kennt.«

»Aber jetzt tust du es doch ebenso, merkst du das denn nicht? Du kannst dich selbst nicht ehrlich sehen, sosehr du dich auch bemühst. Ich weiß in diesem Augenblick, daß du aufrichtig sein willst, Rodrigo, und du möchtest, daß ich dich bemitleide und deine neuen Rechtfertigungen bewundere. Du bist ein ...«

»Hör auf, Mensch! Was weißt du denn überhaupt, du, der wie ein Schatten lebt, heimlich bohrt und sich vom Leben der anderen nährt. Du, der weder Fleisch noch Blut ist. Der reine Mensch! Du Scheißkerl! Du solltest dich ein einziges Mal rechtfertigen, ein einziges Mal als armer Teufel fühlen müssen!«

»Das ist schon so, brauchst es gar nicht besonders zu betonen.«

Rodrigo bohrte den Finger in den Anzünder. »Der reine Mensch! Der starke Mann, der alle seine Tragödien in sich verschließt. Feigling! Du hast niemals irgendwem irgend etwas gegeben außer deinen Rezepten, deinen verfluchten Lösungen des Gerechten; du hast nie gewollt ... Bah, du kannst mich jetzt auch nicht mehr zur Schnecke machen!«

Ixca rauchte gemächlich, in eine Ecke des Autos gedrückt.

»Das mit Norma schmerzt dich.«

Rodrigo bremste scharf. Ixca wurde nach vorn geschleudert und stützte sich mit beiden Händen gegen die Windschutzschutzscheibe. »Du Hund, sag das noch einmal und ...!« Rodrigo hielt Cienfuegos die Faust unter die Nase. »Was weißt du denn! Du hast mal mit ihr geschlafen, um was weiß ich zu beweisen – wer soll begreifen, warum du etwas tust –, nicht weil du sie liebtest. Du hast sie nie geliebt, niemand hat sie mehr geliebt als ich, hörst du? Ich mag nicht daran denken, daß du es getan hast, um mir zu beweisen, daß du auf den ersten Anhieb das tun konntest, was ich mein Leben lang nicht erreicht habe. Aber du hast nicht jedesmal mit ihr geschlafen, wenn du heimlich aus deiner Wohnung in ein Bordell liefst, du mußtest nicht jeder Hure das Gesicht und den Leib Normas geben, um sie nur ein bißchen zu lieben, du hast nicht den Huren die Worte sagen müssen, die du Norma hättest sagen mögen, die du dir nur für

Norma ausgedacht hattest; du mußtest nicht Norma durch Dutzende namenlose, gesichtslose und taube Leiber ersetzen, du Schuft!«

Ixca lehnte schlaff in seiner Ecke und lächelte.

»Aber sicher, Mann. Lach nur. Was macht's dir aus.«

Der Wagen fuhr wieder schneller. Rodrigos behandschuhte Finger klammerten sich kraftlos an das Lenkrad. Nur diesmal, schwor er sich, nur diesmal, nie wieder. Er dachte, alle Erklärungen seien möglich und er müsse nicht unbedingt auf die zurückgreifen, die schmerzten, die keinen Platz in seinem neuen Leben hatten.

»Entschuldige, Ixca.« War das nicht die Haltung, die ihm zukam? dachte Rodrigo. »Ich weiß, du bist mein Freund, du würdest alles für mich tun. Natürlich, von deinem Standpunkt aus – alles. Zwei und zwei ist vier. Vorhang. Nein, nein, so ist das nicht ... Wenn du nämlich Talent hast und es nicht entwikkelst, wenn du weißt, daß du lieben kannst und nicht liebst, wenn du die Wahrheit kennst und dich bewußt mit Lügen vollstopfst ...«

»Und jetzt, da du alles hast?«

Zum letztenmal, das schwor er sich. »Was? Pimpinela? Sie gibt mir manches, sie gibt mir ihren Namen, ihre Vornehmheit, ihre Beziehungen, aber ebenso hat mir Norma manches gegeben, wenn sie es auch nicht wußte – und ich gebe ihr noch immer nichts. Darum habe ich Pimpinela geheiratet, für das, was sie mir gibt – bei ihrer Jungfräulichkeit angefangen. Sie glaubt wohl, daß ich ihr was gebe. Tante Lorenza konnte sich schon ihr blödes Haus in der Calle de Hamburgo wieder aufbauen und sich den Spaß gönnen, die Juden und die Spanier rauszuschmeißen und wieder alle ihre Mumien einzuladen. Joaquinito konnte in Frieden sterben, mit einer Flasche Hennessy im Arm. Benjamín, der Kretin, braucht sich um nichts mehr zu sorgen. Aber von mir habe ich ihnen nichts gegeben, Ixca. Sie dagegen, sie hilft mir, siehst du, sie besorgt mir gute Verbindungen, bringt noch mehr Mumien nach Pedregal. Aber sie weiß nicht und wird nie wissen, wer ich bin ...«

»Ist wohl auch besser!«

»Lach nicht! Sie wird nicht wissen, was für ein Scheißkerl ich bin, ganz im Ernst muß sie denken, was für ein toller Hecht ich doch bin, der sich mit zehn Kassenschlagern ein Haus mit weißen Mauern und Steingärten und Schwimmbecken und Skulpturen von Henry Moore, mit einem Jaguar vor der Tür und eine

Frau mit Namen anschafft. Bestimmt denkt sie das und ist höchst zufrieden. Aber was ich bin, das ist was anderes, das bleibt einsam wie ein Stück Land, in eine Insel verwandelt, damit ich selber immer wieder darüber nachdenke – denn nun kann ich mit niemandem mehr darüber sprechen, kein Mensch würde mir das abnehmen – und nie wird man wissen, wer ich bin, was mit mir geschehen ist. Sieh mal« – Rodrigo ließ das Lenkrad los und hielt Ixca seine Hände vors Gesicht –, »die sind nicht anders als andere Hände ...«

»Spiel nicht, fahr anständig«, mahnte Cienfuegos lächelnd.

»Diese Faust, die Hand, die schreibt und handelt und nach einer Frau greift und arbeitet – sieh sie an. Mit dieser Hand habe ich nichts anderes getan, als mir den Rotz aus der Nase zu bohren, Ixca. Diese Hand – du weißt es, ich verlange nicht dein Mitleid – hätte das große Gedicht schreiben können, hätte Norma Larragoiti lieben können ... sieh sie dir an ... hätte, hätte, hätte. Meine Mutter glaubte, diese Hand hätte sie der Armut, dem Totenkult entreißen können ... hätte. Und nicht einmal ihr die Augen zudrücken konnte sie. Nein, sie war zu sehr damit beschäftigt zu popeln. Hätte.«

In die Enge getrieben, brüllte Ixca: »Nun halt bloß den Mund. Du ekelst mich gründlich an. Du hast doch, was du verdienst.«

»Verdienen! Was hat meine Mutter verdient – daß mein Vater vor der Erschießungsmauer wiederauferstand? Was hat Norma verdient? Daß ein Waschlappen wie Rodrigo Pola sie liebte? Wir verdienen das, was wir sind, meine Mutter ihre ewige Sehnsucht, Norma ihren Tod und ich meinen Rotz.«

Hinter der Brücke an der Einmündung der Nuevo León fuhren die Wagen schneller. Die Lichter wurden seltener, die Gärten zahlreicher.

»Sind dir meine Intimitäten nicht lästig?« fragte Rodrigo lächelnd.

»Ich bin nur dein Zuschauer«, antwortete Ixca.

»Ja, das ist viel bequemer. Dann erscheint man als einziger freier Mensch.« Rodrigo lachte fröhlich. »Laß mal sehen: einmal, in der Preparatoria, in der Gruppe Tomás Medianas, du warst vielleicht siebzehn, aber dein Gesicht war damals genau wie heute. Noch einmal während der Studentenstreiks für die Autonomie der Universität. Dann bis 1951, als du als Pseudovertrauensmann von Federico Robles auftratest. Und nun? Was machst du jetzt?«

»Ich lebe nicht in dieser Stadt«, antwortete Ixca. »Hier habe ich getan, was ich tun mußte.«

»Was denn? Die Möglichkeit, Robles und Norma auszusaugen, war zu Ende, und da hast du dich aus dem Staub gemacht? Feines Leben für den Gerechten ...«

Ixca drückte sich noch immer in die Wagenecke. Ohne Krawatte, in einem schwarzen Jackett und einer alten grauen Hose sah er aus wie jeder andere Städter. »Alle haben ihr Ziel erreicht, sogar ich.«

»Ziel? Ja, davon hast du viel geredet, und von Opfer.«

»Das Opfer«, murmelte Ixca wieder mit seiner tiefen Stimme. »So starb Norma, aber sie wußte es nicht.«

»Ja, das erzähl mir mal. Was hattest du damit zu tun?«

»Ich? Nichts. Sie gaben, was sie in sich trugen.«

»Von einem fehlt jede Spur, von Robles. Weißt du, was aus ihm geworden ist? Ich hab gehört, er hat wieder geheiratet.«

Rodrigo lenkte den Wagen mit sicheren und eleganten Bewegungen. Das sollte sein letzter Eindruck auf Ixca sein. Sie fuhren an mehreren Hühnchenbratereien und einstöckigen Restaurants vorbei.

»Ja, er hat geheiratet. Lebt im Norden. Ich glaube, er hat ein paar Felder und baut Baumwolle an. Ich glaube, in Coahuila. Hat ein Kind.«

»Hat man nie die Ursache des Brandes gefunden?«

»Nein. Robles ist zur Polizei gegangen und hat gesagt, er sei schuld. Er sei verantwortlich für Normas Tod. Er war sehr durcheinander, und sie glaubten ihm nicht, vor allem, weil sie von seinem Bankrott wußten.«

»Wer mag das Gerede damals aufgebracht haben? Armer Kerl. Schließlich – alles soll ein Bluff von Roberto Régules gewesen sein, meinem hochverehrten Klassenkameraden. Schön, und du?«

Cienfuegos fühlte den alten Glanz in seine Augen zurückkehren. »Und ich?«

»Ja, du. Manchmal frage ich mich, ob du eigentlich ißt oder schläfst.« Rodrigo lachte.

Ixca stellte seinen linken Fuß auf Rodrigos rechten, der leicht auf dem Gaspedal lag.

»Vorsicht.«

Und er drückte auf Rodrigos Fuß, so daß der Wagen schneller fuhr.

»Und ich? Was möchtest du? Meine Erinnerungen? Mein

Leben? Glaubst du nicht, daß ich was drum gäbe, all das zu kennen?«

»Ixca, nimm den Fuß da weg!«

Rodrigo drückte mit dem Arm auf die Hupe, die das Kreischen der Räder übertönte.

»Glaubst du, daß ich mich an mein eigenes Gesicht erinnere? Mein Leben fängt jeden Tag neu an«, schrie Ixca Rodrigo ins Ohr, »und ich erinnere mich niemals an das, was vorher geschehen ist, weißt du, niemals. Alles war nur ein gräßliches Spiel mit vergessenen Ritualen und Zeichen und toten Worten; sie mag zufrieden sein, sie ja, sie ist zufrieden, sie glaubt, daß Norma das notwendige Opfer war, und nachdem wir das einmal bekommen hatten, konnten wir in das Leben des Armen zurückkehren, hysterische Worte über unsere Hinterbliebenen wiederkäuen, die Demütigen spielen ...«

»Ixca, nimm den Fuß vom Gaspedal, ich verliere die Kontrolle.«

»Sie hat mich gezwungen, mit diesem Dienstmädchen und ihren Kindern zu leben, wieder im Dunkeln! Du kennst meine Mutter nicht, Rodrigo, meine Mutter ist aus Stein, aus Schlangen, sie hat kein ...« Ixca schrie und lachte, drückte mit seinem Fuß immer stärker. Die Scheinwerfer der Omnibusse und der anderen Wagen flogen wie rote Glühwürmchen an den beiden vorbei. Endlich, noch immer lachend, aber lautlos, nahm Ixca den Fuß weg. Das Auto bremste scharf, Öl und Abgase zischten. Sie hielten vor dem Carmenkloster. Ixca schlug den Rockkragen hoch und kniff Rodrigo lachend ins Ohr. Er stieg aus. Der Wagen fuhr weiter in Richtung Pedregal. Und der lachende Cienfuegos stand an der Mauer des alten Klosters und spürte, wie ihm die Kälte in die Knochen kroch. Leichter Nebel stieg aus dem Klostergarten auf, ein Nebelschleier, der ihn einhüllte, seine Umrisse verwischte, in ihn eindrang und ihn aufsaugte, bis auch er Nebel wurde, unwirklicher und durchsichtiger als der Nebel, der eiskalt vom Boden aufstieg. Der kalte Dezemberwind fegte Cienfuegos auf schnellen Sohlen durch die Avenida, durch die Stadt, und seine Augen – der einzig lebendige, leuchtende Punkt in der lichtlosen Gestalt – saugten Häuser und Straßenpflaster und einzelne Menschen auf, stiegen hoch bis in die Mitte der Nacht, und nun war Cienfuegos, mit seinen Augen eines Adlers aus Stein, einer Schlange aus Luft, die Stadt, ihre Stimmen, ihre Erinnerungen, ihre Geräusche, ihre Vorahnungen, die namenlose riesige Stadt, von den gekreuzten Armen von Copilco bis Indios Verdes, von den gespreizten Beinen des Peñón de los Baños bis Cuatro Caminos, der schiefe goldene Mittelpunkt des Zócalo, er war die Tröge und die Dachterrassen und die geschwärzten Blumentöpfe, die gläsernen Wolkenkratzer und die Mosaikkuppeln und die Steinmauern und die Giebeldächer, die Hütten aus Blech und Lehmziegeln und die Betonvillen mit roten Ziegelsteinen und Eisengittern, er war die Namen und die Gerüche und die verstreuten Toten in dem großen, versunkenen, tiefen, gleichgewichtslosen Tal, und er war alle Platten auf den Gräbern, und die Stimmen, die Stimmen, er war Gervasio Pola, der sich selbst erlösen wollte, wie sein Sohn, er war Froilán Reyero und Pedro Ríos und Sindulfo Mazotl, die mit »Viva Madero!« in den Kehlen starben, und er war Mercedes Zamacona mit der immer lebendigen Erinnerung an eine dunkle Liebe und eine aufkeimende Macht, und er war Norma Larragoiti unter einem Grabhügel von Nerz und Juwelen und die aufrechte Katalanin, die mit Tränen in den Augen die Lieder aus dem spanischen Bürgerkrieg sang, und er war Federico Robles, der bis an den Ururanfang zurückgeholt worden war, bis in das Zentrum des Blutes von Mexiko, nur damit er die anderen erkannte und das Einzelwesen: die blinden Augen Hortensia Chacóns, die bis zum Ende gewartet hatte, bis eine Stimme von ihrem Dasein Zeugnis ablegte, und er war alle die selbstsicheren und vertrauensseligen Marionetten: Charlotte, Bobó, die Contessa Aspacúccoli, Gus, Pedro Caseaux, Cuquis, Betina Régules, Jaime Ceballos, und er war ein Sattler aus dem Norden, der voller Pläne in die Stadt der Paläste kam, und er war ein Clown, der nicht genug Geld verdiente, um sich Farben für sein Gesicht zu kaufen, und er war Rosenda in der Tiefe ihres Grabes, endlich mit dem Staub vereint, der ihr erstes Wunschbild von Liebe und Worten und Zeugungen gewesen war, und Librado Ibarra, der nur sein Leben gelebt hatte, und ein Greis mit gelblichem Bart, der den Palästen aus der Porfiriozeit nachtrauerte, und er war Gladys García bei ihrem unbewußten Gebet um ein winziges bißchen Glück, und er war Beto, Fifo und Tuno und Doña Serena und die sinnlos Gestorbenen und die vernunftwidrigen Tode Manuel Zamaconas und Gabriels, und er war eine Familie, die ihre ganzen Ersparnisse in einen Urlaub in Acapulco steckte, und Feliciano Sánchez, der auf einem bleigrauen Feld niedergeschossen wurde, und Pimpinela de Ovando, und schließlich war er die eigene Stimme, Ixca Cienfuegos' Stimme.

Wir sind die Herren der Nacht, denn in ihr träumen wir; die Herren des Lebens, denn wir wissen, daß es nur ein langes Versagen ist, das sich erfüllt, indem es unser Leben vorbereitet und zum Ende hin aufbraucht; Blütenherz, du hast dich aufgetan, aber du brauchst nicht zu sprechen, denn alles, außer der Stimme, spricht zu uns. Du hast kein Gedächtnis, denn alles lebt gleichzeitig; deine Geburten sind so langdauernd wie die Sonne, so kurz wie die Zeiger einer Blumenuhr: Du hast gelernt, täglich neu geboren zu werden, und du weißt, daß du am Abend sterben mußt. Wie könntest du eins ohne das andere begreifen? Wie könntest du einen lebenden Helden begreifen? Das Jademesser ist lang, und die Nacht hat es dir übergeben in einem blutigen, zahnlosen Rachen; wie kannst du das Flehen der Nacht zurückweisen, das Bitten deines Bildes? Lang ist das Messer, nahe die Herzen, nahe das Opfer, das du unbarmherzig, kalt, schwarz und rasch forderst, denn du forderst es von dir selbst, du möchtest dieses aufgerissene, dieses hochgehobene Herz sein – töte es im Frühling, wo alles aufersteht, im ewigen Frühling, in dem du nicht die weißen Haare zählen darfst, die früheren Zärtlichkeiten, die Zeichen, das Vergangene; töte diesen, der sich selbst gleich ist, du bist er, töte ihn, bevor er sprechen kann, denn an dem Tage, da du seine Stimme hörst, wirst du nicht widerstehen können, du wirst Haß und Scham empfinden und für ihn leben wollen, du bist nicht er, du hast keinen Namen, töte ihn und glaube an ihn, töte ihn, und du wirst deinen Helden bekommen; schüre das Feuer unter seinen Sohlen, damit das Fleisch zum Staub hochsteigt und deine Überreste über dem Tal schweben, über dem Gürtel der Namen, der dichten, schweren Namen, die man in Gold und in Blut kneten kann, Namen, die rund sind und scharf wie das Licht des Sternenstrahls, Namen, in Federn einbalsamiert, Namen, die aus den Poren deiner einzigen Maske tropfen, der Maske deiner Namenlosigkeit, der Haut des Gesichts über der Haut des Gesichts, tausend Gesichter, eine Maske Acamapixtli, Cortés, Sor Juana, Itzcóatl, Juárez, Tezozómoc – im Straßenverzeichnis von Mexiko nachzulesen, sauber geordnet von A bis Z – und du Namenloser, der mit dem rotglühenden Eisen gebrandmarkt wurde, du, der den Nabel deines Kindes mit den roten Pfeilen begraben hat, der der Vielgeliebte des nächtlichen Spiegels war, der mit den Nägeln die dürre Erde umgegraben und den Magueykaktus ausgepreßt hat, der am Altar der Abendungeheuer weinte, der Richter und Priester war und Türkisblume des Maises genannt wurde, der mit seiner Frau geschlafen hat unter dem Zeichen des Affen, der erstickt von den Flöten tanzt und der die Reise mit dem roten Hund gemacht hat, du selbst, der den Todeskampf der auferstandenen Sonne sah, der den Weg wies, der durchbohrt in der Lagune umkam, der verwaist die Niederlage beweinte, die ein neues Kind mit zwei Nabeln zur Welt brachte, der den roten Engel und den dornengekrönten Gott malte, der das Zuckerrohr pflanzte, der seine Zeichen vergaß, der zwischen Kerzen betete, der sprachlos geworden ist, der die Lasten schleppte, der hungernd geschuftet, der einen Stecken und einen Stein aufgehoben hat, du, der namenlos Geköpfte, du, der mit dem Stachel Angetriebene, und du, und du, der keinen Park hatte und ohne Erinnerungen geboren wurde, der auf den Bajonetten wohnte und von Blei durchlöchert wurde, der barfuß mit einem verrosteten Gewehr marschierte, der jene Namen sang, der sich in Seidenpapier und bunte Pappe kleidete, der die Raketen abschießt, die Lose verkauft und das frische Wasser, der die Zeitungen ausruft und auf dem Erdboden schläft, die sich Lindenblätter auf die Schläfen klebt, der die Lasten mit dem Stirnriemen schleppt, die Fische und Gemüse anpreist, die die Füße in der Bar nachzieht und mit offenem Mund durch die Straßen rennt, um zu sehen, ob ein Wort hineinfällt, der weit läuft, um den Fluß zu durchschwimmen, in den es Blei regnet, und der die Orangen des Nachbarn stiehlt, du Packesel, der von nichts eine Ahnung hatte, du, die spürt, daß die Kinder schwarz und hohläugig zur Welt kommen, du, die sucht, wo sie etwas zu essen bekommt, du, der in den Torwegen schläft, heimlich umsonst im Autobus fährt, nicht von dem Schmerz reden kann, der es einfach aushält, du, der kauernd wartet, der gern möchte, der allein geblieben ist in einem Stadtteil, in dem man sich wehren muß, du, der keine Schuhe hat, sich mit Krumen und Branntwein vollstopft, der ging und kam und wieder ging, ohne daß jemand ein Willkommens- oder ein Abschiedswort gesprochen hätte, du, der zu zählen anfing, was fehlte, sich hinsetzte und Strohstühle flocht, für ein paar Centavos Gitarre spielt, blind ist und pfeift, wenn er über die Straße geht, du, die sich sonntags schminkt und einen lila Umhang kauft, auf einem Eisenbett die Heimkehr ihres Mannes abwartet, die draußen die Mülltonnen durchwühlt und die Kippen aufliest, die nie Glück hat, du, dem alles scheiß-

egal ist, du, den sie am Arsch lecken können, du, der Rayuela spielt, der an Windpocken gestorben ist, Judaspuppen verbrannte, du, die zur Heiligen Jungfrau betete, du, den eine Straßenbahn überfuhr, der an der Ecke eine Schlägerei hatte, der nicht wieder aufwachte, der ins Gras biß, du, der seinen Tisch verpfändet, Ziegel geschichtet und am Heiligen-Kreuz-Fest Raketen abgeschossen hat, du, die auf Knien in die Basilika rutscht, du, der beim Stierkampf in der Arena von Mexiko die Nase rümpft und pfeift, Taxis fährt, nach Hause kommt zu einem toten Kind, der Grieben und Tortillas, Tamarinde und zerquetschten Mamey, gebratene Bohnen, Käse und Magueywürmer, Carnitas und Pozole, Punsch aus Granatäpfeln und Mangos, schwarze Wassermelonen, Pfefferschoten, gegorenen Pulque und Chilaquiles, Chirimoya und Guanábana, Eis und dreifarbige Milchkrem verspeist, du, der einen blauen Overall und einen Strohhut und ein gestreiftes Unterhemd und durchbrochene Strümpfe und Wollhosen und einen gestrickten Schal und Gürtel mit Silberschnallen und Ringe mit dem Sonnenstein und rosa Aquamarinen und gestreifte Chamarras trägt, und du, der nicht abhaut, und du, der mich ...
und in der leeren Mitte mein Herz in Fieberträumen
und auf dem anderen Ufer Sie, die Wohlstand und Ruhm erwarten – ich, wir, Sie, niemals du, niemals der Dritte – und Sie, die den Zufall überlisteten, um nicht du zu sein, Sie, die auch – eine Sonne, eine Geburt waren genug! – derselbe Packesel, derselbe Bittsteller hätten sein können, aber Sie, die die wenigen waren, die Auserwählten im Reich des Kaktus: Sie, die reisen und gehen und kommen und einen Namen haben und ein klares Schicksal, und Sie, die aufsteigen und niedersteigen, und Sie, die Ameisen, und Sie, die Straßen bauen und Hochöfen und Aktiengesellschaften und Industriekonsortien einrichten und Ihren Verwaltungsrat teilen mit Mr. Hiermachichmit und Mr. Herdiemäuse, und Sie, die vom Jockey ins Versailles, ins Amba, ins Fokolare, zum Yachtclub, ins Penthouse von Don Leckmichamarsch, aufs Gut von Don Euchzeigichs ziehen, und Sie, die sich die Gesichter anpinseln und mit Max Factor ficken und sich den Vorbau richten, und Sie mit Ihrem Pompon und Ihrem Pudel, und Sie, die Ihren englischen Stoff schon erhalten haben, und Sie, die in Ihren Platin-Alfa-Romeo mit Chromscheinwerfern gestiegen sind, mit Ledersitzen, die nach geschlachteten Rindern riechen, und Sie, mit Ihrem Abonnement in der ersten Reihe, die mit dem Schwefelzar befreundet sind und mit der

Königin des Bebop, und Sie, die man mit Achtung behandelt, die Distanz wahren, und Sie, wie weit ist die Welt, und Sie, mit Bidet und Lotion, und Sie, die Ihren Namen haben und dies und das und Ihre Ahnen, wenn nicht Cortés, so Cuauhtémoc, Bastarde von Ruiz de Alarcón, Don Zudienen und Doña Immerwillkommen, Mr. Ichküsseihrefüße und Miss Hastepopo: keine Sorge, ich bitte Sie, Sie zuerst, effektivewahlen, keinewiederwahl!

Und wir träumten von der Rede, und die Worte blieben uns auf der Spitze eines Dolches stecken, im Krachen eines Feuerwerks. Er sagte, meine Nase glänzt von fern wie der Mond, mein Thron ist silbern, und das Angesicht der Erde leuchtet, wenn ich aufgehe vor meinem Thron, und sie antworteten ihm von den Häusern auf den Pyramiden, aus dem Hause der Fische kamen die gelben Maiskolben und die weißen Maiskolben, aber nachts, wenn die Neonlichter verlöschen und die Leiber sich an die Hunde schmiegen und man den Winkel einer Nische sucht, um unter Segeltuch und Zeitungen schlafen zu können, spricht er wieder zu uns, sieh uns an, hör uns an, verlaß uns nicht, gib uns unsere Herkunft, das alte Geheimnis, alte Verhüllerin, Großmutter des Morgens, und sein Doppelgänger antwortet: Worte sollen Sklaven sein, Bäume Sklaven und Steine Sklaven! Aber damals hatten sie einen Mund in jedem Gelenk und bissen mit allen, damals, als das Kind geboren wurde, starb die Mutter, und das Kind hatte Glück, daß die Schlangen es aufzogen, und der mit den vierhundert Kaninchen holte sich die heiligen Knochen der Mutter; so sprachen die Stimmen, und die Worte schwebten von Luft zu Luft, Worte wie Türkispfeile, und man weiß, daß die Mutter ein Gesicht mit einer Maske hat, und die Kinder können unter ihrem Zeichen gehen und Blumen streuen an dem Ort des Rauches, und alle Stimmen singen zugleich, man hört sie auf den Hügeln und in den Schwingen des Kolibris, in den Krallen des Tigers und in dem behauenen Stein; die Boote singen, die wie Smaragde in die Lagune eingebettet liegen, die Steinstufen singen und die geölten Haare, daß wir nicht zum Leben, sondern zum Schlafen gekommen sind, zum Träumen, so singen alle Stimmen in eins, aber ein Adler hat ihnen die Zunge weggefressen, und der Stein wurde schwarz vom Feuer, und die Trompeten schmetterten, und die Schreie und die Pfiffe und die Helmbüsche und die goldenen Feldzeichen hoben sich zum letztenmal über der Stadt, Tod des Phallus, des stummen Schreis, und dann kam die Zeit der Pocken und der Pest, und das Gold wurde aus den Gräbern gerissen, und man floh in den Wald und suchte das Zeichen der Wüste, und es kam die Zeit, in die Bergwerke hinabzusteigen und sich das Eisen auf die Lippen zu legen, während andere die Kutte und das Büßergewand und den Kittel anlegten, und andere waren es, die nun arm und barfüßig dahingingen und sanft sprachen, und siehe, die Medaille dreht sich, und nun ist sie geprägt mit Treibern und spanischen Emporkömmlingen, Geistlichen und Winkeladvokaten und Fransen und Friesen aus getriebenem Gold – da ist der Freihafen von Cambray und Scita, Macón und Java, und der Freihafen von Beziehungen und Bittgebeten, Pilgerfahrten und Predigten, Freudenfesten, Heldentaten, Geschirre und Goldstickerei, Statthalter, Ädilen, Kanzler (nutzlose Bürgschaft gegen das Schicksal), müßiger Ohrenbläser, der das Schleppnetz in San Lúcar zog, und ein spitzer schwarzer Hut: heuchelnder Vertrauter, Renegat, Dogmatiker, und schließlich die ewig denkwürdige Unternehmung

denn der Greis – Hidalgo – wollte nur Freiheit für die Sklaven, denn der Blitz – Santa Ana –, von Adlern belagert, wollte nur die beste Ordnung und den inneren Frieden

denn es waren nur zwei Köpfe, die unter dem Spott des Heeres auf einer roten Lanze umhergetragen wurden: gefärbtes weißes Haar

und das lederne Gesicht mit den schmalen Schläfen, mit dem weißen Tuch umschlungen seit dem ersten Schwertstreich

denn die Kasten waren durch das Recht geschändet worden, und sie waren tributpflichtig und litten größte Not und Demütigung, und die Gesetze nützten ihnen wenig, und so müssen die Ländereien des Königs aufgeteilt werden (es sind nicht meine Worte, es ist der Hunger meines Herzens)

denn seht diesen ehrwürdigen Greis, er ist mein Vater, und das Vaterland geht vor, und die Siege sind nicht für die Köpfe, die auf einer Lanzenspitze umhergetragen werden, sondern sie gehören den Lorbeerbekränzten und dem, den die Gerichte des Reichs bezeichnen, und den ersten Männern des Reichs, die das sind kraft ihrer Bestimmung, ihrer Vermögen, ihrer Repräsentation und ihres Leumunds und des Gesamtaufkommens aus dem kirchlichen Zehnten und fünfzehnhundertdreiundneunzig Gütern von Nonnenklöstern und Grundbesitz aus frommen Stiftungen und Almosen und Nebenverdiensten, die die Angehörigen der Orden beider Geschlechter einnehmen, und aus Erstlingsfrüchten, die in zwölfhundertvier Gemeinden einkommen, und der materielle Wert der Stiftskirche von Guadalupe, Altarbilder, Malereien, Glocken, Kirchenschmuck, Marmorstatuen und all der Zierat und die Leuchter und die Kränze und die Weihrauchfässer und der Wert des Schatzes in Steinen, Perlen, Gold und Silber in den erwähnten Kirchen – denn es ist schon die Mainacht 1822, und Doña Nicolasita ist eine Fürstin geworden, und die anderen sind Haushüter des Palastes und Kammerherren

denn der Greis (Hidalgo) wollte nur Freiheit für die Sklaven und Ländereien für die Gemeinden der Einheimischen (es sind nicht meine Worte, es ist nur der Hunger meines Herzens)

denn der Hahnenkämpfer (Santa Ana) verkündet absolute Treue zu Föderalismus, Fortschritt, Freiheit, zu all den abstrakten Begriffen, die die Ethik des Jahrhunderts dem sozialen Kampf als Banner gibt, und er ist der höchste Retter Mexikos: Religion und Vorrechte, achthundert Pesos für die Pasteten von Monsieur Remontel, und einen Pfarrer, der reitet, um das amputierte Bein des Retters zu begraben: Verweigert mir nicht den einzigen Titel, den ich meinen Kindern hinterlassen will, den eines guten Mexikaners, und Mr. Poinsett, die Schotten und die Yorks, »El Sol« und »El Correo de la Federación« und die Extremisten und die Gemäßigten und Barradas und Gómez Farías und die Cholera

Old Zack's in Monterrey, bringt euren Santa Ana nur her, heben wir ein Gewehr, so fällt ein Mexikaner – braune Hügel von Buenavista, Hain, der den Cerro Gordo umgibt, stumme Glocken von Puebla, und schließlich: Der Rat von Mexiko protestiert entschieden im Namen seiner Mitglieder vor dem Angesicht der Welt und dem kommandierenden General des nordamerikanischen Heeres; wenn auch die Wechselfälle des Krieges die Stadt in die Gewalt der Vereinigten Staaten gegeben haben, so wird sie sich doch nun und nimmer freiwillig einem anderen Herrn, einer Person oder Autorität unterordnen als denen, die aus der von der Regierung der Mexikanischen Republik angenommenen Bundesverfassung hervorgehen, ungeachtet der Dauer der tatsächlichen Besetzung; Hauptmann Roberts von den Rifles, der bei allen Operationen des 13. Regiments die angreifende Truppe von Chapultepec befehligte, ist von mir ausersehen worden, die Fahne der USA im Nationalpalast zu hissen; die Fahne, das erste fremde Banner, das seit der Eroberung Cortés' über diesem Gebäude geweht hat, wurde von allen meinen Truppen enthusiastisch entfaltet; der Palast, der schon vol-

ler Diebe und Räuber war, wurde Oberstleutnant Watson und seinem Marinebataillon unterstellt
denn Mr. Lane ist schon in Mesilla und Raouset de Bourbon in Guaymas, und Seine Erlauchte Hoheit dekretiert die Gelegenheiten, bei denen die Staatsräte den Amtsstab tragen dürfen, und ein Reglement bestimmt, daß nur die Kabinettsmitglieder ihre Lakaien in Gelb kleiden dürfen, und die Schiffe legen an, beladen mit Kisten voller Guadalupe-Orden, und Gouverneursposten und Kommandanturen werden gekauft und verkauft, und man tanzt Polka, und es gibt schon Leute, die Darlehen auf die Güter der Kirche geben und sie nicht auszahlen, und wieder die dunklen Gesichter und die befleckten Fahnen und die stummen Worte und die glänzenden Augen von Ayutla: Der Vorhang hat sich über dem Mummenschanz geschlossen, aber vorher muß sein Glanz bezahlt werden; in Tacubaya und über den Köpfen von Ocampo und Santos Degollado und in den Krallen von Márquez, während die Worte langsam in der trockenen braunen Erde versinken und warten; bevor alle Güter der Kirche in das Eigentum der Nation übergehen, wird zwischen den Geschäften des Staates und den rein kirchlichen völlige Trennung herrschen. Ein Außerordentlicher Kongreß wird einberufen, damit die Nation sich die Form einer demokratisch-parlamentarischen Republik gibt, während sich andere Worte vor dem Thron beugen: Die Kaiserkrone von Mexiko (non te fidare) wird Seiner Kaiserlichen und Königlichen Hoheit (torna al castello), dem Erzherzog Ferdinand Maximilian (trono putrido de Montezuma), für ihn und seine Nachfahren angeboten (nappo galico pieno d'espuma), und der Indio Juárez von Guelatao mit dem schwarzen Cape und dem hohen schwarzen Hut fährt in der schwarzen Kutsche über das von Dürre und Pulver flachgedrückte Land, die Wüsten voll grüner Dornen, die Gebirge, die wie geballte Fäuste daliegen; währendessen beschließt man in Chapultepec, daß in der Kirche der Hauptalmosensammler die kaiserlichen Hoheiten unter keinen Umständen unmittelbar anreden darf, und man beschließt, daß der Direktor des Kammermusikorchesters dem Kaiser die bereinigten Listen der Künstler zur Genehmigung vorzulegen hat, und man beschließt, daß es am kaiserlichen Hofe die Große Ehrentischordnung und die Kleine Ehrentischordnung und die Feldtischordnung geben soll, und man beschließt ferner, daß bei der Übergabe der Kardinalskäppchen die Ehren- und die Hofdamen mit Dekolleté und mit der Schärpe von San Carlos und

den Initialen der Kaiserin erscheinen müssen, und man beschließt, daß der namenlose Strom die weißen Mauern der Heißen Länder und der staubigen Hochebene weiter beflecken soll und daß die Leiber weiter fallen sollen unter dem Gewehrfeuer von Bazaine und Dupin, daß der große Blutsee von Mexiko nicht austrocknen soll, niemals, der einzig ewige Strom, die einzig blühende Feuchtigkeit unter der zornigen Sonne, aber man beschließt auch, daß (im tiefsten Herzen) Nationaltrauer nur beim Tod der Kaiserlichen Hoheiten getragen werden darf (ade, Mama Charlotte), während dieser Zeit (ade, meine süße Liebe) werden die Hofkanzleien ihre Berichte mit schwarzem Siegellack siegeln, und sie weiß schon, daß »ich das Blut der Bourbonen nicht hätte entehren dürfen, indem ich mich vor einem Bonaparte demütige!«, und er glaubt zu wissen, daß »ich weiter das Steuer in der Hand behalten werde, bis mein letzter Blutstropfen für die Verteidigung des Landes geflossen ist«: der tapfere General Márquez, der brave General Miramón, der unerschrockene General Mejía, der patriotische General Vidaurri, und gegenüber die fünfundzwanzigtausend Namenlosen, die an den Ufern des San Juan entlangmarschieren und den Ring um Querétaro schließen, du hast die paradiesischen Lande verlassen, wo du vereint mit deiner Charlotte lebtest, du, der den Indio Juárez herausforderte, obwohl er doch dein Vaterland nicht beleidigt hatte, es ist sieben Uhr und fünf Minuten am Morgen des 19. Juli 1867, so war das Urteil eines Sohnes Europas, und nachdem sich so blutige Geschehnisse zugetragen hatten, die die Geschichte nie aus ihren Blättern tilgen wird, der denkwürdige große Cerro de las Campanas, und der Diener lief und löschte die Flammen, die der Gnadenschuß entzündet hatte, die deinen Gehrock ergriffen, vergebens fuhr deine edle Gattin nach Paris, wo Napoleon sie kalt abblitzen ließ, vergebens in den Vatikan, die Unglückliche, und sie verlor den Verstand, und danach gab es nur den einbalsamierten Leichnam mit den eingesetzten schwarzen Augen aus einem Marienbild aus Querétaro, haarlos war er nach dem Arsenikbad, schwarz nach den Zinkchloridspritzen, an Deck der »Novara« wird er gebracht

und das unbewegte Gesicht Juárez' spricht von neuem: Mexikaner, heute zieht die nationale Regierung wieder in die Stadt Mexiko ein, Mexikaner, laßt uns nun alle unsere Anstrengungen darauf lenken, die Wohltaten des Friedens zu erringen und zu festigen. Friede war der wahre Wunsch des Landes, die Sehnsucht des mexikanischen Volkes von einem Ende der Republik zum andern, von den Toren der Basilika bis an die Ecken des Jockey Club, aber der Friede kam nach La Noria und Tuxtepec mit Porfirio Díaz, er hieß Mr. Hearst und Mr. Pearson, Friede hieß: »Schießt sie tot, solange sie sich regen«, Friede hieß wenig Politik und viel Verwaltung, Friede bedeutete, das Land der Gemeinden an die Großgrundbesitzer zu verteilen, Friede, das waren die Räuberpolizei und die Rurales, Friede war Verrat, Rekrutenausheber und Polizeichef, Friede war das Belén-Gefängnis und Valle Nacional und Cananea und Río Blanco, Friede, das waren die satirische Zeitschrift ›El Hijo de Ahuizote‹ und die geschmückten Totenköpfe von Posada, und wir haben es bereits gesagt, der General Díaz wünscht das Beste für das Vaterland zu tun, soweit es mit seinem unbegrenzten Verbleib im Amte vereinbar ist; jawohl, wir sind reif für die Demokratie, das mexikanische Volk darf seine Geschicke nicht den Händen des Generals Díaz anvertrauen und muß sich entschließen, in der nächsten Wahlkampagne die Rolle zu spielen, die ihm zukommt: Ihr habt die Wahl! Wollt ihr Handschellen, Elend, Demütigung vor dem Fremden, das graue Leben des erniedrigten Parias – dann wählt die Diktatur, sie wird euch all das geben; zieht ihr die Freiheit vor, wirtschaftlichen Fortschritt, Erhöhung des mexikanischen Ansehens, das hochgemute Leben des Menschen, der Herr seiner selbst ist, dann kommt in die Liberale Partei, die sich mit den Würdigen und den Mannhaften verbrüdert

und die ordenbesternte Brust und die dichten weißen Vorhänge, die die dünnen Lippen verbergen und die gepuderte Indiohaut und die breiten Nasenflügel wie bei einer hochmütigen Eidechse, zittern, als ein Schwarm Tauben um die Burg von Chapultepec fliegt: »Ich würde die Gründung einer Oppositionspartei in der mexikanischen Republik freudig begrüßen.«

und alle Menschen und Lieder und Phrasen und Befehle und Schlachten und Feiern sind nur die Erinnerung an Morgen, die Erinnerung, die wir heute nicht finden wollten: Wenn die Zeit (hättest du gewußt, Komet –) schwanger ist und ihre Kinder gebiert und jeder Knochen sich aus der trauernden Erde hochreckt und sein Wort sagt und zurückfällt (– was du ankündigtest, du wärst niemals aufgegangen), die Gräber und die Gesichter haben gestreifte Flammen im Blut, und die Erinnerung (die am Himmel zuckt) gehört endlich allen, allen hier, heute, allen Lebenden, die einander erraten wie Quellen auf den Ruinen, sich auf der von Blut gefurchten Erde wiedererkennen (22. Februar, schwarzer Tag) und unter den Rauchgewittern und auf den flinken Pferden und den Herzen, die sich nachts trinken lassen, und den Kanonen, die das Pulver aushusten, Ciudad Juárez, die Festung, »Ländereien, Hügel und Gewässer, die sich die Wissenschaftler, die Gutsherren oder die Ortsgewaltigen angeeignet haben, gehen in das Eigentum des Volkes über«, Villa vereinigte sich mit Urbina und mit Don Maclovio Herrera, mit Pereyra, und den Arrieta Aguirre und den Anführer Contreras »als Organisator des Heeres, das die Aufgabe hat, unsere Pläne zu verwirklichen, ernennen wir zum Anführer des ersten Heeres, das sich als verfassungsmäßig bezeichnen darf«, lebt wohl, alle meine Freunde, ich verabschiede mich voll Schmerz, und trauen Sie dieser Welt von Verrätern nicht mehr, der Name Emiliano Zapata Hilario Salas Cesáreo Castro ... Cenobio Moreno ist ihrer aller Name, ihrer und der Vorangegangenen, der Strom von Erde, der in dem Strom von Stimmen fließt, der einer Spur, groß wie ein Mann, entsprang, einem Grab, groß wie ein Mann, einem Lied, groß wie ein Mann – nur die Erde sagt: Weiter geht es nicht. Die Erinnerungen liegen offen da. Hier ist, einen Augenblick lang reglos, offen wie ein Gebet in den Wolken, das Gesicht aller, das einzige Gesicht, die Stimme aller, die einzige Stimme, von der Achsel Puerto Isabel bis zur Fußspitze Catoche, von der Hüfte Cabo Corrientes bis zur Brustwarze Pánuco, vom Nabel Mexiko bis zum Rippenbogen Tarahumara

und dann senkt sich der Rauch, die Hufeisen schlafen ermüdet auf der Ebene, die Gitarren zupfen die letzte Melodie, und die Kämpfe, die bunten Feste sind zu Ende, und im Mittelpunkt ist wieder die aufgeschwollene Stadt, ohne Gedächtnis, ein Gipsfrosch, der mit seinem Hintern auf der dürren Erde und dem Staub und der versunkenen Lagune hockt, Wein aus Neonlicht, Gesicht aus Zement und Asphalt, wo das Geschlecht ein schwächlicher Jäger ist, wo die Schlachthäuser der Prostitution Tag und Nacht arbeiten, die Schlagadern mit Abfall und Geldscheinen stopfen und den Mond melken und die Spuren verwischen: Sandelaria, Pantitlán, Damián, Carmona, und wie die Straßen alle heißen ... Lomas de Sotelo, México Nuevo und seine vier Millionen, Gabriel eine Handvoll Rinnsteine, Bobó Nebelschleier, Rosenda von uns allen vergessen, Gladys García von den fleischfressenden Klippen, Hortensia Chacón mit ihrem reglosen Schmerz, Librado Ibarra, der unmeßbar Kurze,

Teódula, die die Sonne anhalten will und auf kleinem Feuer schmort, Tuno mit seiner lustigen Faulheit, ich mit den drei Nabeln, Beto mit dem gelben Lachen, Roberto Régules mit dem hinterhältigen Gestank, Gervasio Pola erstarrt zwischen Luft und Würmern, Norma Larragoiti in Lack und Schmutz, Fifo aus Sehnen und Muskeln, Federico Robles mit der beschämenden Niederlage, Rodrigo Pola mit dem Wasser bis an den Hals, Rosa Morales, die allmählich verdorrt, das sind die wieder verstreuten, wieder zerbrochenen Gesichter und Stimmen, das ist die wieder zu Asche zerfallene Erinnerung, der Tagelöhner, der sich davonmacht, und der Bankier, der Bankrott macht, jener, der sich selbst hochgearbeitet hat, und jener, der mit den anderen noch davongekommen ist, der Herr und der Sklave, ich selber vor einem Spiegel, die Wahrheit nachäffend, es ist der, der die Welt als unvermeidlich akzeptiert, der einen anderen außer sich selbst anerkennt, jener, der die Sünden der Welt auf sich nimmt, die Illusion des Hasses und das »Du bist die Liebe«, es ist die erste und die letzte Entscheidung, ist »Dein Wille geschehe«, und mein Wille geschehe, die Einsamkeit im Druck vor der letzten Frage, der Mann, der sinnlos gestorben ist, der Schritt zuviel, der Adler oder die Sonne, die Einheit und die Zerstreuung, das Wappenschild, der vergessene Kult, die aufgezwungene Mode, der geköpfte Adler, die Schlange aus Staub, aus dem Staub, der in vielerlei Gestalt über allen Umrissen der Stadt wirbelt, über den zerstörten Illusionen und den Siegen, über den alten Gipfeln, wo Helmbüsche wehten und Blut floß, über den Kuppeln mit Kreuz und Eisen, den Walzer- und Polka-Palästen, über den hohen Mauern, die Villen mit Schwimmbecken und drei Autos und nerz- und brillantenvermummte Gestalten vor der Neugier schützen, dem raschen Staub, der alle gesprochenen und ungesprochenen Worte mit sich reißt:

»Wenigstens einer soll davonkommen, besser, daß einer am Leben bleibt und nicht alle vier zusammen sterben.«

»Wir kennen alle Geheimnisse, wir wissen, was das Land braucht, wir kennen seine Probleme.«

»Ich bitte Gott nur um eins: daß er mir nicht meinen Stolz nimmt, er ist das einzige, was ich habe, was ich wirklich als mein eigen ansehe: meinen Stolz.«

»In Mexiko gibt es nichts Unentbehrliches, Rodrigo.«

»Dein Vater hatte kein Schicksal, er hatte den Tod, seit seiner Geburt, Tod für sich und die Seinen.«

»Wenn du den Finger in der Klasse hebst, weil du der einzige bist, der die Lektion kann, wenn du wartest, daß andere vorbeigehen, ehe du dem Bettler dein Almosen gibst.«

»Man braucht jemanden, der mit einem zusammen alt wird, glauben Sie mir. Alles, was man teilen kann, verliert man nicht, sondern es ist, als hätte man es doppelt, meinen Sie nicht?«

»Was würde man darum geben, in Mexiko anständig arbeiten und verdienen zu können!«

»Und da wußten wir, daß auch die Sonne Hunger hatte und uns ernährte, damit wir ihr ihre Früchte wiedergaben, heiß und geschwellt.«

»Keiner ging allein, allen schmückte ich ihre Gebeine.«

»Ich möchte dir nur noch einmal das Bett wärmen, bevor ich mich nicht mehr an dein Gesicht oder an deinen Körper erinnere.«

»Und so sollten uns Tod und Geburt vereinigen, Geburt und Tod, immer.«

»Ich wollte doch teilhaben, ich wollte mich von dieser Last von Niederlagen befreien, die sie mir vererbt hatten.«

»Leben und sterben und zu vergessen suchen, und alle Tage neu geboren werden und doch wissen, daß alles da ist und uns erdrückt.«

»Bringst du Geld?«

»Man muß die Interessen der Finanzleute schützen.«

»Als wollten sie sich schadlos halten für das, was vorher geschehen ist, als wollten sie sagen, daß alles dort aufhört, wo es anfing, in ihnen und ihren Zeichen, Sohn.«

»Man erwartet nur das, was nicht wieder geschehen kann, man erwartet die Wiederholung von zwei, drei Augenblicken des Beginns, den Augenblick vor einem Kuß, nach einer Geburt oder, ja, einem Tod.«

»Denk doch daran, daß sie alles hatten, es ist so, als ob du morgen ...«

»Wenn die Mexikaner nicht errettet werden, dann wird keiner errettet.«

»Für jeden Mexikaner, der sinnlos starb, geopfert wurde, gibt es einen Verantwortlichen.«

»Sag mir, Juan, wozu sind wir hergekommen?«

»Tu as de l'esprit, chéri.«

»Wenn nicht die Kumpel wären, Beto; wenn ich anfangen sollte, dir von meinem Unglück zu erzählen.«

»Und jeder ist, was er sein muß, du weißt es.«

»Verdamme dieses Mädchen, damit ich mich erlöse und so deinen Willen, dein Urteil erfülle, mein Gott und Herr.«

»Vater meines Sohnes, du sollst nicht mehr Macht haben als die, die du mir ausgepreßt hast.«

»Er gehörte zu uns.«

»Ich weiß nicht, ich habe so auf dich gewartet.«

Und auf der Brücke von Nonoalco bleibt Gladys García stehen, geschwinde im Staub auch sie, und zündet sich die letzte Zigarette der Nacht an und läßt das Streichholz auf die Blechdächer fallen und atmet den Morgen der Stadt, den Rauch der Züge, das schläfrige Fleisch, die Dünste von Benzin und Alkohol und die Stimme Ixca Cienfuegos', die mit dem stummen Wirbel aller Erinnerungen durch den Staub der Stadt heranweht, Gladys Garcías Finger berühren und zu ihr sagen, nur sagen, möchte: Hier ist unser Platz. Was sollen wir machen. In dieser Landschaft in klarem Licht.